Karamoja
Turkana-Wüste
UGANDA
KENIA
SOMALIA
Mogadischu
Kampala
Entebbe
Eldoret
Mt. Kenia
Nakuru
Kanganiro
Victoria- See
Nairobi
Goma
Kigali
RUANDA
Lamu
Serengeti-
Park
Tsavo
Malindi
Kilifi
BURUNDI
Mombasa
Tanganjika- See
TANSANIA
Sansibar
Dar-es-Salaam
Indischer
SAMBIA
Malawi- See
KOMOREN
Ozean
Sambesi
MOSAMBIK
Harare
BABWE
MADAGASKAR
Maputo
0
400 km
Karte: A. Skowronski

Ulla Ackermann

Mitten in Afrika

Zu Hause zwischen Paradies und Hölle

Hoffmann und Campe

1. Auflage 2003

www.hoffmann-und-campe.de
Dieses Werk wurde vermittelt durch die
Literarische Agentur Thomas Schlück GmbH, 30827 Garbsen
Schutzumschlaggestaltung: Katja Maasböl
Foto: Harald Stuckmann – Ein Projekt unterstützt durch die
GTZ/Images.de
Satz: Dörlemann Satz, Lemförde
Druck und Bindung: GGP Media, Pößneck
Printed in Germany
ISBN 3-455-009383-3

HOFFMANN
UND CAMPE

Ein Unternehmen der
GANSKE VERLAGSGRUPPE

PROLOG

Es gehört zur Ironie der Geschichte Afrikas, dass gerade jetzt, wo ich die letzten Seiten dieses Buches schreibe, Somalia immer noch nicht befriedet ist und an der Elfenbeinküste wieder Kämpfe ausbrechen, in Ruanda Tutsi erneut vor mordenden Hutu-Banden fliehen und in der Republik Kongo ein Putsch des Militärs nur blutig niedergeschlagen werden kann. Es wird sich also alles wiederholen. Alles, was ich in diesem Buch beschreibe.

Zur Ironie meiner persönlichen Geschichte gehört es, dass mein Sohn Aijosha aus Europa nach Afrika zurückgekommen ist. Nach Hause, wie er sagt. Und von meinem anderen Sohn, Gyjian, weiß ich, dass auch er in einem Jahr zurückkehren wird.

Wir sind also wieder hier, in Afrika. Auf jenem Kontinent, der mich so viel Horror lehrte und von dem ich dennoch nicht loskomme.

Nachdem ich versucht hatte, mich noch einmal in Europa niederzulassen. Dabei jedoch an der Sprachlosigkeit der dortigen Gesellschaft scheiterte, an deren Schwierigkeiten, meine Erzählungen aufnehmen zu können als das, was sie waren: keine Partyknüller, sondern Berichte von einem Leben in völlig anderen Umständen als jenen, die in München, Hamburg, Bonn oder Oldenburg herrschen.

Vermutlich aber konnte man nicht verstehen, weil ich niedergeschlagen, von Traurigkeit und Wut erfüllt war und keinen Hehl daraus machte. Also bin ich zurückgegangen. Dorthin, wo ich zu Hause bin.

Dorthin nehme ich auch Sie mit auf eine Reise und werde vor Ihren Augen einen Teil meines Lebens Revue passieren lassen. Das Buch wird viel von mir preisgeben und viel von Afrika erzählen. Meinem Afrika, das ich oft hasste. Das mich aber dennoch nicht loslässt. Ich war Kriegsberichterstatterin, die meiste Zeit.

Bevor ich beginne zu erzählen, will ich meinem Lebensgefährten danken, der keine Mühe scheut, meinem Dasein heute Ruhe und Beständigkeit zu vermitteln. Außerdem gilt meinen beiden Söhnen besonderer Dank. Immerhin haben sie es geschafft, die turbulente Zeit in Afrika nahezu unbeschadet zu überstehen. Sie waren mir durch ihre Fürsorge und ihr Verständnis eine unermesslich starke Stütze. Diese drei Menschen versichere ich meines aufrichtigen Respekts und meiner ganzen Liebe.

Ulla Ackermann, Kenia 2002

MITTENDRIN

Es existierte einmal ein Videoclip, den David gedreht hatte, als wir eines Morgens im August 1993 auf dem Flugfeld von Mombasa Richtung Flieger gingen. In der kurzen Sequenz bin zunächst ich allein zu sehen. Die Hände tief in den Taschen der Lederjacke vergraben, die Schultern hochgezogen, und ich trage, trotz des frühen, noch grauen Morgens, schon eine Sonnenbrille. Ein paar Vögel krächzen in den Kronen der Palmen entlang der Peripherie des Moi International Airport. Das Flugzeug dröhnt verhalten im Leerlauf, der Klang meiner Absätze auf dem Beton ist gedämpft.

Nur Adam, der Tonmann unseres Teams, lärmt. Er redet. Mit einem Schwenk hat David auch ihn im Bild, wie er sich durch die Tür der Piper zwängt und ohne »Morning« oder einen Anschein von Höflichkeit den Piloten mit einem Schwall von Worten überschüttet. Dabei will er nur dessen Portion Survival-Food kaufen. Adam zahlt Unsummen dafür, seine Essensvorräte zu erweitern, denn anders, als ständig auf irgendetwas herumzukauen, kann er die irrsinnigen Bilder unseres Jobs nicht verarbeiten. Frank, unser Pilot, David und ich treten ihm stets unsere Rationen aus dem gut bestückten Fundus des Senders ab. Weil uns jeglicher Appetit schon lange vergangen ist. Aber der Dicke wird erst ruhig, wenn ihm seine Vorräte sicher sind.

Und deshalb braucht er heute mehr.

Wir sind wieder auf dem Weg nach Mogadischu, der Hauptstadt Somalias. Hier herrscht Krieg, ein Bürgerkrieg, der zwischen Häuserzeilen und in Fluren, in Hinterhöfen, in Bunkern und Veranstaltungssälen, auf Märkten, auf Straßen, in Bussen, in

Autos, in der ganzen Stadt, im ganzen Land geführt wird. Seit mehr als dreißig Jahren.

War der Grund für den mittlerweile totalen Krieg einst der gewesen, dass ein Sohn des Führers des Aideed-Clans den Sohn des Führers des Hassan-Ali-Mohamed-Clans im Streit mit dem Krummschwert geköpft hatte, so hatte die anschließende Racheaktion der Hassan Ali Mohameds schon feldzugartige Formen angenommen. Jedenfalls kamen dabei mehr als ein weiterer Sohn des gegnerischen Clans zu Tode, was wiederum den sofortigen Gegenzug der Aideeds forderte. Und so weiter.

Aus diesem Chaos kam General Siad Barré an die Macht, der es, samt Clan und Bütteln, geschafft hatte, die mafiosen Feindlichkeiten zum Aufbau einer eigenen höchst kriminellen Infrastruktur zu nutzen. Da wurden Waffen in einem Maß verschoben, dass sich Beobachter nicht einmal gewundert hätten, wenn eine Atombombe in den Arsenalen aufgetaucht wäre. Drogen passierten das Transitland wie andernorts Getreide oder Öl, und um den Lebensstil der Oligarchen fein abzurunden, kamen westliche Entwicklungsgelder gerade recht. Nur waren die dazu gedacht, einer erneut drohenden Hungersnot vorzubeugen. Doch was kümmerte die Barrés, Mohameds und Aideeds das somalische Volk?

Wann nun den Hassan Ali Mohameds das Kampfpotenzial in ihrem privaten, aber sich längst über das ganze Land erstreckenden Krieg ausgegangen war, weiß niemand mehr. Dass sie jedoch heute keiner erwähnt, legt die Vermutung nahe, dass der Rest ihres Clans in den von Ali Mahdi Mohamed integriert wurde.

Denn der Krieg, von dem hier die Rede ist – er führte zum Einsatz amerikanischer Truppen, die ihn beenden sollten –, dieser Krieg findet zwischen Ali Mahdi Mohamed und den Aideeds statt. Und war wieder entbrannt, nachdem der im Januar 1991 geflohene Präsident Siad Barré das Land am Horn Afrikas in völliger Anarchie zurückgelassen hatte. Das war vor gut zwei Jahren gewesen, und seither bin auch ich direkt am Geschehen beteiligt. Als Kriegskorrespondentin.

Zusammen mit David, meinem Kameramann, und Adam,

dem Tonmann, berichte ich aus einer Stadt, die politisch als rechtlose Zone gilt. In der junge Männer die Straßen regieren, aber nicht wissen, warum. Zwar sind ihnen die Parolen der Rache längst zum Dogma geworden, doch dass ihnen das Chaos im Land die Zukunft verbaut, dringt trotz aller Treue zum jeweiligen Warlord in ihr Bewusstsein.

Aus dieser Not, endlich handeln zu müssen, wenn man die Träume in eine Zukunft als Händler, als Viehbesitzer, als Lastwagenfahrer, als Arzt, als Lehrer oder als Ehemann und Vater in einer ganz normalen Familie nicht für die nächsten fünfzig Jahre begraben wollte, war 1990 eine Revolte entstanden. Ein Aufstand gegen das Rache- und Bereicherungsregime der Alten, angeführt von einer Hand voll junger Aideed-Sprösslinge, von Siad Barrés drittältestem Sohn und Mahdi Mohameds vier Enkeln.

Sie alle wurden, kaum hatten sie das Rundfunkgebäude in Mogadischu besetzt, von Barrés Soldaten ermordet. Ihren Mitstreitern erging es nicht anders. Nur wenige konnten fliehen. Die Köpfe der Aufständischen blieben zwei Tage lang auf den Mauern des Palastgebäudes ausgestellt.

Ich glaube nicht, dass es in ganz Mogadischu einen jungen Mann gibt, der sich seither nicht mit Rauschgift betäubt. Mit Kat allemal, einer Pflanze, die, wenn man sie kaut, den Hunger stillt. Die nette, kleine Räusche beschert, in denen man Bäume umarmen muss. Die aber auch betäubt, sodass man sich groß, ja unverwundbar vorkommt und das Elend um einen herum zur Kulisse für das eigene Ego schöndenken kann. Im Mogadischu dieser Tage ist jeder Mann Rambo, und wem es infolge des Hungers an Muskelkraft fehlt, der hat ja noch seine AK–47.

Ein Hexenkessel, diese Stadt. Wo Frauen vor zehn Tagen einen GI zu Tode gesteinigt und anschließend nackt durch die Straßen gezogen hatten. Wo vier unserer Kollegen vor gut drei Wochen mitten in der Stadt vom Mob erschlagen worden waren. Hos Maina und Dan Eldon hatten für Reuters gearbeitet, der Deutsche Hansi Kraus als Fotograf für Associated Press und Anthony Macharia als Tonmann für Reuter Television. Wir hatten noch am Abend zuvor auf der Dachterrasse des Al-Sahafi-Hotels zusammengesessen. Hier hatte sich die gesamte internationale Presse niedergelassen, weil diese Unterkunft nicht nur zentral lag, nicht nur über eine halbwegs intakte Strom- und Wasserversorgung verfügte, sondern zudem ein Lager bot, das man als sauber bezeichnen konnte. Hin und wieder fiel sogar ein Reinigungskommando über unsere Gemächer her, und die hoben auch die Matratzen hoch und putzten darunter.

Außerdem gab es täglich geregeltes Frühstück mit Toast und Pulverkaffee und einen verschließbaren Raum, in dem wir unsere illegalen Alkoholvorräte fern der islamischen Sittlichkeitswacht bunkern konnten. Und die Dachterrasse, allabendlicher Treffpunkt aller Journalisten, und das sind ständig mehr als vierzig Leute. Viel mehr Männer als Frauen, aus allen Teilen der Welt. Angestellt bei internationalen Nachrichtenagenturen, als Reporter für Magazine, als Fotografen und als Korrespondenten für die großen Tageszeitungen, für Radio und Fernsehen, wie David, Adam und ich. Wir arbeiten für die britische CBT und die italienische TRN.

Auf den ersten Blick ging es uns fast gut. Obwohl wir alle viel zu viel tranken. Obwohl wir kreischten, anstatt zu lachen. Wir waren nervös, denn erstens gilt es allgemein als nicht sonderlich beruhigend, an Kriegsfronten zu arbeiten, und zweitens war klar, dass hier in den nächsten Tagen eine Entladung aufgestauter Emotionen stattfinden würde. Seit Wochen schon brodelte Mogadischu vor Erregung, seit Anfang Mai, um genau zu sein.

Damals hatten die amerikanischen Truppen Somalia verlassen. Ihre Mission sei erfüllt, vermeldeten sie und verbrämten so ihr größtes Militärdesaster seit dem Vietnamkrieg. Ein kleines Kontingent von ungefähr zweitausend Soldaten war zurückgeblieben, mit dem hehren Auftrag bedacht, in Somalia für Ordnung zu sorgen. Sie fungierten als Friedenstruppe unter dem Mandat der United Nations und sollten den »Aufbau der Nation« überwachen. Eine Farce vor dem Hintergrund der Erfahrungen, die die US-Streitmacht hier in den vergangenen Jahren hatte sammeln müssen.

Schließlich waren die GIs abkommandiert worden, den Bürgerkrieg zwischen den verfeindeten Clans Aideed und Ali Mahdi Mohamed zu beenden, den von Hungersnöten geplagten Menschen beim Aufbau einer wirtschaftlichen Infrastruktur zu helfen und eine adäquate politische Landschaft zu schaffen, weg von der Rechtlosigkeit des somalischen Systems. Nichts davon hatte stattgefunden. Vielmehr hatten sich Hungersnöte ausgebreitet, anarchistische Staatsstrukturen verfestigt, kriminelle Netze ausgedehnt. Außerdem hatte sich ein tödlicher Hass auf alles Amerikanische herangebildet. Denn endlich konnte die staatliche Agitation von der Unfähigkeit einheimischer Politiker ablenken und die gesamte Katastrophe Somalia als *American brand* verkaufen. Und in dieser Atmosphäre von aufgeputschten Emotionen blieben die Blauhelme zurück, als Nachhut der Gerechten sozusagen. Sollten sie doch sehen, wie sie mit der aufgeheizten Stimmung zurechtkamen.

Es steht mir heute und an dieser Stelle nicht mehr zu, das Somalia-Engagement der damaligen Bush-Administration zu kritisieren, auch nicht die Vorgehensweisen der UN-Truppen. Doch ich habe das Recht, die maßlose Arroganz ihrer Befehlshaber anzuprangern. Denn was aufgrund der schrecklichen Borniertheit dieser Männer geschah, daran erinnere ich mich noch heute nur mit Grauen.

Denke ich an Somalia, kommt mir oft der Tag in den Sinn, an dem der pensionierte Admiral Jonathan T. Howe in seiner Eigenschaft als Chef der Blauhelme in Mogadischu die Bombardierung des Hauses von Abdi Qaaybdid anordnete, weil er glaubte, dass dort eine »terroristische Zelle« Angriffe auf die UN-Truppen plane. Qaaybdid war der selbst ernannte Kriegsminister der Somali-National-Alliance-»Regierung« General Aideeds. An jenem Morgen fand ein Meeting von Clan-Ältesten statt, das zusammengerufen worden war, um den Rücktransport der somalischen Flüchtlinge in Kenia zu organisieren. Wir Journalisten wussten das und damit auch die UN-Verantwortlichen.

Noch nie zuvor hatten UN-Friedenssoldaten in kriegerischer Absicht einen Angriff unternommen. Noch nirgendwo. Nie zuvor waren Blauhelme zu Mördern geworden. Bis zum 12. Juli 1993. Ein Kollege hat die Geschosse gezählt: Siebzehn Missile-Raketen und zweitausend leer geschossene Magazine aus Maschinengewehren legten Qaaybdids Haus in Schutt und Asche, nachdem es nach den ersten Einschlägen von Sprengkörpern aus den Helikoptern förmlich explodiert war. Alle in dem Gebäude Anwesenden starben, wurden in Stücke gerissen, verbrannten. Das gesamte Schattenkabinett Aideeds, viele ihrer Frauen und Kinder. Über siebzig Personen. Keinem Einzigen war die Chance gewährt worden, das Haus vor dem Angriff zu verlassen. Da hatten sich Friedenssoldaten in kaltblütige Killer verwandelt. Wer hätte diese Apokalypse erahnen können?

Als sie ihren Anfang nahm, waren wir alle noch im Hotel. Dan Eldon ging von Zimmer zu Zimmer, um neue Bestellungen für seine »Somalia-T-Shirts« aufzunehmen. Der junge Fotograf aus Kenia versorgte uns regelmäßig mit T-Shirts, die er in Nairobi mit Motiven seiner Fotos bedrucken ließ. Meist zeigten die Bilder Soldaten in gestellten, völlig schrägen Posen, und nicht nur die Somalis standen ihm dafür Modell.

Ich saß auf meiner Matratze und schrieb an einem Kommentar für die Abendnachrichten, David lungerte mit den anderen in der Halle des Al-Sahafi herum, denn jemand hatte die Satellitenschüssel auf dem Dach repariert, sodass wir wieder CNN empfangen konnten. Der Sender zeigte gerade die neuesten Kriegsbilder aus Jugoslawien, die wiederum Hansi Kraus für uns kommentierte. Schließlich kam er gerade von dort, auch er ein junger Fotograf. Er hatte sich gewünscht, bei seinem nächsten Einsatz nach Somalia geschickt zu werden. Denn von den Grausamkeiten in Bosnien wollte er Abstand gewinnen.

Als wir den Lärm des Beschusses hörten, dachten wir erst an eine Explosion, zumal die Rauchwolken wie ein Atompilz aus der Stadt aufstiegen. Doch dann sahen wir die Cobra-Helikopter über der Szenerie kreisen. »Verdammt«, schrie einer aus der Halle durchs Treppenhaus, »da geht ganz viel gerade ganz schief!« Es war David, der im Loslaufen noch nach Adam suchte. »Ich komme nach«, rief ich.

Wissend, dass David die Bilder einfangen würde und ich mich ohnehin erst dann dem Thema zuwenden konnte, wenn das Ereignis, was immer es war, ein Ende genommen hatte, wollte ich erst noch die Arbeit am Kommentar abschließen. Hätte ich gewusst, dass ich ihn nie senden würde, weil ihm die News vom Tod unserer Kollegen und die Meldungen über das Massaker von Friedenssoldaten an wehrlosen Zivilisten den Rang ablaufen würden, wäre auch ich sofort losgerannt. Wahrscheinlich zusammen mit den ersten vier, denn ich hätte nichts mitzunehmen brauchen.

Bis David, Adam und der Pulk der anderen Kollegen ihre Kameras, Tonmaschinen oder Aufnahmegeräte beisammen hatten, waren sie, Dan, Hos, Hansi und Anthony, schon unterwegs, jagten im Eiltempo über die Kreuzung vor unserem Hotel und verschwanden in der Straße vor dem Funkhaus.

Zwanzig Minuten später lief auch ich durch die Stadt. Die Wände der Häuser waren schon seit langem durch zahllose Kugeln aus Maschinengewehren perforiert, von Feuern schwarz gefärbt oder von Granateneinschlägen zerstört. Hier ragte noch eine halbe Mauer empor, dort stachen verbogene Moniereisen oder Metallträger wie mahnende Finger in den graublauen Himmel. Und doch lebten zwischen all dem Geröll Menschen, aber jetzt begegnete mir keiner. Sogar mein selbst ernannter Bodyguard Muhamed war unsichtbar. Kein Auto fuhr, kein Radio dudelte aus einem der vielen offenen Fenster. Stattdessen hörte ich ein Raunen, das anschwoll, je näher ich jener Straße kam, über der dichter Qualm wie ein Schleier hing. Aus dem Raunen löste sich plötzlich lautes Geschrei, und mir entgegen kam Anthony Macharia. Er rannte, gefolgt von einer Horde wild gestikulierender somalischer Männer. Einige von ihnen stachen mit Messern in die Luft, andere warfen Steine nach Anthony. Instinktiv duckte ich mich hinter ein Hoftor, sah das Grauen in Anthonys Gesicht und die erbarmungslosen Grimassen seiner Verfolger. Nur wenige Meter vor dem Hotel traf ihn ein Stein am Kopf, er fiel hin und wurde von unzähligen Messerstichen zerfetzt.

Ich weiß nicht, wie lange ich hinter der Tür stand, die Hand um einen Balken gekrampft, sodass sich dicke Holzsplitter in Finger und Handballen bohrten. Zehn Sekunden, vielleicht eine halbe Minute? Das Raunen schwoll an zu einer Kakophonie des Hasses aus antiamerikanischen Hetzparolen, Gewehrschüssen, Schreien. Irgendwo heulte eine Sirene. David! Adam! Die anderen! Was war dort geschehen?

Ich rannte weiter, jetzt allerdings nicht mehr über die Hauptstraße, sondern durch die schmalen Gassen, durch Müll, Schutt und über Berge von Unrat hinweg. Noch immer begegnete mir niemand. Und dann traf mich der Schlag mit dem Schaft einer MP an der Schulter, und der Kerl, der mich so stoppen wollte, spuckte mir ins Gesicht. Ich schlug die Arme vor das Gesicht, erwartete noch mehr Schläge, doch der Mann lief weiter. Ich suchte Deckung in einem Hausflur, zusammengekauert, hoffend, dass keiner hinter mir aus dem Haus gehen möge. Jeans und Bluse klebten mit kaltem Schweiß an meinem Körper, das Kopftuch war heruntergerutscht, die Schulter schmerzte bestialisch, war aber weder ausgerenkt noch schlimmer verletzt.

Doch die Sorge um David und Adam, aber auch Neugier trieben mich aus meinem Versteck und direkt in den Menschenauflauf vor den Überresten des Qaaybdid-Hauses. Von weitem schon sah ich Davids Einsfünfundneunzig über alle Köpfe ragen, sah Adam neben ihm, sah aber auch, dass die beiden sich zurückzogen. David hielt die Kamera am Auge, Adam bahnte vorsichtig eine schmale Gasse durch die Wand aus menschlichen Körpern.

Verschleierte Frauen in ihren blauen oder schwarzen Bui-Buis, Männer in weißen, langen Dschellabahs und Kinder bildeten einen Kordon um das Qaaybdid-Haus. Um die Helfer, die wie in Panik versuchten, Überlebende in den Trümmern zu finden, um die drei Ambulanzwagen und um die Fahrzeuge des Friedenskorps.

Blauhelmsoldaten hatten, noch immer von der Richtigkeit dieses Angriffs überzeugt, das Haus gestürmt und filmten nun jeden Toten darin, jede zerschossene Wand, jede herabgestürzte Decke. Wohl, um in Washington einmal mehr beweisen zu können, dass sie ihren Auftrag der Befriedung und des Aufbaus des Landes ernst nahmen. Ja, sogar todernst, um bei der Wahrheit zu bleiben.

Und inmitten dieses Chaos hatten Dan, Hos, Anthony und Hansi wie am Pranger gestanden. Als Eindringlinge, als Ausländer, als Amerikaner vielleicht, als amerikafreundlich aber bestimmt. Und als Feinde in jedem Fall. Obwohl zumindest Dan Eldon in der Stadt genauso bekannt gewesen war wie der Imam. Er hatte mit seinen späteren Killern oft zusammengesessen, hatte mit ihnen Kat geraucht, hatte sie in ihren bizarren Outfits und Posen fotografiert. Er wurde zu Tode gesteinigt, Hos und Hansi zusätzlich mit Messern traktiert. Hansis Leiche tauchte erst Tage später wieder auf. Ein paar Youngsters hatten versucht, Lösegeld zu erpressen, unter anderem auch von uns.

Der Mob löste sich erst auf, als der Muezzin zum Mittagsgebet rief. Bis dahin hielten wir uns in meinem vorherigen Versteck auf und wagten uns erst wieder auf die Straße, als die Frauen ihre verrutschten Schleier richteten, die Männer die Hände an ihren langen Gewändern abwischten, in ihre Sandalen schlüpften und sich schleunigst auf den Weg in die Moschee begaben. Die Wut war fürs Erste verflogen. Zwar würde man das Attentat auf Qaaybdid und seine Gefolgschaft noch in großem Stil rächen, doch hatte man sich zumindest erst einmal abreagiert. Zu den mehr als siebzig Toten im Qaaybdid-Haus waren vier Journalisten dazugekommen – na und?

Lynchjustiz ist eines jener Phänomene, mit denen man sich als Fremdling in Afrika entweder abfinden kann oder die einen dazu bringen, dem Kontinent auf Nimmerwiedersehen den Rücken zu kehren. Eine weniger dramatische Alternative gibt es nicht. Ich habe oft versucht, gegen alle Vernunft, Erklärungen für diesen Irrsinn zu finden. Schließlich kenne gerade ich nach vielen Jahren des Lebens in Afrika eine Menge Einheimische, die so liebenswürdig sind, dass ich sie alle in meine Familie integrieren möchte. Ich habe aber auch gesehen, dass diese lieben Menschen ausrasten, beispielsweise, wenn ein Dieb erkannt wird. Mit dem Schrei »Dieb, Dieb« wird der eben noch fürsorgliche Mitmensch, der sich vor lauter ernst gemeinten »Sorrys« kaum beruhigen kann, nur weil irgendjemand vor seinen Augen gestolpert ist, zum rasenden Rächer. Mit blutunterlaufenen Augen, starrem Blick und nicht ansprechbar reißt er Steine aus dem Pflaster, bewirft den Unglücklichen damit und findet dann, wenn das Lynchopfer die Steinigung noch überlebt, einen alten Autoreifen. Den bekommt der Delinquent übergestülpt, irgendwoher hat der Mob Spiritus oder Benzin besorgt, und nach wenigen Sekunden steht der vermeintliche Dieb in Flammen. »Halskrause« nennt man diese Art der Hinrichtung, die übrigens, wie man sagt, in Nigeria erfunden wurde.

Der vorhin noch hilfreiche Passant an meiner Seite, der sich in Sekundenschnelle in einen irrsinnigen Terminator verwandelt hat, steht jetzt in der Menge und lacht, wie alle anderen, über die Verrenkungen und die Schreie des Sterbenden. Gleich wird er sich umdrehen, weitergehen – nach Hause, zur Arbeit – und ernsthaft »sorry« sein, wenn jemand unvermittelt aus dem Tritt gerät.

So auch diese Gruppe Somalis, die eben noch eine Horde lynchender Ungeheuer darstellten und jetzt friedlich im Eingang der Moschee verschwinden. Während wir vor den Trümmern unserer Illusion stehen. Jener Illusion, dass es uns doch recht gut geht und mehr noch: dass wir uns durch unsere einschlägige Erfahrung ein Maß an Sicherheit aufgebaut haben. Sicherheit, die uns davon abhält, Fehler zu machen, und die wir benötigen, um überleben zu können.

Stattdessen sind wir gelähmt und unfähig, auf den Platz vor dem Haus zu blicken, wo das, was wie weggeworfene Kleiderbündel aussieht, die zerschlagenen Körper von Dan und Hos sind. Unfähig auch, die Tränen zurückzuhalten und die Zeichen der Angst.

Ich schaffe es nicht, mich aus der Hocke zu erheben. Sitze wie zusammengeklappt auf den Fersen, mit dem Rücken an einer Hauswand. David steht dicht vor mir. Ich habe einen Arm um seine Knie geschlungen. Er stützt sich mit beiden Händen an die Wand. Sein Körper bebt. Dieser ganze große Mann weint. Auch aus Adams Augen strömen Tränen, sein Oberkörper wippt langsam vor und zurück. Hin und her. Pieter, der Kollege aus Kanada, sitzt im Dreck zusammengekauert; Frero, ein Fotograf aus Schweden, hat sich an ihn gelehnt und schüttelt wie in Trance den Kopf, und selbst dem Kollegen von CNN hat es die Sprache verschlagen. Er und sein Team sitzen am Rand eines Schlaglochs und starren auf den Platz.

Könnte ich mich doch hinter Davids Hosenbeinen unsichtbar machen! Ich habe solche Angst, hinzuschauen, in mich eindringen zu lassen, was meinen Kollegen widerfahren ist.

Denn unermüdlich kreisen meine Gedanken um mein Glück. Darum, dass ich nicht im ersten Pulk aus dem Hotel gelaufen bin, darum, dass der Mann mit der MP mich nur an der Schulter verletzt hat. Ich versuche, diesen abgegriffenen Gemeinplatz »Das hätte auch mir passieren können« aus dem Kopf zu bekommen, umzubiegen in eine weniger egoistische Betrachtung dieses Grauens, in ein ausschließliches Bedauern.

Doch mir wird nur und einmal mehr klar, in welcher Gefahr ich mich ständig befinde. Und sofort ist auch mein chronisch schlechtes Gewissen wieder präsent. Schließlich gibt es in Mombasa meine Kinder, die ein Recht darauf haben, dass ihre Mutter gesund wieder nach Hause kommt. Und ich habe nur eine Rechtfertigung, in diesem und in anderen Kriegen zu sein: Ich muss das Geld verdienen, um meine kleine Familie zu ernähren.

Ich habe mehr als einmal versucht, in einer anderen Sparte eingesetzt zu werden. Habe Konzepte für »schöne Filme« geschrieben, habe mit David und Adam zusammen in unserer Freizeit »schöne Filme« gedreht: von einem Afrika, dessen Natur mit seinen erdigen Farben, seinen atemberaubend schweren Gerüchen, den offenherzigen Menschen und der unglaublichen Artenvielfalt in den Wildnissen des Kontinents so intensiv ist, dass die Bilder einen nicht mehr loslassen, ja süchtig machen nach jeder Chance, sie erneut zu erleben.

Tolle Filme waren das, zwei wurden ausgezeichnet, TRN und CBT haben sie mehrfach gesendet und auch gut verkauft, doch uns in diesem Genre arbeiten zu lassen statt News zu bringen, das kam überhaupt nicht in Frage. »Wir lassen doch nicht zu, dass eine Frau, die die besten Kontakte hat, eine, die den Kontinent von oben bis unten kennt und sämtliche politischen Zusammenhänge und die seit Jahren beweist, wie prädestiniert sie ist für diese Art Arbeit, dass die irgendwelche Filme über Tierwanderungen oder Love Hotels entlang der Transafrica macht!«, hieß es. Und den Nachsatz: »Du bist eine News-Frau, aber wenn du keine News mehr liefern willst …«, den Satz kann ich im Schlaf herunterbeten, mit den bedeutungsvollen Pünktchen am Ende, ganz unheilschwanger. Die Verantwortlichen in Rom und London wussten genau, dass ich nicht kündigen würde.

Wir müssen hier weg. Ich bedeute David und Adam durch Gesten die Richtung unseres Rückzuges, und dass ich vorangehen werde, ziehe den Schal über meinem Kopf zurecht, richte mich ganz langsam auf. Nur keine hastigen Bewegungen machen, sie könnten das Augenmerk auf uns lenken. Solcherart Situationen sind nichts Neues für uns, und so funktionieren wir auch heute perfekt.

Erst in der höchst fragwürdigen Sicherheit eines weiter entfernten Hauseingangs bestimmt wieder das Entsetzen meine Emotionen. Wir schauen uns an, sehen in den Augen der anderen die Bilder von unseren getöteten Kollegen und wissen, dass die kleine, wohl sortierte Welt, die wir Korrespondenten im Gepäck hatten, zerschlagen ist. Da liegen die imaginären, einst sorgsam aufgeschichteten Wälle, die man Erfahrung nennt, Kaltblütigkeit oder siebten Sinn, in Trümmern. Nirgendwo mehr eine Nische, eine Mauer, um sich dahinter zu schützen vor der Omnipräsenz des Grauens und der Angst, der unglaublich dominanten Macht des Schreckens und der Hilflosigkeit. Wir stehen nackt in der Kälte der Hölle.

»Ulla?«

»Ja?«

»Was sollen wir tun? Ich meine, jetzt und wirklich?« David schreit: »Sag mir, was ich filmen soll!« Er nimmt die Kamera hoch, wirft sie Adam in den Arm und läuft mit Riesenschritten Richtung Hotel davon.

So sieht er den Helikopter der US-Armee nicht mehr landen und sieht nicht, wie sie die Überreste von Hos und Dan auf Bahren schnallen, um sie ins Militärhospital zu fliegen. Adam filmt die Szene, und ich spreche den Kommentar, kann mich allerdings an keines der Worte erinnern. Allerdings wurde mir später aus der Redaktion in Nairobi der Vorwurf gemacht, ich hätte grauenhaft ausgesehen, nicht gekämmt, mit verweintem und fleckigem Gesicht, hätte mit tonloser Stimme gesprochen. Oh, sorry.

David hat seine Matratze auf die Dachterrasse des Hotels geschafft und meine gleich mit. Er hat auch schon mit dem Trinken begonnen wie der Großteil der bereits eingetroffenen Kollegen auch. Doch heute klingen keine Gläser aneinander, keiner spricht. Ein paar Blauhelme sind gekommen, um die offizielle Lesart ihres Befehls zu erklären. Einer, den wir von vielen Abenden des Zusammensitzens kennen, entschuldigt sich sogar. Doch beziehen sie, als keiner ihnen antwortet, Posten an der Tür zum Treppenhaus, um uns bei einer eventuellen Razzia früh genug warnen zu können, obwohl wir heute kaum damit zu rechnen haben. Die somalischen Jungs sind fürs Erste in ihrem Zorn gegen alles Westliche befriedigt. Doch jeder hier oben registriert die Geste der Friedenskorpsler.

David zieht mich auf der Matratze ganz dicht an sich heran. Die Mauer der Terrasse im Rücken, trinken wir den Whisky aus großen Gläsern, in großen Schlucken. Ganz methodisch. David ist allerdings viel schneller als ich. Besser, ich halte mich zurück. Denn ich weiß, dass er gleich in einen Schlaf fallen wird, der das Grauen des Tages projiziert. Und dass er dabei, wie schon so oft, Krämpfe bekommt, an denen er sich verletzen könnte.

Deshalb bleibe ich halbwegs nüchtern, und als er zusammensackt, lege ich mein Bein über seinen Oberschenkel und drücke mich ganz fest an ihn. So werde ich merken, wenn die Dämonen unseres Alltags ihn durch einen Albtraum jagen, werde ihn festhalten, ihn streicheln, ihm tröstend zureden. Wie schon so oft.

Davids Videoclip vom Morgen auf dem mombasischen Flughafen, den wir »Auf dem Weg zur Arbeit« genannt hatten, wurde später einige Male und bei diversen Fernsehanstalten gesendet. Im Zusammenhang mit jener Statistik, in der verzeichnet ist, wie viele Journalisten in jenem Jahr im Kriegseinsatz umgekommen waren. 1993 allein waren es einhundertvierundsechzig.

Ein anderer Clip aber hat für noch mehr Furore gesorgt. Der mit der Szene, in der mir ein schwer bewaffneter Somali beim Verlassen des Flugzeugs eine AK–47 an die Schläfe hielt. Er wurde immer wieder gesendet. Weil, wie der italienische Senderchef gesehen haben wollte, meine Haare so fotogen im Wind wehten, die Wimperntusche noch nicht geschmolzen und mein Gesichtsausdruck so sexy war. Sexy, natürlich.

Sexy soll ich gewesen sein, während ich sechs Minuten und vierundzwanzig Sekunden benötigte, um meinem bekifften Gegenüber glaubhaft zu machen, dass ich, obwohl blond und weiß, keine Amerikanerin und damit keine Todfeindin bin! Sechs Minuten und vierundzwanzig Sekunden, in denen ich um mein Leben redete und in denen David die Kamera leicht abgewinkelt am herunterhängenden Arm hielt – nicht abgeschaltet. Entgegen dem Befehl der umstehenden, ebenso schwer bewaffneten Somalis. Sechs Minuten und vierundzwanzig Sekunden, in denen ich wieder jene Szene im Libanon vor Augen hatte, als ein Soldat meinen damaligen Kameramann anwies, das Filmen einzustellen. Und ihn, als er den Befehl ignorierte, durch das Objektiv hindurch erschoss. – Trevor war fünfundzwanzig Jahre alt gewesen, ich hatte seiner Mutter den Koffer mit seinen Jeans und Hemden nach Hause gebracht. – Sechs Minuten und vierundzwanzig Sekunden, in denen ich kaum das Gesicht des somalischen Soldaten wahrnahm, sondern meine Söhne vor mir sah. Gyjian war gerade sieben Jahre alt, Aijosha acht. Während ich redete und redete, saßen sie in der kleinen Schule am Strand von Mombasa. Würde David ihnen mein Diktiergerät bringen, meine uralte Lederjacke, meine Sonnenbrille, meine beiden Ringe? Ich sah die Aufnahmelampe an seiner Kamera rot leuchten und hasste ihn. Meinen Freund für viele Jahre. David, der später behauptete, niemanden mehr zu lieben als mich.

An der Maschine angekommen, legte dieser Mann mir den Arm um die Schulter: »Ulla, können wir?« Wie oft schon hatte David mir das Gefühl gegeben, von ihm beschützt zu sein? Das Flugzeug startete durch. Wir waren wieder einmal unterwegs nach Mogadischu. Nach Somalia, in den Krieg.

Adam beugte sich zu mir herüber.

»Was ist mit deiner Ration?«

Mein Nicken hieß: »Kannst du haben.«

»Kannst du sie mir jetzt schon geben?«

Ich gab ihm alles, bis auf eine Rolle gepresster Trockenfrüchte. Und David tat das Gleiche, bevor er angesprochen wurde. Wir waren zu angespannt, um unseren Dicken zu necken. Ich hätte mein Gehalt dafür verwettet, dass es in den folgenden Tagen zu wieder einmal lebensbedrohlichen Ereignissen kommen würde.

David, Adam, Frank, meine Söhne und ich hatten, wie schon so oft das Wochenende miteinander verbracht. Ein ganzes Wochenende kriegsfrei, das war notwendig geworden, nachdem ich zwei Tage lang in einem Bunker verbracht hatte, zusammen mit Ali Mahdi Mohamed, dem Kontrahenten des somalischen Kriegsführers Aideed.

Kein Mensch, nicht einmal der nachrichtenärmste Journalist, sucht sich eine solche Tortur freiwillig aus, denn so irre Aideed sich gab und so unberechenbar in seinen Launen, so reaktionär – und noch machtbesessener – war Mahdi. Seine Stentorstimme schwingt mir noch heute im Ohr, und das Falsett, in das sein Propagandageschwafel umschlug, wenn er sich in einen Wutausbruch gegen alles Westliche verstieg. Zum Davonlaufen!

Doch ich hatte begonnen, an einer Dokumentarreihe zu Aideed und den anderen Clanführern Somalias zu arbeiten, und darin durfte Mahdi natürlich nicht fehlen.

Wie immer, wenn ein, in seinen Augen, so wichtiger Mensch um Kooperation gebeten wurde, dauerte das Tauziehen um die Erlaubnis Wochen und kostete zahllose Dollar Schmiergeld. Doch dann bekam ich nur die Genehmigung zum Interview erteilt, nicht zum Filmen. Was im Klartext auch hieß, dass nur ich allein kommen durfte.

Das passte uns gar nicht, denn schon das Hinkommen zu den verschiedenen Verstecken der jeweiligen Protagonisten war abenteuerlich. Mit verbundenen Augen und auf Wegen, die sich nie nachvollziehen ließen. Wenn ich da in eine Bredouille geriete, wüsste niemand, wo man mich suchen müsste. Die Aktion wäre an dieser Stelle abgebrochen worden, hätte ich die Serie nicht zu Ende bringen wollen. Dementsprechend war ich schon genervt, bevor man mich abholte.

Der ganze Aufwand war im Endeffekt nichts als Makulatur für eine gigantisch aufgeblähte Blase, denn Neues über den Menschen oder Politiker Mahdi erfuhr ich nicht. Außer vielleicht, dass er noch rücksichtsloser schien, als bis dato angenommen. Verlorene Zeit. Ich hätte das schon vorhandene Material für die Geschichte nehmen können oder die Idee für das Porträt auch einfach vergessen, wenn ich nicht ohnehin schon völlig überstrapaziert gewesen wäre und deshalb irgendwie aktiv sein musste.

Der aufgehetzte Mob, die Straßenkämpfe, das unaufhörliche Bombardement der Amerikaner, die Morde an den Kollegen – wir konnten unsere Nasen kaum mehr aus dem Hotel stecken oder das UN-Gelände, wo wir kampierten, verlassen, wenn das Hotel mal wieder unter Dauerbeschuss stand. Schon flogen Steine oder krachten Schlagstöcke auf unsere Köpfe.

Ich wollte weg von hier. Wollte nach Hause, zu meinen Kindern. Wollte sie anfassen, sie sehen, sie hören. Sie beschützen. Wollte ständig bei ihnen sein, wollte sie, und das war der eigentliche Grund, nicht auch noch verlieren, wie Marie.

Dabei war ich, als Marie starb, zu Hause gewesen und hatte doch ihren Tod nicht verhindern können.

Ich kann nicht sagen, ob mir die Irrationalität meines Denkens klar war, vermutlich ja. Doch wen kümmern Logiken, wenn Angst die Seele auffrisst, man diesen Zustand aber nicht beenden kann? Mich nicht. Ich hab's zu lernen versucht und bin kläglich gescheitert.

David bemerkte meine Zerrissenheit schon seit Tagen, hielt sich aber zurück. Bis Donnerstagmittag, als er plötzlich insistierte, nach Mombasa zu fliegen. Freitag, der muslimische Sonntag, war erfahrungsgemäß so etwas wie ein Tag des Friedens in den Turbulenzen des normalen Kriegsgeschehens, und wenn Samstag und Sonntag die Hölle losbrechen sollte, konnten wir immer noch schnell zurückfliegen. Unsere Zentrale würde uns auf dem Laufenden halten.

Ich freute mich so sehr auf meine Söhne, auf mein Haus, auf Ruhe, unterbrochen nur vom Gebell der Hunde oder von Kinderlachen. Nicht vom Kreischen angreifender Bomber, nicht vom Sirren der Granateneinschläge, nicht vom Stakkato der Maschinengewehre, nicht von den Schreien Verwundeter, nicht vom Stöhnen Sterbender. Wir lachten, als wir zum Flugfeld gingen, und weil es mir so gut ging, fragte ich »meine drei Männer«, ob sie das Wochenende nicht bei uns verbringen wollten. Ihr »Yes« kam unisono.

Während des Heimfluges machten wir Pläne. Nein, Safari schied als Alternative aus. Wir wollten nicht fahren und auch nicht im Zelt schlafen, sondern Videos angucken, in einem richtigen Bett liegen, duschen, wenn wir uns danach fühlten, gut essen, im Swimmingpool liegen und am Strand joggen.

Und genau so waren die Tage zu Hause verlaufen. Meine Söhne waren begeistert gewesen, uns alle zu sehen – und das für ein ganzes

Wochenende! Sofort eliminierten sie den kommenden Freitag als Schultag und kuschelten bis zum Mittag mit mir im Bett. Wir sprachen viel über Marie, im Weißt-du-noch-Kontext. Sie war seit fast einem Jahr tot, und allmählich konnten wir an sie denken, ohne dass wir weinen mussten, statt in Erinnerungen zu lächeln.

Amira und Julian, mit Rasmus, Amiras Lebensgefährten, die guten Seelen unseres Haushaltes, übernahmen den Einkauf auf dem Markt in Mombasa. Was sich Adam natürlich nicht entgehen lassen konnte. David pendelte mit den Hunden zwischen Meer und Swimmingpool hin und her, und Frank mauerte einen neuen Grill. Der wurde am Abend eingeweiht, und irgendwann lagen wir alle wieder in unseren Betten und schliefen tief und fest – ungestört.

Es war Sonntagmittag, als die Ruhe mit einem Mal wie weggeblasen schien. Eben hatte ich ein Telefonat mit unserem Chef in Nairobi beendet, ohne den gewünschten Erfolg, denn meine Intention war es gewesen, noch ein, zwei Tage mehr an dieses Wochenende hängen zu können. Doch so einsichtig er bei der Zustimmung zu den vergangenen Tagen »off« gewesen war, so massiv trieb er uns jetzt zurück nach Somalia. So, als würde auch er spüren, dass viel Neues auf uns zukam. Ich hatte fürchterliche Ahnungen, und da ich sehr abergläubisch bin, fühlte ich ganze Herden von Gänsen über mein Grab laufen.

Gyjian und Aijosha bekamen nicht viel von meiner Unruhe mit. Wenigstens hatte ich gelernt, den Schmerz des nahenden Abschieds in fröhlich verbrämten Aktionismus zu verpacken. Immerhin waren beide Kinder noch viel zu jung, um weitere Verlustängste ertragen zu können. Es grenzte ohnehin an ein Wunder, dass sie nicht durchgedreht waren, als ihre so geliebte Schwester Marie an Malaria starb. Diese kleinen Männer wussten, wie ich das Geld für unseren Lebensunterhalt verdiente. Sollten die Details dazu aber erst in ein paar Jahren oder besser nie erfahren.

Auch in der Nacht zum Montag schliefen sie in meinem Bett. Gyjian wie immer am Fußende ausgestreckt, Aijosha mit Bozo, seinem Hund, im Arm an meinen Rücken gekuschelt. Vor dem Fenster raschelten die Palmen, vom Meer klang sanft die Eintönigkeit der anrollenden Wellen herüber, im Swimmingpool schimmerte das Mondlicht.

Der Morgen kam viel zu schnell. Ich küsste meine schlafenden Kinder zum Abschied. Julian fuhr uns zum Flughafen, und dann waren wir wieder unterwegs.

Unterwegs nach Mogadischu, wo ich nicht mehr hinwollte.

»Ulla!« David schüttelte mich.

»Was ist denn?«

»Ich habe dich schon dreimal angesprochen, du hast nicht reagiert.« Er nahm mein Gesicht in seine Hände und schaute mir in die Augen. »Hör auf, dich aufzureiben. Gleich musst du wieder hellwach sein. Ich bin doch auch da. Es wird schon nichts passieren.«

»Nein, David, es wird nichts passieren! Nur dass wieder Hunderte von Menschen getötet werden, während ich daneben stehe und das Unsagbare kommentiere!« Ich schrie jetzt: »Während ich in die Augen der hungernden und verwundeten Kinder schauen muss und nur ahnen kann, welche Qualen sie leiden, bevor sie sterben müssen. – Dave, ich werde die Augen der sterbenden Kinder nicht mehr los!« Ich konnte nicht weinen, nicht mehr.

»Ulla, bitte!« Adam hatte sich in seinem Sitz aufgerichtet. »Bitte hör damit auf! Ich hatte gerade ans Wochenende gedacht. Ich mag deine Kinder.«

O Adam! Ich kreischte nur noch und hätte mich beinah auf ihn gestürzt. »Erwähne nicht meine Kinder, wenn ich von gequälten, sterbenden Kindern spreche!«

David sprang auf und drückte mich in meinen Sitz zurück. Und Frank meldete sich aus dem Cockpit: »Wir fliegen keine 707. Deshalb solltet ihr mit der Wackelei dahinten aufhören. Ulla, vielleicht kannst du an etwas anderes denken.«

»Oh, gern. Sag mir, woran!« Ich zitterte. Vor Wut? Vor Angst.

»Wann habt ihr das letzte Mal an ganz gewöhnlichen Alltagskram gedacht?«, hatte Ferdinand, der Kollege vom österreichischen Fernsehen, eines Abends gefragt. Wir saßen in einem provisorischen Bunker außerhalb von Mogadischu fest. Vier Teams: ein amerikanisches, ein französisches, ein österreichisches und wir. Es war stockdunkel, und wir hatten beim Einsteigen nicht einmal nachgucken können, ob nicht Schlangen und Skorpione hier wohnten. Selbst auf das Licht einer kleinen Taschenlampe mussten wir verzichten, denn der Luftangriff, der uns in den Unterschlupf gezwungen hatte, schien noch nicht vorbei zu sein. Heute waren die GIs wieder wacker unterwegs. Wollten Somalia wahrscheinlich in dieser Nacht befrieden.

Ferdinand zauberte eine volle Flasche Whisky aus seiner Umhängetasche – wir waren mächtig angetan und ziemlich bald auch angetrunken, denn gegessen hatte heute, außer Adam, noch niemand.

Wann hatten wir zum letzten Mal an Alltäglichkeiten außerhalb des Krieges gedacht? An sie gedacht haben mochten viele, aber nur ich war regelmäßig in der beneidenswerten Lage, sie zu erleben. Denn Mombasa, mein Zuhause, liegt nur knappe vier Flugstunden von Mogadischu entfernt. So wusste ich das Privileg des Fliegers, den uns die englische Redaktion zur Verfügung stellte, zu Auszeiten zu nutzen, wann immer es möglich war.

Es gab Zeiten, da schaffte ich es, einmal in der Woche nach Hause zu fliegen, oft nur für einen Abend, für eine Nacht. Doch diese kurzzeitigen Unterbrechungen waren mir das Kostbarste. Sie verhinderten, dass ich den Kontakt zu meinen Kindern zu lange vermisste, dass ich mich in dem Gedanken verlor, die Aufsicht über sie anderen zu überlassen.

Zwar hatten wir das unglaubliche Glück, mit zauberhaften Menschen in der Nachbarschaft zusammenzuleben, doch das Gefühl, meine Kinder fremden Menschen aufzubürden, während ich mich aus der alltäglichen Verantwortung stahl, dieses Gefühl lauerte stets unter der Oberfläche meines Selbstbewusstseins. Während die, derentwegen ich das schlechte Gewissen hatte, sich wahrscheinlich nicht einmal Gedanken in diese Richtung gemacht haben. Sie sind warmherzig und großzügig, sie sind unsere Freunde, noch heute.

Wie Dr. Raven Morris, einer der Flying Doctors aus Nairobi. Raven ist homosexuell, hätte aber nichts lieber als eine Familie mit Kindern. Mittlerweile in seinen späten Vierzigern und nach einem Flugzeugabsturz auf dem Zenit seiner Weisheit angelangt (wie er sagt), hatte er die Konsequenz seines Schwulseins akzeptiert, den unerfüllbaren Traum nach Fortpflanzung ad acta gelegt und sich stattdessen der gesamten benachbarten Nachkommenschaft qua geistiger Adoption bemächtigt. Mit den Töchtern unserer Nachbarn Henry und Ada, eines jungen, schwarzen Lehrerin/Chemiker-Ehepaars, und den sieben Kindern der Massaifamilie von gegenüber kamen wir auf elf Youngsters im engsten Areal, die unzähligen, oft wechselnden Freunde nicht mitgerechnet. Eine für afrikanische Verhältnisse völlig normale Wohnsituation.

Raven war derjenige, der sich am üblichen Alltagsgeschehen wie Fahrten zur Schule, zum Schwimmunterricht, zum Ballett, zur Kirche, zum Rugby, zu Kindergeburtstagen, ins Theater, kurzum überallhin, mit echter Verve beteiligte. Viel enthusiastischer, als Eltern das hinbekommen oder eigens angestellte Fahrer. Er war Freund, Ansprechpartner, wenn das Taschengeld knapp wurde, wenn die Brut Stunk mit den Eltern hatte; Raven war großer Bruder, Zauberer von Oz und der Grund dafür, dass mein Sohn Gyjian schon als Winzling wusste, dass er Flying Doctor werden wird.

Als Marie gestorben war, saß Raven mit einem Motorschaden an seinem Flugzeug im Süden Tansanias fest. Wie er es geschafft hat, die Strecke von dort bis nach Mombasa im Auto so schnell zurückzulegen, dass er noch pünktlich zur Beerdigung kam, wird immer ein Rätsel bleiben. Doch er war da, bekam am nächsten Tag ein neues Flugzeug und nahm Gyjian mit zum Krankenbesuch in einen Massaikral mitten in der Turkana-Wüste.

Dann waren da noch Rita, unsere Nachbarin, deren Grundstück im rückwärtigen Teil an das unsrige grenzt, und ihr gegenüber Franz und Slippi, ein Ehepaar aus Holland. Franz war der Chef der ostafrikanischen Shell, und Slippi verachtete nichts mehr als jene gesellschaftlichen Verpflichtungen, die sich aus Franz' Position ergaben. Die beiden, Althippies feinster Couleur, hatten schon Kinder bekommen, als sie selbst noch Kinder waren: Zwillinge, mit siebzehn. Was aber, neben vielen anderen Erscheinungen, auch zur Folge hatte, dass ihre Töchter schon aus dem Haus waren, bevor Franz nach Kenia versetzt wurde und Slippi aus lauter Langeweile, wie sie immer sagte, mitkam. Damals waren sie noch nicht einmal vierzig und hatten so viel Energie, dass sie daran dachten, noch einmal Kinder zu bekommen.

Bis ich Slippi bat, doch bitte hin und wieder aus ihrem Küchenfenster zu uns hinüberzuschauen. Nicht, dass ich Julian, Amira und Rasmus misstraut hätte, doch können andere Blickwinkel, gerade wenn es darum geht, wie Kinder sich verhalten, nie verkehrt sein, dachte ich – und dachte Slippi erst recht, bevor sie mit Vehemenz ihren »Babysitter-Job« in Angriff nahm.

Nie stellte sie die Autorität der drei Erwachsenen in meinem Haus in Frage, doch als perfekte Ergänzung dieses Schutzbataillons für meine Kinder waren Slippi und Franz unangefochten. Fragen Sie einfach meine Söhne, um zu erfahren, wie liebevoll, ganzheitlich und ganzzeitlich sich vor allem Slippi um sie gekümmert hat.

Von ihr erzählte ich an jenem Abend im Bunker, als Ferdinand das Thema »Denken an zu Hause« angeschnitten hatte. Und auch vom Zusammentreffen mit dem Headmaster der Schule in Mombasa, die Aijosha und Gyjian nun schon seit vier Jahren besuchten. Der arme Mann hatte mir zum x-ten Mal erklärt, dass Gyjian ein hochintelligentes Kind sei – aber zu faul zum Lernen. Nachher hatte ich mit Gyjian darüber gesprochen und ihn »zum letzten Mal« verwarnt. Da dies aber schätzungsweise das zweihundertsiebzigste Mal gewesen war, konnten die Erfolgsaussichten der Standpauke nur gering eingeschätzt werden.

»Dafür«, hatte er, wie immer, argumentiert, »bin ich der beste Windsurfer, der beste Taucher und der beste Tennisspieler. So what? Ich werde Flying Doctor, das weißt du, also basta.«

Meine Kollegen lauschten meinen Erzählungen angestrengt.

Hätten sich liebend gern mit Schulleitern, Taschengeldforderungen oder dem Theater um den ungeliebten Klavierunterricht abgegeben. Alle, auch schon seit langem Reporter, hatten Kinder. Mit Partnern, die sie aus wenigen Begegnungen kannten und vielleicht sogar noch immer liebten.

Wir sprachen selten über zu Hause, weil Erinnerungen daran wehtun, wenn man nicht bei den Menschen sein kann, mit denen man ausschließlich zusammen sein möchte. Wenn man sich, statt die Familie zu beschützen, in ständige Lebensgefahr begeben muss, um den Unterhalt für sie zu bestreiten. Wenn man, statt den eigenen Kindern beim Schlafen zuschauen zu können, in die Augen toter Kinder blicken muss. Wenn man, statt im Arm des Partners Ruhe zu finden, vor Ort keine Arme kennt, in die man sich hineinschmiegen kann, oder – was vielleicht noch schlimmer ist – sich ihnen entwinden muss, weil man den geliebten Menschen nicht mit dem Weinen, den Schreien und dem klebrigen, übel riechenden Schweiß der Albträume aufwecken will.

So, wie wir an jenem Abend zusammensaßen, trafen wir uns häufig. Immer, wenn wir in die Stadt zurückkamen, oft auch an der Front. Nur die Szenerien wechselten. Jeder kennt jeden aus den Nachrichtenteams. Nicht jeden mag man leiden, aber jeder kann sich des Respekts der anderen sicher sein. Einige Kollegen wurden Freunde, andere blieben gute Bekannte. Dennoch sprachen wir uns nie aus. Filterten die Sorgen, die wir mit denen zu Hause hatten, glorifizierten aber unsere Beziehungen, oft weit über die nackte Wahrheit hinaus. Redeten uns den Glauben an ein intaktes Leben außerhalb unseres Jobs geradezu verbissen ein. Als Halt. Als Bild, an das man mit Ruhe denken kann. Mit Ruhe! Bloß nicht mit Imaginationen oder Erinnerungen, die aufregen oder aufwühlen.

Auch wenn einige meiner Kollegen sicher sein konnten, dass ihre Frauen schon längst Männer gefunden hatten, mit denen sie wirklich zusammenlebten, und dass ihre Kinder diese Männer schon fast als ihre Väter akzeptierten. Weil sie bei ihnen waren, mit ihnen spielten, ihnen Ratschläge gaben, sie beim Großwerden begleiteten. Sich nicht ständig auf gefährlichen und unwegsamen Routen zu irgendwelchen Widerstandsnestern befinden, mit verbundenen Augen durch unterirdische Gänge zum Kriegsgegner marschieren oder angesichts turmhoher Leichenberge um das eigene Überleben fürchten müssen.

Allmählich hatten sich unsere Augen an das Dunkel in dem Bunker gewöhnt. In einer Ecke des notdürftig abgestützten Erdloches lag ein Bündel blutiger Lumpen auf einem Haufen. »Bist du sicher, dass es Lumpen sind?«, fragte Bertrand von Radio Une. »Es sieht aus wie eine Leiche.« Und es roch auch so, doch hatte niemand Lust nachzugucken, ob das Bündel nicht nur des Blutes wegen so erbärmlich stank.

Dem Himmel sei Dank, dass unser Fundus an Atemmasken unerschöpflich war. Einer der wichtigsten Bestandteile unserer Ausrüstung, neben dem üblichen beruflichen Equipment. Und Wick Vaporup. Und Zigaretten. Zum tiefen Inhalieren.

Doch obwohl ich diese Utensilien fast pedantisch benutzte, ist meinen Geruchsnerven noch heute der Gestank tagelang bei vierzig Grad Celsius und siebzig Prozent Luftfeuchtigkeit offen herumliegender Leichen präsent. Wenn ich daran denke, jetzt, während ich darüber schreibe, legt sich dieser süßliche Geruch wie ein Schleimfilm über die Härchen in meiner Nase, läuft mir das Wasser im Mund vor Ekel darüber zusammen und hinterlässt einen intensiven Geschmack von Kupfer, von Blut auf meiner Zunge. Und die Hoffnung, dass dies eines Tages vorbei sein könnte, habe ich aufgegeben – wie meine Kollegen wohl auch.

Wer sind wir? Idioten? Oder sind wir doch Idealisten? Oder Abenteurer? Oder Hardcore-Journalisten? Oder haben wir wirklich die Pflicht zu dokumentieren, was an Unbegreiflichem geschieht? Wer sind wir?

Einig waren wir uns allein darin, dass wir alle, die wir mitten in der Nacht in einem somalischen Bunker saßen und uns vor amerikanischen Bomben schützen mussten, nicht mehr klar denken konnten. Obwohl wir, wie Ferdinand noch festgestellt hatte, die größten Meister im Verdrängen waren. Leider hatte er selbst sich auf diesem Feld überschätzt.

Zwei Wochen später, ein ganz gewöhnlicher Tag in Mogadischu. Kämpfe außerhalb der Stadt am Morgen, mittags eine Art Verschnaufpause, in der jeder Korrespondent an seinen Notizen für die Moderation schrieb oder schnell noch ein Interview machte oder versuchte, sich die verstaubten Haare zu richten.

Niemand bemerkte, dass der Kollege aus dem Alpenland fehlte. Als wir auf Sendung gehen konnten und den Korrespondenten aus dem provisorischen Regieraum die Reihenfolge ihrer Übertragungen bekannt gegeben wurde, meldete er sich nicht. »Radio Austria!« Die Stimme aus dem Off klang immer drängender. Keine Antwort. »Radio Austria! Ferdinand!« Nichts.

Der Sender hatte zwei Minuten angemeldet, also musste, sollte gesendet werden. Schon, um Ferdinand nicht in Teufels Küche zu bringen, was immer er jetzt gerade machte.

»Ulla, hast du noch Kapazität? Du bist die Einzige, die Deutsch spricht!« Wir sendeten an diesem Tag in Englisch und Italienisch. Mein Text war fertig. Warum also nicht auch in Deutsch, für die Österreicher?

Die Übertragung ging klar – es gab zwar hinterher einige Hörerproteste, weil die Korrespondentin offenkundig keine Österreicherin gewesen war, doch wäre die Episode schnell vergessen und nichts als ein paar Dollar mehr auf unseren Konten gewesen, hätten wir Ferdinand nicht eine Stunde später im Toilettenhäuschen gefunden. Hinter sorgsam verschlossener Tür, völlig apathisch auf der Klobrille sitzend. Auf seinem Gesicht saßen Fliegen, Heere von Ameisen krabbelten die nackten Beine hoch, ein Skorpion war auf dem Weg in seinen Kragen. Er wiegte sich langsam vor und zurück und summte. Henri, der französische Kameramann, schüttelte ihn. Ferdinand lächelte ein wenig und summte weiter, jetzt allerdings lauter.

Verdammt! Zwar war Ferdinand nicht der Erste, der mit all den belastenden Bildern nicht mehr fertig wurde, er war aber der

Erste, der vor meinen Augen zusammenbrach. Da saß der arme Kerl mit heruntergelassenen Hosen mitten im Elend und war verrückt geworden.

»Wenn ihr mich fragt«, murmelte Henri, »ich kann's verstehen.«

Ein amerikanischer Sanitätsarzt schüttelte nur den Kopf: »Er muss ausgeflogen werden. Am besten gleich nach Hause.«

»Nach Hause« konnten wir ihm nicht bieten, aber Nairobi, wo Frank ihn mit dem Flieger unseres Senders nach drei Stunden absetzte. Und von dort flog er am nächsten Tag nach Wien. Wir haben nie wieder etwas von ihm gehört.

In dieser Nacht betrank sich David, bis er besinnungslos zur Seite kippte. Und als er im Schlaf tobte und sich in seinen Albträumen hin und her wälzte, saß ich wieder einmal neben ihm und passte auf, dass er sich nicht verletzte.

Ich wollte nicht mehr zurück nach Mogadischu.

In der Innentasche meiner Jacke fühlte ich den Lederbeutel mit den Locken meiner Kinder. Mein Maskottchen. Vom Medizinmann aus Kilifi mit einem Zauber belegt, der allen Schutzengeln zusätzliche Kraft gab.

Drei Locken liegen in dem kleinen goldenen Behältnis. Eine hatte Marie gehört, meiner kleinen Tochter. Ich musste nicht lange nachrechnen: In achtunddreißig Tagen würden wir ihren Todestag begehen. Meine Marie.

MARIE

In das Blau des Himmels haben sich ein paar Schäfchenwolken verirrt. Der Wind vom Meer streift die Bougainvilleahecke entlang dem alten Friedhof von Mombasa. Er wirbelt ihre lilafarbenen Blüten durch die Luft und lässt sie sanft auf den Erdwall rieseln, der das winzige, frisch ausgehobene Grab umgibt.

Es ist Regenzeit, alle Grabsteine sehen aus wie frisch gewaschen, und der Wind ist kühl. Durch das Blättergeraschel in den Kronen der Flamboyants und Tulpenbäume schallen Kinderstimmen. Sie singen ein Lied, ganz leise. So, als würden sie es nicht wagen, zu diesem Anlass laut zu sein. »Malaika, na kupenda malaika.« Das Lied von dem Engelchen war Maries Lieblingslied. Die nicht einmal Dreijährige kannte jede Strophe des swahilischen Liebesliedes auswendig und sang es zu jeder Gelegenheit. Bis gestern, als diese kleine Marie, meine Tochter, starb.

Jetzt singen die Kinder lauter, und die sanfte Melodie trägt die Zeilen des Gedichtes davon. Vielleicht kann Marie sie hören.

Die jungen Sänger sind Massai, unsere Nachbarskinder. Mit ihnen war Marie aufgewachsen. Und es war kaum ein Tag vergangen, an dem sich diese Bande nicht in neue Abenteuer gestürzt hatte. Als Marie noch ein Baby und zu klein zum Laufen war, in einer Art Geländekinderwagen, der jedes Schlammloch oder jeden Strand bewältigte, ohne umzukippen, oder im Arm Julians, unseres Ayah. Stets barfüßig und mit lehmverschmierten Haaren, oft nur mit einer roten Shuka bekleidet. »Iss auch Massai«, hatte Marie immer gekräht, wenn sie am Abend in der Wanne steckte und Lehm und Dreck sich Schicht für Schicht von ihrem dunkel gebräunten kleinen Körper ablösten.

Stets mit von der Partie, zumindest bei den Nachmittagsexpeditionen, war Gyjian, mein jüngster Sohn. Er konnte es damals kaum erwarten, nach der Schule in den Garten, in den Pool, an den Strand oder sonst irgendwohin zu kommen. Nur wird von heute an keine kleine Schwester mehr auf seinen Schultern sitzen oder an der Hand mitlaufen. Jeden Mittag saß er mit ihr auf der Treppe zum Garten, um sich ihren Bericht über die morgendlichen Erkundungen anzuhören. Dabei sprachen sie Kiswahili, allerdings mit Unterbrechungen, wenn Gyjian nämlich schimpfte: »Sag das noch mal, du weißt doch, dass ich Ma'a nur schlecht verstehe.« Marie hingegen konnte auch in der Sprache der Massai mitreden.

Nicht nur deshalb hatte die Massai-Familie von nebenan die Kleine ins Herz geschlossen, eine Liebe, die schon in der Nacht des 18. Januar 1990 begann. In der Nacht, in der Marie geboren wurde.

Ich war allein. Nicht eine Wehe, nicht ein bisschen Unruhe hatten darauf hingedeutet, dass die Geburt so plötzlich bevorstand. Unsere Hausmama Amira allerdings war skeptisch gewesen: »Du musst ins Krankenhaus«, hatte sie am Abend gesagt und verkündet, dass sie nicht zur Hochzeit ihrer Nichte ins Dorf gehen, sondern bei den Jungs bleiben wolle. Und Julian war auch schon zum Bleiben instruiert. Aber ich wollte meine Ruhe haben, wollte mir allein meinen Tee kochen und auch nicht ständig Amiras Gewusel um mich herum wahrnehmen müssen.

Denn Amira kann nicht ruhig sein. Dauernd muss sie was backen oder kochen, oder es muss ein ganzer Berg Wäsche geflickt werden. Immerzu kommentiert sie die Szenen im Fernseher und liest nebenher laut aus einem Buch. Dazu sitzt sie im Schaukelstuhl, ruckelt unentwegt hin und her und singt endlose Oden.

Ich liebe diese wunderbare, jetzt schon ältere Swahili-Frau, die eines Tages – es muss heute vor fünfzehn Jahren gewesen sein, und ich war mit meiner Familie gerade erst eine Woche in Kenia – vor der Tür gestanden, sich vorgestellt und verkündet hatte, dass sie bei uns arbeiten werde. Damals war Aijosha zwei Jahre alt, Gyjian neun Monate, und mein damaliger Mann Robert hatte mir am Abend zuvor erklärt, er habe sich schon bei seinem letzten Besuch in Kenia in eine Frau aus Nakuru verliebt und den Umzug hierher so forciert, damit er sie regelmäßig sehen könne.

Ich war bei dieser Eröffnung zwar nicht aus dem siebten Himmel gefallen, doch war mir meine Situation schon im Laufe der Nacht ziemlich klar geworden: Ich hatte zwei kleine Kinder, der Mietvertrag für das Haus, in dem wir in Deutschland gelebt hatten, war gekündigt, und alle Möbel und das Auto hatten wir verkauft. Wie Robert hatte ich den Auszug aus Deutschland aktiv betrieben, denn auch ich wollte in Kenia leben, nach wie vor.

Okay, dachte ich mir, dann eben ohne diesen Mann. Geld habe ich genug, überlegte ich, um zumindest ein Jahr über die Runden zu kommen. Und dann werde ich sicher wieder für die CBT und die TRN arbeiten können. Es müssen ja nicht immer News sein, und auch nicht immer Filme aus Kriegsgebieten, dachte ich.

Und doch war ich traurig, wütend und auch ein bisschen hysterisch. Hängt dieser Hund mich einfach ab! Macht mir die Kinder – aber nein, die hatte ich ja unbedingt haben wollen –, und treibt's dann mit einer Golfspielerin aus dem Hochland. Schleppt mich in ein fremdes Land – aber nein, ich bin es, die sich in Ostafrika schon seit Jahren auskennt, es war meine Idee gewesen, ihn zur Hochzeitsreise hierher zu schleppen, obwohl er lieber nach Schweden gefahren wäre, und ich hatte voller Enthusiasmus reagiert, als er mir vorgeschlagen hatte, nach Kenia zu ziehen – diese erbärmliche Kreatur!

Schuldzuweisungen versus Erkenntnis: Ich liebte Robert nicht mehr. War, um ehrlich zu sein, dahinter gekommen, dass ich ihn nie geliebt hatte. Hätte ihn wahrscheinlich schon längst verlassen, wenn unser Leben mit vielen Bekannten, Gesellschaften und einem guten Einkommen nicht ganz angenehm gewesen wäre und wenn ich mir vor allen Dingen nicht in den Kopf gesetzt hätte, sesshaft, mehrfache Mutter und eine zufriedene Ehefrau sein zu wollen. Mutter zu werden war die beste Idee meines

Lebens – das mit der zufriedenen Ehefrau hatte allerdings nicht geklappt.

Mit diesem Wust aus Emotionen und bitteren Resümees hatte ich den Tag auf der Terrasse unseres neuen Hauses begonnen, gekränkt und unsicher. Insofern war es mir einigermaßen egal gewesen, wer da vor der Tür stand und nachdrücklich daran pochte. Seitdem wir eingezogen waren, hatten sich Köche, Haus- oder Kindermädchen, Chauffeure und Gärtner die Klinke in die Hand gegeben, alle auf der Suche nach einem Job. Nicht eine dieser Personen hätte ich auf Dauer in unserer Nähe geduldet.

Von Amira sah ich zuerst die fröhlichen Augen in ihrem schokoladenfarbenen Gesicht. Dann hörte ich ihre angenehme Stimme in gebrochenem Englisch sprechen und sah, wie zwei kräftige Arme mir Aijosha von der Schulter nahmen. Das ist sie, dachte ich.

Amira Mato sei ihr Name, sagte sie und schien keinen Zweifel daran zu haben, dass sie eingestellt war. Und sie habe auch noch einen Lebensgefährten und einen sechzehnjährigen Sohn. Der heiße Julian, habe die Schule beendet und könne deshalb auf meine beiden Jungs aufpassen. Denn Jungs bräuchten einen männlichen Ayah, sagte sie. Na gut.

Und dann erzählte sie mir, warum sie zu uns gekommen und sicher war, dass ihre ganze Familie hier arbeiten konnte. Sie hatte nämlich den Medizinmann des Dorfes gebeten, Arbeit für sie und ihre Männer zu finden. Lange hatte der Alte nichts von sich hören lassen, doch dann war er am Abend vor ihrem Antrittsbesuch bei uns mit der Nachricht zu ihr gekommen, dass die neue Familie in der Mtyui Road noch niemanden eingestellt habe, weiß sei und sich deshalb drei Angestellte leisten könne.

Die Schlüssigkeit dieser Logik, die mir schon damals bemerkenswert erschien, kam mir immer wieder in den Sinn, wenn ich in den folgenden Wochen nicht wusste, wovon ich ein Kilo Maismehl kaufen sollte, damit wir zu den Mangos vom eigenen Baum aus dem Garten wenigstens ein Posho zu essen hatten, und, was vielleicht noch dramatischer war, wovon ich Amira und ihre Gefolgsleute bezahlen sollte. Doch zunächst einmal war sie jetzt bei uns, und weil Medizinmänner nicht irren können, band sie sich schon eine mitgebrachte Schürze um und begann, das schmutzige Geschirr zu schrubben. Bis zum Abend hatte sie mir auch Julian vorgestellt und Rasmus, ihren Lebensgefährten. Beide waren – natürlich – eingestellt, und Robert, den untreuen Ehemann, hatte ich vor die Tür gesetzt. Sollte er sich doch zu seiner Tussi ins Rift Valley verziehen, ich hatte genug von diesem meinem zweiten Ehedesaster.

Den Medizinmann lernte ich übrigens nicht lange nach der Übernahme unseres Haushaltes durch die Familie Mato kennen. Er war zu uns gekommen, um uns im Village zu begrüßen. Wir könnten mit allen Problemen zu ihm kommen, sagte er. Und damit meine er nicht nur medizinische, sondern auch solche, die man hin und wieder – »so ist das Leben nun mal« – mit unliebsamen Mitmenschen habe. Er bot sich an, Dschinnies, böse Geister, in die Häuser, Köpfe oder Bäuche der Kontrahenten zu schicken, dort würden sie ihr Unheil schon anrichten. »Bis zum Tod«, flüsterte Amira mit ehrfürchtig niedergeschlagenen Augen. Außerdem, fuhr er fort, könne man das Auto des Ungeliebten verhexen, sodass es an den nächsten Baum fahre. »Bumm! Überall sitzen Shetanis, aber nur gute Menschen können ihnen aus dem Weg gehen!«

So weit unsere Möglichkeiten gemeiner Rache, doch wenn nun einer mir und meinen Söhnen was Böses will?

»Ja, ja«, der Alte wiegte den Kopf. Er habe schon gehört, dass ich keinen Mann mehr im Haus hätte, das würde natürlich jede Menge Männer wild machen und deren Ehefrauen erst, ach herrje! Wie in Verzweiflung rollte er die Augen, blies die Wangen auf und kratzte sich am Kopf. Aber er habe da ja was. Er klappte die Lasche seiner Affenfelltasche auf, kramte in ihr herum und holte drei kleine Lederbeutel hervor. Sie waren an lange Schnüre gebunden und an allen Seiten fest vernäht. »Das wird dich und deine Kinder schützen.«

Gris-Gris, der Alte schenkte uns Schutzamulette! Dass die ostafrikanische Bevölkerung noch heute dem Animismus anhängt, war mir damals neu. Dabei steht die Intensität, mit der dem Gott Voodoo auch hier gehuldigt wird, der seiner Gläubigen in Westafrika in nichts nach.

Wann immer ich in Westafrika unterwegs gewesen war, hatte ich enge Kontakte zu einigen der dort lebenden Voodoun gehabt. Einer dieser Priester – es war »der Uralte« aus der Nähe von Ouidah, jener Stadt in Benin, die als Geburtsort des Voodoo gilt –, dieser alte runzlige Mann hatte mich in seine Hütte gerufen. Er hatte mir bedeutet, mich hinzuknien, damit er mir in die Augen schauen konnte. »Du brauchst Schutz«, murmelte er nach einer Weile. »Einen sehr guten Geist, der dich beschützt!« Seine Stimme wurde drängender, seine weit ausholenden Gesten nahmen ihm beinah die Luft zum Atmen. Er klatschte in die Hände, woraufhin sofort sein Assistent erschien. Der Alte murmelte ein paar Worte, der Junge verschwand und kehrte nach wenigen Minuten mit zwei grob geschnitzten Holzfiguren zurück. Meine Hände hatte der Voodoun in dieser Zeit nicht losgelassen.

Ich erinnerte mich, dass mir dieser Körperkontakt zunächst befremdlich erschienen war, dann aber zusehends angenehmer wurde. Ich fühlte mich, als würde Energie von dem alten Mann zu mir geleitet. Ich war zufrieden.

»Das ist ein Abbild Mama Watis. Sie ist die Göttin des Wassers, die mächtigste Göttin im Voodoo-Pantheon.« Der Priester drückte mir die größere der beiden Statuen in den Arm. »Du gehörst ab jetzt zu ihr. Verlasse dich auf sie. Vertrau ihr. Sprich mit ihr, jeden Tag. Lache mit ihr, wenn es dir gut geht. Wann immer du Leid erfahren hast, erinnere sie daran, dass sie dazu da ist, dich zu schützen und dir Gutes zu tun. Bitte sie um das, was du dir wünschst. Besprich mit ihr deine Zukunft, lass sie an deinen Träumen teilhaben. Denn sie ist eine Frau.«

Nur mühsam drehte sich der Alte herum, griff nach der kleineren Figur. »Auch das ist ein Abbild Mama Watis. Du lebst in großer Gefahr, deshalb solltest du zwei Statuen haben. Stelle sie nebeneinander auf und opfere ihnen jeden Morgen ein paar Schlucke Gin oder Wodka. Das mag sie.«

Ich war nicht ein bisschen verwirrt. Es schien mir, als hätte ich mit diesen Geschenken etwas erhalten, das ich schon lange kannte. Die beiden Figuren in meinem Arm verkörperten einen Bestandteil meines Lebens, an den ich durch meine Erziehung in extrem abergläubischen Zigeunertraditionen zwar gewöhnt war, den ich mit dem Kennenlernen Mama Watis aber plötzlich zu begreifen wusste.

In diesem Zusammenhang kannte ich natürlich auch den Glauben an die Schutzwirkung von Gris-Gris, wie sie mir von dem Medizinmann aus Mombasa auf unserer Terrasse überreicht wurden.

Nun, wir lernten die Dienste des Medizinmannes im Laufe der vielen Jahre unserer Zugehörigkeit zu seinem Wirkungskreis schätzen. Weniger im Hinblick auf die Vernichtung unserer vermeintlichen Feinde, obwohl ich gewissen Damen aus der weißen Community Mombasas mit Wonne hin und wieder eine Pickelplage ins ewig missbilligend verzogene Gesicht gewünscht hätte, nein, was wir gern annahmen, waren seine naturmedizinischen Salben, Wässerchen, Pulver, Umschläge, Säfte und was weiß ich nicht alles. So verkaufte er eine unglaublich wirksame Tinktur gegen Mangowürmer, diese Biester, die sich aus den Eiern der Mangofliege bilden. Die legt ihre Brut in die frisch gewaschene Wäsche auf der Leine ab, und wenn die anschließend nicht akribisch gebügelt wird, überleben die Larven und bohren sich unter die Haut, wo sie sich zu Würmern entwickeln.

Das ist nicht nur in ästhetischer Hinsicht ekelhaft, denn das Geschmeiß lebt in dicken Quaddeln und deutlich sichtbar direkt unter der Haut und juckt bestialisch, außerdem müssen die Beulen in jedem Fall aufgeschnitten werden. Doch sind die Viecher schon tot und vertrocknet, wenn man *Doctor Joes Mwembe-Worms Ointment* sofort verwendet hat.

Außerdem braute Doctor Joe Wässerchen gegen Kahlköpfigkeit und gegen das Nachlassen der Manneskraft – in einem. Allerdings nicht aus Rhinohorn, sondern aus Krokodilmagen, und der hatte einen Nachteil: Seine Wirkung ist bei zu hoher Dosierung tödlich.

Ende der Neunziger, als ich glaubte, wieder in Europa leben zu können, und mich vor dem Abflug von Doctor Joe verabschiedete, drückte er mir ein Tütchen in die Hand. Es enthielt pulverisierten Krokodilmagen. »Wenn deine Söhne groß sind und du eines Tages nicht mehr weiterleben willst, dann nimm das. Es tötet schnell, du merkst nichts, und niemand wird wissen, woran du gestorben bist.«

Oft saß der Alte auf unserer Terrasse, trank Tee mit uns oder Amira allein und versicherte mir, wenn ich kam oder ging, dass auch er auf meine Kinder aufpassen würde. Und ich fühlte mich gut dabei, und das umso mehr, als auch meine Kinder den alten Mann gerne mochten.

Dass er aber Marie nicht hatte retten können, verwunderte ihn bei aller Trauer nicht. Denn gegen die Kräfte der Malaria und des Aids konnte er nichts ausrichten, das wusste er. Wenngleich er deshalb mit Voodoo haderte.

Da war sie also, unsere Amira, die noch heute mit uns lebt, mitsamt ihrer Familie natürlich. Fortan brauchte ich mich um meinen Haushalt nur noch zu kümmern, wenn ich gefragt wurde. Nie ist eine Familie hingebungsvoller verwöhnt worden als die unsere von Amira, nie haben zwei kleine Jungs und ein noch kleineres Mädchen einen loyaleren Freund gehabt als Julian, und einen leidenschaftlicheren Aufpasser als Rasmus hat es in ganz Kenia nie gegeben. Der Gute entpuppte sich als Gärtner, Nachtwächter, Monteur, Elektriker, Swimmingpoolmeister, Schlangenjäger und als selbst ernannter Zerberus.

Dieser Aufpasser aber war in der Nacht, als Marie zur Welt kam, auf Lamu. Hatte dort Erbschaftsangelegenheiten zu regeln. Doch war er natürlich nicht auf Reisen gegangen, bevor nicht ein passabler Ersatz für die Woche seiner Abwesenheit gefunden war: Konyek, der älteste Sohn von gegenüber, den ich kannte, seit seine Familie vom Lake Turkana zu uns an die Küste gekommen war, um mit dem Tourismus Geld zu verdienen.

Wer einmal in Kenia war, kennt die Tanzdarbietungen in den

Hotels und hat bestimmt auch schon Massai tanzen sehen. Die Frauen barbusig, weil das bei den Touristen so schön exotisch ankommt, und die hoch gewachsenen Männer mit einer knappen roten Shuka bekleidet. Sie haben allen möglichen Tand um Knöchel und Arme gewickelt und die langen, zu Zöpfen geflochtenen Haare stets mit rotem Lehm zu künstlerischem Kopfschmuck fixiert. Massai sind eitel, können sich mit buntem Kram derart aufputzen und aufplustern, dass es einem den Atem verschlagen kann.

Ich habe lange geglaubt, dieser Männlichkeitswahn der Massai erwachse aus den Begegnungen mit Touristinnen, die sie bestaunen und anhimmeln. Bis ich ins Samburuland kam und die Männer auch dort wie Pfauen in ihren Rinderherden umherstolzieren sah. Klar, dass irgendein cleverer Geschäftemacher sich irgendwann mal einige der Typen griff, sie an die Küste brachte und den Touristen als die »schönsten Eingeborenen Kenias« präsentierte.

Den Rest der Geschichte können die fast dreihundert Massai erzählen, die entlang der Süd- und Nordküste leben. In mehr oder weniger annehmbaren Verhältnissen, viele vom übermäßigen Alkoholkonsum krank und gezeichnet. Die meisten sind von ihrem Stamm ausgeschlossen, weil sie den wichtigen Initiationsriten oder den finanziellen Ansprüchen der im Norden zurückgebliebenen Clans nicht nachgekommen sind.

Doch will kaum jemand von ihnen heimkehren. Das Leben an der Küste ist eben abwechslungsreicher, auch wenn man regelmäßig abends oder zu Vorstellungen am Vormittag in einem Hotel erscheinen, sich in einer Reihe aufstellen, möglichst hoch in die Luft springen und ein rhythmisches »Hoooh« dabei ausstoßen muss.

Konyek lachte sich immer schief, wenn er erzählte, wie viel Geld die Touristen ihnen noch zugesteckt hatten, obwohl sie doch vom Hotel bezahlt wurden, und er konnte es nicht verstehen, dass so viele Frauen sich nach der Show mit ihm verabreden wollten. Irgendwann hatte er dann mit der ersten Touristin geschlafen, hernach mit noch vielen anderen. Hauptsache, sie bezahlten ihn großzügig. Doch dann hatte seine Mutter ihn zum Clan zurückgeschickt, angeblich um seine Initiation zum Moran, zum Krieger, zu forcieren, hauptsächlich aber, wie sie mir erzählte, um ihn aus dem Kreislauf von Alkoholexzessen und Prostitution herauszuholen.

Fünf Monate war er fort gewesen, aber dann stand Konyek plötzlich wieder in unserer Küche. Mit kurzen Haaren – er hatte die Zeremonie zum Moran passiert –, aber sonst unverändert. Dazu passte auch, dass seine Pläne ihn zurück an die Südküste trieben. Zu seinem Freund, der ja noch immer dort sei. Aha, weg von der stets mahnenden Mutter, zurück in die alte Clique. Doch vorher hatte Rasmus ihn noch gebeten, auf uns und unser Haus aufzupassen, während er nach Lamu fuhr.

Ich vertraute Konyek und überredete deshalb Amira und Julian an diesem Abend, doch zur Hochzeit ins Village zu gehen, und da alle Afrikaner nichts lieber tun als feiern, zogen beide schließlich davon, wenngleich unter lautem Protest.

»Wenn was ist, schicke ich Konyek zu euch.«

»Nein! Dann soll Konyek seinen Bruder schicken, während er bei dir bleibt!« Amira hatte in praktischen Fällen schon immer den besseren Durchblick.

Eine halbe Stunde später saß ich vor dem Fernseher, schaute die News und wunderte mich zum ersten Mal seit vielen Tagen nicht mehr darüber, dass keine Nachricht aus Somalia gesendet wurde. Hatte mein Chef doch am Morgen aus Nairobi angerufen und sich bitterlich darüber beklagt, dass meine Vertretung in Mogadischu einfach nicht zurechtkomme. »Er versteht sich mit David nicht, Adam ist ihm zu dick, den triezt er nur, und dein Messenger weigert sich, mit ihm zusammenzuarbeiten.« Die Stimme des sonst so britisch coolen Mr. Esterhazy schien kippen zu wollen, als er die Frage stellte, die selbst ihm in seiner stets fordernden Art nur zögernd über die Lippen kam: »Kannst du nicht noch mal hin? Das Kind kommt doch wohl noch nicht!«

Ich konnte es nicht glauben. Und meine Antwort war ein ziemlich rüpelhaftes Geschrei, in dem ich sein Anliegen als sittenwidrig bezeichnete und ihn als das Paradebeispiel eines Sklaventreibers. »Nun ja«, wand er sich, es sei ja nur eine Idee gewesen, »weil eben der andere so unfähig ist und …« Ich legte den Hörer auf, während er noch palaverte. Aber ich langweilte mich.

In den ersten Wochen meines zweimonatigen Mutterschaftsurlaubs hatte ich viele Ausflüge gemacht. An jedem Wochenende mit den Kindern im Tsavo-Nationalpark auf Safari und während des *termbreak* sogar in der weit entfernten Massai Mara. Anfangs nur wir drei, weil wir solche Sehnsucht nach unserer Familie, nach Kuscheln, nach Miteinander-Alleinsein gehabt hatten, später mit Freunden. Auch Adam, David und Frank besuchten uns, wenn sie Zeit hatten, sich ein Wochenende Ruhe zu gönnen. Stets waren wir in den eigenen Autos unterwegs, mit Zelten und weit entfernt von allen Touristenpulks.

Vor einem Monat dann war es selbst mir klüger erschienen, nur noch bis zur Südküste zu fahren, und seit vierzehn Tagen war mein Bauch so dick, dass ich es gerade noch schaffte, vom Bett am Swimmingpool vorbei über den Strand bis zur Peripherie des Wassers zu gehen.

Ich lebe mit meiner kleinen Familie im Paradies. In einem recht unscheinbaren, aber sehr komfortablen Haus mit Pool, mit Terrasse, mit Palmen und Mangobäumen im Garten und dem Strand direkt vor der Haustür. Am Rande des Grundstücks wohnen Matos, in einem Haus, das halb so groß ist wie das unsere, aber mit einer Veranda, wo wir alle bequem Platz haben. Und davor, entlang den Hibiskussträuchern, haben Rasmus und ich uns eine Bocciabahn angelegt.

Bocciaspielen wäre am Morgen jenes Tages, an dem Esterhazy mich anrief, fein gewesen, doch Rasmus war ja in Lamu, Julian zum Einkaufen und Amira wahrscheinlich bei der Nachbarin. Aijosha und Gyjian gingen wochentags von morgens bis ein Uhr in die Schule. Von dort holte Julian sie ab, weil mich in meinem hochschwangeren Zustand niemand mehr fahren lassen wollte. Dann musste Aijosha um drei Uhr wieder in der Schule sein und kam erst um halb sechs zurück.

Aber wenn ich Glück hatte und meine Söhne nicht mittags in

wichtigen Missionen »ganz schnell noch« ins Village mussten oder zu den Nachbarn, aßen sie wenigstens mit mir den Lunch. Nachdem ich den ganzen Morgen am Pool gelegen, alle Zeitungen des Landes gelesen und ausführlich von Sam geträumt hatte. Der, Maries Vater, war zurzeit in Europa, stand also auch nicht zu meiner Zerstreuung parat.

Als Ergänzung dieser wichtigen Denkübungen dachte ich mir noch das Mittagsmahl aus, eines, das meine Jungs an den Tisch fesseln würde. Also kein Gemüse, keinen Salat. Chapatis waren immer fein, mit Chutney und scharf gewürztem Hackfleisch. Doch die hatte es erst gestern Abend gegeben. Blieben als noch höher eingeschätzte Alternative Samozas, doch damit hatte Amira ein Problem. Denn wenn sie etwas hasste, dann war es das Zusammenfummeln dieser gefüllten Teigtaschen. Die müssen nämlich so exakt an den Ecken übereinander geschlagen werden, dass sie beim Frittieren nicht – ach, fragen Sie bitte jemanden, der sich damit auskennt.

Unsere liebste Köchin zu diesem handwerklichen Akt zu bewegen war nur möglich, indem ich ihr ausführlich schilderte, wie entzückt ihre Lieblinge wären, könnte sie sich »noch einmal« dazu durchringen, Samozas zu machen. Dieser Trick, alle vier, fünf Tage angewandt, funktionierte natürlich nicht immer. Doch wenn sie zögerte, trat Plan B in Kraft: Ich drohte ihr, sie zu entlassen. Was ich übrigens jedes Mal tat, wenn sie partout nicht mit mir einer Meinung sein wollte – und das geschah mindestens dreimal pro Woche. Ihre Standardreaktion auf diesen nutzlosen Kraftakt meinerseits war ein Blick, wie ihn außer ihr nur noch mein somalischer Bodyguard drauf hat: wenn er jemanden absolut ekelhaft findet.

Danach mussten wir immer lachen, und mittags standen dann wieder einmal Berge von Samozas auf dem Tisch.

Samozas ist noch heute das Zauberwort. Nach dem Tod von Marie bekamen wir sie jeden Tag zu essen – Amiras verzweifelter Versuch, uns in der Agonie der Trauer ein wenig Wohlbefinden zu vermitteln.

Dass diese Marie noch am selben Tag geboren werden sollte, an dem mein Chef die schamlose Forderung nach einer Stippvisite im Krisengebiet geäußert hatte, ahnte ich am Morgen noch nicht. Hernach war ich in meinem Liegestuhl am Pool eingeschlafen und erst wieder aufgewacht, als das Tor zur Straße knarzte und Gyjian und Aijosha aus dem Auto stürzten. Ich hatte »huhu« gemacht und »Fragt Amira bitte mal, was es zu essen gibt« gerufen und danach ungefähr eine Minute zum Aufstehen gebraucht.

»Please, Momma«, hatte Gyjian gesagt, »Ophelia war nie so dick, hat aber immer sieben oder acht Babys bekommen.« Ophelia war einer unserer Hunde. Und auch Aijosha guckte kritisch auf meinen Bauch: »Der ist nach unten gerutscht.« Er patschte sanft darüber und sagte leise: »Komm raus, Marie, ich will mit dir spielen.« »Ja, los«, rief auch Gyjian, »sonst bist du gleich größer als wir!«

Ob die kleine Maus das gehört hatte? Denn die Abendnachrichten waren noch nicht zu Ende, als die erste Wehe kam. Und sie war so stark, dass an der Brisanz der Situation kein Zweifel bestehen konnte.

Aber unsere Nachrichtenkette funktionierte. Konyek – Bruder – Julian – Amira – Arzt – Krankenhaus. Das allerdings liegt in Mombasa-Stadt, und wer kenianische Straßen mit all ihren Schlaglöchern und Bodenwellen kennt, wird nicht verwundert sein zu hören, dass wir es gerade noch rechtzeitig bis dorthin geschafft haben. Obwohl Julian wie der Blitz aus dem Village herbeigelaufen kam, obwohl er mich fuhr, als transportiere er einen Sack roher Eier, und obwohl, von Amira benachrichtigt, unser Arzt, bei dem er mich absetzte, schon mit laufendem Motor vor dem Tor seines Hauses wartete. Er hatte es nämlich verboten, mich in meinem alten Landrover weiter als bis zu ihm zu fahren. Und ich muss gestehen, dass ich es wohl seinem schüttelfreien, mit funktionierenden Stoßdämpfern ausgestatteten Auto zu verdanken habe, dass Marie nicht auf der Brücke zwischen Nyali und Mombasa geboren wurde. Das geschah auf dem Weg in den Kreißsaal, in der letzten Stunde des 18. Januar 1990.

Kaum geboren, schrie sie so laut, dass sich ihr kahler Kopf in Falten kräuselte. Lieber Himmel, war dieses kleine Ding hässlich. »Hm«, sagte Gyjian, der mit Amira und Aijosha in meinem Zimmer stand, als Marie und ich dort Einzug hielten.

Die beiden waren wach geworden, als Julian mit mir davongefahren war, und hatten dann Amira so lange bearbeitet, mit ihnen auch nach Mombasa zu fahren, bis sie nachgegeben und im Bora Bora Nightclub ein Taxi bestellt hatte. In ganz Kenia kann man nachts telefonisch kein Taxi bestellen. Amira kann. Lässt sich vom berüchtigsten Nachtclub an der gesamten Nordküste ein Taxi kommen. Ich habe schon erwähnt, dass sie zu den ganz cleveren Menschen in meinem Umfeld zählt. Nun guckten sie und meine Söhne einigermaßen überrascht auf den ersehnten Nachwuchs in meinem Arm, der wild strampelte, vom vielen Schreien krebsrot angelaufen war und auch sonst überhaupt nicht so aussah, wie wir uns unsere Marie vorgestellt hatten.

Blonde Locken hat sie, hatten wir gedacht, braune Augen und eine Haut wie »Porkselläng«. Das war Gyjians Forderung, der das Wort Porzellan einmal im Zusammenhang mit schöner weißer Haut gehört und dieses Privileg für seine sicher wunderschöne kleine Schwester reserviert hatte.

»Hm«, machte er noch mal, »vielleicht hat sie ja braune Augen.« Dann streichelte er ganz sanft ihr Gesicht, ich sah den Schmutz, der beim Duschen am Abend nicht abgegangen war, in den Poren seiner kleinen Hand. Und als Aijosha die andere Wange seiner neugeborenen Schwester streichelte, schlief Marie prompt und zum ersten Mal ein.

Am Tag, als sie starb, streichelten ihre Brüder wieder ihr Gesichtchen. »Nicht einschlafen, Marie! Du musst deine Medizin nehmen!«

Es war kein ganz normaler Morgen, denn ich verbrachte schon den vierten Tag zu Hause, nachdem ich den Monat zuvor fast ohne Unterbrechung in Somalia gewesen war. Ich hatte Interviews gemacht mit somalischen Politikern, mit amerikanischen

Militärs, mit somalischen Frauen und Straßenkämpfern, mit einer Krankenschwester aus London, die ganz allein ein Hospital im Norden des Landes führte.

Danach waren wir in den Süden Somalias gefahren, um uns ein Bild von der dortigen Hungersituation zu verschaffen. Für die vierhundert Kilometer hatten wir fünf Tage benötigt. Und das bei vierzig Grad Celsius Hitze, zu viert in einem kleinen Jeep, mit nichts als Survival-Food in der Tasche, einem nur begrenzten Wasservorrat und ein paar Flaschen Whisky, aus denen wir abends tranken, bis wir irgendwann in unseren Schlafsäcken einschliefen.

Wir stanken, weil wir uns seit fast zehn Tagen nicht mehr gewaschen hatten, die eine meiner beiden Hosen konnte allein in der Ecke stehen, seit der Verschluss von dem Mückenrepellent abgefallen und das Mittel durch die Hosentasche den ganzen Stoff durchtränkt hatte. In der anderen Hose war ich beim Pinkeln einem Dornstrauch ins Gehege gekommen, und wie die zwei langen Risse bewiesen, war er der Stärkere gewesen. Doch hätte ich völlig apathisch sein können, wenn nicht Adam wieder einmal von der Sorge geplagt worden wäre, nicht genug zu essen zu haben, und das bei jeder Gelegenheit ausschweifend beklagte.

David hatte sich ganz und gar in sich zurückgezogen, las »King Lear« und zitierte alle paar Minuten eine Passage mit Inbrunst.

Hier:

»Woe that too late repents! – O, sir, are you come?
Is it your will? Speak, sir! – Prepare my horses.
Ingratitude, thou marble-hearted fiend,
More hideous when thou show'st thee in a child
Than the sea-monster!«

Dort:

»Hätte ich mir nur mehr zu essen mitgenommen! Habt ihr wirklich nichts mehr?«

Toll.

Dazu jagte Ali, unser Fahrer, das Auto wie einen wild gewordenen Derwisch durch die öde Landschaft, wirbelte immense

Staubwolken auf, die ins Auto drangen, wenn er vor einem allzu tiefen Schlagloch dann doch bremsen musste. So lagerte sich eine Staubladung nach der anderen auf uns ab. Seit Tagen schon standen die Haare in Strähnen vom Kopf, seit Tagen schon waren sämtliche Poren verstopft, und nur dort, wo der Schweiß in Strömen über die Haut gelaufen war, konnte man in dem Grau ihre Originalfarbe erahnen.

Vor drei Tagen hatte ich den Fehler gemacht, meine brennenden Augen zu reiben, und sofort war das rechte dick angeschwollen. Seither nahm ich Antibiotika, und deren Nebenwirkungen trugen auch nicht zur Erleichterung der Strapazen bei.

Doch schlimmer noch als unsere Unpässlichkeiten war das Elend, das uns auf dieser Reise begegnete. Wo wir hinkamen, wütete der Hunger, hatten die Menschen nicht einmal mehr eine Hand voll Korn, geschweige denn Wasser. Zwar waren die Hilfskräfte rund um die Uhr im Einsatz, doch operierten sie von strategisch zentralen Punkten aus, Orten, zu denen ein Großteil der Hungernden erst wandern oder gebracht werden musste. Und diese Strecke konnten längst nicht alle Bedürftigen bewältigen. So brachen sie irgendwo im Nichts zusammen, völlig geschwächt, nur noch Haut und Knochen, nicht einmal mehr für die Geier attraktiv.

Oft geschah es, dass von den Ladeflächen der Lastwagen, auf denen die Menschen aus den umliegenden Dörfern ins Lager gelangten, erst einmal die Toten hinuntergeschoben wurden, bevor man den noch Lebenden beim Absteigen half.

Aber wer es so weit geschafft hatte, war privilegiert, denn nicht jeder durfte die Lastwagen besteigen, wie wir durch eine Geschichte erfuhren, die Ali uns erzählte.

Wir erreichten gegen Mittag ein Lager in der Region von Giu, und Ali gesellte sich zu den Fahrern eines Transports, der offenbar auch gerade erst im Camp eingetroffen war. Aber dann klammerten sich ein paar der fast verhungerten Neuankömmlinge an Alis Hemd fest, redeten auf ihn ein, und Ali schien nicht zu wissen, was er tun solle. Er antwortete und blickte dann zu mir herüber.

»David, komm, Ali hat News.«

David guckte verwundert, ging aber mit.

Ein schier undurchdringlicher Fliegenschwarm umgab die Gruppe, doch schon nach Alis ersten Sätzen vergaß ich den Ekel darob, dass die Insekten auch über meine Lippen und unter der Sonnenbrille auch in meine Augen krabbelten. Er sagte, dass die Menschen ihm erzählten, sie hätten die Helfer auf dem Lastwagen und die Fahrer des Transports für die Herfahrt bezahlen müssen. Nicht allein mit Geld, wenn sie die geforderte Summe nicht hätten aufbringen können, nein, es habe noch eine Alternative gegeben: die Mädchen aus dem Clan, die dann an Ort und reihum in den Lastwagen vergewaltigt und dann nach hinten auf die Ladefläche geworfen worden seien. Dann habe die Familie aufsteigen dürfen.

Das war ungeheuerlich, die Helfer und Fahrer waren Angestellte der Hilfsorganisationen, wurden für ihre Arbeit bezahlt! Man erwartete soziale Kompetenz von ihnen, hatte ihr humanes Engagement nie zuvor in Frage gestellt!

Fassungslos starrte ich David an, und der hatte schon wieder diesen »Scheiß-Afrikaner«-Blick in der Mimik. Ich fragte nach, musste mich auf Alis Übersetzungen verlassen, denn ich spreche den südsomalischen Dialekt nicht. Doch die Fakten waren klar: Einheimische Helfer der Hilfsorganisationen ließen sich bezahlen für den Transport der Hilfsbedürftigen oder vergewaltigten deren Kinder, als Bezahlung in Naturalien. Und wer weder Geld noch eine Tochter oder Enkelin hat, musste dort bleiben, wo er war, und verhungern.

David filmte, und die Helfer auf den Lastwagen versteckten sich vor der Kamera. Aha. Ich schaute die Menschen vor mir an, diese lebenden Skelette. Ihre Gesichter, von trockenen Falten zerrissen, ihre Augen, vom Fliegenschmutz eitrig, ihre Beine und Arme, dünn wie Weidenstecken. Ihre Kleidung hing in Fetzen von ihren Körpern herab, sie versuchten, ihre Blöße vor den Genitalien zu verdecken, doch waren die meisten selbst dazu zu schwach. Zu schwach, um auch nur dieses letzte bisschen Würde retten zu können.

Aber wo war ihre Würde gewesen, als sie es zugelassen hatten, dass ihre Kinder vergewaltigt wurden? Ich sah die kleinen Mädchen völlig apathisch am Boden sitzen, sah die Rinnsale des getrockneten Blutes an ihren Beinen, schaute zu den Helfern und Lastwagenfahrern hinüber, die angesichts der Ärzte und Krankenschwestern im Lager in devoter Hilfestellung buckelten, und spürte plötzlich die Fliegen auf mir, konnte den Geruch der Exkremente auf den Lastwagen schmecken und merkte, wie mir übel wurde.

»Adam, David, ich muss ins Auto!«

Dort saß ich dann und überlegte, wie ich mit diesen Informationen umgehen sollte. Klar, dass ich in den Headquarters der Organisationen mit deren Leitern sprechen würde. Klar, dass ich Berichte nach New York, Genf und Brüssel schicken würde – aber jetzt musste ich erst einmal mit den Verantwortlichen vor Ort darüber reden.

Nie werde ich die mutlosen Gesichter der Ärzte und Missionare vergessen, die mir ruhig zuhörten und dann sagten, sie hätten es geahnt. »Wir haben hier und da auch schon davon gehört. Wir haben sogar alle Helfer ausgetauscht, haben Meldungen nach Mogadischu und nach Hause gesandt, aber geändert hat sich nichts.«

»Moment! Du sagst, diese Ungeheuerlichkeiten sind in den Hauptquartieren bekannt, aber keiner tut was dagegen?« Ich bin wie vor den Kopf geschlagen.

»Ich glaube, sie haben's versucht. Haben die Kerle zur Rede gestellt, haben ihnen keinen Lohn mehr ausbezahlt, sie entlassen …«

»Aber so viele Fahrer und wenigstens rudimentär ausgebildete Helfer gibt es hier nicht«, mischt sich einer der Ärzte ein, »also ist ihnen nichts anderes übrig geblieben, als die vorhandenen Kräfte zu halten und die entlassenen Leute wieder einzustellen.« Er zuckt mit den Schultern: »Was sollen wir tun? Nicht alle sind so. Und wir bekommen wenigstens den größten Teil der Menschen hierher.«

»Du meinst damit, dass ihr es in Kauf nehmen müsst, mit korrupten Vergewaltigern zusammenzuarbeiten?« Noch während ich diesen Satz sage, klingen die Formulierungen in meinem Kopf als Antwort hohl nach. Natürlich müssen sie das in Kauf nehmen. Wach auf, Ulla. Das ist doch Afrika. Kriegsafrika. Du kennst es doch!

Die Männer lassen ihre Köpfe hängen. Integre, gebildete Männer aus allen Teilen der Welt lassen ihre Köpfe hängen, haben kapituliert vor den Gesetzen Afrikas. Wir blicken nur in ein weiteres Gesicht des Elends. Vielmehr in eine weitere Fratze! Ich muss mir abgewöhnen, in den Kriegen nach Gesichtern zu suchen.

Noch vor Einbruch der Dunkelheit begaben wir uns auf den Rückweg nach Mogadischu, die Warnungen der Missionare und Ärzte, nicht bei Nacht zu fahren, ignorierend. Ich hatte genug, wollte raus aus diesem Land. Wir fuhren in einem durch, Tag und Nacht, wechselten uns ab, tranken die Schnapsvorräte leer, schwiegen.

Im Hotel angekommen, hatte ich den Vorsatz aufgegeben, die Verantwortlichen der Hilfsorganisationen zu benachrichtigen. Den Film haben wir nie gesendet, denn die Aufregung darüber hätte die humanitären Einsätze in den Kriegsregionen nur behindert, andere Hilfsorganisationen hätten versucht, aus den anklagenden Schlagzeilen durch eigene Profilierung in den PR-Medien Profit zu schlagen, die Missionare, Krankenschwestern und die Ärzte wären versetzt worden, ein unüberschaubares Chaos wäre entstanden, zum Nachteil der Hilfesuchenden. Zum größeren Nachteil? Ich beschloss, einfach so zu tun, als sei das Erfahrene nicht mehr wert als ein Mosaikstein meines eigenen Wissens um Krieg.

Wo, bitte, hört Zynismus auf?, dachte ich. Was habe ich überhaupt mit all dem zu tun? Ich berichte nur, verdammt. Jetzt war mir richtig übel. Auch noch, als ich mit großen Schritten durch die Halle das Al-Sahafi-Hotels stürmte und nur noch zwei Gedanken hegte: »Duschen!« und »Hoffentlich gibt's Wasser!«

Es gab Wasser, zwar nur im dünnen Rinnsal, doch benötigte ich ohnehin zehn Minuten, bis ich mich einigermaßen sauber fühlte. David und Adam, beide ganz Kavalier, hatten mir den Vortritt zu diesem Vergnügen gelassen.

David saß auf dem Klodeckel und beobachtete mich. »Ich habe den anderen gesagt, sie möchten jetzt nicht duschen, damit du Wasser hast.«

»Danke.«

»Du fliegst nach Hause, nicht wahr?«

»Ja.«

Kurz darauf rief ich in Nairobi an, sagte, ich würde für ein langes Wochenende aussteigen und sei für kein Gegenargument offen. Schließlich werde David in Mogadischu bleiben, von wo aus er mich informieren könne, wenn etwas Wichtiges geschähe. Andernfalls käme auch er in ein paar Tagen nach.

Dass und aus welchem Grund er allerdings schon sehr bald nach Mombasa kommen würde, ahnte ich nicht, als ich zu Frank in den Flieger stieg. Schon wieder ein wenig beruhigt, denn ich freute mich über alle Maßen auf meine Kinder. Zwar hatte ich fast täglich mit ihnen über das Satellitentelefon oder den Transmitter telefoniert, doch was ist das im Tausch gegen ihr Beimirsein? Vielleicht hatte Rosy, unsere Redaktionssekretärin, ja bei mir zu Hause angerufen, vielleicht würden Marie und Julian mich ja vom Flughafen abholen.

Und wirklich. Sie standen auf der Terrasse des International Moi Airport. Marie im Kleid, mit einer Hibiskusblüte im frisch gekämmten Haar. Ihre Schuhe hatte sie allerdings schon über das Geländer geworfen, der Beamte am Einwanderungsschalter gab sie mir.

»Karibu, Memsabu.« Der Alte mit den schneeweißen Haaren hatte mich schon unzählige Male ankommen sehen, und jedes Mal gab er mir die Hand zur Begrüßung. »Da ist deine Tochter!«

Er wies durch die Glasscheibe nach draußen, wo Marie mit Karacho aus dem Treppenhaus geflitzt kam, unter der Absperrung hindurchsauste und quietschend vor Freude in meine Arme flog. »Momma, meine Momma, iss hab disso lieb!« Ihre runden Ärmchen drückten mich, ihr Gesicht kuschelte sich an meinen

Hals, und sie küsste mich, wohin ihr Mund gerade traf. Dabei schmeckte ich das Aroma des Lollypops, den sie offenbar gerade gelutscht hatte und dessen Rest während der Begrüßung in meinen Haaren stecken geblieben war. »Hab disso lieb!« Ihre klebrigen Händchen patschten auf meine Wangen, es gab noch mehr Küsse. Meine wunderbare Tochter. Meine süße Marie, meine Yoyo. So hatte Konyek sie getauft, weil sie, wie er sagte, stark wie ein Elefant auf die Welt gekommen war.

Auch Julian begrüßte mich strahlend: »Schön, dass du wieder da bist.«

»Ja, danke. Und du wirst jetzt ein paar Tage ausschlafen können.«

»Julian stupid«, schaltete Marie sich ein, »und Amira Samozas. Sagt dauernd Seiße.« Sie hüpfte an meiner Hand über den Parkplatz, ihre Schuhe in der Hand. »Marie, bitte, Scheiße sagt man nicht, und warum ist Julian stupid?«

»Sie wollte sich nicht anziehen, und schon gar nicht ein Kleid«, berichtete Julian. Na, das war nichts Neues. Ich holte tief Luft, fühlte mich wohl wie selten.

Als wir zu Hause angekommen sind, umarmt mich Amira mit mehligen Händen.

»Was ist geschehen, dass du freiwillig Samozas machst?«

Sie windet sich. »Das haben sich die Kinder gewünscht und – na ja, wenn wir denn schon mal die Ehre haben, dass du hier bist …«

»Amira, das tut weh, du weißt doch, dass ich nicht zum Spaß unterwegs bin.«

»Klar«, lenkt sie sofort ein und umarmt mich noch einmal, »tut mir Leid, dass ich schlechte Laune habe. Aber diese Samozas machen mich fertig.«

Marie poltert die Treppe herunter, nur noch im Bikinihöschen. »Iss bin fertis! Komm, Momma!«

In den Pool zu springen gehört zum Ritual des Nachhausekommens. Also laufe ich nach oben, klaube Maries Kleid, die Blume aus ihrem Haar und die Schuhe von den Stufen auf, werfe alles zusammen mit meinen Kleidern auf einen Stuhl – Amira wird es schon richten, und morgen werde ich wieder ordentlich sein –, schlüpfe in einen Badeanzug und bin schon wieder unten.

Marie wartet am Beckenrand, denn ich werde sie auf den Arm nehmen und mit ihr zusammen ins Bassin hüpfen. Das Wasser ist, trotz der kühleren Lufttemperaturen, noch angenehm warm und vom Regen samtweich. Wie wunderbar!

Bozo, unser Jack Russell, kommt angesaust und springt auch ins Wasser. Marie schwimmt neben mir her, plappert dabei ununterbrochen. So erfahre ich, dass sich unsere Nachbarin an einer Glasscherbe verletzt hat – und »swanger issie auch sson wieder« –, dass der Landrover zweimal nicht angesprungen und Osha (Aijosha) zum Headmaster zitiert worden ist, dass in der Hecke eine grüne Mamba wohnt, dass sie jetzt tauchen könne – spricht's und verschwindet für ein paar Sekunden –, dass Jan (Gyjian) Schlangenbabys mitgebracht und dass er sich den Zeh gebrochen hat.

Schlangenbabys? Zeh gebrochen?

»Julian!« Ich höre ihn mit seiner Mutter in der Küche palavern. »Julian, wo sind die Schlangen, und was ist mit Gyjians Zeh?«

Er stellt mir ein Glas Pimm's vor die Nase – »O wie toll! Tausend Dank!« – und setzt sich an den Poolrand. Ja, in der Hecke an der Mauer scheine tatsächlich eine grüne Mamba zu wohnen. Er sehe sie jetzt regelmäßig, aber nur dort. Seine Blicke forschen im Blättergewirr der Glyzinien.

»Siehst du, da ist sie.« Tatsächlich, sie sonnt sich. »Sie ist bisher noch nicht näher gekommen.«

Dennoch, wir haben schon vor Monaten darüber gesprochen, einen Mungo zu domestizieren. Mich lässt die Angst nicht los, dass Marie und Gyjian ihre natürliche Scheu vor Schlangen verlieren und dann gebissen werden könnten. Gyjians neuerliche Affinität zu Schlangen und Skorpionen macht mir ohnehin Sorgen. Uns war durch den Tod von Kuki Gallmanns Sohn drastisch vor Augen geführt worden, dass auch die größte Routine und Vorsicht Giftschlangen gegenüber nicht ausreichen, um auf die

Dauer einem Biss zu entgehen. Zudem ist niemand in unserer Nähe, der Gyjian den Umgang mit Schlangen lehren könnte. Ich werde wieder einmal mit ihm darüber reden müssen, und mittlerweile sollte Julian in Erfahrung bringen, wie wir zu einem Mungo kommen.

Und da wir gerade beim Thema sind: »Was heißt: Jan hat Schlangenbabys mitgebracht?«

Julian antwortet: »Kleine Pythons. Er hat sie gestern aus einem Nest geholt und wollte sie hier großziehen.« Und mit einem Lachen fügt er hinzu: »Ich habe sie gleich zurückgebracht. Seitdem spricht er nicht mehr mit mir.«

»Und welchen Zeh hat er sich gebrochen und warum?«

»Den linken kleinen, beim Basketball. Er war barfuß.«

»Wart ihr beim Arzt?«

»Ja. Er hat drei Zehen mit Pflaster zusammengeklebt und gesagt, das reicht.«

»Gibt es sonst was Wichtiges, was ich wissen muss?«

»Nein. Ach so, der Headmaster möchte dich sprechen. Ich glaube, Aijosha hat im Klassenzimmer Golf gespielt.«

»Na gut«, ich ziehe mich am Poolrand hoch, »ich fahre ohnehin die beiden abholen. Da nehme ich am besten gleich das Portemonnaie mit.«

»Marie auch mit, und Bozo!« Da hangelt sich die Winzige schon, nass, wie sie ist, auf den Vordersitz des Landrovers, den ebenfalls triefenden Hund fest im Arm.

Sie kreischt vor Vergnügen, als ich sie abtrockne und Bozo auch gleich mit ins Handtuch eingewickelt wird. Dann bekommt der Hund seine Lederkappe aufgesetzt – Amira hatte dieses absolut coole Teil mit der Hand genäht –, und damit es hält, werden die Ohren durch Löcher an den Seiten gezogen. Marie drückt sich meinen Hut auf den Kopf, und ich muss ihre Baseballkappe tragen.

Bei der Schule angekommen, wunderte ich mich über die geradezu unglaubliche Stille im Gebäude, bis mir klar wurde, dass der

Unterricht offenbar auch heute wieder am Strand stattfand. Und richtig: Da saßen die verschiedenen Klassen im Sand verteilt, mit den Lehrern mittendrin. Und der dunkle Riesenhaufen am Geländer des Pausenhofes entpuppte sich bei näherem Hinsehen als achtzig Paar Schuhe und Strümpfe.

Ich habe ja schon gesagt, dass wir im Paradies leben.

Just bevor Marie zu ihren Brüdern lief, fing ich sie ein, setzte sie auf meine Schultern und traf so den Headmaster, der im Flur gerade über Bozo gestolpert war. Er war auf dem Weg zum Strand mit der Nachricht, dass die Schulstunden am Nachmittag wegen einer kurzfristig anberaumten Gesamtkonferenz ausfallen würden.

Wie schön.

Und Freitag, übermorgen, würde der Unterricht auch ausfallen, ob ich das schon wisse.

»Nein, aber danke. Das ist ja noch schöner.«

Tja, unschön sei allerdings, dass er mir eine Rechnung über eintausendachthundert Shilling präsentieren müsse, Aijoshas Golfrunde habe drei Fensterscheiben gefordert. Puh, da musste ich richtig tief in die Tasche greifen, doch irgendwie war es mir auch egal, ich freute mich so sehr, meine Kinder für ein paar Tage um mich zu haben. Da würde ich unsere Stimmung nicht durch erzieherisches Gezänk verderben.

»Ach ja«, räusperte sich Dr. Dolton, »und bei Gelegenheit sollten wir uns mal über Gyjian unterhalten. Er ist ein solch kluges Kind, aber auch so faul.« Den Refrain kannte ich schon, ich versprach aber, mich vor meinem Abflug nächste Woche noch mit ihm zusammenzusetzen.

Allmählich füllte sich der Parkplatz vor dem Schulgebäude. Meist waren Mütter gekommen, um ihre Kinder abzuholen, manche vom Tennis, einige direkt vom Fitness-Training. Jedenfalls hatten sie keine Zeit mehr gehabt, den Sportdress zu wechseln. Das fanden die paar Väter, die heranfuhren, natürlich nett. Unbefangen studierten sie die nackten Beine unter kurzen Röckchen oder die stramm behosten Popos. Während die angestellten Fahrer sich auf ein Schwätzchen zusammenstellten. Aus den offenen Fenstern der Autos klang die ganze Bandbreite verschiedener Musikrichtungen, Freddy Mercury allerdings schien voll im Trend zu sein. Und Bob Marley natürlich.

Gerade als ich mich umdrehte, um Richtung Strand zu gehen, hatte Marisa mich entdeckt, ihr markerschütterndes »Ulla« ließ alle Gespräche verstummen.

Marisa ist ein amerikanisches Ex-Model, das mit dem Sohn eines mailändischen Mafioso verheiratet ist. Seit ihr Mann vor drei Jahren zum Objekt einer Vendetta wurde, leben er und seine Familie in Malindi, wie übrigens eine Menge ehrenwerter italienischer Herren. Sie alle dürften von Rechts wegen gar nicht mehr frei herumlaufen, führen in Malindi aber ein Leben in Saus und Braus – mit Einwilligung der Moi-Regierung, versteht sich, die enorme Schmiergelder aus diesen Pfründen zog. Doch das ist eine andere Geschichte.

Marisa erfuhr erst von den Gaunereien ihrer Schwiegerfamilie, als sie, samt Mann und Baby, im Flieger Richtung Kenia saß. Kenia?, hatte sie mir erzählt, Kenia? Da wollte sie doch nie hin. Wir lernten uns auf einer Charity-Modenschau in Nairobi kennen, wo sie, ich und andere Ex-Models vorführten. Für junge Topmodels der heutigen Garde hatte das Budget der Wohltätigkeitsveranstaltung nicht gereicht, also durften die Ehemaligen ehrenhalber auf den Laufsteg. Und weil wir beide an der Nordküste wohnen, war der Kontakt danach nicht abgebrochen.

»Bella, ich wusste nicht, dass du hier bist!« Ihre Umarmung drückte mir fast die Luft ab. Und auch andere Bekannte wie Betty, Claire und Roberta eilten herbei und nahmen mich in die Arme.

»Wie schön, dich zu sehen!«

»Wann bist du gekommen?«

»Wie lange bleibst du?«

»Freitagabend kommst du zur Party bei Claudine und Herman!«

»O nein«, endlich kam ich auch mal wieder zu Wort. »Ich will die ganze Zeit mit meinen Kindern zusammen sein.«

»Na klar«, Marisa nahm mich zur Seite, »die Kiddies kommen ja mit. Die Party beginnt schon um vier. Aber wie geht es dir? Hast du nächste Woche Zeit für einen Kaffee?«

Ich versprach, sie am Montagnachmittag zu besuchen.

Doch das war der Tag nach Maries Beerdigung. Da hatte ich weder Zeit noch einen Begriff mehr davon, was das Wort bedeutet.

Nichts deutete auf die größte Katastrophe meines Lebens hin, als ich so dastand und den Erzählungen von Marisas Ehedramen lauschte, die sie nicht zurückhalten konnte, aber schon seit einem Jahr im gleichen Tenor kommentierte: »Ich schwöre dir, er hat was mit dieser MacDermont, dieser Herpes-Trine. Diese Kuh, die für jeden die Beine breit macht …«

»Marisa, bitte, die Kinder könnten dich hören!«

»Es ist garantiert wahr, und wenn ich's weiß, schmeiße ich ihn raus, diesen Bastard!«

Ich muss gestehen, dass ich nur mit einem Ohr hinhörte. Was für Marisas übliche Schilderungen ein durchaus adäquater Aufwand ist. Dabei dufteten die Frangipani entlang dem Schulpark so intensiv, so süß, und voller Vorfreude hielt ich Ausschau nach meinen Kindern. Marie war schon längst davongerannt, nun sah ich sie zwischen ihren Brüdern über den Strand laufen. Mit einem Mal aber drehte sie ab und stürmte mit ausgebreiteten Ärmchen auf einen Mann zu. Sam! Er hob sie hoch und küsste sie auf die Wangen, während sie ihm mit ihren sandigen Fingern durch die Haare fuhr.

Was machte Sam in diesem Pulk von Eltern schulpflichtiger Kinder? Seine eigenen Sprösslinge studierten bereits in England, und jeder vernünftige Mensch, der nichts mit *schoolrun* zu tun hat, meidet um diese Tageszeit die Straße entlang der Schule. Er würde doch wohl nicht unvorsichtig werden? Von unserer Beziehung ahnte niemand etwas, und dass Sam Maries Vater war, war das andere bestgehütete Geheimnis Kenias.

Deshalb konnte er sich vor gutmütigem Spott jetzt auch kaum retten: »Sam, hast du dich verfahren?«

»Sam, langweilst du dich und willst jetzt noch was lernen?«

»Sam, hast du's vergessen: Hier hast du nichts mehr zu tun!«

»Sag mal, Sam, ist eins von denen deins?«

»Hahaha, hahaha!«

Die Frauen lächelten ihn an und sagten: »Sam, wie schön, dich zu sehen.«

»Ich hoffe, dich Freitag bei der Party zu sehen.«

»Du schuldest mir noch einen Drink. Bis Freitag, Sam, byebye!«

Groß, hager, braun gebrannt, mit einem asketischen Gesicht und einer grauweißen Mähne: Sam war einer der attraktivsten Männer Mombasas, und so manche Lady wäre gern mit ihm in Verbindung gebracht worden. Das war einigen auch gelungen, denn bevor wir uns kennen lernten, kursierten so manche Gerüchte in der weißen Gesellschaft Kenias. Und dass die nicht unbegründet gewesen waren, hatte Sam mir erzählt. Aber das war vorbei, das wusste ich. Da konnte er, wie auch hier vor der Schule, flirten, so viel er wollte.

Endlich hatten meine Söhne mich erspäht und kamen strahlend im Sturmschritt angerannt. Sie küssten und umarmten mich unzählige Male. »Momma, endlich bist du wieder da. Ich habe dich so vermisst! Ich liebe dich! Ich liebe dich!«

Als ich vom Umarmen und Küssen wieder hochschaute, stand Sam vor mir. Mit unserer Tochter auf seinem Arm. Seine Haare waren von Maries Sandbehandlung in Strähnen zerteilt, und trotz der Antworten, die er auf die Zurufe rechts und links gab, betraf das Funkeln in seinen Augen nur mich.

»Ulla!« Er umfasste meine Schultern und küsste mich auf die Wangen. Ganz nah an den Mundwinkeln. »Ich rief heute Morgen bei euch an, um zu fragen, ob deine Kinder mit mir an diesem langen Wochenende eine Safari machen wollen. Und da erfuhr ich, dass du auch da bist! Welche Überraschung!«

Ich hatte ihn noch vom Flughafen aus in seinem Büro angerufen. Der Hund! Aber jetzt war ich gespannt, was kommen würde, denn in meiner Begleitung konnte er nicht auf Safari gehen wollen, ohne den Argwohn seiner Frau Pia zu erregen. Hatte er eine Idee, wie er es dennoch schaffen könnte, Zeit mit uns zu verbringen?

Und da war er schon, der Plan, den er jetzt als spontane Eingebung verkaufte: »Lasst uns doch Samstag zusammen nach Watamu fahren. Meine Frau will dort Freunde besuchen, währenddessen können wir schnorcheln.«

»Tauchen, iss kann tauchen«, rief Marie, aber Aijosha hielt ihr den Mund zu und sagte: »Wenn wir dort übernachten, können wir am Sonntag im Ocean Sports Hotel die *fishing competition* mitmachen.«

Auweia, die berühmte *fishing competition* des Ocean Sports Hotel! An der jeder, aber auch jeder aus der weißen Küsten-Community teilnehmen würde.

»Fein«, Sam war ganz begeistert, »das wird auch Pia gefallen, da trifft sie alle Freudinnen auf einmal.«

Und wir würden Zeit zum Miteinanderreden haben, für ein paar verstohlene Küsse, ein paar liebevolle Blicke; und wir würden mit unserer Tochter gemeinsam spielen können.

Intensiveres Familienleben gab es für uns nicht. Ich war die heimliche Geliebte Sams, da stehen einem in der Öffentlichkeit nur zufällige Begegnungen zu. Dass wir gesellschaftlich miteinander verkehrten, entsprach der Konstellation unseres gemeinsamen Bekanntenkreises: Partys, zu denen ich eingeladen wurde, waren auch Pias und sein Establishment.

Daraus war Sams Kontakt zu meinen Kindern die logische Konsequenz. Wie alle in der Community hatte auch er mitbekommen, dass unserer Familie der Vater abhanden gekommen war. Und da waren er und andere, Väter von Mitschülern meist, direkt auf meine Kinder zugegangen. Hatten sie an den Wochenenden zum Fischen mitgenommen, auf Safari, zum Cross-Racing, kurz: überall dorthin, wo normalerweise Väter mit ihren Söhnen etwas unternehmen.

Die meiste Zeit aber verbrachten Aijosha und Gyjian mit Sam, denn dessen Kinder waren bereits aus dem Haus, und so hatte er immer Zeit für sie. Umso mehr, als sich unsere besondere Beziehung schnell entwickelte.

Sams Engagement war unserem Umfeld natürlich nicht verborgen geblieben, war aber, seiner Art wegen, nicht ein bisschen anrüchig. Auch nicht für Pia. Aber wie immer, wenn ich wusste, ich würde sie bald wiedersehen, bekam ich ein mulmiges Gefühl. Denn ich mag Pia. Mehr als viele andere Bekannten aus der weißen Community Kenias. Sie hat sich ihrem Leben mit dem Mann an ihrer Seite bedingungslos verschrieben. Sie ist nicht ein bisschen glamourös, nicht ein bisschen geheimnisvoll, aber sanftmütig und sehr verletzlich. Und sie bezieht jegliches Selbstwertgefühl aus ihrer Beziehung zu Sam. Ohne ihn würde sie sich als ein Nichts fühlen müssen. Ihr durch und durch guter und konservativer Charakter, der sich mir nach und nach durch Sams Erzählungen erschloss, war der Grund für meinen Entschluss, Sam nie zu bitten, sich von Pia zu trennen. Allein Sams Wunsch, immer mit uns zusammen zu sein, brachte das Thema nach Maries Geburt auf, und selbst da, als auch meine Sehnsucht nach einem ständigen Zusammenleben mit ihm fast unerträglich wurde, riet ich ihm davon ab, sich als Maries Vater zu outen, sich mit uns eine neue Zukunft aufbauen zu wollen. Ich wollte nicht an Pias Unglück schuld sein. Punkt.

Und all die Zweifel, dass ich vielleicht doch aus Selbstsucht so handeln würde, dass ich mich auf die Bindung zu Sam gar nicht einlassen wollte, sind nichts als intellektuelle Gedankenspiele gewesen. Noch ein Punkt.

Wir sind so sorgsam und vorsichtig mit dieser Verbindung umgegangen. Wir haben niemandem damit wehgetan, und sie wurde, obwohl sie nahezu sechs Jahre anhielt, nie publik, nicht einmal gerüchteweise.

Und ich war glücklich, liebte Sam, liebte unsere Treffen, liebte unsere Beziehung und war über Marie noch glücklicher.

Also hatte ich keine besonderen Bedenken, die Party zuzusagen und auch das *get-together* in Watamu. In gesellschaftlichen

Rahmen wie diesen waren Pia, Sam und ich uns schon oft begegnet, soll heißen, ich hatte Routine im Vertuschen, Betrügen, im Harmlossein, nennen Sie es, wie Sie wollen.

Ich fühlte mich gut, und bis Samstag war ja noch Zeit.

Der Samstagmorgen beginnt mit einem kurzen Schauer, kühlem Wind vom Meer, doch gegen acht scheint die Sonne schon wieder. Sie stiehlt sich durch den Schlitz im Vorhang, tastet sich am Moskitonetz entlang und zaubert das Muster der feinen Gaze auf meine Bettdecke. Ich liege schon länger wach, eingekuschelt in eine rundherum wohlige Wärme.

Die Party war eine von der Sorte, wo man von Gruppe zu Gruppe geht und ein paar möglichst geistreich-witzige Bemerkungen parliert. Wo man ein paar Gläser Champagner trinkt und gegen halb elf nach Hause fährt.

Ich hatte mit Pia ein paar Worte gewechselt, sie wollte den Namen des Sangoma-Medizinmannes in Durban wissen, bei dem ich die Medizin kaufe, die ich brauche, wenn mein Immunsystem versagt – als Folge einer mysteriösen Krankheit, die ich mir vor Jahren schon als Fieber aus dem Kongo mitgebracht hatte. Pia plante, in nächster Zeit nach Durban zu fliegen. Ich versprach, sie am nächsten Tag anzurufen und ihr die Adresse durchzugeben, und dachte flüchtig: »Fein, dann haben Sam und ich ein paar Tage ganz für uns und die Kinder.« Sam, der hinzugekommen war und so von den Reiseplänen seiner Frau erfuhr, dachte dasselbe. Ich konnte es an seinen Augen sehen.

Bald stießen noch andere Gäste zu unserer kleinen Gruppe, wir sprachen über die Lockerung der Frauenrechte im Mombasa Club – man hatte vor, den Ladys den Zugang zur Men's Bar über den weißen Strich vor der Theke hinaus zu erlauben; sprachen über das nächste Golfturnier, in dem Diana, meine beste Freundin, als *top-listed* geführt wurde, und wetteten, dass die MacDonnalls-Brüder erneut den Cup bei der *Ocean Sports Fishing Competition* holen würden.

Gegen zehn, bevor sich meine Kinder zu den anderen, schon

schlafenden in die diversen Gästezimmer des Hauses zurückziehen wollten, bat ich Sam, mir dabei zu helfen, sie ins Auto zu tragen, verabschiedete mich und fuhr nach Hause. Unterwegs schliefen alle drei ein. Zu Hause trugen Rasmus und Julian die Jungs nach oben, ich hatte Marie auf dem Arm.

Ich weiß noch, wie genau ich überall kontrollierte, ob sich auch ja keine Mücke ins Netz verirrt hatte. Schließlich war Regenzeit. Malariazeit.

Jetzt höre ich Amira in der Küche werkeln, wahrscheinlich schneidet sie Mangos und Ananas in eine Schüssel. Aus dem Radio auf der Terrasse ertönt Reggae-Musik, das Telefon klingelt. Amira nimmt den Hörer ab und sprudelt sofort eine wortreiche Tirade hervor. Ich höre sie, natürlich, von einer Hochzeit reden, von dem Brautpreis, der noch immer nicht entrichtet wurde, von einem roten Seidenkleid, von einem Moped. Der Inhalt des Monologs und die Tatsache, dass sie Kiswahili spricht, lässt darauf schließen, dass eine Freundin am anderen Ende ist. Da kann ich ja noch ein Viertelstündchen schlafen. So lange wird das Gespräch mindestens dauern.

Ein frischer Obstsalat, dazu Kaffee und das Geschnatter meiner Kinder, das ist genau das, was ich mir zum Frühstück wünsche.

»Momma.« Die Tür zu meinem Zimmer öffnet sich, und auf nackten Füßen tapst Marie herein. Ihr Gesicht ist hochrot, die langen blonden Haare sind verschwitzt, ihre Augen verquollen. »Mami, Popfweh und slecht.« Sie hat eine Hand auf ihren Bauch gelegt, und als würde ich es seit langer Zeit zum ersten Mal wieder sehen, fällt mir auf, wie knubblig klein ihre Hände noch sind. Mit Grübchen über den Knöcheln und ganz weichen Innenflächen. Patschehändchen, allerdings mit Schrammen übersät, Zeichen der vielen Abenteuer. Noch ehe ich aufstehen kann, sinkt sie am Türrahmen zusammen.

»Marie!« Ich ziehe sie hoch zu mir und erschrecke vor der Hitze in ihrem Körper.

»Du hast Fieber, Schatz.«

»Popfweh«, sagt sie und schließt die Augen.

»Leg dich in mein Bett. Ich hole das Thermometer.«

Noch bevor ich am Medikamentenschrank bin, weiß ich, dass Marie eine Malaria hat. Nicht die erste in ihrem Leben. Wenige Monate nach ihrer Geburt war diese heimtückische Krankheit schon einmal bei ihr aufgetreten, aber seither nicht mehr.

Nun ist Malaria nichts Ungewöhnliches in Ostafrika. Wir alle leiden in fast regelmäßigen Abständen daran. Meist zur Regenzeit, wenn die übertragenden Mücken genügend Pfützen und offene Wasserstellen zum Brüten haben. Damit leben wir in den Tropen, hoffen immer, nicht die gefährliche, die oftmals tödlich verlaufende Tropica zu erwischen. Daran allerdings erinnern mich Maries Symptome, an eine Malaria, die ich vor vielen Jahren in Westafrika hatte und an der ich, des hohen Fiebers wegen, fast gestorben wäre.

Bevor ich gleich mit Marie zum Arzt fahre, will ich ihr prophylaktisch schon einmal die Medizin dagegen geben. Ich nehme den Saft und das Fieberthermometer mit nach oben. Aus dem Zimmer gegenüber dem meinen höre ich leises Gemurmel.

»Aijosha, Gyjian, könnt ihr bitte aufstehen? Marie hat Malaria.«

Sofort öffnet sich die Tür, und meine beiden Söhne laufen über den Flur. Hinter ihnen her purzelt Bozo, das Hundebaby, auf den Boden. Da scheint doch wieder ein Vierbeiner mit im Bett geschlafen zu haben. Und jetzt liegt er sogar in meinem Bett. Fest an Marie geschmiegt, die sich in Gyjians und Aijoshas Arme kuschelt.

Gyjian streichelt ihren Rücken. »Was hat mein Äffchen denn?«

»Popfweh«, nuschelt sie und will einschlafen.

»Marie, wach auf! Du musst Medizin nehmen.«

Sie dämmert weg.

Ich rüttle sanft an ihrer Schulter. »Marie!«

Sie öffnet mühsam die Augen, verzieht die spröden Lippen zu einem winzigen Lächeln, dann fallen ihr die Augen wieder zu.

»Marie! Marie! Du darfst nicht schlafen!«

Panik steigt in mir hoch. Sie muss bei Bewusstsein bleiben. Sie muss Medzin nehmen, sie muss zum Arzt. Sie scheint eine Tropica zu haben!

Ich nehme sie hoch. Massiere ihren Rücken. Schüttle sie. Sie wacht wieder auf, lässt ihren Kopf aber schwer auf meiner Schulter liegen. Aijosha und Gyjian reden auf sie ein, Gyjian zwickt sie ins Bein. »Aua.« Ihre Stimme ist ganz schwach. Ich halte ihr den Medizinsirup an die Lippen. Sie schluckt ihn brav, ist hernach aber noch erschöpfter. Und dann würgt sie ihn wieder heraus.

»Holt mir bitte was zum Anziehen, und sagt Amira, dass ich ans Telefon muss!«

Gyjian und Aijosha laufen in verschiedenen Richtungen davon. Sie sagen kein Wort, wissen, was es bedeutet, Malaria zu bekommen, kennen die Hiobsbotschaften über Bekannte, die daran gestorben sind. Auf der Treppe kommen mir Amira und Julian entgegen, Aijosha telefoniert bereits mit Rhenus Shah, dem Arzt. »Wir sind auf dem Weg«, höre ich ihn sagen.

Ich drücke Marie Amira in den Arm, ziehe Jeans und ein Hemd über und stecke Geld ein. »Julian, lass bitte den Wagen an!«

Auf der Fahrt zu unserem Arzt – dem besten Kenias, der Tag und Nacht für uns und für die halbe Community Mombasas da ist, der auch Marie zur Welt gebracht hat – sitzen meine Söhne mit Marie auf der Rückbank. Sie halten sie fest in ihren Armen, streicheln ihr Gesicht, reden auf sie ein.

»Nicht einschlafen, Maus, nicht!« In Gyjians Stimme hat sich Verzweiflung geschlichen: »Marie! Schlaf nicht, verdammt!«

»Wird schon wieder, Gyjian«, ich lächle ihm im Rückspiegel zu, sicher, dass Rhenus Shah auch diese Malaria in den Griff bekommt. Noch immer nicht ahnend, dass Marie uns nie mehr anblicken wird.

Das Wartezimmer des Arztes ist gepackt voll. Ich sehe einige bekannte Gesichter, alle scheinen von Malaria gezeichnet. Doch ich nehme keine Rücksicht, laufe durch den Raum ins Sprechzimmer des Arztes. Er unterbricht seine Unterhaltung mit einem Patienten sofort, springt auf und nimmt mir Marie von der Schulter. Ein kurzer Blick in ihr Gesicht, dann weist er mich an, sie im Nebenraum auf eine Bahre zu legen. Noch während das Fieber gemessen wird und er ihr eine Kanüle Blut abnimmt, schließt die Sprechstundenhilfe bereits einen Tropf mit Glukose an. Er schaltet alle vier Ventilatoren im Raum an und das Airconditioning auf die höchste Stufe.

»Marie! Marie! Wach auf!«

Nichts.

»Marie!«

Aijosha und Gyjian stehen rechts und links des Bettes, jeder hält eine von Maries Händen.

Ich wische den Schweiß von ihrem Gesicht, ihr Haar ist nass. »Sie wird sich erkälten«, sage ich zu Shah.

»Wir haben andere Probleme«, kontert er, »das Fieber ist zu hoch.« Er dreht sich nach seiner Sprechstundenhilfe um. »Rose! Hol alle anderen Ventilatoren auch hierher!«

Im Nu verwandelt sich das Zimmer in einen Eiskeller.

»Marie!« Shah schüttelt den kleinen Körper, der regungslos daliegt.

Da öffnet sich Maries Mund, und ganz leise sagt sie: »Talt, Momma.«

Es sind ihre letzten Worte.

Ich nehme sie in den Arm, obwohl Rhenus Shah mich ermahnt: »Halte sie nicht noch warm. Das Fieber ist auf knapp zweiundvierzig Grad. Wir müssen es unbedingt zum Sinken bringen, und zwar sofort.«

Er gibt ihr eine Injektion, schaut ihr wieder ins Gesicht. Unter den Augen haben sich dunkle Schatten gebildet, die Mundpartie in dem hochroten Gesichtchen wird grauweiß.

»Wir müssen in die Klinik! Das schaffen wir nicht. Sie muss an den Quinintropf. Rose, sage im Hospital Bescheid! Die sollen alles für einen akuten Tropica-Fall fertig machen. Maries Gewicht findest du auf ihrer Karte. Wir sind in zwanzig Minuten da!« Und zu mir gewandt sagt er: »Wir nehmen mein Auto.« Er stockt. »Kannst du sie tragen?«

Natürlich, die Kleine erscheint mir leichter denn je. Ich habe auch nur geschwankt, weil mir in den Sinn gekommen ist, dass ich mit seinem Wagen auch zu Maries Entbindung ins selbe Krankenhaus gefahren worden war.

»Momma!« Gyjian und Aijosha stehen mit großen Augen da. »Was ist los?«

»Marie muss an den Quinintropf …«

Aijosha winkt ab: »Das wissen wir, aber …«

»Muss sie sterben?« Die Frage kommt ganz leise, von Gyjian. Er hat die Hand seines Bruders genommen, ist grau vor Angst.

»Nein!« Ich schreie es. »Nein!«

»Kommt, wir dürfen keine Zeit verlieren!«

Später erzählte Claudine, bei der wir die Party am Abend zuvor gefeiert hatten, dass auch sie im Wartezimmer gesessen hatte, mit wahnsinnigen Kopfschmerzen. Auch einer Malaria, wie sich herausstellte, als Shahs Vertreter angekommen war und die Praxis für den Tag übernommen hatte.

Rhenus hat das Auto bereits gewendet, und ich glaube nicht, dass er in seiner gesamten Karriere als Arzt jemals schneller in eine Klinik gefahren ist. Für mich wurde die Zeit bis zur Ankunft dort zur längsten Viertelstunde meines Lebens.

Maries Körper ist noch immer glutheiß und ganz schlaff. Sie atmet in kurzen, flachen Stößen, stöhnt leise zwischendurch. Gyjian und Aijosha haben sich vom Rücksitz nach vorn gelehnt, sie streicheln Maries Kopf, in ihren Gesichtern steht fassungsloses Entsetzen.

In der Klinik stehen zwei Quinintropfe bereit, für jede Armbeuge Maries einer. Doch nachdem Shah und seine Kollegen noch einmal Fieber gemessen und sich kurz miteinander beraten haben, werden noch zwei weitere an ihren Fußgelenken befestigt.

Ich laufe zum Telefon am Eingang. »Gott, lass es funktionieren.« Ich muss Sam anrufen.

Er nimmt tatsächlich den Hörer ab, dem Himmel sei Dank.

Doch als ich mich melde, antwortet er: »Ah, Mister Gaidin, ich habe Ihren Anruf schon nicht mehr erwartet.«

Jetzt weiß ich, dass Pia in seiner Nähe ist, und die Frühstücksgäste, von denen er vor drei Tagen kurz gesprochen hat, können ihn offenbar auch hören. Wenn sie am Mittag gegangen sind, wollten wir nach Watamu fahren.

»Sam, ich bin im Krankenhaus. Marie hat eine schwere Tropica. Sie liegt am Quinintropf! Sam! Kannst du kommen?«

»Nein, heute werden wir uns nicht mehr sehen können, es sei denn, Sie kommen nach Watamu. Da treffen Sie mich heute und morgen im Hotel Ocean Sports.«

»Sam, Marie ist schwer krank!«

»Gut, verbleiben wir so, wenn Sie es heute nicht schaffen, sehen wir uns nächste Woche.«

»Sam, es ist möglich, dass Marie stirbt! Du musst kommen!«

»Allright, wir sehen uns, bye-bye.«

»Sam! Marie stirbt! Sam, komm, bitte!«

Aber Sam hat bereits aufgelegt.

Habe ich gesagt, dass Marie stirbt? Wie komme ich dazu? Meine Tochter wird nicht sterben! Sie ist doch noch so klein! Hat doch eben erst begonnen zu leben! Sie ist ein Teil von uns, sie darf uns nicht verlassen!

»Ma'm, kann ich etwas für Sie tun?« Eine Krankenschwester zieht mich sanft vom Telefon fort, hält mir ein Glas Wasser entgegen. »Trinken Sie das, bitte.«

Was geschieht mit mir? Wird Sam kommen? Sam wird kommen, ich brauche ihn! Er wird eine Ausrede finden, nicht nach Watamu fahren zu können, ich weiß es.

Und Marie wird nicht sterben!

Eine Scheibe trennt die Intensivstation vom übrigen Krankenhausgeschehen ab. So sehe ich Sams und meine Tochter in dem großen Bett liegen, viel kleiner, wie mir scheint, als gestern noch. Der winzige Körper ist durch Schläuche und Kabel mit einem EKG und den Tropfen verbunden. Ihre Augen sind wie unter großen Schmerzen krampfhaft geschlossen, ihre sonnengebräunte Haut ist fahl, ihre spröden Lippen zittern vom Schüttelfrost.

Marie wird jetzt von Fieberschüben geschüttelt. Ich halte sie fest, Aijosha und Gyjian sprechen zu ihr. Mit eindringlichen Stimmen rufen sie Szenen in Erinnerung, Begebenheiten wie die Safari in den Shitani-Feldern, wo wir versucht hatten, auf den erhitzten Lavafelsen ein Spiegelei zu braten. Und von dem Waran, der sich dabei von hinten herangeschlichen hatte, uns einen gehörigen Schreck einjagte und das Ei schneller aufleckte, als wir gucken konnten.

Sie erzählen von der Safari, bei der ein Pavian unseren Picknickkorb plündern wollte. »Weißt du noch, Marie, was Momma da gemacht hat?« Ich hatte Brötchen ausgehöhlt, reichlich Chilisauce hineingefüllt und sie dem Boboon in Reichweite gelegt. »Marie! Weißt du noch, wie der davongesprungen ist? Wie er geschnattert hat? Marie?« Dafür haben meine Kinder mich immer bewundert.

Die Geschichte von der Angelpartie mit Sam, als Marie auf ihrem Stuhl eingeschlafen war, ist die nächste. Und sie solle bloß nicht vergessen, dass sie noch in dieser Woche den kleinen Affen aus dem Tierheim abholen müssten. Er sei jetzt geimpft, und der Tierarzt verlasse sich ganz auf sie.

Die beiden Jungs reden ohne Unterlass, wollen, dass Marie ihnen zuhört, wieder mit ihnen lacht und dabei mit ihren kleinen dicken Patschehändchen vor Vergnügen klatscht.

Doch die Fieberschübe kommen in immer kürzeren Abständen.

»Wir müssen warten«, sagt Rhenus, »eine höhere Dosis ist nicht möglich.« Er hat seinen Arm um mich gelegt. Gräbt seine Fingernägel in meine Schulter. »Ich gehe eine Zigarette rauchen. Aijosha, Gyjian, möchtet ihr mitkommen und etwas trinken?«

»Nein«, beide winken ab, ohne ihn anzuschauen. Wir bleiben neben Marie sitzen.

Nach einer Stunde schon hätte das Quinin beginnen müssen zu wirken, doch Maries Körper wird das Fieber nicht los. Die Ärzte injizieren fiebersenkende Mittel im Halbstundenrhythmus, schließen weitere Glukosetropfe an. Doch diese Hektik erreicht Marie nicht mehr, und auch nicht die Wirkung all der Medikamente.

Wie oft ich in den folgenden fünf Stunden auf die Uhr über der Tür geschaut habe, weiß ich nicht. Wo bleibt Sam?

Während dieser sieben Stunden wütet das Fieber in Maries kleinem Körper, aber plötzlich liegt sie ruhig. Tiefe Blässe breitet sich über ihr Gesicht, sie öffnet die Augen, sieht uns aber nicht, sieht nichts mehr. Marie ist tot.

Lauter Aktionismus bricht aus. Die Ärzte versuchen sie wiederzubeleben, malträtieren ihren kleinen Brustkorb mit Herzmassagen, tun Dinge, von denen ich weiß, dass sie nichts nutzen werden. Marie ist tot.

Ich schließe ihre braunen Augen, küsse die spröden Lippen, die Händchen. Nehme sie hoch.

»Momma!« Aijosha und Gyjian stehen mit angstgeweiteten Augen da, »Momma, was ist?«

»Marie ist tot.« Sie verstehen, aber begreifen nicht. Genau wie ich.

Jemand will mir meine Tochter abnehmen. »Sie müssen sie hier lassen.«

Rhenus Shah schiebt ihn zur Seite. »Lasst sie. Ich kümmere mich um alles. Ich fahre sie nach Hause.« Er weint.

Ich nehme Gyjian bei der Hand, Aijosha hält auf der anderen Seite Maries Hand fest.

Auf dem Weg zum Ausgang sehe ich das Telefon, von dem ich heute Mittag Sam angerufen hatte. »Wartet bitte.« Ich nehme den Hörer ab. Jemand gibt mir zwei Geldstücke, ich wähle, höre, wie abgenommen wird, und frage nach Sam.

»Der Bwana ist nicht zu Hause«, antwortet der Houseboy, »er und Memsab sind über das Wochenende nach Watamu gefahren.«

Ich weiß nicht, wie ich die Stufen zum Parkplatz hinuntergekommen bin und wie nach Hause. Ich höre nur Shahs Weinen, sehe, dass die Sonne untergeht, fühle Gyjians und Aijoshas Arme um meinen Hals, spüre Maries Körper auf meinem Schoß.

Unser Haus ist hell erleuchtet, auf Matos Veranda brennt Licht. Amira, Rasmus und Julian stehen am Tor. Als ahnten sie das Grauen.

Amira schreit auf, als ich mit Maries totem Körper aus dem Auto steige, doch dann nehmen sie und Julian sofort meine Jungs in die Arme. Ich gehe an ihnen vorbei ins Haus, die Treppe hoch in mein Zimmer und lege Marie auf mein Bett.

Es klopft an der Tür. »Wir wollen bei euch sein, Momma.« Aijosha hat Bozo auf dem Arm.

Mein Bett ist riesengroß, eine Sonderanfertigung von Schnitzern aus Malindi. Es steht auf vier hohen Pfosten, hat als oberen Abschluss einen Holzrahmen. Darüber liegt das Moskitonetz und fällt von dort an allen vier Seiten bis auf den Boden.

Hier drin haben wir oft gesessen, wir vier. Zum Frühstück am Wochenende, zum Vorlesen – hier hat Marie den Märchen von Alice im Wunderland, vom Zauberer von Oz, von Momo und vom Kleinen Prinzen mit großen Augen gelauscht – oder zum Kuscheln, einfach so. Dabei haben wir manchmal gespielt, dass wir nicht da sind, und Amira und Julian machten mit: liefen, laut nach uns rufend, durchs Haus, standen vor dem Bett, überlegten aufgeregt, wo wir denn sein könnten, und taten so, als könnten sie uns partout nicht sehen. In einem kleinen Kosmos glücklicher Gemeinsamkeit war dieses Bett unsere ganz private, intime Enklave.

In dieser Nacht des 12. September 1992 wird das Nest zur Höhle, in der wir uns verkriechen. Zu Marie. Sitzen ihr eng umschlungen gegenüber.

Ihr süßes rundes Gesicht ist eingefallen. Die Schatten unter ihren Augen sind jetzt schwarz, und unaufhaltsam verfärben sich ihre Lippen blau. Die Grübchen in ihren Knien und Händen sind verschwunden, wie durch ein Vergrößerungsglas sehe ich den Schmutz unter ihren Fingernägeln, auf ihren Fußsohlen. Ach ja, nachdem wir erst in der Nacht von der Party zurückgekommen waren, hatte keines der Kinder mehr geduscht.

Party? Gestern? Was ist geschehen?

Marie ist tot. Sie wurde nur zwei Jahre, sieben Monate und fünfundzwanzig Tage alt.

Irgendwann beginnt Gyjian zu weinen, und da löst sich auch die Spannung in Aijosha. Ich drücke sie an mich, sie scheinen in mich hineinkriechen zu wollen vor Schmerz. Wie gern würde ich sie trösten, ihnen Sätze sagen, die sie beruhigen. Doch bin ich nicht in der Lage, auch nur einen Gedanken zu formulieren, geschweige denn zu sprechen. Ich kann ja nicht einmal weinen. Kann nur Maries totes Gesicht sehen.

Die Welt steht still. Kein Laut dringt heran, der Lichtschein aus dem Garten verdunkelt sich. Mein unendlicher Schmerz verwandelt sich in physische Schwere. Sie hüllt mich ein, obwohl ich frei sein will, sie nimmt mir den Atem, obwohl ich sprechen will, sie zerstört meine Gedanken. Und schützt mich.

Denn sie stellt mir eine andere Ulla Ackermann an die Seite. Eine, die jetzt in der Lage ist, zu agieren, all die Dinge zu tun, die getan werden müssen. Es ist jene Ulla Ackermann, die Reportagen in den vordersten Fronten von Kriegsgebieten macht. Die es gelernt hat, die Szenarien zu sehen, in Worte zu fassen, zu kommentieren. Die es zu ihrem eigenen Schutz aber auch gelernt hat, ihre Wahrnehmungen durch Filter zu kaschieren. Damit die aufdringliche Lebensnähe der unfassbar brutalen Szenen nur ihre Augen erreicht, nicht aber ihre Gedankenwelt, denn direkt dahinter wohnt ihre Seele. Aber die ist schon so zernarbt und dünnhäutig, dass sie keine weiteren Wunden mehr aushalten wird.

Diese Frau kann leise mit ihren Söhnen reden, kann ihnen versichern, dass die Erinnerungen an dieses wunderbare kleine Mädchen nie verblassen werden. Kann von Marie sprechen, ohne jene Erinnerungen schmerzhaft aufzuwühlen. Kann ablenken und Aijosha und Gyjian ein wenig Ruhe verschaffen.

Während die andere Frau, die Mutter, sich weit entfernt von allem verbergen muss.

Irgendwann sind meine Söhne eingeschlafen, und ich gehe hinüber in ihre Zimmer, um die Betten zusammenzuschieben. Die beiden sollen nicht allein aufwachen. In jedem der Rahmen für die Moskitonetze hängt die Schale eines Straußeneies, darin, dachten wir bis heute, wohnen Jujus, Schutzgeister. Wie konnten wir uns so irren.

Amira, Rasmus und Julian kommen die Treppe hoch. Sie nehmen mich in die Arme, auch sie sagen kein Wort. Julian und Rasmus breiten die Moskitonetze über das nunmehr große Bett und wollen die Kinder holen. Doch trage ich Aijosha und Gyjian in ihre Betten, lege Bozo zwischen sie.

Ich küsse sie, umarme die Matos und gehe wieder in mein Zimmer zu meiner toten Tochter. Zurück in der Höhle, mit Blick auf meine Kleine, schreibe ich zwei Abschiedsbriefe. Einen lege ich am nächsten Tag zu Marie in den Sarg, den anderen lasse ich Sam übergeben.

Ich kenne den Wortlaut beider Briefe genau:

Geliebte Marie, geliebte kleine Tochter,
ich habe noch nicht verstanden, dass Du tot bist. Ich glaube noch nicht, dass ich Dein Lachen nie mehr hören werde und Deine herausgesprudelten Neuigkeiten. Ich glaube noch nicht, dass Deine Lebendigkeit tot ist. Du warst von allem, was Du erlebtest, so fasziniert, musstest mir alles erzählen, egal, wie kompliziert es war, eine Telefonverbindung von Mogadischu oder von sonst wo zu halten: »Momma, ich bin noch nicht fertig!«

Ich kann mir nicht vorstellen, das Patschen Deiner Füßchen auf unserem Steinboden nie mehr hören zu können, das geheimnisvolle Gemurmel mit Deinen Brüdern, wenn Ihr etwas ausgeheckt hattet, was ich nicht wissen durfte. Was ich aber auch hinter Euren Zimmertüren hörte, als Ihr zu meinem letzten Geburtstag den spazierenden Ventilator gebastelt habt. Und wie seid Ihr davongesaust, als Julian herausbekam, dass Ihr dazu Zahnrad und Dynamo seines Fahrrads benutzt hattet.

Werde ich wirklich nie mehr Deine Händchen auf meinen Gesicht spüren? Wirst Du Dich nie mehr in meine Arme kuscheln, wirst Du nie mehr in meinem Bett einschlafen?

Du wirst mich nie mehr vom Flughafen abholen, mit einer Blume im Haar, Du wirst mich nie mehr küssen, wirst mir nie mehr sagen können, dass Du mich liebst.

Und ich werde Dir nie mehr sagen können, wie sehr ich Dich liebe.

Marie, Du warst die Perfektion unserer Familie, mit Deinem Dasein hast Du unsere kleine Gemeinschaft vervollständigt. Zu dritt waren wir der Rest einer Familie gewesen, die keinen Bestand gehabt hatte. Mit Dir bekamen wir ein neues Gesicht. Mit Dir waren wir WIR.

Du warst das Liebste Deiner Brüder. Sie waren Deine besten Freunde, Du warst das bestbeschützte kleine Mädchen in ganz Kenia. Du warst die Tochter eines Mannes, den Du als den anderen besten Freund kanntest, Sam.

Er war über alle Maßen stolz auf Dich, obwohl er sich in der Öffentlichkeit nie zu Dir bekennen konnte. Doch nahm er jede Gelegenheit wahr, Dich zu sehen, bei Dir zu sein. Und liebte die fröhliche Atmosphäre, die Du und Deine Brüder verbreiteten.

Dass er gestern nicht da war, als Du starbst, hast Du nicht gespürt. Verzeih mir, wenn ich mich deshalb von ihm trenne.

Marie, mein Leben, das Leben Deiner Brüder – unsere Familie wird nie mehr sein wie noch vor zwei Tagen. Gyjian, Aijosha und ich werden uns fortan Mühe geben müssen, den tiefen Graben, den Dein Tod hinterlässt, unbeschadet zu überspringen. Denn schließen lassen wird er sich nie.

Marie, dort, wo Du hingehst, wohnen Engel. Sie spielen mit kleinen Löwen, kleinen Cheetahs und Elefantenbabys. Sie alle werden von nun an Deine Spielgefährten sein. Und sie freuen sich schon auf Dich. Ihr werdet viel Spaß miteinander haben.

Du wirst im Paradies sein, in einem anderen als dem unsrigen, das ab heute keines mehr ist. Darum, bitte, lass Deine Seele hier, ich brauche sie, um weiterleben zu können.

Danke für alles, meine Kleine, ich liebe Dich, immer.

Deine Momma

Den anderen Brief schrieb ich sofort im Anschluss:

Geliebter Sam,
ich glaube nicht, dass Du jetzt schläfst. Du weißt, dass Schlimmes geschehen ist.

Ja, Marie, unsere Tochter, ist tot.

Ich ahne, was in Dir vorgeht, ich kenne die Vorwürfe, die Du Dir machst. Und ich weiß, dass Du, wie schon so oft, darüber nachdenkst, allen in Deiner Umgebung jetzt die Wahrheit zu sagen. Dass dieses kleine Mädchen, das gestorben ist, Deine Tochter war. Dass Du ihre Mutter liebst und ihre Brüder auch und dass Du jetzt endlich mit ihnen zusammenleben willst. Dass es Dein Herz zerreißt, weil Du diesen Schritt nicht schon vor langem gegangen bist, dass Du Dir nie verzeihen wirst, dass Du nicht bei Deiner Tochter sein konntest, als sie starb.

Sam, sage von all dem nichts. Denn ich will nicht mehr an Deiner Seite leben. Zu sagen, ich liebte Dich schon heute nicht mehr, wäre gelogen; zu sagen, ich kann Dir nicht mehr vertrauen, kann Dich nicht mehr respektieren, ist die Wahrheit.

Lebe wohl, Sam. Ich verdanke Dir, neben meinen Söhnen, das größte Geschenk meines Lebens, unsere Tochter. Und ich verdanke Dir eine Zeit voller Liebe. Ulla

Ich steige von dem Bett, nehme zwei Umschläge aus meinem Schreibtisch und verschließe die Briefe. Dann hole ich Kamm und Bürste aus meinem Bad, schlage das Netz über dem Bett zurück und fange an, Maries Haare zu bürsten. Die blonden Locken sind, wie immer, nur schwer zu bändigen. Und aus den seidenweichen Nackenhärchen fallen kleine Klumpen roten Lehms auf das Kopfkissen. Mit einem nassen Tuch wische ich meiner toten Tochter den Schmutz von Händen und Füßen.

Dabei bemerkt die Frau, die tut, was getan werden muss, dass die Totenstarre bereits weit fortgeschritten ist.

Und da endlich kann die Frau in Agonie, die Mutter, beginnen zu weinen.

Tot, tot, tot, skandieren ihre Gedanken. Deine Tochter ist tot.

Durch das offene Fenster stiehlt sich ein Laut ins Zimmer, ein Vogelruf. Ist die Nacht schon vorbei? Über dem Meer verzieht sich ihre Schwärze in den Horizont. Dort, wo das Wasser an die Unendlichkeit des Himmels stößt, bildet sich ein schmaler blutroter Streifen. Bald wird dort die Sonne aufgehen, wird der beginnende Tag Helligkeit und Wärme bringen. Doch nicht für Marie, wir werden sie heute beerdigen müssen.

Aijosha klopft an meine Tür. Seine Augen sind vom Weinen und vom Schlaf verquollen, nach einem Blick auf Maries toten Körper flüchtet er sich in meine Arme. Da öffnet sich die Tür erneut. Gyjian tritt ein. Er trägt ein Straußenei in der Hand, legt es neben Marie. »Es ist das Ei aus meinem Bett. Ich habe das aus Maries Bett in meins gehängt.« Er streichelt ihr Gesicht. »Kwaheri, mein Äffchen. Ich habe Gott gesagt, er soll auf dich aufpassen. Aber vergiss mich nicht.«

Er dreht sich um und will weglaufen. Ich kann ihn gerade noch aufhalten und an mich drücken. Und dann weinen wir zu dritt.

»Warum, Momma?«

»Warum musste unsere Marie sterben?«

Diese Fragen stellen wir uns wohl hundertmal. Erwarten aber keine Antwort.

Mit dem ersten Grau des Morgens ergießt sich ein kurzer Regenschauer über das Land, und der Wind bläht die Vorhänge weit ins Zimmer. Die Welt hat wieder begonnen, sich zu drehen.

Ich höre, wie sich das Tor an der Einfahrt mehrfach öffnet und schließt. Autos fahren in den Hof, Stimmen klingen gedämpft und fragend. Ein weiteres Auto jagt über den schmalen Weg vor unserem Haus heran, hält mit einem Hupen vor dem Tor.

Und dann klingt Davids Stimme durchs Fenster: »Ulla!«

Ich höre ihn die Treppe hinaufstürmen, und kurz darauf umschließen seine Arme mich und meine Söhne.

»Mein Gott, was ist geschehen? Oh, mein Gott, die Kleine!«

Julian hatte gestern Abend noch in der Redaktion angerufen.

Und von dort war es irgendwie gelungen, das Hotel in Mogadischu und David zu benachrichtigen. Mit dem ersten Licht waren Frank, Adam und er losgeflogen.

Auch Diana sei auf dem Weg, berichtet Julian, der offenbar die Nacht genutzt hatte, meine Freunde anzurufen. Sie war vor einer Woche nach Lamu geflogen, um in ihrem Haus nach dem Rechten zu sehen – bevor wir alle in einem Monat dort den ersten Teil der Ferien verbringen wollten.

»Sie ist in ihrem Flugzeug unterwegs.« Gut, dann wird sie bald hier sein.

Es muss jemand nach Watamu fahren, den Brief an Sam übergeben. Aber bitte nur an Sam.

Rhenus Shah ist angekommen. Er nimmt mich in die Arme, will etwas sagen, aber ich sehe, dass er die Worte nicht herausbringt.

Er schaut David an, weil der weiß, was er mir zumuten kann: »Ulla, du musst jetzt ganz stark sein. Der Sarg ist da, wir müssen Marie hineinlegen.«

Die Frau, die agiert, nickt, geht in Maries Zimmer, nimmt die rote Shuka vom Bett und bricht eine Hibiskusblüte von dem Ast, der fast zum Fenster hineinwächst.

Die Frau, die lieber im Schock verharren will, nimmt den Duft von Babyöl wahr und von Maries Haarshampoo, sieht einen aufgeschlagenen Malblock auf dem niedrigen Schreibtisch liegen und Buntstifte im ganzen Zimmer verstreut. Sie streicht über das Kopfkissen in Maries Bett, gibt der Hängematte einen leichten Schubs und öffnet den Kleiderschrank.

Da hängen die Kleider, die Marie »schön« fand, aber nie anziehen wollte. So wie die Schuhe, die eigentlich alle vergebens gekauft worden waren. Denn Schuhe trägt man in dieser Familie nur, wenn es sich nicht umgehen lässt. Allein mit den winzigen Lederstiefeln hatte Marie eine Ausnahme gemacht. Sie waren eine Spezialanfertigung des italienischen Schuhmachers aus Malindi, Marisas Geschenk zum letzten Osterfest. Safaristiefel! Das war's, was Marie sich inständig gewünscht hatte. Sie hatte die Stiefel tagelang nicht ausgezogen, hatte allen Freunden und mir unentwegt in den Ohren gelegen, auf Safari gehen zu müssen. Bis wir beim letzten *termbreak* am Lake Jipe gewesen waren.

Als ich wieder hinübergehe in mein Zimmer, steht dort schon der Sarg, mit offenem Deckel. Er ist winzig und schneeweiß. Konyek steht daneben, sein Onkel hat ihn gezimmert, feine Verzierungen um den Namen Yoyo geschnitzt und dann lackiert. In einer Nacht. Rhenus Shah und David nehmen Maries toten Körper von meinem Bett, lassen ihn sanft auf die Kissen im Sarg gleiten.

Ich habe den Brief in die Shuka gewickelt. Über dem kleinen Päckchen lege ich ihre Händchen zusammen. Stecke ihr die Hibiskusblüte ins Haar und will sie küssen, doch Rhenus hält mich zurück. Also berühre ich ihre Wangen, zum letzten Mal. Gyjian rückt das Straußenei in ihrem Arm noch einmal zurecht, streichelt ihr Gesicht, und Aijosha legt seinen einzigen Teddy auf die andere Seite. Gedankenverloren dreht er eine ihrer Haarsträhnen um seine Finger, nimmt die Schere von meinem Schreibtisch und schneidet drei Locken ab. Eine drückt er mir in die Hand, eine andere seinem Bruder, die dritte steckt er in seine Hosentasche. Danke, Josha, daran hätte ich nicht gedacht.

Rhenus Shah küsst seine Fingerspitze und berührt Marie damit an der Wange. Dann nimmt er David und Konyek am Arm und geht mit ihnen hinaus.

Amira und Rasmus treten zu uns. Sie weinen, nehmen ganz leise, mit einem Gebet auf Kiswahili, Abschied. Zum Schluss lassen sie an bunten Bändern eingenähte Amulette in den Sarg gleiten. Amira schaut auf: »Ulla, der Medizinmann ist hier. Er möchte Marie noch einmal sehen.«

Der alte Mann tritt ein. Seine Schultern sind nach vorne gebeugt, er hat die Hände verschränkt. Er wirkt zurückhaltend, wie von Trauer benommen. Nur die Augen sind wie immer: klar und stechend in der Intensität seines Blicks.

Während er ein paar Worte zur Begrüßung murmelt, gibt er Aijosha, Gyjian und mir die Hand. Er nimmt seine Tasche aus Affenfell von der Schulter, greift hinein und hält mir und meinen Söhnen drei kleine Ledersäckchen entgegen. »Voodoo hat mir befohlen, sie für euch zu machen. Sie bringen Trost.«

Dann beugt er sich über den Sarg, legt beide Hände um Maries Gesicht. Die Stille in meinem Zimmer scheint greifbar zu sein. Jetzt reckt der Medizinmann die Arme empor, mit weit geöffneten Händen. Laut ruft er Voodoo an und bittet ihn, Marie in seinem Pantheon einen bevorzugten Platz einzuräumen.

Nicht lange, und Voodoo scheint geantwortet zu haben. Der alte Mann entnimmt seiner Tasche ein Amulett aus Elfenbein und der Haut einer Mamba, legt es auf Maries Brust, dreht sich um und geht.

Wir bleiben zurück, schauen noch lange auf die Kleine. Ein paar Sonnenstrahlen haben sich schon durchs Fenster geschlichen. Malen Kringel auf das tote Gesicht. Goodbye, Marie.

Jemand schließt den Sargdeckel, Marie ist tot.

Damit verschließt sich auch die Höhle, worin die Frau in Agonie, die Mutter, sich zurückgezogen hat. Die agierende Ulla Ackermann aber geht mit ihren Söhnen hinunter, trinkt Kaffee, isst etwas und spricht mit David, Adam und Frank. Sie erfährt, dass Rhenus Shah mit dem Sarg zum Friedhof unterwegs ist, hört die Namen derer, die angerufen haben oder schon hier waren, um sich des Unfassbaren zu vergewissern, und sie nimmt die Uhrzeit für Maries Beerdigung am Nachmittag zur Kenntnis. Vier Uhr.

»Woher haben wir ein Grab?«, frage ich.

David hat den Platz ausgesucht und die Stelle gekauft. »Es liegt unter dem riesigen Baobab, du weißt, dem im hinteren, im ganz alten Teil des Friedhofes.«

Danke, David. Dort waren wir einmal umherspaziert, hatten die Namen früherer weißer Siedler an der Küste auf den verwitterten Grabsteinen entziffert, und ich hatte gesagt, wenn ich einmal in Afrika sterben würde, möchte ich hier beigesetzt sein. Weil es hier so ruhig ist und im Schatten der wild wuchernden Pflanzen so kühl. Weil vom Stamm des Baobab Orchideen herabhängen und aus dem Elefantengras Strelitzien sprießen. Weil die Erde hier so kräftig riecht, weil Afrika hier ganz nah ist.

In Gedanken versunken, nehme ich das Geräusch heraneilender Autos erst wahr, als vor unserem Tor gehupt wird.

»Sam!« Gyjian und Aijosha springen auf und laufen auf ihren Freund zu. Er schließt sie noch im Auto in die Arme, weint mit ihnen ohne Scham.

»Ulla!« Aus dem zweiten Auto springt Diana, ihr stets gepflegtes, wunderschönes Gesicht ist von Tränen verquollen. Sie ist mit ihren Einsfünfundachtzig noch ein wenig größer als ich, aber viel kräftiger, und in den Kokon dieses stattlichen Körpers schließt sie mich jetzt ein. Auch sie weint, aber da Diana noch nie ein leiser Mensch war, schreit sie ihre Trauer hinaus. Und dabei ist es, als hebe ihre Klage die Trennung zwischen den beiden Ullas auf. Ich bin es ganz, die mit ihr weint, die in ihren Armen all den Schmerz wieder zulassen kann, um zumindest einem Teil von ihm schon den Weg aus meiner Seele zu weisen. Und da ist Sam, der mich aus Dianas Armen zieht, der mich festhält, als sei es für immer, der mich unter Schluchzen fragt, ob mir die Worte meines Briefes ernst seien.

»Ja, Sam.«

Er nickt und nimmt meine Söhne erneut in seine Arme. »Passt auf eure Momma auf. Sie braucht euch jetzt mehr als sonst.«

»Natürlich«, antwortet Gyjian, »aber du bist ja auch noch da. Und Diana und David.«

Wieder nickt Sam, geht zu seinem Auto, sieht mich im Umdrehen noch einmal an und fährt dann mit einem kurzen Gruß davon. Goodbye, Sam, meine Liebe.

Er steht mir, mit seiner Frau an seiner Seite, am Grab unserer Tochter gegenüber, die Augen hinter einer Sonnenbrille versteckt, das Gesicht wie versteinert.

Neben ihm Per Gudright, der Biologe des Nature Trail. Wir hatten ihn kennen gelernt, als er eines Morgens hinter Marie hergelaufen war, nachdem sie eine Hand voll Krokodileier aus dem Gelege genommen und sie mir gezeigt hatte. Ganz vorsichtig natürlich und auch nur, um uns vorzuführen, wie winzig klein die

Krokodile in ihren dünnhäutigen Schalen waren. Umso empörter war Marie gewesen, als Per mit ihr schimpfte. »Glaubst du denn, ich tue ihnen weh?«, hatte sie den Leiter der Forschungsstation angeschrien, mit Empörung in den Augen, sodass der große dicke Mann nur verdutzt dastand mit seinem schlechten Gewissen.

Neben ihm sehe ich jetzt Carlo Manzini, unseren Lieblingsitaliener, der immer zwei Stühle für jedes Kind zusammenstellte, wenn der Abend in seinem Restaurant so lang wurde, dass den Kleinen die Augen zufielen. Über die Lehnen breitete er höchstpersönlich die Moskitonetze, die hatte er eigens für die Maße dieser Arrangements anfertigen lassen. Dicke Tränen laufen ihm über die Wangen. Wie oft war Marie wohl mit ihm zu seiner Tiefkühltruhe gegangen, wo immer die besten Zitroneneis-Parfaits der Welt darauf warteten, von kleinen Maries und Freunden aufgegessen zu werden?

Marisa steht in seiner Nähe. Eine ganze Gruppe Italiener aus Malindi begleitet sie: der Schuhmacher, der Bäcker, die Sängerin. Der Möbeldesigner, der Architekt, der Bauunternehmer. Die Surflehrerin, die Schneiderin, der Pilot, allesamt Freunde Maries. Ich sehe Rhenus Shah mit seiner Frau, und da sind Lisa, Pit und ihre Kinder. Mit ihnen waren wir im Frühling auf Safari gewesen, als die Massai Mara von Jungtieren gewimmelt hatte. Marie war so verrückt nach den kleinen Löwen, den Elefantenbabys und Cheetah-Jungen gewesen, dass sie kaum Schlaf gefunden und uns morgens schon lange vor dem Hellwerden geweckt hatte, um wieder auf *gamedrive* zu fahren.

Die Schar der Trauernden scheint mir unüberschaubar. Ich sehe alle Kinder aus der Schule, sämtliche Lehrer und Eltern. Und heute sind die Damen der Society keine arroganten Puten, sondern Trauernde.

Zwischen ihnen steht auch unser Tierarzt, ein kleines Äffchen auf dem Arm. Es ist der Affe, den Kinder aus dem Village als Fußball missbraucht hatten. Bis Marie das sah, die prompt ihre Brüder auf den Plan rief. Was folgte, war eine kurze, aber heftige Schlägerei, denn die Knirpse aus dem Dorf wollten das verletzte

Tier nur gegen Geld hergeben. Was natürlich Aijosha, Gyjian und ihre Freunde in Rage versetzte.

Hernach musste Doktor Shah Wunden nähen, Schrammen verbinden und Tetanusspritzen verabreichen. Vorher aber war das Äffchen noch beim Tierarzt mit dem unmissverständlichen Auftrag abgegeben worden, den Kleinen wieder gesund zu machen. Die ganze Aktion hatte mich, einschließlich der ärztlichen Versorgung aller beteiligten Kinder und des Affen und trotz großzügiger Sonderkonditionen beider Ärzte, mehrere tausend Shilling gekostet. Ich hatte getobt: »Alles wegen eines blöden Affen!« Doch wer hatte Marie je widerstehen können?

So auch nicht der Manager des feinen Hotels in unserer Nachbarschaft, der sich erst einmal daran gewöhnen musste, dass seine beim Tee sitzenden Gäste nachmittags regelmäßig von einer Mini-Massai-Expeditionsgruppe »überfallen« wurden. Immer brach der ungestüme Trupp, markerschütternde Schreie ausstoßend und angeführt von einem kleinen blonden Mädchen mit lehmverschmierten Haaren, aus der Hecke entlang der Terrasse. Die verdatterten Touristen mussten dann sofort eine Runde Kuchen vom Büfett spendieren. »For sinfic poposes«, erklärte Marie stets stellvertretend für alle Räuber. Der so zu *scientific purposes* beschlagnahmte Kuchen wurde an Ort und Stelle verspeist, meist mit viel Cola, weil die verzückten Urlauber sich an der niedlichen Bande nie hatten satt sehen können.

Die Massaikinder singen jetzt laut, denken vielleicht, dass Marie sie hören kann. Zwischen den Blättern der hohen Bäume fällt das Sonnenlicht schräg auf die große Trauergemeinde. Die schwüle Hitze des Tages ist abgekühlt. Father Macmillan von der *Mission of Seamen* ist zum Alten Friedhof von Mombasa gekommen, um einige religiöse Worte zu sprechen. Auch er hatte Marie gekannt. An manchen Sonntagen waren wir zum Gottesdienst in die kleine Kirche am Hafen gegangen, und Marie hatte die Lieder immer besonders laut mitgesungen.

Es fällt ihm schwer, eine Predigt zu halten. Und so steckt er nach ein paar Sätzen den Zettel weg, legt eine Hand auf den Sarg und sagt: »Marie, wir danken dir, dass du bei uns warst. Und wir sind sicher, dass du Gott helfen wirst, uns zu beschützen.«

David steht hinter mir, an Sams Stelle. Er hat beide Arme um mich gelegt, drückt mich fest an sich. Ich halte Aijosha und Gyjian umschlungen, bis sie sich plötzlich lösen. Sie gehen auf den kleinen Erdhügel mit dem Sarg zu, nehmen ihn an den Griffen und heben ihn ins Grab. Mein Gott, was tun sie? Warum tun ausgerechnet sie das Unfassbare?

Ich sehe sie jeder eine Kusshand ins Grab werfen. Dann drehen sie sich zu mir um. »Momma?« Aijosha hält mir eine mit Sand gefüllte Schaufel entgegen. Ich schüttle leicht den Kopf. Nein. Ich kann keine Erde auf den Sarg meiner Tochter werfen. Da kommen sie zu mir, nehmen mich bei der Hand und führen mich an das offene Grab. Ich lasse meinen Blumenstrauß hineinfallen, drehe mich um und will weggehen.

»Warte bitte, Momma. Wir werden das Grab zuschaufeln. Es dauert nicht lange.«

Nein, es dauert nicht lange, bis ein solch winziges Grab geebnet ist. Zumal Rasmus, Julian, Konyek, David, Adam, Frank, Rhenus Shah, der Pastor, zahllose Väter von Klassenkameraden und Sam dabei helfen.

Auf dem Nachhauseweg rückt Gyjian nahe an mich heran. »Weißt du, Momma«, flüstert er, »das war nicht mehr Marie, die wir in den Sarg gelegt haben.«

Und Aijosha ergänzt: »Nein, das war nur ein Überrest. Wie die Schale von einem Ei ...«

»Ja«, fällt Gyjian ihm ins Wort, »wie das Papier von einem Geschenk. Marie ist hier bei uns.« Seine Lippen zittern, und zornig wiederholt er: »Sie ist hier bei uns.«

»Und da bleibt sie auch.« Aijosha wischt sich die Tränen von den Wangen. »Immer!«

Meine tapferen Söhne, deshalb also konnten sie den Sarg ins Grab stellen, konnten ihn vergraben. Weil das, was in ihm liegt, nicht mehr ihre Schwester war.

Fortan unterhielten sich Aijosha und Gyjian allabendlich mit Marie, erzählten ihr von ihrem Verständnis des Tagesgeschehens, horchten auf Antworten, die sie gegeben hätte. Was sie erlebt hatten, brauchten sie ihr ja nicht zu erzählen, schließlich war ihre kleine Schwester immer bei ihnen. Es dauerte Jahre, bis sich diese Angewohnheit verflüchtigte.

Bei der Rückkehr nach Hause sind die meisten der Freunde schon da. Sie stehen im Hof, um den Pool herum, und warten auf uns. Es sieht aus wie auf einer Party, nur ohne Musik, ohne Lachen. Wie in Zukunft noch oft, benutze ich jetzt zum ersten Mal den Spiegel einer ganz normalen Situation, um funktionieren zu können. Ich danke allen für ihr Kommen, biete Drinks und Snacks an und spreche mit ihnen über Marie. Auch Aijosha geht von Gruppe zu Gruppe, David und Frank sind dicht neben ihm, während Diana mit Gyjian an der Hand umhergeht.

Mit Einbruch der Dunkelheit sind alle Gäste gegangen. Als Erste haben sich Sam und Pia verabschiedet. Ich erinnere mich, dass Sam bat, die Jungs am nächsten Wochenende zum Fischen abholen zu dürfen. Und natürlich sagte ich zu.

Meine Freunde bleiben über Nacht. Eng zusammengerückt sitzen wir auf den Stufen zum Swimmingpool. Da hebt Gyjian mit einem Mal die Hand und winkt. »Seht ihr den Stern, der uns zublinzelt? Das ist Marie.«

Wo auch immer wir zukünftig hinfuhren, in der ersten Nacht suchten Gyjian und Aijosha stets den »Twinkle Star« – und fanden ihn sofort. Und als beide vor sechs Jahren ihr Internat in Deutschland bezogen, rief Gyjian in derselben Nacht noch einmal bei mir an. »Momma, wir können auch hier den Twinkle Star sehen. Marie ist bei uns.«

HASSLIEBE

Zu behaupten, ich hätte in Ruhe um meine kleine Tochter trauern können, wäre nicht nur gelogen, sondern auch ein Bild gewesen, das meinen damaligen Beruf in einem allzu milden Licht zeigen würde. Denn Kriege sind rücksichtslos, zynisch, kennen kein Verständnis für das Schicksal derer, die in sie hineingeraten. Und so ist mein Job.

Ich verbrachte die nächsten Tage auf Lamu. Im Haus meiner Freundin, zusammen mit ihr, zusammen mit Aijosha und Gyjian, der von Raven auf dem Rückflug aus der Turkana dort abgesetzt worden war. Matos hatten nicht mitkommen wollen. Ich wusste, dass sie unser Haus in Mombasa putzen, Maries Zimmer aufräumen würden. Und sie würden trauern, wie wir, würden viel weinen, mit dem Medizinmann und ihren Freunden zusammensitzen und die zahllosen Geschichten über Marie wieder und wieder erzählen.

Wir wanderten ziellos am Strand entlang. Gemächlich rollten die Wellen des Indischen Ozeans auf den Sand. Unermüdlich, wie seit ewigen Zeiten, wie vor zwei Monaten, als Marie noch in ihnen spielte, wie vorgestern, als Marie starb, wie gestern, als wir sie begruben. Und wie in zukünftigen ewigen Zeiten.

Wenn die Strömung in einigen Monaten aufs Neue ihre Richtung wechselt, wird das gleiche Wasser die Peripherie Somalias umspülen, während ich dort wieder von Krieg und Elend berichten werde. Nichts verändert sich. Nur mein Leben. Unwiderruflich.

Wir versuchten uns abzulenken. Fuhren mit dem Boot nach Shela, saßen auf der Terrasse des Peponi-Hotels und schauten aufs Meer. Wir aßen mit den Besitzern zu Mittag, erfuhren, dass in der Nachbarschaft eine Villa gebaut wurde. Die Ferienresidenz des Ernst August zu Hannover. Jener, dem man ein paar Jahre später den Namen »Prügelprinz« geben sollte, unter anderem, weil er den Besitzer der Diskothek auf Manda Island gegenüber dem Peponi verprügelt hatte. Eine Tat übrigens, die man ihm in Kenia hoch anrechnet, denn der Kerl mit der Disko ist landesweit alles andere als beliebt.

Und noch ein paar andere Gossips kursierten, aber wir waren schweigsam und machten uns nach dem Lunch auf den Weg Richtung Lamu-Town.

Die Konturen der Stadt sind im gleißenden Mittagslicht verwischt, über den Mangrovenwäldern und auf den jahrhundertealten, weiß getünchten Häusern liegt ein Dunstschleier. Auf den Dachterrassen flattert die Wäsche, Hightech-Antennen ragen zwischen wucherndem Hibiskus, Frangipani und Ilangilang hervor.

Dhows fahren zwischen den Inseln umher, gemächlich, im Tempo des einen Segels. Nur wenige sind mit Motoren ausgestattet, man kennt keine Eile auf Lamu. Allenfalls die Touristen bringen ein wenig Unruhe. Doch da es derer nur wenige gibt, schläft der Archipel vor der Nordküste Kenias den Dornröschenschlaf, schon seit mehr als tausend Jahren.

Wir spazieren umher, hören die Kinder in der Koranschule ihre Verse im Chor beten, kommen zu dem Markt, der am Nachmittag verwaist liegt, und sehen unter dem Blue Gumtree vor dem Fort die Männer des Dorfes beim Palaver sitzen. Ein paar Esel galoppieren die Gasse zum Hafen hinunter. Die Ladungen auf ihren Rücken schwanken gefährlich hin und her. Ihnen folgt stockschwingend ein Junge, schweißgebadet und offensichtlich sehr wütend. Die Männer unter dem Baum lachen, schütteln die Köpfe, rufen scherzhafte Ermahnungen hinüber.

»Der Arme«, sagt Aijosha, »sicher hätte er lieber einen Pick-up, um die Sachen zu transportieren.« Doch die Gassen Lamus sind so schmal, dass gerade ein Eselshintern hindurchpasst.

So kann auch der Distriktkommissar seinen Dienst-Landrover nur an der Hafenpromenade auf und ab fahren.

»Dass die Leute auf Lamu streng islamisch sind, wisst ihr ja«, ich habe mich auf die Mauer des Forts gesetzt und ziehe meine Schuhe aus, »aber wisst ihr auch, wie es kam, dass dennoch Fremde hier sein dürfen?«

»Ja«, sagt Aijosha, »das hat was mit den Hippies zu tun. Wir haben in der Schule darüber gesprochen.«

Gyjian fragt: »Momma, was sind Hippies?«

Diana geht zu dem Stand an der Ecke, um für jeden eine Madafu zu holen, dann setzt auch sie sich hin, und während wir die frische Milch der jungen Kokosnuss schlürfen, erzähle ich die Geschichte, die mir vor ein paar Jahren einmal Frauen auf Lamu erzählt haben. Und die von einer wahren Kulturrevolution auf dem verträumten Archipel berichtet.

In den Sechzigern landeten eines Tages die ersten Hippies vor Lamu an. Sie kamen aus Goa, wo sie von der Regierung vertrieben worden waren. Hatten sich in Nairobi nach der Landung in Gruppen zusammengeschlossen und waren bis nach Malindi, wo die Dhows nach Lamu abfuhren, getrampt. Und das, weil einer von ihnen vom »Paradies Lamu« geschwärmt hatte. Plötzlich sahen sich also die strenggläubigen Muslime von Lamu mit einer Schar Langhaariger aus aller Welt konfrontiert. Diese Jungmenschen in ihren komisch flattrigen Kleidern schlugen ihre Zelte am Strand von Shela auf, sangen Lieder von Liebe und besseren Zeiten, tanzten nackt im Mondschein und plantschten ebenso hüllenlos im Meer – bei hellstem Sonnenschein. Männlein wie Weiblein.

Die Lamuesen waren baff. Eine Einwohnerin schilderte mir die Situation anschaulich: »Das musst du dir vorstellen. Sie waren nackt, Tag und Nacht, auch die Frauen!« Doch dann fuhr sie fort: »Aber sie waren friedlich, kauften unser Gemüse und das Obst vom Markt, kauften bei den Silberschmieden ihren Schmuck, aßen viel Fisch, woran wir auch verdienten, und wollten nur in Ruhe gelassen werden.«

Da das aber nackt im streng islamischen Lamu nicht ging, die

Hippies sich andererseits nicht anziehen wollten, beratschlagten die Lamuesen, wie sie das Treiben ihrer Gäste wenigstens aus dem Blickfeld der gesamten Inselgesellschaft verbannen könnten. Und da kam ihnen die Idee: Man müsse das Kampieren am Strand verbieten, ihnen sagen, dass jetzt die Regenzeit komme und dass sie in ihren Zelten davonschwimmen würden, und dann könnte man ihnen als Alternative Zimmer vermieten.

Tolle Idee, nur – woher die Zimmer nehmen?

Da war guter Rat teuer, die Männer überlegten hin und her, tagelang. Letztendlich kam sogar etwas dabei heraus, doch es soll eine Frau gewesen sein, die das nun folgende wahre Umdenken der eingeschworenen Männergesellschaft Lamus in Schwung brachte. Diese Frau ist Salma, sie saß an jenem Abend in unserer Runde und lächelte, als ihre Schwester weitersprach.

Was sie erzählte, klang wie ein Märchen, denn Salma war sehr verliebt in ihren Mann. Und das schon seit Jahren und obwohl die beiden kaum Zeit füreinander hatten. Tagsüber, während sie den Haushalt und die vier Kinder versorgte, dabei schon wieder schwanger war, die Schwiegermutter immer grantiger wurde und sie auch noch den Garten im Westen der Insel bestellen musste, verkaufte Salmas Mann die Mangos, Tomaten, Peperoni, Kassava und Zwiebeln aus dem eigenen Garten auf dem Markt. Bis mittags, dann war es Zeit, mit den anderen Männern der Stadt unter dem Bluegum Tree in der Mitte des Dorfplatzes zu sitzen und zu palavern – andernfalls hätte er sein Gesicht verloren. Da wurde tagtäglich über Allah und die Welt lamentiert und über die Strandbewohner natürlich. Und wenn dann noch Zeit bis zum Abendgebet blieb, konnte man ja noch mal schnell zum Meer runtergehen und ein paar Blicke auf die nackten Hippies werfen – dieser Skandal!

Salma hingegen wollte, wenn schon tagsüber ihren Mann so viel verhinderte, wenigstens nachts mit ihm zusammen sein. Jede Nacht, nicht nur, wenn er in ihr Zimmer kam, weil er Lust auf Bubu hatte. Ihre List erwischte den armen Mohamed sofort bei seinem nächsten Besuch: »Mohamed«, sagte sie, »ist es nicht schrecklich, dass du den ganzen Vormittag auf dem Markt sitzen musst, während sich viele der anderen Männer schon am Morgen unter dem Baum treffen?«

Die Schlange sprach von jenen Männern, die sie gemeinhin verachtete, denn die ließen ihre Frauen nicht nur die Feldarbeit und alles andere verrichten, sie schickten sie auch noch zum Markt, um dort ihre Ware zu verkaufen – obwohl das gegen die Sitten verstieß.

Doch Salma hatte in dieser Nacht nur eines im Sinn. »Ach«, zwitscherte sie mit ihrem süßesten Stimmchen weiter, »wenn du unser Geld nur anders verdienen könntest, ach.« Zwar stimmte Mohamed nicht zu, denn mit einer Frau spricht man ja nur das Notwendigste, doch schon saß ihm der Virus im Gehirn. Und da holte Salma zum revolutionierenden Schlag aus: »Wenn du meine beiden Zimmer den Weißen am Strand vermieten würdest …« An dieser Stelle der Geschichte ist man sich nicht einig, ob Mohamed wirklich seine Frau ansah – der Mond schien hell in jener Nacht – und sie fragte: »Aber wo willst du denn schlafen?« oder ob ihm dieser Einwand nur rhetorisch begegnete.

Tatsache war, dass seine Hand so weich auf Salmas runder Hüfte lag, als sie ganz leise und verschämt sagte: »Ich könnte bei dir schlafen.« Danach muss es totenstill im Zimmer gewesen sein.

Am nächsten Tag musste auch Salma statt ihres Mannes zum Markt, was sie gerne tat, denn sie wusste, das ihr Mohamed ihre Idee, die jetzt natürlich seine war, ausposaunen würde. Drei Tage lang waren die Männer Lamus nicht ansprechbar. Drei Tage lang dauerte das Palaver unter dem Bluegum Tree an. Und endete damit, dass allen Frauen Lamus befohlen wurde, ihre Zimmer zu räumen und fortan in den Gemächern ihrer Herren zu nächtigen.

Das war 1966. Wer daraus allerdings schließen will, dass die Frauen Lamus heute sogar schon das kommunale Stimmrecht haben, der irrt gewaltig.

Ich habe diese Geschichte schon immer geliebt, weil sie so treffend die Sprache dieser Inselenklave beschreibt: Die Männer sind von ihrer allgewaltigen Größe so überzeugt, dass sie nicht einmal bemerken, wie sehr sie nach den Pfeifen der Frauen tanzen.

Als ich diese Quintessenz erzähle, lachen meine Jungs zum ersten Mal seit vielen Tagen wieder, Diana grinst, und auch ich muss lächeln.

An diesem Abend schlafen Gyjian und Aijosha wieder ohne mich ein. In meinem Bett zwar, aneinander gekuschelt, mit Bozo in der Mitte. Ich gehe zum Strand, winke Diana zu, sie möge mich allein lassen. Ich will weinen, will das, was man Gott nennt, um Hilfe anrufen, ihm eine Erklärung abverlangen für Maries Tod.

Warum meine kleine Tochter, Gott? Warum dieses unschuldige Kind, das sich nicht hatte entscheiden können, in Afrika zu leben? Die dieses wunderbare Leben im Paradies nur für wenige Augenblicke genießen konnte. Die sterben musste, weil hier Anophelesmücken die Luft verpesten. Die nicht die Wahl hatte, dort zu sein, wo es diese winzigen Mörder nicht gibt.

Gott, ich will von dir wissen, wie mein Leben und das meiner Kinder weitergehen soll. Denn ich war es, die sich entschlossen hatte, sie in Afrika großzuziehen, nicht in Europa, in dieser lauten Enge.

Ist der Preis zu hoch gewesen, Gott? Wird, wenn ich die andere Seite dieses vermeintlichen Paradieses anschaue, am Schluss erneut die Frage nach dem »Warum bleibst du mit deinen Kindern in Afrika« stehen? Lautet die Wahrheit, dass ich meine Liebe zu diesem Kontinent größer eingeschätzt habe, als all die Gefahren in ihm mich täglich lehren?

War es Egoismus zu sagen, dass meine Kinder hier das wirkliche Leben erlernen? Fernab pragmatischer Erziehungsformen, fernab einer leistungsorientierten Gesellschaft, angesichts der Vorteile eines Lebens inmitten der liebenswertesten Menschen, die mir je begegnet sind?

Ist nicht das das Leben, die Freiheit zu haben, immer draußen sein, in einer Erde spielen zu können, die so alt ist wie die Welt und unverdorben? In einer Erde, die nach allen Urgerüchen des Lebens duftet? Die so fruchtbar ist, dass selbst hölzerne Zaunpfähle irgendwann wieder Wurzeln treiben?

Aus dieser Erde wachsen Gemüse und Früchte, die nie gedüngt wurden, die im reifen Zustand mit ihren intensiven Gerüchen Menschen den Atem nehmen. Und sie gehört Menschen, die in ihrer Verbundenheit mit ihr ebenso natürlich geblieben sind wie ihre Umgebung. Die ihre Kinder seit Jahrtausenden lehren, die Erde nie zu verletzen. Weil in ihr das Leben wächst. Und weil das Leben die Götter, Voodoo ist. Mehr lehrten sie einander nicht. Wozu auch?

Es sind Menschen, die in ihrer Unschuld so arglos waren, dass sie die Fremden nicht als Feinde erkennen konnten, die ihnen ihr Land wegnahmen. Es aufbrachen, um an die Bodenschätze zu gelangen, und die Götter töteten. Erst als die Menschen geschlagen und verjagt wurden, weil sie den neuen Landbesitzern im Weg waren; erst als sie die Namen ihrer Götter nicht mehr nennen durften, stattdessen aber einen neuen, unbekannten Gott anbeten mussten, einen, der weit weg, im Himmel wohnen sollte; erst als ihre Erde keine Bäume mehr trug, deren Äste den Regen aus den Wolken saugten, da erst erkannten sie das Böse, hatten aber keine Macht parat, sich dagegen zu wehren. Das Paradies Afrika war keines mehr.

Doch nein, ein Stück war erhalten geblieben. Und ein Teil davon ist das Land, das heute Kenia heißt. Wo im Schatten uralter Wälder die Pflanzen noch bis an die Kronen himmelhoher Bäume wachsen. Wo man im Unterholz, wenn man ganz leise ist, die Hobbits ihren Kampf um Mittelerde austragen hört, wo der Herr der Ringe den Namen des Gottes Voodoo trägt. Eine Macht, die den Menschen, die noch immer an sie glauben, Gutes tut, ihnen hilft, in ihren ursprünglichen Traditionen zu leben. Dadurch haben sie ihre Natürlichkeit nicht verloren, sind bereit, ihre Liebe weiterzugeben. Fern jeglichen Rassismus, fern von Neid.

Mit diesen bezaubernden Menschen wachsen meine Kinder heran, erfahren von ihnen die Geheimnisse Afrikas. Die sie lehren, dass man alles Leben respektieren, ihm seinen Raum lassen muss, denn nur dann kann man sich entfalten – mit diesen Maximen sollten meine Kinder aufwachsen, sollten durch sie stark und gerecht werden, um den Anforderungen der Welt, aus der wir stammen und in die sie vielleicht eines Tages zurückgehen möchten, gewachsen zu sein.

Doch nun ist Marie an diesem Leben gescheitert, ist an einer Krankheit gestorben, die es in Europa, in der Zivilisation nicht mehr gibt. Wie kann ich hier bleiben, Gott? Wie kann ich verantworten, Aijosha und Gyjian hier großzuziehen? Was würden sie sagen, wären sie groß genug, diese Fragen zu beantworten?

O nein, Ulla, die Verantwortung, eine Antwort darauf zu finden, liegt allein bei dir. Ebenso wie auf die ewige Frage, was aus deinen Söhnen wird, solltest du eines Tages nicht mehr aus einem der verdammten Kriege zurückkehren.

Gott antwortete nicht. Vom schwarzen Tuch des Himmels aber blinzelte ein Stern herab.

Es war am dritten Tag nach dieser Nacht, als das Flugzeug des Senders über den Wipfeln der Palmen auftauchte. Panik schnürte meine Kehle zu: »Ich muss wieder weg!«

Frank flog eine Schleife über dem Haus und wackelte mit den Tragflächen. Bevor er landen konnte, saß ich schon im Auto, jagte über den Strand und konnte Davids Gesicht bei der Landung durch das Fenster des Copiloten sehen. Er lächelte und schüttelte den Kopf. Das hieß: »Nein, du musst noch nicht weg.«

Ich riss die Tür auf. »Wirklich nicht?«

»Nein.«

Aijosha, Diana und Gyjian kamen atemlos herbeigelaufen.

»Grundgütiger! Was ist denn jetzt schon wieder los?« Diana schrie.

»Ich dachte, sie kommen mich holen, aber es stimmt nicht!« Ich lachte unter Tränen.

»Irgendwann kommen sie *mich* holen, aber dann sind das die mit der Zwangsjacke.« Sie hielt ihren wogenden Busen fest, schloss David in die Arme und knuddelte an Frank herum.

Noch während wir uns begrüßten, sagte Aijosha mit fester Stimme: »Aber du musst wieder weg, Momma.«

»Ja«, ergänzte Gyjian, »und sicher bald.«

Ich stand wie versteinert, sah durch einen Nebel, wie meine Söhne David und Frank begrüßten und mich anschauten.

»Du weißt das.« Ja, ich weiß. Nur, hätte *ich* es nicht sagen müssen?

Gegen Abend saßen David und ich uns einige Minuten allein gegenüber.

»Wann müssen wir wieder weg?«

»Übermorgen.«

»Warum?«

»In Mogadischu ist die Hölle los. Die Blauhelme haben vier Schiffe mit Waffen beschlagnahmt und die gesamte Ladung hochgenommen und versteckt. Die Somalis haben schon einige von uns verhört, weil sie glauben, dass wir wissen, wo das Zeug ist.«

»Und?«

»Ich bin noch nicht verhört worden.«

»David!«

»Es ist in den Bunkern von Tridi.«

»Ach verdammt, da werden sie es bald finden.«

David nickte. Ich musste also wieder weg. Musste mit meinen Kindern sprechen. Ich traf sie in der Küche mit Dianas Köchin an, wo sie ihr halfen, die Eiscreme fürs Dinner zuzubereiten.

»Kann ich mit euch sprechen?«

»Aha«, Gyjian leckte den Löffel ab, »du willst uns sagen, dass du wieder nach Somalia fliegst.«

»Ja, übermorgen.«

Auf dem Flughafen in Mogadischu erwartete uns Muhamed. Ich sah seine hohe Gestalt in der weißen Dschellabah schon von weitem, ein Zipfel seines Turbans wehte im Wind, er trug seine AK–47 vor dem Oberkörper. Muhamed ist jener somalische Soldat, der mir eines Morgens beim Aussteigen aus dem Flugzeug die Maschinenpistole an die Schläfe gesetzt hatte und den ich sechs Minuten und vierundzwanzig Sekunden lang um mein Leben bitten musste.

Seither hatte er mich bei jeder Ankunft in Somalia am Flughafen abgeholt. Allerdings ohne mörderische Hintergedanken, vielmehr hatte er sich vorgenommen, mein Leibwächter zu sein. Und den Job füllte er mit ernsthafter Vehemenz aus. So verging kein Tag, an dem er nicht am Morgen ins Hotel kam, an dem er mich nicht auf allen Wegen, die ich in der Stadt unternahm, begleitete. Kurz: Muhamed war zu meinem Schatten geworden. Und er räumte jeden aus dem Weg, der mich auch nur versehentlich streifte.

So hieß es später auch, dass er den Mann ausfindig gemacht hatte, der mich am Tag des Qaaybdid-Haus-Massakers angespuckt und an der Schulter verletzt hatte. Aber ich will und will bis zum heutigen Tag nicht glauben, dass er ihn wirklich erschlagen hat. Und ich will auch nicht glauben, dass er zu dem Mob gehörte, dem meine Kollegen zum Opfer fielen. Natürlich habe ich ihn zur Rede gestellt, aber er zuckte nur mit den Schultern und sagte, ich solle mich um meinen Job kümmern und er sich um seinen. Und den sah er darin, mich zu beschützen.

Was das bedeutete, erlebte ich an diesem Morgen einmal mehr. Doch zunächst kam er zur Tür des Fliegers, nahm die Sonnenbrille ab, hielt mir die Hand entgegen und murmelte ein paar unverständliche Worte. Er sprach mir sein Beileid zum Tod von Marie aus! Dann drehte er sich um und stolzierte mit unseren Pässen zur Baracke mit dem Schild »Immigration«.

Während wir schon langsam Richtung Ausgang gehen, kommt ein etwa fünfzehnjähriger Junge geradewegs auf uns zu. Seine Augen sind hinter einer verspiegelten Sonnenbrille versteckt, er trägt Plastiksandalen, hat die viel zu große Jeans mit einem beeindruckenden Patronengurt in der Taille festgebunden, sein Kopf ist kahl geschoren. Um die Stirn trägt er ein großes rotes Taschentuch, ohne Zweifel ein Werbegeschenk von Coca Cola und von einem amerikanischen GI erhandelt. Im Mundwinkel steckt die unvermeidliche Zigarette. Seine Kumpane, alle in ähnlichem Outfit, stehen hundert Meter entfernt, betrachten die Szene scheinbar gelangweilt.

Ich nehme an, dass der Kleine, der jetzt die AK–47 von der Schulter nimmt und sie David ins Nasenloch rammt, gerade eine Mutprobe zu bestehen hat. Diese kleinen Rowdys nämlich, allesamt dem Aideed-Clan zugehörig, haben es sich zur Masche gemacht, »Einreisegebühren« nach Somalia zu verlangen. Sodass man sich, kaum hat man den Fuß aus dem Flugzeug gesetzt, von diesen Rotznasen umringt sieht. Sie schreien einen an, greifen einem in die Tasche, wedeln einem mit der Waffe vor der Nase herum und schießen, wenn nicht viele US-Dollars »entry fee« bezahlt werden.

Das war auch uns einige Male passiert, bis Mister Muhamed mich zur Freundin erkoren hatte. Dass wir unter seinem Schutz standen, dem Schutz eines Neffen Aideeds, eines Älteren also aus demselben Clan, machte die Sache für die selbst ernannten Wächter Somalias noch brisanter. Und so musste sich dieser Wichtigtuer sein Entree zu einer der Gangs Mogadischus damit verdienen, uns anzugreifen und dadurch Muhamed zu brüskieren.

Ich habe noch gar nicht auf die Attacke reagieren können, habe auch Muhamed nicht zurückkommen sehen, bemerke ihn erst, als ich das Krachen seines Schnellfeuergewehrs auf dem Kopf des Jungen höre. Und als ich, noch völlig verblüfft, hinschaue, ist der bereits tot.

Fassungslos laufe ich zum Flugzeug zurück, schreie Frank an, er solle mich sofort zurückfliegen. Da erschlägt mein selbst ernannter Bodyguard vor meinen Augen einen Menschen, einen seiner Verwandten sogar! Und begründet das damit, dass er mein Freund sei, und so auch Davids. Warum ich mich denn so aufrege?

Da hat mich die andere Seite Afrikas wieder.

Bei unserer Ankunft im Hotel stehen die Kollegen in der Halle. Der Vorfall am Flughafen hat sich schon bis hierher herumgesprochen, ist aber als *daily business* schon längst abgehakt. Sie wollen mir kondolieren, und in den Augen der Familienväter lese ich die unausgesprochene Frage, ob ich in Afrika bleiben werde oder ob mich dieser Schicksalsschlag aus der Bedrängnis unseres Berufes herauskatapultiert.

Ich bleibe, ebenso wie ihr.

Ein Neuer stellt sich vor. Er ist von CNN, Ersatz für seinen vor zwei Tagen angeschossenen Kollegen.

»Schlimm?« Ich horche auf.

»Bauchschuss, genug, um nicht wieder hierher zu müssen.«

Das sind unsere Kriterien: Schulterschuss = du kommst wieder.

Beindurchschuss = du kommst wieder.

Bauchschuss = du musst nie mehr in den Krieg.

Kopfschuss = du musst nie mehr irgendwohin.

Als wir später zusammensitzen, bestätigen sie mir, dass man sich in der Stadt kaum noch bewegen kann. Zwei Razzien haben sie im Hotel durchgeführt, haben Material beschlagnahmt, Kameras und Tonmaschinen. Auch an diesem Abend kommen sie wieder, doch Muhamed hat mich vorgewarnt.

Und so steht kein Whisky mehr auf dem Tisch. Lange bleiben die Soldaten ohnehin nicht, sie scheinen des erfolglosen Aktionismus müde, sind aber ungeheuer aggressiv.

Die Situation eskalierte am nächsten Morgen. Mit dem Ruf des Muezzin besetzten die Blauhelme die Studios von Radio Mogadischu, was an sich schon eine Provokation war, um diese heilige Stunde aber ein ungeheurer Affront.

Aus allen Teilen der Stadt strömten die Bewohner zusammen, Männer und Frauen, mit Messern, Gewehren und Steinen bewaffnet. Sie blockierten die Tür zur Station und schlachteten die Soldaten einzeln ab. Erschlugen, erdolchten und erschossen sie. Stachen ihnen die Augen aus, rissen ihnen die Uniformen vom Leib, banden ihnen Seile um die Füße und zogen sie durch die Straßen der Stadt. Mit lautem Hassgeschrei, aufgepeitscht vom schrillen Zungenschlag aberhunderter Frauen.

Am Abend dann kursierte das Gerücht vom Aufbewahrungsort der konfiszierten Waffen. Nahezu die Hälfte war bereits unbrauchbar gemacht, doch die Somalis nahmen auch dieses Kontingent und den funktionsfähigen Rest des Arsenals mit. Um Mitternacht öffnete der Waffenschwarzmarkt seine Stände, und ich bat Muhamed, mir eine Pistole samt Munition zu besorgen. Nicht, dass ich sie je benutzt hätte, doch gab sie mir ein unleugbares Gefühl von Sicherheit.

Auch jetzt, in den frühen Morgenstunden auf den Geröllfeldern beim Aufstieg in die Kafrir-Berge.

Ich war gestern von zu Hause zurückgekommen, wo ich meine Söhne von Lamu abgeholt und, zurück in Mombasa, Maries Zimmer mit ihnen zusammen aufgeräumt hatte. Das heißt, viel gab es da nicht aufzuräumen, Amira hatte, wie erwartet, bereits Ordnung gemacht. Aber wir packten die Kleider unserer kleinen Maus zusammen und verschenkten ihre Spielsachen, Buntstifte und Malblöcke an die Nachbarskinder.

Erst im Laufe vieler Monate verschwanden später auch andere Teile, ihr Bett allerdings, ihr Schrank, der Teppich, die Mobiles und die Vitrine stehen noch heute in diesem Zimmer, das jetzt eines unserer Gästezimmer ist.

Wir waren zusammen in der Schule gewesen, und alle Kinder hatten sich erhoben, als meine Jungs in ihre Klassen zurückgingen. Ein Mädchen kam auf Aijosha zu, nahm seine Hand und küsste ihn auf die Wange, und mein kleiner Sohn errötete.

»Das ist Mia«, erklärte er mir am Nachmittag. Mia. Seine spätere erste große Liebe.

Und jetzt bin ich wieder in Somalia, gehe meinem Job nach, bin aber alles andere als erpicht darauf, in der Stadt zu bleiben. Wo einen das Gefühl, zwischen sirrenden Granatsplittern Spießruten laufen zu müssen, nicht trügt. Da begebe ich mich lieber mit David auf die Suche nach dem verborgenen Lager einer Guerillatruppe, die von belgischen Legionären ausgebildet wird.

Vor Wochen schon war mir das Gerücht darüber zu Ohren gekommen, aber irgendwie klang es wie eines dieser vielen Märchen, die zwischen Informanten und Journalisten zuhauf kursieren. Zweihundert Versprengte in den Bergen? Wer hat sie dort zusammengerufen? Belgische Legionäre aus Angola in Somalia? Wenn's wahr wäre, hätten wir eine Supergeschichte! Und schon saß der Bazillus in meinem Gehirn. Wenn's wahr wäre …

Ich schickte Ali, unseren Messenger, Fahrer und Geldwechsler, auf den Markt, wo er sich umhören sollte. Adam und David, auch eingeweiht, tranken sich durch die Teestuben, Militärkantinen und -bars und lungerten stundenlang auf den Fluren des UN-Hauptquartiers herum. Aber alle waren ohne handfeste Ergebnisse zurückgekehrt. Währenddessen hatte ich mit den Kollegen gesprochen, natürlich so, dass sie keinen Verdacht schöpfen konnten, ausgehorcht zu werden. Denn ich wollte verhindern, dass einer von ihnen auch nur auf die Idee zu dieser möglichen Story käme.

Als ich nach Maries Tod zurückkam, machte das Gerücht noch immer die Runde. Keiner der Kollegen glaubte daran, während ich mir mittlerweile sicher war, rein aus dem Bauch heraus, dass die Geschichte stimmte, und ich wollte sie haben.

Ich hatte Ali fünfhundert Dollar versprochen, wenn er den Mund halten, Kartenmaterial besorgen, den Wagen auftanken und mit so vielen gefüllten Ersatzkanistern wie möglich am nächsten Morgen um vier Uhr in der Seitenstraße des Hotels stehen würde. Es bestand schon seit Monaten eine nächtliche Ausgangssperre. Wer nach acht Uhr am Abend und vor sechs Uhr morgens auf der Straße erwischt wurde, lief Gefahr, erschossen zu werden. Aber wir wollten früh losfahren.

Nun ist es wahrscheinlich einfacher, eine Privataudienz beim Papst zu bekommen, als sich unbemerkt aus einem Hotel voller Journalisten zu schleichen. Journalisten, die es gewohnt sind, wach zu liegen, oder im Halbschlaf jeden noch so leisen Laut registrieren, weil er den Beginn einer *breaking news* markieren könnte. Allerdings war niemandem entgangen, dass ich offenbar irgendetwas vorhatte – aber was und wann?

In der kommenden Nacht konnte es jedenfalls nicht sein, darin waren sich alle einig. Denn David war wieder einmal sturzbetrunken.

Um diesen Eindruck zu erwecken, hatte er sich am Vormittag im Tresorraum des Hotels eingeschlossen und zwei Flaschen Whisky umgefüllt. In die leeren kam Wasser, mit Ginger Ale gefärbt, und das tranken er und ich schon um zwei Uhr in der Halle – vor aller Augen. Dabei stritten wir lauthals. Ich beschimpfte ihn wegen seines ewigen Suffs, er nannte mich eine dominante Hexe; und so ging es eine Weile weiter: vom oberflächlichen Kameramann zur sensationsgeilen Schnepfe zum ängstlichen Zögerer zur verantwortungslosen Kuh. Und dann brüllte er noch, dass ich eine Rabenmutter sei, nannte Maries Namen, bevor ich ihm den vermeintlichen Whisky heulend ins Gesicht warf.

Kurz: Wir führten uns so absurd auf, dass jeder hinhörte. Das Dreamteam im Clinch? Und dabei so neben der Realität! Was war denn mit denen los? Außerdem: Hat man Ulla je saufen sehen? Sie wird doch wohl nicht vom Tod ihrer Tochter so angeschlagen sein.

Gegen acht Uhr konnten wir nicht mehr so tun, als seien wir völlig betrunken. Außerdem störten wir jetzt schon die dritte News-Sendung von CNN, und allmählich wurden unsere Kollegen sauer, trotz der zunehmenden Attraktivität unserer Verbalinjurien. Also schwankten wir, jeder auf allen vieren, das Treppenhaus hoch, und David brachte es sogar fertig, im Mittelstück wieder ein paar Stufen hinunterzurollen.

Adam schlug sich vor Begeisterung auf die Schenkel. »Lieber Himmel«, keuchte er, »gegen das, was ihr eben gebracht habt, ist jeder Shakespeare eine Kindergartenklamotte.«

Stimmt, aber auch die Fortsetzung war ein hartes Stück Arbeit, denn jetzt mussten wir so tun, als lägen wir im Alkoholkoma. Bis Mitternacht noch kamen Kollegen vorbei, um zu sehen, ob es uns auch gut gehe. Doch David kannte sich in solchen Situationen ja perfekt aus: Er schob mich halb unter sich und lag fast flächendeckend auf mir. So konnte ich mich nicht bewegen und mich im Halbschlaf auch nicht verraten.

Gegen vier dann ein sanftes Rütteln. »Ulla!« Adam zwinkerte

uns zu, als wir mit zwei Kameras, den Hosen über den Armen, den Schuhen in der Hand – nur keinen Lärm machen, auch nicht den von aneinander reibenden Hosenbeinen – aus dem Zimmer schlichen. Damit wir und unsere Informanten ständig ein und aus gehen konnten, war der Eingang nie abgeschlossen, so auch in dieser Nacht nicht. Das galt zwar als deutliches Manko für unsere Sicherheit, doch wäre es für jeden Journalisten noch viel fataler gewesen, erst nachts in die Stadt zu kommen und dann vor einer zugesperrten Hoteltür zu stehen.

Doch in dieser Nacht war kein Kollege in der Lobby zu sehen, und der Nachtwächter schlief lang ausgestreckt auf der Couch vor dem Fernseher. Larry King hatte Clint Eastwood, den neuen Bürgermeister von Carmel, zu Gast in seiner Show. Ich fand schon seit einigen Wochen, dass Larry schlecht aussah.

Aber jetzt kam es darauf an, ob Ali in der Seitenstraße übernachtet hatte. Das Auto stand da, und Ali lag darunter. »Drinnen war's so warm.« Ach so.

Zweihundert Dollar wechselten den Besitzer, hundert weitere Dollar würde er bekommen, wenn wir kontrolliert hatten, ob alles Bestellte geladen war, und der Rest der versprochenen Summe stand ihm erst bei unserer Rückkehr nach Mogadischu zu.

Wäre uns klar gewesen, dass sich die jetzt vor uns liegende Fahrt aus der Stadt hinaus als gefährlichster Teil dieses Trips erweisen sollte, ich hätte mich nicht so ruhig auf der Rückbank des Autos ausgestreckt. Immerhin war ich so in Deckung, als zum ersten Mal auf uns geschossen wurde. Da waren wir noch keine zwei Straßen vom Hotel entfernt. Die Kugel schlug knapp über dem hinteren Radkasten ein, irgendwo unter mir. Die zweite Kugel blieb im Dach stecken, und weitere durchbohrten das Chassis. O nein, wir waren rundherum mit voll gefüllten Benzinkanistern beladen! Ein Geschoss dort hinein, und wir würden einen kräftigen Molotow-Cocktail ergeben.

Ali jagte mit quietschenden Reifen zickzack durch die Häuserschluchten, überfuhr Betonbarrikaden und durchbrach eine Wand aus Sandsäcken und Holzbarrieren.

Wie lange dauert es noch, Ali? Hoffentlich hält das Auto durch. Warum fährst du nicht zurück zum Hotel? Da wären wir sicher. Doch nein, von dort kommen wir ja. Da waren doch die Heckenschützen. Oder haben Soldaten auf uns geschossen? Wen interessiert das noch, wenn du gleich tot bist?

Ich gleich tot? Ich? Ich will zurück zu meinen Söhnen! Will und kann sie doch nicht allein lassen! Will doch nach all den Kriegen noch ein anderes Leben führen! Gott, das kann nicht die Antwort auf all meine Fragen sein!

»Ali! Wie weit ist es noch?«

»Gleich!«

»Hast du die Posten bestochen?«

»Ja! Aber ich traue ihnen nicht mehr. Ich fahre da durch. Haltet euch fest!«

Ali erzählte später, als die Stadt hinter uns lag und das Geknatter der AK–47 verstummt war, dass er keinen seiner Kumpel am Checkpoint gesehen hatte. Die vier Soldaten hatten sich also nicht an die Abmachung gehalten. Jeder von ihnen war mit zweihundert Dollar geschmiert worden, damit sie in dieser Nacht Dienst am Kontrollpunkt schoben und wir unbeschadet passieren konnten. Stattdessen hatten sie unseren Plan verraten, und deshalb waren wir in der Stadt beschossen worden. Aus Spaß, wie man mir später erzählte. Aus Spaß.

Ich saß auf dem Trittbrett des Autos. Kalter Schweiß bedeckte meinen ganzen Körper, und die Krämpfe im Bauch hörten nicht auf.

Hätte ich doch jetzt weggekonnt, irgendwohin, nur weg aus diesem verdammten Land, wo es Menschen Spaß macht, auf andere zu schießen. Wo diese Vollidioten am Checkpoint wahrscheinlich vor Begeisterung gejohlt hätten, wenn es ihnen gelungen wäre, unser Auto in eine Bombe zu verwandeln.

Was tue ich hier? Wie geht es meinen Kindern? Warum bin ich damals nach Uganda geschickt worden? Warum habe ich mich nicht geweigert, meine erste Kriegsreportage zu machen? Warum habe ich dann auch noch weitergemacht? Warum habe ich nicht einen Mann geheiratet, der seine Familie nett versorgt hätte? Warum bin ich in Afrika?

Meine Gedanken drehten sich im Kreis und fanden, wie immer, keine neue, bessere Antwort auf ihre Tiraden.

Ali hockte, weit entfernt von uns, im Sand, David knirschte mit den Zähnen. Nichts Neues in Somalia.

Irgendwann, denn selbst Entsetzen wird zur Routine, löste sich die Panik.

Wir fuhren weiter, fanden den Weg ins Gebirge fast mühelos und sind jetzt in den Bergen. Vier Stunden bergauf, und mir ist immer noch schlecht. Offenbar durch die Schocks der vergangenen Tage forciert, habe ich meine Periode bekommen, ein Ereignis, das sich nur noch unregelmäßig und selten einstellt.

Dafür, dass die Menstruation kaum mehr stattfindet, bin ich dankbar. Denn tagelang in irgendwelchen Bunkern zu liegen, mit Blutungen, aber ohne die geringste Chance, sich waschen zu können, oder im engsten Kreis mit Männern ein Tampon wechseln zu müssen, wenn niemand nach draußen gehen darf, solche Situationen habe ich immer nur mühsam ertragen.

Wir sind schon drei Stunden gegangen, als hinter einer Felsnase eine Gruppe Männer hervortritt. Ich bin mir ihrer hellen Hautfarbe wegen nicht sicher, ob es sich um Somalis handelt. Außerdem tragen sie Bärte. Und sind mit Kalaschnikows bewaffnet. Der Größte von ihnen überragt selbst Davids Einsfünfundneunzig. Er spricht uns auf Englisch an. Ich erkläre ihm, wer wir sind, was wir wollen, aber er blickt nur zu David hinüber. Klar, die Frau an sich ist ja ein Dreck, aber so viel Ignoranz habe ich selbst bei Somalis noch nicht erlebt.

Der Typ muss Araber sein, schießt es mir durch den Kopf. Mein Bauchweh ist vergessen, meine Seinskrise zur Seite geschoben – vielleicht mag ich meinen Job ja doch ein bisschen!

Denn wie passen Araber und Kalaschnikows zusammen? Ich frage ihn. Und er antwortet David: »Wir haben auch AK–47 und Uzzis. Wir haben viele Waffen.«

Verdammt, die Geschichte ist also wahr. Ich frage ihn, ob tatsächlich ein Ausbildungslager in der Nähe sei.

»Vielleicht.«

Ob dort mehrere hundert Somalis ausgebildet würden.

»Vielleicht.«

Ob dazu belgische Söldner hier seien.

»Nein.«

Wer denn die Truppen ausbilde?

»Wir.«

Wer »wir« sei?

»Kommt und seht selbst.«

Er nimmt David die Kamera ab und befiehlt mir, hinter dem Felsen Jacke, Hemd und Hose auszuziehen.

»Sie checken die Sachen nur«, ruft David, und der Große, den die anderen Commander nennen, lacht: »Klar, denkt ihr, wir wollen sie anziehen?«

Humor hat der Bursche also auch.

David muss mir meine Kleidung zurückbringen. Er grinst mich an und reckt den Daumen. Das riecht nach einer fabelhaften Story.

Die Story war in der Tat nicht nur fabelhaft, sie war verblüffend bis ins Detail. Denn in dem weiten Tal, das wir vor uns sahen, als man uns die Augenbinden abnahm, reihten sich zahlreiche Mannschaftszelte aneinander. Einige mit dem Emblem des UNHCR, die meisten aber aus nagelneuem Canvas und nicht gerade billig. Überdimensionale Wassertanks ließen den Gedanken aufkommen, dass hier mehr Wasser zur Verfügung stand als in ganz Mogadischu. Aus einem riesigen Küchenzelt kräuselte Qualm in die klare Luft.

Überall wuselten Männer umher, doch keineswegs planlos, wie ich bald feststellen konnte. Mehrere Gruppen lagen in Schützengräben zum Schießtraining, andere hatten offenbar eine Bombe in einem Unterstand gezündet und sprangen, Deckung suchend, davon. Einige Dutzend waren in eine bewaffnete Variante des Nahkampfes verwickelt, andere trugen unförmig ausgestopfte Westen.

Die üben Selbstmordattentate! Ich stand wie vom Donner gerührt, hatte damals nur eine vage Ahnung von dem, was ich sah. Nicht nur mir fehlte 1993 die Erfahrung, derartige Terrorismuspraktiken einschätzen zu können, ich wusste nichts von Vorbereitungen auf den Dschihad. Wusste nicht einmal, dass der »Heilige Krieg« bevorstand. Und konnte erst seit wenigen Minuten gedankliche Zusammenhänge zwischen der Ausbildung islamischer Freiwilliger durch offenbar saudi-arabische Kommandos herstellen.

Und auch das Gesicht des groß gewachsenen Mannes, der aus einem Zelt auf uns zutrat, uns die Hand reichte und mit leiser Stimme fragte, warum wir hier seien, erhielt für mich erst einen Namen, als ich die Fotos sah, die nach dem ersten Anschlag auf das World Trade Center und später auf die amerikanischen Botschaften in Nairobi und Dar-es-Salaam veröffentlicht wurden. Osama bin Laden hatte zumindest zum Zeitpunkt unserer Anwesenheit in dem Lager Kontakte in Somalia.

Doch wie schon gesagt: Die Brisanz dieser Recherche war damals noch nicht erkennbar. Und wir hätten auch nicht gründlicher arbeiten können, wenn wir gewusst hätten, was hier vonstatten ging.

Wir konnten uns umgucken, und ich hatte Interviewpartner, so viele ich wollte. Nur filmen durften wir nicht. Allerdings war schnell klar, dass wir völlig gesiebte Informationen erhielten. Was man uns nicht zeigen wollte, war so tief in den Höhlen des Gebirges verborgen, dass wir dessen Existenz nicht einmal ahnen konnten. Dementsprechend harmlos waren meine Fragen, auf die ich, trotz aller Raffinesse beim Formulieren, nur stromlinienförmige Antworten bekam. Doch das schmälerte den Extrakt unserer Recherchen nur bedingt, denn der Fakt, dass hier eine perfekt funktionierende Terrorismusmaschinerie trainiert wurde, und das von muslimischen Fundamentalisten, war Sensation genug.

Allerdings haben wir aus dem ganzen Material nicht mehr als eine News machen können. Die Verantwortlichen der Sender hielten das Treiben in den somalischen Bergen für nicht aufregend genug, als dass sie dafür extra Sendezeit beanspruchen wollten. Die Zeit war eben noch nicht reif für ein Interesse an Terrorakten und einem Heiligen Krieg.

Ein Jahr später wurde unser gesamtes Film- und Tonmaterial von der kenianischen Polizei beschlagnahmt. Wir haben nie herausbekommen, auf wessen Weisung diese Razzia stattgefunden hatte, ob der US Army durch diese Aktion nicht Schützenhilfe geleistet worden war. Denn sie wurde mit Riesengetöse betrieben, wir wurden ausgewiesen, und das just nach einem Zwischenfall, den wir mit Genehmigung gefilmt hatten, von dem es aber plötzlich hieß, er solle geheim bleiben.

Zudem reiste ich am selben Tag der Ausweisung wieder in Kenia ein, ohne Probleme. Die Geschichte war oberfaul, und wo die Kassetten gelandet sind, haben wir nie cruieren können.

Nicht anders erging es den Kollegen, die, unserem Tipp folgend, in die Berge gingen. Auch sie fanden kaum Anklang bei ihren Redaktionen, auch ihr Material verschwand.

Doch all das war nichts Neues. Wie oft stand nachts irgendein militärischer Würdenträger im Hotel und verlangte die Herausgabe von Filmmaterial und Tonkassetten. Und wie oft wurde ihm dabei von somalischer Seite Amtshilfe gewährt. An dieses Paradoxon hatten wir uns längst gewöhnt.

Aber wie oft haben wir uns gerächt, haben ihnen leere Kassetten ausgehändigt oder kleine Spielfilme, die wir eigens zu diesem Zweck drehten. Wie den Film über die Pasta Connection. Der Streifen, ein Ergebnis internationaler Koproduktion, war ein reiner Joke. Er begann mit einer langwierigen Einleitung zum Thema »Wie Pasta den Charakter verändert oder Der Beweis, dass Pasta den Charakter verändert«. Den Wissenschaftler mimte Dan Eldon, durch eine Glatzenperücke und aufgemalte Falten bis zur Unkenntlichkeit entstellt. Er stand vor der Kulisse eines zerbombten Hauses und spielte mit hoher Stimme und völlig überpointierten Gesten einen Amerikaner italienischer Abstammung, der behauptete, Pasta verändere sehr wohl den Charakter, mache stark und mutig. Denn wie, bitte schön, sei es sonst zu erklären, dass sein Volk dieses somalische Chaos als Kolonie beherrscht habe? Wo doch die Amerikaner hier nur Schiffbruch erlitten hätten?

Nächste *location* war die ehemalige Pastafabrik in Mogadischu gewesen, wir hatten uns die Erlaubnis, dort zu drehen, über Muhamed besorgen lassen. Er hatte auch Mehl, Eier, Öl und ein Dutzend munterer Somaliknaben beschafft, die – eben noch hatten sie mit ihren Schießgewehren *entry fees* am Flughafen erzwungen – nun mit Handtüchern aus dem Hotel dekoriert wurden und die fröhlichen Pastamacher darstellen sollten. Es waren wirklich flotte Typen, denn kaum hatte ich ihnen die hohe Kunst der Pastazubereitung erklärt, da flogen auch schon die fertigen Teigstücke über den Tisch. Und weil so viel Schwung in das Geschehen kam, brachten wir ihnen noch schnell ein Lied bei: »La Paloma« im fetzigen Reggae-Sound.

Doch was das Schönste war: Die Kids verkauften die Pasta direkt aus der Fabrik an die GIs, für zehn Dollar pro Viertelpfund.

Diesen Film bekamen wir nach der Beschlagnahme kommentarlos zurück.

Kaum hatten wir nach unserem Ausflug in die Berge das Hotel wieder erreicht, stand Muhamed wie ein Baum vor mir. »Stimmt es, dass ihr beschossen wurdet?«

»Ja, und Ali weiß, wer es war.«

Sein Mund wurde hart.

»Nein, Ali hat nichts damit zu tun, im Gegenteil, er hat uns das Leben gerettet.«

David schob sich zwischen Muhamed und mich. »Ich will mit dir sprechen.«

»Warum?«, fragte mein Schutzengel.

»Ich will, dass die Kerle verprügelt werden.«

»Ich werde sie töten«, antwortete die treue Seele. Ach, töten – na ja, das hatten wir ja schon lange nicht mehr gehabt.

»Muhamed, das wirst du nicht tun! Du wirst sie nicht töten. Und wenn es nur dieses eine Mal ist, dass du dich zurückhältst.«

»Du kannst mir nicht befehlen, was ich tun muss!« Seine Miene wurde eisig.

»Nein, Muhamed, das kann ich nicht, aber ich kann dafür sorgen, dass ich dich nie mehr wiedersehe.«

»Hach, das kannst du erst recht nicht!«

»Doch. Ich kann einfach beschließen, nicht mehr zurückzukommen.«

»Das kannst du nicht, du musst hier arbeiten!«

»Ich habe meine Tochter verloren, Muhamed, ich bin durch die Hölle gegangen und kann jetzt tun, was ich will. Ich habe keine Angst mehr!« Wenn du wüsstest!

Doch die Drohung wirkte, die Soldaten, die uns verraten hatten, wurden noch am selben Tag erbarmungslos zu Krüppeln geprügelt. Ali erzählte mir später von ihren Leiden, mit unverhohlener Schadenfreude übrigens. Afrika.

Solche Bilder ertragen zu lernen war ein langer Weg gewesen, sie aber verstehen oder gar respektieren zu können – so lang kann keine Zeit sein.

WIE ALLES BEGANN

»Du musst diese Sendung machen! Mark ist tot! Du kannst das!« Es war drei Stunden her, seit ich zum ersten Mal in Kampala gelandet war.

»Wir möchten, dass Sie nach Uganda fliegen, um für uns einen Bericht über den Genozid in Karamoja zu schreiben.« Der Leiter der Öffentlichkeitsarbeit bei den United Nations wusste, dass er mich mit diesem meinem ersten Job ins kalte Wasser warf. Frisch von der Journalistenschule, ein paar Semester Politologie in Bella Roma mehr geschwänzt als absolviert und in München studienmäßig auch nicht aktiver gewesen, hatte ich mir meinen Abschluss nicht gerade erarbeitet – aber rundum verdient, wie ich fand, denn bis dato, 1978, war in meinem Leben so gut wie alles nach meinem Gusto verlaufen.

Meine Kindheit hatte ich in Deutschland verbracht, doch das nur vierzehn Jahre lang. Dann war mein – ich weiß nicht, wievielter – Versuch wegzulaufen gelungen, und ich hatte bei meinen geliebten Tanten und Onkeln in der Toskana bleiben dürfen.

Mein Vater selbst war nach Florenz gekommen, um den zusammengerufenen Familienrat von seinem Entschluss in Kenntnis zu setzen: »Ich will, dass meine Tochter bei euch aufwächst. Doch bevor ihr zusagt, müsst ihr euch über eines im Klaren sein: Ihr tragt von nun an die alleinige Verantwortung dafür, dass ihr nur ja nichts zustößt!« Mit dieser Warnung hatte er nicht etwa im Sinn, dass seine Tochter in der Stadt von einem Auto überfahren oder auf freier Flur von einem wilden Eber angefallen werden könnte, nein, die Fallen, die er auf meinem Weg zum Erwachsenwerden sah, hießen Männer, Diskotheken und Clubs.

Es soll für die *famiglia* kein Problem gewesen sein, perfekten Schutz zuzusagen, denn mit vierzehn war ich so breit wie hoch, hatte Pickel von der Stirn bis zu den Knien, strähnige Haare bis zu den Hüften und trug, zu allem Überfluss, eine Zahnspange. Solch ein Ding, das aus purem Eisen zu bestehen schien und meinem Kiefer jene Form verlieh, die sämtliche weiteren Forschungen nach dem *missing link* überflüssig gemacht hätten, wäre nur ein Wissenschaftler auf mich aufmerksam geworden.

Ich ließ mich also, noch in Deutschland, nur außerhalb des Hauses blicken, um zur Schule zu gehen oder davonzulaufen. Meist zu meinen Großeltern, die auf einem Gestüt weit außerhalb Kölns lebten. Die Strecke dorthin hatte ich schon als Vierjährige kennen gelernt, als ich zum ersten Mal ausgerissen war, weil es mir Spaß machte, wahrscheinlich. Oder – einfach – weil ich Zigeunerin bin. Tochter eines Clanoberhauptes, meines von mir so verehrten, geliebten Vaters. Dass auch er mich liebte, wusste ich lange nicht. Es war nicht sein Stil, mir gegenüber Gefühle zu zeigen. Stattdessen erzählte er mir Geschichten, las mir vor und brachte mir auch sehr früh das Lesen bei, um anschließend Berge von Büchern anzuschleppen, alle für mich.

Er bevorzugte die russischen Schriftsteller, was dazu führte, dass ich schon als Sechsjährige *Anna Karenina* las und den kompletten Tolstoi im Anschluss. Er bewunderte den Humor von Edgar Allen Poe. Ach, und dann *Vom Winde verweht*, zwischendurch wieder Heine und Hesse, bis wir zur Kafka-Phase kamen. Da war ich zehn und wollte mich ohnehin umbringen, weil mein Vater nunmehr in Prag und in Wien jeweils eine Geliebte hatte und sich der langen Reisen von da nach dort wegen kaum noch zu Hause blicken ließ. Doch wenn er da war, war er bei mir, zog sich vor dem Zorn seiner Frau in die Bibliothek zurück. Wo ich natürlich saß, wo sonst.

Und hier erfuhr ich, einen Tag vor meinem vierzehnten Geburtstag, warum mein Vater überhaupt noch nach Hause kam. Wegen mir, ja, aber nicht, weil er mich über alles liebte, nein, sondern weil ich die Erbin seines Titels war. Aufgrund eines Geburtsmals sei ich Oberhaupt eines einst riesigen Zigeunerclans, dessen Mitglieder in Deutschland lebten, in Italien und in Spanien. Deshalb, gestand er mir, müsse er so lange in meiner Nähe bleiben, bis ich alt genug sei, den Clan zu führen. Erst dann könne er sich ganz aus Köln absetzen.

O Vater, wie konntest du mir das sagen? Wie konntest du deine Zuneigung zu mir auf dieses pragmatische Mindestmaß reduzieren? Das war also alles, was dich mit mir verband? Ich habe auf diese Fragen nie eine Antwort bekommen, obwohl ich sie ihm mehrmals stellte, und er sagte mir nur einmal, dass er mich liebe. Aber das war später.

Noch an diesem Abend fasste ich meinen ersten Entschluss als Oberhaupt des Hralicka-Clans: Ich werde mich nie in die Belange dieser Familie einmischen. Etwas anderes nahm ich mir auch vor: dass ich mein Amt, worin auch immer es bestehen sollte, nie antreten würde.

Mit der Konsequenz, dass mein Vater bis zu seinem Tod vor fünfzehn Jahren den Patron der Sippe darstellen musste, statt, frei von allen Verpflichtungen, mit seinen Mätressen den Lüsten fröhnen zu können.

In der Nacht packte ich einen kleinen Koffer, holte mein gesamtes Geld aus dem Versteck in einem der Bücher – es war Hugos *Les Misérables*, und der Betrag belief sich auf fast tausend Mark – und nahm den ersten Zug vom Kölner Hauptbahnhof Richtung Neapel.

Ich weiß noch, wie sehr ich mich bemühte, erwachsen auszusehen. Ich hatte einen BH meiner Mutter mit Strümpfen ausgestopft und ihn mir fest umgeschnallt, damit er nur ja nicht verrutschte. Außerdem trug ich einen Hüftgürtel mit Strapsen, Seidenstrümpfe mit Naht und nadelspitz zulaufende Lackschuhe, allerdings flache, da mir die Highheels meiner Mutter alle nicht gepasst hatten. Ein rotes Wollkostüm komplettierte die Maskerade, die umso grotesker gewirkt haben muss, als ich die ganze Strecke über steif aufgerichtet dasaß: damit die Cup-7-Brüste aus der Jacke quellen konnten und somit jeder sah, dass ich schon erwachsen war. Ach ja, und den Ring an meiner rechten Hand hatte ich herumgedreht, den Stein nach innen: Madam trug einen Ehering, wer wollte da noch an meinem reifen Alter zweifeln? Gott, war ich ein Würstchen.

Das stark geschminkte Gesicht in die Seiten von *Der Graf von Monte Christo* vergraben, bemerkte ich die belustigten Blicke meiner Mitreisenden nicht, doch wenn ich mich recht erinnere, wären sie mir egal gewesen. Ich war auf dem Weg in ein neues Leben. Ich fühlte mich verdammt frei, war verdammt gut gelaunt, wenngleich voller Furcht, aber in meinen Augen mächtig erwachsen.

An meiner guten Laune blitzte selbst der ignorante Schaffner ab, der nach Passieren der italienischen Grenze ins Abteil kam. Mehrmals fragte er nach dem *biglietto* der Signorina. Welcher Signorina? Ich guckte nicht einmal hoch. Erst als er mich am Ärmel zupfte, nahm ich ihn wahr, diesen Diener.

»Si, per favore?« Ich konnte schon damals sehr ungnädig klingen. Und auch die Lehre, dass vor ihm keine Signorina, sondern eine Signora saß, wurde ihm in unangenehm arrogantem Tonfall erteilt.

Er möge mir verzeihen, ich verzieh ihm ja auch, dass seine Mimik vor Erstaunen auseinander fiel. Sprach allerdings kein Wort mehr mit ihm.

Der Gesichtsausdruck des jungen Mannes, der an der Rezeption des Sheraton Hotels in Kampala steht, erinnert mich irgendwie an den des Schaffners von damals. Nur verändert sich Francos Miene – er ist sofort herbeigeeilt und hat sich vorgestellt – nicht vor Unglauben, sondern vor offener Bewunderung.

Denn zwischenzeitlich ist aus der pummeligen Pickel-Ulla eine andere geworden: Akne und fettige Haut waren schon verschwunden, als ich sechzehn, einsachtzig groß und fünfundfünfzig Kilo schlank war. Die Fortdauer dieser Metamorphose hatte mein Haar um viele Nuancen gebleicht, und statt in ewig fettigen Strähnen fiel es in Wellen bis über den Rücken. Außerdem hatten alle Zähne jetzt ihren richtigen Stand. Kurz: Ich sah gut aus.

Und das auch noch zehn Jahre später, als Franco mir in der gekühlten Hotelhalle das Gepäck aus der Hand nimmt und stammelt: »Was machen Sie denn hier?«

Tja, das hätte ich auch gern gewusst, denn den Beginn meiner Karriere als Journalistin hatte ich mir anders vorgestellt, als in diesen afrikanischen Moloch geschickt zu werden, der vor schwüler Hitze kocht und wo nicht einmal die Klimaanlage im besten Hotel am Platze funktioniert.

Der Conte Brunelli hingegen, mein damaliger Schwiegervater, hätte sich die Hände angesichts dieser unkomfortablen Zustände gerieben. Denn dieser Job war sein Verdienst, eingefädelt mit der Intention, dem Schwiegertöchterlein das proletarische Streben nach Selbständigkeit gleich am Anfang zu versauern. Die Frauen der Brunellis arbeiten nun einmal nicht, basta.

Doch ausgerechnet diese Idee war mir durch den Kopf gespukt, nachdem ich als ziemlich bekanntes Mannequin, heute sagt man Model dazu, acht Jahre auf einer erklecklichen Anzahl bekannter Laufstege verbracht hatte. Wie handfest der neue Job denn sein sollte, wusste ich nicht. Schreiben, ja schreiben wäre gut gewesen. Als Reporterin umherreisen, hinterher im stillen Kämmerlein sitzen – der Jasmin wächst zum Fenster herein – und das Erlebte in brillant-witzigen Worten niederschreiben.

Das allerdings konnte man sich in römischen Salons ganz und gar nicht vorstellen. Wie auch, schließlich war ich auf intellektuellem Niveau bis dahin noch nie in Erscheinung getreten.

Doch, dachte ich mir, ich kann ja trotz der zukünftigen Arbeit schön bleiben, und hatte auch weiterhin vor, meiner perfekten Erziehung zu huldigen und meine Trinkfestigkeit ebenso wie die rühmliche Nachsicht für die Eskapaden meines Mannes zu vervollkommnen. Weitere Attribute verlangte man in römischen Adelskreisen nie von seiner Frau, Tochter oder Schwiegertochter. Übrigens auch nicht von der Geliebten.

Doch das nur zur Erklärung, warum der Conte sich aufführte, als stünde das gesamte Geschlecht der Brunellis, das seine Wurzeln bis in die Medici-Familie streckt, am gesellschaftlichen Abgrund, nur weil die jüngste Schwiegertochter arbeiten wollte. Meinen Willen durchzusetzen erforderte so manches Kamingespräch mit dem Alten, so manches Türenschlagen, so manches Zwitschern, so manche Drohung, es auch ohne seine Zustimmung zu tun.

So auch diesmal: Bruno, mein notorisch untreuer Mann, hatte schon seit Wochen keinen Kontakt mehr zu seinen Freundinnen haben können und drehte deshalb bei jeder Gelegenheit im trauten Familienkreis durch. Außerdem tobte sein Vater lautstark durch das Schloss, und meine Schwiegermutter gab uns allen die Schuld an einem just ausgebrochenen elementaren Migräneanfall.

Da gab der Conte nach. »Dann tu doch, was du willst«, schrie er mich an, »aber vergiss nicht, dass du eine Brunelli bist.« Eine in der Familie hinlänglich benutzte Redewendung, die ich allerdings angesichts der dekadenten Sitten im Haus nur schwerlich deuten konnte.

Eines aber war sicher: Zufälle gibt es bei Brunellis auch nicht, also hatte der Conte mit seinem Freund gesprochen, der, in derselben Loge wie Brunelli, eng mit dem damaligen Generalsekretär der Uno befreundet war – und wahrscheinlich immer noch ist. Und schon hatte Ulla Contessa Brunelli einen Job – in Uganda. Mitten im Idi-Amin-Land, mitten in einem tobenden, stinkenden und völlig aus allen zivilisatorischen Fugen geratenen Terrain. Mitten im schwarzen, mordenden, vernichtenden Afrika.

Da würden ihr die Allüren schon vergehen!

Die Nachricht von dem englischen Korrespondenten, der in Karamoja von Heckenschützen erschossen worden war, kam am Mittag. Franco hatte mein Gepäck auf ein Zimmer bugsiert, das, wie er sagte, sogar eines der besseren des Hotels war, in dem aber nicht mehr als ein Schrank und ein Bett standen, und hatte mich mittlerweile mit all jenen Kollegen von der Presse bekannt gemacht, die sich gerade im Hotel aufhielten.

Dann die Meldung über Funk, gefolgt von bedrücktem Schweigen in der Halle. Aus allen Zimmern kommen die Journalisten zur Rezeption. Entsetzen steht in ihre Gesichter geschrieben, eine eisige Atmosphäre breitet sich zäh wie Gallert aus. Und ich habe Angst, nicht einmal wissend, was auf mich zukommt.

Vor der drehbaren Glastür fährt ein Auto vor. Die Leiche des erschossenen Korrespondenten liegt auf dem Rücksitz, eine Tasche mit dem Aufnahmematerial obenauf. Aus dem Fahrersitz windet sich eine schlaksige Gestalt, groß, die langen Haare zum Zopf gebunden, Nase und Mund von einer Atemmaske bedeckt. Offensichtlich ist er der Kameramann, denn er greift nach hinten und kramt zwei Kameras hervor. Er wischt sich über die Augen, wirft einen letzten Blick auf die Leiche und kommt auf unseren Pulk in der Halle zu.

Der Tonmann, Adam, ebenfalls groß, aber ziemlich dick, ist schon drinnen. Ihm laufen die Tränen über das Gesicht, doch als er zu erzählen beginnt, nimmt ihn sein Kollege zur Seite: »Wir müssen uns um Marks Leiche kümmern. Er ist schon länger als siebzig Stunden tot!«

Alle sind wie versteinert. Ich sehe, dass sich die Scheiben des Autos von innen beschlagen, und ahne, was in dem toten Körper vor sich geht.

»Kann ich was tun?«, frage ich in die Stille hinein.

»Wer bist du?«, antwortet der Kameramann, und als ich mich vorgestellt habe, nennt er seinen Namen: David Reburn. Er schüttelt den Kopf. »Nein, danke.« Zu Adam gewandt, sagt er: »Kannst du bitte mit Frederick zum Leichenschauhaus fahren oder ins Hospital, wir brauchen einen Zinksarg, einen Arzt, die ganze Palette.« Dann wendet er sich ab. »Ich muss mit London telefonieren.«

Die nächste Stunde vergeht, wenngleich hektisch, so doch in erschreckend routiniertem Aktionismus. Der Zinksarg ist schnell herbeigeschafft, und die Sanitäter heben den toten Körper hinein.

»Ich will diesen Wagen nicht mehr haben«, sagt David, gibt Frederick, dem einheimischen Messenger und Fahrer des Teams, die Schlüssel. »Verkauf die Karre, nicht heute oder morgen und auch am besten nicht hier, wo jeder weiß, dass da ein Toter viel zu lange drin gelegen hat. Und kauf bitte einen anderen Wagen.«

Dann erscheint der britische Botschafter, und ein Aufatmen geht durch die Gruppen in der Halle. Fortan werden er und seine Leute sich um die Leiche des Korrespondenten kümmern. Um seinen Transport nach Hause, um die Benachrichtigung seiner Familie.

Aber was mache ich hier? So hatte ich mir den Einstieg in das Journalistenleben nicht vorgestellt. Nicht so schockierend nah am Tod. Ein Drink würde mir jetzt gut tun, und dabei würde ich den Anfang meiner neuen Karriere noch einmal sortieren.

In der Bar sitzen nur David, der, offenbar methodisch, einen Whisky nach dem anderen trinkt, und Adam, der schon die zweite Schüssel Erdnüsse leert. Beide schweigen, keiner der anderen Kollegen tritt näher an die Theke. Bis David sich plötzlich auf seinem Barhocker umdreht und in die Runde guckt: »Wir müssen den Film mitgeben. Wir müssen ihn noch schneiden, aber wer kommentiert?« Sein Blick wandert von einem zum anderen, bleibt an mir hängen. »Du«, er nickt mir zu, »sag bitte noch mal was.«

Unnötig zu erzählen, wie unangenehm es mir ist, plötzlich so im Mittelpunkt zu stehen. Zwar war ich daran gewöhnt, aber auf anderem Parkett, bitte schön. Und was, zum Teufel, soll ich sagen?

David verwickelt mich in eine kurze Konversation und nickt dann. »Du kannst das, dein Englisch ist gut.«

Er meint damit, ich solle den Bericht zu Marks Film schreiben und anschließend für das Fernsehen sprechen. In meiner Kehle steigt ein hysterisches Lachen hoch. Das kann er nicht ernst meinen. Ich bin doch gerade erst angekommen.

»Du wirst genügend Zeit zum Üben haben.«

Aber wenn ich nicht üben will, Mister Reburn?

Wenn ich nicht sprechen will, Mister Reburn?

Ich konnte es nicht fassen. Ich sollte eine Reportage machen über einen Ort, an dem ich noch nie gewesen war, über Begebenheiten, die ich noch nie erlebt hatte? Ich sollte über Krieg sprechen, obwohl ich keine Ahnung hatte, was in einem Krieg geschieht? Und das Ganze vor der Kamera, in einer Sprache, die ich zwar beherrschte, die mir aber nicht geläufig war?

»Nein, du sollst nur die Aufnahmen kommentieren!«

»Ist das ein Unterschied?«

»Sicher! Schau sie dir an.«

Und ich ging mit David.

Eine halbe Stunde später zeigte er mir seine Aufnahmen, erklärte, was wo zu sehen war. Fragte, wie sie auf mich wirkten. Bat mich, diese Gefühle zu schildern und gleichzeitig aufzuschreiben. Bat mich, am Schluss des Films ein paar Sätze des Teams zum Tod von Mark zu lesen. Wir hatten uns in einen der kleinen Konferenzräume des Hotels zurückgezogen und arbeiteten vier Stunden lang konzentriert.

Nie werde ich meine Benommenheit vergessen, die aus abgrundtiefem Ekel vor den Filmsequenzen entstand. Ich habe aber auch vergessen, welche Triebfeder mich bewegte, diese Bilder zu kommentieren.

War es der Reiz des Unbekannten?

War es Pflichtempfinden neuen Kollegen gegenüber?

Schließlich las David mir meinen Text in bestem Oxfordenglisch vor und ließ mich dann lesen, vor laufender Kamera. Er verbesserte meine Aussprache Wort für Wort, einmal, zweimal, zum dritten Mal, und dann lehnte er sich zurück. »Gut so. Wir machen die Aufnahme jetzt.«

Ich hatte keine Chance, zu zögern, zu argumentieren. Ich sprach. Fehlerlos beim ersten Mal, mit annehmbarem Akzent, im Kopf die Bilder aus der Provinz Karamoja, wo die Menschen eines ganzen Stammes einfach ausgehungert und, wenn das den Amin-Truppen zu lange dauerte, aufgeschlitzt, aufgespießt und gepfählt wurden. Einfach so, zur Unterhaltung der Schergen, gegen die Langeweile des Kriegführens.

Mark, David und Adam waren im Rahmen ihrer Recherchen auf die ausgebrannten Reste eines einstmals ziemlich großen Ortes gestoßen. Alle Kinder waren auf den Stämmen der Bambuspalisaden gepfählt worden, die Frauen vor den Hütten vergewaltigt und aufgeschlitzt und die Köpfe der Männer auf den Runddächern ihrer

Behausungen befestigt. Die Schlachterei konnte erst am Tag zuvor stattgefunden haben. Offensichtlich hatten die Soldaten auch noch nicht alle Vorräte geplündert, denn sie waren zurückgekommen, um auch die äußeren Vorratsspeicher des *compound* zu leeren, und dabei auf das Fernsehteam gestoßen. Sie hatten nur Mark sehen können und ihn ohne Vorwarnung erschossen.

David und Adam waren im Unterholz versteckt gewesen. Dort blieben sie, filmten und nahmen das Fluchen und das unzusammenhängende Geschrei der Marodeure auf. Weinend, wie David erzählte, denn die ganze Zeit über lag Marks Leiche in ihrem Blickfeld. Als einige Soldaten sich noch ein paarmal an den Leichen der Frauen vergingen, konnte Adam das Kotzen nicht mehr zurückhalten. Und David hatte ihm die Hand vor den Mund gepresst, damit die Würgegeräusche sie nicht verrieten.

Stunden später, als der Armeetrupp abgezogen war, liefen sie die fünf Kilometer zum Auto. Mit Frederick, dem Fahrer, hatten sie Marks Leiche geholt und waren zurückgefahren. Zweieinhalb Tage, zwei Nächte, nonstop.

Marks Leiche zwischen den im Todeskrampf und der Leichenstarre grotesk verrenkten Leibern der geschändeten Karamajong schien mir nicht dazugehörig. Eher surreal. Und somit tat ich in dieser ersten Konfrontation mit Krieg das, was mir in all den kommenden Jahren als einzig probates Mittel der Verarbeitung zur Verfügung stand: Ich verdrängte die unbeschreiblich grausamen Szenen in einen abgelegenen Teil meines Gehirns. Ließ sie dort als Bilder ablaufen, gestattete mir aber kein genaues Hinsehen. Hoffte, den Panzer durch diesen Trick instand halten zu können, was natürlich nicht gelang.

Viele Jahre lang habe ich mir die Verletzungen meiner Seele nicht zugestehen wollen. Ich glaubte, die Bilder meiner Erinnerungen seien in dieser Dunkelkammer meines Gehirns gut aufgehoben – ja, weit weg und wie der *file* auf einer Festplatte, nur auf Abfrage bereit –, und machte mir etwas vor. Redete mir ein, meine Psyche im Griff zu haben, badete in dieser Borniertheit auch noch, als der Horror kulminierte.

Bis heute sehe ich die Bilder in voller Klarheit, aber nicht auf Abfrage, nein. Vielmehr als unerwünschte Begleiter nahezu jeder Nacht. Mal undeutlicher, wie vernebelt, mal wie das endlose Stakkato kreischender und dröhnender Wirbel. Aus riesigen Schlünden, mit stinkendem Atem und ätzendem Geifer.

Warum ich den Kommentar schrieb und sprach, weiß ich nicht, das habe ich schon gesagt. Dass sich aber mein Leben nun völlig verändern würde, ahnte ich, als ich die Worte des Teams in die Kamera sprach, ihre Hommage an einen verlässlichen Kollegen, an einen gradlinigen Reporter, den unersetzbaren, wertvollen Freund.

David hatte die Kamera vom Stativ genommen, sie auf die Schulter gelegt, das Auge fest an den Sucher gedrückt. Ein Gestus, den ich in Zukunft noch oft sehen sollte. Immer wenn sich die Welt um uns herum in grausam verstümmelte Menschen, in Tote auflöste, wenn der wahnsinnige Zirkel von Aggression und Vernichtung kognitiv nicht mehr zu durchbrechen war, wenn er glaubte, angesichts des Ekels zitternd und sich übergebend zu versagen, dann setzte er seine Maske auf, den Schild seines Kameragehäuses.

Tränen tropften in seinen Bart, als ich in seinem Namen Abschied von Mark nahm. Adam hatte den Kopf zur Seite gedreht und weinte, und auch Fredericks Schultern zuckten.

Wir haben an diesem Abend fürchterlich viel getrunken. Alle. Sämtliche Teams. Zu der Zeit war das Flugzeug mit Marks Leiche und dem fertig geschnittenen, besprochenen Filmmaterial an Bord schon unterwegs nach London. Der Chef des Senders würde Marks Frau und Tochter die Armbanduhr, die Halskette und das Notizbuch überbringen.

Der Anruf aus dem Headquarter der englischen Fernsehgesellschaft kam am nächsten Mittag. Sie wollten wissen, wer ich sei. Wollten mich unter Vertrag nehmen. Ich möge doch bitte sofort nach London kommen. Diese Nachricht konnte der Concierge des Hotels mir aber erst vierzehn Tage später ausrichten, denn ich war unterwegs, nach Karamoja. Mit meinem Team, als Kriegskorrespondentin.

Natürlich erwartete ich nicht, sofort im siebten Himmel der Berichterstattung schweben zu können, und wer weiß, vielleicht wäre nie eine gute Reporterin aus mir geworden, hätte ich nicht zwei Aktivposten auf meiner Seite gehabt: ein Team, das sich für meine möglichst behutsame Einführung in das schmutzige Geschäft der Kriegsberichterstattung einsetzte, und Afrika.

Jener Kontinent, in dem die ästhetische Schönheit der Landschaften und seiner Menschen so nah an der ethischen Verkommenheit rücksichtsloser Machthaber und Kriegstreiber liegt, dass man die Schmuddelecken übersehen kann. Eine kleine Weile zumindest. Für eine Zeitspanne, nach der die meisten Besucher Afrikas ihren Urlaubsort oder Abenteuerspielplatz verlassen, weil sie ohnehin nicht länger gebucht haben.

Aber wer darüber hinaus bleiben muss, wird anfangen, die Realitäten zu sehen, spätestens, wenn der Gestank aus den Kriegsgebieten auch die am höchsten getragenen Nasen erreicht. Das mag in den bekannten Tourismusenklaven erst nach Wochen der Fall sein, in Idi Amins Uganda hingegen nahm mir der Geruch von Not, Hunger, Folter und gewaltsamem Tod schon am zweiten Tag der Fahrt gen Norden den Atem.

Dabei bewegten wir uns durch eines der faszinierendsten Binnenländer Afrikas. Mit Bergen so hoch wie in der Schweiz, mit Tälern, Seenlandschaften und Auen so lieblich und auch so fruchtbar wie in Irland. Mit Wäldern so alt wie der Kontinent, und mit Menschen, die einst wohlgenährt waren und aufrecht gingen vor Stolz. Die viel lachten, weil es ihnen gut ging, die mit ihren Nachbarn in Frieden lebten, auch über die Grenzen ihres Landes hinweg.

Bis ihnen, Gott allein weiß, warum, Idi Amin Dada widerfuhr. Diese wahnsinnige Schreckgestalt war schon als Jugendlicher schizophren, aber auch extrem machtbesessen gewesen. Kaum hatte sich dieses Monster 1966 an die Macht geputscht, brachen seine unseligen Psychosen sich in zahllosen Tötungssorgien Bahn. Niemand in Uganda war mehr sicher, nicht einmal seine engsten Vertrauten. Viele wurden hingerichtet, weil sie Amin in seinen Fantasien als Dämonen erschienen waren oder als angeheuerte Killer.

Ein andermal verdächtigte der Despot ein ganzes Dutzend Kabinettsmitglieder, in Wirklichkeit Würmer zu sein, die in sein Gedärm kriechen wollten, um ihn von innen aufzufressen.

Nein, ich spinne nicht, ich zitiere aus den Aufzeichnungen eines Hofberichterstatters. Eigentlich hatte der Mann nichts als Oden auf den schwergewichtigen Präsidenten schreiben sollen, doch konnte er den Irrsinn um sich herum offenbar nur ertragen, indem er ihn aufs Papier bannte. Ein Zeitungsjunge brachte mir das Dokument, viele Jahre später, in Mombasa. Da war der Verfasser schon lange tot, erschossen vom Wahnsinnigen selbst, weil der sich plötzlich darüber aufgeregt hatte, dass er selbst weder lesen noch schreiben konnte.

Ich habe nach diesen ersten zwei Wochen im ugandischen Busch noch viele Monate dort verbracht, immer wieder auf Zeugnisse des Aminschen Schreckensregimes stoßend. Das erste aber wird mich nie mehr loslassen: Wir fuhren schon zwei Tage lang, die Landschaft war lieblich und grün und erschien mir im Licht der intensiven Sonne wie Sequenzen aus einem Bilderbuch. Im Schatten hoher Fieber- und Mangobäume lagen kleine Dörfer aus Rundhütten versteckt, aber nur hin und wieder waren Menschen zu sehen. Frauen meist, die Babys auf ihren Rücken festgebunden hatten und unterwegs waren zu Feldern am Rande der Wälder. Sie schauten sich nach uns um, wenn wir, eine Staubfahne hinter uns herziehend, an ihnen vorbeifuhren. Traten von der Straße herunter, duckten sich in das Gebüsch, als wollten sie sich verstecken. Wir grüßten, aber sie antworteten nicht, blieben regungslos, auch die Kinder.

Wir hatten die Nacht in der Missionsstation italienischer Mönche verbracht, hatten allerdings keinen der Padres angetroffen, nur einheimische Bedienstete, und die erzählten uns, dass die Missionare Richtung Norden aufgebrochen seien, wo es vor ein paar Tagen Kämpfe gegeben habe. Kämpfe? Gegen wen? In dieser friedlichen Gegend? Die Männer aus der Mission wandten sich ab.

Am nächsten Morgen war ich mit dem Fahren an der Reihe, die Hitze lullte mich ein, ich hatte die Belüftung auf die höchste Stufe gestellt. Plötzlich verbreitete sich ein infernalischer Gestank im Auto. Ich bremste und schaute nach hinten. »Was ist das denn?«

David wurde bleich. »Fahr weiter! Bitte!«

»Aber David, was stinkt hier so?«

Adam würgte, und auch ich spürte, ich würde mich übergeben müssen, wenn sich der Geruch noch weiter intensivierte.

»Fahr weiter!«

Ich hörte David in seiner Tasche kramen, fühlte sein Hand auf meiner Schulter, sah ihn aus den Augenwinkeln eine Dose Wick nach vorne reichen.

»Reib dir das in die Nasenlöcher, hier liegen Leichen.«

Hier liegen Leichen. Ich kann mein Entsetzen noch heute spüren, Entsetzen, das mit abgrundtiefer Angst vor dem Kommenden vermischt war. Hier liegen Leichen.

Sie lagen nur einen Kilometer entfernt, gut zweihundert. Kleine, die einst Kinder gewesen waren. Frauen, Männer. Sie lagen entlang der Straße und verteilt über das ganze Gelände bis zu dem Dorf im Hintergrund. Sie waren nackt, nur wenigen hatte man eine Unterhose, ein Hemd gelassen. Sie waren aufgedunsen von Fäule, an einigen Stellen ihrer grotesk aufgeblähten Körper war ihr Fleisch schon aufgebrochen. Und aus diesen Wunden krochen Maden, nicht dutzende, nicht hunderte, nein, ganze Straßen emsig wimmelnder, fetter, gelblicher Maden. Einige der toten Leiber waren völlig bedeckt von ihnen, wie von Tüchern.

Ich habe stets den Gestank toter Leiber ausgehalten, habe es ertragen, den Geruch von Blut über Tage hinweg in meinem Mund als den Geschmack von Kupfer zu spüren. Ich habe gelernt, Verstümmelte und Tote anzusehen, ohne mich auf der Stelle übergeben zu müssen, und ich bin über Erde gegangen, die von Leichenwasser aufgeweicht war und sich unter den Stiefeln ansaugte, aber an den Anblick von Maden habe ich mich nie gewöhnen können.

Vor ein paar Tagen noch holte mich diese Phobie ein: Ich kam in die Küche, um mir etwas aus dem Kühlschrank zu holen, da kroch mir eine Made entgegen, geschlüpft aus einem Stück Käse, das hinter die Schrankwand gefallen war. Mein hysterischer Ausbruch erschütterte die ganze Familie, und ich habe mich tagelang nicht in die Küche getraut, obwohl sämtliche Schränke und Ecken und Winkel in einer beispiellosen Putzaktion gereinigt worden waren.

Und nie werde ich das Geräusch vergessen, das Schuhsohlen verursachen, wenn man durch diese Ströme von Maden gehen muss. Dieses Knirschen und Schmatzen, wenn sie platzten.

Ich habe mir später die Frage gestellt, ob ich an diesem Morgen in Uganda, angesichts der Ermordeten, angesichts der Maden und der Geier, die ich erst jetzt entdeckte, geschüttelt von Entsetzen und vom Würgen atemlos, ob ich an diesem Punkt meinen gesamten erträumten Karrierekrempel als Reporterin nicht doch noch hätte zusammenpacken und dem Grauen den Rücken kehren können. Nie mehr Afrika und natürlich nie mehr Kriege, stattdessen zurück in die Arme der Brunellis, noch ein paar Jahre auf die Laufstege, wo allenfalls herausgefallene Stecknadeln unter den Schuhsohlen knirschen. Später würde Papa Brunelli dann schon was Nettes fürs Schwiegertöchterlein finden, was Adäquates, wo die Liebste sich fein und wohltätig verwirklichen könnte. Und im Notfall hätte ich ja immer noch Alkoholikerin werden können, ganz gepflegt mit ein paar Flaschen Rotwein am Tag.

Doch vor Ort dachte ich nicht ans Weglaufen; vielmehr fragte ich mich, ob man solche Bilder, die David wie automatisch filmte, zeigen könne. Und ich entschied mich für ein Nein. Ich hatte meine erste Entscheidung als Kriegskorrespondentin getroffen. Also wollte ich nicht mehr zurück.

Erst Tage später, als wir auf ähnliche Szenerien noch mehrfach gestoßen waren, als ich begonnen hatte, mich an die Hitze und die anderen Strapazen einer solchen Reise zu gewöhnen, als ich lernte, dass ganz Uganda zu dieser Zeit aus Sequenzen wie diesen bestand, als mir klar wurde, dass dies ein Gesicht des Krieges ist, erst da konnte ich mir die Beweggründe für mein Bleiben in Afrika zugestehen.

Wäre ich eine Person gewesen, die aus weniger komfortablen

Verhältnissen stammte, die an Unrecht, Schmach und vielleicht auch Grausamkeit gewöhnt war, vermutlich hätte ich mich dann abwenden und gehen können. Doch kam ich aus einer Welt, die zwar dekadent und auch nicht mit einem Übermaß an Liebe zueinander angefüllt ist, doch das Unrecht, die Schmach und die unvorstellbare Grausamkeit, die diese Menschen erleiden mussten, passten nicht in eines der Muster, die ich kannte. Und die meine Definition von Ethik bestätigt hätten. Außerdem: So obskur mein Leben bisher verlaufen war, gekuscht hatte ich nie. Ich wollte das anprangern, was ich hier erlebte.

Zudem war ich fasziniert – natürlich nicht von solchen Szenarien, wohl aber von dem Neuigkeitswert, den diese Seite des Lebens für mich barg. Ich sah Bilder, von denen ich nie geahnt hatte, dass sie existieren könnten. (Dieses Gefühl nennt man heute Kick und ist gern bereit, die Sucht danach auch Kriegskorrespondenten zuzuschreiben. Ich kann dazu nur sagen, dass ich ganz schnell von dieser Obsession geheilt war.) Meine bisherigen Erfahrungen von Krieg bezogen sich auf Nachrichten, resultierten aus dem Geschichtsunterricht und dem Studium, wo ich gelernt hatte, wie politische Zusammenhänge entstehen – und daraus Kriege. Aber das waren sterile Erfahrungen gewesen, weit von der Wirklichkeit marodierender Mördertruppen entfernt und noch weiter vom Gestank ihrer verwesenden Opfer.

In dieser Klausur meiner Gedanken sah ich mich: Ulla, Zigeunertochter; Ulla, adlig-römische Schwiegertochter; Ulla, gefeierte Catwalk-Queen; Ulla, Rotz heulende, vor Entsetzen fast ohnmächtige, sich noch immer übergebende Gestalt im Dschungel Ugandas. Und diese Frau beschloss, den anderen Ullas und wie sie alle heißen den verdammten Spiegel vorzuhalten. Out of Africa: So sieht die andere Seite Afrikas aus, die andere Seite des Lebens!

Ich wollte diese Bilder aus Afrika hinaustransportieren, wollte sie in jeden Abendnachrichten neu auflegen, als Zugabe zum Dinner. Als Aufschrei, der allen in der Ersten Welt so lange im Kopf nachhallen sollte, bis ihnen die Fish and Chips oder die Gnocchi con ossobuco im Hals stecken blieben.

Denn dann würde sich was ändern, dachte ich.

Ich habe ihnen den Spiegel vorgehalten, immer und immer wieder. Aber nur wenige haben hineingeschaut, während ich die Illusion meiner so markig erdachten Mission noch in Uganda verlor.

Doch selbst wenn die gesamte satte Welt in meinen Spiegel gestarrt und ihre Bemühungen um Afrika noch deutlicher positioniert hätte – geändert hätte sich nichts. Weil Afrika sich nicht verändert.

Oder woran liegt es, dass der Großteil jener achthundert Millionen Menschen, die unter dem Existenzminimum darben müssen, Afrikaner sind? Trotz der Abermilliarden Dollar, die der Westen in den schwarzen Kontinent gepumpt hat? Trotz der zahllosen Entwicklungshelfer, die ihre gesamte berufliche Erfahrung hierher gebracht haben, um zukunftsorientierte Infrastrukturen zu schaffen? Ich habe es an dieser Stelle satt, einmal mehr politisch korrekt reden zu müssen: Das afrikanische Drama wird von den Afrikanern selbst inszeniert. Von jedem Einzelnen, der seine Despoten selbst wählt. Der früher einem Daniel arap Moi in Kenia schön brav seine Stimme am Wahltag gab, obwohl dieser alte Tyrann schon seit über zwanzig Jahren die gleichen Versprechungen machte, aber nicht eine davon verwirklichte.

Man kann mir heute zur Entschuldigung nicht mehr mit der fehlenden Bildung der Normalbevölkerung kommen, die dazu führe, dass die einfachen Wähler nicht zwischen dem unterscheiden könnten, was die Agitatoren sagten, und dem, was hinter diesen großen Worten stecke. Sie haben es doch erfahren! Seit Jahren und Jahren und Jahren. Auch Bokassa ist mehrmals wiedergewählt worden und Mengistu und Mobutu – und wie sie alle heißen. Natürlich weiß ich, dass diese Wahlen mit ihren ständigen Neunzigprozentergebnissen gefälscht waren, doch habe ich bestimmt die Hälfte der Wähler erneut und immer wieder für ihre bösartigen Präsidenten stimmen sehen.

Auch für einen Idi Amin, den sie zudem Dada nannten, Vater! Selbst in jener Zeit noch, als er von dem mutigen Präsidenten Tansanias ins Exil gezwungen wurde. Nyerere, der sich daraufhin in weiten Teilen der Welt, nicht nur in Afrika, an den Pranger gestellt sah.

Natürlich weiß ich auch von jenen Militär- und Polizeimaschinerien, die von einem Großteil der westlichen Entwicklungshilfen finanziert wurden, einzig, um die Untertanen der Plutokraten in Schach zu halten. Doch haben Sie je von Demonstrationen in Afrika gehört, von Aufmärschen, in denen sich diese Untertanen gegen das schreiende Unrecht wehrten? Von nur einer einzigen, die Hoffnung auf Umdenken signalisiert hätte? Stattdessen wächst das Potenzial der Schlägertrupps, und die Todesschwadrone werden immer größer. Es ist in Afrika einfacher, den Wehrlosen die Köpfe abzuschlagen, als den Mächtigen die Stirn zu bieten.

Aber verlangen Sie bitte keine Erklärung dafür. Die kann niemand aus unserem Kulturkreis geben. Niemand – und wenn er noch so klug daherredet.

Ich habe in diesen zwei Wochen, die meine ersten Wochen in Uganda und meine ersten Wochen im Krieg waren, gelernt, was Menschen anderen Menschen antun können. Ich habe gelernt, was ein Genozid ist, habe gesehen, wie Menschen verhungern in einem Land, wo die Äste der Bäume unter der Last reifer Früchte beinahe brechen, wo der Mais so saftig ist, dass die Kolben der Pflanzen ihre Halme nach unten biegen.

In Karamoja kam nicht ein Wagen mit Hilfslieferungen an, seien es die von den Missionaren im Land organisierten, seien es die aus Tansania herangefahrenen. Kein Mehl, kein Wasser, keine Medikamente, nichts. Die Truppen Idi Amins hatten das Gebiet des Karamajong-Stammes abgeriegelt, kontrollierten jede Straße dorthin, jeden Durchschlupf. Also verhungerten die Menschen, dämmerten in Wolken von Fliegen, bis sie nicht mehr atmeten. Warum?

Ach, ein Karamajong hatte Idi Amin mal bei einem Straßenkampf zwischen Gangs zusammengeschlagen. Das war vor zwanzig Jahren oder so gewesen; 1979, nach dem Sturz Amins, lebten nur noch fünfzig Mitglieder dieses Stammes.

Ich hätte zu Hause anrufen sollen, bevor ich in Rom landete, hätte nicht einfach so mit einem Taxi in die Villa fahren, hätte nicht einfach so die Tür aufschließen oder dann zumindest nicht den Geräuschen nachgehen sollen, die aus meinem und Brunos Schlafzimmer drangen und von ziemlich eindeutigem Charakter waren.

Hätte ich nicht, oder doch?

Keiner der Brunellis hatte mich an diesem Nachmittag erwartet, und so tobte Bruno noch durch die Kissen. Allerdings durch die ehelichen, im heimischen Schlafgemach. Dieser unziemliche Ort und die Tatsache, dass meine vermeintlich beste Freundin als in flagranti ertappte Protagonistin zwischen den zerwühlten Laken auftauchte, waren der Grund dafür, dass ich ziemlich böse wurde, nicht auf das Gestammel der beiden einging, sondern meine Pistole aus einer Schublade der Kommode nahm, sie langsam durchlud, sie langsam anhob, um in den Stuck der Zimmerdecke zu schießen und dann noch einmal – exakt zwischen beiden ehebrecherischen Leibern hindurch – in die Matratze.

Nicht sehr geschmackvoll, ich weiß, zumal ich gerade aus Verhältnissen zurückkam, wo die Konsequenzen roher Gewalt meinen Ekel erregt hatten. Doch ich konnte nicht anders, ich musste diesen Auftritt haben, und ich bin noch heute von dieser Szene restlos begeistert. Außerdem konnte ich mich als Schützin einschätzen, wusste, dass den beiden nichts außer einem gewaltigen Schreck geschehen würde.

Ihrer beiden perplexen, schneeweißen Gesichter wegen war es die Show wert gewesen, auch die nun folgende Auseinandersetzung. Denn wie schon gesagt: Bei Brunellis gibt es keine Überraschungen, und Machtworte werden ausschließlich von den Männern der Familie geschossen, pardon, gesprochen.

Aber Bruno hatte es die Sprache verschlagen. Also wurde er nach Sardinien zur Erholung und zum Jagen geschickt, und ich hatte mich mit Papa Brunelli auseinander zu setzen. Er lud mich zum Essen auf den Monte Mario ein, und Rom lag uns zu Füßen, als er mir anbot, seine Mätresse zu werden, damit »in der *famiglia* alles beim Alten« bleibe. Nach schon vorhergegangenen gleich deutlichen Annäherungsversuchen des Alten hatte ich diesen »Vorschlag zur Güte« erwartet, Brunelli meine Antwort allerdings nicht. Als er sich den Cognac aus den Augen wischte und meinen Handabdruck auf seiner Wange betastete, waren wir eindeutig geschiedene Leute.

Das Geschrei um die Aufteilung von Brunos und meinen gemeinsamen Gütern überließ ich einem befreundeten Anwalt und flog über London nach Kampala zurück. Mit Verträgen des englischen und eines italienischen Fernsehsenders in der Tasche und ganz viel Lust auf einen weiteren Neuanfang. Mit vielen Kilogramm Übergepäck, die, allerdings zum ersten Mal seit vielen Jahren, nicht aus schicken Klamotten bestanden, sondern aus Büchern. Alle über Afrika, alle aus dem Buchladen von Signore Franti am Ende der Via Barberini in Rom, und alle sollten mich Afrika lehren. Seine Geschichte, die so alt ist wie die Menschheit, seine Kulturen, die ihren Ursprung allesamt im Animismus haben; die Traditionen seiner Völker, die, wie man in Afrika sagt, von Abrahams Sohn Ham abstammen, von der Königin von Saba und vom Löwen von Juda. Von Voodoo und von Mama Wati.

Ich muss gestehen, dass ich nur wenige dieser klugen Bücher ganz gelesen habe, obgleich einige von ihnen immer mit mir reisten. Hin und wieder, wenn ich Zeit hatte, meine Moderationen stundenlang vorzubereiten, konnte ich sie als Nachschlagewerke nutzen, ich konnte in ihnen lesen, wenn wir auf tagelangen Autofahrten unterwegs waren, aber sonst lehrten mich die Kriege ihre eigenen, ganz besonderen Wahrheiten und Bedingungen.

Und dazu benötigten sie nicht einmal ein Jahr, denn kaum war ich wieder in Kampala gelandet und stolz darauf, dass ich von David und Adam mit einem sehr warmherzigen Willkommen im Team begrüßt worden war, und kaum hatten wir drei weitere Filme produziert und ich ein Interview mit Idi Amin beantragt, erreichten uns News aus Angola und Mosambik gleichzeitig.

In beiden Ländern waren die Friedensbemühungen in neue Kämpfe, viel schlimmere als zuvor, umgeschlagen. Kriege, zwischen denen wir während der nächsten drei Monate hin- und herflogen. Geografien verschwammen in Strömen von Blut, in verbrannter Erde, in zerstörten Dörfern, in verminten Infrastrukturen. Ethnien lösten sich auf an der Missachtung sämtlicher Menschenrechte. Die Politik war nur mehr ein Vehikel. Es ging um Bodenschätze, um Landrechte, um Rache, um – Macht.

Wir kamen erst 1979 wieder nach Kampala zurück, als Julius Nyerere seinen Vernichtungskrieg gegen die Truppen Idi Amins begonnen hatte, mit dem einzigen Ziel, den ugandischen Diktator zu töten oder ins Exil zu treiben. Allzu oft hatten ugandische Truppen die Grenzen seines Landes überschritten, das war der pragmatische Grund. Der andere war die Menschlichkeit Nyereres, die es ihm verbot, das Mordregime Amins noch länger zu ertragen. Zwar hatten wir zwischenzeitlich von der Befreiung israelischer Geiseln in Entebbe berichtet, doch schien mit den Aktivitäten Tansanias ein Showdown in Uganda nah, und da wollten, sollten wir dabei sein.

Wie wenig glich die Hauptstadt Ugandas jenem Kampala, das wir vor ein paar Wochen erst verlassen hatten. Statt des üblichen Chaos, das hier Straßenverkehr genannt wurde, standen die Autos entlang den Straßen still. Es gab kein Benzin mehr, zumindest nicht offiziell. Etliche dieser Toyotas, Volkswagen und Mercedes waren ausgebrannt und so auch viele der kleinen Läden, die, wie an Perlenschnüren aufgezogen, die Innenstadt früher zu einer Art Shopping Center gemacht hatten. Andere Geschäftsleute hatten versucht, ihr Eigentum zu schützen, indem sie Fenster und Türen vernagelten, doch war die Wut eines Mobs offenbar so groß gewesen, dass auch diese Barrikaden die Plünderungen nicht behindert hatten.

Und überall lungerten Soldaten mit Maschinenpistolen im Anschlag herum. An der Kreuzung vor der Freitagsmoschee dann versperrte uns ein Armee-Jeep die Weiterfahrt. Typen in Kombathosen und olivgrünen T-Shirts, jeder eine Flasche Bier in der Hand, sprangen heraus, rissen die Türen unseres Autos auf und trieben Frederick mit Kolbenschlägen gegen Kopf und Schultern hinaus. Dann zwangen sie Adam, den Beifahrersitz zu verlassen, indem sie ihm eine Waffe an den Kopf hielten. Meine Tür hinter dem Beifahrersitz ließ sich nicht öffnen, ich hatte sie verriegelt, und jetzt klemmte sie. Wütend schlug einer der Soldaten so lange mit seiner AK–47 auf die Scheibe ein, bis sie zerbarst. Da war ich schon gegenüber an Davids Seite ausgestiegen, stand mit erhobenen Händen vor dem Auto und bemühte mich, den gebrüllten Befehlen einen Sinn zu entnehmen.

Noch war mir nicht klar, was hier passierte, noch schützte eine Art Schock meine Empfindungen, und deshalb trat ich dem Soldaten auch gegen das Knie, als er mich auf die Motorhaube warf und mir dabei an die Brust griff. Ein Riesengeschrei setzte ein, dann fiel der Schuss. Ich hörte das Geschoss sirren und in die Windschutzscheibe des Jeeps einschlagen. Roch den Geruch verbrannten Leders und spürte meinen rechten Arm nicht mehr. David warf mich gegen das Auto, rollte über mich hinweg und drückte mich auf die Straße. Dann lag er über mir. Schauer jagten über meine Haut, Galle sammelte sich in meinem Mund.

»Psst«, flüsterte David in mein Ohr. »Lieg still, sie haben ihren Kommandanten erschossen.« Jetzt verstand ich. Die mir zugedachte Kugel hatte den arroganten Typen im Jeep erwischt. Und jetzt würde man uns sicher dafür verantwortlich machen! Doch es geschah das Unerwartete: Sie fuhren davon, hätten uns zwar um ein Haar überfahren, waren dann aber weg.

Und jetzt spürte ich auch meinen Arm wieder. Aus der Wunde, die der Streifschuss in meinen Oberarm gerissen hatte, quoll das Blut. David hatte schon den Gurt von seiner Kamera geschraubt, riss den Ärmel meiner Lederjacke ab, dann den aus der Bluse und band den Arm über der Wunde ab.

Er setzte mich ganz vorsichtig ins Auto, Adam half Frederick hinein, und dann raste David am Steuer mit Vollgas los. Durch die Menge der Leute, die jetzt aus ihren Häusern herbeigelaufen kamen. Um zu sehen, was geschehen war? Um uns eventuell zu helfen? Nein. Um uns auszurauben! Sie rüttelten an den Türen, griffen ins Wageninnere, wollten an unsere Taschen, an die Kameras, versuchten Adam das Aufnahmegerät zu entreißen. Später erzählte mir David, wir hätten einen von ihnen mitgeschleift. Ich habe das nicht bemerkt. Mir ist von der Fahrt ins Hotel nur ein Schleier vorbeifliegender Fassaden in Erinnerung geblieben.

Nach unserer Ankunft im Sheraton muss jemand einen Arzt angerufen haben. Ich lag auf meinem Bett, als er eintraf. Adam und David hatten unseren Erste-Hilfe-Koffer schon aufgeklappt, Medikamente, Spritzen, Nadeln, Infusionen und Katgut lagen obenauf. David saß neben mir und wusch mir das Gesicht. Mir war kalt, ich hatte ziemlich viel Blut verloren. Der Arzt schloss mich an einen Glukosetropf an und gab mir eine Spritze.

Dann beugte sich David über mich. »Ulla, die Wunde muss genäht werden, aber ich will nicht, dass du ins Krankenhaus kommst.«

Jetzt erschien auch Adams Kopf in meinem Blickfeld. »Wir gehen nicht in diese Krankenhäuser«, sagte er. »Da sind wir nicht sicher und wissen auch nicht, welche Krankheiten wir dort bekommen können.«

»Ulla!« Jetzt hörte ich die Worte, die mich noch so oft begleiten würden, zum ersten Mal: »Ulla, du musst jetzt stark sein.«

Der Arzt verschloss erst den inneren Teil der Wunde, mit zwölf Stichen. Dann den äußeren, mit der doppelten Anzahl. Es tat so weh. Aber bewegen konnte ich mich nicht und auch nicht zucken. Dafür sorgten David und Adam und noch ein paar andere Kollegen.

Irgendwann in der darauf folgenden Nacht wachte ich auf, spürte die Schmerzen in meinem Arm und sah David in einem Sessel neben dem Bett sitzen. Er lächelte. »Na?«

Ich versuchte zurückzulächeln. »Hi.«

Er setzte sich auf mein Bett, nahm vorsichtig meine rechte Hand. »Welcome to the club! Jetzt hast du ja auch endlich eine Narbe zum Vorzeigen.«

Nun konnte ich weinen, konnte mein Entsetzen über das Geschehene artikulieren: »O David! Die haben mich angeschossen! Jemand hat versucht, mich zu töten!«

Und David, mein Kameramann, schon seit einem Jahrzehnt in

diesem Geschäft und bald darauf mein bester Freund, legte sich zu mir, hielt mich in den Armen und sprach leise auf mich ein. »Es ist nichts geschehen, was nicht jeder von uns schon erlebt hat. Die Gefahr ist ein Teil unseres Jobs, du hast bisher nur Glück gehabt.« Er begann die nicht wenigen Gelegenheiten aufzuzählen, in denen man uns in Angola für Südafrikaner gehalten hatte, für Feinde also. Erinnerte mich an den Hinterhalt in Mosambik, wo wir von einer versprengten Truppe der Renamo umstellt gewesen waren. Die Soldaten, alle noch Kinder, hatten seit Tagen nichts mehr gegessen, kein Wasser mehr getrunken. Adam hatte die Verhandlungen mit ihnen geführt, denn er sprach Portugiesisch, und so mussten wir nur unser gesamtes Geld abgeben, konnten Kameras und die Tonmaschine behalten. »Da waren wir kurz davor, erschossen zu werden, du hast es nur nicht gemerkt.« David drückte mich an sich, ich konnte nicht aufhören zu weinen. »Aber du lebst.«

Wir schliefen in dieser Nacht miteinander, leidenschaftlich intensiv, aber ganz ohne Aufregung, ohne Ekstase, ohne ein Wort. Wir küssten uns nicht, berührten uns kaum, sahen uns nur an und schliefen miteinander. Wir lebten.

Ich musste drei Tage im Bett bleiben. Hätte sowieso nicht umherlaufen können, weil ich vom Blutverlust noch viel zu schwach war. Aber ich wurde verwöhnt. Bekam alle Mahlzeiten aufs Zimmer gebracht, von immer wieder anderen Kollegen, und jedem musste ich versprechen, nie mehr nach einem Soldaten zu treten.

Nach und nach schienen alle mein Zimmer als Aufenthaltsraum zu nutzen. So erfuhr ich, wer wo seine Narben erhalten hatte. Nur wenige waren noch unversehrt. Es kursierte der Spruch, man könne an den fehlenden Narben erkennen, wer als Redaktionshengst arbeitet und seinen Hintern nie an die Front bekommt. War es etwa ein Privileg, verwundet worden zu sein? Mit steigendem Alkoholkonsum bröckelten dann aber die Fassaden, und dahinter lugte die Angst hervor, dass es beim nächsten Mal nicht bei einer Narbe bleibe.

David und Adam hatten ein zweites Bett neben dem meinen

aufstellen lassen. Darin schliefen sie abwechselnd. Weckten mich, wenn ich die Antibiotika einnehmen musste, halfen mir ins Bad, sorgten dafür, dass ich auch nachts viel trank.

Am vierten Tag dann, Adam wandelte gerade mit mir den Flur auf und ab, damit ich bald wieder allein gehen konnte, erschien David mit meiner Lederjacke. Ein Schneider hatte sie wieder zusammengenäht, und auch der Riss von dem Streifschuss war kaum noch zu sehen. »Ich habe ihm dafür deine Bluse geschenkt.«

Ich war gerührt. Doch David hatte noch eine Neuigkeit parat: »Du hast die Erlaubnis, Idi zu interviewen!«

»Was? Wer hat das denn eingefädelt?« Ich wäre nicht im Traum auf die Idee gekommen, die vor einigen Monaten verpasste Gelegenheit nachzuholen.

»Ich, per Fax, vor ein paar Wochen.« David kratzte sich den Kopf. »Erinnerst du dich, dass wir in Mosambik darüber gesprochen haben?«

Ja, jetzt fiel es mir wieder ein. Ich hatte Savimbi in Angola interviewt, war vorher bei Nelson Mandela auf Robben Island gewesen, hatte einen wunderbaren Nachmittag im Gespräch mit Julius Nyerere am Strand von Dar-es-Salaam verbracht und, zurück in Mosambik, Präsident Machel getroffen, bei dem gerade Leopold Senghor aus dem Senegal auf einem inoffiziellen Besuch zu Gast gewesen war. Ich hatte tolles Material gesammelt, hatte mit integren und honorigen Politikern – Savimbi nicht ganz eingeschlossen – gesprochen und von ihnen immer wieder den Namen eines Teufels in ihren Reihen vernommen: Idi Amin.

Und dieses Monster sollte ich jetzt besuchen. »Na, der kann was zu hören kriegen.«

David packte mich am Arm, am rechten.

»Aua, David!«

»Ja genau, du wirst deinen Mund halten, genau deshalb.«

Bevor wir noch am selben Tag zu dem Termin aufbrachen, nahm mich David noch einmal zur Seite. »Ulla, ich werde immer alles tun, um dich zu schützen. Lass mich aber nicht allein damit.«

Ich habe danach nie mehr aus Wut oder Sturheit reagiert.

Aus den Fenstern des Regierungssitzes Amins stank es nach Urin, nach Kot, nach Müll. Grinsende Soldaten mit schwarzen Sonnenbrillen lasen unsere Genehmigung gegen das Sonnenlicht. Dabei hielten sie das Blatt falsch herum. Dann blätterten sie wild in den Pässen, Seite um Seite, und danach steckte der mit den meisten Streifen auf dem Hemd alle unsere Papiere in seinen Hosenbund.

Na prima! David rückte einen Schritt näher zu mir. Ich konnte seinen warnenden Blick spüren. Keine Sorge, David. Ich hatte meine Lektion gelernt.

Ich blieb auch ruhig, als die Kerle mit der Leibesvisitation begannen. Ganz ausdauernd, ganz intim. Erst, als sie mir die Arme abtasteten, konnte ich nicht mehr still stehen. Ich zog die Jacke aus und zeigte ihnen meinen Verband. Sie bogen sich vor Lachen und klatschten sich auf die Schenkel, als ich ihnen die Ursache der Verletzung nannte.

Dann endlich führten sie uns in das Gebäude. Entlang den einstmals weißen Wänden zogen sich braune Streifen in alle Richtungen, Blut. Die Böden waren von Dingen bedeckt, die ich nicht näher anschauen wollte, Ratten stoben vor den schweren Stiefeltritten der Soldaten davon.

Und in irgendeinem Raum, wir waren gut zehn Minuten gegangen, trafen wir auf den Präsidenten Ugandas. Er lag auf einer Chaiselongue, deren Gobelinbezug in Fetzen herunterhing. Um ihn herum saßen nackte Frauen, wedelten ihm mit Fächern aus Pfauenfedern Luft zu. Er saugte an einer Wasserpfeife, die Augen geschlossen, das Gesicht unförmig aufgeschwemmt. Er schien total betrunken.

Ich schaute mich um. Die Soldaten, die uns hergebracht hatten, schlossen die Tür hinter uns, blieben aber selbst draußen. Ich trat vor. »Exzellenz!«

Der Koloss rührte sich nicht, rülpste nur laut.

David versuchte es: »Exzellenz!« Keine Reaktion.

Wir schauten uns an. Ich deutete mit dem Kopf zur Tür. David nickte, Adam befand sich schon auf dem Rückzug.

Doch da rührte sich der Mann. Öffnete die Augen, erhob sich

ein wenig, sank aber sofort wieder zurück, mit einem weiteren endlosen Rülpser.

Grundgütiger Himmel, nichts wie weg. Wir gingen rückwärts und ganz leise zur Tür, doch die ließ sich nicht öffnen. O verdammt!

David klopfte an das Holz. Ein Schlüssel drehte sich, der Kommandeur, der die Papiere an sich genommen hatte, stand vor uns.

»Seine Exzellenz schläft, da wollen wir ihn nicht stören.«

Er nickte. Wir schlüpften hinaus, holten tief Luft und rannten im Eilschritt die Gänge entlang. Draußen mussten wir warten, bis der Herr in Uniform uns eingeholt hatte, wir baten um unsere Pässe, erhielten sie ohne Theater, ließen ihm die nutzlose Genehmigung und preschten im Auto davon.

Nur eine Woche später belagerten tansanische Truppen das Regierungsgebäude Amins so lange, bis der Despot sich ergab und ins Exil nach Libyen ausgeflogen werden konnte. Wir wurden zu Filmarbeiten zugelassen, als der Palast des Diktators durchsucht wurde. Und wir haben die Folterkammern in den Kellern betreten, haben die Gerätschaften gesehen, die von unvorstellbaren Grausamkeiten zeugten. In den Ecken der Verliese stapelten sich Leichen und Skelette, achtlos aus dem Weg geschafft. Nicht wenige waren noch Kinder gewesen.

Wir sind danach sofort nach Nairobi gefahren, nonstop, mit tränenverschmierten Gesichtern und aufgebissenen Lippen.

Mein Flugzeug nach Rom ging noch am Tag unserer Ankunft dort, David flog nach London zu Frau und Kindern, Adam nach Madrid zu seiner Frau.

Als wir eine Woche später miteinander telefonierten, um unsere Rückkehr abzusprechen, wollte ich zum ersten Mal nicht zurück nach Afrika, wohl wissend, dass dieses Gefühl nicht ausschlaggebend für mein Tun war.

Ich hatte die Woche im Schoß meiner Familie in der Toskana verbracht. Ich wähle diese Worte mit Bedacht, könnte auch sagen: »unter der Kuratel meiner Familie«, doch wäre das nicht liebevoll genug, wenngleich anschaulicher. Denn in meiner Familie ist man nicht einfach, man wird besetzt, erst recht, wenn man so lange fort war wie ich – und dann auch noch im Krieg, Madonna! Und das in Afrika! Madonna!

Ich habe vier Großtanten, fünf Großonkel, fünfzehn Tanten, zweiundzwanzig Onkel. Wie viele Cousins und Cousinen es genau sind, vergesse ich immer, es müssen über hundert sein. Und fragen Sie mich nicht, wie viele Sprösslinge sie haben. Auch Enkelkinder liefen beim letzten Treffen schon viele herum. Sehr viele.

Denn der Stamm der Hralicka ist ein fruchtbarer, zumindest der italienische Zweig, der sich übrigens heute Flore de Toscani nennt – Bescheidenheit war noch nie eine Zierde meiner Familie. Was nicht heißt, dass bei Toscanis in Palästen residiert wird, nein, erdverbunden ist man geblieben, aber die Gutshöfe der *famiglia* sind trutzige Liegenschaften, mit riesigen Trakten aus Wohnzimmern, Küchen, Schlafgemächern, aus Gästewohnungen und großen Gebäuden für die Dienstboten, aus Pferdeställen und Tennen groß wie Dome, darunter weitläufige Gewölbe, wo Tausende Flaschen selbst gekelterten Weins lagern.

Dieser Reichtum entstammt den Ländereien, die fast ein Drittel der Toskana einnehmen. Ganz zu schweigen davon, dass den Toscanis ein Großteil der sardischen Barbàgia gehört. Dort weiden die Schafe der *famiglia*, in der Toskana ist man Oliven- und Weinbauer oder beides, oder man gehört Onkel Tonios Sippe an und versorgt halb Florenz und die Toskana mit Molkereiprodukten.

Niemand aus der Familie Hralicka hat je in Minimaldimensionen gedacht, auch die Güter des deutschen Zweiges waren nie klein, bis sie im Dritten Reich enteignet, aufgeteilt und ihre Besitzer in die Lager und Gaskammern geschickt wurden. Fast der gesamte deutsche Hralicka-Clan starb durch die Nazis, nur ein kleiner Teil schaffte es noch, in die Toskana zu fliehen und sich bei der dortigen Familie zu verstecken. Die hatte Deutschland schon während des Ersten Weltkriegs verlassen. Hatte damals schon die unterschwelligen Hasstiraden gegen Zigeuner und Juden richtig gedeutet.

Als dann Anfang der Vierziger der Wahn Mussolinis immer mehr dem Hitlers zu gleichen begann, verließen alle Toscanis ihre Anwesen und flohen nach Spanien, wo die Cortez, der andere Teil der Familie, ebenfalls in nicht ärmlichen Umständen lebte. Man konnte die Verwandten also leicht ein paar Jahre aufnehmen.

Noch im Mai 1945 aber kamen die Toscanis zurück, und es erscheint noch heute wie ein Wunder, dass ihre Besitztümer weder annektiert noch verwüstet waren. Heruntergekommen, ja, denn die zurückgelassenen Knechte hatten nicht das Geld für Instandsetzungsarbeiten gehabt, doch waren die Weinberge und die Olivenhaine in wenigen Wochen wieder produktionsfähig. Meine *famiglia* war die erste, die nach dem Zweiten Weltkrieg wieder Weine aus Italien in alle Welt exportierte.

Und jetzt sitze ich bei meiner Großtante Emilia in der Küche und trinke den Wein, den Onkel Pietro aus einem verborgenen Winkel des Kellers geholt hat. Es ist ein Shiraz, ein ganz seltener Wein in dieser Region, und sein Jahrgang ist 1955, mein Geburtsjahr.

Ich sagte ja schon, dass ich aufgrund eines Geburtsmals das Oberhaupt des gesamten Clans bin, und so hatten, als die Nachricht kursierte, dass die Nachfolgerin Tolius', meines Vaters, geboren war, alle Familienmitglieder irgendetwas zur Seite gelegt. Wie es bei Zigeunern Sitte ist.

Ein Teil dieser Schätze wurde mir bei der Beisetzung meines Vaters übergeben: kostbare Kreuze, uralter Goldschmuck, eine Truhe, über und über mit Elfenbein intarsiert, Stoffballen aus Seide, Damast und handgewebtem Leinen. Ich erhielt das Geschirr, das meine Urahnin auf dem Treck aus der Walachei westwärts nach Deutschland gebracht hatte und von dem an Feiertagen im engsten Familienkreis gegessen wurde. »Es ist aus der Erde unserer Heimat gebrannt«, sagte der Onkel, der mir die Kiste überreichte.

Danach stand seine Schwester vor mir. Sie trug einen großen, eckigen Gegenstand, eingeschlagen in einen Stoff mit grünroten Rauten, den Farben der Hralickas. Es war ein Buch, das sie mir übergab, gebunden in schweres Wildschweinleder, mit Seiten aus dickem, ungleich geschöpftem Papier. Das erste Blatt ist in großen Lettern beschrieben, mit Worten, die mir später als »Chronik der Familie Wothor des heiligen Peter von Hralicka, Anno Domini 1629« übersetzt wurden. Die folgenden Seiten sind bemalt, mit Federkiel, in verschiedenen Farben. Die Zeichnungen erheben keinen künstlerischen Anspruch, vielmehr sind sie als Aufzeichnungen gedacht, denn die Frauen – und wahrscheinlich auch die Männer – der damaligen Familie konnten nicht schreiben.

Ich habe dreihundertzwei Menschen – Kinder, Frauen und Männer – auf den Bildern gezählt: meine Stammfamilie. Eintausend Pferde, die Herde, die mein Urahn auf den Treck mitnahm. Zweihundert Schafe, einhundert Ziegen, vierzig zahme Bären. Die Knechte und Mägde sind nicht gezeichnet, es sei denn, meine Vermutung, dass die Striche auf der letzten Seite des Buches die Dienerschaft darstellen sollen, trifft zu. Demnach haben sich mehr als fünfhundert Bedienstete dem Treck angeschlossen.

Lange nach dem Tod der Frau, die diese Zeichnungen angefertigt hatte – ich nehme an, es war die Ehefrau des ersten Tolius, alle männlichen Oberhäupter des Clans trugen diesen Namen, und alle weiblichen hießen Zita, ich bin die Erste, die einen anderen Namen erhielt, wofür meiner Mutter Dank ausgesprochen sei –, bekommt die Chronik schriftsprachlichen Charakter. Es muss um 1800 gewesen sein, als der Clan endlich auch lesen und schreiben lernte.

Der Sage nach hatte man bis dato einen Gelehrten eingestellt, der für die schriftliche Kommunikation innerhalb des Clans zuständig war, der die Bücher führte und die Beschlüsse des Familienrates formulieren und verlesen musste. Denn einmal in Deutschland niedergelassen, verbreiteten sich die Hralickas vom Rheinland aus, wo unser Stammhaus stand, bis nach Bayern und Dänemark. Urkunden der Landkäufe – ein Großteil allerdings war einfach bebaut worden und wurde irgendwann dem Eigentum zugeschlagen – liegen noch heute wohl verwahrt in dem dicken Familienbuch. Das sich wiederum mit all den anderen Kostbarkeiten bei in der Obhut von Tante Emilia und Onkel Pietro befindet, in meinem Trakt ihres Hauses, dem Turm und dem sich anschließenden Flügel.

Hier bin ich groß geworden, Emilia und Pietro sind meine italienischen Eltern, und ich liebe sie ähnlich intensiv wie meinen Vater.

Es war nicht so, dass ich zwischen verschiedenen Pflegeeltern hätte wählen können, als ich damals in völlig derangierter Maskerade bei meinem Onkel Tizian in Florenz auftauchte. Seine Frau Petra stimmte sofort ein aufgeregtes Jammern an, was übrigens ein Markenzeichen des weiblichen Teils meiner *famiglia* ist, nahm mich in die Arme und ließ mich nicht mehr los. Aus dieser wunderbar dicken, warmen und gemütlichen Bastion heraus berichtete ich von meinem Entschluss, nie mehr nach Deutschland zurückzukehren, und als Grund dafür gab ich Differenzen mit meinen Eltern an.

»Puta«, kreischte Tante Petra und meinte damit meine Mutter, ihr entfuhren noch andere Worte, aber die verstand ich damals noch nicht. Was vielleicht auch besser war, denn obwohl Tante Petra und ihr Mann zur vornehmen Gesellschaft Florenz' gehören, merkt man ihr die familiären Wurzeln in einem echten Zigeunerclan an. Wenn ein Machtwort gesprochen werden musste, wurde dies sehr geradeheraus getan. Schon immer.

Noch am selben Abend, ich war mittlerweile gebadet, hatte einen Einkaufsbummel mit Tante Petra hinter mir und je eine Konsultation beim Friseur und bei der Kosmetikerin, trafen die anderen Onkel aus dem Hinterland ein, mitsamt ihren Frauen, die mich geradezu belagerten vor Mitleid darüber, was dem armen Kind geschehen war. Und, nicht zu vergessen: Ich war die Padrona! Wer sich jetzt meines Wohlwollens versichern konnte, dachten sie, der würde bei Familienentscheidungen in Zukunft sicher bevorzugt behandelt werden. Sie wussten ja nicht, dass ich mein Amt nie antreten, dass ich mich nie in ihre Angelegenheiten einmischen würde. Gesagt habe ich das übrigens nie, das erfuhren alle im Laufe der Jahre von Gelegenheit zu Gelegenheit. Als unerfahrene Göre, die ich bei meiner Ankunft in Italien noch war, ahnte ich nicht, dass sich einige Tanten und Onkel besonders gut mit mir stellen wollten, aber allzu überkandideltes Theater um meine Person ging mir schon damals auf die Nerven. Und so saß ich bald neben Tante Emilia, die meine Hand einfach mit ihrer bedeckt hatte und mich anlächelte, wenn ich zu ihr hinüberschaute. Also würde ich zu ihr und ihrem Mann ziehen.

Es dauerte ein paar Tage, bis mein Vater eingetroffen war, und nachdem er verfügt hatte, dass ich hier aufwachsen solle, saßen wir am Abend vor seiner Abfahrt noch zusammen. Nur er und ich.

Ich erzählte ihm, wie weh mir seine Erklärung getan hatte, er komme nur deshalb nach Hause, weil ich noch nicht groß genug sei, den Clan selbst zu führen. Ich sagte ihm, wie sehr ich ihn liebte, ich flehte ihn an, mir seine Liebe zu gestehen.

Aber er schwieg zu all dem und verfügte stattdessen: »Ich erwarte, dass du den Clan bald übernimmst, es ist deine Pflicht. Besonders, nachdem ich dir gestatte, hier zu bleiben. Es ist mir gleich, wo du wohnst, aber du sollst eine gute Schule besuchen. Ich habe alles mit der *famiglia* geregelt.« Er sagte noch viel mehr, doch ich habe vergessen, was. Es war so unwichtig, wichtig war nur sein Abschied, bei dem er mich in die Arme schloss und »Cara, ich liebe dich« flüsterte.

Dafür liebe ich seine Seele noch heute und hoffe mit jedem Tag, an dem ich an Marie denke, dass sie ihren Großvater im Himmel getroffen hat.

»Mamma«, ich hatte Tante Emilia und Onkel Pietro vom ersten Tag meines Zusammenlebens mit ihnen Mamma und Papà genannt, »Mamma …« Ich sprach nicht weiter, denn so sehr es mich drängte, ihnen von den getöteten Menschen in Uganda zu erzählen, mit ihnen darüber zu weinen, so sicher war ich mir zugleich, dass sie solche Nachrichten in den Grundfesten ihres Daseins erschüttern würden. Und eine solche Aufregung hatten sie nicht verdient.

Zwar waren sie noch nicht ein bisschen zerbrechlich, meine beiden Lieben, wie sie mir so gegenüber saßen, jeder ein Glas Wein in der Hand, Papà seine unvermeidliche Pfeife im Mundwinkel und Mamma nach Louisa, der Köchin, schielend, die sich an einem großen Topf mit Pasta zu schaffen machte.

»Louisa«, Mamma konnte es nicht mehr aushalten. »Du wirst alt, oder warum dauert es so lange, bis du einen Teller Pasta fertig hast. Sieh dir doch an, wie dünn unser Kind geworden ist, soll sie denn vom Stuhl fallen, während du noch herumtrödelst?«

»Mamma, bitte, ich kann nichts essen!«

Wie sollte ich essen können, mit den Bildern von madenbedeckten Leichen im Kopf?

Aber nichts essen zu wollen ist ein Fanal in der *famiglia*, ist etwas, das nicht stattfindet, basta. Und so musste Tante Emilia denn auch nichts sagen, sondern nur einen dieser Bände sprechenden Blicke in meine Richtung schicken.

»Was ist los?«, fragte Onkel Pietro, der mich die ganze Zeit über anschaute. Und dann fügte er hinzu: »Wie ist es in Afrika?«

Also erzählte ich ihnen von den grünen Weiten Ugandas, den fetten Wiesen und den tiefen, alten Wäldern. Ich malte mit Worten Bilder der Ansiedlungen aus Hütten, beschrieb die Menschen als liebenswert und gastfreundschaftlich, erzählte lustige Begebenheiten vom Zusammenleben der Journalisten unter doch manchmal obskuren Umständen und hätte mich noch stundenlang in Gemeinplätzen ergehen könne, wenn Onkel Pietro nicht plötzlich mit der Faust auf den Tisch geschlagen hätte.

»Und wie macht ihr die Filme von der Front?«

Na gut. Ich erzählte also auch von den Schwierigkeiten, die es immer gab, wenn wir in Hinterhalte gerieten, wenn unsere Pässe mit denen feindlicher Nationen verwechselt wurden und so weiter. Aber ich erzählte eigentlich nichts, und Onkel Pietro bemerkte das sehr wohl. Er sah mich unverwandt an und legte dann die Pfeife in den Aschenbecher. »Und was ist mit deinem rechten Arm?«

Himmel, ich schrecke noch heute zusammen, wenn ich an das Geschrei denke, das augenblicklich einsetzte, nachdem ich von dem Streifschuss berichtet hatte. Mein Onkel Pietro schrie, Louisa schrie, meine Tante schrie noch lauter, und schon eilten alle anderen Bewohner des Hauses herbei: noch mehr Tanten, Cousinen, Vettern und deren Anhänge, und alle erfuhren den Hergang meiner Verwundung, nicht von mir, ich kam nicht mehr zu Wort.

Ich konnte dem Tohuwabohu nur noch entnehmen, dass die Story immer wildere Züge erhielt, und hörte Onkel Pietros markigen Satz »Dafür habe ich das Kind nicht großgezogen!« gleich ein Dutzend Mal. Tante Emilia hatte mich um die Schultern gefasst, drückte mich vor lauter eigenem Schmerz so innig, dass ich fürchten musste, die Wunde breche wieder auf. Zwar war sie schon vernarbt, doch Mammas Umarmungen hält so leicht nichts stand.

Ich erspare Ihnen und mir die detaillierten Fortsetzungen dieser wunderbar italienischen Familiensaga, solcherart Dramen haben Sie ohnehin schon in diversen Filmen gesehen.

Am Ende der Woche aber waren alle Flore de Toscanis im Haus meiner italienischen Eltern versammelt, alle sollten, wollten sich anhören, was mir geschehen war. Ein Familientreffen, dem ich entfloh, indem ich Adam und David anrief, um mich mit ihnen in Nairobi zu verabreden, und das ich beendete mit den Worten: »Ich gehe zurück nach Afrika, basta. Übermorgen!«

David hat mich einmal zu mir nach Hause begleitet. Nach zwei Tagen raufte er sich die Haare, nach drei Tagen hatte er reiten gelernt, allerdings mit nur einem Ziel: dem einnehmenden Chaos der toskanischen Liebesbezeugungen wenigstens für ein paar Stunden aus dem Weg zu gehen. Aber wie er sie genossen hat! Und wie oft er mir von Mammas Pasti erzählte, wenn wir irgendwo im Dreck lagen und uns die Granatsplitter um die Ohren flogen. Und wie liebevoll er sich immer an ihre Umarmungen erinnerte und an die in Onkel Pietros Sessel verborgene Flasche Sambucca.

Dieser David, den ich drei Tage später, an seinem Geburtstag 1980, in unserem Büro im Chester House in Nairobi wiedersehe, sieht schlecht aus. Mit grauer Haut, roten Augen und noch dünner als zuvor erweckt er den Eindruck, als habe er die ganze Woche über nicht geschlafen. Auch Adam guckt traurig. Seine Frau ist schwanger mit ihrem ersten Kind, und natürlich hätte sie sich nichts so sehr gewünscht, als dass ihr Mann mindestens für das nächste halbe Jahr bei ihr geblieben wäre.

Aber unser Chef ist ganz kregel. Wie immer in eine stinkende Qualmwolke gehüllt – er raucht nur russische Zigaretten, weiß der Teufel, wie er den Nachschub organisiert hat – und den Gin der letzten Nacht noch süßlich im Atem, sortiert er die Telexe auf seinem Schreibtisch.

»Wir gehen jetzt nicht nach Uganda zurück, vergiss solche Ideen gleich!«

Er mustert mich überrascht, scheint zu überlegen, was ich denn zu sagen habe. Aber dann fällt ihm wohl ein, dass ich von London eingestellt worden bin, denn sein Gesicht nimmt einen interessierten Ausdruck an.

»Aha, aber wohin dann?« Er zündet sich eine Zigarette an der alten an. »Vielleicht in die Highlands zum Jagen?«

David dreht sich auf seinem Bürostuhl um. »Gibt es nur noch *einen* Krieg in Afrika? Ist ja toll!«

Ich schaue David an. »Wenn's nirgendwo brennt, möchte ich die Geschichte über die Kindertruppen in Mosambik machen.«

Er schiebt mir einen Packen Papier herüber, obenauf liegt ein Telex mit der Nachricht, dass die Unruhen in Liberia kurz vor dem Ausbruch zu einem Bürgerkrieg stehen.

»Lies auch das darunter.«

Ähnliches wird aus Togo berichtet, und in Nigeria sind wieder einmal Kämpfe im Norden ausgebrochen. Und in Côte d'Ivoire, der Elfenbeinküste, stehen Wahlen vor der Tür.

»Wir sollten wohl mal nach Westafrika, da …«

Gut, fliegen wir nach Lagos, doch der Clerk, der bei der nigerianischen Botschaft die Antragsformulare für unsere Visa holen soll, kommt mit der Nachricht zurück, dass zurzeit keine Aufenthaltsgenehmigungen erteilt werden.

Gut, fliegen wir eben nach Dakar und schauen selbst, wie wir von dort weiterkommen. Aber nach Dakar geht ein Flug erst wieder in zehn Tagen. Na, dann eben nach …

Ach, wir überlassen das *routing* unserem Chef und der Sekretärin, dazu sind sie da. Außerdem ist Rosy geübt darin, unsere Unterschriften zu fälschen. Wir drücken ihr unsere Pässe in die Hand und verabschieden uns nach Mombasa. Quartieren uns dort im feinen Nyali Beach Hotel ein, auf Kosten der Sender natürlich, liegen am Strand, lesen, fahren Wasserski, schnorcheln, essen und schlafen viel.

Und am zweiten Tag erzählt David dann, warum er so gestresst von zu Hause zurückgekommen ist. »Es war das Übliche, weißt du. Statt mit Tessa schlafen zu können, habe ich mich in Albträumen gewälzt. Bin schlafgewandelt und habe die Kinder verschreckt. Dabei wollte ich sie ständig umarmen, wollte Tag und Nacht mit ihnen kuscheln, aber sie kennen mich ja kaum. Haben ihren Vater seit ihrer Geburt vor fünf und zwei Jahren nur sporadisch gesehen, wissen nur vom Hörensagen, mit wem sie es zu tun haben!«

Er sprach von seinen Ängsten, dass seine Frau allmählich vergessen könnte, ihren Kindern von ihm zu erzählen, dass sie sich wohl auch bald nach einem anderen Mann umsehen würde. »Sie ist attraktiv, sie hatte seit ewigen Zeiten keinen Sex, sie hat keinen Mann. Sie muss alle Entscheidungen selbst treffen, lebt wie eine allein erziehende, allein stehende Mutter und Frau. Warum soll sie sich da noch an ein Phantom gebunden fühlen? An einen Typen, der hin und wieder nach Hause kommt, dann aber mit seinen Gedanken in Dreck, Krieg und Elend ist?«

In der Nacht, es war schon sehr spät, klopfte es an meiner Tür. Als ich sie öffnete, stand David vor mir. »Ich habe mit meiner Frau telefoniert. Bitte geh noch einen mit mir trinken.«

Er hatte ihr die Scheidung angeboten, aber sie hatte abgelehnt, wollte ihn, wie sie gesagt hatte, nicht aus seiner Verantwortung für sie und die Kinder entlassen. Nun wusste David gar nicht mehr weiter. Und ich konnte ihm auch nicht helfen, denn in solchen Dingen war ich damals noch sehr unerfahren.

Ich lernte den späteren Vater meiner beiden Söhne kennen, als wir nach drei Monaten von unserem Westafrika-Trip zurückkamen. Zwar hatten wir keine weltbewegenden Kriege erlebt, doch einmal mehr das schwarze hässliche Afrika. Das junge Männer, Kinder noch, so lange in Versammlungssälen zusammenpfercht und ihnen die Hasspropaganda irgendwelcher neuen politischen Emporkömmlinge, die sich übrigens alle demokratische Erneuerer nennen, eintrichtert, bis sie auf die Straße stürmen, voller Wut auf das Regime, das gerade an der Macht ist, eine AK–47 in die Hand nehmen und die nächstbesten Passanten erschießen. Warum? Weil sie keine Waffe tragen, demnach »Freiwild« sind.

Und dann wird diesen jungen Männern, Minderjährigen noch, ein nicht endender Nachschub an Rauschgift garantiert. Es gibt kein Kriegsgebiet in Afrika, wo nicht Marihuana und Haschisch zum Sturmgepäck eines jeden Soldaten gehören, wo nicht Kokain und Heroin auf allen Straßen offen gehandelt werden.

In Liberia erlebten wir, wie ein Schiff, das unter der Flagge Panamas fuhr, konfisziert wurde. Vor unseren Augen und den Augen aller Hafen- und Steueroffiziellen schafften Händler die Ladung, bestehend aus Waffen und Rauschgift, direkt zu ihren Ständen auf dem Markt an der Mole. Es dauerte nur drei Tage, bis das gesamte Kontingent verkauft war, und täglich kassierten die Eintreiber vom Finanzministerium den steuerlichen Anteil ab.

Viele dieser Waffen blieben im Land, es schien, als gehörten sie als Accessoire zum Ausgehen dazu wie andernorts ein Regenschirm. Nur waren ihre Träger kaum als Soldaten zu erkennen. Zwar bestand die Ausgehuniform der liberianischen jungen Männer aus Hosen im Militärlook, statt Jacken aber trugen sie blutbefleckte T-Shirts.

Auch war ihr Hang zu den abstrusesten Kopfdeckungen schon Legende. Einmal sah ich einen »Soldaten« mit einem Pipitopf aus rosa Plastik auf dem Kopf, ein Kollege berichtete von einem Jungen, der sich mit einer langhaarigen, blonden Frauenperücke schmückte. Andere trugen Strohhüte mit feinen Blüten an der Krempe, wohl eher gedacht fürs Picknick am Sonntagnachmittag. Nicht minder delikat waren die Schutenhüte der Mormonenfrauen auf den Köpfen der liberianischen Soldaten, und weiß der Kuckuck, wie der Imkerhut mit dem Gazenetz seinen Weg hierher gefunden hatte.

Oft genug sahen wir auch einige dieser Kreaturen Miniröcke tragen, mit Feinstrumpfhosen als modische Ergänzung. Und dazwischen immer wieder Kinder, die in einem Arm einen Teddy hielten, mit der anderen Hand eine AK–47 hinter sich herzogen. Was sich wie ein Panoptikum darbot, war jedoch in Wirklichkeit eine Bühne unmenschlicher Brutalität. Keiner der Kombattanten zögerte auch nur ein Sekunde, die Waffe zu gebrauchen.

Und so drückte mir eine dieser militärischen Karikaturen den Lauf seiner Waffe gegen die Wange, als wir am dritten Tag unserer Ankunft in Monrovia zum Fluss hinuntergingen.

»Was soll das?« Ich fragte höflich und mit deutlichem amerikanischem Akzent, doch die Antwort dieses Helden konnte ich beim besten Willen nicht verstehen.

Bald bekamen wir heraus, dass die Sprache in den Straßen der Stadt nur noch weit entfernte Ähnlichkeit mit der Sprache hatte, die die freigelassenen amerikanischen Sklaven nach ihrer Rückkehr nach Afrika und der Gründung ihres Staates Liberia gesprochen hatten. Es war eine Art Rap, mit Worten, die sich aus amerikanischen Slang-Begiffen und Fon zusammensetzten, einer Stammessprache Benins. Jenes winzigen Landes, nicht weit von Liberia entfernt im Westen, wo die Wiege des Voodoo steht.

Dass Voodoo sie beschützte, ihnen mit JuJus, den guten Geistern, zur Seite stand, daran hatten die jungen Soldaten Liberias keinen Zweifel. Ihr Glaube ging so weit, dass sich die Angehörigen einer der so genannten Elitetruppen vor jedem Kampf nackt auszogen. »The Butt Naked Brigade« brauchte keine schusssicheren Westen, keine Deckung, JuJus waren um sie herum.

Dass diese Kampfsitte in Westafrika uralt ist, dass sie von den Akidaba im Hochland von Togo und Benin noch heute bei ihren traditionellen Treffen demonstriert wird, war den Kämpfern in Liberia vielleicht nicht bekannt, ihrem Führer Samuel K. Doe aber wohl.

Der achtundzwanzigjährige Sergeant übernahm die Macht in Liberia Anfang 1980 und beendete damit die Ära eines der längsten Friedensprozesse in einem afrikanischen Land. Sergeant Doe befahl seinen Schergen, das Haus von Präsident William Tolbert in den frühen Morgenstunden zu stürmen. Er ließ es sich nicht nehmen, diesem Überfall beizuwohnen, und fand den Enkel eines freigelassenen Sklaven und damit Mitbegründers des Landes noch im Bett vor. Er selbst schnitt dem überraschten alten Mann die Geschlechtsteile ab und ließ ihn an Ort und Stelle neben seiner ebenfalls verstümmelten Frau verbluten.

Später, als ganz Monrovia ein paar Tage lang einem Hexenkessel glich – wir erinnern uns: Die keine Waffen tragen, müssen ermordet werden, weil sie ja offensichtlich nicht dem neuen Herrn dienen wollen –, wurde Tolberts Leichnam in ein Massengrab geworfen und ist bis heute nicht exhumiert und in Würden beigesetzt worden.

Das war gerade mal vor einer Woche gewesen, wir waren von Lagos mit dem Auto hierher gefahren, hatten an der Grenze mehrere tausend Dollar für unsere Visa bezahlt, und ich war afrikamüde.

Wir hatten von den Massakern an Christen im Norden Nigerias berichtet, waren auf den Straßen von Iwo durch Lachen von Blut gewatet, und ich hätte gern vor Hysterie geschrien, als ich an einem Abend ins Hotel zurückkam und mich im Spiegel der Halle sah. Ich war über und über mit Blutspritzern bedeckt, die sich wie Nebeltröpfchen auf meiner Jacke abgelagert hatten, auf dem Vorderteil meiner weißen Bluse, auf den Jeans und im Gesicht wie Sommersprossen.

Doch natürlich kreischte ich nicht, holte nur tief Luft und lief auf mein Zimmer. David folgte mir, nahm mich in den Arm, auch er sah nicht anders aus. Aber dann erblickte ich etwas, das noch viel schrecklicher war: Auf dem Kopfkissen meines Bettes lag eine Stoffpuppe, die mit Nadeln und Nägeln wild durchbohrt war.

Ein böser Gris-Gris, eine Voodoopuppe, die mich töten sollte.

Auch David war kreideweiß geworden, hielt mir aber den Mund zu, als ich dann doch schreien wollte. »Hör auf, ich glaube, ich weiß, was das bedeuten soll.« Er erzählte, dass die junge Dame an der Rezeption ihm bereits am ersten Abend auf sein Zimmer gefolgt war in dem Glauben, er sei einem Bubu-Stündchen nicht abgeneigt. Doch David *war* abgeneigt, und zwar deutlich, denn selbst wenn er irgendwann sexuelle Bedürfnisse verspürt hätte, die Angst vor Aids hielt fast jeden meiner Kollegen davon ab, dem Drang nach einer Affäre oder einem *one night stand* nachzugeben.

David hatte der jungen Frau seine Ablehnung eindeutig, aber freundlich klar gemacht, hatte ihr in der Bar ein paar Bier spendiert und war schlafen gegangen. Das heißt, er hatte schlafen wollen, doch Ouma, die wilde Empfangsdame, war mit dem Nachschlüssel in sein Zimmer gekommen und hatte so schnell neben ihm im Bett gelegen, dass David erst reagieren konnte, als sie schon eifrig zu Werke ging.

In dieser Nacht war David in mein Zimmer geflohen, ich erinnerte mich jetzt, und hatte darum gebettelt, in meinem Bett schlafen zu dürfen. Ein bisschen merkwürdig fand ich das damals, obwohl wir oft zusammenlagen und uns festhielten, doch weil wir gleich eingeschlafen und David am nächsten Morgen auch schon aufgestanden war, hatten wir nicht mehr darüber gesprochen.

Aber nun war die Maid davon überzeugt, dass ich Davids Bubu-Lady sei, und wie sie sich das so ausdachte, wäre er frei, wenn ich das Zeitliche segnete.

Toll, als würden nicht schon genügend wild gewordene Krieger meinen Tod billigend in Kauf nehmen! Jetzt stellte mir auch noch eine liebestolle Nigerianerin nach.

Klar, dass ich in dieser Nacht in einem anderen Hotel schlief und dass wir am nächsten Morgen unsere Zelte in Nigeria abbrachen. Wir ließen uns von Missionaren auf der Ladefläche des Pick-up bis nach Lagos mitnehmen, kauften einen gebrauchten Toyota und fuhren los.

Ich war nicht nur afrikamüde, ich fühlte mich auch physisch wie ausgewrungen. Seit Tagen schon war ich nur erschöpft, und mir war klar, dass ich krank sein musste. Doch da ich weder Schmerzen noch Fieber hatte, tat ich so, als ginge es mir gut.

Ich verstand den Kerl, der mir an der Brücke des Pô River den Lauf seiner AK–47 in die Wange bohrte, noch immer nicht. »Passpo!« Wir gaben ihm unsere Pässe, dick wie Bücher durch die vielen Visa und Zusatzgenehmigungen, die immer auf gefalteten DIN-A4-Bögen erteilt und in den Pass eingeheftet werden. Unglücklicherweise machte es dem kontrollierenden Soldaten Spaß, diese Seiten einzeln herauszureißen und in den Dreck fallen zu lassen.

»Stop that fucking shit and tell me what you want, you son of a bitch!« Ich kochte, bückte mich, um die Papiere wieder einzusammeln. Da fühlte ich das Metall des Laufs in meinem Nacken, aber jetzt fingen David und Adam zu schreien an. Was um Himmels willen er denn wolle?

Nun: unsere Woabimbim, Hat-hat-hat, mein Haffmudsoerrt, Davids Peppgobat und natürlich alle Dollaris. Verstanden? Unsere Uhren, meinen Hut, mein Hemd, Davids Sonnenbrille und das Geld. Und das Gewehr hatte er noch immer nicht heruntergenommen.

Wir sind aus dieser Geschichte nur herausgekommen, weil ich mich weigerte, auf der Straße mein Hemd auszuziehen. Also ging der junge Mann mit ins Hotel, führte mich *on gunpoint* durch die Halle – von den Gästen und Huren guckte nicht einer hoch – in mein Zimmer, schaute mir zu, während ich mich auszog, und nahm das Hemd entgegen. Freudestrahlend, als sei er der netteste Junge der Welt. »Thank you, Missis!« Da bat ich ihn zu gehen, und er ging.

Als ich mich wieder angezogen hatte und wir den Weg zum Po River erneut antraten, sahen wir ihn auf der anderen Straßenseite stehen. Er winkte uns mit seiner Knarre zu, hatte sich das Hemd als Turban um den Kopf gebunden.

Samuel K. Doe, seit jenen Tagen der neue Präsident Liberias, verwandelte das ganze Land innerhalb weniger Jahre in eine Mördergrube nach dem Vorbild Monrovias. Bis er Weihnachten 1989 gestürzt und von den Truppen des Rebellenführers Charles Taylor brutal ermordet wurde, beherrschten die Jugendlichen- und Kindertruppen das Gesamtbild des Landes. Alle bis an die Zähne bewaffnet, alle vom Rauschgift betäubt.

Mit dem Einmarsch Taylors, den wir übrigens beobachten konnten und worüber wir auch News produzierten, wechselten nur die Soldaten; ihre Aufmachungen, ihre Verhaltensweisen waren denen ihrer Vorgänger unverändert ähnlich. Taylor, der aus Côte d'Ivoire kam, sollte ein halbes Jahr später durch den neuen Präsidenten Liberias, Amos Saywer, ersetzt werden. Doch der, Akademiker und gänzlich unmilitärisch, hat bis heute nicht einmal ganz Monrovia unter seine Verwaltung gebracht, Taylor aber beutet die reiche Gummiindustrie weiter aus, mit Waffengewalt.

Aber unsere Reise war noch nicht zu Ende. In Togo sollten Wahlen stattfinden. Die Gewerkschaften hatten aufgerufen, den Oppositionsführer Koffigoh zu wählen, die Nationalversammlung war aufgelöst, und die PFT, die Partei der Frauen Togos, stellte zum ersten Mal in der jüngeren Geschichte Afrikas eine Frau als Kandidatin für die Wahlen zur Präsidentschaft auf.

Sie hieß Hélène d'Artagnion, gehörte zur legendären Klasse der Mama Bensi, jenen schwerreichen Händlerinnen, die den gesamten Handel Westafrikas noch bis vor zehn, fünfzehn Jahren kontrollierten. Die zusammen ganze Flotten von Lastwagen besaßen, Schiffe und sogar Flugzeuge und die mit Hilfe dieser Transportmittel ganz Westafrika mit allem Lebensnotwendigen, aber auch mit allem Luxus versorgten. Das Markenzeichen dieser bewundernswerten Frauen war der Mercedes Benz, den sie zu ihren Kontoren entlang den Märkten selbst chauffierten, dessen Steuer sie allerdings anlässlich repräsentativer Angelegenheiten einem Fahrer überließen. Vorzugsweise einem weißen.

Ich lernte in diesen Tagen in Benin eine Hand voll weißer Fahrer kennen, allesamt ehemalige Legionäre, Franzosen oder Belgier, und allesamt von den Mamas so gut bezahlt, dass sie ihren auch nicht mickrig besoldeten Job als Guerilla gern an den Nagel gehängt hatten. Einige waren zusätzlich auch die Lover ihrer Chefinnen, offiziell übrigens, neben den Ehemännern, die sich aber nur an der Seite ihrer Gattinnen blicken lassen durften, wenn es irgendein wichtiges Protokoll vorschrieb.

Nie traf ich in meinem ganzen Leben stärkere Frauen als diese Mama Bensi. Jede Einzelne war ein Bollwerk aus Stolz, aus Klugheit, aus Schläue, aus Unbeugsamkeit. Aus Selbstbewusstsein, aus Herzlichkeit, aus wunderbar pointierter Arroganz, aus ehrlicher Gastfreundschaft. Sie alle waren trinkfest, wohlgenährt und sehr schön in ihren bunten, schillernden Kleidern und Turbanen. Sie stellten die Projektion des echten, des unverfälschten Afrika dar.

Keine von ihnen nahm sich trotz ihres Reichtums je so wichtig, wie es selbst der missgebildetste, dümmste und ungewaschenste Mann Afrikas aus Gewohnheit tut. Und sie wären nie auf die Idee gekommen, dass ihr Imperium einem unattraktiven, nicht einmal intelligenten Mann zum Opfer fallen würde. Gnassingbé Eyadéma. Er kam an die Macht, nachdem seine Kontrabanden erst den Oppositionsführer getötet hatten und dann Hélène d'Artagnion.

Ein paar Tage zuvor noch hatte sie Adam ernsthafte Avancen gemacht. Unser Dicker nahm nämlich allmählich Formen an, die ihn für den Posten eines afrikanischen Politikers oder des Ehemannes einer reichen Frau prädestierten. Dick sein heißt reich sein in Afrika, und nur wer reich ist, ist angesehen, kann somit also das Amt des Chief oder eines anderen Machtträgers auf der politischen Bühne bekleiden. Dass Adam für Hélène zum Objekt der Begierde wurde, hatte allerdings pragmatischere Gründe: Da er schon fett war, brauchte sie ihn zum Vorzeigen nicht mehr zu mästen.

Eigentlich, sagte sie an diesem Morgen in ihrem Büro am Grand Marché in Lomé, eigentlich habe sie ganz am Anfang ein Auge auf David geworfen. Seiner langen rotbraunen Haare wegen. Doch sei dieser Mann ja so dünn, damit würde sie sich nur blamieren! Außerdem habe sie bemerkt, dass David mich liebe, und weil sie mich möge, wolle sie sich nicht einmischen.

Ich lachte, und David lachte, Adam hingegen wurde immer stiller. Er musste sich aus der Falle Hélène herausreden, obwohl wir noch lange der Meinung waren, dass sie mindestens eine Nacht miteinander verbracht hatten. Und das bestimmt nicht keusch.

Ich habe David nie gefragt, ob er mich liebe, später hat er's mir einmal von sich aus gesagt. Doch damals wollte ich seine Antwort gar nicht wissen. Eine Antwort, die, wie er mir bei einer anderen Gelegenheit gestand, nein gelautet hätte, denn auch er war sich der Ausweglosigkeit einer solchen Beziehung bewusst. Hätten wir als Liebespaar in Bunkern hocken sollen? Mit noch mehr Angst umeinander, als uns ohnehin schon quälte? Romeo und Julia im Kugelhagel? Karen Blixen und Denys Finch-Hatton zwischen den Fronten?

Und wo hätten wir unsere Liebe vollzogen? Während der nächtlichen Ausgangssperren, in Hotels mit Wänden aus Karton, wo alle angekleidet schlafen und die Türen zu ihren Zimmern offen lassen, um im News-Fall schnell auf der Straße sein zu können? Oder unterwegs, auf dem Rücksitz des Autos, während wir Adam und den Fahrer zum Spazierengehen geschickt hätten?

Im Übrigen muss man in unserem Job den Kopf frei haben, ganz. Liebesgeschichten verwirren nur, kurze Affären allenfalls waren die Abwechslung in unserem meist irrwitzigen Alltag. Wobei ich an der Front nie eine Affäre hatte und auch nicht in den weißen Communities der afrikanischen Großstädte.

Bis ich Sam einmal auf exakt einer solchen Party traf, bei der sich meine Kolleginnen und Kollegen zur Abwechslung ihre kleinen Bettgeschichten suchten.

Doch davon später, schließlich waren wir immer noch in Togo und versuchten gerade, aus Adam herauszubekommen, ob er nun die letzten drei Nächte mit der schönen Hélène verbracht hatte oder doch.

Da rief der Mann von der Rezeption an und bat mich, in die Halle zu kommen. Ich sah Angelique schon von weitem. Sie war so groß wie ihre Mutter Hélène, ging so aufrecht und stolz. Aber sie weinte, nahm gleich meine Hand und sagte: »Maman ist tot, sie wurde vergiftet. Die Polizei verdächtigt Adam, das getan zu haben. Er war letzte Nacht bei ihr, mein Vater hat das zu Protokoll gegeben. Ihr müsst sofort das Land verlassen!«

Sie griff in den Ausschnitt ihres Kleides, zog einen mehrfach gefalteten Brief heraus, den sie mir blitzschnell in die Hosentasche steckte. »Schnell, verschwindet!«

Wir haben das Hotel innerhalb der nächsten halben Stunde verlassen. Rasten, ohne anzuhalten, bis zur Grenze Benins.

»Ich mach das hier!« Ich nahm alle Pässe und merkte, wie nervös ich war. Wir hatten nur ein *single entry permit* für Benin gehabt, und das war mit unserer Ausreise nach Togo abgelaufen.

Doch ist Afrika auch in Westafrika Afrika, und amerikanische Dollars sind die Stempel der Einwanderungsbehörden. Es kostete uns dreihundert Dollar Schmiergeld pro Visum, hundert Dollar für das Auto – und jetzt noch zweihundert Meter fahren: Wir waren in Sicherheit.

Wir suchten sofort die französische Botschaft auf, bekamen vom Botschafter selbst Zimmer im Club vermittelt, und dann holten wir tief Luft.

Wir erzählten ihm von unserem Tag, er hatte schon von den Ereignissen gehört. Von dem Mord an Hélène d'Artagnion, von dem Gemunkel um ihren weißen Liebhaber, aber auch von den sich verdichtenden Gerüchten, die besagten, dass die Präsidentschaftskandidatin vom selben Konkurrenten aus dem Weg geräumt worden war wie der ebenfalls dahingeschiedene Oppositionsführer. »Aber macht euch keine Sorgen«, sagte der Botschafter, »hier in Benin seid ihr sicher.«

Ich kannte dieses kleine Land Westafrikas schon von früheren Besuchen, hatte hier mit einem Kameramann des japanischen Fernsehens Voodoorituale filmen dürfen, war mehrmals ganz nah an die unglaublich intensiven Zeremonien herangekommen. Hatte mit vielen Voodoun gesprochen und den Hohen Priester des Voodookultes mehrmals getroffen. Er hatte mich auch gewarnt: »Du musst aufpassen, Voodoo hat es auf dich abgesehen.« Und er hatte die Hand gehoben: »Doch hüte dich, oder du wirst ihn immer in dir tragen müssen.« Er hatte mich zu dem Priester gewiesen, der mir die Statuen Mama Watis geschenkt hatte.

Und nun las ich in Hélènes Brief die gleiche Warnung: »Pass auf dich auf, Voodoo will dich.« Ich habe ja schon erwähnt, dass ich abergläubisch bin, geprägt von Zigeunerritualen und ohnehin von der Existenz fremder, starker Mächte überzeugt.

Ich fühlte mich immer noch krank, vielleicht hatte ich Voodoo ja durch irgendetwas erzürnt. Mir schmeckte sogar mein sonst heiß geliebtes Poulet Sassa nicht mehr, und ein Avocado-Sandwich, wofür ich vor kurzem vom Grande Place in Cotonou die vier Kilometer bis zur Brücke gelaufen war, konnten David und Adam mir noch so lange vor die Nase halten – ich hatte nicht die geringste Lust, es zu essen.

Ich konnte überhaupt nichts mehr essen, geschweige denn ein Bier trinken. Wo mich doch schon der Geruch von Alkohol zum Würgen brachte.

Dann brach die Malaria aus, eine schlimme Tropica. Ich lag drei Tage mit Fieber über vierzig Grad im Bett, biss mir in den Schüttelfrostkrämpfen die Innenseiten meiner Wangen blutig, übergab mich während der Fieberschübe, die so stark waren, dass meine Haut wie Papier austrocknete und riss. Ich delirierte stundenlang, konnte aber die Medizin und das Wasser, das David mir einflößte, kaum bei mir behalten.

Erst am dritten Tag begannen die Quinintabletten zu wirken, nach weiteren drei Tagen war ich über dem Berg, nach weiteren drei Wochen aber immer noch klapperdürr, müde und angeschlagen.

Adam, der inzwischen eine Zeit lang zu Hause verbracht hatte, um seinen neugeborenen, ersten Sohn kennen zu lernen, war hocherfreut zu hören, dass wir gleich nach seiner Ankunft wieder zurückreisen würden.

Der Rest dieser Geschichte ist schnell erzählt: In Nairobi angekommen, fuhr ich sofort in die Klinik von African Air Rescue, und dort diagnostizierte der Dienst habende Arzt, ein wirklich schöner, blonder Mensch, eine schwere Hepatitis. Ich wurde unter Quarantäne gestellt, und als man mich ein paar Wochen später wieder aus der Klinik entließ, waren der wirklich schöne, blonde Arzt und ich verlobt.

David konnte Robert von Anfang an nicht leiden, Adam guckte durch ihn hindurch, und ich war verliebt.

Und dann sollten wir in den Südsudan fahren, aber ich wollte nicht mehr in den Krieg, in den Dreck, in die Hölle. Ich wollte heiraten, Kinder bekommen, eine gute Mutter und Ehefrau sein – was da in mir vorging, habe ich schon an anderer Stelle erzählt. Also kündigte ich – es war im Mai 1987 – und redete mir ein, Robert sei der Mann meiner Träume.

Dabei war er ein Langweiler im Bett, konnte nicht zuhören, zeigte keinerlei Interesse an meinen Berichten aus dem Rest Afrikas und wanderte mit seinem Bettzeug ins Gästezimmer, während ich mich durch meine Albträume quälte.

Tante Emilia, Onkel Pietro und die gesamte übrige *famiglia* reagierten auf ihn noch ablehnender als David. Und mein Vater? Ach, mein Vater schaute ihn über die Ränder seiner Brille an wie ein Insekt. Nicht einmal ein besonders ekelhaftes, sondern einfach nur wie ein Insekt.

Vielleicht hätte ich über unsere Heiratspläne ja noch einmal nachgedacht, wenn alle ein bisschen weniger hässlich zu Robert gewesen wären? Wenn ich ihn nicht deshalb hätte in Schutz nehmen müssen?

Unsinn, Ulla Ackermann, auch diesen Schuh musst du dir anziehen: Du wolltest Kinder, da war dir der Mann egal. Warum du ihn aber heiraten musstest, das wissen die Götter.

Ja, und sie sandten mir drei Jahre, diese Tat zu bereuen.

Ich hatte meinen Job aufgegeben, denn als Mutter treibt man sich nicht in Kriegen herum, zumal der Mann ja jetzt die Familie versorgen würde. Wir waren nach Deutschland gezogen, hatten uns dort in einem viel zu teuren Haus niedergelassen, brauchten zwei Autos, gaben splendide Partys, aber die angebliche Stelle für Robert in der noblen Bonner Privatklinik wurde einfach nicht frei.

Und war auch nie vakant gewesen, wie ich bei einem Telefongespräch mit dem Chefarzt erfuhr. Überdies hatte man meinen Mann dort noch nie gesehen. Merkwürdig. Und unser Geld wurde immer knapper. Schwiegereltern zum Anpumpen gab es nicht, also nahm ich meinen Vater zur Seite, der uns besuchte, um seinen ersten Enkelsohn zu feiern. Danach verging kein Monat, bis Robert eine

Stelle in einem Krankenhaus zur Verfügung stand, doch zufrieden mit der Situation war nur ich. Dass ich kurz darauf schon wieder schwanger war, kam wirklich überraschend. Schließlich stillte ich noch, und sollte frau in diesem Zustand nicht unfruchtbar sein?

Gyjian war gerade geboren, als Robert begann, seine Arbeit in der Klinik systematisch abzuwerten. Zunächst bemerkte ich nichts, von Säugling und Schwangerschaft völlig in Anspruch genommen, doch als immer häufiger der Begriff »nach Schweden auswandern« fiel, stellte ich ihn zur Rede. Ja, er wolle weg.

Gut, dann ziehen wir nach Italien.

Nein, schrie meine *famiglia* unisono. Komm nicht mit diesem Mann hier an! Komm mit den Kindern, für immer, aber nicht mit diesem Mann!

Okay, dann ziehen wir nach Kenia. Das kenne ich, dort ist es schön warm, dort will ich leben.

Bist du sicher?

Ja.

Und da waren wir dann, als Robert uns wegen der Golfspielerin aus dem Rift Valley verließ, als ich, von postnatalen Hormonschüben geknechtet, schreckliche zweiundneunzig Kilo wog und feststellte, dass sich unser Konto auf den Nullpunkt zu bewegte und ich kein Auto mehr besaß und dass auch meine Schecks aus dem Schreibtisch, meine Notreserve, verschwunden waren.

Der Kontakt zu David und Adam war nie abgebrochen, beide arbeiteten noch bei der CBT. Als ich David an meinem persönlichen D-Day anrief, sagte er nicht viel, außer: »Ich komme morgen.«

Er brachte einen Vertrag mit, vom Big Boss schon unterschrieben, und schlug vor, wir sollten uns in Kenia nach ein paar guten Themen umsehen, bis ich wieder fit genug sei für tagelange Autofahrten, für Nächte in Bunkern, bis ich es ertragen könne, nichts zu essen zu haben, bis ich in der Lage sei, meine Kinder allein zu lassen.

Der Liebe, er sagte nicht einfach: »Bis du wieder menschliche Formen hast.«

Er saß lange mit Amira, Rasmus und Julian zusammen, wir gaben eine Riesenparty für meine Nachbarn, Julian musste den Führerschein machen, und ich gewöhnte mich daran, dass es in Kenia gang und gäbe ist, schon Zweijährige für ein paar Stunden morgens in den Kindergarten zu schicken.

Ich hatte ein halbes Jahr Zeit, meine Söhne und mich an das neue Leben zu gewöhnen, abzunehmen und mich wieder auf die Fratze Afrikas gefasst zu machen. Dann brach der Krieg in Somalia aus.

Und dorthin sind wir auch heute wieder unterwegs.

Muhamed holt uns ab. Die Einreiseprozedur geht nur mühsam über die Bühne. Es ist unglaublich, welchen Amtsschimmel die United Nations hier schon aufgezäumt haben. Da kommt man in ein vom Krieg zerrissenes Land, und die da kommen, sind sowieso nur Journalisten und Mitarbeiter der Uno, und doch werden am Flughafen auf einmal Genehmigungen verlangt: für die Ein- und die Ausreise. Wir müssen uns bei den UN-Leuten abmelden, und sie gestatten es uns, abzufliegen. Wir müssen uns wieder anmelden, und sie gestatten es uns, in den Krieg zurückzukehren. Es ist bizarr.

Der Typ in dem neu geschaffenen »Reisebüro« wendet meinen Pass hin und her, schlägt jede Seite einzeln und ganz akkurat um und sagt dann: »Sie haben kein Visum, Sie dürfen nicht einreisen.« Hahaha, wir lachen laut los: »Ulla darf nicht einreisen, wie toll! Fliegen wir alle wieder zurück, der Krieg ist zu Ende!«

Der Milchbart mit dem blauen Käppi guckt indigniert. Ich nehme ihm den Pass aus der Hand, öffne die letzte Seite und werfe ihm das Ding zurück auf den Tisch: »Da! Eine ganze Seite *multiple entry visa*, gültig bis 1995. Länger wird's ja wohl nicht dauern, oder?«

Verdutzt schaut er in den Pass und blättert wieder darin herum. Was denn jetzt noch sei?

Er suche Platz für den Einreisestempel. Einreisestempel? Die UN will uns die Einreise nach Somalia amtlich genehmigen? Hat die UN das Land besetzt? Ich greife über den Tisch, nehme unsere Papiere und gehe. Hier läuft ja allmählich einiges aus dem Ruder.

Auf der Landebahn kommt gerade eine Maschine der Kenya Airways zum Halten. Neben der Tür das Emblem der Vereinten Nationen, das Flugzeug ist also gechartert, um Soldaten und UN-Offizielle vom Urlaub an der kenianischen Küste zurückzubringen. Und tatsächlich: Ein Minibus startet am Flugfeldrand, fährt vor die Gangway und nimmt die Ankömmlinge auf, um sie die hundert Meter zum Terminal zu transportieren.

Ich sehe meinen Kollegen Danny von der »Washington Post« dort aussteigen. Er war eine Woche lang in Nairobi gewesen, kommt jetzt kopfschüttelnd auf uns zu. »Vor der Landung hat die Stewardess ins Mikrofon gesagt, dass sie uns einen angenehmen Aufenthalt in Mogadischu wünscht – ich kann nicht mehr!«

Da wärmt mir der Anblick Muhameds doch das Herz. Er gehört wenigstens hierher, und wenn er und seine Kumpane Kontrolle ausüben wollen, dann haben sie dazu eher das Recht als ein Haufen Bürokraten der United Nations, die den Flughafen von Mogadischu als UN-Zone deklariert haben.

Auf der Fahrt in die Stadt wird mir einmal mehr klar, wie sehr sich ihr Bild in den vergangenen drei Jahren verändert hat. War ihre Topografie anfangs noch anhand der schnurgeraden Häuserschluchten zu erkennen gewesen, an dem Konglomerat kleiner Bürohäuser in Marktnähe und an den Anlagen der Docks im Hafen, so liegt diese Ordnung jetzt in einem Chaos aus zusammengeschossenen Häuserwänden, von Bombenkratern zerstörten Straßen und meterhohen Bergen Schutt und Geröll begraben.

»Worum wird hier eigentlich noch gekämpft?« Danny, David und Adam schauen mich an – und dann wieder hinaus. Ich wollte ohnehin keine Antwort, ihr Blödmänner.

Zwei Kreuzungen vom Hotel Al-Sahafi entfernt blockiert ein quer gestelltes Auto die Straße. Muhameds Taxi, das vor uns fuhr, hatte noch passieren können, dann war der verbeulte Toyota auf die Fahrbahn gerast, und jetzt sitzen wir fest.

Sie sind zu fünft, tragen alle eine AK–47 im Anschlag, und ihre Patronengurte sind rundherum mit Handgranaten verziert. Sie wollen unsere Kameras, die Tonmaschine, Dannys und meinen Laptop und meine Armbanduhr.

»Nein, ich bin schon zwei Armbanduhren an Typen wie euch losgeworden! Jetzt reicht's. Ihr habt selber welche!«

Verglichen mit anderen Überfällen sind solche Vorgänge in Somalia fast angenehm – natürlich nur, solange nicht geschossen wird. Denn mit somalischen Räubern kann man reden, argumentieren, und man kann sie eventuell davon überzeugen, sofort das Geld für den Wert der Dinge anzunehmen. Denn wir würden die Kameras und die anderen Gegenstände ohnehin gleich wieder auf dem Schwarzmarkt zurückkaufen. Doch diese Jungs wollen nicht mit sich handeln lassen, nur auf die Uhr können sie verzichten. Freundlicherweise teilen sie uns auch noch mit, wann ihre Beute auf dem Markt ankommen werde, dann können wir weiterfahren.

Über den Zwischenfall regt sich keiner auf, selbst Muhamed nicht. Gleich nach der Ankunft vor dem Hotel fahren er und David mit den beiden anderen an den Kai.

Frank sitzt schon an der Bar und trinkt etwas, das wie Wasser aussieht, aber wie Wodka riecht, und ich bekomme einen ganzen Packen Post, Faxe und Memos von Telefonanrufen in die Hand gedrückt.

»Something urgent?«

»Yes, Ulla, from your office.«

Es handelt sich um eine Meldung, die vage besagt, dass Unruhen in Ruanda ausgebrochen seien, dass die belgischstämmige Bevölkerung das Land verlassen werde.

Frank hatte Gott sei Dank erst einen Wodka intus, und so sind David und ich eine Stunde später, während Adam in Mogadischu die Stellung hält, unterwegs nach Kigali.

IN DER HÖLLE

Bis zum April 1994 glaubte ich, alle Kriege seien gleich: Menschen werden ermordet, Besitztum wird vernichtet und Land unbewohnbar gemacht. Das war, bevor ich die Variante Ruanda kennen lernte, einen Völkermord, der sich in solch unvorstellbarem Grauen darstellte, dass selbst meine diesbezüglichen Erfahrungen aus Uganda, dem Sudan und Angola in den Schatten gestellt wurden. Gewaltsam zu sterben, wie in allen Kriegen, ist ein Sache, in den Tod gequält zu werden, wie in Ruanda, eine andere.

»Verglichen mit Ruanda ist Somalia ein Picknickplatz«, sagte Peter Peersson, ein Kollege aus Schweden, bevor er, erst drei Wochen in Ruanda, Afrika für immer verließ. So treffend sein Resümee war, so unzulänglich bleibt jeder Versuch, das, was in Ruanda geschah, zu beschreiben.

Innerhalb weniger Tage nach unserer Landung in Kigali wurde ich Zeuge eines Albtraums, mit dem mich selbst meine schlimmsten Vorstellungen bisher verschont hatten. Durch nichts war ich darauf vorbereitet, dass Menschen in der Lage sind, andere Menschen mit solch unvorstellbarer Grausamkeit zu quälen.

Hier in Ruanda schlachten die vom Stamme der Hutu die vom Stamme der Tutsi. Den Milizionären des gestern ermordeten Präsidenten Juvénal Habyarimana steht dafür ein Waffenpotenzial zur Verfügung, das so unüberschaubar groß ist, dass man mit der Einschätzung wohl richtig liegt, es müsse aus ganz Afrika zusammengekommen sein. Seit Monaten brodelt es in Kigali, der Hauptstadt des Landes. Seit Jahren schon, seit der 1992 geschlossene Friedensvertrag zwischen der Regierung und der Rebellenbewegung RPF (Ruandische Patriotische Front) nicht umgesetzt wird und stattdessen Todesschwadrone des Präsidenten und seiner Familie die Bevölkerung durch permanente Bedrohungen und Morde verunsichern.

Hundert Jahre alt ist die Feindschaft zwischen Hutu und Tutsi, den Bewohnern der beiden ehemaligen Königreiche Ruanda und Burundi. Ursprünglich hatten die Hutu, deren Existenz im Land der großen Seen seit zweitausend Jahren nachgewiesen ist, die Tutsi freundlich aufgenommen, große, hellhäutige und stolze Menschen, die im 15. Jahrhundert wahrscheinlich aus Äthiopien eingewandert waren. Deren Klugheit als Händler und ihr Wissen um geografische Verhältnisse und Handelswege führten alsbald dazu, dass der Stamm der Tutsi den der schwarzhäutigen, kleinwüchsigen Hutu, die eine grobschlächtige Physiognomie hatten und allesamt Bauern waren, beherrschte. Doch da dies auch für die Hutu nicht von Nachteil war, ließen sie den Dingen ihren Lauf, und bis auf einige kleinere Auseinandersetzungen um Landrechte lebten beide Stämme länger als vierhundert Jahre in Frieden zusammen. In Königreichen, deren Herrscher einmal aus den Reihen der Tutsi gewählt wurden, dann wieder aus denen der Hutu.

Man heiratete untereinander, gehörte derselben Religion an, entwickelte eine gemeinsame Kultur. Bis Ende des 19. Jahrhunderts deutsche Kolonialisten kamen, mit ihnen die katholische Kirche und nach ihnen die Engländer und Belgier. Ihre Ethnisierungspolitik spaltete die Bevölkerung in die Elitekaste der »weißen Neger«, der hellhäutigen Tutsi, und drängte die Hutu als ungebildet und »rassisch minderwertig« in den Hintergrund. Nur Tutsi-Kinder durften die Missionsschulen besuchen, andere Schulen wurden geschlossen. Nur Tutsi erhielten Verwaltungsposten, bekleideten die Offiziersränge der Armee, hatten die Chance, zu studieren, Rechtsanwälte, Priester und Ärzte zu werden. Zudem bekamen sie das gesamte fruchtbare Land zugeteilt, während die Hutu sich nun als Knechte und Leibeigene verdingen mussten. In ihrem eigenen Clan, oft bei ihren nächsten Verwandten.

In den fünfziger Jahren versuchte Belgien auf internationalen Druck, demokratischere Verhältnisse in seiner Kolonie zu etablieren. Man förderte jetzt die Hutu-Nationalisten, die die rassische Unterscheidung der Europäer und der katholischen Kirche nun ihrerseits nutzten, um mit Hilfe der aufgestachelten Hutu-Bauern an die Macht zu gelangen.

Es dauerte bis 1994, als der Hass gegen die Tutsi durch die politische Propaganda so weit geschürt war, dass er sich in Pogromen Bahn brach. Tausende von Tutsi, die als wohlhabende Händler, Wissenschaftler und Intellektuelle das Großbürgertum des städtischen Ruanda darstellten, mussten fliehen. Wer das Land nicht schnell genug verließ, wurde von den Milizionären des Präsidenten ermordet. Sie wurden in der Stadt zusammengetrieben und von Maschinengewehrsalven niedergestreckt, ohne Vorwarnung, gnadenlos. Sie wurden aus ihren Geschäften gezerrt und auf offener Straße in Stücke gerissen oder zerhackt, ihre Kinder wurden während des Unterrichts vor den Augen ihrer Mitschüler ermordet, in den Sandkästen der Kindergärten fanden Massaker an Kleinkindern statt.

Und auch in den ländlichen Regionen brach die Welt im Blutrausch auseinander. Auch hier kämpfte jeder Hutu gegen jeden Tutsi, in Ermangelung modernen Kriegsgeräts mit Werkzeugen, die man in Afrika zum Roden oder zur Feldbestellung benutzt und die jeder besitzt. Mit Pangas, einer Art Machete, mit Hacken, Forken und Spaten. Mit Rungus, in einem Stück geschnitzten Hölzern, die am oberen Ende dick und rund geformt sind. Die Massai Ostafrikas können eine Rungu so gezielt in ihre Rinderherden werfen, dass der getroffene Leitbulle die Herde in eine andere Richtung führt. Dazu war der Wurfstock erfunden worden. Doch von den Hutu zweckentfremdet, sind die dicken Enden der Rungus mit Nägeln gespickt. Und geworfen wird damit in Ruanda auch nur selten, stattdessen aber aus nächster Nähe auf die Köpfe der Überfallenen eingeprügelt, auf ihre Hälse und Rücken.

Außerdem hat man in Ruanda festgestellt, dass sich Pangas offenbar ganz ausgezeichnet dazu nutzen lassen, die Kniekehlen oder die Achillessehnen von Flüchtlingen zu durchtrennen, um den Hilflosen dann mit Wonne und ganz langsam Arme und Füße aus den Gelenken zu schneiden. Welch herrliches Vergnügen scheint es zu sein, mit anzusehen, wie einer versucht, auf einem Bein zu fliehen.

Was den Killern offenbar auch viel Spaß macht, ist, einem Menschen den Schädel zu spalten, um zu gucken, ob sich das Gehirn einfach so herausnehmen lässt. Wenn das Opfer dann schon tot ist, hat es Glück gehabt. Ich habe auch die gesehen, die mit derartigen Verletzungen noch stundenlang weiterlebten.

Wir befinden uns in Ruanda, einem kleinen zentralafrikanischen Land. Und wir schreiben das Ende des zweiten Jahrtausends moderner Zeitrechnung und trotten nicht etwa durch eine Ära, in der das Feuer noch nicht entdeckt war.

Haben Sie je Urlaub in Tansania gemacht, waren Sie je in der Serengeti oder in der kenianischen Massai Mara auf Safari? Dann kennen Sie die Region, im geografischen Dreieck zwischen Tansania, Uganda und der Republik Kongo, dem ehemaligen Zaire. Haben am Horizont die Berge Ruandas gesehen, haben sicher auch von der zauberhaften Lage des Kivu-Sees gehört, der das Terrain Ruandas im Westen begrenzt.

Wie sein ebenso winziger Nachbar Burundi liegt Ruanda in einer der schönsten Berglandschaften Afrikas. In Bergen, die bis zu viertausend Meter hoch sind, denen aber nichts Gewaltiges anhaftet, nichts Distanz Gebietendes. Statt von tiefen Schluchten zerrissen und an anderen Stellen von blanken Felsmassiven gekrönt zu sein, dehnen sich die Bergketten in ausladenden Terrassen bis zu den Gipfeln, münden in weiten Tälern und verlieren sich in den ältesten Regenwäldern des Kontinents. Hier leben Gorillas – oder besser lebten Gorillas, denn seit wieder einmal Krieg in Ruanda herrscht, seit es für die Flüchtlinge in Richtung Uganda nichts mehr zu essen gibt, schlachten sie einen Gorilla nach dem anderen ab, um überleben zu können.

Am 6. April 1994, gestern, war die ruandische Air Force One mit Präsident Juvénal Habyarimana an Bord während ihres Rückflugs von Uganda abgeschossen worden. Ein Attentat, ohne Frage.

Wer die Drahtzieher waren, ist allerdings bis heute nicht geklärt. Nur eines scheint festzustehen: Es war kein Tutsi-Trupp, eher ein verdeckt operierendes Kommando von Provokateuren der Hutu-Miliz.

Kaum ist die Nachricht vom Tod des Hutu-stämmigen Präsidenten Habyarimana nach Kigali vorgedrungen, verwandelt sich die Stadt in einen Hexenkessel. Völlig entfesselt töten Hutu jeden Tutsi, jeden Tutsi-Sympathisanten und alle, die man als solche verdächtigt. Also auch die Belgier, die amerikanischen, französischen, dänischen, schweizerischen, deutschen und japanischen Entwicklungshelfer. Die Missionare, die Angestellten internationaler Wirtschaftsvertretungen, Bankmanager, Lehrer. Priester, den Bierbrauer, Ärzte, die Frau aus dem Gartencenter in Kigali, Kindergärtnerinnen und Krankenschwestern. Am Abend dieses Tages dröhnt aus dem Radio zum ersten Mal der Aufruf: »Tod! Tod! Die Gräber sind erst zur Hälfte mit den Leichen der Tutsi gefüllt. Beeilt euch, sie bis oben hin zu füllen!«

Um als Feind identifiziert zu werden, genügt die helle Hautfarbe. Also muss auch Paul Czerny daran glauben, ein Tscheche, der schon seit vierzig Jahren hier lebte. Der den Kindergarten, die beiden Schulen im Norden von Kigali und das Schwimmbad am Stadion stiftete. Der jeden Monat ein Haus der offenen Tür auf seinem Grundstück in Bawara veranstaltete – und das nicht für die weißen Kinder der Stadt. Nein, für alle Farbigen und Schwarzen.

Oder Dr. Bernhard, der freundliche Zahnarzt aus der Schweiz, der schwarze Patienten kostenlos behandelte. Oder die witzigen Typen aus der Brauerei, Holländer, Spanier und ein Deutscher, auch sie sind tot. Mit Pangas in Stücke gehauen, beim Duschen, kurz nach Feierabend. Die Schwestern Mary, Louise und Eva starben in der Nacht zum 8. April 1994, als ihr Kloster von völlig betrunkenen und aufgeputschten Jugendlichen überfallen und ausgeraubt wurde. Die anderen englischen Nonnen, die auch schon seit Jahrzehnten in Ruanda lebten und ihre Daseinsberechtigung in der Krankenpflege und Unterrichtung der armen Bevölkerung des Landes gesehen hatten, konnten fliehen.

Ob sie zu den Menschen gehören, denen es gelang, nach Burundi, ins Nachbarland, zu flüchten? Oder ob sie am Kigali International Airport auf die Landung der angekündigten Flugzeuge internationaler Linien warten?

Das Chaos in der verriegelten Abflughalle ist unüberschaubar. Die Baracke ist in Richtung Flugfeld mit Eisenketten versperrt, Flughafenpersonal hält die Türen von innen blockiert. Selbst der Koch, Spülmädchen und ein paar stark geschminkte Kellnerinnen in Uniform aus der Kantine gehören zu dieser Phalanx, hinter der weiße Gesichter verzweifelt, resigniert oder wutentbrannt nach draußen starren.

Wir sind ohne Erlaubnis gelandet, weil beim Anflug niemand auf Franks Anfrage aus dem Tower geantwortet hatte. »Au, das kann Ärger geben«, meinte er, als David und ich die Maschine verließen. Er blieb im Flieger sitzen, um im Fall, dass wir fliehen müssten, sofort durchstarten zu können.

Jetzt überqueren wir das Flugfeld und sind noch immer unbehelligt. Gleißende Sonne reflektiert ihre Hitze im Beton des *runway*, weicht den Asphalt auf dem Weg in die Ankunftsbaracke auf. Unbehagen kribbelt meine Wirbelsäule entlang – man kann, gerade in Afrika, kein Land betreten, ohne von der Einwanderungsbehörde sorgfältig unter die Lupe genommen zu werden. Schon gar nicht ein Land, das sich im Kriegszustand befindet. Was hier der Fall zu sein scheint.

Die lapidare Umschreibung unseres Büros in Nairobi zur Lage in Ruanda war der Satz »In Kigali haben Plünderungen begonnen, und die Ausländer verlassen das Land« gewesen. Die Panik in den Gesichtern der Weißen dort in der Abflughalle aber drückt viel Drastischeres aus als ein paar Übergriffe und Plünderungen. Sie spiegelt blankes Entsetzen und nichts mehr als den Wunsch, sofort von hier zu verschwinden.

Bilder des Grauens liefen vor ihren Augen ab, Bilder, die auch uns bald den Glauben an Sozialkompetenz, an soziale Verantwortung, an Menschlichkeit nehmen sollten. Bilder von Menschen, die gerade zerhackt werden, von nicht ganz Zerschlagenen, die aus Leichenbergen kriechen, von brennenden Kirchen, in denen Menschen eingeschlossen wurden, von blutverschmierten Trottoirs und den Wällen aus Leichen, die sie säumen, von zerhackten Kindern in einer Tagesstätte, von Hochschwangeren, denen im Städtischen Krankenhaus die Leiber aufgeschlitzt und die Föten herausgerissen worden waren. Die, die das machten, grillten die Babys lebendig über dem Feuer und warfen sie in die Bäuche ihrer noch lebenden Mütter zurück. Bilder von abgeschlagenen Körperteilen, alle nach Art des Gebeins aufgetürmt. Hier die Beine, dort Arme, da Rümpfe. Die Köpfe allerdings fand man meist irgendwo anders, weggeworfen. So war dem Toten, aus dem animistischen Verständnis der Hutu heraus, das Zentrum seiner Ehre genommen, er war zum Nichts degradiert, konnte nicht einmal mehr identifiziert werden. War also völlig zerstört.

Ich habe einmal versucht, einer Freundin diese Szenen zu beschreiben. Aber sie sagte: »Wir wollen diese Bilder von aufgeschlitzten Frauen und geköpften Männern nicht mehr sehen, mit all dem haben wir nichts zu tun!«

Mit dieser Ansicht lag sie voll im Trend. Auch die Verantwortlichen in den Medienanstalten hatten sich von Afrika verabschiedet. »O nein, nicht schon wieder Massaker, nicht noch ein Massengrab, und Flüchtlingsströme haben wir ja nun wirklich *en masse* gecovert. Bringt doch mal was Schönes!«

Ich hatte auf dem Schreibtisch meines Chefs in Nairobi gesessen und hätte ihm am liebsten ins Gesicht gespuckt. »Es gibt nichts Schönes über Afrika zu berichten! Nicht in den News!«

Meinem abgestumpften Chef konnte ich den Rücken zudrehen und gehen, doch frage ich mich, warum meine Freundin noch immer eine meiner Freundinnen ist, denn obwohl nur geringer Bedarf an der Veröffentlichung von Kriegsbildern bestand, musste ich sie zusammentragen, muss bis an mein Lebensende mit ihnen leben.

Dennoch haben wir keines von ihnen gesendet, konnten es nicht. Aus Achtung vor der Menschenwürde, die, derart verletzt, nicht noch weiter entblößt werden durfte. Ohnehin habe ich nie die Bilder aufgeschlitzter Frauen und geköpfter Männer gesendet, ohnehin ging David, und das war eine unausgesprochene Abmachung zwischen uns, nie nah an das Elend heran, um die Menschen, denen es widerfuhr, nicht auch noch zum Objekt zu degradieren. Auch sparte er schon beim Aufnehmen Szenen des Tötens und Quälens aus, weil wir das so verabredet hatten.

Denn entgegen meinem einst formulierten Motiv, unserer gefühlsstumpfen Gesellschaft die Wahrheit über die Welt tagtäglich aufs Abendbrot zu schmieren, wusste ich, viele Kriege nach dem Karamoja-Genozid in Uganda, dass ich die Kompetenzen jeder Gesellschaft anzuerkennen habe. Dass Kriegskorrespondenten Beobachter sein sollten, die ihrem eigenen Blickfeld ständig kritisch gegenüberstehen. Und deren Pflicht es ist, das Erlebte so zu verpacken, dass es authentisch bleibt.

Was wir sahen, wäre für jeden unbedarften Nachrichtenkonsumenten ein Schock gewesen. Aber ich hatte nicht das Recht, mich zur Therapeutin aufzuspielen, weder für das Weltgeschehen noch für die Menschen vor dem Fernseher. Ohnehin wird niemand, der nicht mittendrin war, das Wesen eines Krieges begreifen. Und dafür sollte jeder, der nicht mittendrin ist, allen Göttern danken.

Ein anderer Grund aber, warum ich die Bilder nicht zeigte, war ein ganz persönlicher: Schutz für Afrika. Sie würden in den Köpfen vieler Zuschauer zum Identifikationsmerkmal des Kontinents werden, und das hat Afrika nicht verdient.

Denn die jungen Männer, die Milizionäre des ermordeten Präsidenten Habyarimana, deren Gesichter mit den leeren Augen wir zeigten, nicht aber ihre blutgetränkten T-Shirts mit dem Bild Habyarimanas oder einem westlichen Werbeslogan darauf, diese Youngsters, oft noch Kinder, mit ihren kahl geschorenen Köpfen, den schwarzen Ray-Ban-Sonnenbrillen und den Zigaretten in ihren Mundwinkeln waren in diesen Zeiten keine Afrikaner, nicht einmal Menschen. Sie waren prähistorische Höhlenbewohner, bar jeglicher Ethik, jenseits jeglicher Sozialisation und Würde. Ihre Kommunikationsfähigkeit war auf unartikulierte Laute reduziert, sie vergewaltigten, schändeten, raubten, plünderten und waren sicher, dies tun zu müssen, um ihren Unterdrückern das erlittene Unrecht heimzuzahlen. So, wie die Agitation Habyarimanas das von ihnen verlangt hatte.

Habyarimana war ein Despot gewesen, einer von der Couleur Mois in Kenia. Mit seinen korrupten Machenschaften, mit seinen Machtspielen und den immer schreiend lauten Kampagnen für die Trennung von Hutu, Tutsi und Weißen verkörperte er ungetrübt den Stil afrikanischer Rassisten. Die nicht allein nach Hautfarben trennen, sondern nach Stammeszugehörigkeit. Diese schwarze Apartheid ist in all ihren Erscheinungen nicht weniger konsequent und verletzt in nicht geringerem Maße Menschenrechte als die frühere südafrikanische.

Beispiele dafür gibt es auf dem Kontinent genug: Da wurden in Kenia von Provokateuren der KANU, der regierenden Partei des damaligen Präsidenten Daniel arap Moi, regelmäßig die Giriama gegen die Kikuyu, die Luo gegen die Taita oder die arabisch-stämmigen Swahili gegen die Watussi oder auch umgekehrt, wie es gerade passte, aufgehetzt – stets mit dem Ziel, den Stamm der Kalinjin als großen Friedensstifter darzustellen und damit die absolute Macht Mois zu festigen. Denn Moi ist ein Kalinjin.

Nicht anders im Westen Afrikas, wo in Nigeria die Yoruba von den Ibu drangsaliert werden oder umgekehrt, je nach Machtverhältnis. Oder in Algerien, wo die Berber in der offiziellen Lesart zurzeit die *underdogs* sind und gnadenlos niedergemetzelt werden. Oder in Somalia, wie geschildert. Oder im Süden Sudans oder im ehemaligen Zaire oder …

Illusionen von Frieden klingen in ganz Afrika wie Hohngesänge angesichts der Zustände auf diesem Kontinent. Wo Entmündigung, Unterdrückung, Korruption, Armut, Not, Krankheiten und die Aids-Pandemie ständig erneut den Boden bereiten für eine derartige Hoffnungslosigkeit, aus der ein Aufbäumen offenbar nur durch brutale Agressivität möglich scheint. Wo die Menschen Spielbälle skrupelloser und machtbesessener Herrscher sind, wo sich kaum ein Regierender Gedanken um das Wohl der eigenen Landsleute macht. Kein anderer Kontinent ist so von Verheerungen und Leiden gezeichnet, nirgendwo zählen Menschenleben weniger als hier.

»In Afrika zählt man keine Leichen«, sagt man. Alle Kollegen, die in diesem Krieg vor Ort waren, haben die Leichen der Ermordeten den Kagera River hinunter bis in den Lake Victoria treiben sehen. Die Leichenberge entlang den Straßen Kigalis. Die tausend und abertausend Leichen, die irgendwo verrotteten, selten nur verscharrt. Zahllos, denn in Afrika zählt man ja keine Leichen. Alte und junge Frauen und Männer und Kinder. Die abgeschlachtet worden waren, weil keiner sie gegen die Gewalt des Hasses schützen wollte. Weil der ruandische Präsident Juvénal Habyarimana verkündet hatte, dass alle Tutsi und Weißen vernichtet werden müssten.

Alles schon da gewesen in Afrika, ja. Doch als 1994 der ruandische Völkermord losbrach, fand eine Zäsur statt, die bis heute keine Wiederholung erfahren hat. »In der Hölle sind keine Teufel mehr, sie sind alle in Ruanda.« Angesichts des Massakers in der katholischen Kirche von Utugeni, in der knapp tausend Flüchtlinge Schutz gesucht hatten, die dann alle niedergemetzelt worden waren, murmelte ein Missionar diese Worte und weinte bitterlich.

Wieder stand ich einem Geschehen gegenüber, das nur unfassbarem Hass entstammen kann. Wobei auch solcher Hass mit etwas kombiniert sein muss, um sich derart unmenschlich zu gebärden. Dieses Etwas – ich weiß nicht, was es ist. Ich habe versucht, von Verhaltensforschern eine Antwort darauf zu bekommen, worin dieses Etwas besteht, dieses Andersartige der afrikanischen Mentalität. Es sind Wissenschaftler, die in Afrika geforscht, die zum Teil sogar ihren Lebensraum dorthin verlegt haben. Die ganz bestimmt keine Scharlatane oder Besserwisser sind.

Aber wir alle wissen nicht, was einen völlig normalen Menschen dazu bringen kann, den Nachbarn zu massakrieren, mit dem er eben noch Seite an Seite das Feld bestellt hat. Der eine hat gerade einen Witz erzählt, die beiden haben gemeinsam gegen die Langeweile ein Lied gesungen und gestern nach Feierabend wie jeden Tag in der Bar ein Bier getrunken. Warum erschlägt eine Frau, die in ihrer Rage noch nicht einmal Zeit hatte, ihr Baby aus dem Tuch vom Rücken zu nehmen, die Familie aus der Hütte gegenüber? Was ist dieses Etwas, das Afrikaner zu Tötungsmaschinen werden lässt?

Ich habe es nie begriffen. Ich weiß nur eines: Es sind Wichtigtuer, die Lösungen präsentieren.

Noch 2002 saßen hundertzwanzigtausend zivile ruandische Staatsbürger, die der aktiven Teilnahme am Genozid überführt sind, in heimischen Gefängnissen ein. Und das sind nur jene, die man der Morde überführen konnte. Man vermutet, dass eine Million Menschen in den drei ersten, den blutigsten Monaten des Ruanda-Völkermords hingemetzelt worden sind, mehr als zehntausend pro Tag. Ein Ekel erregender Rekord, der sogar die Vernichtungsstatistik der Roten Khmer in den Schatten stellt. Denn immerhin benötigten Pol Pots Schergen dreieinhalb Jahre für ihre Massaker, die am Ende ebenso vielen Menschen das Leben kosteten.

Ruanda hingegen war unvorstellbar. Ich war in einem Krieg, der uns allen den letzten Rest Lebensfreude nahm. Der Adams Tod forderte und David zu einem Selbstmordversuch trieb. Der viele Kollegen in den Wahnsinn jagte und Zahllose fort aus Afrika, für immer. Der mir Blessuren an Leib und Seele einbrachte, wobei die Schussverletzungen und die zertrümmerte Kniescheibe Lappalien sind im Verhältnis zu den Wunden in der Seele.

Aber all das lag noch vor mir, vor uns. Wir waren ja eben erst gelandet. Hatten aber nicht einmal ein Visum, um ins Land hineinzukommen.

Den Pass – Ruanda war doch einmal deutsche Kolonie! – und den Presseausweis deutlich sichtbar in der Hand, gehe ich vorneweg. David scheint seine Kamera lässig in der Hand zu halten. Er filmt, die roten Aufnahmelämpchen hat er abgeklebt …

Der Ankunfts- und Zollbereich ist bis auf wenige vom Eingang eindringende Sonnenstrahlen stockdunkel. Und so hätte ich ihn fast übersehen, den Beamten der Einwanderungsbehörde. Er sitzt an einem Schreibtisch mit zerkratzter Resopalplatte. Er hat eine Pistole in der Hand. Er steht auf, richtet die Waffe auf mich. Nicht schon wieder!

Die Orden auf seiner uniformierten Brust sind verbeult und abgesplittert, ein Sticker mit dem Konterfei Habyarimanas prangt am Kragen seines zerschlissenen Hemdes. Er hat riesige Schweißränder unter den Achselhöhlen, nur noch drei Zähne im Mund, und beide Bügel seiner schwarzen Plastiksonnenbrille sind mit Heftpflaster geflickt.

Wole Soyinka, der nigerianische Schriftsteller und Nobelpreisträger, hat einmal gesagt: »Wer einem Afrikaner einen Schreibtisch gibt, Stuhl und Stift dazu«, habe »einen neuen Cäsar kreiert«.

»Cäsar«, flüstert David. »Vorsicht!«

Cäsar ist hier der Boss. Wir seien Spione, Kriminelle, geifert er. Dreckige Okkupanten, Ausbeuter. Belgier! Und wir seien verhaftet. Ich will einen Schritt auf ihn zugehen, da schießt er, und er schießt gut, der Hund. Exakt vor meine Füße.

Ja, verflixt! Ich halte ihm meinen Pass entgegen. Er schüttelt den Kopf. Dann den Presseausweis. Wieder will er verneinen, doch dann verändert sich sein Gesichtsausdruck. »Presse?« Es hat sich also schon bis hierher herumgesprochen: Journalisten tragen immer Unsummen Geldes mit sich herum, wissend, dass man sich in Afrika Genehmigungen, Visa, einfach alles kaufen kann.

»Welcher Sender?« Sein Französisch klingt seltsam verwaschen. Er steht unter Drogen. Ich nenne ihm artig unsere Arbeitgeber und bitte um Einreisepapiere, um Arbeitserlaubnis und um Verständnis dafür, dass wir hier einfach so eingedrungen sind.

Angesichts der Summe, die sich der Herr am Resopaltisch ausgedacht hat, kennt sein Verständnis keine Grenzen. Er legt sogar die Waffe beiseite.

Da dringen aus der Abflughalle Geschrei und Schüsse. Was ist da los?

Wir geben dem Beamten unsere Pässe. Er nimmt meinen, schlägt ihn auf und reißt seine Pistole wieder hoch. Grundgütiger …

Wieso ich vorgäbe, ich sei Deutsche, obwohl ich einen Pass aus Nairobi hätte? Das stimme hinten und vorne nicht! Wir seien also doch Spione! Wahrscheinlich getarnte Belgier!

Es dauert gut zehn Minuten, bis er mir meine Erklärung abkauft – im wahrsten Sinne des Wortes, denn die Tatsache, dass mein Pass von der deutschen Botschaft in Kenia ausgestellt ist, kostet uns pro Visum eintausend US-Dollar mehr. Am Ende zahle ich fünftausend Dollar. Cäsar kann in Rente gehen.

Wir sind die ersten Journalisten vor Ort. Werden es wohl zunächst auch bleiben, denn der Immigration Officer a. D. hat sich das Geld in die Hosentasche gesteckt und verriegelt den gesamten Einreisetrakt mit einer Stahltür, noch ehe wir unsere Papiere wieder verstaut haben.

Jetzt sind wir also in Ruanda. Ich informiere schnell noch Frank, bitte ihn, nach Mogadischu zu fliegen, um Adam zu holen. Hier werden wir wohl länger bleiben.

Wir gehen aus dem Flughafengebäude hinaus, wollen die Passage zum Abflugterminal betreten. David trödelt mit der Kamera herum, und mein Adrenalinspiegel könnte sich normalisieren, wäre da nicht die Ahnung, dass wir das Tor zur Hölle geöffnet haben.

David schaut mich an. »Ulla?«

Ich nicke.

Vor dem Flughafen drängen sich die Autos. Voll beladene Taxis sind zwischen schicken Intercoolern, Citroën- und Mercedes-Limousinen verkeilt. Kinder und Erwachsene ziehen und schieben ihr Gepäck von Rücksitzen und aus Kofferräumen, ihre Gesichter sind vor Anstrengung verzerrt.

Es sind ausschließlich Weiße, umringt von schwarzen Ruandern: von Taxifahrern, die drohen, mit den Koffern wieder wegzufahren, und das Fünfzig-, Hundertfache des Preises fordern, der vor der Herfahrt ausgehandelt worden ist; von Polizisten, die den Ankommenden entgegenbrüllen, die Autos dürften hier nicht stehen bleiben; von Dieben, die so tun, als seien sie Gepäckträger, und von Gepäckträgern, die über die Bemühungen der Wazungu, ihre Autos zu entladen und das Gepäck in die Halle zu schleppen, höhnisch lachen. »Ah, das seid ihr nicht gewohnt, ihr weißen Säcke«, tönt es hämisch, und einer der Spötter ist gar so mutig, einem vorbeigehenden Weißen in den Hintern zu treten. Der wehrt sich nicht, schaut nicht einmal auf. »Bis heute habt ihr uns getreten, jetzt sind wir dran!« So müssen sich die Opfer von mittelalterlichen Spießrutenläufen gefühlt haben.

Sie schleppen riesengroße Koffer. Die sperrigen Teile schürfen ihre nackten Beine auf. Andere tragen ganze Lagen von Kleidungsstücken übereinander, und das in dieser Hitze! Eine ältere Frau schwankt, Schweiß tropft von ihrem hochroten Gesicht. Sie kann das Tempo ihrer voranlaufenden Familie kaum mithalten. David tritt auf sie zu, nimmt ihr den schweren Koffer aus der Hand, spricht beruhigend auf sie ein und will mit ihr weitergehen. Will ihr helfen, das riesige Gepäckstück zu transportieren.

Da springt aus der Menge der Zuschauer ein junger Mann heraus, schlägt David mit der Faust auf den Kopf und beschimpft ihn mit kreischender Stimme. Drecksack! Was das solle, dieser Schlampe zu helfen, er solle abhauen und seine Mutter vögeln.

Es dauert immer lange, meinen Kameramann zu provozieren, doch diesmal geht alles ganz schnell. Als Erstes haut David dem hysterischen Schwarzen die Kamera vor die Brust, dann drischt er ihm einen Kinnhaken genau auf den Punkt und tritt ihn anschließend noch in den Schritt.

Für Sekunden herrscht Ruhe in unserer Nähe, dann wendet sich der Mob weiteren Ankömmlingen zu. Davids Kontrahent bleibt unbeachtet am Boden liegen. Verlierer sind out in Ruanda.

Mein Freund und Held betastet seinen Kopf. »Blutet es?«

»Nein.«

»Na denn.« Er murmelt noch etwas von Idioten, die man alle auf einsame Inseln sperren sollte (nein, er sagt etwas anderes, aber das kann ich hier nicht wiedergeben), bindet sich die Haare neu zusammen und guckt mich schief grinsend an. »Sorry, das hätte danebengehen können.« Er wischt sich über die Augen. »Aber ich kann es nicht mehr ertragen.«

Ich weiß, ich bemerke schon seit Wochen Davids ständig wachsenden Widerwillen gegen die Szenen der Gewalt um uns herum. Bemerke, dass er seine Contenance nur noch mühsam wahren kann, dass er schon lange nicht mehr den Versuch macht, objektiv zu sein. Er hat begonnen, alle Afrikaner zu verachten. Bis auf die Kinder, alle. Für das, was sie einander antun. Nie hätte er, vor kurzem noch, jemanden angegriffen, nie, wie eben, Gewalt forciert.

Außerdem, daran muss ich jetzt denken, betrinkt er sich jetzt allabendlich, sucht dabei aber kaum mehr meine Nähe. So als habe er Angst, seine unerträglichen Träume mitzuteilen. So als habe er kein Vertrauen mehr zu sich selbst und nicht einmal mehr zu mir.

O David. Da stehen wir vor der Abflughalle des Kigali International Airport, ahnen, das Unsägliches auf uns zukommen wird, und sind scheinbar nicht mehr in der Lage, uns selbst zu steuern. Ich werde mit ihm reden müssen. Bald. Und ich will auch wissen, was das für Pillen sind, die er dauernd nimmt. Auch jetzt.

»Was ist das, David?«

»Was?«

»David!«

»Ach, die Pillen. Das ist nur Pervitin.«

Nein, das glaube ich nicht. Amphetamine nehmen wir doch alle. Immer wenn die Nächte in den Unterständen und Bunkern zu lang werden oder wenn wir eine weite Fahrt nach Irgendwohin vor uns haben. Wenn wir nicht schlafen dürfen oder angesichts des Grauens durchdrehen wollen. Um wach zu bleiben, um uns mal wieder leicht zu fühlen, vielleicht sogar lachen zu können.

Aber David reagiert aggressiv – ist das eine Nebenwirkung, wenn man zu viel von dem Zeug schluckt? Ich werde Rhenus Shah danach fragen müssen.

Meine Güte, müssen, müssen. Zuerst müssen wir in die Abflughalle des Flughafens hinein. Ich möchte einige der Weißen interviewen

Es gelingt uns nicht, nicht an diesem Tag. Zu dicht stehen die Menschen, zu groß ist das Chaos. Zumal der Kordon der ruandischen Bewacher den ständigen Strom der Ankömmlinge förmlich einklemmt. Und sie bedroht. Nicht nur verbal, auch mit Schlägen ihrer Gewehre, mit Messern, mit Schüssen in die Luft. Viele der Weißen weinen, sind vollkommen hilflos. Können sich nicht einmal um die eigene Achse drehen.

Ich schubse ein paar der Soldaten beiseite, zupfe einen Mann, der ein apathisches Kind auf seinem Arm trägt, am Ärmel. »Warum verlasst ihr das Land? Was ist los in der Stadt?«

Er mustert mich kurz und schreit dann: »Geh und schau doch selbst. Aber besser, du stellst dich hier an. Aus der Stadt kommst du lebend nicht mehr raus!«

David filmt über die Köpfe der Menschen hinweg. Bis er den Lauf einer AK–47 in seiner Achselhöhle spürt. Er nimmt die Kamera herunter, ich sehe, was sich anbahnt, schiebe mich zu ihm durch und stelle mich vor den Gunman. »Was ist los?«

Der Mann grinst. Ich ziehe David von ihm weg. »Wir gehen.« Der Soldat schießt – über die Köpfe der Wartenden – und lacht lauthals.

Wir traben über den Vorplatz des Flughafens in Richtung der Taxis. Davids Opfer von vorhin sitzt noch immer an der Stelle, wo er die Besinnung verloren hat. Erblickt uns und spuckt David auf die Schuhe. Ich sehe in Davids Augen, wie gern er noch mal zuschlagen würde, wie ihn der Rotz auf seinem Schuh ankotzt. Doch er geht brav weiter neben mir her.

Wir bleiben an einem Taxi stehen, das den Anschein macht, als könnte es uns, ohne zusammenzubrechen, in die Stadt transportieren, egal, wie weit sie entfernt ist. Wir schauen uns um. Ich lache: Das kann doch nicht wahr sein. Egal, wohin man kommt in Afrika, egal, auf welches Taxi man zugeht, immer ist sofort jemand da, der sich als Fahrer des Wagens vorstellt, und jemand anderes, der behauptet, der bessere Fahrer zu sein, das bessere Taxi zu haben. Aber hier kommt niemand.

Ich winke den Schwarzen zu, die nicht weit entfernt von uns in einem Pulk zusammenstehen. »Wir brauchen ein Taxi!« Sie zucken die Achseln, drehen sich um, zeigen uns den Mittelfinger. Einer beginnt mit obszönen Gesten seine Hose zu öffnen.

»David, bleib hier!« Ich zerre meinen Kameramann neben mich, setze mich mit dem Rücken an der Gebäudewand auf den Beton und zünde mir eine Zigarette an. »Dann warten wir eben.«

Bin ich wirklich noch vorgestern in Mombasa gewesen?

David wendet mir sein Gesicht zu, seine unendlich traurige Miene. »Cara, ich habe Angst.« Sein Blick verliert sich in meinen Augen. »Ich habe Angst, hier sterben zu müssen, vielleicht zum Krüppel zu werden. Ich habe Angst, dass mein Leben in dem Hiersein endet. Ich möchte das richtige Leben noch erleben, will noch einmal ganz von vorn anfangen. Aber wie? Mit diesen Bildern als Erinnerung an mein bisheriges Leben?«

Er verschränkt die Arme hinter seinem Kopf, vergräbt das Gesicht zwischen seinen Knien und schluchzt. Schüttelt sich wie unter größtem Schmerz. Ich will ihn an mich ziehen, doch er wehrt mich ab. »Ulla, ich habe noch Träume. Ich träume von einem Leben nach diesen Kriegen.« Jetzt schließt er mich in seine Arme. »Aber ich habe solche Angst vor der endgültigen Erkenntnis, dass nichts davon wahr werden wird.«

Die Zigarettenglut verbrennt meine Finger, mir ist, als erwachte ich aus einem tiefen Schlaf. Einesteils kommt es mir vor, als seien gerade meine eigenen Empfindungen ausgesprochen worden, andernteils erschlägt mich die Offenheit von Davids Geständnis, das den erfahrenen Kriegskorrespondenten Reburn als nackten, hilflosen Menschen zeigt.

Wie konnte ich glauben, er habe kein Vertrauen mehr zu mir? Ich atme auf, denn nun, nachdem sich David geöffnet hat, werden wir wieder reden können, auch über sein Verlorensein.

Aber nicht jetzt, gibt er zu verstehen, indem er sich die Augen trocknet und aufspringt. »Jetzt fahren wir in diese Stadt dahinten! Ich will die Scheiße hier endlich kapieren!« Er rennt zu einem der Taxifahrer, nimmt ihn am Kragen und schüttelt ihn. »Du fährst uns nach Kigali«, höre ich ihn brüllen. »Sofort!«

Und der Taxifahrer kommt mit. Er glaubt wahrscheinlich, dass er Prügel bezieht, wenn er nicht tut, was dieser gewalttätige Engländer verlangt. Seine Schüchternheit ist allerdings nur gespielt.

»Hundert Dollar«, plärrt er und hält mir die Hand entgegen. Ich drücke sie, sage »Angenehm« und »Du bekommst zwanzig.«

Er prustet die Wangen auf, rollt die Augen und spuckt aus. Allerdings dreht er sich vorher um. Dann kratzt er sich an einer Stelle, wo sich wohl erzogene Männer nur kratzen, wenn sie allein sind. »Okay.«

Ich hätte ihm also fünf bieten müssen.

Wohin wir denn wollen?

Egal, irgendwohin in der Stadt.

Irgendwohin geht nicht, er bringe uns zum Hotel.

Die Fahrt verläuft schweigsam. Aber dann erblicken wir Kigali. Staunend. Denn die Stadt liegt da wie das farbenfrohe Ölgemälde eines romantischen Malers. In die unteren Hänge der vulkanischen Akagera Mountains gebaut, zieht sie sich mit ihren weißen und farbigen Häusern über den Kamm eines Plateaus bis in das sanft gewellte, weite Tal zu ihren Füßen hin. Auf den ersten Blick bestimmen Blumen und blühende Sträucher und Büsche ihre Ansicht. Frangipani, Flamboyants, Jasmin, Tulpenbäume, Hibiskus, IlangIlang, Bougainvilleas, Mango- und Papayabäume mit Früchten, groß wie Kinderköpfe, säumen die Straßen, überwuchern Gärten und öffentliche Parks. Die klare Luft spiegelt ein paar Wolken über Kigali in den Wellblechdächern der Vorstadt, doch kein Rauch steigt aus den Kaminen.

Der Taxifahrer fährt jetzt ganz langsam, als wolle er diesem idyllisch anmutenden Städtchen nicht näher kommen. Lauer Wind dringt durch die geöffneten Autofenster, doch statt des afrikanischsten aller afrikanischen Gerüche, des Geruchs von Holzkohle und offenen Feuern, werde ich den Gestank verwesender Leichen gewahr. Diesen süßlichen, schweren Geruch, der sich sofort in den Haaren, auf den Kleidern, in den Poren der Haut, auf der Zunge, in der Nase ablagert und der nicht nur alle anderen Gerüche eliminiert, sondern jegliche Sensibilisierungen dazu. Zu wohl bekannt ist mir, was mit diesem Gestank einhergeht.

Und so schaltet sich automatisch der Mechanismus der Verdrängung ein, bereit, die Bilder, die uns erwarten, in jene Kammer meines Gehirns zu verbannen, wo ich sie betrachten, bewerten, kommentieren und anschließend vergraben kann. Aber zum ersten Mal funktioniert mein Schild nicht, zerfällt schon bald meine Rüstung. Der Gestank ist intensiver, durchdringender, als ich ihn jemals zuvor wahrgenommen habe. Er ist dick, liegt in der Atmosphäre wie ein mit allen Ekelhaftigkeiten voll gesogenes, durch und durch verdrecktes, nie gewaschenes Stück Frottee. Ich atme keuchend durch den Mund.

David kramt in seiner Kameratasche nach unserem Vorrat an Atemmasken. »Verdammt!« Wir haben keine mehr!

Ich reiße mir meinen Schal vom Hals, falte ihn mit zitternden Händen doppelt und binde ihn mir vor den Mund. Doch das gute Erbstück ist aus Seide und mit Goldfäden bestickt, da lässt sich kein Geruch vom Durchdringen abhalten. Aber ich habe nichts anderes und fange an, hysterisch zu werden. Meine Bluse ist ärmellos, und meine Hose ist meine Hose. Ich kann doch nicht mit zerrissener Hose herumlaufen.

Aber Davids Hemd hat lange Ärmel, hatte, muss ich sagen, denn er hat sie schon herausgetrennt, hält mir einen hin und bindet sich den anderen am Hinterkopf zusammen. Danke, David. Jetzt geht es mir besser.

Kurzzeitig, bis ich wieder hinausschaue und mir klar wird, dass sich vor meinen Augen gerade ein Massaker ereignet: Auf einem Platz ist eine Gruppe Menschen zusammengetrieben worden, Männer in der Mehrzahl. Sie sind in Anzüge gekleidet, die wenigen Frauen in schicke Businesskostüme, mit weißen Hemden, weißen Blusen, blank geputzten Schuhen. Offenbar haben die Soldaten sie aus dem Hochhaus dort drüben geholt, Teile ihrer Schwadron drängen noch immer Menschen durch die Drehtür. Sie kommen nicht dazu, zu protestieren, die Hände zu heben, sie sterben entweder im Kugelhagel oder werden mit Macheten in Stücke gehackt.

Unser Taxifahrer lehnt sich weit aus dem Fenster, ruft Unverständliches zu der Szene hinüber, scheint die Soldaten anzufeuern. O Gott! Dann will er anhalten, doch David schreit ihn an, er solle weiterfahren, wirft ihm einen Fünfzigdollarschein in den Schoß. »Hundert«, sagt das Schwein, da trete ich ihm durch die beiden Vordersitze hindurch auf die Hand am Lenkrad. »Fahr weiter!« Er gehorcht.

Einige der Massakrierten leben noch, schreien um Hilfe, wimmern, winden sich in Todeskrämpfen. Eine Frau versucht sich zu erheben. Ihre Beine sind zu Stümpfen zerhackt, einer ihrer Arme fällt aus dem Ärmel ihres Jacketts. Sie will fliehen, bricht im Staub zusammen, kriecht weiter, schluchzt und weint in einem seltsam hohen Klagelaut.

»Halt an!«

Ich habe die Tür des Autos aufgerissen, will hinausspringen; ob ich der Frau helfen oder weglaufen will, kann ich nicht sagen.

»Bist du denn von allen guten Geistern verlassen!« David zieht mich ins Auto zurück.

Einige der Soldaten haben sich schon herumgedreht. Sie lachen noch, weil der Anblick der Frau offenbar so irrsinnig komisch ist. Dann schauen sie zu uns herüber, heben ihre Gewehre, und eine Gruppe, mit Pangas bewaffnet, macht sich locker laufend auf den Weg in unsere Richtung.

»Fahr weiter!« David schreit wieder den Fahrer an, und der jagt los. David dreht sich zu mir herum, holt aus und schlägt mir ins Gesicht. So, dass mir noch Sekunden später der Kopf dröhnt. »Was sollte das?« Sein Gesicht ist eine wutverzerrte Grimasse. »Bist du übergeschnappt! Du hättest uns fast umgebracht! Was sollte das?« Er zerrt an meinem Arm. »Wo ist deine Professionalität geblieben? Ich glaube es nicht! Ich glaube es nicht!« Dabei schlägt er immer wieder mit der Faust auf die Lehne des Vordersitzes und fügt dann ganz leise hinzu: »Weißt du was? Wenn ich keine Lust am Leben mehr habe, begehe ich Selbstmord! Ich! Selbstmord! Damit hast du dann nichts zu tun.«

Klar, ich habe einen Fehler gemacht, einen, der uns das Leben hätte kosten können. Klar, ich habe mich unprofessionell verhalten, habe gegen den ungeschriebenen, aber von allen Erfahrungen untermauerten Kodex verstoßen, dass wir uns nie, nie, nie in

Kämpfe einmischen dürfen. Egal, wie grauenhaft es ist zu sehen, wie Menschen gequält werden; egal, wie unerträglich es ist, Zeuge eines Massakers zu sein. Solange die Schlächter noch präsent sind, dürfen wir nicht sichtbar sein, weil wir sonst auch getötet werden.

Ich glaubte, diesen Lehrsatz völlig verinnerlicht zu haben, doch angesichts dieser Frau …

Aber ich muss mich nicht anschreien lassen. Ich keife also zurück, und derart in Rage, bekommen wir erst mit, dass wir anhalten und vor einem Hotel angekommen sind, als der Taxifahrer ein paarmal auf die Hupe drückt.

Er habe ein paar Fragen, sagt er und schaut uns an.

Wie bitte? Also gut.

»Seid ihr von der Presse und bleibt ihr hier?«

»Ja.«

»Dann braucht ihr doch sicher ein Auto.«

»Auch, aber dazu brauchen wir einen Fahrer, und der muss gleichzeitig unser *messenger* sein.«

»Das kann ich!«, sagt er und kann seine Aufregung kaum verbergen. »Das Auto hier ist meines, ich bin ein Neffe des Polizeikommandanten, und ich bin Hutu!«

Ich gucke David an, David guckt mich an und zuckt mit den Schultern. Warum nicht?

»Also gut«, sage ich, »du bist angestellt. Lass uns hineingehen und uns über dein Gehalt und alles andere unterhalten.«

»Ja gut«, freut sich der Fahrer, der sich später als »Juvénal« vorstellt, »wie der Präsident, Gott habe ihn selig!« Ja, habe Gott diesen Drecksack selig, wenn er mag.

Ich will ins Hotel. Hoffentlich gibt es dort keine Klimaanlage, die den Gestank von draußen nach innen saugt.

Aber Juvénal hat noch eine Frage: Ob wir verheiratet seien.

»Warum?«

»Na, weil ihr euch so anschreit.«

Da können wir noch lachen.

Mit dem Öffnen der Autotür verharren wir. Die Stadt ist totenstill. Kein Radio plärrt, kein Auto fährt, kein Vogel zwitschert. Nur im Hintergrund dieser gespenstischen Ruhe klirrt Stahl, ertönen Schüsse, schreien gequälte Menschen. Um uns herum summen Myriaden von Fliegen, die stinkende Luft scheint von ihnen getragen zu werden.

Das Hotel ist klein, sauber, doch die meisten Angestellten sind entweder am Morgen nicht mehr zur Arbeit erschienen, sagt uns der junge Mann an der Rezeption, oder vor ein paar Stunden davongelaufen. Wir könnten uns selbst etwas zu essen machen.

Wo denn der Manager sei?

Es gebe keinen Manager mehr, *er* sei jetzt der Boss.

Sind die Menschen am Flughafen endlich abgeflogen?

Es wird Abend, wir verschließen das Hotel hinter einer Gruppe Geistlicher, die aus Byumba gekommen sind. Sie berichten von den zahllosen Toten, die in den Reisfeldern des fruchtbaren Nyabugogo-Tals liegen, von den Toten in den Kaffeeplantagen. Sie wollen über Gitarama nach Butare in den Süden Ruandas fahren, in ihrer dortigen Missionsstation nach dem Rechten sehen. Denn auch dorthin werde sich das Morden verbreiten, da seien sie sicher.

Drei Männer aus der zehnköpfigen Gruppe werden wir einige Wochen später in Bukavu an der Grenze zu Zaire wiedertreffen. Da sind die anderen sieben schon tot, ermordet, und mit ihnen nahezu alle Angehörigen ihrer Bruderschaft, die in ihren Missionsstationen, Schulen, Krankenhäusern über das ganze Land verteilt waren. Und die während ihres gesamten Lebens in Afrika auch den Menschen in Ruanda nur Gutes getan haben.

Zu der Zeit ist auch Adam schon tot. Zerfetzt von der Handgranate eines Heckenschützen, der uns in einem Flüchtlingsstrom Richtung Goma unter Beschuss genommen hat.

Mit Adam starben zwei Kollegen und Juvénal. Sie waren in dem Landrover gefahren, den wir uns mittlerweile zugelegt hatten. Nachdem wir nämlich dem endlosen Treck der Flüchtlinge durch die Wälder und auf morastigen Pfaden entlang den Vulkanausläufern zunächst in Juvénals Auto gefolgt und mehrmals stecken geblieben waren, hatten wir beschlossen, dass wir einen Geländewagen brauchten. Nicht einen dieser schicken Intercoolers, sondern etwas Robustes.

Juvénal hatte den Wagen besorgt, ich weiß nicht wie. Wahrscheinlich gestohlen. Der junge Mann entpuppte sich von Tag zu Tag deutlicher als mutiger Strolch. Erst hatte er sich eine Uniform zugelegt: vom indischen Schneider in der Rue de Commerce maßgeschneiderte Khakihosen, maßgeschneiderte Hemden, eine maßgeschneiderte Jacke. Außerdem hatte er sich den Kopf kahl scheren lassen, klar, trug ein Stirnband in Rot über der schwarzen Ray Ban und im Gürtel eine Vollautomatik, auch klar.

Er schien mit allen Wassern gewaschen, kannte alle Nachschubwege, auch für Brot, Kaffee, Whisky, Benzin, Eier, Waffen und Drogen. Er betätigte sich als Zuhälter, besorgte Zigaretten, Drehgenehmigungen und Ersatzteile für alles. Und er war im Umgang mit uns und anderen mittlerweile eingetroffenen Kollegen absolut loyal. Auch wenn er die dreitausend Dollar für den Landrover vermutlich in die eigene Tasche gesteckt hatte. Denn kurz darauf heiratete er, gleich zwei Frauen. Blutjunge Hutu-Mädchen, kräftig gebaut. Nicht bange, tüchtig auf dem Feld zu arbeiten. Ach, und so liebevoll.

Adam erzählte uns das alles. Er und Juvénal gluckten zusammen, wann und wo es nur ging. Schließlich kannte Juvénal auch alle Schleichwege, auf denen Schokoladentafeln und Nutella-Gläser nach Ruanda gelangten, und Adam zahlte *cash* in US-Dollaris.

Es war ein Sonntagmorgen, drei Monate nach Kriegsbeginn, und es regnete wie so oft in der Vulkanregion im Nordwesten Ruandas. Aber gleich würde sich die Sonne wieder aus dem Dunst erheben, und dann würde uns der Schweiß erst recht aus allen Poren dringen.

Ich hatte mir, weil ich es satt war, von jedem Soldaten meiner blonden Haare wegen angemacht zu werden, in einem der noch nicht vollständig geplünderten Friseurläden Kigalis eine schwarze Perücke besorgt. Aus Plastikhaar natürlich, auf eine Plastikhaube genäht, eine dieser Perücken, wie Afrikanerinnen sie gern aufsetzen, um statt ihres Kraushaares Locken zu tragen, die aussehen, als sei das Haar auf Wickler gedreht, aber nie ausgekämmt worden. Ich litt, hatte Kopfschmerzen, weil die Perücke so eng saß, dazu rann mir der Schweiß in Strömen in den Nacken und über das Gesicht, das, um die angelockten Moskitos zu vertreiben, einen halben Zentimeter dick mit Insektenlotion eingecremt war. Außerdem rauchte ich eine Zigarette nach der anderen, redete mir ein, mit dem Qualm die Mücken abschrecken zu können.

In Wirklichkeit war ich hochgradig nervös. War schon seit zweieinhalb Wochen nicht mehr zu Hause gewesen, weil der Flieger auf dem immer wieder gesperrten Flughafen nicht starten und landen konnte. Auch waren wir zu eingespannt und die Routen zu unsicher, um die weite Strecke nach Hause zu fahren.

Zwar konnte ich fast täglich mit meinen Kindern, mit Julian und Slippi oder Raven telefonieren, und natürlich war alles in bester Ordnung, doch merkte ich an den Stimmen von Aijosha und Gyjian, dass sie ungeduldig wurden, dass sie mich sehen mussten, um sich keine Sorgen um mich zu machen.

Sie fragten wie immer nach David und Adam, und ich hatte ihnen noch am Abend zuvor erzählt, dass Adam einen im Format Ebenbürtigen gefunden habe. Einen Kollegen aus den USA, der fast genauso fett wie unser Dicker sei. Ich hatte ihnen, wie schon mehrfach, von dem Treck erzählt, der sich auf das zairische Flüchtlingslager Goma zu bewege, und war dann, um abzulenken, wieder auf Adam und John zu sprechen gekommen. Die, ihres Gewichts wegen, beide natürlich am liebsten im Auto führen, während wir meist zu Fuß in Sichtweite des Flüchtlingsstroms gingen.

Wenn uns die Soldaten ließen, die in Hundertschaften im Treck mitzogen oder mit ihren Fahrzeugen rücksichtslos darin umherkarriolten. Gut genährt, bis an die Zähne bewaffnet und hochgefährlich.

Wer sich fragt, was diese Männer bei den Flüchtlingen zu suchen hatten, sollte sich vor Augen halten, dass in Ruanda die »Endlösung« auf dem Programm stand. Die totale Ausrottung der Tutsi und ihrer Anhänger. Darauf waren die Handlanger Habyarimanas gedrillt worden und nicht darauf, ein paar von ihnen leben zu lassen.

Habyarimanas Schergen gingen auch im Flüchtlingstreck gründlich zu Werk. Ohne Unterlass quälten sie die Menschen zu Tode, vergewaltigten, schändeten, zerhackten ihre Opfer. Nahmen ihnen die Kleider ab, rissen ihnen Augen und Geschlechtsteile heraus und ließen sie am Wegrand liegen. Entwürdigten sie so auf die schlimmste Weise, derer ein Afrikaner fähig ist. Ohne erkennbare Zeichen von Ekel über die eigenen Taten. Mit Drogen abgefüllt bis unter die Schädeldecke.

Sooft wir am Treck entlang fuhren, nahmen sie uns aufs Korn. Nicht immer aktiv, oft duldeten sie uns tagelang, doch dann hoben sie plötzlich ihre Gewehre und schossen auf uns. Oder bewarfen uns mit Handgranaten oder exakt gezielten Pangas. Davon hatte so mancher Kollege schon berichtet.

Die Angst unter uns, zu den nächsten Opfern dieser willkürlichen Gewalt zu gehören, war so groß, dass das Kontingent der Korrespondenten kontinuierlich abnahm. Viele sagten sich und ihren Redaktionen ganz einfach, dass sie Afrika verließen, selbst auf die Gefahr hin, ihren Job zu verlieren. Wer wählen konnte, wer also lange genug einer Redaktion angehörte, ließ sich versetzen. Denn in der Hölle Ruandas erschien selbst ein Einsatz in Bosnien als die angenehmere Alternative. Diese Option hätte sich, wenn es in unserer Redaktion auf Biegen oder Brechen gegangen wäre, auch für mich ergeben. Nur, wo hätte ich dann meine Kinder gelassen? Außerdem wollte ich in Afrika bleiben. Hier fühlte ich mich, trotz der unsicheren Umstände in meinem Umfeld, sicherer als dort, wo ich noch nie gewesen war.

Ein Großteil der Journalisten aber setzte sich nach Nairobi ab. Vorher boten sie Kollegen, jungen meist und unerfahrenen, viel Geld, damit jene sie regelmäßig mit Informationen versorgten. Ein Verhalten von Korrespondenten, das, glaube ich, in diesem Krieg erfunden wurde und den Irrsinn dessen widerspiegelt, was um uns herum geschah. Da war es für selbst bis dato integre Kollegen kein Problem mehr, die Ethik unseres Berufes zu vergessen. Dass sie allerdings *greenhorns* ausnutzten, um ihre Feigheit und ihren Egoismus zu verbrämen, ist einer der Gründe dafür, dass ich nur so wenige Namen in diesem Buch nenne. Denn nicht wenige der jungen Kollegen verloren hier ihr Leben.

Auch John gehörte zu ihnen. Ob man ihn angeheuert hatte, weiß ich nicht, aber er war noch blutjung. Gerade von der Journalistenschule gekommen, voller Ideen, wie man aus einem Krieg berichtet, ohne Angst haben zu müssen, und mit welchen selbsttherapeutischen Tricks man die grauenhaften Bilder aus dem Gedächtnis verbannt. Hundertprozentig.

Außerdem steckte er voller Witz und lachte gern. Zumindest seit er vor drei Wochen mit Adam und einer Gruppe Journalisten in einem Autokonvoi aus Kampala eingetroffen war. In Kigali auf dem Flughafen zu landen war schon längst nicht mehr sicher genug. Internationale Fluglinien hatten ihn aus ihrem Programm gestrichen – doch, die Flüchtlinge waren alle ausgeflogen worden –, und die Frachtmaschinen der Hilfsorganisationen hatten größte Mühe, hier heil anzukommen. Denn schon auf dem Flugfeld trieben sich die Plünderer herum, alle bis an die Zähne bewaffnet, alle nur auf eines fixiert: die Hilfsgüter zu stehlen. Dabei schossen sie alle Helfer nieder, die sich gegen die Plünderungen wehrten.

Aber dann kamen gar keine Ladungen mehr an. Ohnehin schien die Welt – und nicht nur die der Medien – an dem, was in Ruanda passierte und was allmählich überschwappte in die Flüchtlingslager Burundis, Tansanias und Zaires, nicht interessiert. Auch die Uno nicht, auch große Hilfsorganisationen nicht, oder wenn, nur marginal. Das Desinteresse war so deutlich sichtbar, dass es keinem Flüchtling, keinem Hilfesuchenden verborgen blieb.

Die Verfolgten in den Ländern zwischen den großen afrikanischen Seen waren mutterseelenallein. Sie wurden ermordet, ein ganzes Volk wurde vernichtet, und keiner guckte hin. Diese Verweigerung selbst minimaler Humanität war der Grund dafür, dass 2001, nach dem Ausbruch des Vulkans in Goma, die Menschen dort den Entsandten der internationalen Hilfsorganisationen nur Schmähungen entgegenbrachten. Man wollte deren Hilfe nicht mehr, wollte sich jetzt nicht als Objekt inszenierter Selbstlosigkeit missbrauchen lassen.

Nur die paar Unermüdlichen ließ man in Ruhe arbeiten. Die Missionare, Ärzte ohne Grenzen, Freiwillige meist halbstaatlicher oder privater Hilfsorganisationen. Doch damals, als die Schlächter noch die Macht hatten, befanden auch sie sich in ständiger Lebensgefahr, halfen sie doch den Verfolgten, den Feinden der Soldaten, Milizen und ihrer Mitläufer.

Nur einmal habe ich erlebt, dass den Mörderbanden Paroli geboten wurde. Von einer israelischen Eliteeinheit, die den Transport von Hilfsgütern nach Ruanda begleitete, wohl wissend, welche Sitten dort mittlerweile herrschten. Zufällig befand ich mich in der Nähe des Flughafens, als nach langer Zeit einmal wieder eine Transportmaschine am Himmel über Kigali auftauchte. Ich war verwundert. Wer würde es wagen, hier Fracht zu entladen? Weiß man denn im Ausland immer noch nicht, was hier mit dem Großteil der Hilfsgüter geschieht?

Ich bat Juvénal, zum Flughafen zu fahren. Wir kamen gleichzeitig mit einer Kolonne Lastwagen dort an, einige mit dem Emblem der UNHCR, andere von Oxfam oder World Food for Hunger, doch wurden sie allesamt von schwarzen Soldaten gefahren. Und auch die Mitfahrer auf den Ladeflächen waren Uniformierte.

Vom Beifahrersitz eines der Lkws stieg ein besonders adretter Krieger herab. Mit Reitstiefeln angetan und einer Reitgerte in der Hand. Er musste einen Film über den Zweiten Weltkrieg gesehen haben. Denn die ungeduldige Art, wie er das Stöckchen an seine Stiefelschäfte schlug, gehörte, zumindest in diesem Genre, zum klassischen Habitus einflussreicher Nazi-Offiziere. Außerdem trug er eine Sonnenbrille mit Goldfassung, aber als ich vor ihm stand, konnte ich erkennen, dass das Gold wohl einer Nagellackflasche entnommen war. An den Bügeln jedenfalls bröckelte die schicke Makulatur schon wieder ab.

Wie Armeeleute zu Transportern der Hilfsorganisationen

kommen, fragte ich ihn. Er trat an mich heran, so nah, dass sich unsere Nasen beinahe berührten, spuckte mir ins Gesicht und schlug gleichzeitig mit der Peitsche zu. Dieses Schwein! Er brüllte etwas in Kinyarwanda, ich konnte seine Worte nicht verstehen. Hätte mich am liebsten vor Ekel übergeben. Doch anstatt ihn zu schlagen oder anzuschreien, drehte ich mich um und ging zum Auto zurück. Ruanda hatte mich schon gelehrt, einstecken zu müssen. Erst als er und mit ihm alle anderen Soldaten in der Halle verschwunden waren, stieg ich wieder aus und postierte mich am Tor der Feuerwehreinfahrt zum Flugfeld.

Das Flugzeug kam träge zum Stillstand, aber noch während es sich bewegte, liefen die bewaffneten Ruander schon darauf zu. Sie schossen in die Luft, ich hatte Angst um die Menschen in der Maschine. Doch dann las ich die Aufschrift auf dem Rumpf. Der Flieger kam aus Israel, und wenn man dort nicht weiß, wie man mit marodierenden Plünderern umgeht, dann nirgendwo.

Das nun folgende Schauspiel habe ich genossen, denken Sie von mir, was Sie wollen: Die Luke des Flugzeugs öffnet sich nur wenig, und heraus springt eine ganze Hundertschaft israelischer Soldatinnen und Soldaten. Schon im Springen haben sie ihre Uzzis im Anschlag. Kaum aufgekommen und bevor die verdutzten Hutu-Soldaten reagieren können, eröffnen die Israelis das Feuer. Sie schießen gezielt in die Beine der Angreifer, und als diese nach einer Minute der Konfusion fliehen, schießen sie über deren Köpfe hinweg.

Ja, es hat mich gefreut zu sehen, wie sich der Nazi-Verschnitt heulend auf dem Beton wand. Er gehörte zu denen, die an einem der nächsten Tage in dem neu errichteten Lazarett der israelischen Organisation Shalom operiert wurde. Nicht sofort, die Versorgung von Zivilisten und den Opfern der Schergen hatte Vorrang, eiskalt. Wer von denen allerdings noch gehen konnte, war schon längst zu einer der Grenzen unterwegs. Die Flüchtlingslager in Burundi und Tansania quollen bereits über, der Strom nach Goma nahm aber täglich noch zu.

Ich sah die Handgranate, die auf unseren Landrover zuflog, von weitem. Wie einen Squashball nur. Das Auto hatte angehalten, John wollte wohl Aufnahmen vom Treck machen. Die Granate blieb unter dem Wagen liegen.

Ich rannte los. »Adam!«

Ich hörte Davids Keuchen hinter mir, seinen Schrei: »Adam!«

»Adam, spring runter und lauf!«

»Adam, eine Handgranate ist unter eurem Auto!«

»Adam, lauf!«

Adam! Adam! Adam! Durch die Druckwelle der Explosion wurde der Landrover in die Luft und ein paar Meter nach links katapultiert, mitten hinein in den Strom der Flüchtlinge. Der umstürzende Wagen begrub acht von ihnen unter sich. Wir sahen Adams Körper aus seinem Sitz fliegen, er stieß mit dem von John zusammen, bevor er zerrissen wurde. Juvénal und der andere Kollege, der so neu bei uns war, dass ich noch nicht einmal seinen Namen kannte, und der Angst vor Schlangen gehabt hatte und deshalb nicht mit uns durch den Busch gegangen war, wurden aus dem Auto geschleudert. Wir fanden nur noch ihre Schuhe, ihre Gürtel und ein paar größere Leichenteile.

Nie werde ich die Qual in Davids Schrei vergessen können. »Adam! Nein!« Und sein verzweifeltes Wimmern: »Nicht Adam. Nicht du auch noch. Adam, bitte, nicht du.«

O Gott! Wir mussten erst das Blech beiseite räumen und den Wagen wieder umkippen, bevor wir fanden, was von Adam übrig geblieben war. Sein Gesicht war nahezu unverletzt, in seinen weit offenen Augen stand ein erstaunter Ausdruck. Eine Hand hielt seine zerstörte Tonmaschine umklammert.

Ich nahm Adams Kopf in meinen Schoß und schloss die toten Augen. David stand völlig unbeweglich, konnte den Blick nicht von Adam wenden. Durch den Filter meiner Tränen sah ich ihn niederknien, sah ihn Adams Gesicht streicheln und sah ihn zittern. Und ich sah den Soldaten, der von hinten an David herantrat und ihm den Kolben seines Gewehrs in den Nacken schlug.

»Son of a bitch!« Ich sprang auf, doch David war schneller.

Schon im Hochkommen entriss er dem Schwarzen das Gewehr, drehte es um und prügelte nun seinerseits mit dem Kolben auf sein Gegenüber ein. Vielleicht hat er den Mann getötet, wir ließen ihn einfach liegen.

Mittlerweile waren andere Kollegen in einem Auto angekommen. Um uns herum herrschte fassungsloses Schweigen. Nur die Geräusche des voranziehenden Trecks waren zu hören. Das Schlappen von Plastiksandalen aus den dichten Reihen rastlos wandernder Menschen, das dumpfe Klirren von Tongeschirr in den Bündeln der Frauen, das Scheppern der Töpfe und Pfannen. Kinderweinen, Stöhnen, atemloses Keuchen von lebenden Skeletten, die oft auf bis zu den Knochen blutig gelaufenen Füßen wanderten. Die dennoch immer weiter in ihren endlosen Kolonnen dahinzogen, ohne Essen und Trinken, ohne Ruhepause, ohne miteinander zu sprechen. Und ohne eine Regung in ihren gespenstisch abgemagerten Gesichtern.

Ich schaute hin, sah sie aber nicht mehr. Sah nur noch Adams Körper durch die Luft fliegen, stellte mir sein rundes Gesicht vor. Wollte in diesen Sekunden nicht mehr weiterleben.

Schließlich baten wir die Kollegen um ihr Auto. Wir würden die Leichen in eine Stadt mit einem Flughafen bringen müssen. Aber in welche?

Die drei Fotografen aus Südafrika und Italien überließen uns ihren Wagen, stiegen zu anderen ein. Sie hoben kurz die Hände, als sie weiterfuhren.

Nur Walter, ein Schweizer Korrespondent, und Roria, der Kameramann des spanischen Teams, blieben bei uns. Sie wollten mit uns zurückfahren, egal wohin, nur weg aus dieser Hölle und ins nächste Flugzeug Richtung Europa.

Wir sprechen nicht miteinander, David und ich schauen uns über Adams Kopf hinweg an, und ich bin in der Lage, darüber nachzudenken, wohin wir fahren sollen. Der Wagen ist ein Toyota Pick-up, und der größte Teil der Ladefläche ist mit Kanistern voll gestellt. Ich öffne jeden einzelnen, kontrolliere, ob sie Wasser oder

Benzin enthalten, und stelle fest, dass wir neben fünfzig Litern Wasser vierhundert Liter Benzin und zwanzig Liter Öl haben.

Diese Menge würde uns überall hinbringen, und auch das Wasser sollte bei sparsamem Umgang reichen. Dennoch will ich nach Kigali zurückfahren. Nicht nach Kinshasa und auch nicht nach Goma, weil ich nicht weiß, ob die Flugzeuge, die Hilfslieferungen gebracht haben, noch dort sind. Ich habe auch Bedenken, nach Kampala zu fahren, denn wir haben gehört, dass in den Virunga-Bergen und in den Urwäldern im Süden des Landes Ausbildungslager für Hutu-Milizen eingerichtet worden sind, und in deren Nähe möchte ich nicht kommen. Nach Dar-es-Salaam wiederum ist es zu weit, und keiner weiß, ob wir die Strecke von Rusumu Richtung Osten unbehelligt fahren könnten.

»Ich will nach Kigali, David.«

Er nickt zustimmend.

»Sicher wagt Frank das Risiko, uns abzuholen.«

»Ja klar.« Er nickt noch heftiger. Er steht unter Schock, hat noch keinen zusammenhängenden Satz gesagt.

Aus dem Dunkel der Bäume tritt eine Gestalt, eine Frau: Beatrice! Kollegin aus Irland. Sie ist eine der wenigen Frauen in unserem Kreis, doch muss ich nach ihren ersten Worten meine Erklärung ins Präteritum verkehren. Sie weint bitterlich, zittert am ganzen Körper, bringt unter Schluchzen nur heraus, dass sie nach Hause will.

David nimmt sie in seine Arme, setzt sie in den Schatten eines wilden Feigenbaums und kommt auf mich zu. »Schaffst du das alles?« Er meint das Desinfizieren des Wassers, das Umpacken und Festschnallen der Kanister, das Auffüllen des Tanks.

»Ja, setz dich zu Beatrice. Ach, und – David?« Er hat sich am Auto abgestützt. »Hältst du das durch?«

»Ja.«

»Wir müssen alle Leichen mitnehmen, müssen sie zusammen in dieses Plastik einschlagen, weil wir nur das haben.« Ich habe die Abdeckung der Ladefläche unter dem Vordersitz gefunden. »Kannst du das ertragen?«

»Nein!« Er beginnt zu weinen.

»Bitte. David, bitte! Ich mach das, aber bitte … bleib da.«

Ich wollte sagen: »Bitte, dreh nicht durch« oder »Bitte, brich jetzt nicht zusammen.«

Er hat verstanden. Er geht zu Beatrice hinüber, ich schaue seiner zusammengesunkenen, schwankenden Gestalt nach.

Roria hilft mir, die Überreste Adams, Juvénals, Johns und des Unbekannten zusammenzusuchen, sie in die Plane zu verpacken, das Bündel auf der Ladefläche zu verstauen und festzuschnallen. Und ich versuche, nicht mehr zu denken. Ich starte den Wagen, David setzt sich ganz eng neben mich, Beatrice ihm zur Rechten in den Fond. Ein Blick durch das kleine Fenster nach hinten, ich sehe, dass die beiden anderen sich jeder eine Ecke auf dem Heck gesucht haben, und dann fahre ich los. Über den durchweichten Waldboden, von Tausenden Fußtritten geebnet. Auf dem Rest Asphalt, der einst eine Straße war, durch tiefe Schlaglöcher.

Oder war die Straße gut? Kamen uns Flüchtlinge entgegen, oder war der Strom abgerissen? Waren Soldaten unter ihnen, oder hatten wir keinen Gegenverkehr?

Ich weiß es nicht, schon während der Fahrt nicht mehr. Ebenso wenig, wie ich das wunderschöne Panorama der Berglandschaften wahrnehme, die Regenbögen, die sich sicher in den Phasen zwischen Niederschlägen und Sonnenschein bilden.

Ich habe nur Adam vor Augen, unseren lieben Dicken. Adam, der eines Morgens wie der Blitz rennen konnte, als wir auf dem Flughafen von Luanda in eine Schießerei geraten waren und ganz schnell in die Deckung des Flugzeugs zurücklaufen mussten. Adam, der seine Hand nicht von meiner Schulter nahm, als wir Marie bestatteten. Adam, der Amira eines schönen Tages aus der Küche verbannt hatte, um »einmal in diesem Haushalt kochen zu können, was ich will«. Adam, der uns mit der Mitteilung überraschte, in Zukunft an unseren morgendlichen Joggingläufen teilzunehmen. Und dem wir dann wieder davon abrieten, weil wir mit ihm im Schlepptau kaum von der Stelle kamen. Adam, der dann verkündete, reiten lernen zu wollen, aber beim ersten Versuch nicht nur sofort vom Pferd fiel, sondern auch noch von ihm gebissen wurde. Adam, der immer wusste, wo es Nutella zu kaufen gab, selbst in Maputo, wo die Geschäfte leer waren. Adam, der meinen Söhnen aus jeder Stadt, in die wir kamen, etwas mitbrachte, und wenn er eigens dafür zum Strand von Mogadischu gehen musste, um dort Muscheln zu suchen. Adam, auf dessen massigen, breiten Schultern Marie am liebsten gesessen hatte. Adam, dem bei den vielen toten Kindern am Straßenrand Tränen in die Augen traten, der aber im Notfall zur Verteidigung mit seiner Tonmaschine unbarmherzig zuschlagen konnte. Adam, der, wenn er satt war, uns großzügig seine Portionen anbot und nach zwei Stunden sicher mit Furcht in der Stimme nachfragte, ob wir tatsächlich schon alles aufgegessen hätten. Adam, der es genoss, wenn die Afrikaner ihn wegen seiner Leibesfülle verehrten. Adam, der fast verrückt geworden wäre, als er über die britische Botschaft die Nachricht erhielt, dass seine Frau die Scheidung eingereicht hatte.

Das war zwei Monate, nachdem David geschieden worden war, nachdem beide ihre Kinder zum letzten Mal gesehen hatten. Die darauf folgenden Tage, aber besonders die Nächte wurden zur Tortur. Vor allem für mich, die ich sie durch alle einschlägigen Bars und Diskotheken Nairobis begleitete. Aufpasste, dass sie in ihrem Dauersuff nicht ausgeraubt und die Prostituierten nicht zu zudringlich wurden – weshalb ich sogar mit beiden zu den diversen Toiletten ging. Dafür sorgte, dass Adam in seinem Wahn, niemand liebe ihn mehr, nicht doch mit einer *Lady of the Night* im Hinterhof oder im Separee verschwand, und mich mit einer der Damen sogar prügelte.

Als diese nämlich handgreiflich wurde, um mich von der Theke fort in ein Taxi zu ziehen. Schließlich hatte ich ihrer Meinung nach so spät und an einem Ort wie dem »Buffalo Bill« nichts mit den Männern zu tun. Da waren sie und ihre Kolleginnen zuständig.

Und so packte die Hure mich an den Haaren, biss mir in die Hand und zerrte mich vom Barhocker. David guckte mit heruntergeklapptem Kinn extrem blöd, und Adam grinste und sah dabei nicht intelligenter aus. Also zog ich einen Schuh aus, einen hübschen Highheel, und hieb ihn der Lady auf den Kopf.

Dazu kreischten wir unisono, beschimpften uns im übelsten Gassenjargon und zogen hier noch mal an einer Strähne, dort noch mal an einer Hand voll Zöpfchen. Super, das hatte ich mir schon immer gewünscht – mich mit einer Frau zu prügeln! Und das natürlich vor den Augen eines Pulks von Männern, die, mittlerweile alle auf uns aufmerksam geworden und höchst interessiert, in Anfeuerungsrufe einstimmten. »Titta, Titta«, damit musste meine Kontrahentin gemeint sein, und »Blondie, Blondie«, das galt offenbar mir.

Himmel, wie peinlich. Und meine Helden äugten immer noch mit glasigem Blick ins Leere.

»Komm«, keuchte ich im Würgegriff meiner Gegnerin, nairobianische Huren sind unglaublich zäh, »komm, lass uns ein Bier zusammen trinken, und dann gehe ich.« Augenblicklich ließ das Luder los. Stand aber noch mit hoch erhobenen Fäusten da.

»Hör auf, ich habe doch gesagt, ich gebe ein Bier aus, und dann verschwinde ich!«

»Okay.«

Titta strich sich ihr Kleid glatt, zeigte allen nunmehr grölenden Männern den Stinkefinger, zupfte mir ein paar Holzsplitter aus dem Haar und bückte sich, um mir meinen Schuh zurückzugeben.

Titta und ich haben uns später noch oft getroffen, immer wenn ich in Nairobi war und den Morgen oder den Nachmittag vertrödeln konnte. Dann sind wir essen gegangen, haben in der Sonne gesessen und uns über Männer unterhalten. Sie erzählte mir von ihren Kunden und deren abartigen Wünschen, und dann fragte sie mich nach meinen Männern aus. Oft schloss sie unsere Treffen mit den Fragen: »Ob ich, wenn ich weiß wäre, auch Hure geworden wäre?« und »Ob mich, wenn ich eine weiße Hure wäre, die Männer auch zum Sex ohne Kondome zwingen würden?«

Ich mag es gar nicht sagen, aber Titta ist heute natürlich HIV-positiv. Die Flecken des Kaposisarkoms haben sich schon auf ihren Armen und Beinen ausgebreitet, in ihrem Dekolleté, wachsen allmählich über den Hals in ihr Gesicht. Also trägt sie jetzt hochgeschlossene Kleider mit langen Ärmeln und – arbeitet weiterhin als

Prostituierte. Schließlich hat sich eine zwölfköpfige Familie in der Gegend von Eldoret von ihrem Verdienst abhängig gemacht, obwohl ihre vier erwachsenen Brüder sicher Arbeit finden könnten.

»Aber du arbeitest jetzt nicht mehr ohne Kondom?!«

»Warum nicht?« Sie lacht schrill und gemein. »Ich habe doch nichts mehr zu verlieren, und um keinen der Dreckskerle, die's ohne wollen, ist es schade!«

Das ist Titta, Paradebeispiel aller Huren Afrikas. Sie wird nicht mehr lange leben. Ich hoffe, sie noch einmal wiederzusehen.

Adam goodbye zu sagen hatten wir keine Chance.

Adam, der mit seinen fünfundvierzig Jahren jetzt tot ist. Wie soll ich das meinen Söhnen erklären? Wann? Sie werden nicht, so kurz nach Maries Tod, den Verlust eines weiteren lieben Menschen ertragen können.

Ich will mir die Tränen aus den Augen wischen, da bemerke ich, dass ich noch immer diese entsetzliche Perücke trage, reiße sie mir vom Kopf.

Sie fällt in Davids Schoß und weckt ihn aus seiner Apathie. Er schaut mich an, streicht mir die verschwitzten und angeklebten Haare zurück und reißt mich plötzlich mit einem unsagbar schmerzerfüllten Schrei an sich. »Ulla, Ulla, ich habe solche Angst!« Er flüstert in mein Ohr, nimmt sich unserer Mitfahrer wegen zusammen. Aber dann weint er doch hemmungslos.

Adam und er haben fast zwanzig Jahre zusammengearbeitet. David kannte Adam länger als beide ihre geschiedenen Frauen, sie waren schon ein Team, als in Uganda Mark erschossen wurde. Davids Erinnerungen an Adam sind noch viel umfassender als meine. Zumal sie meist in einem Zimmer geschlafen und Dinge reflektiert haben, die sich zwischen Männern ungehemmter besprechen lassen. Eine tiefe Freundschaft hat sie verbunden, obwohl sie, wie beide mir einmal erzählt haben, nicht beieinander geblieben wären, wenn sie der Beruf nicht zusammengeschweißt hätte.

»Aber wenn du dich dann noch verstehst, was soll Menschen mit gemeinsamen Erfahrungen wie diesen auseinander bringen?«

Der Tod. Im Krieg bedarf es keiner Unversöhnlichkeiten oder Scheidungsanwälte, um Beziehungen zu zerbrechen. Auch sind die Trennungen immer absolut.

Adams Tod sorgte selbst in unserem Headquarter in London für Bestürzung. Unser Chef höchstpersönlich griff zum Telefon, um die Umstände des Mordes zu erfragen. Und dann sagte er einen impulsiven, ganz lieben Satz: »Ich werde kommen, um ihn abzuholen.«

Er landete zwei Tage nach unserer Rückkehr in Nairobi. Wir waren dort schon am Morgen mit Franks Maschine eingetroffen. Ich hatte ihn von Kigali aus in Nairobi angerufen, und er war mit den Worten »Und wenn es das Letzte ist, was ich tue« sofort nach Kigali aufgebrochen. Es waren böse Stunden des Wartens auf dem Flughafen. Obwohl Frank die Genehmigung hatte zu landen und uns auszufliegen. Die hatte der Onkel Juvénals erteilt, der mittlerweile zum Chef der Polizei und Milizen von Kigali und Umgebung avanciert war.

Wir waren, nachdem wir die Leichenteile auseinander sortiert, Adams Leichnam im Keller unseres Hotels abgelegt und die anderen dem Vertreter der amerikanischen Botschaft übergeben hatten, mit den sterblichen Überresten Juvénals zu seiner Familie gefahren. Seine Mutter war zusammengebrochen, Kinder hatten sofort ihren Bruder, den Onkel, herbeigeholt. Mit unbewegter Miene hörte er der Schilderung des Verbrechens zu, dann erhob er sich, salutierte und drückte David und mir die Hand. Er bedankte sich dafür, dass wir seinem Neffen den Job bei uns gegeben hatten, und tröstete uns mit den Worten: »Ihr könnt nichts dafür. Es herrscht Krieg. Wir Hutu müssen tun, was getan werden muss. Gott schütze euch.«

Und dann versprach er, uns in Zukunft sämtliche notwendigen Papiere zu besorgen, was immer wir benötigten. Und auch das Schmuggelnetz, das sein toter Neffe aufgebaut hatte, stehe uns jederzeit zur Verfügung.

Nein danke, kein Bedarf, doch fragte ich ihn nach der Erlaubnis für die Landung und den Start unseres Fliegers. So war der Flughafen, während wir auf Frank warteten, mit Polizeitruppen besetzt, damit nur ja kein Soldat oder wer auch immer glauben mochte, hier sein eigenes Spiel treiben zu können.

Frank landete, weinend, und am nächsten Morgen flogen wir wieder ab, mit dem Rest von Adam an Bord, mit Trauer im Herzen, die so schwer wog, dass es uns unmöglich erschien, uns von dieser Last je wieder zu erholen.

Unser Chef hatte sich schon von London aus um alle Formalitäten gekümmert, der britische Botschafter in Kenia holte uns am Flughafen ab. Wir ließen die Plastikplane unverschlossen, bevor David und ich sie in den Zinksarg hoben. Die Teile der zertrümmerten Tonmaschine legten wir dazu und jede Menge blühender Jakaranda, die wir entlang den Straßen von Nairobi aus den Bäumen geschnitten hatten. Niemand mochte ihm seine Armbanduhr abnehmen, seinen Ring.

Den Koffer mit Adams Jeans und Hemden, mit seiner Regenjacke und der Ersatzbrille nahm unser Chef mit nach England. Ob er sie den Eltern Adams, die in Polen leben, zuschicken oder gar bringen würde? Adams Exfrau würde sich wohl kaum dafür interessieren.

Die beiden Packungen zerschmolzener Weinbrandpralinen aßen David und ich leer, und die Kondome warfen wir weg.

Und dann waren von Adam nur noch die Erinnerungen da. *Fare well*, Dicker. Hab viel Spaß mit Marie und ihren Freunden und sage ihr bitte, wie sehr ich sie liebe.

Noch bevor ich duschte, rief ich in Mombasa an und erfuhr, dass Aijosha und Gyjian von ihrem Vater abgeholt worden waren. Ja richtig, der lang geplante Urlaub in Südafrika! Obwohl wir noch am Samstag darüber telefoniert hatten, war mir das in den letzten Tagen völlig aus dem Gedächtnis entwichen. Dem Himmel sei Dank, dachte ich, da muss ich meinen beiden noch nichts von Adams Tod erzählen.

Also entschied ich mich noch während des Gesprächs, nicht nach Hause zu fahren. Und Amira schien das sogar recht zu sein.

Sie habe noch dieses und jenes zu tun, und die Moskitonetze müssten auch gewaschen werden.

»David!«, rief ich, nachdem ich aufgelegt und sein Zimmer betreten hatte. Ich hörte ihn unter der Dusche summen. Das Lied von den zehn kleinen Negerlein. Da waren's nur noch zwei.

Ich riss die Tür zur Dusche auf. »Wir gehen uns betrinken.«

Er nickte wieder. Ich hörte das Telefon in meinem Zimmer klingeln.

»Hier ist Diana!«

Meine Frage, was sie in Nairobi mache und woher sie wisse, dass ich hier und nicht in Ruanda sei, beantwortete sie in typischer Manier: »Ich war in Mombasa, hörte aber von Adams Tod. Und weil deine Söhne verreist sind, dachte ich mir, dass du nach Nairobi kommst, um dich hier mit David in irgendwelchen Bumslokalen zu betrinken. Deshalb gebe ich heute Abend ein Essen, an dem ihr beide teilnehmen werdet.«

Nun ist mir bekannt, dass die Buschtrommeln der Weißen-Community Ostafrikas noch heute so effizient arbeiten wie die der Krals vor tausend Jahren, doch von wem sie tatsächlich unser Drama erfahren hatte, wollte sie mir erst später erzählen.

»Ich dulde es nicht, dass du dich in deinem Zustand in diesen entsetzlichen Kaschemmen herumtreibst. Und David wird es nicht besser gehen als dir! Wir sehen uns also um sieben Uhr! Ich schicke den Fahrer! … Ach ja«, fügte sie hinzu, bevor sie auflegte: »Und wage es nicht, zu sagen, du willst nichts essen!« Aufgelegt. Meine Diana in Reinkultur.

Sie ist die Enkelin Lord Delamares, jenes Abgesandten der britischen Krone, der in den frühen Neunzehnhundertzwanzigern nach Kenia geschickt worden war, um das Treiben der aus England und seinen Kolonien verstoßenen Adelssprösslinge unter Kontrolle zu halten. Denn das Jungvolk, das dem United Kingdom so manchen Skandal beschert hatte, sollte in Ostafrika auf andere, vielleicht sogar produktive Gedanken gebracht werden. Stattdessen aber frönten die verwöhnten Frauen und Männer ihren rastlosen Partys und Orgien mit noch ausschweifenderer Inbrunst.

In Karen Blixens »Jenseits von Afrika« erfährt man einiges darüber, »Weißes Verhängnis« orientiert als Sittengemälde, und auch »Westwärts mit der Nacht« und die Biografie von Juanita Carberry erzählen von diesem Sodom und Gomorrha in den kenianischen Highlands. Nebenbei pflanzte man Tabak, Tee und Kaffee, doch schien das wirkliche Leben mit dem Sonnenuntergang zu beginnen.

Kurzum, Lord Delamares Bekanntheit beruhte nicht auf seiner Autorität als moralisches Regulativ. Nein, eher darauf, dass auch er so recht ein Mitglied dieser fein verderbten Community war. Diana könnte dazu deftige Geschichten erzählen! Und ihre eigenen Frivolitäten gleich hinzufügen, denn auch sie kann und will, wie alle Abkömmlinge dieser »Rift-Valley-Kultur«, nicht verleugnen, aus welchem Stall sie stammt.

Wenngleich zu den heutigen Partys im Rift Valley, dem Zeitgeist entsprechend, alle Damen bekleidet erscheinen. Auch zieht man sich zu sexuellen Ausschweifungen hinter geschlossene Türen zurück, möglichst nicht gleich vor Ort. Doch finden sie nach wie vor statt. Und der Spruch »Bist du verheiratet, oder lebst du in Kenia?« hat noch heute den gleichen Gehalt wie damals.

Nun, Dianas Partys und Dinners sind allesamt distinguierten Charakters, denn meine beste Freundin hasst es, wenn jemand sich gehen lässt. Diana ist eine Institution in der kenianischen Community. Wen sie nicht mag, der ist ein Nichts.

Sie tut grundsätzlich, was sie will. Machte mit dreizehn ihren Flugschein, heiratete das erste Mal, als sie siebzehn war, ließ sich nach einem halben Jahr wieder scheiden. Verkündete zum Beispiel mit vierzig, sie sei als Gesellschaftsschönheit nun lange genug im Dienst gewesen und werde von nun an nach Herzenslust essen und trinken, was ihr schmecke und so viel sie wolle, egal wie sich das auf ihre Figur auswirken würde. Im Nu hatte sie so viele Kilo zugelegt, dass mir als ihr zukünftiger Schneider nur noch ein Zeltmacher in den Sinn kam.

Damals hatten wir uns gerade kennen gelernt und trafen uns regelmäßig, um unsere Bekanntschaft zu vertiefen. So auch an einem Mittag im Mombasa Club. Sie rauschte herein in einem armen Khakiseidenen, das aus allen Nähten zu platzen schien. Sie keuchte, schwitzte und fluchte. »Diese verdammte Hitze!« Es war Regenzeit, ich trug einen Pullover mit Rollkragen, Cordhosen, Wollsocken und feste Schuhe. Für tropische Verhältnisse war es nämlich kalt.

Wie ich da so saß, konnte sie sich kaum herabbeugen, um mich auf die Wangen zu küssen. Also stand ich auf, umarmte sie und fasste mir ein Herz: »Diana, sorry, aber du bist zu dick.« Und setzte noch einen drauf: »Du bist fett!«

Als Antwort lachte sie laut auf, stimmte mir zu und erzählte, über was für Abmagerungskuren sie gerade in der letzten Woche nachgedacht hatte. Dabei bestellte sie beim Kellner im gleichen Atemzug einen doppelten Whisky, zwei Flaschen Rotwein – »Du trinkst sicher auch das eine und andere Gläschen« –, das gesamte Tagesmenü und zwei Stücke von dem herrlichen Buttercremekuchen aus der Vitrine.

»Ich wiege achtundneunzig Kilo, ist es denn zu fassen?«, grinste sie. »Ich muss mir einen anderen Sitz ins Cockpit der Cessna einbauen lassen, ich hatte heute Morgen echte Schwierigkeiten, von Nairobi hierher zu fliegen.« Und leise fügte sie hinzu: »Und Ohram will sich scheiden lassen.«

Ohram war Dianas Mann, der sich bald darauf tatsächlich scheiden ließ, obwohl Diana ihr Gewicht in den folgenden drei Monaten rigoros auf propere achtzig Kilo reduzierte. Sie waren neunzehn Jahre lang verheiratet gewesen, haben zwei tolle Kinder und waren als Paar aus der weißen und wohlhabenden Gesellschaft Kenias nicht wegzudenken. Gemeinsam hatten sie ein Haus außerhalb Mombasas gebaut, in einem Park, der so groß ist, dass man sich des Nachts in ihm verlaufen kann, und so gepflegt verwildert, dass man Löwen in ihm brüllen hören möchte. Sie besitzen ein Haus auf Lamu und Dianas Elternhaus in Langata. Was ich damit sagen will: Beiden könnte es hinsichtlich Auskommen und Ansehen nicht besser gehen.

Doch Ohram, der bis vor einigen Jahren als Arzt praktiziert

hatte, wurde fünfzig und schlitterte prompt in eine Seinskrise. »Ich will nicht mehr herumlungern, Golf und Tennis spielen und vom Saufen aufschwemmen«, hatte er Diana gesagt. »Dazu fühle ich mich noch zu jung. Ich will noch leben.«

Also ließen Diana und er sich scheiden, »damit wir frei sind«, wie er sagte. Versicherte ihr, dass er sie noch immer liebe, ließ sich von Diana den Wert der Villa in Mombasa auszahlen, nahm ihr das Versprechen ab, ihm nicht böse zu sein und ihn nicht vor die Tür zu setzen, wenn er eines Tages wiederkäme, und flog mit nur leichtem Gepäck nach Bombay. Wo er mehrere Fortbildungskurse in einem Krankenhaus absolvierte und sich schließlich als Internist niederließ.

»Das war mein Traum schon immer gewesen«, schrieb er seiner Exfrau, »ich hatte es nur nicht mehr erkennen können.«

Und da sitzt er wieder. In seinem Lieblingssessel vor dem Panoramafenster mit Blick auf das Rift Valley.

»Ohram!«

Wir umarmen uns, ich freue mich sehr, ihn zu sehen. Braun gebrannt, hager, mit dem ewigen Lächeln in den Augenwinkeln.

»Dich habe ich nicht erwartet. Was machst du hier? Wie geht es dir?«

Diana antwortet, wie immer, für ihn: »Er kam gestern Abend, völlig überraschend. Ist auf dem Weg zu einem Kongress in London und wird anschließend hier Urlaub machen. Und wie du siehst, geht es ihm gut.« Sie hat sich auf die Lehne des Sessels gesetzt, schmiegt sich an ihn und sieht glücklich aus, das Gesicht gerötet.

Der zweite Überraschungsgast des Abends ist der englische Botschafter. Ihn hatte ich noch nie bei Diana gesehen, dafür aber an dem Nachmittag, als er mit dem Zinksarg für Adam ins Hotel gekommen war. Und durch ihn hat Diana natürlich vom Tod Adams erfahren.

Er gibt sich viel zu überschwänglich, schüttelt David und mir die Hände viel zu lange und dröhnt sein Beileid viel zu laut hinaus.

Diana guckt durchdringend, David wendet sich brüsk ab. Er nimmt sich eine Flasche Whisky aus der Bar und setzt sich zu Ohram. Er trinkt schon den ganzen Nachmittag, und als der Fahrer ins Hotel kam, musste ich ihn aus der Bar holen.

»Ach herrje«, stöhnt Diana und zieht mich zu sich auf die Couch. »Du bist zu dünn!« Sie knufft mir in die Rippen.

»Das ist eine alte Leier, ich weiß es. Diana, ich muss weg aus Ruanda, ich muss weg aus all den Kriegen. Ich kann nicht mehr.«

»Auch das ist eine alte Leier«, antwortet sie und hebt die Augenbrauen. »Aber ich kann nicht mehr sagen, als ich schon seit Jahren bete: Hör auf, ich habe genug Geld für uns alle. Und ich würde nichts lieber tun, als mit dir und deinen Kindern zusammenzuleben.«

In der Tat besteht Dianas Angebot, mich und meine Söhne zu unterhalten, schon lange, immer wieder mit Nachdruck vorgebracht. So wie die Bitte meiner *famiglia* in Italien, mir einen Anteil ihres Vermögens zu überschreiben.

Ich habe aber nicht das Bedürfnis, mich an dem Geld anderer gütlich zu tun. Ich kann ja arbeiten und unseren Unterhalt verdienen, wenn auch auf diese ungewöhnliche Weise.

»Ich danke dir, Diana, wie immer, aber ich kann dein Geld nicht in Anspruch nehmen.« Den Satz spricht sie mit mir zusammen. So oft habe ich ihn schon gesagt, dass sie ihn auswendig weiß.

Wir lachen. Doch dann treten wieder Tränen in meine Augen. Adam. Marie. Adam.

Diana nimmt mich in den Arm und geht mit mir nach nebenan in ihr Studio. Der Anbau ist an drei Seiten von Glas umgeben und mit einer Glaskuppel gedeckt. Mannshohe Leinwände stapeln sich an den Wänden, mit dramatischen Farbkonstellationen bedeckt. Nicht Farbkombinationen, nein, Konstellationen. Diana hat ihre Begabungen noch nie in Minimalismus verwirklicht.

Neben der Tür lehnt ein Bild, ein Werk in vielfältigem Blau. Es zeigt ein kleines Mädchen, ganz groß. Marie. Selbst so abstrakt dargestellt, ist sie eindeutig zu erkennen.

»Ist es trocken?«

Diana nickt.

Ganz sanft berühre ich das Gesicht, fühle unter meinen Fingern die Struktur der Ölfarben. »Es ist schön, Diana. Kann ich es haben?«

»Nein, tut mir Leid«, sie schüttelt den Kopf. »Es ist schon verkauft.«

Ich schaue fragend.

Sie zündet sich eine Zigarette an. »Sam.«

»Sam?« Meine Gedanken überschlagen sich. Welche Erklärung kann Sam als Argument angeführt haben, dass er ein Bild von Marie kauft?

»Ja, Sam.« Diana zuckt die Schultern. »Er will seine ganze Familie von mir malen lassen und auch deine Jungs, aber die Bilder sollen kleiner sein.«

Sie vermutet, dass ihm die Idee dazu bei ihrer letzten Party gekommen war, als er sich in ihrem Atelier umgesehen und dabei den Entwurf zu Maries Porträt entdeckt hatte.

»Es ist dir recht – oder nicht?«

Ja, natürlich.

Sam. Ich hatte ihn hier, in Dianas Haus, kennen gelernt – oder nein: Es war doch bei dem neuen österreichischen Bäcker in der Liku Road in Nairobi gewesen.

SAM

Es war einer jener Tage, an denen das Leben in der tropischen Hitze einfach stecken bleibt. Schon frühmorgens, mit ihren ersten Strahlen, brannte die Sonne, und aus den Kronen der Bäume tropfte die Luftfeuchtigkeit. In den Schränken überzog sich alles Ledrige mit feinem Schimmel, und auch der Schrank aus Mwuleholz – er war wohl zu früh lackiert worden – setzte wieder einmal Pilz an. Kein Fleck im und am Haus war mehr kühl genug, nicht einmal das Wasser im Swimmingpool. Nur gegen Abend, wenn mit einbrechender Dunkelheit ein Wind vom Meer aufkam, wagten wir uns aus unseren dunklen Nischen und schattigen Ecken und tauchten ein ins Meer oder in den Pool.

Ich mochte gar nicht an die Hitze in Somalia denken und erst recht nicht an die in Angola. Ich hatte Urlaub, ein sehr seltenes Privileg, das auch nur zustande gekommen war, weil sich in Angola ein erneutes Aufbrechen der Kämpfe zwischen den verfeindeten Bürgerkriegsparteien abzeichnete, bisher aber noch nichts Berichtenswertes geschehen war. David, der bereits vor einer Woche im namibischen Rundu, direkt an der Grenze zu Angola, Stellung bezogen hatte, hielt mich auf dem Laufenden. Und war auch über meinen Terminplan informiert war, denn am kommenden Wochenende stand die Hochzeit der Radisson-Tochter in Isiolo an, und ich wollte dieses Fest auf keinen Fall verpassen. Also hatte David versprochen, den Ausbruch des Krieges aufzuhalten …

Aijosha und Gyjian waren aus der Schule mit der Nachricht zurückgekommen, der in zwei Wochen anstehende *termbreak* werde vorgezogen, Beginn morgen, der Hitze wegen. Gut. Wir würden unser Maulwurfdasein pflegen, würden nirgendwohin fahren, würden im Pool liegen, ich würde ihnen die restlichen Geschichten aus dem Buch der afrikanischen Märchen vorlesen, und ein paar spannende Videos hatten wir uns außerdem ausgeliehen.

»Ulla! Telefon!« Amira hielt mir den Hörer hin, blickte mich aus müden Augen an. »Diana.«

»Schatz, wir sind in Lamu. Wann ist *termbreak*?«

Ich antwortete ihr, doch da sie offensichtlich die Idee hatte, uns nach Lamu zu holen, fügte ich gleich hinzu, dass uns nicht danach zumute sei, auf die Inseln zu kommen. Denn dort war es noch heißer und windstiller als bei uns.

»Gut«, sagte sie, »dann fliegen wir heute schon nach Nairobi. Da hat es bereits geregnet, und außerdem gibt es dort einen neuen Bäcker. Einen Österreicher. Ohram sagt, der hat Schwarzwälder Kirschtorte, Mokkasahne, Frankfurter Kranz und Apfelstrudel. Da müssen wir hin!«

Das hörte sich gut an: Kühle, Schwarzwälder Kirschtorte, Nairobi würde in Kürze mit Tausenden Jakarandabäumen zu blühen beginnen, und am Wochenende wären wir ja ohnehin *up-country* gefahren. Darauf freute ich mich sehr, denn die Hochzeit sollte ein rauschendes Fest werden. Mit dreihundert Gästen aus ganz Ostafrika, mit Freunden aus Südafrika und Europa, mit deren und unseren Kindern und ganz im Stil der wilden *white highlands twenties.* Fahrer und *houseboys* würden die geräumigen und unverwüstlichen Zeltresidenzen am Rand des Radissonschen Parks errichten. Wie eine kleine Stadt. Wie das Lager von Granada, wo Zigeuner alljährlich aus ganz Spanien zur Fiesta der Schwarzen Madonna zusammenkommen, oder wie jene Zusammenkunft, zu der der Clan der Hralickas von überallher herbeiströmte, um meinem Vater bei seiner Beerdigung die letzte Ehre zu erweisen.

Es waren gut tausend Menschen gewesen. Sie waren mit Pferden gekommen und hatten zwei Wochen lang in einem Ring von Zelten um das Haus meiner Eltern kampiert. Noch lange danach wuchs dort kein Gras mehr, noch lange danach sprachen die Menschen des kleinen Ortes von der Invasion. Aber auch von Gesängen der Zigeuner, ihren Tänzen, ihrer Parade am Tag der Beisetzung. Sie formierte sich am Ende zu einem Spalier von zweihundert Pferden, und dort hindurch wurde der Sarg Tolius' getragen.

Unsere Sachen sind schnell gepackt, nur die Hutschachtel verschwindet immer wieder aus meinem Blickfeld. Bis ich sie Gyjian in die Hand drücke und ihm auftrage, sie nicht mehr loszulassen. Eine Stunde später brechen wir auf. Ohram landet just in dem Moment, als wir am Flughafen ankommen, das Auto geparkt haben und durch den Sicherheitscheck gegangen sind. Perfektes Timing also.

Dann ist alles in dem Flieger verstaut, wir sind alle angeschnallt, nur beim Hinausschauen sehe ich die Hutschachtel noch auf dem Flugfeld stehen. Großes Gelächter, dann endlich, nachdem auch sie an Bord ist, fliegen wir los, sind nach gut zwei Stunden in Nairobi und nur wenig später in der Innenstadt.

Da liegt es, das Geschäft des österreichischen Bäckers in der Liku Road. Schmal nur die Außenfront, winzig das Schaufenster. In ihm prangt eine weiße Styroportorte mit blauen und roten Früchten zwischen der Verzierung. Die Türklingel sirrt, dem Mann hinter der Theke in seinem blütenweißen Kittel sieht man die klimatische Umstellung auf Afrika noch an. Er transpiriert so enorm, der Arme, dass man glauben könnte, er wäre in Mombasa. Nicht hier oben im Hochland, wo keine Luftfeuchtigkeit herrscht und wo es nur noch wunderbare fünfundzwanzig Grad warm ist.

Was ich im Moment alles nebensächlich finde, denn nur zwanzig Zentimeter von dem Punkt entfernt, wo er seinen Kugelbauch auf das hintere Brett der Theke abstützt, prangt auf einer drehbaren Kuchenplatte mit Metallfuß und aus bemaltem Glas eine Schwarzwälder Kirschtorte. Und daneben tatsächlich eine Mokkasahne, im feinsten Duett mit einem Frankfurter Kranz. Ein anderes Arrangement besteht aus Florentinern, Nougatringen, Ochsenaugen und wirklich und wahrhaftig Nussecken.

»Gibt es heute denn keinen Apfelstrudel?« Ohrams Stimme schnarrt vor Enttäuschung.

»Doch, doch«, versichert der österreichische Bäcker eilfertig, und unsere Mienen glätten sich sofort, »die habe ich nur noch im Ofen.«

Noch im Ofen, ach, wie diese Worte nachklingen. Apfelstrudel warm, aus dem Ofen! Da gibt es seit Jahren nicht einmal ordentliche Schokolade im ganzen Land, geschweige denn Kuchen, und jetzt das!

Und auf dem Regal hinter dem Bäcker sehe ich sogar Schwarzbrot liegen. Davon träumen wir, und da liegt es! Außerdem duftet es, das Wasser läuft mir im Mund zusammen, nach Zwiebelbrot!

Julian muss die Kinder an die Hand nehmen, damit keines verloren geht, denn wir Erwachsenen sind nur noch fähig, uns auf die Kuchenauswahl zu konzentrieren. Ohram ist hinter die Theke getreten, hat den Bäcker nett angelacht und pikst seinen Finger tief in zwei Stücke Mokkasahne, in eines aus dem Frankfurter Kranz und in zwei der Schwarzwälder Kirschtorte. Dann schnappt er sich einen Nougatring, beißt hinein und sagt: »So, das sind meine. Und dazu hätte ich gern zweimal Apfelstrudel mit Sahne und Vanilleeis.«

Diana schwankt zwischen zwei Stücken Mokkasahne und Apfelstrudel oder lieber doch nur eines davon und eines davon oder später noch mal nachbestellen?

»Ich rate dir, so viel zu nehmen, wie du glaubst, essen zu können. Denn gleich wird nichts mehr da sein. Guckt euch doch um.«

Richtig, erst jetzt sehe ich, dass nahezu alle Tische in dem Café besetzt sind, dass auch die anderen Gäste bei der Auswahl ihrer Kuchen nicht zimperlich waren und dass trotzdem zwischen Tischen und Theke ein reger Pendelverkehr herrscht. Außerdem sirrt die Türklingel ununterbrochen.

»Was wir nicht essen können, nehmen wir mit!« Also los.

Was wie das Szenario zu einer Völlerei klingt, war auch eine.

Eine perfekte, mit Filterkaffee und Brandys zum Nachtisch. Dennoch will ich mich nicht dafür rechtfertigen und will auch nicht an die vielen hungernden Menschen da draußen denken. Ich will diese beiden Stücke Kuchen genießen, bestelle noch ein Kännchen Filterkaffee und sage Julian und Aijosha, sie können sämtliche Nougatringe aus der Auslage essen, wenn sie wollen.

»Aber nur, wenn ihr mir vier übrig lasst.« Eine mir fremde Stimme unterbricht unser wohlig-begeistertes Geschnatter.

»Sam!« Ohram ist aufgestanden, und Diana umarmt den Fremden, der sich jetzt zu uns setzt.

»Ulla, das ist Sam. Er ist der neue Manager von British Tobacco. Wir haben dir von ihm erzählt.«

»Nun ja, neu! Ich bin schon seit fast zwei Jahren in Kenia.« Er wuschelt meinen Kindern die Haare, begrüßt Julian und drückt meine Hand. »Ich war auch schon ein paarmal bei Diana und Ohram zu Gast und habe von dir gehört.« Und er fügt hinzu: »Aber auch, warum du dann jeweils nicht im Land warst.«

Zwar registriere ich den Charme, den dieser Mann versprüht. Sein lebhaftes Gesicht, die Art, wie er sich lässig bewegt. Und seine Augen. Die blitzen, wenn er lächelt. Und das tut er ausgiebig. Doch Charme hin, Aura her: Ich muss mir dringend überlegen, ob ich nicht doch noch ein Stück Kuchen essen kann, denn der Bäcker hat, unter den gierigen Blicken aller Gäste, eine frisch zubereitete Orangentorte in die Auslage gestellt. Wahrscheinlich ist sie mit Cointreaux angerührt. Da muss man doch …

Wir gehen erst gegen Abend und treffen, in Langata angekommen, ein paar unserer Freunde, die mit Sarah, Dianas Tochter, gemütlich vor dem Kamin zusammensitzen: Hanna und Giovanni Diteta. Sie ist Maklerin und er ein seines ungewöhnlichen Baustils wegen landesweit bekannter Architekt. Roland und Rita Ruloff, beide waren als Lehrer für die deutsche Privatschule nach Nairobi gekommen, jetzt lehren sie an der hiesigen Universität. Und Tara und Rio MacGuire, die eine Kaffeefarm in der Gegend von Naivasha bewirtschaften. Alle reden nur über ein Thema: den neuen österreichischen Bäcker in der Liku Road.

Wir planen viele Besuche bei ihm, nur Giovanni betrauert ihn jetzt schon, denn laut seinen Ausführungen – und unser aller Erfahrungen – wird der gute Bäcker bald von seinem Enthusiasmus aufgezehrt sein. Dann wird er nämlich nicht mehr den Ehrgeiz haben, die vielen leckeren Zutaten zu importieren, die es hierzulande nicht gibt. Die hohe Steuer dafür zu zahlen, den endlosen Kleinkrieg mit der so genannten Gewerbeaufsicht und anderen Behörden zu führen.

Denn wenn unsere kenianischen Amtsgeier erst einmal Wind davon bekommen haben, dass da in der Liku Road ein Weißer erfolgreich ist, werden sie ihm so viele teure Auflagen machen, dass er in spätestens drei, vier Monaten »das Handtuch werfen« wird. Giovanni hat Recht, doch bis dahin können wir noch ganz viel Kuchen essen.

»Fliegst du mit Diana und Ohram nach Isiolo?«

Sam sitzt mir gegenüber, schaut mich an.

»Ja, ich denke schon. Wir sind ja auch zusammen hierher gekommen.«

Er sagt, dass wir auch mit ihm fliegen können, doch in dem Moment kommt mir eine andere Idee. Schließlich habe ich Urlaub.

»Ohram, du kennst doch den Manager des Mount Kenya Safari Club. Glaubst du, du kannst ihn anrufen und fragen, ob die Hütte am See frei ist und ob ich dort ein bisschen fliegenfischen darf?«

Schon hat Ohram das Telefon in der Hand, und nachdem er mich vorgestellt, von meinem Wunsch berichtet hat und der Gesprächsexkurs schließlich vom neuen Bäcker über die anstehende Hochzeit und ein paar anstößige Details aus dem Buch einer uns allen bekannten Bestsellerautorin aus der Umgebung beim Thema Fliegenfischen angelangt ist, hält er mir den Hörer über den Tisch. Ich kenne Douglas McDermott nicht, dennoch entspinnt sich eine unkomplizierte Konversation: über sein Verwundern, dass eine Frau fliegenfischen will oder sogar kann, darüber, ob ich mich so allein dort draußen nicht unsicher fühlen würde, bis zu der großzügigen Offerte, »natürlich morgen und in Zukunft, wann immer du willst« dort ein paar Tage verbringen zu können.

Das Entree zu dem Gespräch verdanke ich Ohrams Ansehen, ohne Frage, und auch Douglas' spontane Einwilligung, einer Fremden einen so intimen Bereich wie seine Hütte zu überlassen. Doch ist die Leichtigkeit eines solchen Dialogs, einer solchen Annäherung und dieser Art des Kennenlernens ein Merkmal des hiesigen weißen Lebensstils. Grundsätzlich steht man Neuem offen gegenüber, ist neugierig, großzügig, unverfälscht gastfreundschaftlich und generös.

Ich will Ohram den Hörer zurückgeben, doch der ist in ein Gespräch mit Sam vertieft. Es geht um Fliegenfischen, Brandungsfischen, Hochseefischen, um Kingfishes, Sailfishes, Dorados und Haie und darum, dass Sam Douglas kennt. Seit dem *fishing trip* in Mosambik. »Ja, der Kleine mit der Glatze. Der beim Tauchen die vielen Hummer fing und den fantastischen Wein mitgebracht hatte.«

Ohram nimmt den Hörer zurück, und Sam schaut mich an. Wie schon einige Male an diesem Tag und Abend, aber erst jetzt wird mir die Intensität seiner Blicke bewusst. Mit einiger Irritation, denn es ist lange her, dass mich andere Männeraugen als die von David, Rasmus, Frank, Julian oder Adam angeguckt haben – und an den letzten Flirt kann ich mich kaum noch erinnern. Also tue ich ganz beschäftigt und verabrede mit Diana, dass sie das Gepäck, die Kinder und Julian mitnimmt. Und dass ich heute noch in Langata schlafe, morgen aber sehr früh losfahren werde.

Wir sitzen noch ein paar Stunden zusammen, reden über Gott und die Welt, lachen viel, und jedes Mal, wenn ich über den Tisch schaue, begegne ich Sams Blick.

»Bis auf bald«, sagt er zum Abschied und umarmt mich. Es ist eine sanfte Umarmung, aber sehr einnehmend. Ich muss ein paarmal blinzeln, als ich daraus wieder auftauche. Bis bald. Ich denke, dass er bis zum Wochenende in Isiolo meint.

Am nächsten, noch ganz frühen Morgen liegt Nebel über den Aberdares, und nur langsam breitet sich die Sonne in den Ananasfeldern von Thika aus. Die Luft ist schwer vom Duft der reifen Früchte. Zaghaft beginnen die Flamboyants entlang der Straße zu knospen. In ein paar Tagen wird die Gegend aussehen wie von einem rötlichen Schleier umhüllt, und in die Dichte des Farbenspiels zwischen dem Rot der Bäume und dem Dunkelgrün der Landschaft werden sich violette und weiße Tupfer von Jakarandas und den Blüten der Passionsbäume mischen.

Allmählich gewinnt die Sonne ihre Kraft, am Horizont tauchen die Spitzen der Bergkette aus einer wattigen Umhüllung. Es wird ein wunderbarer Tag werden, mit klarer Luft und angenehmen Temperaturen. Und es wird nicht regnen, ich spüre es. Ich werde ein paar Prachtforellen fangen!

Beim Club angekommen, bitte ich den Concierge um den Schlüssel zur Hütte. Dahin sei schon jemand unterwegs, sagt er. Doug wird einen Angestellten vorausgeschickt haben, denke ich, damit er nach dem Rechten sieht, bevor ich eintreffe. Doch kommt mir niemand entgegen, während ich die weite Strecke hinausfahre.

Aus dem Kamin der Hütte dringt Rauch, die Tür steht offen, ich höre Musik.

Musik? Haydn? Von einem Afrikaner ausgewählt?

Ich schalte den Motor aus. Schaue mich um. Das ist doch die Hütte!?

In diesem Moment tritt ein Mann vor die Tür. Sam.

Er lächelt, mit vielen Fältchen um die Augen, groß und unglaublich gut aussehend.

Während er auf mich zukommt, streckt er die Hände aus, mit den Handflächen nach oben, als wolle er sagen: »Ich tue dir nichts.«

Er öffnet meine Autotür, stützt sich am Dach ab, schaut mich an, und in diesem Moment beginnt die schönste Romanze meines Lebens, meine bisher größte Liebe.

Er hat einen Frühstückstisch gedeckt, auf dem nichts fehlt:

Früchte, Eier, Käse, Butter, Schwarzbrot vom neuen Bäcker in Nairobi, Kaffee, Champagner erwarten mich. Und eine Vase mit Rosen. Doch nicht nur auf dem Tisch stehen dunkelrote Rosen, überall in der Hütte sind Blüten verteilt, und eine hält er in der Hand hinter seinem Rücken. Die gibt er mir, als ich die Hütte betrete, und während ich sie annehme, sagt er: »Ulla, ich habe mich in dich verliebt. Ich möchte mit dir zusammen sein.«

Schildern zu wollen, was ich in diesen Augenblicken dachte, wäre ein nutzloser Versuch. Ich weiß es nicht mehr. Ich wusste nur eines: Hier werde ich jetzt nicht wegfahren, und ich ahnte, dass ich an dieses Bild noch oft und sehr gern zurückdenken würde.

Wir frühstückten ausgiebig, gingen danach zum Fischen, ich hatte beim Auswerfen der Fliegenrute den Schwung meines Lebens, doch biss kein Fisch an, weil wir redeten und redeten und redeten. Wir stellten Fragen, erzählten von uns, erforschten gegenseitig unsere Lebensumstände.

Ich erfuhr, dass Sam dreiundsechzig Jahre alt und verheiratet war, dass seine Söhne in England zur Universität gingen, dass er schon seit fünfunddreißig Jahren in Afrika arbeitete, dass er mindestens zweimal im Jahr nach Europa flog und die Zeit dort ausfüllte mit Konzertbesuchen, mit dem Besichtigen aktueller Ausstellungen, mit Büchereinkäufen und vielem guten Essen und Trinken.

Er sprach auch über Pia, seine Frau, und er sagte nicht, dass diese Ehe »nur noch auf dem Papier besteht«, dass Pia ihm nichts mehr bedeute, dass er sich ohnehin bald scheiden lassen wolle.

Doch dann steckte er die Angel tief in den aufgeweichten Boden des Ufers und kam zu mir herüber. Nahm auch mir die Angel aus der Hand, befestigte sie und schaute mich an. »Ich habe schon einige Affären gehabt, Ulla. Ich will dir nichts vormachen. Und ein paar sind auch Pia nicht verborgen geblieben. Die Konsequenzen daraus waren immer gemein für sie und sehr anstrengend für unsere Ehe.« Und deshalb, erzählte er weiter, habe er sich vor Jahren schon gesagt, dass er mehr als einmal richtig viel Spaß gehabt habe und den Frieden mit seiner Frau nicht mehr aufs Spiel setzen wolle. »Aber Diana hatte mir schon oft von dir erzählt. Ohne dir begegnet zu sein, war ich fasziniert von dir, wollte dich unbedingt kennen lernen. Doch du warst nie da, wenn wir zusammenkamen. Ich war, ich bin so gespannt auf dich, und der Gedanke an dich ließ mich nicht mehr los. Und als ich dich gestern Abend traf, wusste ich, dass ich mich verliebe, dass ich in Zukunft ein Teil deines Lebens sein will.«

Wir liebten uns bis in den späten Nachmittag hinein, und als wir zu unseren Angeln zurückkehrten, steckten sie noch in der Böschung. Zwei bunt schillernde Regenbogenforellen hatten angebissen. Die rettete Sam später vor dem Verkohlen, als wir sie, wieder ausschließlich miteinander beschäftigt, beinah im Backofen vergessen hätten.

Es folgten zwei Tage, die vor Erotik knisterten und die, von Offenbaren und Verstehen geprägt, dahinglitten. Die aber auch, so romantisch sie waren, schnell verdeutlichten, dass sich hier keine Affäre anbahnte. Zwischen uns wuchs eine sehr intensive Beziehung heran.

Sam stellte zahllose Fragen nach meinem Job, fragte, ohne sensationsheischend zu klingen. Erkundigte sich eindringlich nach meinem Befinden in den verschiedenen Situationen, die ich ihm schilderte. Ich ertappte mich dabei, wie ich meine Gedanken dazu nicht mehr zügelte, wie ich, im Gegenteil, die Erinnerungen, auch die schlimmsten, aus ihren Verstecken hervorzog und zuließ, dass sie sich artikulierten.

Unvermittelt war ich in der Lage, die Qual zu beschreiben, die in den Augen sterbender Kinder steht. Diese hilflosen, verzweifelten, angstvollen Blicke, die ich nicht vergessen kann. Die sich vor meine Wahrnehmungen schieben, wenn ich in die Augen meiner Kinder schaue. Die mich noch heute durch Albträume verfolgen. Die das Grauenhafteste an meinem Job waren. Die es mir nur mit äußerster Anstrengung gestatteten, ihn auszuüben. Dabei war ich zu diesem Zeitpunkt noch nicht einmal in Somalia und in Ruanda gewesen.

Als Sams und meine Beziehung fünf Jahre später mit dem Tod unserer Tochter endete, hatte ich ihm die Bilder hundert- und tausendfach beschrieben, hatten sich selbst ihm die Gesichter der Kinder eingeprägt, die von eitrigen Schwären aufgeplatzt sind, mit Fliegen bedeckt, und in deren glanzlosen Augen sowohl die Fragen nach dem Sinn eines solchen Lebens stehen als auch die Angst vor noch weiteren Schmerzen. Vor noch größerem Hunger, vor den Tritten der Soldaten, davor, dass diese Mörder die Mutter erschlagen und das Kind dann alleine liegen bleiben muss. Noch ein paar Tage lebend, denn Kinder verhungern langsam.

Wie oft hatte ich ihm, vor Hilflosigkeit schreiend, geschildert, was geschieht, wenn die Hand einer Mutter keine Kraft mehr hat, den schmächtigen Körper ihres Kindes zu halten, und es ablegt. Neben sich, zum Sterben, um vielleicht noch einmal ein bisschen Wärme zu spüren. Inmitten von Fliegenschwärmen, weit weg von dem Ort, wo sie sich zu Hause fühlte, und weit weg von allen Angehörigen, aber mit dem Aufbäumen eines letzten Rests Würde.

Und du stehst dabei, wohl genährt, fein gekleidet, und wünschst dir, dass die Welt einen kurzen Moment lang stehen bleibt, dass sie bei der Mutter verharren mag, die sich mit aller verbliebenen Kraft bemüht, nicht vor ihrem Kind zu sterben.

Doch die Welt bleibt nicht stehen, die Welt schaut nicht einmal mehr hin, nach Afrika. Was kümmert die Welt noch ein paar hunderttausend sterbende Neger mehr?

Sam hat viele der Albträume mit mir geteilt. In einem zerwühlten Bett, aufgeweckt von meinen Schreien. Hat mich in seinem Arm gehalten, während ich, vor Angst nass geschwitzt, in der kühlen Nachtluft zitterte. Und er hielt mich fest, wenn ich Afrika so sehr hasste, dass ich davonlaufen wollte.

In diesen ersten Tagen, die wir in der Hütte am Mount Kenya verbrachten, saß er mir gegenüber. Ließ mir Raum, nahm mir nicht die Luft zum Atmen. Die ich brauchte, um endlich reden, endlich das sagen zu können, was sich eingebrannt hatte. Ich ließ zum ersten Mal zu, dass ein anderer Mensch in die Wunden meiner Seele blicken konnte.

Diana war nie diese Art Depot für mich gewesen. Ihr Leben ist zu ordentlich, als dass ich sie mit dem Schmutz und Ekel meiner Erlebnisse da draußen bis auf ein paar bruchstückhafte Beschreibungen konfrontieren konnte. Und David und Adam waren selbst so sehr von dem Grauen besetzt, dass ein Aufarbeiten unter uns unmöglich war. Wir hatten uns diese schon oft erwähnten Mechanismen angewöhnt. Auch die zur Verständigung. Blicke meist, Gesten, Festhalten. Doch wagten wir es selten, diese Nischen zu verlassen, uns in Empfindungen vorzuwagen. Wir verdrängten, ließen die Bilder im Off. Und David und ich schliefen miteinander. Immer, wenn wir angesichts des Mordens und Vernichtens fühlen mussten, dass wir lebten.

Sam, damals in der Hütte, ließ mich sein. Wandte den Blick nicht von mir, nahm jede Mimik in sich auf, jede Geste, und erfuhr so den verzweifelten Menschen Ulla. Die trotz ihrer Liebe zu Afrika, wissend um all die guten Gründe, die sie und ihre Kinder hier hielten, ihren Abscheu ob der offensichtlichen Verrohung des Kontinents kaum mehr steuern konnte. Von Emotionen aufgewühlt, schrie ich, weinte, gestikulierte, konnte nicht still sitzen. Dann liefen wir los, wanderten kilometerweit am Fuße der Berge entlang, schweigend meist, aber eng umschlungen. Oder wir gingen zum See, hielten die Angeln ins Wasser und liebten uns an Ort und Stelle.

Am Samstagmorgen standen wir sehr früh auf, fischten mit vereinten Kräften – ich wollte Doug zum Dank für die Gastfreundschaft ein paar Fische bescheren und ein Dutzend besonders großer Forellen zur Hochzeit mitnehmen –, und dann brach Sam nach Nairobi auf. Wo er um zehn Uhr seine Frau, meine Kinder, Diana, Ohram und die Freunde treffen würde. Um alle und alles in die diversen Flieger zu verladen und dann nach Isiolo zu fliegen. Dort würden wir uns am frühen Nachmittag wiedertreffen, so als hätten wir uns seit Mittwochabend nicht mehr gesehen. Das hatten wir abgemacht und fühlten uns gut dabei.

Erfüllt von dem Wunsch, bald wieder hierher zu kommen, schloss ich die Hütte ab und überreichte Schlüssel und Fische mit den besten Grüßen für Doug dem Mann an der Rezeption des Clubs.

»Oh«, sagte der, Mister Douglas habe ihn gebeten, ihn zu benachrichtigen, wenn ich käme. Er wolle mit mir nach Isiolo fahren, schließlich sei auch er zu der Hochzeit geladen, und eine bessere Gesellschaft für die Fahrt dorthin könne er sich nicht vorstellen.

Zwar wäre ich gern allein gefahren, um in Ruhe darüber nachzudenken, was geschehen war und welche Konsequenzen sich daraus ergeben würden. Doch konnte ich Doug bei dieser Gelegenheit fragen, ob er mir die Hütte auch weiterhin zur Verfügung stellen würde. Im Übrigen, das schoss mir jetzt durch den Kopf, musste ich unbedingt herausbekommen, wie Sam sich die Schlüssel zur Hütte beschafft hatte. Denn wenn das offiziell geregelt worden war, konnten wir doch jegliche Heimlichtuerei gleich vergessen.

Um das Geheimnis aufzulösen: Sam hatte den »Empfangschef« mit einer so exorbitant hohen Summe bestochen, dass der seinen Job noch am selben Tag kündigte. Später, nachdem er das gesamte Geld in den Brautpreis für eine neue Frau und den Bau einer weiteren Hütte gesteckt hatte, meldete er sich – so war es verabredet – bei Sam. Der gab ihm einen Job in der Kantine seiner Firma. Er hat nur wenige derart loyale Mitarbeiter gehabt wie diesen ehemaligen Angestellten des Mount Kenya Club.

Der »kleine Dicke mit der Glatze« erscheint in feinstem Koloniallook mit Khakishorts, Kniestrümpfen, knöchelhohen Schuhen und einer Tweedjacke über dem hellblauen Hemd. Es ist unglaublich, mit welcher Inbrunst die modernen Männer Kenias, aber auch Tansanias, dieser abstrusen Mode anhängen!

Während Doug einen gigantischen Picknickkorb ins Auto schleppt, will er wissen, ob es mir in der Hütte gefallen hat.

»Sehr«, antworte ich, »so gut, dass ich dich fragen möchte, ob ich nach der Hochzeit noch einmal ein, zwei Tage dort bleiben kann.« Die Idee, dass ich morgen schon wieder hierher zurückfahren möchte, kommt mir beim Formulieren der Frage.

Aber mit dem größten Vergnügen, versichert Douglas, ich sei jederzeit willkommen. Schade nur, dass er keine Zeit habe, mir dort Gesellschaft zu leisten.

Das »Danke, Doug« sage ich. Das »Wie gut, dass du zu einer Tagung musst« denke ich.

Douglas McDermott ist ein Schatz im Unterhalten, denn er liebt Klatsch. Und genießt es, das eben Gehörte in epischer Breite weiterzutratschen.

Und weil er, wie er sagt, so gut drauf ist, weil uns eine wunderbare Hochzeit bevorsteht und er das überirdische Glück hat, von solch schöner und charmanter Begleitung durch die Aberdares kutschiert zu werden, parliert er hinreißend pointiert über das Wesen von Gesellschaften und, geradezu wollüstig und voll purer Boshaftigkeit, über das Unwesen unserer Community. »Von ›Wesen‹ kann vielleicht bei euch an der Küste noch hier und da die Rede sein, Darling. Bei diesen alten Tanten in Kilifi und Watamu. Doch allgemein, meine Liebe, ist unser *turf* so verderbt, dass du dich darin nur noch suhlen kannst.« Er guckt ganz begeistert. »Aber ist das nicht herrlich?«

Ja, Douglas, unbedingt. Ich bin gerade dabei, mir meine eigene Schlammkuhle einzurichten. Zusammen mit Sam, den du vom Fischen vor Mosambik kennst. Das ist ganz herrlich, ja, ja, ja!

Doug zuzuhören ist, als würden mir ein paar Ausgaben von *Gala* und *Hello* vorgelesen werden. Jetzt endlich weiß ich, wer mit wem was und wo treibt, wer Geschäftspartner betrügt und »mit tödlicher Sicherheit in ein, zwei Wochen Bankrott gehen wird«; wer wohin Alimente zahlen muss und wer »besser aufpasst, weil sonst von dem und dem mit Sicherheit bald ein Medizinmann zu Rate gezogen wird«.

Doug erzählt, verunglimpft und lässt an kaum jemandem ein gutes Haar, Kontinente übergreifend. Ausgenommen sind natürlich seine Freunde und die, von denen er glaubt, dass ich sie kenne. Dass mir aber auch von denen, über die er herzieht, nicht wenige bekannt sind, ahnt er wohl nicht.

Achtung! Sam und ich werden sehr diskret sein müssen. Und

wie, um Himmels willen, ist die Sache mit dem Schlüssel abgelaufen? Wird unsere Beziehung nun doch auffliegen?

Dass wir uns auf eine Beziehung einlassen werden, steht schon nicht mehr zur Debatte. Viel zu intensiv sind unsere Begegnungen gewesen, viel zu aufregend ist das, was uns erwartet. Ich liebe Sam.

Aber ich würde eine heimliche Geliebte sein. Nicht allein, weil Sam seine Ehe mit Pia schützen wollte. Vielmehr wusste ich nicht, woher ich die Kraft und den Mut nehmen sollte, eine konstante Verbindung zu leben. Ich hatte schlicht nicht die Kapazität, in eine Beziehung zu investieren, während ich gleichzeitig mit den Dämonen meines Berufes kämpfen musste. Dachte ich. Außerdem fehlte mir die Kraft, die nötig ist, um einer Frau den Mann auszuspannen.

Dass Sam und ich schon bald, und im Schutz unserer sorgsam gehüteten Enklaven, ein Leben führen würden, das intensiver war als seine Ehe, konnte ich mir an diesem Samstag, auf dem Weg nach Isiolo, nicht einmal ausmalen.

Der Tag ist wunderschön. Was er allerdings auch gewesen wäre, wenn es in Strömen geregnet hätte. So glücklich bin ich. Doch ist die Luft tatsächlich klar wie selten, und das Wasser, das aus den Felswänden des Mount-Kenya-Massivs sprudelt, ist kühl und samtweich.

Doug, das Herzchen, könnte noch größeren Schwachsinn brabbeln, ich würde ihn dennoch charmant finden, seine Unterhaltung weiterhin mit strahlenden Augen und lachend kommentieren.

»Wir sind glücklich wie die Könige«, schrieb Hemingway, stellte allerdings die relativierende Frage gleich im Anschluss: »Wie glücklich sind Könige?«

Heute kann ich sie beantworten, Papa. Sie sind glücklich wie ich.

In der Nähe des Old Moses Camp hören wir drei Flugzeuge über uns hinwegfliegen. Das müssen unsere Freunde sein. Doch wir fahren gemächlich, halten noch zum Picknick an. Der Wein kommt aus Dougs privatem Weinkeller, der Lunch würde für vier reichen.

Von Old Moses bis zu Radissons Farm ist es nicht weit, und als wir sie erreichen, sehe ich die Flugzeuge von Diana und Sam und Ditetas Havilland inmitten eines guten Dutzends anderer Maschinen am Ende des *airstrip* geparkt. Obwohl noch ein paar Kilometer entfernt gelegen, ist Radissons Haus schon zu sehen. Das imposante Farmhaus mit dem Säulengang und einer weiß gekiesten Auffahrt ähnelt, wie es so auf dem Hügel thront, einem ordentlich gefalteten Sofakissen.

Wobei der Eindruck »ordentlich« irreführt, denn Radissons »Tara«, wie Eliza ihr Elternhaus nennt, ist im Rift Valley bekannt als Synonym für die totale Unaufgeräumtheit. Und das ist kein Wunder, denn das gemeinsame Leben von Eliza und Jeff hatte schon in einem kunterbunten Durcheinander begonnen. Auf einer dieser berüchtigten Rift-Valley-Partys, wo sie sich kennen gelernt hatten. Wo Jeff eigentlich mit seiner Verlobten auf ein Schäferstündchen in der Remise verschwinden wollte, bald aber merkte, dass er statt mit seiner Zukünftigen mit einer anderen Frau auf den kuscheligen Wolldecken lag. Und auch Eliza behauptet, ihren Freund bei sich geglaubt zu haben, doch dann war alles ganz anders, aber so schön, »dass dieses Gefühl nie aufhören sollte«.

Bald darauf heirateten sie. Nele, die Tochter, die heute das Gleiche tun wird, war unterwegs. Vier weitere Kinder folgten über die Jahre, Baby Benji ist erst ein Jahr alt. Erst vor ein paar Monaten sind Elizas Eltern ausgezogen, in ein Seniorendorf in Südafrika. Weil sie, wie sie unter vielen Tränen, aber dennoch sehr bewusst entschieden hatten, »die letzten Jahre unseres Lebens endlich einmal Ruhe finden wollen. Und weil wir in einer normalen Ordnung alt werden wollen.« Jeder, der das Radissonsche Wohnchaos kennt, weiß, was Grandma Greta damit gemeint hat.

Zwar stehen heute keine Traktoren, Autos und Erntefahrzeuge mitten auf dem Hof, es liegen keine Golfbags, Fahrräder oder Roller oder Spielzeug herum, es ist auch keines der Pferde am Geländer der Veranda angebunden. Die Hausangestellten sitzen nicht, wie sonst oft, auf der breiten Freitreppe, um Gemüse zu putzen, Silber zu polieren oder Pause zu machen, und die Hühner und Truthähne sind in den Ställen eingesperrt. Nur die Pfauen stolzieren umher. Und ein Großteil der Gäste ist schon eingetroffen.

Sie haben sich auf dem Rasen und im Schatten der alten Bluegum- und Teakbäume niedergelassen, auf Stühlen oder Decken, mit kleinen Teetischen zum Abstellen der Getränke in Reichweite, und vervollständigen so das Bild einer perfekten White-Highlands-Idylle. Niemand trägt Schuhe, alle Männer sind noch in kurzen Hosen, und auch die meisten Frauen sehen noch nicht so aus, wie es sich für eine festliche Hochzeit gehört.

Allen voran Eliza, die zwar schon die Lockenwickler aus ihrem Haar genommen hat, aber offenbar noch nicht auf die Idee gekommen ist, sie auszukämmen. Auf einem Hocker zu Füßen ihres Schaukelstuhls sitzt Jeff. Er hält ein Glas Bier in der Hand und streichelt mit der anderen das Bein seiner Frau. Vor ihnen hat Diana es sich auf dem Geländer der Veranda bequem gemacht, um sie herum stehen und sitzen die engsten Freunde der Familie. Im Hintergrund des riesigen Esszimmers schmust Nele, die Tochter und Braut, innig mit ihrem Bräutigam, ihre jüngeren Geschwister toben mit den Hunden und zahllosen anderen Kindern, auch meinen, durch das Haus.

»Ulla! Doug!« Eliza und Jeff kommen auf mich zu und knuddeln mich ausgiebig. Ein eigens angeheuerter *parking boy* nimmt mir den Autoschlüssel aus der Hand, jemand drückt mir ein Glas Bier in die andere, und dienstbare Geister laden die Kühlbox mit den Fischen aus.

Es folgt ein großes Hallo und viel Schulterklopfen. »Dass eine Frau allein so viele große Fische fangen kann!« Hihi!

Ich kenne die Radissons, seit ich mit Diana befreundet bin. Sie stellte mich ihnen bei einer ihrer berühmten Dinnereinladungen vor. Um genau zu sein: bei der ersten, an der ich teilnahm.

Den Abend hatte sie arrangiert, um mich aus dem Dilemma meines Alleinseins zu locken, damals, nachdem Robert in die Highlands zu seiner geliebten Golfspielerin gezogen war.

Wenige Tage danach hatte Gyjians Kindergärtnerin mich mit Diana bekannt gemacht. Bei einer dieser Schulveranstaltungen, wo die Väter Taue ziehen und die Mütter sackhüpfen müssen, zur unendlichen Belustigung ihrer Sprösslinge. Diana allerdings rührte keinen Finger, saß im Schatten auf einem Safaristuhl, trank Minzjulep und fragte mich, wie Diana eben ist, ohne Umschweife und hemmungslos aus. So erfuhr sie von meinem Ehedesaster, hatte bald Aijosha und Gyjian auf ihrem Schoß und lud mich für den nächsten Mittag zu sich nach Hause ein.

Dort erzählte ich ihr eine gehörige Portion aus meinem Leben. Und sie mir aus dem ihrigen. Und weil wir bei den traurigen Passagen an den gleichen Stellen weinen wollten, uns in die komischen Begebenheiten hemmungslos lachend hineindachten, weil wir uns also auf Anhieb sehr mochten, verging fortan kein zu Hause verbrachter Tag mehr, an dem wir nicht wenigstens telefonierten.

Oft saß ich mit ihr und ihrem Mann auf dem Dachgarten ihres Hauses, so manche Stunde über den traditionellen *sundowner* um Viertel vor sechs hinaus. Ohne Umstände waren ich und meine Kinder zu einem Teil ihrer Familie geworden. Jetzt hatte Diana nur noch ein Ziel: Sie musste mich ihrem Freundeskreis vorstellen.

Wir scherzten viel über diesen »Debütantinnenabend«, doch als er bevorstand, wollte ich mich mit zahllosen Ausreden davor drücken. Ich hatte nicht den Mut, mich diesem Kreis zugehörig zu fühlen. Zwar konnte ich mir kaum eine freundschaftlichere Atmosphäre als die zwischen Diana und auch Ohram und mir vorstellen, doch ging ich nur gern zu ihnen, wenn sie allein waren. Ihre Gesellschaften zu besuchen erschien mir nicht passend. Ich konnte nämlich, mit unseren beschränkten finanziellen Mitteln, beim Lebensstil aller in der Community nicht mithalten. Musste stattdessen unseren Unterhalt auf so unappetitliche Art mit

Kriegsgeschehen verdienen und hatte noch nicht einmal einen Partner, der unser gesellschaftliches Erscheinungsbild komplettiert hätte.

Wobei diesem Punkt auf der Liste, dem Zustand, vom Ehemann verlassen zu sein, nur ein geringer Stellenwert zukam, verglichen mit den Ereignissen der Kriege. Was mein Selbstwertgefühl vernichtete, war das darin Unfassbare, das Unglaubliche, das einfach geschah, das jeden Menschen in ihren Einflussbereichen zum Nichts degradierte. Und die Erfahrung, dass man nichts, aber auch gar nichts gegen den Zirkel dieses Wahnwitzes unternehmen kann. Dass einem nur übrig bleibt, sich zu verkriechen und Verdrängen zu üben.

Und genau das hatte sich Diana jetzt schon zu lange angesehen, wie sie sagte. Als ich ihre dritte Einladung mit einem fadenscheinigen Argument am Telefon absagen wollte, erschien sie eine Stunde später wie Zerberus auf meiner Terrasse.

»Was soll das?«

Unter ihrem Blick, der nichts als Wut und Unverständnis ausdrückte, stammelte ich meine Bedenken hervor. Ich stammelte tatsächlich, denn wenn Diana Zweifel am Verhalten eines Menschen äußert, möchte der am liebsten unsichtbar werden. Da kann er noch so groß, gestanden und möglicherweise auch selbstbewusst sein.

Sie ließ mich gar nicht ausreden.

»So?«

Die nun folgende Standpauke war nicht lang, aber jedes Wort hat seither einen Platz in meiner Seele.

»In meinem Freundeskreis gibt es niemanden, der so dumm oder arrogant sein könnte, dich wegen deiner anderen Lebensumstände nicht zu mögen. Darum sind meine Freunde meine Freunde. Sie alle sind dir und deinen Kindern von Herzen zugetan, sie alle respektieren dich, und das ist ja nun mehr, als die meisten in unserer Community für sich in Anspruch nehmen können. Sie alle möchten mit dir zusammen sein, sie alle sind enttäuscht, wenn du wieder einmal nicht erschienen bist. Und einige werden sich bald zu fragen beginnen, ob du dir vielleicht zu schade bist, dich in ihrer Gesellschaft aufzuhalten.«

Ich wollte einwenden, dass davon natürlich keine Rede sein könne, doch Diana winkte ab. »Und noch etwas, das Wichtigste: Ich liebe dich, du bist innerhalb kürzester Zeit meine beste, meine einzige Freundin geworden. Reicht das nicht?«

Das reichte, und so ging ich an diesem Abend zu ihrer Party, lernte dort Radissons und Ditetas, Ruloffs, MacGuires und noch viele andere kennen und war »zu Hause« angekommen. Fühlte mich wohl, denn tatsächlich hat nie jemand aus dieser feinen Gesellschaft mich und meine Kinder merken lassen, dass wir nicht dazugehören könnten. Wir waren, sind ein Teil davon, und ich bin sicher, dass so manche teure Safari, so manches Golfwochenende in Südafrika und so mancher Trip zum Shoppen nach London oder zum Sightseeing nach Venedig nicht stattfanden. So wie auch so manches extravagante Outfit nicht gekauft wurde, weil ich es mir nicht leisten konnte, mitzuziehen. Und genau so sicher bin ich, dass diese Einschränkungen keinem aus der Clique um Diana je etwas ausgemacht haben.

Doch bis zu einem mir noch erträglichen Grad brachten sie ihren Stil dennoch in unser Leben ein. So wunderte ich mich, nachdem einige Wochen später das neue Schulhalbjahr begonnen hatte, dass ich keine Rechnung über die fälligen Schulgebühren bekam.

Ein Anruf beim Headmaster ließ mich fast ohnmächtig werden: Jemand, der anonym bleiben wollte, hatte die Schulgebühren für beide Kinder auf drei Jahre im Voraus bezahlt. Für drei Jahre, und das in einer englischen Privatschule! Alles Bitten bei der Schulverwaltung nutzte nicht, man wusste den Spender angeblich nicht einmal selbst zu identifizieren.

Nicht lange danach, ich war gerade aus Uganda zurückgekommen und völlig erschöpft, weil ich vor Albträumen nicht schlafen konnte, stand Ohram auf der Terrasse. »Du bist doch hier in der nächsten Woche?! Wir werden auf Safari gehen, nicht von Nairobi in die Mara, sondern durchs ganze Land.«

Als ich bejahte, aber ablehnen wollte, weil ich, abgesehen von meiner Müdigkeit, keine Lust hatte, eingequetscht auf der Rückbank eines Geländewagens durch ganz Kenia gefahren zu werden, grinste Ohram nur. »Deshalb bin ich ja hier. Guck mal!«

Da steht sein Landrover, fein geputzt und mit einer roten Schleife am Rückspiegel, aber ich kapiere noch immer nicht. Erst als er mir Schlüssel und Papiere in die Hände drückt, mich auf die Nase küsst und laut lachend darum bittet, dass ich ihn nach Hause fahren möge, wird mir klar, was ich gerade erlebe.

»Du kannst mir doch nicht dein Auto schenken!« Manchmal kann ich laut wie Diana kreischen.

»Tue ich auch nicht. Er ist ein Geschenk von Diana, die will, dass ich mir endlich ein neues Modell zulege. Und um mich weich zu kneten, hat sie mir den alten einfach weggenommen, und jetzt gehört er dir.«

Weich zu kneten, weggenommen, gehört jetzt dir – mir schwirrt der Kopf.

Da legt Ohram den Arm um mich. »Jetzt nimm ihn an, ihr braucht ein Auto, das euch überall hinbringt. Gleich morgen, wenn wir alle zusammen losfahren. Und im Übrigen: Wie willst du Diana ausreden, dass dies genau der richtige Wagen für euch ist?«

Diana kann man nichts ausreden, dennoch bin ich wie vor den Kopf geschlagen, will dieses Geschenk einfach nicht verstehen. Und nebenbei: Ich bin sicher, dass ich mit dieser Blockade nicht allein auf der Welt stehe.

Um eine nun sich entwickelnde lange Geschichte kurz wiederzugeben, erzähle ich im Telegrammstil, was in den nachfolgenden Stunden geschah. Denn so einfach lasse ich mir kein Auto schenken, auch von meiner Diana nicht.

Ohram weigerte sich, mir zu sagen, wie viel sie ihm für den Wagen gezahlt hatte, also bestand ich noch zu Hause darauf, ihm die Gebühren für das Umschreiben der Papiere zu erstatten, und die tausend Schilling nahm er schließlich auch an.

Dann zwang ich ihn, sich in meinen alten Renault 4 zu setzen, und brauste los, obwohl ich wusste, dass die Kiste, wie in den vergangenen Tagen schon, nach spätestens einem Kilometer stehen bleiben würde. Was natürlich auch geschah. Mitten auf der Brücke nach Mombasa, beim Überholen, mit einem scheppernden Laut und abrupt. Der Hintermann konnte gerade noch bremsen, und auch die Nachfolgenden schafften es, uns nicht zu Schrott zu fahren. Ohram, Gentleman, der er ist, musste den Wagen von der Brücke schieben, mindestens fünfhundert Meter, bei kenianischer Mittagshitze.

Am anderen Ufer des Creek sprang der Renault wieder an und fuhr auch noch ein Stück – das machte er immer so –, aber gut zwei Kilometer vor Ohrams und Dianas Haus setzte der Motor erneut aus und gab kein Geräusch mehr von sich.

Ich blieb im Wagen, Ohram lief los und kam mit Diana zurück.

»Sag es ihr! Sie wird mich sonst noch länger mit diesem Ding durch die Gegend karriolen, und das quält mich.«

»Fünfhundert, ich schwöre dir, ich habe ihm nicht mehr als fünfhundert Dollar bezahlt. Stimmt's, Ohram?«

Der nickte erleichtert und verknotete ein Abschleppseil an meinem alten Auto.

Da standen Diana und ich am Straßenrand, die Autos fuhren langsamer, weil alle sehen wollten, was da vor sich ging. Hin und wieder hupte ein vorbeifahrender Bekannter, aber wir keiften uns an: »Diana, ich werde dir tausend Dollar für den Wagen geben.«

»Tausend Dollar! Du musst verrückt geworden sein! Das ist er nicht wert, ja nicht einmal die fünfhundert, die ich aus lauter Gutmütigkeit bezahlt habe!«

»Tausend! Nicht sofort, aber in Raten!«

»Nein!«

»Ja!«

Und so weiter.

Meinen kleinen Renault schleppten wir sofort zu einem befreundeten Autohändler, der bot zweihundert Dollar dafür. Ohram handelte weitere achtzig heraus, und so zahlte ich die erste Rate für mein neues Auto noch vor Ort.

Natürlich nahm Diana nur fünfhundert Dollar Tilgung an, mit der restlichen Summe eröffnete sie ein Konto auf den Namen meiner Kinder.

Dann kam eines Tages eine Frachtsendung bei mir an: ein komplettes Golfbag, nachdem mir zwei Tage zuvor die Aufnahmebestätigung des hiesigen Golfclubs zugestellt worden war. Darum hatte ich mich nie beworben, woher sollte ich das Geld für solche Extravaganzen nehmen? Aufnahme- und Clubbeitrag waren natürlich schon bezahlt, Letzterer für die nächsten zwei Jahre.

Diesmal erfuhr ich, wer dahinter steckte. Radissons. Sie lachten sich schief, als ich sie zur Rede stellen wollte. Kicherten nur: »Welcome to the club« und »Wir wollen, dass du mit uns Golf spielen kannst.« Sie haben einen eigenen Golfcourse auf ihrer Farm und einen Poloturf. Vermutlich kann ich froh sein, dass sie mir kein Pony mitsamt Polo-Outfit geschenkt haben.

Ich sehe einige der Hochzeitsgäste weit draußen tatsächlich jetzt noch Golf spielen.

»Wann findet denn die Trauung statt?«

»Um vier, wir haben noch Zeit.«

Es ist halb drei. Vor anderen Hochzeiten drehen sämtliche Beteiligten schon stunden-, ach was, tagelang vor der Trauung durch. Bei Radissons trinken wir alle noch ein Bier.

Und da ist Sam. Sein Begrüßungslachen muss den Umherstehenden herzlich erscheinen, aber es klingt innig und so liebevoll. Seine Umarmung ist gesellschaftlich korrekt, also nicht zu lang. »Wo warst du die ganze Zeit?«, fragt er mich. »Was habt ihr unterwegs gemacht?«

Ich grinse und sage, dass auch ich mich freue, ihn wiederzusehen.

»Jetzt musst du auch noch Pia kennen lernen.« Es ist Diana, die mir Sams Frau vorstellt, eine sehr gepflegte Dame mit kurzem, hellblondem Haar in einem eleganten Seidenkleid. Sie ist die Einzige weit und breit, die Schuhe trägt, aber sie trägt sie mit einer solchen Selbstverständlichkeit, dass ich mich unwillkürlich strecke, mir das Hemd in den Gürtel meiner verwaschenen Khakis stecke und mich frage, wo mein Lippenstift geblieben ist. Ihre Hand ist kühl, ihre Augen aber flackern unstet von einem zum anderen. Schnell nimmt sie Sam beim Arm, zieht ihn mit sich auf die Veranda zurück. Ich kann sehen, dass ihm gar nicht wohl dabei ist, und wundere mich ein wenig. Er klang so pragmatisch und sicher, als wir am Morgen die Art unserer zukünftigen heimlichen Beziehung besprachen, so geübt. Jetzt kommen mir Zweifel, ob er wirklich weiß, worauf er sich einlässt.

Der Fortgang des Tages ist der einer typisch weißen ostafrikanischen Hochzeit, und da ich an dieser Stelle keine Lust verspüre, die guten Erinnerungen abzuschalten, um Ihnen von meinem Einsatz in Angola zu berichten, der eine Woche später begann, erzähle ich, wie es auf einer typisch weißen ostafrikanischen Hochzeit zugeht.

Gerade haben wir uns zu den Gästen auf dem Rasen gesellt, da erscheint der Pastor. Er braust in seinem Unimog-Cabriolet die Auffahrt hoch, bringt das Vehikel mit einer Vollbremsung zum Stehen und steigt aus, bevor sich der Staub um ihn herum gelegt hat. »Donnerwetter«, ruft er und kommt mit großen Schritten näher, »ich hatte gedacht, die Trauung soll schon um drei sein, habe den Termin dann aber vergessen. Bin ich noch früh genug?«

Jeder hier kennt Pastor Dillon, er entstammt einer alten Rift-Valley-Familie. Jeder kann mindestens ein Dutzend Grätzchen über ihn erzählen, denn wenn es auch als sicher gilt, dass er von allen Regeln seiner Glaubensgemeinschaft zumindest das Zölibat beachtet – nicht einmal Douglas hat je etwas Gegenteiliges erfahren –, so scheint er von den anderen Ge- und Verboten zu glauben, sie seien nicht für ihn verfasst worden. Er liebt es, richtig viel zu trinken, er kennt Flüche, die selbst hartgesottenen Farmern nicht so leicht über die Lippen kommen, er ist Stammgast am Wettschalter der Rennbahn in Nairobi. Er wurde auch schon beim Wildern erwischt, und die besten Restaurants der Stadt kennt er immer als Erster. So ist ihm natürlich auch der neue österreichische Bäcker schon längst kein Unbekannter mehr, und als er erfährt, dass die Hochzeitstorten von ihm stammen, breitet sich ein zufriedenes Grinsen auf dem Gesicht unseres Pastors aus. »Tja«, er klopft sich den Staub von der Soutane, »dann könnte ich ja noch 'ne Runde Golf spielen?«

»Nein.« Plötzlich wird Eliza energisch. Sie drückt ihre Zigarette aus, trinkt ihr Glas in einem Zug leer und klatscht in die Hände. »Also bitte! Gleich ist Hochzeit. Aber vorher haben wir noch einiges an uns zu tun. – Jeff, komm mit mir. Wir müssen uns umziehen. Wo ist Nele?«

»Nele!«

»Die liegen im Bett, und Jonas macht auf Nele wie ein Bulle!«

Humphrey, der zweitjüngste Radisson, will demonstrieren, was er im Zimmer seiner Schwester gesehen hat, doch Jeff schnappt nach ihm, drückt ihn dem Kindermädchen in den Arm und sagt drohend: »Ab in die Wanne und dann schick anziehen. Und ich will kein Geschrei hören!«

»Nele!« Er und Eliza steigen die breite Eichentreppe zur Balustrade empor, und auf dem Weg zu ihrem Zimmer kommen sie an dem ihrer ältesten Tochter vorbei. »Nele! Der Pastor ist gerade auf dem Weg zu dir. Er möchte noch mal mit dir sprechen. Ach, da kommt er! Ja, komm ruhig näher, Herr Pastor!«

In Neles Zimmer scheinen ein paar Stühle umzufallen, das Gepolter vermischt sich mit unterdrücktem Gelächter und Gequieke.

»Nein, Herr Pastor! Dilly! Jetzt nicht!«

Wie zur Bekräftigung schlägt die schwere Standuhr auf dem Treppenabsatz dreimal. Und als sei dies das Signal gewesen, füllt sich die ruhige Kühle des großen, dunkel vertäfelten Hauses mit dem Lärm schlagender Türen. Mit den Rufen von Kindermädchen und Müttern, die umherwuselnde Kinder sortieren. Männer werden nachdrücklich ermahnt, jetzt endlich das Glas Bier und die Pfeife aus der Hand zu legen und sich zu duschen, sich umzuziehen und sich »ausnahmsweise« auch mal zu kämmen. »Und nimm das neue Aftershave! Ich habe es extra mitgebracht.«

Bevor ich die Tür zu meinem Zimmer schließe – Julian hat

sich schon meine Söhne geschnappt und komplimentiert sie unter Gelächter mitsamt drei Hunden ins Nebenzimmer –, sehe ich Pia und Sam auf dem Flur vorbeigehen. Sie werden doch wohl nicht den Raum nebenan …?

Nein, dort sind Ohram und Diana einquartiert.

Schon reißt Diana die Verbindungstür zu meinem Zimmer auf und stürzt händeringend herein. »Dein Hut! Wir haben deinen Hut vergessen! Die Schachtel steht noch im Flur in Langata, ich weiß es genau!«

Mein Traum von einem Hut. Aus cremefarbener Spitze. Passend zu meinem schönsten Kleid. Welch ein Jammer.

Da klopft es an der Tür. Julian steht davor, mit meiner Hutschachtel in der Hand.

»Fast hätten wir sie vergessen. Sie stand in Langata im Flur …« Der Rest geht in lautem Lachen unter.

Es ist so friedlich in meinem Zimmer, und ich bin müde, sehr müde. Kein Wunder, ich habe in den letzten Nächten kaum geschlafen. Doch wenn ich mich jetzt hinlege, wache ich vor Mitternacht nicht mehr auf.

Die Dusche und das Kleid, dessen Seide sich kühlend an meine Haut schmiegt, tun Wunder. Ich stecke meine Haare zu einem Dutt zusammen und befestige daran den Hut der Hüte mit einer Nadel aus Elfenbein. Jetzt noch den Lippenstift auftragen, noch ein wenig Parfum hinter die Ohren – oder darf es heute mehr sein? – und dann das Täschchen und die Handschuhe nicht vergessen. Und die Schuhe. Sie sind sehr hochhackig, bestehen über der Sohle ausschließlich aus dünnen Riemchen, und ich weiß jetzt schon, dass ich sie heute Nacht irgendwo da draußen im Gras suchen werde.

Aber alle tragen Schuhe, als wir uns schließlich unter dem mächtigen Ebenholzbaum im Park treffen. Fast alle Frauen sind in langen Kleidern erschienen. In viel Samt, viel Seide, Taft und Spitze. Und alle sind wunderschön.

Nur nicht die Männer, die in ihren langen Hosen, den weißen hochgeschlossenen Hemden, den fest verzurrten Krawatten und den wollenen Jacketts so linkisch aussehen, so ganz und gar unwohl. Und diese spitzen Schuhe! Wenn leidende Männermienen laut klagen könnten!

Es sind weit mehr als dreihundert Gäste, die sich jetzt um den Baum scharen. Denn alle Hausangestellten, alle Farmarbeiter und alle mitgereisten Ayahs haben sich in die Gesellschaft gemischt. Sie sind in farbenfrohe Gewänder gekleidet, balancieren waghalsige Hutkreationen auf ihren Köpfen, und viele der Männer tragen Trommeln bei sich. Die beginnen sie zu schlagen, als Jonas aus dem Haus kommt.

Der Klang dieses Rhythmus pulsiert direkt unter die Haut. Wohlig kalte Schauer laufen über Rücken und Arme. Ich wäre jetzt sehr gerne mit Sam zusammen.

Die Trommler haben sich zusammengefunden, ihre Musik wird lauter, drängender. Da erscheint auch Nele, am Arm ihres Vaters. Und in dem Moment ertönt von den schwarzen Frauen aus der Menge dieser charakteristische Schrei, durch schnelles Zungenschlagen hervorgebracht, eindringlich, alle anderen Geräusche übertönend, unweigerlich mitreißend. Jeff übergibt Jonas symbolisch seine Tochter, der Priester spricht die uralten Worte zu ihrer Verheiratung, und während dieser gesamten Zeremonie vibriert die Atmosphäre von den sanften Berührungen der Trommeln, vom Summen der Frauen, von ihren sinnlichen Bewegungen im puren Rhythmus Afrikas.

Der explodiert in lautem Gesang, frenetischem Händeklatschen und ausgelassenem Tanz, als der Pastor die letzten Worte der Trauung sagt: »You may kiss the bride.« Da bleibt mir kaum Zeit, die kleine Träne aus dem Augenwinkel zu wischen, denn unverzüglich wird nicht nur die Braut geküsst, auch die Gesellschaft ist einander herzlich zugetan.

Lachend umarme ich meine Nachbarn, andere umarmen mich, bis ich endlich jene Umarmung spüre, die ich jetzt schon kenne und nach der ich unglaubliche Sehnsucht habe. Sam hält mich lange fest, scherzt sogar über meine Schulter mit einem Bekannten, nimmt jede Gelegenheit wahr, den Moment auszudehnen. Dann lösen kühle Arme diesen Augenblick auf. Pia. Und dann Diana, meine Diana.

Sie fühlt sich genauso heiß an, wie ich mich fühle, und lacht lauthals, als ich frage, warum wir uns eigentlich alle in den Armen liegen. »Weil's so schön ist!«

Von der Veranda im Hintergrund ertönt die Melodie des Schneewalzers. Die Trommeln fallen ein, lassen nicht zu, dass sich die afrikanische Intensität verflüchtigt. Ohram und Diana tanzen diesen Tanz mit meinen Kindern und mir, inmitten der ganzen Gesellschaft, die sich im Kreis um das Brautpaar bewegt. Vergessen Sie den gemessenen Gleichklang eines Dreivierteltakts. Der Schneewalzer, den wir hier tanzen, ist eine Mischung aus klassischem Walzer und *African beat.*

Bald tanzt jeder mit jedem, Sam erreicht mich erst, als ich meine Schuhe schon ausgezogen habe – ich werde sie am nächsten Morgen auf der Terrasse wiederfinden, unter unzähligen Paaren anderer. Er hat mich fest an sich gezogen, seine Arme sind wie Schraubstöcke, wunderbare Schraubstöcke, und wir sprechen nicht ein Wort.

Wo immer ich mich aufhalte in dieser Nacht, mit wem auch immer ich zusammenstehe, zu welcher Gruppe auch immer ich mich geselle, Sam ist stets in meiner Nähe. Ich brauche nur aufzuschauen oder in die Runde zu blicken, Sam ist da. Meist mit Pia an seiner Seite, aber da. Während er sich unterhält, während er trinkt, tanzt oder während des Dinners, das als ein opulentes Picknick auf dem Rasen stattfindet.

Irgendwann erscheint das Brautpaar in bequemer Reisekleidung auf der Veranda, um sich in den *honeymoon* nach Lamu zu verabschieden. Neles Brautstrauß fällt ihrer Freundin in die Arme, dann fährt das Auto davon.

Die Party löst sich erst gegen Morgen auf, mit einem riesigen Frühstücksbüfett, unter dem Klang der Trommeln und mit dem Erwachen der Vogelwelt in den Baumkronen über uns.

In meinem Bett liegen Aijosha und Gyjian. Ich schaffe es gerade noch, Hut und Kleid auszuziehen, lege mich zu ihnen und wache erst nach sechs Stunden wieder auf.

Da sind die beiden natürlich schon wieder unterwegs. Ich werde sie suchen müssen, denn ich will wissen, ob sie den Rest ihres *termbreak* lieber mit mir zum Fischen oder nach Nairobi fahren oder hier bleiben wollen. Ich finde sie mit allen anderen Kindern in der Pferdekoppel. Und ihre Antwort ist eindeutig: »Wir bleiben hier!« Sie haben sogar Jeff schon gefragt, ob es ihm recht sei. Natürlich, hat er geantwortet.

Ich küsse sie, obwohl ihnen das peinlich ist, so vor all den anderen, erinnere sie daran, dass ich am Mittwoch wieder hier sein werde, und gehe zum Haupthaus zurück, wo sich nach und nach der Kreis um die Lunchtafel füllt. Doch ich habe keinen Hunger, will mich verabschieden. Es gibt viele Küsse, Umarmungen, von Sam einen Handkuss dazu. Von Pia zwei Küsse auf die Wangen und die Versicherung, sich bei mir zu melden, »damit du bei einem *sundowner* auch unsere Freunde an der Küste kennen lernst«. Dann noch ein Schwatz mit Eliza und ganz zum Schluss ein Blick von Sam, der mir Schauer über den Rücken jagt.

Doug fliegt mit Ditetas nach Mombasa, und Diana wird uns am Mittwochvormittag in Nairobi erwarten, um dann an die Küste zurückzufliegen. Dort werde ich allerdings dem Headmaster eine triftige Ausrede dafür bieten müssen, warum ich meine Söhne einen Tag zu spät in die Schule bringe. Aber das ist mir egal, ich freue mich auf die beiden Tage für mich, auf die Ungestörtheit beim Nachdenken und Nichtstun.

Sams Blick hätte mich eines anderen belehren sollen, denn er kam noch am Abend desselben Tages bei der Hütte an. »Du glaubst doch nicht, dass ich dich hier allein lasse! Zu wissen, du bist hier, ohne mich, das ist unerträglich! Ich will bei dir sein!« Und in seiner Umarmung verändert sich meine Freude auf das Alleinsein in die unbeschreibliche Lust, mit ihm allein zu sein.

Pia ist mit Ditetas nach Hause geflogen. Sam hatte ihr am Samstagmorgen, als er sich mit ihr traf, erklärt, er müsse Montag an einer Konferenz in Dar-es-Salaam teilnehmen und sei deshalb bis Mitte der Woche unterwegs.

Da dies häufiger vorkam, hatte Pia ohne Zögern eingewilligt, sich den Freunden anzuschließen. Der Grund des Manövers: Sam wollte mich bei der Hochzeit überreden, noch einmal zur Hütte zurückzukehren. So war er völlig baff gewesen, als Douglas ihm erzählt hatte, dass ich am nächsten Tag noch einmal zum Fischen fahren würde.

»Ich konnte es kaum aushalten, dich zu sehen, mit dir zu tanzen und zu sprechen, ohne meine Überraschung zu verderben.« Er zieht mich noch enger an sich, und als er dabei verspricht, dass wir diese Tage nie vergessen werden, weiß ich, was er damit meint.

Unser Kennenlernen knüpft mühelos an den Moment an, als wir uns verabschiedet hatten. Ich muss Sam eindringlich bitten, heute von sich zu erzählen. »Was ich erlebt habe, ist unwichtig, ganz und gar unspektakulär«, versucht er auszuweichen. Aber nachdem er lange genug gedruckst hat, beginnt er – »Also gut, dann ganz am Anfang« – bei seiner Kindheit.

Er beschreibt die englische Kleinstadt, in der er aufwuchs, mit kurzen Sätzen und ein wenig verlegen: »Weißt du, so klar ist die Erinnerung daran nicht mehr. Dazu bin ich schon zu lange in Afrika!« Seine Eltern, beide schon verstorben, hat er geliebt. »Ich hatte eine umsorgte, sorglose Kindheit.«

Kaum in der Schule, war er als mathematisch besonders begabt aufgefallen und daraufhin von einer Lehrerin gefördert worden. Was damals ein Glück, weil noch keineswegs Usus war. Mit Abschluss der Highschool erhielt er ein Universitätsstipendium von einer Erdölfirma und verpflichtete sich damit, nach dem Studium noch mindestens fünf Jahre für sie zu arbeiten. Das tat er, zunächst in Spanien, dann in Gabun. Kaum hatte er in Westafrika Fuß gefasst, wusste er, dass er in diesem Durcheinander von Korruption und Machtgerangel nicht bleiben würde. Im Übrigen hatte er, wie er erzählt, die Nase voll von Erdöl und der damit verbundenen Zerstörung von Lebensraum und Traditionen. »Ich mochte mich nicht mehr verstecken hinter der Propaganda der

Konzerne und konnte ihre rücksichtslose Ausbeutungspolitik nicht mehr ertragen.«

Andererseits wollte er Afrika nicht verlassen, doch waren dort hochkarätige Jobs in den Managements internationaler Firmenniederlassungen schon in den Sechzigern rar. Und so kam für Sam das Angebot von British Tobacco wie gerufen, wenngleich er seinen sozialen Anspruch auch hier nur bedingt verwirklichen konnte. »Aber wir sind heute der einzige Tabakproduzent in Afrika, der derart hohe Löhne zahlt, der seine Anbaugebiete nicht durch Monokulturen zerstört und allen seinen Angestellten ein perfekt strukturiertes Sozialnetz zur Verfügung stellt, nicht nur den Weißen.« Sam stützt sich mit den Ellbogen auf seine Schenkel und erzählt weiter.

So war er nach Ostafrika gekommen, erst nach Malawi, dann nach Tansania. Während einer Tagung in Stockholm hatte er Pia kennen gelernt. Sie arbeitete als Dolmetscherin, war aber nach einem halben Jahr des Briefeschreibens, nach endlosen Telefongesprächen und vielen teuren Wochenendtrips nur allzu bereit, zumindest einmal für einen Urlaub nach Kenia zu kommen.

Als sie nach sechs Wochen zurückflog, geschah das, um ihre Eltern davon zu unterrichten, dass sie heiraten wolle. Zum Hochzeitstermin, vier Wochen später, fand sich ihre gesamte Verwandtschaft in Stockholm ein.

Pia ist die Tochter eines damals schon etwas älteren Ehepaars und war bis zum Zeitpunkt ihrer Eheschließung gehütet und umhegt aufgewachsen. Und dieses sanfte, nie mit einem ungewöhnlichen Leben konfrontierte Kind wolle nun nach Afrika ziehen? Als Frau eines Mannes, der schon viel zu lange in Afrika sei, um europäische Maßstäbe noch gelten lassen zu können? Außerdem: Er muss die Frauen doch scharenweise vernascht haben, ob er sich da nicht eine Krankheit zugezogen hat?

So und in diesem Sinne war hinter Sams Rücken getuschelt worden. »Als ich diese Bemerkungen hörte, hätte ich erkennen müssen, dass sie nicht nur die Ansichten dieser Leute wiedergaben, sondern auch Pias. Denn schließlich entstammte sie diesem konservativen, misstrauischen Milieu. Aber ich dachte, dass sie sich zwangsläufig ändern würde, sobald sie dort raus ist. – Sie hat sich auch geändert«, Sam streckt sich, »aber nur wenig.«

Er erzählt, dass Pia ihre Angst vor den Krankheiten in Afrika nie abgelegt und keinem Afrikaner je getraut habe, dass sie in ständiger Panik vor Schlangen und Skorpionen lebe und das Klima verabscheue. »Trotzdem hat sie ihre Angst nie die Oberhand gewinnen lassen. Pia hat sich, im Gegenteil, bemüht, mich ihr Unbehagen nicht merken zu lassen. Sie hat sich immer tadellos und fabelhaft verhalten. Aber sie war nie relaxt, nicht mit den Kindern, nicht einmal im Bett. Ich habe mit Pia nie Erotik verspürt. Wir hatten nie Sex miteinander der Lust wegen, haben immer nur unsere Ehe vollzogen.« Während Sam eine weitere Weinflasche entkorkt, schaut er mich an. »Natürlich spürte sie die Diskrepanz zwischen meinen anfänglichen Anforderungen und der Art, wie wir miteinander umgingen. Und deshalb hatte sie immer Angst, dass ich sie verlassen würde.«

»Waren deine anderen Beziehungen darum eine solche Belastung für euch?«

»Ja. Wobei all diese Beziehungen nichts als Affären waren. Und wegen einer Affäre hätte ich mein Leben mit Pia nie aufs Spiel gesetzt. Vielleicht war ich auch deshalb in puncto Entdeckung sorglos.« Er nimmt mich in die Arme. »Bis vor ein paar Tagen. Seit ich dich kenne, bin ich nicht mehr sorglos.«

Ich küsse ihn leicht. »Aber wir werden deine Ehe nicht gefährden. Da passen wir schon auf.«

Ich zweifelte nicht daran, das Versteckspiel als Geliebte zu beherrschen, denn ich hatte Erfahrungen auf diesem Gebiet, wenn auch die Zeit mit PW schon lange zurücklag.

Damals war ich siebzehn und wieder einmal dabei, mein Leben umzukrempeln. Ein Talentsucher, heute nennt man sie Scouts oder Headhunter, der Mailänder Modemesse hatte mich in einer Diskothek in Florenz beim Jobben gesichtet. Als Go-go-Girl.

Während der heißen Siebziger, als es auch Groupies gab, war diese Spezies in Diskotheken und Bars die große Nummer. Immer im Mini, immer auf Plateauxsohlen, immer dramatisch geschminkt, ernst dreinschauend und mit den wildesten Verrenkungen nimmermüde beim Abtanzen, wie meine Söhne sagen.

Natürlich wusste meine *famiglia* nichts von dem Job. Sie glaubte aber auch nicht mehr so recht daran, dass ich jeden Abend mit meiner Freundin Clara verbrachte. Am Klavier! Aber noch hatten sie keine Spur zu meiner tatsächlichen Betätigung aufnehmen können. Zumindest glaubte ich das.

Und so verdiente ich mir ein paar tausend Lire am Abend, indem ich mich, in einen Käfig gesperrt, unter die Decke der Disko ziehen ließ. Und so tat, als sei ich völlig entrückt beim Powackeln, Hüftenschwingen und Kopfschwenken.

Richtig Spaß machte das Ganze schon lange nicht mehr. Aus der Exotik, die mich an dem flippigen Terrain anfangs so gereizt hatte, war das Knistern gewichen. Und so stand ich an dem Abend, als der Typ von der Messe mich ansprach, sowieso schon kurz davor, den Bettel hinzuschmeißen und tatsächlich lieber mit Clara Klaviersonaten zu üben. Raoul, der Scout, machte ein paar Fotos, notierte meine Adresse und sagte, er werde am nächsten Abend wiederkommen. Er sei sicher, dass ich eine Karriere als Model vor mir hätte.

Ich hingegen war ziemlich perplex. Zwar hatte ich seit meiner Wandlung vom hässlichen dicken Kind zur langbeinigen Blondine nie mehr an meinem guten Aussehen gezweifelt, aber dass ich das Zeug zur »Modemieze« haben könnte, wie Clara indigniert sagte, überraschte selbst mich.

Doch Attribute wie meine Größe von einem Meter achtzig, die tatsächlich nicht kurzen Beine, das lange blonde Haar und ein Gesicht, das nicht auffallend schön war, in das man aber jeden Make-up-Trend und jeden Fashion Style hineinschminken konnte, brachten mir eine Menge Buchungen für die Messe und zusätzlich eine Hand voll Verträge mit diversen italienischen Modedesignern ein.

Jetzt stand ein Familienrat an, denn wenngleich ich von dem Disko-Job nichts erzählt hatte, diese neuerliche Kurve in meinen Leben musste ich erwähnen. Zumal ich nach Mailand umziehen und nicht mehr zur Schule gehen würde.

Das Geschrei, das die gesamte *famiglia* unisono anstimmte, war natürlich fürchterlich und dröhnte bis Köln, von wo aus mein Vater augenblicklich Richtung Toskana aufbrach. Bis zu seiner Ankunft machte ich meiner Familie klar, dass ich mich auf keine Diskussion, weder über den neuen Job noch über meine schulische Situation, einlassen würde. Nicht vergessen: In ihren Augen war ich der zukünftige Boss des Clans!

Das Palaver dauerte zwei Tage, mittlerweile war mein Vater eingetroffen, in Begleitung eines Freundes. PW. Zehn Jahre jünger als mein Vater, Politiker, einen Kopf kleiner als ich, mit eisblauen Augen und einem Gesicht wie Belmondo senior. Ich verliebte mich auf der Stelle in ihn. Und er nahm seine Blicke nicht von mir. Blicke, die wie Champagnerbläschen auf der Haut kribbelten, die knisterten und bitzelten und die im Bauch wie Kometenschweife umhersausten. So etwas hatte ich noch nicht erlebt.

Doch war die Zeit für das Austoben von Emotionen gerade ungünstig, denn die seismographischen Störungen im Clan der Hralickas hatten sich derart verdichtet, dass sie zwischenmenschlich Feingeistiges dominierten. Ich hatte allerdings das Gefühl, dass sich die Diskussionen schon längst nicht mehr darum drehten, ob ich nun gezwungen werden könnte, weiterhin zur Schule zu gehen, ob man mich in ein Internat nach England schicken wolle oder was denn nun mit diesem Job als Mannequin sein sollte. War ich zu jung? War das Genre zu gefährlich? Würde ich allein wohnen können? Inwieweit konnte man mir überhaupt etwas sagen?

Ich glaube, der Clan verstand das Treffen schon bald als eines der üblichen Familienpalaver und überließ meinem Vater die Entscheidung. Nur schlug der sich mit dem Problem herum, meinen Entschluss in seine Worte zu fassen. Ich hatte ihn nämlich, kurz nach seiner Ankunft bei uns und um das Gerangel abzukürzen, unmissverständlich auf meine Qualitäten als Erpresserin hingewiesen: »Dein Ja zu meinen Plänen, oder ich werde dich in dreihundert Jahren nicht in der *famiglia* ablösen.« Nach dieser Drohung schwankte er mächtig, hätte sich aber wieder ermannt, hätte nicht Tante Emilia eingelenkt. »Immerhin scheint diese Betätigung seriöser, als in Diskotheken in Käfigen herumzuhopsen«, schniefte sie in ihr Taschentuch. Jetzt war ich baff. Woher wusste sie? Sie sei sogar dort gewesen und habe sich das Treiben eine Stunde lang angeguckt, sagte sie mit einem Blick, der mir bis jetzt nur noch ein einziges weiteres Mal in meinem Leben begegnet ist: bei Muhamed eben, meinem somalischen Bodyguard.

Mein Vater schaute uns irritiert an, doch auf seine Nachfrage, was das denn heißen solle, brachte Tante Emilia nur noch ein paar »Ach ach« heraus, allerdings wieder nicht, ohne diesen vernichtenden »Wir sprechen uns noch!«-Blick in meine Richtung zu feuern.

Bei so viel Konfusion und Druck musste der arme Tolius, Clanchef, sich erst einmal neu orientieren. Also ging er auf die Wildschweinjagd – ohne seinen Freund PW, der behauptete, nicht zusehen zu können, wie ein Tier erlegt wird.

Selbstverständlich brachte ihm dieses Bekenntnis die Missbilligung des gesamten Clans ein: »Was hat Tolius denn für Freunde?«

Dabei hatte er nur die Gelegenheit gesucht, mir wenigstens einmal allein zu begegnen. Sagte er später, als wir schon zusammen waren und er mir auch von der Faszination erzählte, die diese zahlreichen Treffen um den Küchentisch, die Sitzungen vor dem Kamin in der Halle und die lautstarken Gelage im Esszimmer auf ihn ausgeübt hatten. Ihm war eben noch nie eine *famiglia* in *azione* begegnet. Er hatte sich vorgestellt, wie es wohl wäre, wenn dieser Clan im Bundestag säße, und das womöglich noch in der Opposition. Und ihm war vor Entsetzen ganz kalt geworden.

Später – das war, als PW und ich den mühsamen Beginn unseres Verhältnisses hinter uns gelassen hatten. Denn natürlich war ein verstohlenes Tête-à-Tête im Haus meiner Tante und meines Onkels nicht zustande gekommen. PW kannte nämlich bis dato auch die innigen Verhältnisse italienischer Zigeunerfamilien noch nicht. Da lässt man niemanden mal ohne Begleitung irgendwohin gehen, niemals.

Stattdessen hatten wir uns ein paarmal zufällig berühren können. Wie man das so macht, am Arm und am Rücken. Doch als PW und mein Vater nach drei Tagen wieder Richtung Norden abfuhren, war unsere Abschiedsumarmung die intensivste Begegnung gewesen. Madonna, war ich verliebt! Und kribblig! Ich wollte endlich mit diesem Mann allein sein!

Er rief an, als ich eines Nachmittags mit einem Buch auf dem Kopf die Treppe im Haus von Signora Pettirosso hinabschritt.

»Wage es nicht, herunterzuschauen«, drohte meine Gouvernante mit lauter Stimme und im Rhythmus ihres Tamburins. Das schlug sie jetzt seit einer halben Stunde, unermüdlich und präzise, und ich war schon zum x-ten Mal von oben nach unten unterwegs. Jeweils achtundddreißig Holzstufen, mit einem Kokosläufer belegt. Regelmäßig verfingen sich darin die Absätze meiner Highheels, und regelmäßig parierte Signora Pettirosso die Fehltritte mit einem missbilligenden Tzzz-tzzz.

Zwei Wochen dauerte nun bereits meine Ausbildung bei der gestrengen Signora Pettirosso – Ballett, Gang (sie nannte das »Grazie«), Haltung, Gymnastik und zum Schluss Catwalking. Die Kurssparten »Gute Manieren« und »Konversation« konnten wir aussparen. Mit guten Manieren war ich aufgewachsen, und wie man gepflegte Konversation betreibt, wusste ich aus Büchern.

Und weil Signora Pettirosso so gar nichts von der Sanftheit eines Rotkehlchens hatte, wie man aus ihrem Namen hätte schließen können, waren meine Darbietungen auf den anderen Gebieten auch schon akzeptabel.

Nur das Schreiten, Himmel noch mal. Blicken Mannequins denn nie nach unten?

Also noch einmal: Es sind achtunddreißig Stufen, geh bloß so gerade, dass das Buch nicht vom Kopf fällt, während beim Gehen das eine Bein so vor das andere gestellt wird, dass der Absatz des vorderen Fußes die Spitze des hinteren optisch überschneidet. »Jawohl, dadurch entsteht der Schwung in den Hüften, brava bella! Es geht doch!«

In Signora Pettirossos Lobeshymne schrillt das Telefon, ein Ungetüm aus Bakalit mit einem infernalischen Klingelton. Ich kann mich vor Schreck gerade noch am Geländer festhalten. Also wieder einmal Schluss mit Grazie.

»Madonna, welche Schande! Pronto?«

Nach ein paar »eh, eh« und einem verwunderten »certamente« bittet sie mich zum Telefon, wobei ihre Augenbrauen fast vollständig in ihrem Haaransatz verschwinden. Natürlich sollen ihre Schülerinnen während des Unterrichts nicht gestört werden. Doch da ist jemand so dreist und telefoniert sogar hinter einer her!

»Kannst du dich noch an mich erinnern?« Schon beim Klang der Stimme von PW legt sich ein feiner Schweißfilm auf meine Haut.

»Ja.«

»Ich möchte dich sehen.«

»Ja.«

»Du mich auch?«

»Ja.«

»Kannst du nicht sprechen?«

»Doch. Aber vielleicht sollten wir nicht miteinander sprechen.« Ich wollte sagen: »Nicht so miteinander sprechen, wie ich es will«, doch so kühn war ich damals noch nicht.

Es dauert ein paar Sekunden, bis PW antwortet. »Tja, vielleicht nicht. Aber ich will es, und ich will dich sehen.«

Jetzt benötige ich ein wenig Zeit, um antworten zu können: »Ja, ich auch. Kannst du denn hierher kommen?«

»Wenn du nicht nach Deutschland kommst, ja.«

Er kam am darauf folgenden Wochenende, war nach einem Termin am Abend mit dem Auto von München durchgefahren. Wir trafen uns in Portofino, im Weinkeller des Restaurants Alfredo. Dort hatte der Chef eigenhändig einen Tisch gedeckt und servierte auch selbst, nachdem ich ihm erklärt hatte, dass der Mann, mit dem ich mich treffen wolle, ein Prominenter sei und dass wir uns auf seine Diskretion verlassen müssten. Und er dürfe nichts davon der *famiglia* erzählen, bei seiner Seele.

Alfredo ist mir von meinen zahlreichen Cousins der liebste. Er hatte mich eigentlich an diesem Samstag nach Mailand begleiten wollen, um bei meinem ersten Auftritt in einer Modenschau im Publikum zu sitzen. Aber dann hatte ich mir, just nach PWs Anruf und unserer Verabredung, doch unglücklicherweise den Fuß auf dem Kokosläufer vertreten! Freitag humpelte ich immer noch! Welch ein Zufall, wo PW doch zu keinem anderen Termin in nächster Zukunft Zeit gehabt hätte!

Zwei Bodyguards begleiteten PW in den Keller, Alfredo wieselte noch umher, aber dann waren bis auf PW plötzlich alle verschwunden, und wir lagen uns in den Armen, küssten uns, und dieser Mann flüsterte mir Worte zu, die ich nur aus einem ganz speziellen Genre von Liebesfilmen kannte. Ich ahnte, dass dieses Repertoire einer gut gefüllten Trickkiste entstammte. Denn dass er sich nicht zum ersten Mal auf ehelichen Abwegen befand, entging selbst mir, bei all meiner Unbedarftheit, nicht.

Er konnte Dinge sagen und mit mir tun, die süchtig machten, und so erlebte ich die ersten Begegnungen mit ihm wie in einem Rausch. Ich war nicht mehr von dieser Welt, schien über wolkenweiche Laufstege zu wandeln, ging meiner Umgebung mit einer konstant strahlenden Laune auf die Nerven und betrachtete es als meine größte Sorge, PW stets über die gerade aktuelle Nummer des Telefons in meiner Nähe auf dem Laufenden zu halten. Damit wir uns mindestens zweimal am Tag zuflüstern konnten, wie groß die Sehnsucht nach dem anderen sei, wie sehr wir uns liebten und was wir jetzt, gerade jetzt, am liebsten einander antäten. Hätte es damals schon Handys gegeben, ich wäre meine Jobs losgewesen.

Die ersten zwei Jahre mit PW erscheinen mir noch immer unwirklich. Auch weil wir uns so oft sahen. Obwohl er nur selten nach Italien kam.

Doch hatte ich, noch so ein Zufall, die Bindung zu meinem Vater neu entdeckt. Der nämlich lebte, mittlerweile von meiner Mutter getrennt, mitsamt der jeweiligen Mätresse, drei Hunden und drei Katzen in einem schmucken kleinen Haus in Bonn. Dem damaligen Sitz der Bundesregierung.

Zwar ließ ich mich auf allen europäischen Modemessen buchen, jettete von Mailand nach Köln und Düsseldorf und von dort nach Paris und zurück nach Köln, Düsseldorf oder Hamburg. Flog von London nach Madrid oder wieder nach Paris und ein paarmal sogar nach New York. Und manchmal auch irgendwohin, wo gar keine Modenschau stattfand, wo aber PW sich in wichtiger Mission aufhielt. Ich habe in diesen ersten zwei Jahren unserer Beziehung höchstens drei Dutzend Mal in meiner Wohnung in Mailand übernachtet. Aber immer wieder in Köln.

Und immer wieder platzte ich bei Papa ins Haus. Kam und ging, schlief gerade oder wollte mit Vatern alleine frühstücken, war da und fuhr wieder davon, wollte nachts vom Flughafen abgeholt werden und flog wieder ab.

Dass Tolius dieses Durcheinander bald auf die Nerven ging, war Absicht. Denn ich kannte ihn ja: Nach nur knapp sechs Wochen bestand er darauf, mir eine Wohnung zu kaufen. Und hatte auch gleich eine Immobilie im Auge. Eine zauberhafte Maisonette in einem gepflegten Mehrfamilienhaus mit Blick auf den Rhein.

Sie war wirklich schön, hatte jedoch den Makel ihrer Lage: nur zweihundert Meter vom Haus meines Vaters entfernt. Was, wenn ich die Wohnung genommen hätte, bedeutete, dass er ständig und ohne Mühe bei mir ein und aus gehen konnte. Das heißt, er wäre wahrscheinlich nur einmal unangemeldet erschienen, hätte seinen fast gleichaltrigen Freund PW im Bett seiner jungen, unschuldigen Tochter angetroffen und wäre daraufhin entweder, vom Herzschlag gefällt, dahingeschieden oder hätte PW verprügelt. Wenn ich es mir genau überlege, wäre die erste Variante des »Vater ist überrascht«-Dramas ausgeschieden. Denn er hätte sich gerächt, mein Papa, bitterlich. Nach allen Regeln einer zutiefst anarchistischen Zigeunerkultur.

Also entschied ich mich für eine Wohnung in der Anonymität einer Hochhaussiedlung außerhalb der Stadt, mit Blick auf das Nachbarhochhaus, aber mit einem schnellen Fahrstuhl zum vierzehnten Stockwerk. Und so weit von Papas Domizil gelegen, dass er anrufen musste, um zu erfahren, ob ich da sei. Dann galt es, sich umzuziehen und das Auto aus der zwei Straßen entfernten Garage zu holen, um sich schließlich durch den ewig schleichenden Verkehr Bonns zu quälen – hin und zurück. Dass dies für meinen Vater entschieden zu viel Aktivität voraussetzte, ahnte ich, und es bestätigte sich. Er kam immer nur, wenn ich ihn nachdrücklich einlud, regelmäßig nur zu meinem Geburtstag und am Heiligabend auch.

Sonst trafen wir uns bei ihm oder zum Essen in der Stadt. In unserem Lieblingslokal, dem Maternus in Bad Godesberg, stießen wir auch häufiger auf PW, im Kreise anderer Politiker. Natürlich wusste ich immer schon im Voraus, dass wir ihm dort begegnen würden. Diese »zufälligen« Treffen waren der Ersatz für ein gemeinsames Alleinsein, das Zückerchen, wenn er keine Chance hatte, seinen Verpflichtungen zu entkommen.

Doch als seien die Situationen, die sich immer auf zusammengeschobene Tische und manche weitere ungeplante Flasche Wein ausdehnten, nicht schon pikant genug gewesen, nein: Was niemand außer Fahrern und Bodyguards sowie der Besitzerin des Restaurants, der legendären Materna, wusste, war, dass PW und ich oft allein in ihrem Separee saßen. Wenn wir keine Lust gehabt hatten zu kochen, wenn wir keine Zeit hatten, in die Wohnung zu fahren, uns aber trotzdem sehen wollten.

Von dort aus rief er mich auch an, als er die größte Schlappe seiner Karriere einstecken musste und sich dazu ohne mich nicht in der Lage fühlte. Ich war in London und hatte Glück, dass die Schau schon vorbei war und dass ich noch einen Flug am selben Tag bekam. Wir blieben die ganze Nacht in diesem Hinterzimmer zusammen, redeten, tranken viel Wein, machten Pläne. Und niemand fand heraus, wohin der Protagonist der letzten Tage verschwunden war.

Überdies ist nie jemand, außer den direkt Involvierten, unserer Beziehung auf die Spur gekommen. Höchstens die Freunde PWs konnten sich einen Reim darauf machen, dass wir uns manchmal in der Öffentlichkeit »zufällig« trafen und immer ganz angetan davon waren, uns zu sehen. Dann lange zusammenstanden und fast vertraut miteinander umgingen.

Wohlgemerkt: nur fast vertraut.

So kam nicht einmal einer aus dem Tross der allgegenwärtigen Journalisten auf die Idee, dass zwischen PW und dem blonden Model ein Verhältnis bestehen könnte, das so ganz und gar nicht den Normen der Konvention entsprach. Wobei damals die Yellow Press nicht annähernd so sensationslüstern vorging wie heute. Zehn Jahre später hätten wir wahrscheinlich keine Chance mehr zum Versteckspiel gehabt.

Wir blieben immer diskret, ließen uns nur bei den beiden engsten Freunden zusammen blicken. Und das auch noch, als PW seine Ehe schon lange nicht mehr schützen wollte. Doch hatte ich keine Lust, mich dauerhaft zu binden. Auch nicht, als PW mir vorschlug, sich scheiden zu lassen, um unsere Beziehung öffentlich machen zu können und um mich zu heiraten.

Wir waren fast drei Jahre zusammen, lebten unser Verhältnis leidenschaftlich intensiv – und wo immer es sich ergab – aus. Ich fand die Beziehung, mit viel Freiraum und ohne Verpflichtungen, ideal. Wollte, ganz sicher, nicht aus dem bequemen Schatten der heimlichen Geliebten heraustreten. Erstens war ich zu feige, zum Anlass eines saftigen Skandals zu werden, zweitens war PW mir zu alt zum Heiraten, und drittens wollte ich weiterhin meine

Catwalks absolvieren, so viele, wie ich Lust hatte. Ohne meinen Terminkalender nach dem des Politikers und Repräsentanten PW zu gestalten.

Denn wie oft sah ich seine Frau mit ihm zusammen im Rampenlicht. Sie musste sich dem PR-Berater ihres Mannes anpassen, musste sich Frisuren legen lassen, die sie wahrscheinlich abscheulich fand, musste immer wie aus dem Ei gepellt erscheinen. Hatte bei öffentlichen Veranstaltungen dabei zu sein, musste ihren Mann stets sanft anlächeln, musste ihre wahrscheinlich todlangweiligen Verpflichtungen in diversen Wohlfahrtsorganisationen versehen, und wenn sie einem Journalisten eine ehrliche Antwort auf eine seiner Fragen gegeben hätte, wäre sie anderntags womöglich in allen Medien als geltungssüchtig und politikgeil dargestellt worden. Welch eine schaurige Vorstellung!

Doch PW insistierte auf die Umsetzung seiner Zukunftspläne, während ich ihm anfangs noch mit meinen Ressentiments nicht wehtun wollte und nur wenig dazu sagte. Dann aber klar und deutlich mein Nein thematisierte.

Der endgültige Krach begann nach der ersten Modenschau, die je auf der Spanischen Treppe in Rom veranstaltet worden war. Ein unglaublicher Erfolg, Prominenz *en masse* hatte die Stufen gesäumt, die Stimmung, auch bei uns Mädels, war grandios und ausgelassen.

PW hatte den Anlass genutzt, um seinem italienischen Amtskollegen einen »freundschaftlich-inoffiziellen Besuch außerhalb üblicher Protokollnormen« abzustatten. Um dann bei der Show dabei zu sein, war noch nicht einmal eine Ausrede notwendig gewesen – die halbe Regierung Italiens saß uns zu Füßen.

Dass ich zum Abschluss der Vorführung und in einem dramatischen Auftritt das Brautkleid der Kollektion vorführte, muss PW wohl um den Verstand gebracht haben. Denn kaum hatten wir Models uns zu den Gästen der sich anschließenden Party gemischt, stand er plötzlich neben mir. Legte den Arm um meine Taille und parlierte mit dem Herrn, mit dem ich mich gerade unterhalten hatte. Nicht dieser Fauxpas versetzte mich in Rage, sondern der Arm um meine Taille! Überall lauerten Fotografen, meine Kolleginnen und Chefs guckten schon interessiert. PW war schließlich kein Unbekannter, auch außerhalb Deutschlands nicht. Also machte ich mich los und ging hinunter zum Brunnen, wo einige der anderen Models saßen, mit den Füßen im Wasser.

Es dauerte nicht lange, bis ich eine Hand in meinem Nacken spürte. Herr Doktor PW. Verdammt! Wütend sprang ich auf, versprach meinen Kolleginnen, später wiederzukommen, zog mich um und verschwand im Hotel am oberen Ende der Treppe.

PW hatte meinen Abgang nicht mitbekommen und benötigte deshalb eine Stunde, bis er mich in meinem Zimmer vermutete. Als er dort auftauchte, war ich so aufgebracht, dass ich eine der unheimlich kostbaren Keramiken aus dem Flur durchs Fenster und bis in den Tiber hätte schmeißen können.

Dieser arrogante Hund! Ich lasse mich doch nicht zu seinen Ideen zwingen! Was denkt er, wer ich bin? Doch nicht sein Eigentum! Und ab heute nicht einmal mehr seine Geliebte! Es ist Schluss!

Diese und eine noch ausführlichere Epistel schrie ich ihm entgegen, als er endlich die Tür aufschloss. Er war zunächst verdutzt, aber dann schrie er zurück. Und nach zwei Stunden war unsere Beziehung beendet, ein für alle Mal. Dachte ich und war unendlich traurig.

Allerdings war ich, als wir uns ein gutes Jahr später wiedertrafen, noch viel trauriger. Eloy, der Mann, den ich kurz nach dem Bruch mit PW kennen gelernt, mit dem zusammen ich mir ein Haus gekauft hatte, für den ich meinen Job aufgegeben, mit dem ich Kinder bekommen hätte, mit dem ich mir hatte ein Zuhause bauen, mit dem ich hatte alt werden wollen, dieser Eloy war vorgestern an einem Gehirntumor gestorben. Am folgenden Tag sollte die Beerdigung stattfinden.

Ich war auf dem Weg ins Separee des Maternus, wo ich mich

verkriechen wollte. Da stand PW vor mir. Offenbar allein und informiert darüber, was mir in der Zeit unseres Getrenntseins widerfahren war.

Wieder verbrachten wir die ganze Nacht an jenem Tisch, an dem wir schon so viel geflirtet und uns Dinge gesagt hatten, die niemanden etwas angehen. An dem wir aber auch damals saßen, als er auf dem Tiefstand seiner Karriere vor allem davonlaufen wollte.

Diese neuerliche Begegnung wurde sehr kostbar für uns, denn wir erkannten in diesen Stunden eine tiefe Freundschaft füreinander. Die uns bis zum Tod von PW vor zehn Jahren erhalten blieb. Wann immer ich nach Deutschland kam, trafen wir uns, weiterhin heimlich, denn PWs Popularität hatte nicht etwa abgenommen. Außerdem war er wieder verheiratet, und den Zorn dieser Frau hätte ich mir unter keinen Umständen zuziehen wollen. PW erging es in dieser Hinsicht nicht anders.

»Warum hast du sie geheiratet?«

»Ich fühlte mich einsam, nachdem du endgültig weg warst.«

Das war zwei Jahre später gewesen. Wir hatten unsere Liebesbeziehung wieder aufgenommen, als sich die Trauer um Eloy in liebevolle Erinnerungen wandelte. PW ließ sich scheiden, ging mir aber nur hin und wieder mit Heiratsplänen auf die Nerven. Ich verkaufte die Wohnung in Bonn, und wir richteten uns ein Nest in München ein. In der geografischen Mitte unserer beider Alltagsleben.

Bis Bruno mir auffiel, der schon seit Monaten an jedem Catwalk auftauchte, den ich lief. Bruno fiel jedem von uns auf, denn der Mann war so klassisch schön, wie nur ein Römer klassisch schön sein kann. Mit dem Profil des Michelangelo'schen David, mit pechschwarzen langen Haaren, zum Zopf gebunden, als zum Zopf gebundene lange Haare bei Männern noch gar nicht modern waren. Mit einer Figur, die nie Fett ansetzen würde, und einer Körpergröße von für Italiener ungewöhnlichen Einmeterneunzig – ohne die auf dem Appenin üblichen Zehnzentimetereinlagen in den Schuhen.

Apropos: Bruno verabscheute braune Schuhe, was ihn mir so sympathisch machte, dass ich mir ernsthaft überlegte, doch mal mit ihm auszugehen.

Einen Monat später waren er und ich ständige Begleiter, drei Monate später verlobten wir uns, und ich verabschiedete mich endgültig von meinem PW. Was ich schon bei unserem Polterabend bereute, als ich meinen Zukünftigen im Weinkeller beim Kopulieren mit seiner sehr jungen, sehr attraktiven Tante überraschte. Hatte er nicht Champagner holen wollen?

Nun, ich drosch mit dem Pfennigabsatz meines Schuhs auf die beiden ein, kreischte und benahm mich, wie es sich in einer solchen Situation gehört, fühlte mich aber innerlich schon ziemlich abgeklärt. Ich ahnte, dass dies nicht die letzte Inflagranti-Szene unseres Ehelebens sein würde.

Sams Mimik, die sich während meiner Erzählungen mal verfinstert, mal vor Mitleid und Teilnahme in Falten gelegt hatte, strahlte am Ende meiner Geschichte vor Vergnügen.

»Und dann kam Uganda?« Ja, dann veränderte sich mein Leben wirklich.

Wenn ich später, nachdem ich schon viele Male von immer anderen Schauplätzen Kriegsafrikas berichtet hatte, versuchte, mich an bestimmte Ereignisse des beobachteten Geschehens zu erinnern, musste ich immer häufiger erleben, dass sich die Begebenheiten zu ähneln begannen. Dass sich der normale Kriegswahnsinn zu einem optischen Gleichmaß verbildete. Allerdings nur der, denn die herausragende Gewalt, das Grauen blieben mir ja in aller Omnipräsenz erhalten.

Und auch vor Ort veränderte sich meine Sicht. Warnmechanismen wurden lahmer, und oftmals war ich nahe daran, die Grenze der Vernunft zu ignorieren. Keineswegs, um den berüchtigten Kick zu spüren. Nein, weil ich mich an Gefahr gewöhnt hatte.

Das lag unter anderem daran, dass ich die Sorge um das Wohl

meiner Kinder nach einem eventuellen finalen Kriegserlebnis nun mit Sam teilte. Denn ich wusste, er würde sich im Notfall um Aijosha und Gyjian kümmern. Unabhängig davon, dass ich in meinem Testament verfügt hatte, ihn zum Vormund für meine Söhne zu machen. Obwohl er uns offiziell nicht besser kannte als Ohram, Douglas und andere Männer in meiner Umgebung. Auch meine beiden Jungs wussten nicht, wie viel Sam mir bedeutete. Und Diana erst recht nicht.

Ich hätte ihr gern die Wahrheit gesagt. Denn dass ich mich plötzlich so glücklich fühlte, befremdete sie. Schließlich war ich nach wie vor regelmäßig in Angola, Somalia und dem Sudan unterwegs. Kam aus dem Süden des Sudans mit entsetzlichen Bildern von hungernden Soldaten wieder. Kindersoldaten, die in Khartoum von ihren Eltern auf der Straße ausgesetzt worden waren, weil es in den armen Familien des Landes schon seit Jahren nichts mehr zu essen gab, und die dann Schlepper der sudanesischen Regierung zusammengetrieben und auf Lastwagen in den Süden gekarrt hatten. Viele der Kinder waren nicht älter als sechs Jahre, konnten, ohnehin noch klein, aber auch kraftlos infolge ihrer Unterernährung, kein Gewehr, keine Machete halten. Konnten nicht einmal die Magazine der selbst gebastelten Kanonen drehen. Ließen sich aber, vor Angst vor den Schlägen der erwachsenen Soldaten, in Scharen den angreifenden Truppen der sudanesischen Volksbefreiungsarmee entgegentreiben.

Weil sich die Regierung des Sudans der Bewohner des Südens, der stolzen, einst unabhängigen und immer obrigkeitsfeindlichen Dinka und Nuer, entledigen will. Oder weil sich jene hoch gewachsenen schönen Menschen, fast allesamt Viehzüchter, nicht von den »Sklavenhändlern aus dem Norden« des riesigen Landes regieren lassen wollen. Hatte der Aufstand gegen die in Khartoum vor dreißig, vierzig oder dreihundert Jahren begonnen? Man kann die Geschichte dieses Krieges nur erahnen, denn es gibt keine Aufzeichnungen, Pamphlete, Chronologien, die sie dokumentieren. Und dass die Dinka und Nuer ihr Ziel, im Süden des Sudans einen eigenen Staat zu gründen, noch erreichen könnten, daran glaubt niemand mehr. Wer den Kampf überlebt, der, nach Pausen, plötzlich wieder aufflackert, gelegentlich zur Erntezeit ein paar hundert Kilometer nördlich unterbrochen wird, um sich dann erneut in einen Blutrausch zu steigern, wer diesen Irrsinn überlebt, verhungert. Fällt dem Kalkül Khartoums zum Opfer. Wie hatte Präsident Omar al-Bashir in einer Fernsehrede gesagt? »Das Problem mit den Dinka und Nuern im Süden wird sich von selbst erledigen.«

Ich war von dem fast zweiwöchigen Aufenthalt dort mit Mückenstichen übersät zurückgekommen, ausgemergelt, ungewaschen und vor Wassermangel fast dehydriert. Wir waren zig Kilometer durch Sümpfe gelaufen, weil wir mit dem Wagen stecken geblieben wären. Beim Durchwaten eines Baches hatten sich Blutegel an meinen Beinen festgesaugt, und die Wunde an der Stelle, wo ich versucht hatte, den Ersten herauszuziehen – bevor ich die anderen mit einem Feuerzeug versengte, bis sie abfielen –, diese Wunde über dem rechten Knöchel hatte sich so entzündet, dass aus einem zwei Euro großen Krater rohen Fleisches ununterbrochen Eiter floss. Wenn wir schlafen konnten, selten nachts, weil es viel zu kalt war und natürlich weit und breit kein Hotel existierte, rollten wir uns für eine Stunde, selten länger, im Heck unseres Toyotas zusammen oder schliefen, an einen Fels, an eine Lehmmauer oder an den anderen gelehnt, im Stehen. Um unter gar keinen Umständen mit dem von Schlangen und Skorpionen wimmelnden Boden in Berührung zu kommen.

Ich klage nicht. Ich klage an. Die Großkopferten in Khartoum, die Farmer entlang des Nils, die bürgerliche Kaste der sudanesischen Elite, allesamt von Arroganz, Machtkalkül und einem unerträglichen Rassismus geprägt: »Der negride Süden muss gesäubert werden!« Und die Welt schaut zu.

Früher hatte Diana mich nach solchen Trips sofort vereinnahmt. Hatte mich in die Badewanne gesteckt und danach auf den Liegestuhl platziert. Mir leckere Drinks, Obstsalate und Pasta vor die Nase gestellt, Amira mit einem fetten Bonus bestochen, damit sie Berge von Samozas produzierte, und in Windeseile einen Trip nach Lamu oder eine Safari organisiert – alles nur, damit ich mich erholen konnte.

Neuerdings jedoch war sie konsterniert. Denn ich sagte ihr nur noch selten, wann ich nach Hause kam, und meldete mich erst, wenn ich die Stunden, die Sam bei mir sein konnte, bis zur letzten Minute genossen hatte. Das waren nie mehr als zwei Abende hintereinander, mit den Unterbrechungen der Nacht, wenn er nach Hause musste, doch diese Zeit war genau jene Erholung, die ich zur Rekonvaleszenz benötigte. Wenn ich Diana dann traf, strömte mir schon nicht mehr der stinkende Schweiß der Angst aus allen Poren, konnte ich schon wieder zuhören und Fragen beantworten. Machte dabei einen ungewöhnlich zufriedenen Eindruck, wie sie mehrfach erwähnte.

Ja, Diana, ich hätte dir so gern von Sam und mir erzählt.

Doch Diana hatte Pia in unseren Freundeskreis aufgenommen, lud sie und Sam nun zu jeder Party ein. Dass ich Sam bei diesen Gelegenheiten sah, war wie die »zufälligen« Begegnungen mit PW im Bad Godesberger Maternus: prickelnd, amüsant, aufregend.

Im Laufe einer solchen Veranstaltung blitzten hin und wieder Blicke zu mir herüber, die sagten: »Ich liebe dich! Ich begehre dich! Es ist großartig, dich hier in meiner Nähe zu haben.« Und: »Wenn die anderen wüssten!«

Niemand wusste. Als ich mit Marie schwanger wurde, war dies für alle Welt das Ergebnis eines *one night stand*, zwar anrüchig, aber nicht sonderlich erwähnenswert. Schließlich gehörte ich zur direkten Phalanx von Diana. War damit unantastbar.

Nur Diana, Ohram und natürlich Sam reagierten.

Diana: »Ich kann nicht glauben, dass ich ihn nicht kenne! Ich kenne doch jeden hier. Wie sieht er aus? Wie alt ist er? Ich nehme ja an, dass du nicht mit einem Blödmann geschlafen hast, aber hoffentlich ist er wenigstens halbwegs vermögend! Was soll das heißen, du willst ihn nicht wiedersehen? Soll das heißen, du wirst ihn auch keine Alimente zahlen lassen?«

Ohram: »Diana, sei doch bitte mal still! Damit Ulla auch was sagen kann!«

Ich erzählte also die Legende von einem Kollegen aus Südafrika, der, sehr jung, sehr männlich und gut aussehend, Vertretung für seinen verletzten Teamkollegen gemacht hatte und jetzt schon wieder irgendwohin unterwegs war. Zum Thema Alimente hielte ich mich insofern zurück, als er verheiratet sei, sich aber trotzdem sehr in mich verliebt habe. Wenn ich nun, so spann sich meine Geschichte fast von selbst weiter, durch die Forderung von Alimenten weiterhin Kontakt mit ihm pflegen würde, könnte es sehr gut sein, dass er seine Ehe aufkündigte, um mit uns zu leben. »Aber bitte, das will ich nicht! Er ist sexy, aber das ist alles. Er ist zu jung, er ist kein Vater. Geschweige denn, dass ich ihn jemals lieben könnte.«

»Ach, um Gottes willen!« Diana war gebührend entsetzt. »Das ahnte ich ja nicht. Dann ist es ja nur gut, dass du ihn dir vom Hals hältst. Wir werden den Zwerg schon ohne fremde Hilfe großbekommen.«

Ohram: »Wirst du ihm von dem Kind denn wenigstens erzählen?«

»Ich weiß nicht, ob ich ihm je wiederbegegnen werde. Doch wenn, sage ich es ihm, natürlich.«

Ohram: »Überlege es dir gut. Möglicherweise erhebt er dann Anspruch auf das Kind.«

Du lieber Ohram. Angesichts deiner Fürsorge würde ich dir gern sagen, wer der Vater wirklich ist. Damit du dir keine Sorgen mehr machen musst, ein Fremder könnte mir das Kind wegnehmen wollen. Vielleicht würdest du die Beziehung von Sam und mir verstehen, für Diana allerdings bräche eine Welt zusammen. Sie würde mich nicht mehr respektieren können, weil ich die Ehe guter Freunde zerstöre, weil ich Pia, einen Menschen, den wir beide mögen, vernichte. Und sie wäre zutiefst verletzt, weil ich ihr gegenüber ein Geheimnis bewahrt hätte. Würde dies als Illoyalität werten. Und ich könnte mich nicht verteidigen.

Jetzt tätschelt sie meinen Bauch, verbietet mir das Rauchen

und ruft Rhenus Shah an, um ihm die Neuigkeit zu erzählen. Er erhält den Auftrag, Vitamintabletten in Klinikeinheiten zu bestellen. »Ich werde nach Kapstadt fliegen, um ein paar Dinge für das Kleine einzukaufen. Mal sehen, ob Pia mitkommt.«

O ja, ich habe diesen ungewollten Tiefschlag verdient. Ich fühle mich Pia gegenüber so mies, dass ich Probleme habe, mit Sam zusammenzukommen. Zumal meine Hormone verrückt spielen und ich, eben noch sanft und verträumt den Bauch streichelnd, plötzlich in heulendem Elend versinke.

Vor drei Tagen noch, in einem Camp der Renamo in Mosambik. Ich saß bei einem Interview mit dem Anführer der Rebellen, als dieser begann, mit einem Ast in seinen Zähnen zu stochern, und ich daraufhin in Tränen ausbrach. Was dazu führte, dass David und Adam völlig verdutzt ihr Equipment im Stich ließen und sich tröstend um mich kümmern wollten, während der arme Rebellenführer auf seinem Stuhl hockte, die Maschinenpistole aufs Knie gestützt, und mich mit offenem Mund anstarrte. Er habe doch nichts Schlimmes gesagt, versicherte er Adam unentwegt und auf Portugiesisch, vor Schreck unfähig, noch einen englischen Satz zu sprechen. Stattdessen verließen er und seine Kumpane den Unterstand im Eilschritt.

Wir hingegen blieben sitzen, denn David und Adam hatten ein Recht zu erfahren, was mich so beutelte. Nun klappte auch David die Kinnlade herunter.

»Bin ich …?«

Adam grinste über das ganze runde Gesicht.

»Nein, David, du bist nicht der Vater.«

Adams Grinsen verflüchtigte sich, David guckte böse.

»Wer denn?«

»Jemand, den ihr nicht kennt, der mir nichts bedeutet, den ich nicht wiedersehen will. Aber das Kind werde ich bekommen.«

Da nickten beide, lachten und machten Pläne, was man mit dem Nachwuchs alles anstellen könne.

»Wir schenken ihr ein Tier. Dann können sie zusammen aufwachsen.«

So gelangten wir in den Besitz eines schwarzen Hängebauchschweins, aber das ist eine andere Geschichte.

Gestern Abend dann kam Sam. Überraschend. So, als hätte er geahnt, dass es Neuigkeiten gab. Ich hatte mir genau zurechtgelegt, wie ich es ihm sagen würde. Hatte mir vorgenommen, stunden-, tagelang auf ihn einzureden, falls er sich nicht mit dem Gedanken, noch einmal Vater zu werden, anfreunden könnte. Dass er sich nicht von mir trennen würde, wusste ich. Doch einen Streit oder eine Pause in unserer Beziehung wollte ich auf keinen Fall riskieren. Ich brauchte Sam so sehr. So sehr wie das Leben, das in mir heranwuchs, das ein Symbol sein würde für Zukunft, für den Bestand unserer kleinen Familie.

Und nun stand er vor mir und rührte mich nicht an, weil Aljosha und Gyjian auf ihn einredeten. Es ging um neue Angeln. Er versprach ihnen, was sie wollten, schaute mich dann an.

»Du siehst schlecht aus«, sagte er und nahm mich dann doch in den Arm. »Du bist so blass, und was sollen die dunklen Ringe unter deinen Augen?«

»Momma kotzt dauernd.« Gyjian guckte ernst. »Aber sie hat kein Fieber.«

»Ich bin schwanger.«

Ich konnte nichts dafür, Ehrenwort. Der Satz brach einfach aus mir heraus.

Doch Sam wurde weder blass, noch biss er sich auf die Lippen, noch wandte er sich von mir ab. Er lächelte. Mit hundert Fältchen um die Augen, mit dem vergnüglichsten Ausdruck der Welt um seine Mundwinkel.

»Zapperlot. Da musst du dich ja gleich hinsetzen. Und die Beine hochlegen.« Er bugsierte mich zu einem Sessel.

»Was ist ›swanker‹?«

»Schwanger, Gyjian. Und das heißt, dass eure Momma ein Baby bekommt. Und jetzt lauft mal zu Amira und sagt ihr, sie möchte was Ordentliches kochen.«

In die »Amira, Amira«-Rufe meiner aufgeregt davonsausenden Söhne mischte sich Sams Stimme, ganz nah an meinem Ohr: »Ein Baby, das ist ja eine Überraschung.« Er stutzte: »Du willst es doch bekommen?« Seine Stimme klang verunsichert.

»Ja, Sam. Natürlich!«

Mir stockte der Atem vor Erleichterung. Jetzt konnte ich endlich strahlen.

Und da kamen auch schon Amira, Julian und der eilends herbeigerufene Rasmus um die Terrassenecke gelaufen. »Du bist schwanger? Das ist ja fantastisch!«

Sam konnte nur noch kurze Zeit bleiben, dann war ich mit meinen Söhnen allein. Während Amira, ich will Sie bestimmt nicht langweilen, tatsächlich freiwillig die Zubereitung von Samozas in Angriff nahm. Singend. Das ist wahr.

Gyjian saß auf meinem Schoß, Aijosha auf der Sessellehne. Beide hatten ihre Hände auf meinen nackten Bauch gelegt und wollten nun genau wissen, wie und wo das Kleine darin lebe. Und wie es da hineingekommen sei. Warum es nicht in einem Nest auf dem Baum wachsen könne oder in der Schuhschachtel mit Watte. Wie der kleine Vogel vor ein paar Tagen.

»Aber der ist doch gestorben! Wer hat das Baby in dich reingesteckt, Momma? Und wie?«

Mit großen Augen lauschten sie meinen Ausführungen zum Thema »Was Männer und Frauen miteinander tun«, steuerten Beispiele aus ihren eigenen Erfahrungen bei – die Zebras, das Löwenpaar, Ziegen, Warzenschweine, Hunde und Flusspferde. »Aber Hippos schreien dabei doch immer so laut. Hast du auch so gebrüllt?« Und dann war es für Gyjian genug der Aufklärung. Er rutschte von meinem Schoß mit dem Vorsatz: »Ich mache jetzt auch Geschlechtsverkehr. Das ist bestimmt lustig. Und jetzt frage ich mal Julian, ob der's tut.« Sprach's und rannte davon.

Aijosha aber blieb sitzen und guckte mich an. »Und wer hat seinen Penis in dich hineingesteckt?«

Die Story von dem Kollegen bewährte sich auch hier. Mein Sohn nickte zufrieden.

»Und der will sein Baby nicht haben?«

»Nein.«

»Das ist gut. Ich bin nämlich froh, dass wir noch ein Baby bekommen. Das kann ich dann zum Windsurfen mitnehmen, hinten auf dem Brett. Gyjian zappelt ja immer so.«

So glücklich und zufrieden ich in der folgenden Nacht schlief, so unnachgiebig müssen den armen Sam die Gedanken bedrängt haben, denn als er am nächsten Morgen zum Frühstück bei mir erschien – Aijosha und Gyjian waren in der Schule, Amira und Julian beim Einkaufen, und Rasmus schlief noch –, da war sein Gesicht so verknittert und zerfurcht wie das der Chinesin, die gerade ihren einhundertdreiundzwanzigsten Geburtstag gefeiert hatte.

»Ulla, ich möchte mit euch leben. Richtig. Wie es sich für eine Familie gehört. Ich möchte mein Kind groß werden sehen, möchte eine Art Vater für deine Jungs sein, möchte, dass du deinen Job aufgibst und tust, wozu du Lust hast.«

Er schaute nicht hoch. Sortierte die Stücke in seinem Obstsalat vom linken Tellerrand zur Mitte und wieder zurück. Als er dann weitersprach, klang seine Stimme ganz leise. »Ich werde mich scheiden lassen.«

Es hat Tage gedauert, ihn von diesem Entschluss abzubringen. Zwar gab es in dieser Periode auch für mich Augenblicke, in denen mir eine offizielle Zukunft mit Sam als das einzig erstrebenswerte Ziel erschien, doch fragte ich mich immer wieder schnell genug, wo wir denn diese Zukunft miteinander verbringen könnten. Hier, wo Pia bleiben, wo Diana sich von mir abwenden und unser Freundeskreis sich zunächst einmal von uns distanzieren würde, hier konnten wir nicht leben.

Aber hier will ich leben, dachte ich. Nicht in Nairobi, nicht in Kilifi, Watamu und Malindi, und du kannst mir auch nicht ernsthaft versichern, Sam, dass du wirklich gern das Management von British Tobacco in Malawi oder Tansania übernehmen willst. Du willst doch auch hier bleiben – oder nicht?

»Natürlich. Ich will hier nicht weg.« Sam stützte seinen Kopf in die Hand. »Aber mit dir und den Kindern würde ich noch einmal ganz von vorn anfangen.«

Sam, für diese Entscheidung habe ich dich so sehr geliebt, aber nicht weniger auch für dein Nachgeben, als ich darauf beharrte, unsere Beziehung auch weiterhin inkognito zu führen.

Das Okay dazu fiel uns beiden nicht leicht, und bei aller Zufriedenheit, die wir aufgrund unseres perfekten Arrangements verspürten, ein Gutteil Wehmut über die vertane Chance, unser Leben zu komplettieren, blieb sogar über das Ende unserer Ära hinaus erhalten.

So habe ich mich nicht selten gefragt, ob unsere Beziehung den Tod Maries überstanden hätte, wäre Sam an diesem Tag, statt nach Watamu zu fahren, ins Krankenhaus zu seiner sterbenden Tochter, zu mir gekommen. Wahrscheinlich, doch bleiben Zweifel. Und der Schmerz über die Zerstörung unserer glücklichen, kleinen, ganz intimen Welt wird zwar schwächer, aber nie sanftmütiger.

Auch nicht bei Sam.

Ich traf ihn vor wenigen Wochen in Namibia. Zum ersten Mal nach Maries Tod allein, nachdem ich ihm immer nur begegnet war, wenn er Gyjian und Aijosha zu irgendwelchen Aktivitäten abgeholt hatte. Oder anlässlich diverser Partys in Mombasa und Nairobi. Stets mit Distanz, immer darauf bedacht, nur in einer größeren Gruppe mit den anderen zusammenzustehen. Und hin und wieder hatten wir ein paar Briefe gewechselt oder telefoniert. Hatten uns aber jetzt seit zwei Jahren nicht mehr gesehen.

Er rief aus Südafrika an, wo er sich aufhielt, um Golf zu spielen. »Wie lange bleibst du noch in Namibia?«

»Ein paar Wochen schon noch, ich habe hier zu tun.«

»Ich möchte dich sehen. Glaubst du, das wäre dir möglich?«

Ich dachte ein paar Sekunden über die Doppeldeutigkeit dieser Frage nach. Kann ich ihn wiedersehen? Würde nicht ein Treffen die Verachtung, den Zorn gegen ihn erneut entfachen? Wäre es nicht besser, ihn so in Erinnerung zu behalten, wie es der Qualität unserer gemeinsamen Zeit gebührt? Ohne verletzendes Nachkarten, ohne wieder Galle schmecken zu müssen?

Wir verabredeten uns in Windhoek, zum Essen, am Abend.

Seine Haare sind nicht mehr so lang wie früher, sein stets gebräuntes Gesicht hingegen ist noch immer hager. Er geht nicht mehr so aufrecht wie damals, und der Glanz ist aus seinen Augen gewichen, dieses ständige Blitzen. Stattdessen wirkt sein Blick fahl, wie ausgeblichen.

Er lächelt und umarmt mich. Noch immer kraftvoll, aber distanziert, unsicher, ob mir eine engere Umarmung nicht unangenehm wäre. Nun, sie wäre mir unangenehm gewesen, denn von dem, was Sam und mich verband, existiert nurmehr zu wenig, um Nähe zulassen zu können. Das wird mir in diesem Moment bewusst. Wäre ich jetzt allein, würde ich wohl ein wenig weinen. Aus Sentimentalität und der Melancholie wegen, die Erinnerungen an die wichtigsten Begegnungen im Leben hinterlassen.

Doch hier, vor dem Kaminfeuer im Leo's, schmerzt die Erkenntnis nur flüchtig, und ich kann nicht einmal behaupten, dass es mich freut, Sam zu sehen. Denn ich hätte ihm nur zu sagen, dass ich sein Verhalten am Todestag unserer Tochter nicht vergessen habe und nie verzeihen kann. Doch will er das hören? Egal, ich will davon nicht reden. Er ist kein Partner mehr, ich würde ihm nie mehr meine Seele öffnen.

Stattdessen plaudern wir, unterhalten uns über unsere Golf-Handicaps und diskutieren, ob der Hans-Merensky-Golfcourse nicht doch reizvoller zu spielen ist als der Royal in Nairobi.

Es ist unwürdig. Ich will gehen.

Doch dann fragt Sam nach meinen Söhnen, und nur wenige Sätze weiter sind wir bei Marie. Bei dem, was wir in Erinnerung an sie mit uns herumtragen. Bei dem wenigen, was ich bereit bin, mit Sam zu teilen. Da sprechen unsere Blicke wieder, unsere Gesten, da öffnet sich unser Verständnis füreinander noch ein letztes Mal.

»Ich war seit Maries Tod nicht einen Tag mehr glücklich.« Sam nippt gedankenverloren an seinem Wein. »Ich habe euch in jeder einzelnen Stunde, während jedes einzelnen Tages vermisst.« Er schaut hoch, blickt in meine Augen. »Du weißt, wie ich es genossen habe, meinem Alter ein Schnippchen zu schlagen, wie aktiv und jung ich mit dir war. Aber jetzt bin ich müde und sogar froh, alt zu sein.« Sein Lächeln zittert ein wenig. »Vielleicht trifft man nach dem Tod ja tatsächlich auf alte Bekannte. Dann werde ich mit meiner Marie zusammen sein.«

Meine Marie. Seine Ausdrucksweise berührt mich, ich will sagen: Du hast kein Recht, Marie deine Marie zu nennen. Doch ich sage nichts, vergleiche in Gedanken den Sam von damals mit dem Mann, der sich den Tod herbeiwünscht, um dem Schmerz über den Verlust seiner Tochter zu entkommen. Um das Scheitern der größten Liebe seines Lebens vergessen zu können und den Grund dafür. Sein eigenes, schreckliches Versagen. Es kommt mir nicht einmal in den Sinn, ihn zu bedauern. Stattdessen muss ich an mich halten, ihn nicht jämmerlich zu finden. Nichts ist mehr da von dem, was uns einmal verband. Nicht einmal ein Hauch.

»Danke für die Zeit mit dir«, sagt er zum Abschied und fügt hinzu: »Bis heute.«

Wortlos küsse ich ihn auf die Wange, drehe mich um und gehe.

DAS ENDE

Diana hatte mich sanft von dem Bild meiner Tochter fortgezogen und das Atelier hinter uns abgeschlossen. Sie fühlte, wie aufgewühlt ich war, schien zu ahnen, dass ich meine Emotionen, nun auch angesichts des Todes von Adam, einer weiteren Person aus meinem engsten Umfeld, kaum mehr kontrollieren konnte. Zumal, auch das unübersehbar, David ebenso wenig in der Lage war, sich zusammenzunehmen. Später, als wir uns wieder einmal dieses Abends in Langata erinnerten, sagten Diana und Ohram, dass David und ich, jeder für sich, eine hochexplosive Mischung gewesen seien.

David konnte noch so viel trinken, er wurde nicht ruhiger. Saß neben Ohram vor dem Panoramafenster, beantwortete dessen ohnehin nur wenige Fragen abwesend und einsilbig, starrte in die mittlerweile nachtschwarze Landschaft und ließ seinen Blick zwischen den flackernden Punkten der Massaifeuer im Rift Valley umherirren.

Ich hatte lange und fast unbeweglich auf der Ledercouch vor dem Kamin gesessen. Hatte Dianas und des britischen Botschafters Smalltalk nicht inhaltlich, sondern nur als Geräusch verfolgt und in den Flammen Grimassen gesehen. Sie bewegten sich hektisch in einem bizarren Tanz, sprangen immer wieder über den Rost hinaus, so als wollten sie mich erreichen.

Ich war nur mit äußerstem Kraftaufwand imstande, diese Einbildungen nicht als Bedrohung zu empfinden, und merkte schon seit Stunden, wie sich der Nebel, der sich nach Adams Tod schützend um meine Empfindungen gelegt hatte, verflüchtigte. Er ließ sich nicht mehr festhalten. Was geschehen war und was daraus resultieren würde, lag entblößt und ungeschützt vor mir.

Entblößt: Die Bilder vom Tod Adams. Der Wust der Erinnerungen an ihn. Der Verlust des Weggefährten.

Ungeschützt: Die Angst davor, dorthin, wo das passierte, zurückzugehen. Die Angst davor, dass ich das nächste Opfer sein könnte. Die unaufhaltsam anwachsende Angst vor dem, was nach der Angst kommt. Wenn die Angst die Seele zerfressen, das Ich zum konturlosen Nichts degradiert hat. Was machen Sie dann mit sich?

Ich ging zur Tür, öffnete einen der Flügel und trat auf die Veranda hinaus. Aus der Ferne der Massai Mara glaubte ich das Brüllen der Löwen zu hören. Die Luft war kühl, schien dünn und klar, obwohl sie schwer war vom intensiven Geruch der Holzfeuer und des Dungs der Rinder; vom Duft des Grases der weiten Ebene und der Blüten der ersten *daysies*.

Wann immer ich, jenseits aller Ressentiments, an Afrika denke, erinnere ich mich dieses Geruchs. Er weckt die Sehnsucht nach zu Hause. Nach jenem Afrika, das, fernab aller Urbanität, das letzte Stück Urwelt verkörpert. In dem Platz ist für unschuldige Träume. Und das, ungeachtet allen Zorns und aller Rachegelüste, zulässt, dass jene sich verwirklichen.

Oft, wenn der Gestank des Blutes und der verwesenden Leichen meinen Geruchssinn lähmte und wenn ich nur mit offenem Mund atmen konnte, um an der dichten Konsistenz der Ausdünstungen nicht zu ersticken, versuchte ich mir den Geruch der Holzfeuer vorzustellen. Wobei mir das in solchen Situationen nur selten gelang.

»Die Löwen sind in der Paarungszeit, die Massai werden noch wachsamer als sonst sein müssen.« David ist neben mich getreten, mit einem halb vollen Whiskyglas in der Hand. Er lehnt sich an die Brüstung. Seine Stimme klingt gepresst vor Anstrengung. »Aber Massai sind immer wachsam. Denen geschieht nichts!«

»David, lass uns über Adam sprechen.«

Er schüttelt den Kopf. »Nein, ich kann nicht.«

»Über Marie?«

Er schüttelt den Kopf noch einmal, reckt sich und fragt: »Wir fliegen morgen nach Goma, nicht wahr?«

»Nein, übermorgen.«

»Bist du sicher, dass wir uns diesen Tag leisten können?«

Natürlich weiß ich, dass wir nach Ruanda und Kongo zurückkehren müssen. Dass wir Schwierigkeiten bekommen, wenn eine Lücke in unserer Berichterstattung entsteht. Obwohl gar nicht klar ist, ob unsere Beiträge überhaupt gesendet werden. Doch laut Vertrag haben wir vor Ort zu sein.

Gott, wie unwichtig das ist.

Ich berühre Davids Hand. »Ja, ich bin mir sicher. Und du solltest dir keine Gedanken darüber machen. Ich nehme das auf meine Kappe.«

»Frank kommt morgen.«

»Ich weiß, aber er wird hierher kommen. Ich habe ihn schon angerufen.«

David versucht zu grinsen. »Ah ja. Dann sollen sie doch versuchen, uns hier ausfindig zu machen.«

Ich stelle mir Dianas Reaktion vor, sollte unser nach russischen Zigaretten stinkender Nairobi-Chef vor ihrer Haustür stehen, um uns gegen unseren Willen abzuholen, und lache zum ersten Mal seit – seit wie vielen Tagen eigentlich?

Im Raum hinter uns wird das Stimmengewirr größer. Es sind noch weitere Gäste eingetroffen. Unter anderem auch ein paar Damen der hiesigen Gesellschaft, die es sich nicht entgehen lassen wollen, endlich die Bekanntschaft des britischen Botschafters zu machen. Schließlich ist der Herr gerade solo. Seine Frau hat ihr jüngstes Kind in London entbunden und soll erst in einem Monat wieder in Nairobi eintreffen.

Anscheinend ist der Diplomat von der Aufmerksamkeit ganz angetan. Gerade erzählt er – warum spricht er eigentlich immer so laut? –, *er* habe Diana vom Tod Adams unterrichtet. Eben weil er wisse, dass Diana mit mir so eng befreundet sei. »Ich habe natürlich geglaubt, dass das Team psychologische Betreuung braucht«, tönt er, »doch ist ja alles in Ordnung mit ihnen.«

Ja, natürlich. Mit uns ist alles in Ordnung. Haha. Und übermorgen sind wir sogar wieder kriegstauglich. Haha.

Sind wir nicht. Denn in dieser Nacht versucht David sich umzubringen. Er hat den Inhalt mehrerer Packungen Pervitin genommen, zwei leere Döschen Seconal liegen neben seinem Kopfkissen, und außerdem hat er sich die Pulsadern aufgeschnitten.

Aus den Schnitten in seinen Handgelenken tropft noch immer Blut, als ich in der Nacht, es muss gegen vier Uhr gewesen sein, in sein Zimmer komme. Im schwachen Schein der Nachttischlampe kann ich ihn zunächst hinter dem Moskitonetz nicht sehen. Doch es riecht so merkwürdig. Säuerlich. Nach Erbrochenem?

Noch bevor ich das Netz ganz zurückgeschlagen habe, höre ich David stöhnen. Und dann sehe ich, wie sich der ganze große Mann in Krämpfen windet. Gelblicher Schaum quillt aus seinen Mundwinkeln, seine Augen rollen unkontrolliert.

»Ohram! David stirbt! Komm schnell! Diana!« Ich rase aus dem Zimmer, schreie durchs ganze Haus. Reiße im Vorbeilaufen das Telefon aus der Station und wähle die Nummer der African-Air-Rescue-Klinik. Ich will nach Dr. Robert Nelleson, meinem Ex-Ex-Mann, fragen, doch dann fällt mir ein, dass er ja mit unseren Söhnen in Südafrika Ferien macht.

Auf dem Weg zurück in Davids Zimmer klemme ich mir das Telefon zwischen Ohr und Schulter und versuche, seinen rechten Arm schon abzubinden, während ich der Zentrale in der Klinik die Fakten durchgebe: männlich, dreiundvierzig Jahre alt, Selbstmordversuch, Pervitin und Seconal in großen Mengen, Blutverlust durch Schnitte in die Handgelenke.

»Wir sind im Haus von Dr. Hazeltine. Er leistet erste Hilfe und wird den Patienten in die Klinik begleiten.«

»Danke. Wir kommen sofort!«

Ohrams Arzttasche steht offen auf dem Bett. Er hat David auf den Rücken gerollt und seinen Kopf weit zurück in den Nacken gebeugt. Schnell führt er durch die Luftröhre einen Tubus ein, sichert die Atemwege, damit das Erbrochene nicht in die Lunge gelangen kann. Davids Krämpfe aber werden stärker. Ohram murmelt, dass er David nur ungern noch mehr Gift verabreichte, als er sich selbst schon zugeführt habe, doch komme er wohl nicht darum herum, hier eine kleine Dosis Kurare zur Krampflinderung zu spritzen.

»Ohram, er wird sterben! Ohram, nein, lass ihn nicht sterben! Nicht David! Bitte!«

Ich kann mich dunkel erinnern, dass ich mich auf das Bett geworfen habe, halb über David liege und sein Gesicht in den Händen halte. Ich spüre die Krämpfe, die durch seinen Körper toben, fühle seine schweißige Haut, die wie sein rasselnder Atem nach Chemie und Galle riecht. Ich will ihn festhalten, will, dass er sofort friedlich schläft und morgen aufwacht. Will und will nicht wahrhaben, was hier geschieht.

»Ulla, geh da runter! Ulla!«

Ohram zieht mich vom Bett und schreit mich an, als ich mich wehre. »Binde seinen Arm ordentlich ab, verdammt noch mal!«

Diana drückt mir einen zweiten Stauschlauch aus Ohrams Koffer in die Hand, und die Blutungen kommen sofort zum Stillstand, als ich das Gummi festziehe.

Vor dem Haus ertönt die Sirene des Ambulanzwagens. In der Zeit nun, in der eine Tragbahre hereingerollt, David darauf festgeschnallt und ins Auto verfrachtet wird; in der Ohram dazusteigt und mir die Hand reicht, damit auch ich hineinklettern kann; in der wir mit Blaulicht und Sirene zunächst auf dem holprigen Privatweg, dann über die asphaltierten Straßen in Richtung Innenstadt jagen; in der ich Davids jetzt ruhiges Gesicht nicht aus den Augen lasse – in dieser Zeit wollen sich meine Gedanken in ihrer unkontrollierbaren Verzweiflung hinter Resignationen verstecken: Marie, Adam, jetzt David vor der grauenhaften Kulisse der zahllosen Toten da draußen. Wie komme ich aus diesem Strudel wieder heraus?

Wo ist der Jemand, der sein unscheinbares, normales Leben

gegen das meine eintauscht? Der der weit verbreiteten Auffassung anhängt, dass wir nichts als geile Abenteuer erleben. Also ran! Wer denkt, er könne in unserem Job den Kick erfahren? Wer glaubt, die beängstigende, brutale Wahrheit unserer Erlebnisse als Stimulation nutzen zu können? Wer sieht sich in der Lage, diesen Zynismus anzunehmen?

Der soll kommen und mich hier ablösen. Heute bin ich bereit, alles hinzuwerfen, auf Davids Genesung zu warten, meine Kinder zu nehmen und irgendwohin zu gehen. Egal wohin, nur darf das Irgendwo nicht in Afrika liegen.

In meiner Jackentasche finde ich die vier Kerne, die der alte Voodoun in Benin mir zu meinem Schutz mitgegeben hatte.

»Dieser«, er hatte den in rotes Leder eingenähten hochgehalten, »wacht über die Gesundheit deiner Familie.«

Den klaube ich jetzt zwischen den anderen hervor und umschließe ihn mit meiner Faust. »Mama Wati, du weißt, dass David zu meiner Familie gehört. Lass ihn darum bitte nicht sterben. Bitte nicht!« Und ich blende den Gedanken, dass der Zauber bei Marie nicht geholfen hatte, mit der Erinnerung an die Worte des Alten aus, bei Malaria und Aids könne Voodoo nicht helfen. Aber bei Vergiftungen doch sicher!

In den abgeschlossenen, von künstlichem grünlichem Licht durchfluteten Räumen der Intensivstation hatte ich nicht gemerkt, dass es schon Tag war, bis wir endlich so weit zur Ruhe kamen, dass wir uns auf eine Zigarette in den Flur zurückziehen konnten.

Frank ist vor ein paar Minuten gekommen. Er lehnt, das Gesicht aschfahl und mit feinen Schweißperlen überzogen, an der Tür zur Intensivstation. Er hat sich die Handflächen aufgekratzt und seine Fingernägel bis in die Nagelbetten hinein blutig gebissen.

Ich nicke ihm zu, versuche zu lächeln. Auf mein »Er wird gesund werden« bricht er in Tränen aus.

Davids Zustand hat sich tatsächlich stabilisiert. Durch die nur halb geschlossene Tür kann ich sehen, wie er vom Beatmungsgerät abgenommen wird. Wie eine Schwester beginnt, ihn zu waschen. Danach wird man ihm ein Krankenhaushemd anziehen und in ein frisch bezogenes Bett legen. Und er wird schlafen. Schlafen, nicht gestorben sein. Danke, Mama Wati.

Während ich mich langsam an der Wand in die Hocke hinuntergleiten lasse, knistert in der hinteren Tasche meiner Jeans der Brief, den ich auf dem Tisch neben Davids Bett gefunden habe. An mich adressiert. Bisher war noch keine Zeit, ihn zu lesen. Ihn aber jetzt, vor Diana, Ohram und Frank, zu öffnen wäre nicht fair. Wer weiß, was David geschrieben hat.

»Warum warst du in Davids Zimmer?«

In dem Warteraum uns gegenüber stehen ein paar Stühle. Diana lässt sich mit einem Seufzer auf einen von ihnen fallen, während Ohram mich anguckt und eine Antwort auf seine Frage erwartet.

Ich könnte sagen, ich hätte gefühlt, dass mit David etwas nicht stimme. Und dass ich deshalb in sein Zimmer gegangen sei, um mit ihm zu reden.

Tatsache aber ist, dass ich mit ihm schlafen wollte. Dass ich Sehnsucht gehabt habe nach Haut, nach Wärme, nach Lebendigkeit.

»Lebendigkeit?« Ohram lächelt. »Na, für *seine* Lebendigkeit kamst du ja gerade recht.«

Er berichtet, dass Davids Vergiftung nicht einmal eine Viertelstunde später tödlich gewesen wäre. »Die Idee mit den Pulsadern hatte er wahrscheinlich erst, als er von der Wirkung der Tabletten schon benommen war. Denn die Wunden sind nicht bedrohlich, und der Blutverlust bedeutet noch keine Lebensgefahr.«

Eine Schwester kommt durch die Schwingtür und serviert heißen Kaffee aus Plastikbechern. »Dr. Brixton möchte noch einmal mit Ihnen sprechen. Möchten Sie in sein Büro gehen?«

»Nein, nein, ich bin schon hier, macht euch keine Mühe.«

Brixton gehört zum Gründungsteam der Klinik. Wir haben Glück, dass ein Arzt mit der Erfahrung mehrerer Jahrzehnte heute

Nacht im Dienst ist. Denn was er jetzt sagt, lässt mich erschauern: »Ohram, du weißt es ja schon, aber auch dir, Ulla«, er guckt mich an, »muss klar sein, dass David so gut wie tot war. Er hat so viele Tabletten genommen, dass sein Tod unausweichlich gewesen wäre, hättest du ihn nicht gefunden. Sein Organismus ist durch und durch vergiftet. Wie vermutlich auch seine Psyche, denn warum sonst hätte er so konsequent sein müssen?« Nach kurzem Schweigen fährt Brixton fort: »David wird mindestens zwei Wochen bei uns bleiben. Drei wären mir lieber, um ihn ein wenig aufzupäppeln. Aber danach muss er sofort in psychiatrische Behandlung. Und die wird, glaube ich, auch wenn ich kein Experte bin, mindestens ein halbes Jahr in Anspruch nehmen.«

Ich könnte jetzt sagen, dass David um nichts in der Welt für ein halbes Jahr in eine Behandlung gehen, dass er nicht einmal zwei, drei Wochen hier bleiben wird. Doch ich nicke und verspreche dem Arzt, David entsprechend zu beeinflussen.

Diana guckt mich an. Sicher denkt sie: ›Schlange, Heuchlerin. David beeinflussen! Ha! Wie soll denn das gehen? Sie kennt ihn doch.‹ Aber dann nimmt ihre ironische Miene Züge von Hilflosigkeit an. ›Wer wird jetzt mit Ulla nach Goma gehen? Sie kann nicht ohne David dorthin. Sie braucht ihn zu ihrem Schutz!‹, kann ich darin lesen.

Als sie ausspricht, was sie denkt, ist ihre Tonlage nahezu hysterisch. »Ich lasse dich nicht weg ohne David. Mein Gott, Adam ist doch auch tot. Du wirst nicht …!«

Ohram zieht sie in seine Arme, spricht beruhigend auf sie ein. Doch Diana, die für eine derartig liebevolle Geste ihres Exmannes noch gestern die Welt auf den Kopf gestellt hätte, wendet sich jetzt ab. »Ulla!«

Ich drücke sie an mich, streichle ihren Rücken. Sie ist müde und, wie auch ich, unendlich traurig über das, was heute Nacht geschehen ist. Dass David offenbar keinen anderen Ausweg aus den ungeheuerlichen Belastungen unseres Lebens gesehen hat, als sich eben dieses Leben zu nehmen. Wobei Adams Tod nicht der einzige Grund für diesen finalen Entschluss sein kann, da bin ich sicher. Vielmehr muss der Verlust seines Freundes der berühmte letzte Tropfen gewesen sein, der das Fass zum Überlaufen gebracht hat.

»Diana, ich muss in die Redaktion, ich muss mit London telefonieren. Sie müssen Ersatzkollegen für David und Adam schicken. Und, Diana«, ich schiebe sie von mir weg, um sie anschauen zu können, »ich muss natürlich zurück. Ich werde übermorgen nach Goma fliegen.« Und ich füge hinzu: »Das ist auch okay so, denn ich will für ein paar Tage zurückkommen, wenn meine Kinder wieder hier sind.«

Aha, da ist sie wieder, die Frau, die funktioniert, während sich Ulla, beste Freundin, Krisengeliebte, Kumpanin und Partnerin Davids, in ihre Höhle verkrochen hat. Wo sie hoffentlich niemand ausfindig macht, niemand anspricht, niemand herauszuholen versucht. Wo sie darauf warten kann, den Brief zu lesen, wo sie in Gedanken im Krankenhaus zurückbleiben wird, um über Davids Schlaf zu wachen.

Frank begleitet mich in die Redaktion, der Chef vom Dienst ist nicht da. Rose, unsere Sekretärin, hat die Neuigkeit schon gehört. Sie schaut uns mit großen Augen fragend an und seufzt erleichtert, als ich ihr sage, dass er überleben wird.

Zum zweiten Mal innerhalb einer Woche rufe ich unseren Chef in London an. Ich erreiche ihn zu Hause. Er hat sich einen Urlaubstag genommen, nachdem er in Polen, bei Adams Eltern, gewesen war.

In die vielen Sekunden Pause, die entstehen, nachdem ich ihm den Anlass meines erneuten Anrufs geschildert habe, knackt, sirrt und summt ein hohles Echo durch die transkontinentale Verbindung. Das Gewirr der Geräusche erinnert mich an Weinen, Jammern, Klagen, an brechende Kinderknochen. Ich will mir die Ohren zuhalten.

Esterhazy räuspert sich.

»David? Selbstmord?«

»David, ja. Aber es war nur ein Versuch. Er hat überlebt!«

Wieder bleibt es lange ruhig, bis ich die Stille unterbreche. »Ich brauche einen Ersatz für David und je nach dem, wer das ist, auch einen Tonmann.«

Es dauert noch ein Weile, bis der Mann in London mir versichern kann, die Angelegenheit in Windeseile zu regeln. »Noch morgen werden die neuen Kollegen losfliegen. Aber, Ulla?«

»Ja, bitte?«

»Wird David nicht mehr zum Einsatz kommen?«

Da muss ich lachen. »Wie gut kennen Sie David eigentlich?«

Keine Antwort, nur dieses künstliche Sirren in der Leitung.

»Natürlich wird David wieder rausgehen. Schneller, als er sollte, schneller, als wir es uns vorstellen können.«

Es dauerte genau acht Tage, bis David wieder im Einsatz war. Nur ein bisschen ausgemergelt, ein wenig gebeugt, mit frisch geschnittenen Haaren und noch müden Augen kletterte er auf dem Airstrip von Goma aus unserem Flieger. Frank, der ihn abgeholt, mir aber den Anlass seines Fluges nicht verraten hatte, sagte mir vor seinem Abflug nach Nairobi, ich solle doch am nächsten Tag bitte zum Flughafen kommen. Er werde so viele Kleinigkeiten mitbringen müssen, da wäre es gut, wenn ich mich dort bereit hielte, um das Zeug in Empfang zu nehmen.

Und dann stand er wieder da, mein richtiger Kameramann, mein David. Den ich in der kurzen Zeit des Alleinseins so vermisst hatte. Von dem ich vor ein paar Nächten noch gedacht hatte, auch er ginge mir für immer verloren. Dessen Abschiedsbrief ich ganz klein gefaltet und zu den Fetischen in meiner Jackentasche gesteckt hatte.

Ich hatte ihn übrigens in der Buchhandlung des YaYa Centre lesen können. Endlich, nachdem mich Frank, der zu Ohram und Diana hinausfahren wollte, dort abgesetzt hatte. Ich wollte allein sein und wusste, dass die Anonymität dieser riesigen Shopping Mall ideal war. So konnte ich beim Optiker eine neue Sonnenbrille in Auftrag geben, in der Créperie einen gefüllten Pfannkuchen essen und bei Browse'n Buy ein paar literarische Neuerscheinungen kaufen. Also ablenken, Nichtiges tun – und dann die Gelegenheit finden, Davids Brief zu lesen.

Er ist eine Seite lang. Ich sitze in dem Buchladen auf der Stufenleiter, blättere in einigen Büchern. Doch sie interessieren mich nicht wirklich, und so nehme ich allen Mut zusammen, öffne das Kuvert und streiche das Blatt mit Davids Zeilen auf dem Rücken eines Buches glatt.

Geliebte Ulla,
wem anderen als Dir könnte ich den Satz »Ich kann nicht mehr« hinterlassen? Wissend, dass Du Dich in der Bedeutung dieser Worte ebenso gut auskennst wie ich. Vielleicht sogar besser noch, denn durch den Tod Maries bist Du in einer Hölle gewesen, in die ich Dir nicht folgen konnte, und jetzt, wo auch ich nicht mehr lebe, wirst Du nur mühsam Unterschlupf finden vor dem Wahnsinn. Dennoch und obwohl ich Dich, solange wir uns kennen, vor allem Abwendbaren beschützt habe, muss ich Dich jetzt allein lassen.

Ich habe mich verloren, bin durch die immer wiederkehrenden Bilder unseres Jobs, durch die penetrante Kakophonie des Elends und die beständige Hoffnungslosigkeit auf diesem Kontinent aufgeweicht, bin zu einer Farce geworden. Ich fühle mich wie die Karikatur meiner selbst. Aber, weißt Du, Ulla, wie eine ganz schlechte, undeutliche Karikatur.

Ich würde Dir in Zukunft nicht mehr der David sein können, den Du schon so lange kennst, dem Du vertraust, den Du, vor allen Dingen, respektierst. Denn: Dass ich Alkohol und andere Drogen brauche, um unseren Alltag durchstehen zu können, weißt Du. Dass ich mich, wenn ich mich jetzt nicht umbrächte, zu Tode trinken und betäuben würde, möchte ich Dir ersparen. Denn ich kann nicht mehr anders, Ulla. Ich will sterben.

Den Schritt zu tun würde mir nichts bedeuten, wenn es Dich nicht gäbe. Ich habe mir immer und gern eingebildet, dass Du ohne mich an Deiner Seite nicht eine so gute Korrespondentin geworden, ja, dass Du schon längst verrückt oder getötet worden wärest. Alles Unsinn, aus der einstigen Gesellschaftszicke hat sich der wertvollste Mensch entwickelt, den ich kenne, und so ganz nebenbei bist Du in der Lage, jede noch so prekäre Situation in dieser Hölle zu meistern – auch ohne mein Dasein.

Deinen Söhnen erklären zu müssen, dass ich mir das Leben genommen habe, weil ich zu viel Schreckliches sah, um Werte noch zu erkennen, wird eine solche Situation sein. Aber ich weiß, dass ich Dich damit und mit allem Kommenden allein lassen kann, auch wenn Du mich zunächst dafür hassen wirst.

Ulla, ich muss jetzt an mich denken. Ich weiß, dass Du mich verstehst.

Zum Schluss schnell noch ein anderes Wort: Ich liebe Dich. Wissend, dass Du dieses Gefühl nie erwidert hast. Doch glaube bitte nicht, dass sich daraus ein Grund für meinen Schritt in den Selbstmord ergibt. Vielmehr habe ich diesem Gefühl die Kraft entnommen, bis heute durchzuhalten. Ich habe die Zeit mit Dir genossen, Ulla. Jede Minute.

Ich hoffe, wenn ich gleich sterbe, mir einen Blick durch das Objektiv meiner Kamera vorstellen zu können, auf Dich.

Deinen Söhnen gehören meine Halskette und die Uhr, und Dir der Ring.

Ich werde mich bei Marie ausruhen.

Dein David

Man glaubt hin und wieder und sagt dann auch, dass die Welt um einen herum zusammenbricht. So erging es mir bei Browse 'n Buy im YaYa Centre, überwältigt von Davids Worten, die ich so gut verstand, weil sie meine eigenen Empfindungen bis ins Detail ausdrückten. Die aber auch sagten, dass ich in der Nacht zuvor eine Untat begangen hatte. Indem ich dafür sorgte, dass David gerettet wurde, anstatt den Brief zu lesen und ihn dann sterben zu lassen. Was ich natürlich getan hätte.

Stattdessen habe ich dir deinen Abgang, der so konsequent geplant war, versaut. David, es tut mir so unendlich Leid.

Die indische Verkäuferin an der Kasse des Buchladens erklärt mir, wie informativ und unterhaltsam die von mir ausgesuchten Bücher seien – welche Bücher habe ich ausgesucht? –, die Rolltreppe ins Erdgeschoss nehme ich im Laufschritt, immer drei Stufen auf einmal, stürme über den Parkplatz und biete dem Fahrer des ersten Taxis, das ich erreiche, den doppelten Betrag, wenn er mich auf dem schnellsten Weg ins AAR-Hospital bringt. Ohne den eigentlichen Preis ausgehandelt zu haben.

Doch David schläft, als ich ankomme, und er schläft auch noch am Abend, durchschläft die ganze Nacht und wacht auch nicht auf, bevor gegen sechs Uhr am nächsten Morgen Frank erscheint, um mich abzuholen.

Ich habe die ganze Zeit neben David gelegen, habe versucht zu denken. Doch so sehr ich meine Gedanken auch disziplinieren wollte, sie kehrten immer wieder zum Zentrum meiner Sorgen zurück: David wird mich hassen, da bin ich sicher, er wird nie mehr mit mir zusammenarbeiten wollen. Und er wird schnellstmöglich noch einmal versuchen, sich umzubringen, weit weg von mir, sodass ich seinen Plan nur ja nicht noch einmal vereiteln kann.

Aber dann steht er wieder vor mir, auf dem Flugfeld in Goma. Seit ich ihn in seinem Krankenbett in Nairobi zurückgelassen habe, sind mir die Unsicherheiten über unser zukünftiges Verhältnis zu einer wachsenden Qual geworden. Wie soll ich ihm entgegentreten? Werde ich ihn überhaupt wiedersehen? Was wird er sagen? Was soll ich sagen?

Also habe ich mir hunderttausend Beschimpfungen, die er mir an den Kopf werfen könnte, ausgedacht. Ich will einfach gegen alles, was er sagen könnte, gefeit sein. Und wenn es noch so bösartig, aber verständlich und wahr ist. Habe eine Million Entschuldigungen formuliert, dreiste, demütige, unterwürfige, selbstbewusste, und jetzt ist mir schlecht vor Angst. Muss der eine Wut auf mich haben!

»Was machst du denn schon hier?«, schreie ich ihn durch das absterbende Geräusch der Flugmotoren an und krame nach meinen Zigaretten.

»Mach die Zigarette aus, du Wahnsinnige!«, brüllt er zurück. »Wir stehen neben der Tankanlage!«

Er reißt mir die Zigarette aus der Hand, tritt sie aus, zerrt mich von den Kerosintanks weg und – in seine Arme. Drückt mich, knuddelt an mir herum, hebt mich hoch, sodass ich geradewegs in seine Augen schauen muss. »Du widerliches Weib! Du aufdringliche Zecke! Musst mich noch beanspruchen wollen, als ich in Ruhe sterben will! Du wunderbares Weib! Will mit mir schlafen und verhunzt mir so den Selbstmord!« Er küsst mich, hält mich immer noch fest und grinst.

»Oh, David, es tut mir so Leid, ich wollte ... wenn ich den Brief zuerst ... woher weißt du ... was kann ich tun?«

»Jaha, Frank hat mir alles erzählt. Von deinen Gelüsten, aber auch von deinem schlechten Gewissen. Und wenn Frank schon davon weiß, wie schlecht muss dein Gewissen wirklich sein!« Er küsst mich noch einmal. »Aber das geschieht dir recht. Und was du tun kannst?« Er wird ernst, nimmt mein Gesicht in seine Hände. »So tun, als hätte ich nie versucht, mich umzubringen. Ich will, dass wir weitermachen, wie immer. Und will jetzt bloß nicht dauernd gefragt werden, wie es mir geht. Ich will auch nicht hören, dass ich noch im Krankenhaus sein müsste, und wage es nie, das Wort ›Therapie‹ auszusprechen.«

Er bückt sich, um nach der Kamera und seiner Tasche zu greifen. »Ach ja, und noch etwas: Wenn ich mich das nächste Mal umbringen will, lass es mich einfach tun. Bitte.«

Natürlich war dieser letzte Satz ein Vorwurf, natürlich war David keineswegs so frohgemut, wie es auf den ersten Blick erscheinen mag. Und natürlich war er ein paar Tage lang stocksauer auf mich gewesen. Das erzählten Diana und Ohram, die ihn täglich besucht hatten.

Doch hat David nie mehr versucht, sich umzubringen. Er starb bei einem Flugzeugabsturz. Er und gut fünf Dutzend anderer Kollegen hatten an einem Kongress in Nairobi teilgenommen. Danach wollten sie nach Westafrika fliegen. Warum die Maschine dann allerdings über dem Archipel der Komoren im Osten Afrikas zwischen dem Festland und Madagaskar ins Meer stürzte, ist bis heute nicht zufriedenstellend geklärt. Nicht wenige Passagiere überlebten, doch viele, die sich angeschnallt hatten und sich deshalb nach dem Aufprall nicht mehr befreien konnten, ertranken. So auch David. Ich habe ihn identifiziert. Meinen Gefährten, mit dem ich, nachdem wir unsere Korrespondentenjobs gekündigt hatten, noch ein paar gute Jahre lang in Afrika zusammen gewesen war.

Als er starb, war schon der nächste Krieg zwischen den Hutu und Tutsi im Gange, hatte sich das Morden auch auf Zaire ausgedehnt, das jetzt schon Kongo hieß und wo Präsident Laurent Kabila, ehemals Rebellenführer, Befreier, Held, aber mittlerweile fett und gefräßig geworden, die restlichen Pfründe des ohnehin schon ausgebluteten Landes zugunsten seiner privaten ausländischen Bankkonten schröpfte.

Von diesem Krieg habe ich nicht mehr berichtet, denn nach dem, was uns zwei, drei Jahre zuvor noch in Kigali, Bakavu oder Goma erwartet hatte, konnte auch ich nicht mehr. Das Ankommen der Flüchtlinge in diesem sich unaufhaltsam vergrößernden Lager, das so irreal anmutete, weil der Treck nie zum Ende zu kommen schien und weil die Menschen einander zum Verwechseln ähnelten in ihrem stoischen Vorwärtsdrang, in ihrer Erschöpfung, in ihrer Unterernährung. Mit ihrer zerrissenen Kleidung, ihren wenigen Habseligkeiten, ihren angstvollen Gesichtern, ihren toten Augen. Die meisten der Kranken litten an Cholera, und im Lager nahmen die Infektionen täglich zu.

Es stank. Erbrochenes und Exkremente standen an manchen Stellen zentimeterhoch, die Helfer schafften es nicht, die Toten schnell genug einzusammeln. Mit Durchsagen forderte die Lagerverwaltung die Kranken auf, sich, bevor sie zu schwach dazu seien, auf ihre Bastmatten zu legen. Sodass man nach ihrem Ableben die langen Seiten nur einzuschlagen brauchte, um die Leiche ohne zusätzlichen Aufwand ins Massengrab transportieren zu können.

Sie verhalten an dieser Stelle, sind erschrocken über diesen Pragmatismus – oder nennen wir es Gefühlskälte oder Verachtung oder Zynismus – und haben Mühe, die Fassung zu bewahren?

Es bedurfte der gleichen Mühen, diese Szene zu schildern, immer mit dem Bild vor Augen, das zeigt, wie die Angesprochenen dem Befehl Folge leisteten. Ohne aufzuhorchen, ohne aufzuschreien, ohne sich zu wehren. Sondern bestrebt, sich weiterhin so zu verhalten wie schon während der gesamten Vertreibung und Flucht: geduckt, anspruchslos, gebrochen, leer, als Opfer.

Wir gingen durch die Lager, durften nur schauen. Durften keinen Menschen anfassen, durften niemanden umarmen, Trost spenden, halten, während er starb.

Stattdessen wurden meine Kommentare beißender, bitterer, waren jetzt unverblümt in ihrer Kritik an der hiesigen Politik, am Unwillen des Westens, hinzuschauen. Und David filmte jetzt ganz nah in das Elend hinein.

Es war während einer Übertragung, als ich eine Berührung an meinem Hosenbein spürte. David zog die Kamera von meinem Gesicht weg nach unten und blieb dort. Während ich weitersprach, schaute ich dorthin und sah ein kleines Kind an mein Bein gelehnt. Eines seiner Händchen, voller Wunden und von Eiter und Schorf ganz verformt, stützte sich auf meinen Schuh. Offenbar war das Kind zu mir gekrabbelt und war nun zu erschöpft, um sich noch weiter bewegen zu können. Es sank wie in Zeitlupe in sich zusammen, das hagere Gesichtchen mit den übergroßen Augen und den aufgesprungenen Lippen in den Dreck voran. Ich kniete mich zu ihm, nahm es in die Arme und drückte es an mich. Ich nahm nicht mehr wahr, dass wir noch auf Sendung waren, dass ich das Mikrofon nicht abgeschaltet hatte. Aber selbst wenn es mir bewusst gewesen wäre: Es hätte mich kalt gelassen.

Ich saß da, mit dem kleinen sterbenden Jungen in der Armbeuge. Er wog kaum mehr etwas. Hatte hohes Fieber, und seine dunkle Haut, die völlig ausgetrocknet war, hing in pergamentenen Falten von seinen Knochen herab. Der Kleine lag jetzt ganz still, atmete kaum mehr, und ich konnte nichts tun, als die Fliegen von seinem Körper zu verjagen.

Dann starb er. Das bisschen Leben, das in seinen Augen eben noch geflackert hatte, verlosch. Einfach so.

Ich stand auf, trug den kleinen Leichnam zu einem Zelt in der Nähe. Darin hockte ein Mann auf dem Boden und wies auf eine Matte.

»Ist es dein Kind?« Er zuckte die Achseln, hatte kaum die Kraft hochzugucken. »Kennst du das Kind?« Er drehte den Kopf zur Seite.

Ich legte den Kleinen auf die Bastmatte, schlug die Enden zusammen und trug das Bündel wieder hinaus. Irgendwann, im Laufe des Tages, würden die Helfer kommen und es mitnehmen. Würde jemand den kleinen, namenlosen Kerl vermissen? Wahrscheinlich nicht.

In Goma nichts Neues.

Nichts Neues auch die Ungeheuerlichkeiten, die sich nur ein paar hundert Meter weiter, in der Gegend, wo das erste Flüchtlingslager von Goma entstanden war, abspielten. Denn Goma ist, neben den Lagern in Bukavu, Chimanga und Kanganiro, einer der größten Umschlagsplätze für Waffen in dieser Region Afrikas.

Ein Teil der Waffen, im Sechstagekrieg von den Ägyptern erbeutet, stammt aus Israel, andere kommen aus Kenia und Belgien. Nicht offiziell natürlich, ebenso wenig wie das Geld für diesen ertragreichen Handel, das von Exilruandern gespendet und gesammelt wurde. Außerdem werde ich das Gefühl nicht los, dass hier, trotz vehementer Dementis, auch französische Militärberater und Waffenschieber ein und aus gehen.

Es ist unerträglich: Hier werden Unsummen Geldes produziert, dort verhungern die eigenen Landsleute. Hier werden gigantische Kontingente Waffen gehandelt, dort sterben die eigenen Landsleute an eben jener Gewalt, die dadurch immer und immer wieder in Gang gesetzt wird.

Wie schrieb David in seinem vermeintlichen Abschiedsbrief? »Ich bin durch die beständige Hoffnungslosigkeit auf diesem Kontinent aufgeweicht.«

David, auch ich kann nicht mehr. Das lag nicht nur daran, dass ich der psychischen Belastung aufgrund solcher täglichen Erfahrungen nicht länger standhielt. Auch die Angst um mein Leben gab nicht den Ausschlag, obwohl doch die Gewaltbereitschaft in diesen Lagern aufs Maximum angeheizt war. Nein, es waren die körperlichen Blessuren, die handfesten Spuren von Angriffen also, die mich zum Aussteigen zwangen.

Denn mit einer zertrümmerten Kniescheibe im Dreck zu liegen und dann noch angeschossen zu werden, das sind Momente, die mit aller Kraft zuschlagen. Die nicht allein kognitiv angesiedelt sind. Nicht durch Gehirnwindungen schleichen, um noch einmal und noch einmal durchdacht zu werden. Um anschließend in einer Ablage zu landen, noch immer präsent, aber ruhig gestellt.

Von roher Gewalt zertreten dazuliegen ist eine Begebenheit, die nicht diskutiert werden kann. Seelische Schäden lassen sich mit viel Kraft kaschieren, denn wenn ich mich nicht mitteilen will, muss die Umwelt denken, es gehe mir gut – für diese These bin ich ein gutes Beispiel. Doch wenn du hinkend und mit einem Loch im Kopf daherkommst, wirkt die aufgesetzte Maske von Unbeteiligtheit wie ein groteskes Zerrbild.

Es geschah eine Woche nach Davids Ankunft in Goma. Plötzlich erlangte die kleine Stadt an den Ufern des Lake Kivu weit über ihre Grenzen hinaus einen internationalen Bekanntheitsgrad, mag man diesen Begriff auch nur mit einer gewissen Scheu verwenden. Denn der Grund für diese Popularität war eine Katastrophe.

Eine Katastrophe ganz anderer Art als die, die am 17. Januar 2002 ihren Lauf nahm, als der Vulkan Nyiragongo wieder einmal aktiv wurde, diesmal aber Asche und dann auch Flüsse von Lava über und in die Stadt zu seinen Füßen sandte. Anlässlich der Bilder, die zu diesem Anlass aus Goma gesendet wurden, stahl sich der Name der mittlerweile wieder blühenden Stadt im Nordwesten Kongos zurück in das Gedächtnis der News-Konsumenten.

Goma? Den Namen hatte man doch schon mal gehört.

War das nicht im Zusammenhang mit dem Bürgerkrieg in Uganda, Unsinn, in Ruanda gewesen?

Hieß das Land Ruanda?

Wo dieser Genozid zwischen …?

Wie hießen die Stämme doch gleich?

Hutu?

Und die anderen?

Tutsi?

Ja, Hutu und Tutsi.

Wo sämtliche Tutsi und Regierungsoppositionelle aus Ruanda vertrieben wurden?

Wo in Goma allein fast achthunderttausend Flüchtlinge strandeten?

Wo die meisten von ihnen an Cholera starben?

In welchem Jahr war das noch gleich?

1994?

Ja, richtig, damals.

Damals ist erst ein paar Jahre her, aber die Narbe an meinem Kopf lässt sich kaum mehr ertasten. Allein das Knie macht mir noch Schwierigkeiten. Aber nur beim Joggen.

Um zu schildern, wie ich dem Soldaten begegnete, der mich dann so schwer verwundete, könnte ich weit ausholen. Könnte mich in einem Gemeinplatz ergehen und sagen, dass dieser Tag wie jeder begonnen und dass nichts, aber auch auch gar nichts auf das hingedeutet hatte, was später passieren sollte.

Wenngleich ich nach dem Aufstehen in einen heftigen Streit mit David geriet, weil mir, als ich aus seiner Wasserflasche getrunken hatte, purer Wodka in den Mund geflossen war.

Das Gegrummel darüber war während des Frühstücks nicht verstummt, zumal sich David, aus seiner Entschuldigungsnot heraus, zu meinem Aufpasser aufspielte. »Du musst wenigstens einen Toast essen. Hast nichts im Magen, trinkst nur Kaffee und rauchst. Das geht nicht!«

»Wenn ich schon am frühen Morgen Wodka trinken muss,

kann ich ja wohl auch rauchen«, giftete ich zurück und schob den Teller mit dem Marmeladetoast Dickie zu, dem Ersatzkameramann, der erst am folgenden Tag wieder zurückfliegen sollte.

Ich aß dann doch noch etwas, wenngleich ich dazu kaum in der Lage war angesichts der Kranken und Hungernden in der direkten Nähe unseres kleinen Hotels. Außerdem schien mir der Arzt in Nairobi eine zu hohe Dosierung bei der Impfung gegen Cholera verabreicht zu haben. Mir war nämlich ständig schlecht.

Zu diesem Zustand trug auch ein ungeheuerliches Gerücht bei, dem wir heute auf den Grund gehen wollten. Es hieß, dass sich die Militärs, die den Flüchtlingstreck aus Kigali begleiteten, regelmäßig Menschen aus der Masse der Fliehenden herauspickten, solche, die noch nicht zu wandelnden Skeletten geschrumpft waren, sie töteten, am Spieß brieten und anschließend verspeisten.

Ein Flüchtling hatte mir davon berichtet, und so schockierend und vielleicht auch unwahrscheinlich dieser Verdacht schien, ich war sicher, dass er sich als wahr herausstellen würde. Denn wer Menschen mit dem größten Vergnügen über Stunden und Glied für Glied zu Tode quält, ist auch in der Lage, sie zu fressen.

Dieser Soldat kam auf mich zu – ich saß auf einer leeren Benzintonne am Rand der Straße Richtung Ruhengeri und schrieb die Eindrücke von den Kurzinterviews mit einigen Flüchtlingen auf. Es gab diese Menschenfressereien, sie hatten es mir bestätigt, und darüber hinaus eine besondere Variante der Folter: Wenn es den Soldaten gefiel, mussten die Familienangehörigen der gebratenen Opfer von dem Fleisch essen. Weigerten sie sich, wurden sie verstümmelt und zum Sterben liegen gelassen.

Aber die meisten aßen, sie hatten Hunger.

Also noch einmal: Dieser Soldat kam auf mich zu und zerschlug mir das rechte Knie. Einfach so. Ich hatte ihn aus den Augenwinkeln stehen bleiben sehen, nahm auch wahr, dass er seine AK–47 von der Schulter nahm, hörte aber dann nur noch sein kreischendes Lachen, das in seiner Lautstärke mit dem Geräusch meiner berstenden Knochen zu wetteifern schien.

Ich fiel wie ein Stein von dem Fass, verspürte noch, bevor ich aufschlug, diesen ungeheuren Schmerz, der sich wie eine Flamme durch das Bein fraß und fast gleichzeitig im Gehirn explodierte. Aber ich hörte nichts mehr, auch nicht den Schrei des Wahnsinnigen, der jetzt mit weit gegrätschten Beinen über mir stand und mir den Gewehrlauf an die Stirn gesetzt hatte. Ich nahm auch den Schuss nicht wahr, sah nur noch den Lauf zur Seite schwenken und fühlte, bevor ich dann ohnmächtig wurde, ein glühendes Stück Metall an meinem Kopf entlangschaben.

Leider verlor ich nicht für den Rest des Tages das Bewusstsein oder besser gar für den Rest der Woche, bis die ärgsten Schmerzen an Intensität verloren hatten. Schon nach einer knappen Stunde wurde ich wieder wach, wenn man den Zustand des hilflosen Treibens in einem wütenden Meer aus Schmerzen so nennen kann.

Warum hatte ich keinen Schock? Diesen gnädigen Zustand, wenn das Gehirn alle zerstörerischen Einflüsse ausschaltet, sie einfach ausblendet, damit das verletzte Bündel Mensch nicht an der Brutalität der gewaltsamen Einwirkungen zerbricht? Warum war ich aufgewacht und bekam mit, wie ich auf der Ladefläche eines Pick-up über Bodenwellen und durch Schlaglöcher geschaukelt und gerattert wurde, mit Karacho über eine Wellblechpiste und ruckelnd über ein Stück *blackcotton soil* an einem Berghang?

Weil ich wissen muss, dass ich lebe. Weil ich an meine Kinder denken muss, ihnen versichern muss, dass ich nur ein bisschen verletzt bin.

David hat meinen Kopf auf seine Schenkel gebettet. Er hält ihn, so fest es trotz der unkontrollierbaren Stöße geht, sein Gesicht über mir ist grau. Schweiß tropft von seinen Augenbrauen auf mich herunter. Ich spüre die Tropfen. Gut, denke ich. Du kannst sehen, und du fühlst auch noch.

Ich will David sagen, dass meine Verletzung nicht schlimm ist, doch er schüttelt den Kopf.

»Sag nichts.«

Ich höre die Worte. Gut, denke ich. Ich kann also doch noch hören. Es ist demnach wirklich nicht so schlimm. Aber ich kann meine Beine nicht bewegen.

»David! Meine Beine!« Es ist so anstrengend, diese drei Worte zu krächzen, doch David hört sie, streichelt beruhigend mein Gesicht und sagt: »Wir haben sie ruhig gestellt. Das linke ist in Ordnung, das rechte sieht böse aus. Außerdem hast du einen Streifschuss am Kopf. Aber wir sind gleich im Lager.«

An dieser Stelle wurde ich wieder ohnmächtig. Und blieb es zwei ganze Tage lang.

So bekam ich die Ankunft in Goma nicht mit. Auch nicht, dass zwei Ärzte von Care Canada schon zur Operation bereitstanden. Dickie hatte sie benachrichtigt. Der war, nachdem er gesehen hatte, was passiert war, sofort nach Goma zurückgefahren, um die Ärzte zu finden und zu informieren.

Die Kopfwunde muss wohl schnell versorgt gewesen sein. David hatte dem Soldaten das Gewehr mit der Kamera aus der Hand geschlagen, just in dem Moment, als der mich erschießen wollte. Dadurch war der Schuss nur an meinem Schädel entlanggeschrammt. Da mussten nur ein paar Haare rasiert, ein paar Stiche gesetzt, Desinfektionsmittel gesprüht und eine gehörige Dosis Schmerzmittel verabreicht werden.

Das Problem war, das mittlerweile auf Ballgröße angeschwollene Knie so zu behandeln, dass dem Orthopäden in Nairobi nur noch die Feinarbeit übrig blieb. Denn, das sagten die Ärzte David ohne Pardon, wenn die Kniescheibe nicht sofort gerichtet und zusammengeflickt werde, bliebe das Knie auf ewig steif, basta.

Also musste man jetzt und hier operieren, doch galt es andererseits die Gefahr einer möglichen Sepsis zu bedenken. Denn eine Operation würde Stunden dauern.

Was also geschieht, wenn wir sie in dieser nicht sterilen Umgebung aufschneiden, an ihr herumflicken, zum Schluss sich aber eine Entzündung entwickelt? Dann müssen wir entweder das Bein amputieren, oder sie stirbt. Wäre es unter diesem Gesichtspunkt nicht besser, ein Steifwerden des Knies in Kauf zu nehmen?

So ähnlich hat David mir die Diskussion zwischen ihm und den Ärzten geschildert. Sie fand in dem Operationszelt statt, am Eingang standen alle Kollegen, die sich im Lager aufhielten. Allerdings fand kein langes Palaver statt, denn es gab keine Zweifel, dass ich operiert werden würde. Schließlich fühlte sich David seiner Lebensretterin gegenüber in der Pflicht: »Du würdest nicht sterben, das war mir klar. Doch was du mir angetan hättest, wenn ich dich hinkend aus der Sache herausgelassen hätte, wagte ich mir nicht vorzustellen.«

Kluger David. Und so wurde meine Kniescheibe gerichtet, mit Draht zusammengeflickt und wieder vernäht.

Mittlerweile hatte Frank Ohram abgeholt, damit er mich auf dem Flug nach Nairobi überwachen konnte. Dort angekommen, wartete schon ein Orthopäde aus Johannesburg auf mich. Diana hätte den weltbesten Knochendoktor, wenn es ihn denn dort gäbe, aus Alaska einfliegen lassen. Doch der aus Südafrika war auch berühmt. Allerdings blieb der Koryphäe nicht viel zu tun, die Jungs von Care Canada hatten ganze Arbeit geleistet. Ich konnte schon ein knappes Jahr später wieder auf Highheels laufen.

Doch zwischenzeitlich war meine Welt endgültig zerborsten. In viele kleine Trümmer, die aus Angst bestanden, aus Frustration, Resignation, Angst, aus Verzweiflung, aus Identitätsverlust, Angst, aus unendlicher Trauer, Angst, aus Werteverlust, Verrohung, aus Wut, aus Verzweiflung, aus Angst, aus Verzweiflung, aus Angst … Der Kitt, der aus der Faszination Afrika bestanden hatte, aus der Freiheit des angenehmen Lebensstils, aus dem Glauben an Traditionen und dem Urglauben, aus der Hingabe an die Liebenswürdigkeit seiner Menschen, dieser Klebstoff war alt geworden und zerbröckelt. Hatte seine Kraft eingebüßt.

In den endlosen Stunden meiner körperlichen Genesung versuchte ich einmal mehr, meine Gedanken zu kanalisieren, weg von den Szenen der Leichenberge in den Straßen Afrikas, weg von den Flüchtlingstrecks, den Verhungernden, den Verstümmelten, den Todkranken. Weg von den Selbstdarstellungen der grausamen Despoten dieses Kontinents, weg von den versteinerten Gesichtern ihrer mordenden Milizionäre. Weg von den Ufern der Seen, wo angeschwemmte Kriegsopfer, oft noch mit zusammengebundenen Armen auf dem Rücken, verwesen. Wo niemand mehr da ist, der sie begraben könnte.

Weg von dem Land, das zertreten ist von Millionen Füßen, das so satt getränkt ist mit Blut, dass es nach Kupfer und Eiter stinkt, sobald die Sonne aufgegangen ist. Das brachliegt, weil es keine Menschen mehr gibt, die es bestellen könnten. Das zerrissen ist, weil selbst die tiefsten Wurzeln als Nahrung dienen mussten, ohne Baum zurückgelassen, weil alles Brennbare verbraucht ist.

Stattdessen versuche ich, meine Zukunft zu träumen. Meinen Traum, der immer damit beginnt, dass ich mir ein Haus vorstelle. Ein Haus für die Zigeunerin, die sesshaft werden, in ein Zuhause kommen will.

Das Haus wird oberhalb des Strandes liegen, auf einem Grundstück mit Mango- und wilden Feigenbäumen, mit einem uralten Baobab. Einige der Bäume sollen in das Haus integriert werden, zumindest in meinem Part. Der andere große Teil dieses Hauses wird meinen Kindern gehören. Und den sollen sie sich so gestalten, wie sie leben möchten. Wie meine engsten Freunde, denen der andere Trakt zur Verfügung stehen wird. Für ihre Träume vom Zuhause in Afrika. Selbst wenn sich am Ende Bauhaus, Barock und japanische Architektur vermischen müssen.

Es soll einen großen Swimmingpool geben, der so angelegt ist, dass ich vom Bett in meinem Schlafzimmer hineinspringen und aus dem Wasser direkt auf den Indischen Ozean blicken kann. Eine riesige Küche muss auch sein, und Amira soll mindestens zwei weitere Küchenmädchen bekommen, Rasmus einen Hilfsgärtner und Julian so viel Geld, dass er den Brautpreis für die junge Frau zahlen kann, von der er schon seit einigen Monaten schwärmt. Die wiederum soll natürlich nicht arbeiten müssen, aber »sie könnte ja unsere Schularbeiten machen«, schlug Gyjian vor.

Doch so sehr ich mich auch bemühe, den Traum heraufzubeschwören, er scheint seltsam unattraktiv, bleibt konturlos. Immer wieder schieben sich andere Bilder davor. Ich sehe sterbende Kinderaugen, knochige Menschenbündel, die sich ins Nichts schleppen. Höre die Schreie der Gequälten, höre ein ununterbrochenes Wimmern und Weinen, überlagert vom Gebrüll der Soldaten und den sich überschlagenden Stimmen der Agitatoren bei ihren Hetzreden.

Der Traum vom großen Haus, vom Hierbleiben im Kreise der Freunde ist Unfug, sieh es endlich ein! Du musst hier weg, raus aus Afrika! Und ich gebe der Stimme Recht.

Bis meine Kinder aus Südafrika zurückkamen, hatte ich die schlimmsten physischen Schmerzen überstanden. Die Fäden am Kopf waren gezogen, die Metalldrähte in meinem Knie sollten in ein paar Tagen entfernt werden. Und ich wurde gemästet.

Diana hatte die Ärzte der Klinik aufgestachelt und ihnen die Erlaubnis abgerungen, meine körperliche Hilflosigkeit zu nutzen und mich zu unterwerfen. Mit Cremetorten, feinsten Pralinen und zartestem Backwerk.

Jawohl, es gab nämlich einen neuen europäischen Bäcker in der Stadt, nachdem der aus Österreich tatsächlich nach einem Jahr so intensiv in aufsichtsbehördliche Fänge geraten war, dass er sein Terrain aufgegeben hatte. Doch war ihm ein Schwabe gefolgt. Und der hatte unsere kühnsten Träume gleich zu seinem Ziel erhoben: Nairobi zum Mekka afrikanischer Kuchenliebhaber zu machen.

Noch nicht ganz etabliert, wurde er schon von Diana okkupiert. Und dann machte er den Fehler, ihr zu erzählen, dass er ein Meister der feinen Confiserie sei. Fortan war er zu Nachtschichten verdonnert, denn Diana hatte den Plan, mir zehn Kilo anzufüttern.

Was ihr mit den Trüffeln und Pralinen in Fünfhundertgrammpackungen auch leicht gelang. Innerhalb weniger Tage nahm ich acht Pfund zu. Allerdings kam ich auch nicht mehr zur Ruhe, denn der Strom von Besuchern, die Diana mir ans Krankenbett bestellte, riss nicht ab. Und alle brachten Kuchen oder Schokolade mit. Die meisten blieben bis nach fünf, Zeit, den *sundowner* bei mir zu trinken. Je öfter dies Usus wurde, desto häufiger ließen sie ihre klappbaren Safaristühle im Schwesternzimmer um die Ecke stehen und desto regelmäßiger schauten sie bei mir vorbei.

So kam es, dass sich ein erklecklicher Teil der weißen Community des Rift Valley fast täglich an der Peripherie meines Krankenlagers traf, und schon bald ging die Kunde, dass man in den Bars der Stadt verunsichert sei: Wie lange wird sie denn wohl noch krank sein? Müssen wir bei der nächsten Bestellung beim Grossisten das Übliche ordern oder deutlich weniger Bier, Gin und Tonic?

Zusätzlich avancierte mein Zimmer zur Klatschbörse. Der Tag, an dem Douglas zum ersten Mal erschien – das war noch ziemlich am Anfang meiner Leidensgeschichte, und ich hatte rasende Kopfschmerzen –, ist legendär. Denn just in der Nacht zuvor war Trin Ostenheir erschossen worden. Von Per, ihrem Mann, oder von Reg, ihrem Geliebten? Oder eher doch von dessen Frau Katie? Reg und Katie saßen an dem Abend auch im Kreis um mein Bett, Per war zum Verhör geholt worden. Ihn erwarteten wir jeden Moment. Was jedoch passieren würde, wenn er Reg hier vorfände …

Per kam an diesem Abend nicht, dem Himmel sei Dank. Aber Doug musste noch etwas loswerden, bevor er sich verabschiedete.

»Ich habe übrigens beim Hereinkommen deinen Exmann gesehen. War er eigentlich schon mal hier?« Wohl kaum, bei der enormen Summe an Unterhaltszahlungen, die er uns schuldet!

Am nächsten Morgen ruft mein Chef an, hörbar genervt, dass sein Afrikateam nicht aus dem Quark kommt, wie er sagt. Just zum Zeitpunkt dieses Telefonats sitzt David an meinem Bett, liest ein Buch und steckt sich einen Champagnertrüffel nach dem anderen zwischen die Zähne. Dort knackt er sie langsam und schlürft die Stückchen dann auf die Zunge. Sein Gesicht ist reiner Ausdruck von Wonne.

»Natürlich sind David und Dickie in Kongo, vielleicht auch in Ruanda. Sorry, wenn ich das nicht von hier aus im Blick habe.«

David guckt hoch und grinst.

»... wie wir das besprochen haben. Sobald ich wieder eine Frisur habe, kommentiere ich die Filme von hier aus ... Ja, wir haben hier eine Terrasse, damit wir im Hintergrund nichts Verräterisches aufnehmen können ... darüber waren wir uns doch auch schon einig ... ja, Sie kaufen in der Zwischenzeit bei den anderen ... Na also, wenn Sie sowieso nichts von diesem Krieg senden wollen, weiß ich nicht, was das Problem ist ... na gut. Danke für die Wünsche ... Wie bitte? O nein, Sie müssen nicht kommen. Ich bin bald wieder auf den Beinen ... Goodbye.«

»Ich liebe dich, Bella. Ach, verdammt, wolltest du auch ein paar von diesen köstlichen Trüffeln?«

»Nein, David, danke. Außerdem kommt Diana gleich mit Nachschub. Wetten?«

»Welch ein Glück.«

Sein Gesicht wird ernst. »Willst du wirklich wieder raus?«

»Ja. Zum letzten Mal.«

»Was heißt das?«

»Ich weiß es nicht, aber ich werde versuchen, es zu erklären.«

Woran ich David jetzt teilhaben lasse, ist eine Zwiesprache mit einem Bündel von Überlegungen. Die muss ich formulieren, um ihre Wertigkeiten zu erkennen.

»Ich denke, ich muss noch mal mitten hinein in das Elend, in den Dreck. Muss diese schrecklich schmutzige Seite Afrikas noch einmal erleben, um aussteigen, aber gleichzeitig auch in Ruhe in Afrika bleiben zu können. Ich habe das Gefühl, ich muss diese Sache zu Ende bringen.«

Tatsächlich habe ich mich mittlerweile dazu entschlossen, in Afrika zu bleiben. Aber, und das ist kein Scherz, ich werde das Gefühl nicht los, dass ich meinen Job nicht einfach so aufgeben kann. Dass ich … ja, was eigentlich?

David, was muss geschehen, damit ich die Gnadenlosigkeit der Vernichtungsmaschine Afrika realisiere? Muss ein neuer Krieg mit noch grausameren Methoden ausbrechen?

Einen solchen Krieg kann es nicht geben.

Was denn? Müssen du oder ich entführt und gefoltert werden, damit ich kapiere? Oder wie wäre es mit deinem Tod oder meinem?

Muss ich mich erst noch weiter erniedrigt fühlen, als das im Dreck mit dem Gewehrlauf an der Stirn schon der Fall war? Oder wie bei den ungezählten anderen Gewalttätigkeiten?

»Warum glaubst du dich von Scheiße verabschieden zu müssen? Willst du dem, der dir das Knie zertrümmert und dich angeschossen hat, noch dein Genick zum Experimentieren hinhalten?« David ist so fassungslos, dass er beinahe schreit.

Ja, ich weiß, das da draußen ist nicht mein Afrika. Ich muss mich endlich umdrehen, um nach Hause zu gehen. Denn dort ist mein Leben, im Sinne aller Bedeutungen. Mein Afrika.

»David? Ich werde nie mehr als Kriegberichterstatterin arbeiten.«

Ich lausche den Worten nach, finde sie fremd und doch so willkommen.

Über den Gedanken, dass auch David dann nicht mehr im Krieg arbeiten und wie ich das Leben meiner kleinen Familie finanzieren soll, schlafe ich ein. Spüre noch, wie David sich zu mir legt und mich an sich drückt.

Ich schlafe traumlos und tief, wie seit ewigen Zeiten nicht mehr.

Meine Söhne und Diana sitzen in meinem Zimmer, als ich aufwache. Sie spielen Poker, aus Gyjians Hemdärmel lugt die Ecke eines Asses hervor.

»Ich werde nie mehr als Kriegskorrespondentin arbeiten.«

Alle drei schauen hoch, ihre Mienen wechseln von Verdutztheit zu ungläubigem Staunen.

»Wie bitte?« Diana guckt entgeistert. Aijosha und Gyjian strahlen schon.

»Ja. Nie mehr in Kriege!«

Dianas Freudenschreie werden von Schwestern und Ärzten zunächst als Hilferufe missdeutet, doch das dadurch ausgelöste Tohowabohu legt sich schnell wieder.

»David, ich möchte auch, dass du nicht mehr rausgehst.«

Er nickt, sagt aber nichts.

»Ich werde nächste Woche nach England fliegen und mit unserem Boss sprechen. David, kommst du mit?«

Er nickt noch einmal.

»Glaubst du, sie werden uns ein anderes Ressort geben?«

David schüttelt den Kopf. »Nein. Darauf haben sie sich bisher nicht eingelassen, also werden sie es auch jetzt nicht tun.«

Ich hatte ja schon mehrfach versucht, von den News wegzukommen und in einem Bereich eingesetzt zu werden, wo ich über das friedliche, das ungefährliche Afrika berichten könnte. Doch waren diese Vorstöße immer abgeschmettert worden. »Du bist eine News-Frau. Eine der besten. Dich will woanders niemand sehen.«

»Dann werde ich kündigen!«

Alle sehen mich an, denn jetzt muss ich auch den nächsten Satz sagen.

»Und … ja … ja, gut: Ich werde mein Land in Italien verkaufen. Obwohl ich das eigentlich Aijosha und Gyjian vererben wollte. Doch von dem Erlös kommen wir sicher eine Zeit lang über die Runden. Auch du, David.«

Puh! Fühle ich mich gut!

Aijosha und Gyjian sitzen jetzt auf meinem Bett, rechts und links von mir, in meinen Armen.

»Das heißt, du wirst nie mehr nach Somalia oder in den Sudan oder nach Ruanda oder sonstwohin fliegen?«

»Ja, das heißt das.«

»Und David soll das auch nicht mehr? Soll er bei uns wohnen?«

»Ja, wenn er will.«

»David?« Aijosha guckt ihn fragend an.

»Ja, ich höre auch auf, und ich glaube, ich will bei euch wohnen.«

»Also was?« Aijosha ist unnachgiebig.

»Ja. Ich will bei euch wohnen. Aber nur, wenn die Hunde nicht dauernd in meinem Bett schlafen.«

Wenn jetzt nicht alle lachen würden, müsste ich vor Glück heulen.

Schon während meines Anrufs in London, bei dem ich unsere Ankunft ankündige, merke ich, dass mein Chef den Grund unseres Kommens erahnt. Und tatsächlich hat er, als wir ihm gegenübersitzen, seinen Part der Unterhaltung schon parat. Er wird uns andernorts nicht einsetzen können, allenfalls mich in London im Studio. Alle ausländischen Studiokorrespondentenplätze sind besetzt. Und er ist in allen Fällen vertraglich gebunden.

Er macht keinen Hehl daraus, dass er es nur schwer ertragen kann, uns zu verlieren. Wir waren zu lange zusammen, um einfach Goodbye zu sagen. Andererseits wissen wir zu wenig voneinander, um weiterhin in engem Kontakt zu bleiben.

»Danke. Aber nein, ich werde nicht in London bleiben. Wir gehen nach Afrika zurück.«

»Aha.« Esterhazy horcht auf. »Könntet ihr dann nicht in Notfällen mal einspringen?«

Ulla: »Nein.«

David: »Nein.«

David flog noch am selben Abend zurück. Ich hatte einen Flug nach Florenz gebucht, traf eine Woche später in Mombasa ein. Vom Flughafen fuhr ich direkt zum alten Friedhof der Stadt und schaute lange auf das Grab meiner Tochter Marie.

Wenige Wochen später begannen wir das Haus zu bauen.

MAURETANIEN
MALI
Dakar
SENEGAL
GUINEA
BISSAU
GUINEA
BURKINA FASO
SIERRA
LEONE
ELFENBEIN
KÜSTE
LIBERIA
GHANA
Monrovia
Abidjan
Akkra
Atlantischer
Ozean
0
400 km
Karte: A. Skowronski

Economic Policy for the Environment and Natural Resources

NEW HORIZONS IN ENVIRONMENTAL ECONOMICS

General Editor: Wallace E. Oates, *Professor of Economics, University of Maryland*

This important new series is designed to make a significant contribution to the development of the principles and practices of environmental economics. It will include both theoretical and empirical work. International in scope, it will address issues of current and future concern in both East and West and in developed and developing countries.

The main purpose of the series is to create a forum for the publication of high quality work and to show how economic analysis can make a contribution to understanding and resolving the environmental problems confronting the world in the late 20th century.

Titles in the series include:

Principles of Environmental and Resource Economics
A Guide for Students and Decision-Makers
Edited by Henk Folmer, H. Landis Gabel and Hans Opschoor

The Contingent Valuation of Environmental Resources
Methodological Issues and Research Needs
Edited by David J. Bjornstad and James R. Kahn

Environmental Policy with Political and Economic Integration
The European Union and the United States
Edited by John B. Braden, Henk Folmer and Thomas S. Ulen

Energy, Environment and the Economy
Asian Perspectives
Paul R. Kleindorfer, Howard C. Kunreuther and David S. Hong

Estimating Economic Values for Nature
Methods for Non-Market Valuation
V. Kerry Smith

Models of Sustainable Development
Edited by Sylvie Faucheux, David Pearce and John Proops

Contingent Valuation and Endangered Species
Methodological Issues and Applications
Kristin M. Jakobsson and Andrew K. Dragun

Acid Rain and Environmental Degradation
The Economics of Emission Trading
Ger Klaassen

The Economics of Pollution Control in the Asia Pacific
Robert Mendelsohn and Daigee Shaw

Economic Policy for the Environment and Natural Resources
Techniques for the Management and Control of Pollution
Edited by Anastasios Xepapadeas

Welfare Measurement, Sustainability and Green National Accounting
A Growth Theoretical Approach
Thomas Aronsson, Per-Olov Johansson and Karl-Gustaf Löfgren

Economic Policy for the Environment and Natural Resources

Techniques for the Management and Control of Pollution

Edited by
Anastasios Xepapadeas
Department of Economics, University of Crete

NEW HORIZONS IN ENVIRONMENTAL ECONOMICS

Edward Elgar
Cheltenham, UK • Brookfield, US

Published by
Edward Elgar Publishing Limited
8 Lansdown Place
Cheltenham
Glos GL50 2HU
UK

Edward Elgar Publishing Company
Old Post Road
Brookfield
Vermont 05036
US

British Library Cataloguing in Publication Data
Economic policy for the environment and natural resources:
techniques for the management and control of pollution. –
(New horizons in environmental economics)
1. Pollution control industry 2. Environmental economics
I. Xepapadeas, Anastasios
363.7'37

Library of Congress Cataloguing in Publication Data
Economic policy for the environment and natural resources:
techniques for the management and control of pollution/edited by
Anastasios Xepapadeas.
(New horizons in environmental economics)
Includes bibliographical references and index.
1. Environmental policy—Economic aspects—Europe. 2. Air—
Pollution—Europe. 3. Environmental protection—Europe.
I. Xepapadeas, Anastasios. II. Series.
HC240.9.E5E265 1996
363.73'6—dc20 96–5823
CIP

ISBN 1 85898 413 0

Printed and bound in Great Britain by
Biddles Ltd, Guildford and King's Lynn

Contents

Figures

Tables

Contributors

Marina Boetti, Gruppi di Ricerca Economica Teorica ed Applicata, Venice, Italy

Michele Botteon, Gruppi di Ricerca Economica Teorica ed Applicata, Venice, Italy

Marcel Boyer, Stephen A. Jarislowsky Professor of Technology and International Competition, Department of Economics, École Polytechnique de Montréal and Centre Interuniversitaire de Recherche en Analyse des Organisations, Canada

Carlo Carraro, University of Venice, Centre for Economic Policy Research, Fondazione ENI Enrico Mattei and Gruppi di Ricerca Economica Teorica ed Applicata, Venice, Italy

Herman Cesar, The World Bank, Washington, US

Talitha Feenstra, Department of Economics and Centre for Economic Research, Tilburg University, The Netherlands

Marc Germain, Centre for Operating Research and Econometrics, Catholic University of Louvain, Belgium

Yannis Katsoulacos, Athens University of Economics and Business and Centre for Economic Research and Environmental Strategy, Greece

Peter Kort, Department of Economics and Centre for Economic Research, Tilburg University, The Netherlands

Jean-Jacques Laffont, Institut Universitaire de France, Groupe de Recherche en Economie Mathematique et Quantitative and Institut d'Economie Industrielle, France

Domenico Siniscalco, University of Turin and Fondazione ENI Enrico Mattei, Italy

Antoine Soubeyran, University of Aix-en-Provence and Groupe de Recherche en Economie Quantitative Aix–Marseille, France

Frank Stähler, Kiel Institute of World Economics, Germany

Philippe Toint, Department of Mathematics, University of Notre-Dame de la Paix, France

Henry Tulkens, Centre for Operating Research and Econometrics and Institut de Recherches Economiques et Sociales, Catholic University of Louvain and University of Saint-Louis, Belgium

Piet Verheyen, Department of Economics and Centre for Economic Research, Tilburg University, The Netherlands

Anastasios Xepapadeas, University of Crete and Centre for Economic Research and Environmental Strategy, Greece

Aart de Zeeuw, Department of Economics and Centre for Economic Research, Tilburg University, The Netherlands

Preface

In September 1993 the European Commission, DG XII for Science, Research and Development, financed a research network in the area of environmental and resource economics under the 'Human Capital and Mobility' (HCM) programme. This research network provided the opportunity for scientists from eight different research centres across Europe to work cooperatively on environmental economic issues of vital concern to Europe at this time. The participating institutions in the network were: The Economics Department of the University of Crete which served as the coordinating institution; Centre for Economic Research, Tilburg University; Centre for Operating Research and Econometrics; Université Catholique de Louvain; Fondazione ENI Enrico Mattei, Milan; Gruppi di Ricerca Economica Teorica ed Applicata, Venice; The Athens Institute of Economic Policy Studies; The Kiel Institute of World Economics; and the Université d'Aix–Marseille II. This volume contains research results obtained during the operation of the research network. The papers which appear here have been presented and discussed, both with the network participants and with visiting professors, at two workshops. The first took place in Rethymno, Crete, in September 1994; the other was held in Venice in May 1995.

Anastasios Xepapadeas

Introduction

Since the start of the environmental revolution in the late 1960s, the design and application of environmental policy has been an issue of great interest both for academic research and for applied policy-making. From the economists' point of view environmental policy is seen as a case of analysing externalities and market failures, issues thoroughly examined in microeconomic theory. In their book *The Theory of Environmental Policy*, one of the most influential works in the field, William Baumol and Wallace Oates (1988, p. 1) state that: 'When the "environmental revolution" arrived in the 1960s, economists were ready and waiting. The economic literature contained an apparently coherent view of the pollution problem together with a compelling set of implications for public policy.' Although economic instruments were not the first to be adopted by policy-makers, recent experience shows an ever-increasing use of economic concepts and analytical methods in the design of environmental policy (Cropper and Oates, 1992).

Environmental policy covers a broad spectrum of applications, including not only pollution management in the strict sense, but also management of natural resources, and international relations. The theory of environmental policy, which started many decades ago from the well-known Pigouvian taxes under competitive conditions, has been considerably extended both in methodological approaches and in new instruments. The explicit introduction of dynamics, the close analysis of market-structure considerations, and the extension of the analysis to cover issues of asymmetric information on the one hand, and the introduction of new instruments like tradable permits that have gained increasing popularity both at the theoretical and applied level on the other, have created a substantial body of knowledge that has contributed significantly to the advancement of applied economic analysis.

The purpose of this collected volume is to present some recent advances in both the theory and the application of environmental policy. The chapters in the volume can be divided in two broad categories. One category deals with environmental policy at the national level and examines different instruments or combinations of instruments for pollution regulation. The other examines international environmental issues and discusses instruments that can promote international cooperation in order to protect the environment. The theoretical issues covered in this volume include legal aspects of environmental protection; environmental policy under oligopolistic conditions; voluntary agreements as policy instruments; international aspects of environmental policy such as issue linkage, participation in and compliance with international coalitions; and environmental policy in dynamic trade models. The applied issues include the profitability of emission-saving techniques, water management, and acid rain models.

Chapter 1 by Marcel Boyer and Jean-Jacques Laffont deals with legal issues of environmental protection, regarding the liability of the different firms and individuals directly or indirectly involved in the generation of accidents that might cause environmental damages. Boyer and Laffont review the legal framework, some relevant court cases, and discuss some recent international conventions on environmental protection. They also present recent theoretical contributions, based on principal–agent models, which are related to the choice between the regimes of partial extended liability and full extended liability.

In Chapter 2 Carlo Carraro and Antoine Soubeyran examine the problem of environmental regulation under conditions of oligopoly, an issue that has received increasing attention recently. In particular they analyse the problem of optimal taxation in oligopoly when environmental degradation induced by the industry production process feeds back into market demand. The main assumption is that environmental quality does not enter directly into either the utility function or the social welfare function; however economic agents and policy-makers care about the environmental degradation since it affects the economic performance of the industry. An industry in which n asymmetric firms compete *à la* Cournot is considered. Each firm is subject to the same environmental legislation, either because it belongs to the same country, or because environmental policy is internationally coordinated. Asymmetry arises because firms use different technologies. The first part of the chapter focuses on the comparative static effects of the environmental tax. Carraro and Soubeyran show that market share and profits of some firms can increase when the tax rate is raised if environmental feedbacks are sufficiently high and the industry is not very asymmetric. Moreover the relationship between industry concentration and emission taxation is explored. The second part of the chapter analyses the problem of optimal taxation. It is shown that there may be an optimal tax such that some firms increase their profits and/or their market share. Moreover the optimal tax rate is inversely related to the industry asymmetry (the variance of firms' marginal costs), and positively related to the perceived environmental damage.

The issue of optimal environmental policy under conditions of oligopoly is also examined in Chapter 3 by Yannis Katsoulacos and Anastasios Xepapadeas. In this chapter environmental innovation in the form of R&D expenditures that reduce emissions is explicitly considered. In particular R&D spillovers among firms are introduced in the process of environmental innovation. The structure of the optimal regulatory scheme is determined, when emission taxes and subsidies on environmental R&D are simultaneously applied by the regulator.

The subsidy depends on the deviation between emission taxes and marginal pollution damages, and the deviation between private and social marginal product of R&D, along with a strategic effect. Optimal subsidies under different market structures and spillover assumptions are examined. The emission tax is less than marginal damages under fixed-number oligopolies, but could exceed marginal damages under endogenous market structure.

In Chapter 4 Carlo Carraro and Domenico Siniscalco take up the issue of a new environmental policy instrument, voluntary agreements (VAs). This novel policy tool aims at controlling industrial pollution by means of bilateral contracts between firms and the public administration. VAs, which have spread quickly in the industrialized countries, often in association with other policy instruments, still lack rigorous theoretical foundations in the context of economic analysis. Chapter 4 recalls the definition and the main characteristics of this innovative policy instrument, and provides a theoretical framework to analyse their logic and improve their design. It also explains the reasons for the appearance of VAs, and provides recommendations for their usage.

The last two chapters in this group, 5 and 6, have a more applied character. Chapter 5 by Marina Boetti and Michele Botteon analyses the potential and the incentives for energy conservation technologies for different industrial processes. In particular, it considers a sample of currently used technologies and a sample of available energy-saving alternatives with different costs characteristics. Drawing upon the technologies' environmental and costs characteristics, Boetti and Botteon carry out an empirical investigation to assess the extent to which the energy conservation technologies are profitable from a microeconomic perspective, or can be made profitable in a strict economic sense under environmental regulation. Two different policy instruments are considered in the latter case: a subsidy to cover all or part of the investment in the new technology; and a tax per unit of polluting emissions. Comparative results are obtained for the European Union as well as for four specific European countries. It is suggested that although there are many opportunities to improve energy efficiency, some of them are not always profitable. In certain cases important economic constraints may hinder the adoption of these technologies. In these cases an external regulatory framework is required in order to remove such barriers.

In the sixth and last chapter of this group Anastasios Xepapadeas analyses regulatory policies associated with the simultaneous management of both free-access renewable resources and emissions of pollutants that affect the resources' effectiveness as an input in a production process, thus generating a production externality. This type of management corresponds to a quantity–quality problem. The deterioration of quality due to pollution results in the reduction of the effective use of the resource. Thus the management of the resource should take into account both its use and the emissions of pollutants that influence the effectiveness of its use. Xepapadeas models the quantity–quality problem in the context of water use in irrigated agriculture. In this case, water is pumped by farmers from a common-access aquifer, and deep percolation resulting from irrigation causes accumulation of pollutants in the aquifer. Pollution negatively affects the production of the agricultural output. In analysing the problem cooperative and non-cooperative solutions are derived and compared in a dynamic framework and an extended example, with functional forms which reflect conditions in irrigated agriculture, is used to simulate the theoretical model and determine the policy schemes.

Moving to the part of the volume that deals with international aspects of environmental policy, Chapter 7 by Herman Cesar and Aart de Zeeuw discusses issue linkages in international environmental policy. As is well known, global environmental problems call for international cooperation because of the negative externalities across borders. Sometimes, however, empirical analyses show cooperative outcomes where such an agreement is not in the interest of one of the parties involved when the focus is on one issue only. Linkage of issues not only explains these forms of behaviour but can also place full cooperative outcomes in the zone of possible agreements where these full cooperative outcomes are not individually rational when the issues are considered in isolation. Cesar and de Zeeuw give a characterization for two countries, two issues and two policy options. It is shown that the full cooperative outcome can be sustained as a subgame-perfect and renegotiation-proof equilibrium in the framework of repeated games. Typically, these equilibria either call for threats to punish in both issues or in one issue only. Issue linkage enlarges the zone of possible agreements but increases the complexity of negotiations and the risk of triggering punishments in other areas in the case of non-compliance.

Issues related to the notion of sovereignty in international agreement participation are analysed by Frank Stähler in Chapter 8. It is often assumed in the relevant literature that, when countries have decided to sign an environmental treaty, they are supposed to be compliant and to be able to stick credibly to the agreed reduction policies. Stähler addresses the problem wherein countries need not be compliant because they are always able to repudiate the demands of other countries as interfering with their sovereign affairs. The chapter assumes that the agreed pollution reduction plans must be self-enforcing and that all countries decide simultaneously whether to fulfil the requirements of an agreed policy or to breach the agreement. The questions of compliance and participation are addressed simultaneously. It is shown, in this context, that in a three-country setting, only a subcoalition of two countries joins an environmental agreement. However, the agreement of a subcoalition is not necessarily the end of international environmental policies, since the subcoalition can introduce transfer policies for extra reductions in emissions of the outsider country.

In Chapter 9 Talitha Feenstra, Peter Kort, Piet Verheyen and Aart de Zeeuw discuss environmental policy instruments in a differential game model of international trade. The model describes a duopoly, where each competitor is situated in a different country. Emission taxes or standards are set by a fully informed regulator in such a way that a predetermined target is reached. Firms decide on the level of their inputs, given the environmental policy. Investments are used to build up a capital stock which, together with energy input, produces output. Strategic interactions can occur if decisions on investments and energy use are taken consecutively. In such a setting emission taxes and standards are compared and it is shown that a firm reacts differently if its competitor is subject to a standard than if it is subject to a tax. This is due to the reduction in flexibility implied by standards. In a duopoly structure this reduction in flexibility turns out to be to the advantage of the firms involved, because it reduces strategic overinvestment. The chapter discusses equilibria for the duopoly, where firms plan investment for the long term and use feedback strategies for their choice of energy input.

Finally, Chapter 10, in contrast to the other chapters on international environmental policy, addresses an applied issue. Mark Germain, Philippe Toint and Henry Tulkens develop a dynamic model of international negotiations on transboundary pollution in a discrete time formulation. At each stage in the negotiations the parties assign, as the objective of the next stage, the best possible cooperative state. It is shown that the resulting sequence of stages converges to a Pareto optimum in a finite number of stages. Furthermore by formulating a financial transfer structure it is guaranteed that the desired sequence of states is rational for the involved parties. The authors apply their model to the SO_2 transboundary pollution problem related to acid rains in Northern Europe.

The chapters in this volume have benefited significantly from the comments by Parkash Chander, Partha Dasgupta, H. Landis Gabel, Richard Hartl, Michael Hoel, Ignazio Musu, Rudiger Pethig, Jacques Thisse, Alistair Ulph, David Ulph, and Bill Watts, and all the other young scientists, graduate students and guests who participated in the two HCM workshops that took place in Rethymno, Crete and Venice, Italy. Special thanks are extended to the European Commission DG XII, for financing the research network, and the staff of the Economics Department of the University of Crete, the Fondazione Mattei, Milan, and GRETA, Venice, for their help in organizing these workshops.

Anastasios Xepapadeas

REFERENCES

Baumol, W. and W. Oates (1988), *The Theory of Environmental Policy*, 2nd ed., Cambridge, UK: Cambridge University Press.

Cropper, M. and W. Oates (1992), 'Environmental Economics: A Survey', *Journal of Economic Literature*, **30**, 675–740.

1. Environmental protection, producer insolvency and lender liability[1]

Marcel Boyer[2] and Jean-Jacques Laffont[3]

1. INTRODUCTION

Environmental protection is a major concern to modern societies and becoming more acute every day as pressures on the available resources keep on increasing. Also governments have engaged in a programme of downsizing to reduce public deficits and increase the accountability and responsibility of different organizational units such as firms, households and public service units. A great deal of effort is being made to find new and more efficient ways to achieve social goals such as environmental protection. Incentive regulatory schemes and redesigned legal frameworks replace the traditional interventionist approach which is based on the empowerment of a large group of civil servants and public regulators. These public service employees become indirect actors working through modifications in the social, legal and regulatory context facing the basic organizational units of society. Many analysts consider that this indirect approach will be more efficient than the still dominant direct approach.

This chapter deals with some legal issues surrounding environmental protection, namely those concerning the liability of the different firms and individuals directly or indirectly involved in the generation of environment-damaging accidents. We consider in particular the potential effects of extending a firm's liability – in the case of an environmental disaster – to its lenders and financiers, when the cost of this liability is too large in relation to the firm's assets. Such extended liability regimes exist or are considered in many countries. The most important case is the 1980–85 Comprehensive Environmental Response, Compensation and Liability Act (CERCLA) in the US that has led to an extensive jurisprudence over the last 15 years.

The chapter is organized as follows. First, we review legal frameworks and some court cases. We briefly mention three Canadian court cases that typify the future and we report on some major US court cases whose influence has been felt all over the developed world. We look at attempts by the US Environmental Protection Agency to clarify the notion of extended liability and design more rigorous tests to detect the involvement of related firms in the management of the liable firm. In the light of the above cases, we briefly discuss the 1993 European Community Green Paper on environmental protection and liability and the Council of Europe Lugano Convention. Second, we discuss three recent contributions by economic theorists on this subject of extended liability, namely Pitchford (1995), Boyer and Laffont (1996) and Boyd and Ingberman (1994). These authors develop principal–agent models and come by different paths to the conclusion that a regime of partial extended liability would be preferable to a regime of full extended liability.

2. THE LAWS AND THE JURISPRUDENCE

2.1 Three Typical Canadian Cases: Bulora, Panamericana, Lamford

Three interesting Canadian court cases are a good introduction to the topics covered in this chapter. These cases deal with insolvency in environmental damages. In all three cases, the courts concluded that the clean-up and related costs should take priority in the distribution of assets. Moreover the courts may hold a receiver-manager or trustee in bankruptcy personally liable for those clean-up costs if the insolvent firm's assets cannot cover the costs of cleaning up. The three cases – *Canada Trust* v. *Bulora Corporation. Panamericana De Bienesy Servicos* v. *Northern Badger Oil & Gas Ltd*, and *Re Lamford Forest Products Ltd* – raise important issues regarding receivers, receiver-managers, trustees and lenders' liability.[4]

In the 1981 *Bulora* case, a fire marshall issued an order compelling the receiver-manager who was appointed by the court at the request of the main lender, Canada Trust, to 'either demolish or repair the units in the subdivision that were uninhabitable, run down or a fire hazard'. The court was asked to state whether Canada Trust, which took possession of Bulora's assets, had to comply with that order. The lender argued that the costs it would have to incur to follow the fire marshall's order were larger than the insolvent firm's assets. Considering the legal management and control powers which a receiver-manager has, the judge stated (cited by Klimek):

> There remains the major problem of determining who should bear the costs of the demolition. The order of the Fire Marshall is of vital concern for the safety of residents of the units adjacent to and close by the abandoned units. The safety of those persons occupying such units should be of paramount importance. If the receiver is given wide and sweeping powers in the management of the company, surely in the course of such management it has a duty to comply with a demolition order where the safety of individuals is so vitally concerned. It is indeed unfortunate that a creditor must suffer the loss resulting from the demolition. Nevertheless, the asset to be managed by the receiver must, in my opinion, be managed with a view to the safety

> of those residing in and beside that asset. Receivership cannot and should not be guided solely by the recovery of assets. In my view, there is a social duty to comply with an order such as this which deals with the safety of individuals affected by an asset the receiver is managing.

The 1990–91 *Panamericana* case dealt with an order from the Energy Resources Conservation Board to Northern Badger requesting an undertaking that the oil wells that the company had obtained through insolvency procedures be properly dealt with, which meant in particular that according to regulations some wells should be abandoned. The trial court and the Court of Appeal first concluded that the order for which the board had proper jurisdiction inferred that the receiver had to pay the abandonment costs from the assets of the bankrupt company before those assets could be distributed to the secured lenders (the Court of Appeal overturned the trial court on this point). Proceeds from the sale of the insolvent company were sufficient to cover those costs and therefore the court did not address the issue of liability if indeed those costs had been greater than the value of the firm's assets. The Court of Appeal clearly stated that it looked only at that situation (cited by Klimek): 'Thus the direct issue in this litigation, in my opinion, is whether the *Bankruptcy Act* requires that the assets in the estate of an insolvent well licensee should be distributed to the creditors leaving behind the duties respecting environmental safety, which are liabilities, as a charge to the public.' Nevertheless, this case clearly established that the costs of environmental clean-up receive priority over the distribution of assets to the insolvent firm's creditors, secured or not.

The 1991 *Lamford* case raised the issue of liability for the clean-up of environmental damage when the bankrupt firm's assets are insufficient to cover those costs. Lamford Forest Products Ltd operated a sawmill and had contaminated land with different hazardous substances before filing for bankruptcy in 1990. The regional waste manager issued an order pursuant to the Waste Management Act[5] requesting that the company carry out an assessment of the costs of decontamination and manage it. It turned out that the estimated costs of cleaning up the environmental pollution would surpass the recoverable assets' value, therefore leaving the secured or preferred creditors uncompensated. The Minister of the Environment argued here for the order to be binding on all successors, including the trustees. Still, the court found that he could not hold the trustee liable for the clean-up costs because the trustee did not have possession, charge or control of the hazardous substances when the pollution occurred. As to giving priority to the clean-up costs in the distribution of the insolvent firm's assets, the court followed the *Bulora* and the *Panamericana* cases and found that those costs had priority over the other secured or preferred creditors. However, it recognized that trustees had an important role to play in winding up insolvent firms and for that reason declared that the trustee's fees would have priority over the costs of cleaning up if the assets of the firm were insufficient to cover both the trustee's fees and the clean-up costs.

These three cases are typical of a trend: environmental damages are likely to have priority when the generator of an environmental accident turns out to be insolvent. In these Canadian cases, this has been done by forcing the receiver, receiver-manager or trustee to supervise and pay for the clean-up costs up to the value of the bankrupt firm's assets. Although it is not absolutely clear that the trustees will be properly and completely indemnified for their troubles, since they may end up being found liable if the court eventually accepts the argumentation which the Minister of the Environment made in the *Lamford* case, it is the secured lenders who have the most to lose if the trend made explicit in the three cases above is confirmed: they may lose their priorities and their security exemption when environmentally risky firms become insolvent. Hence, they have vested interest in upgrading the monitoring of their client firms, in particular when they make the loan and when they exercise their options at foreclosure. However if they keep monitoring the operations of the firm on a regular basis, they may find themselves in the category of 'owners and operators' and therefore may become liable for clean-up costs if a firm responsible for some environmental damage becomes insolvent.

3. ENVIRONMENTAL PROTECTION THROUGH LIABILITY

The widely recognized polluter pays principle in the domain of environmental risks turned out to be more difficult to apply than many thought. Often properly compensating victims of environmental disasters has been nearly impossible for three main reasons: first, the specific polluter may be difficult to identify; second, the polluter's insurance contract or coverage may be incomplete, insufficient or invalid because of some illegal or improper action taken by the specific polluter; third, the polluter may be or become insolvent once liability for clean-up costs or compensation is declared. To avoid those difficulties and assure rapid compensation for victims and faster clean-up of polluted facilities, governments have passed or are considering passing laws creating dedicated funds generally financed by taxes. Moreover they have given regulators access to different and broad legal ways of recovering clean-up costs from different potentially liable parties, to reduce the costs of these funds. Although several European countries and Canada already have such a system,[6] the most important and vivid example is CERCLA, the 1980–85 Comprehensive Environmental Response, Compensation and Liability Act, in the US because of its wide-ranging legal principles, the extensive set of legal comments and articles related to it and in particular the significant jurisprudence to which it has led.

According to CERCLA, the parties responsible for clean-up costs following the occurrence or discovery of an environmental accident or disaster include the 'current and past owners and operators of the facility'. If the notion of an 'owner' is well established, that of an 'operator' has been subject to different interpretations. In the present context, a bank may be considered, and has been in different court cases, an operator of a facility and therefore liable for cleaning up the damages, if it has supervised or monitored relatively closely the activities of the firm. In that respect, the law contains a security interest exemption rule that allows a bank to monitor the firm to protect its security interests but the meaning and limits of that exemption rule led to different interpretations. We shall review some important court cases in that respect, namely the 1985 *Mirabile* case, the 1986 *Maryland Bank and Trust* case, the 1990–91 *Fleet Factors* case and the 1994 *Bergsoe* case. In the *US* v. *Mirabile* case, the Mellon Bank was considered an 'operator' and held liable for the environmental clean-up costs but two other banks also involved in financing the firm responsible for the pollution were not, because they were less significantly involved than the Mellon Bank in supervising the operations of the firms. In the *US* v. *Maryland Bank and Trust* case, the bank was found liable for clean-up costs because it was considered an 'owner' of the facility at the time the pollution was discovered; the bank had a mortgage on the property that it exercised at the foreclosure of the firm. In the *US* v. *Fleet Factors* case, the bank was found to be an 'operator', and therefore liable for clean-up costs, because its participation in the financial management of the firm gave it an 'ability to influence' the overall management of the firm. That court decision produced a great deal of controversy and prompted the US Environmental Protection Agency (EPA) to propose some practical tests to detect when a bank can be considered an operator of a firm or facility; the EPA's tests gave significant protection to lenders and for that reason different public authorities challenged it in court to recover clean-up costs from as many liable parties as possible. Following the rejection of the EPA's final rule, the important *Bergsoe* case provided for a more restrictive interpretation of the 'owner and operator' status and therefore a more generous interpretation of the security interest exemption. A thorough revision of the law is presently on the political agenda in the US.

3.1 The Major Court Cases

Liability under CERCLA is a complex issue both in theory and in practice. The jurisprudence is particularly troublesome with respect to the liability of parties who have or have had only an indirect link with the storage, handling or disposal of hazardous substances.

Strasser and Rodosevich (1993) stress that two basic legal principles indeed underlie this jurisprudence. The first principle is that liability 'extends to all those who have assumed and exercised responsibility for handling hazardous substances, including handling related to environmental compliance'. The second principle is that liability 'extends to parties with supervisory authority over general business operations that included, or should have included, waste handling and environmental compliance responsibilities'. An implication of those principles is that parties that are not linked to the direct management of the facility should be exempt from liability. However, determining who has sufficient supervisory authority to be considered an operator has been quite difficult and troublesome, in particular when one considers the liability of parties that have had only partial influence or control over the facility. In such a group, one finds parent companies, corporate officers, directors, shareholders, successor companies, previously dissolved companies, trustees, receivers, executors, administrators, and designers and builders of the facility, manufacturing service providers, franchisers and franchisees. Clearly, it is quite common for commercial lenders to be involved in monitoring and offering management advice to their borrowers, in particular if the borrower ends up in financial distress, as when it is found liable for an environmental disaster. They may then subject themselves to claims of lender liability.

Because of the traditional role of lenders as monitors and supervisors, CERCLA provides a 'secured creditor exemption'. This exemption states that 'a person who, without participating in the management of a vessel or facility, holds indicia of ownership primarily to protect his security interest in the vessel or facility' should not be considered as an owner or an operator. The courts that have had to interpret the meaning of 'without participating in the management of the facility', have reached diverse conclusions. We shall consider three particularly significant cases in that respect. Our presentation of these cases borrows extensively from Strasser and Rodosevich (1993), Staton (1993) and the court judgement in *US* v. *Fleet Factors* as published by the *Journal of Environmental Law*, **4**(1) (1992).

In *US* v. *Mirabile*, the court had to consider the involvement of three financial institutions to decide whether they could qualify as 'owners' or 'operators' or whether they came under the secured creditor exemption rule. The facts are as follows: the American Bank and Trust Company (ABT) lent money to the owner of a waste disposal site, and held a mortgage on the facility; Mellon Bank provided financing to a paint manufacturer using the Mangels' site, and held a security title to the inventory and assets of the firm; finally, the Small Business Administration (SBA) lent money to the firm and held a second lien security interest in machinery, equipment, inventory and accounts receivable with a second mortgage on real estate and a pledge of stock.

In its judgement, the court determined that ABT was neither an owner nor an operator as it held only a security interest in the facility, even if it did hold formal ownership title following foreclosure. In so doing, the court followed the 1985 landmark case *In Re T.P. Long Chemical* in which the judgement upheld the security interest exemption and stated that the bank had 'indicia of ownership' only to protect its interest and therefore was not liable for clean-up costs even if it had become the legal owner of the facility after the bankruptcy of the company. So, the court reaffirmed that actual participation in the management of the facility and not the simple authority to become involved was necessary to hold a party liable for clean-up costs. The SBA gave financial advice to the Advisory Board responsible for overseeing the operations of the facility. Staff from the Mellon Bank sat on that Advisory Board and therefore the Bank had the opportunity to contribute closely to the management of the facility. Advising and even sitting on the Advisory Board were not enough, according to the court, to make the SBA or the Mellon Bank operators of the facility. However, Mellon Bank employees created a direct link with the company through a reporting system and they conducted regular site visits of the facility. The court considered the reporting system and the site visits as sufficient involvement to make Mellon Bank an operator of the facility and therefore responsible for clean-up costs.

A somewhat different judgement was made regarding the security exemption rule in the *U.S.* v. *Maryland Bank & Trust* case. Here, the Bank held a mortgage on a farm used as a waste disposal site. The Bank forced the firm into bankruptcy and purchased the land at the foreclosure sale. Drums of chemicals were discovered leaking in 1983 and the EPA sued the Bank for clean-up costs. The Bank invoked the secured creditor exemption. The Maryland district court rejected the argument and found the Bank liable for clean-up costs because of its ownership by virtue of its foreclosure and purchase of the facility. The court stated that:

> The [secured creditor] exemption ... covers only those persons who, at the time of the clean-up, hold indicia of ownership to protect a then-held security interest in the land. The verb tense of the exclusionary language is critical. The security interest must exist at the time of the clean-up. The mortgage held by [the Bank] ... terminated at the foreclosure sale ... at which time it ripened into full title. [The Bank] purchased the property at the foreclosure sale not to protect its security interest, but to protect its investment. Only during the life of the mortgage did [the Bank] hold indicia of ownership primarily to protect its security interest in the land.[7]

Contrary to the judgement concerning the American Bank and Trust in the *US* v. *Mirabile* case, the court did not consider whether the Bank exercised a direct participation in management decisions related to the facility. It found the Maryland Bank and Trust liable solely because the Bank was the 'owner' since its purchase of the property upon foreclosure. One should note that the court decided that the Maryland Bank and Trust had not purchased the property to protect its security interest, but for investment reasons since it had held the title for nearly four years compared with four months for the American Bank and Trust in the *US* v. *Mirabile* case.

The Eleventh Circuit's judgement in *US* v. *Fleet Factors* significantly expanded the basis upon which a secured creditor could be held liable. The facts are as follows: a commercial factoring firm, Fleet Factors, loaned money to a cloth printing firm secured by the firm's receivables, equipment, inventory and fixtures. Contamination occurred because of the firm's activities. The firm went bankrupt and Fleet Factors exercised its security interest in inventory and equipment but not on its separate mortgage on the facility. The EPA sued Fleet Factors for clean-up costs. Contrary to the previous cases, the court here directly imposed liability on the secured creditor as a participant in the financial management of a facility. The court stated that:

> Although similar, the phrase 'participating in management' and the term 'operator' are not congruent. Under the standard we adopt today, a secured creditor may incur ... liability without being an operator, by participating in the financial management of a facility to a degree indicating a *capacity* to influence the corporation's treatment of hazardous wastes. It is not necessary for the secured creditor to actually involve itself in the day-to-day operations of the facility in order to be liable – although such conduct will certainly lead to the loss of the protection of the statutory [secured creditor] exemption. Nor is it necessary for the secured creditor to participate in management decisions relating to hazardous waste. Rather, a secured creditor will be liable, if its involvement with the management of the facility is sufficiently broad to support the inference that it could affect hazardous waste disposal decisions if it so chose. We therefore specifically reject the formulation of the secured creditor exemption suggested by the district court in *Mirabile*.[8]

The court imposed here a new standard for liability of secured creditors. The simple 'capacity to influence' the management of hazardous substances could make the lender liable. This new standard made lenders quite nervous because, as we stated above, it is quite common for commercial lenders to hold substantial rights to monitor and influence the financial and even the general management of their client firms. In an attempt to show that the court decision was less remarkable than it appeared, Strasser and Rodosevich (1993) give us a more detailed analysis of the facts behind the Fleet decision:

> Fleet, after the facility went bankrupt: (1) required the printing facility to get Fleet's approval before shipping goods to customers; (2) established the price for excess inventory; (3) determined when and to whom finished goods should be shipped; (4) determined when employees should be laid off; (5) supervised the site office administrator; (6) received and processed employment and tax forms; (7) controlled

access to the facility; and (8) contracted with an industrial liquidator to dispose of the fixtures and equipment.

They concluded by writing: 'While the language of *Fleet* seems to articulate a broad new standard of liability, its facts support a less expansive basis of liability. Nevertheless, counsel advising clients in the future will face the problem of predicting whether the broad interpretation of *Fleet* will be emphasized.'

On the other hand, the court made quite clear its intent to induce financial institutions to monitor their borrowers to prevent environmental disasters. The court rejected the allegation that its judgement would make financial institutions reluctant to lend and explicitly stressed that it wished to encourage lenders to monitor and supervise their borrowers' environmental policies and practices while making financial decisions on a sound financial and environmental basis. The court stated that:

> Our interpretation of the exemption may be challenged as creating disincentives for lenders to extend financial assistance to businesses with potential hazardous waste problems and encouraging secured creditors to distance themselves from the management actions, particularly those related to hazardous wastes, of their debtors. As a result the improper treatment of hazardous wastes could be perpetuated rather than resolved. These concerns are unfounded.
>
> Our ruling today should encourage potential creditors to investigate thoroughly the waste treatment systems and policies of potential debtors. If the treatment systems seem inadequate, the risk of CERCLA liability will be weighed into the terms of the loan agreement. Creditors, therefore, will incur no greater risk than they bargained for and debtors, aware that inadequate hazardous waste treatment will have a significant adverse impact on their loan terms, will have powerful incentives to improve their handling of hazardous wastes.
>
> Similarly, creditors' awareness that they are potentially liable under CERCLA will encourage them to monitor the hazardous waste treatment systems and policies of their debtors and insist upon compliance with acceptable treatment standards as a prerequisite to continued and future financial support. Once a secured creditor's involvement with a facility becomes sufficiently broad that it can anticipate losing its exemption from CERCLA liability, it will have a strong incentive to address hazardous waste problems at the facility rather than studiously avoiding the investigation and amelioration of the hazard … . With respect to Fleet's involvement at the facility from the time it contracted with Baldwin in May 1982 until Nix left the facility in December 1983, we share the district court's conclusion that Fleet's alleged conduct brought it outside the statutory exemption for secured creditors. Indeed, Fleet's involvement would pass the threshold for operator liability. Fleet weakly contends that its activity at the facility from the time of the auction was within the secured creditor exemption because it was merely protecting its security interest in the facility and foreclosing its security interest in its equipment, inventory, and fixtures. This assertion, even if true, is immaterial to our analysis. The scope of the secured creditor exemption is not

> determined by whether the creditor's activity was taken to protect its security interest. What is relevant is the nature and extent of the creditor's involvement with the facility, not its motive. To hold otherwise would enable secured creditors to take indifferent and irresponsible actions towards their debtors' hazardous wastes with impunity by incanting that they were protecting their security interests. Congress did not intend CERCLA to sanction such abdication of responsibility.[9]

After *Fleet Factors*, the Court of Appeal judged *Bergsoe Metal* v. *East Asiatic (In re Bergsoe Metal)*. Robb and Sheeney summarize the facts in a comment in the *Journal of Environmental Law*, **4**(1). They tell us that in *Bergsoe*, a municipal corporation became the operator of polluted land by exercising its security interest in a sale-and-lease back contract with a lead recycling plant. They characterized the municipality's involvement as follows: (1) the creditor 'negotiated and encouraged' the building of the plant, (2) the lease expressly permitted the creditor to inspect and foreclose upon the premises, and (3) the creditor entered a workout agreement with the debtor and a trustee not to exercise its rights to default remedies under the lease. The court specifically referred to the *Fleet Factors* judgement but stated: 'It is clear from the statute that, whatever the precise parameters of "participation", there must be *some* actual management of the facility before a secured creditor will fall outside the exception. Here there is none, and we therefore need not engage in line drawing.'[10] The court concluded that the municipal corporation did not participate in the management of the plant and therefore could not be an 'owner' under CERCLA. The *Bergsoe* judgement rejects the wide-ranging interpretation of the *Fleet Factors* judgement by insisting on '*some*' participation in management before a secured creditor could be held liable for clean-up costs. However, the court refused to 'engage in line drawing', that is to clarify which lender activities would show '*some*' participation in management by a secured creditor. Therefore, the *Bergsoe* judgement did not reduce the uncertainty raised by the previous court cases and in particular by the *Fleet Factors* case.

3.2 The EPA 1992 Rule and its 1994 Rejection by the Court

Following the *Fleet Factors* judgement, it appeared that the availability of credit to environmentally risky businesses would be curtailed. The EPA then attempted to clarify the limits of the security interest exemption. The EPA asserted that financial institutions should not become environmental enforcers. The EPA rule stated that (Staton, 1993):

1 Certain activities may be undertaken when protecting a security interest under authority of ownership. Such activities may include inspections or monitoring of the borrower's business and collateral, providing financial or other assistance, engaging in loan workout activities, and foreclosing on secured property. These activities would not create the form of ownership which would generate liability under CERCLA.

2 Participation in management means 'actual participation in the management or operational affairs by the holder of the security interest, and does not include the mere capacity, ability, or unexercised right to influence facility operations'.
3 The lender may foreclose on the property or take a deed in lieu of foreclosure and, so long as the lender lists the property for sale with a broker within twelve months of foreclosure and actively attempts to sell the property, the lender will not be held liable for CERCLA violations.
4 The EPA rule encourages, but does not mandate, environmental inspections by lending institutions prior to taking a security interest. Such inspections would be consistent with the security interest exemption and the lender would not be a participant in management.

Under the EPA rule, the following activities would make a secured creditor an owner under CERCLA:

1. Actually exercising decision-making control over, or taking responsibility for, environmental compliance.
2. Actually controlling, at a management level, the borrower's environmental compliance duties.

In the year following the publication of the EPA lender liability rule, two court cases in which lenders participated significantly upheld the secured creditor exemption for those lenders by referring to the EPA rule: The 1993 *Kelley ex rel. Michigan Natural Resources Commission* v. *Tiscornia* case and the 1993 *Ashland Oil Inc.* v. *Sonford Products Corp.* case. In both cases, the courts made a clear distinction between influence and control, and decided that, although the lenders had substantial activities aimed at influencing the decisions of their borrowers, the test of 'control' was a determinant in the upholding of the secured creditor exemption. In the latter case, 'the court concluded that the secured creditor exemption relieved the lender of liability, even when faced with allegations that pollution occurred while the lender held title to the real estate' (Staton, 1993).

In the former case, the court concluded that influence over the decisions of a polluting client firm is not a sufficient condition for liability under CERCLA. The lender's influence activities ranged from the bank approval of outside consultants to replacing the CEO. Here, the court explicitly rejected the rule used in the *Fleet Factors* case and stated that 'capacity to influence' does not lead to CERCLA liability. Moreover, the court affirmed that influence by itself is not a sufficient condition for CERCLA liability. The court addressed the incentive issue by expressing fears that banks, if found liable in cases similar to *Tiscornia*, would be reluctant to provide assistance to prevent bankruptcy of their troubled polluting client firms: lenders are not environmental police officers.

In the 1994 appeal case *Kelley* v. *Environmental Protection Agency*, the court held that 'Congress in enacting CERCLA did not give the EPA authority – by rules and regulations – to affect the imposition of liability under CERCLA'. Therefore, the court rejected the EPA rule and tests as an interpretative rule. As mentioned by Simons (1994), the court noted that the EPA had tried unsuccessfully to convince Congress to amend CERCLA before it promulgated its lender liability rule and tests. The court stated that the only alternative for the EPA was to try a legislative change again. Simons (1994) further comments that legislative change may arrive sooner rather than later since some senators have already declared their support. Moreover, the Clinton administration has suggested its intention to introduce a revision of CERCLA similar to the EPA proposed regulation.

3.3 The 1993 EC Green Paper and the Council of Europe Lugano Convention

Following discussions surrounding the 1993 EC Green Paper on remedying environmental damage, a communication from the Commission to the Council and Parliament (Commission of the EC, 1993), member states of the Council of Europe, the other states and the European Economic Community signatory have agreed on a convention on civil liability for damage resulting from activities dangerous to the environment (Council of Europe, 1993). This convention, open for signature by participating states, advocates a regime of strict, joint and several liability taking into account the polluter pays principle and declares that its object and purpose 'aims at ensuring adequate compensation for damage resulting from activities dangerous to the environment and also provides for means of prevention and reinstatement'.

Article 6 of the convention declares who will be liable for the damage caused. It states that:

1 The operator in respect of a dangerous activity shall be liable for the damage caused by the activity as a result of incidents at the time or during the period when he was exercising the control of that activity.
2 If an incident consists of a continuous occurrence, all operators successively exercising the control of the dangerous activity during that occurrence shall be jointly and severally liable. However, the operator who proves that the occurrence during the period when he was exercising the control of the dangerous activity caused only a part of the damage shall be liable for that part of the damage only.
3 If an incident consists of a series of occurrences having the same origin, the operators at the time of any such occurrence shall be jointly and severally liable. However, the operator who proves that the occurrence at the time when he was exercising the control of the dangerous activity caused only a part of the damage shall be liable for that part of the damage only.

4 If the damage resulting from a dangerous activity becomes known after all such dangerous activity in the installation or on the site has ceased, the last operator of this activity shall be liable for that damage unless he or the person who suffered damage proves that all or part of the damage resulted from an incident which occurred at a time before he became the operator. If it is so proved, the provisions of paragraphs l to 3 of this Article shall apply.

5 Nothing in this Convention shall prejudice any right of recourse of the operator against any third party.

Article 8 of the convention lists the situations that may relieve an operator from liability. It states that the operator shall not be liable under this convention for damage which he proves:

a was caused by an act of war, hostilities, civil war, insurrection or a natural phenomenon of an exceptional, inevitable and irresistible character;

b was caused by an act done with the intent to cause damage by a third party, despite safety measures appropriate to the type of dangerous activity in question;

c resulted necessarily from compliance with a specific order or compulsory measure of a public authority;

d was caused by pollution at tolerable levels under local relevant circumstances; or

e was caused by a dangerous activity taken lawfully in the interests of the person who suffered the damage, whereby it was reasonable towards this person to expose him to the risks of the dangerous activity.

Finally Article 12 of the convention calls for a compulsory financial security scheme. It states that:

> Each Party shall ensure that where appropriate, taking due account of the risks of the activity, operators conducting a dangerous activity on its territory be required to participate in a financial security scheme or to have and maintain a financial guarantee up to a certain limit, of such type and terms as specified by internal law, to cover the liability under this Convention.

As for the basic definition of an operator, the convention (Article 2) states that '"Operator" means the person who exercises the control of a dangerous activity' with 'person' meaning 'any individual or partnership or any body governed by public or private law, whether corporate or not, including a State or any of its constitutional subdivisions'.

Considering our discussion of the US courts' interpretation of the definition of 'owner' and 'operator' in the jurisprudence on CERCLA, one may wonder how the European courts will interpret the definition of 'operator' contained in the Lugano Convention. If the courts take a broad definition of an operator as a 'person' who controls the operations of a facility, it is likely that arguments will emerge about what is 'control'. Without an explicit security interest exemption as in CERCLA, one may wonder if banks or lenders more generally will be considered operators when their monitoring and supervising activities are sufficiently broad and developed to give them a clear ability to influence and control the financial, if not the general, management of the operator. Only time and jurisprudence will tell how narrowly or broadly the courts will use these notions and whether they will eventually drag banks into liability for clean-up costs.

4. THE ANALYTICAL FOUNDATIONS OF ENVIRONMENTAL PROTECTION

4.1 A Principal–Agent Framework

As a point of departure, consider a principal–agent framework in which a principal delegates a task to an agent. The difficulty of this delegation lies in the incomplete information that the principal may have about the agent. The agent may have private information about the cost of carrying out the task (an adverse selection phenomenon) or about how much effort he chooses when undertaking the task (a moral hazard phenomenon).[11]

The literature has studied this problem extensively (see for example Holmstrom, 1979, for the moral hazard problem with risk aversion, Guesnerie and Laffont, 1984, for the adverse selection case, Laffont and Tirole, 1986, and McAfee and McMillan, 1987, for the case of moral hazard and adverse selection with risk neutrality). We need several additional features in this traditional model to analyse the present problem. First, a negative externality generated by the agent must be added, for example an environmental accident generated with some probability. Laffont (1995) analyses the case where the principal internalizes this externality. The control problem of the principal is then a multiple-task problem since besides the agent's effort required to fulfil the task, the principal must also worry about the safety effort for preventing the environmental problem. When the agent is risk-neutral, this environmental issue does not increase the complexity of the control much since a penalty can be imposed on the agent in the case of an accident to induce the appropriate safety care. The second ingredient for the analysis is the limited liability of the agent.[12] Then, safety care cannot be induced by penalties if an accident occurs but by rewards if an accident does not occur. This contributes to an increase in the informational rent of the agent and the principal must alter its control to take into account this additional costly rent. The final step is to take into account the fact that the externality affects a third party: a bank controls a firm that can create an environmental damage to consumers (Boyer and Laffont, 1996; Pitchford, 1995); a retailer buys a manufacturer's products that can be dangerous for the final consumers (Boyd and Ingberman, 1994).

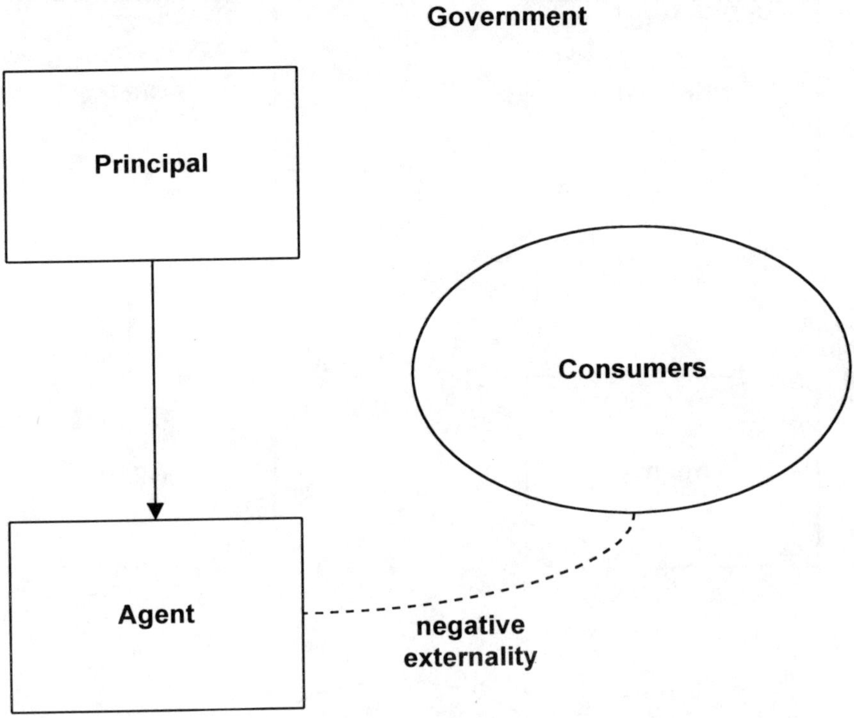

Figure 1.1 The single principal–agent framework

The question raised is that of public intervention in a structure such as Figure 1.1 when the firm has a limited liability constraint and the principal (assumed without liability constraint) has incomplete information about the agent. In Pitchford (1995), the principal is the lender and the agent the firm. The principal–agent problem is a moral hazard problem. Pitchford raises the question of how appropriate extending the liability of the lender is, given that it will change the contract offered to the agent by the principal. Boyer and Laffont (1996) raise a similar question in a more systematic way with both moral hazard and adverse selection and with two principals: the lender on the one hand and the insurance sector on the other. Liability rules and other policy instruments are considered. Boyd and Ingberman (1994) consider first a model such as in Figure 1.1 but with several principals and take into account the fact that the government policy regarding liability may induce a different structure (which has efficiency costs) in which each principal deals with his own agent (see Figure 1.2). The asymmetric information of the underlying principal–agent model is not put forward but the model could be extended as in Martimort (1996).

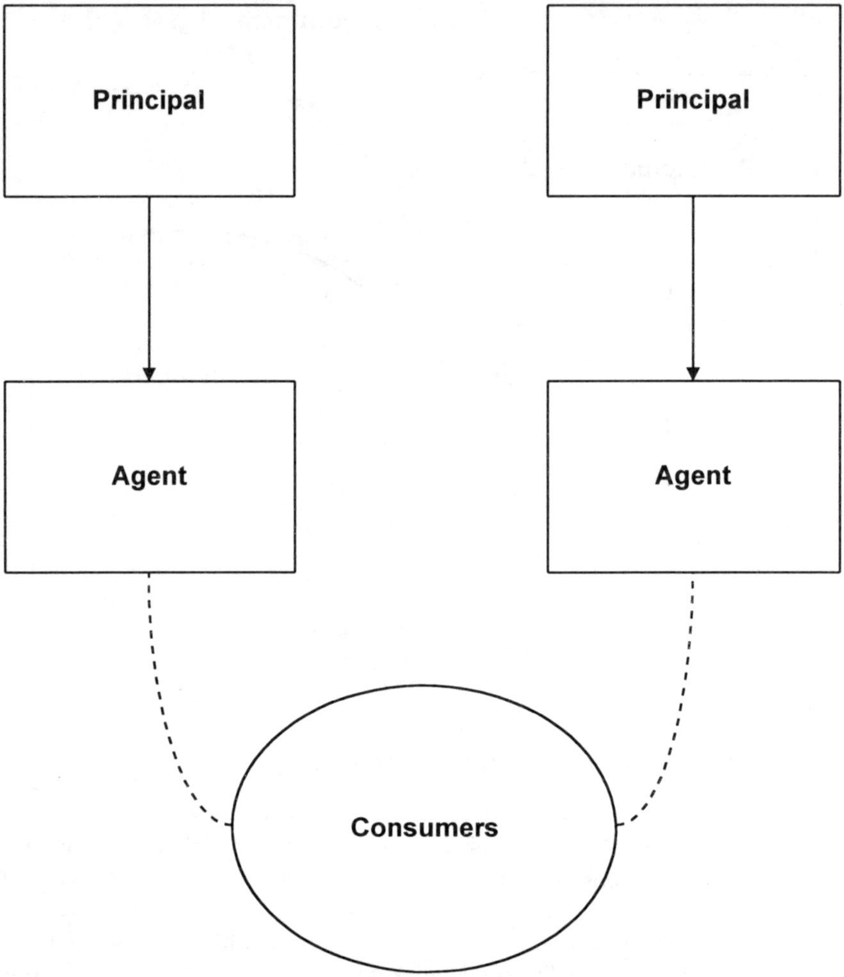

Figure 1.2 The multiple principal–agent framework

5. FULL V. PARTIAL LIABILITY FOR LENDERS

We shall review in this section three recent contributions to the literature on extended liability.

5.1 The Pitchford 1995 Contribution

Pitchford (1995) looks at the problem of extending liability to lenders in the case of judgement-proof owner-managed firms, that is firms subject to limited liability. Pitchford shows that a trade-off emerges between fairness and efficiency in the following sense: extending liability to lenders would increase the probability of proper compensation of the external victims of an accident but might increase the probability of an accident. The underlying context is that of CERCLA and Pitchford comes to the conclusion that a 'partial' liability regime would minimize the probability of an accident.

Pitchford's analysis is particularly simple. A firm chooses unobservable safety activities whose level depends on the private benefit and cost that these activities bring to the firm. The benefit is measured by the difference between the firm's profit if no accident occurs and its profit if an accident occurs. If the difference in profits increases, then the firm finds the no-accident state more attractive and therefore increases its accident-preventing effort level, implying that the probability of accidents decreases with increasing profit difference and increases if the difference in profits decreases. Pitchford then shows how the limited liability regime affects this difference in profits, by extending liability to lenders, and by requiring a minimum equity investment by the owner. The author considers the case of a catastrophic accident that pushes the firm into insolvency. The limited liability regime implies that there is a maximum that the firm will be liable for if an accident occurs: the lower the maximum, the weaker the incentives the owner has to reduce the probability of an accident. It would therefore be appropriate to require that the limited liability be set at the highest possible level. This level should be set at the sum of the firm's current profit plus the owner's wealth; requiring, in other words, that the owner invest the total value of his wealth in his firm's equity. Extending liability to lenders means that the lenders must charge an insurance premium in the no-accident state to cover the compensation they may eventually have to pay to the victims of an accident: given that the maximal amount the firm is liable for is fixed, the difference in profits decreases when liability is extended to lenders. Therefore, the owner faces weaker incentives to reduce the probability of an accident. Various ways are available to achieve a given difference in the level of profits between the accident state and the no-accident state and therefore a given probability of an accident. All of these are equivalent in terms of efficiency, that is, in terms of minimizing the probability of an accident when liability or compensation is set at the value of the owner's wealth. For lower values of liability, increasing the owner's equity in the firm can reduce the probability of an accident. For higher values, decreasing the insurance premium paid by the firm to the lender can reduce the probability of an accident. The decrease can be achieved by lowering the level of extended liability that falls on the lender.

Nevertheless, the different ways to achieve a given probability of an accident will not in general be equivalent as regards the compensation level achieved.

One may question Pitchford's analysis on many points. The level of the owner's wealth is assumed exogenous to the determination of the efficient liability level. This analysis suggests that hazardous industries would eventually be controlled and owned by low-wealth owners.[13] Then, the level of liability and compensation defined as efficient by Pitchford has little content in terms of global allocative efficiency. This remark is not unrelated to the fact that it is not clear in Pitchford's analysis if the owner's wealth is known or not.[14] If the owner's wealth level were endogenized (for instance by requiring that to be an owner in that industry, one must show a net wealth of say h, the cost of an accident), then all conflict between fairness and efficiency would evaporate. In Pitchford's analysis, the lender can require that the owner invest a minimum level of equity in the firm. This seems to suggest that the lender can choose the owner and therefore the owner's wealth: if the lender can find an owner with sufficient resources to cover the cost of an accident, then he should be induced to do it and Pitchford's analysis falls apart. Finally, Pitchford's second proposition, to the effect that social surplus is maximized when liability is set at the firm's current profit plus the owner's wealth, fails to recognize that the social cost of public funds is higher than one because of the distortions created by taxation. Hence, a money unit of public support or compensation for the victims costs more than the nominal money unit because governments must raise it before paying it. This would lead to a unique socially efficient probability of an accident above that found by Pitchford.

5.2 The Boyer–Laffont 1995 Contribution

Boyer and Laffont (1996) consider a model where a firm or project needs financing by a bank. For simplicity reasons, they reduce the problem to the following: the level of investment necessary is F in each of two periods and in each period the project generates either a low benefit π_1 or a high benefit π_2, where typically $\pi_1 < F < \pi_2$, with an expected benefit of $\pi > F$; the firm has no equity but it can take safety actions in period 1 to reduce the probability of a catastrophic environmental accident in period 2, which would push it into insolvency.[15] This simplified context captures, as we shall see, the essential ingredients for analysing the appropriateness of lender liability in the main different practical situations. In particular, it enables the authors to address two monitoring and incentive issues that the lender liability rules raise: first, profits are usually difficult or costly to observe; and second, the prevention activities of the firms are also difficult or costly to observe. As we noted above, those considerations are the basic issues behind Judge Kravitz's decision in the *Fleet Factors* case. The judge is quite conscious that extending liability to lenders may create disincentives 'to extend financial assistance to businesses with potential waste problems' but added that his ruling

> will encourage them [the lenders] to monitor the hazardous waste treatment systems and policies of their debtors and insist upon compliance with acceptable treatment standards as a prerequisite to continued and future financial support ... [and the lenders] will have a strong incentive to address hazardous waste problems at the facility rather than studiously avoiding the investigation and amelioration of the hazard.

Underlying the judge's ruling is the assumption that the reluctance of lenders to lend money can indeed be neglected given that the credit conditions and contract can be continuously adjusted to fit the new level of expected liability or compensation that moreover becomes endogenous since the lender can require that the firm take the desired level of preventive actions. As Boyer and Laffont show, the picture is a little bit more complex than assumed by the judge when the information structure is asymmetric: the firm has a better knowledge of its profit potential and of its accident-prevention activities than the lenders. This information asymmetry, a typical characteristic of financial markets, modifies the relationships, lending conditions and financial contracting between firms and lenders. One must analyse the extended liability rules, present in Judge Kravitz's ruling, in this incomplete information context rather than in the symmetric or complete information context implicitly assumed by the judge.

Boyer and Laffont show that under complete information between the lender and the firm but incomplete information between the insurance sector and the firm,[16] a regime of extended full liability to the lender when the firm goes bankrupt is optimal both as to lending level and safety level. They achieve this through a sequence of intermediate results on insurance and partial control regimes. Without compulsory insurance, the firm will prefer not to be insured because it can benefit from its limited liability when an accident occurs: the social cost of an accident is not properly internalized. Under compulsory insurance of the firm, internalization of the social cost of an accident is obtained but the insurer may find it impossible to offer a break-even insurance contract that induces a proper level of accident-preventing effort by the firm because of the limited liability constraints and the fact that the insurer does not observe the firm's profit level. Even if the lender is in *de facto* control of the firm, he may choose to enforce an inefficient level of effort because he also benefits from the limited liability in case of an accident; then, conditional on the level of effort, the lender lends too often since the social cost of an accident is not completely internalized. Finally, Boyer and Laffont show that an extended full lender liability regime would achieve the first-best levels of effort and lending. An alternative would be to impose compulsory insurance on the lender, assumed to be a deep-pocket organization, rather than on the firm.

Boyer and Laffont next consider a first case of asymmetric information between lenders and firms: the firm's profit level is not observable by lenders but the accident-preventing activities of the firm are. The authors claim that profit levels are typically difficult to observe not because of secret bank accounts but because of different forms of organizational inefficiencies, 'superfluous' perks or activities, and transfer payments to associated companies. The authors first characterize the second-best optimum benchmark as a function of the social cost of public funds.[17] They characterize the optimum under the assumption that if the lender cannot easily observe the profits of the firm, then the regulator cannot either. Thus the optimum must satisfy the limited liability constraints of the firm, its individual rationality or participation constraint, and its incentive compatibility constraint in revealing its true level of profits. The social welfare function used is utilitarian: the expected social cost of an accident enters the function with a weight $(1 + \lambda)$ because the government will compensate the victims; the profit of the lender is assumed to be observable and therefore taxable, and enters the function with a weight of $(1 + \lambda)$; as for the firm's profit, it is not observable by the regulator and therefore enters with a weight of 1. Maximizing the social welfare, the second-best optimal lending policy under adverse selection can be derived.

Boyer and Laffont show that the propensity of the bank to lend in comparison with the social optimum depends on the balancing of two effects: the undervaluation of the externality on the one hand (leading to too much investment) and the undervaluation of the social value of the firm's rent on the other (leading to too little investment). Full responsibility allows for a proper internalization of the externality but leads to insufficient lending. They characterize the partial level of responsibility that induces the appropriate (second-best optimal) initial investment decision (however, the renewal of the investment in period 2 may be insufficient when the cost of public funds is low). Under the assumptions made by the authors, the firm can always catch a rent because of the limited liability constraints and the unobservability of its true profit level. The socially optimal investment rule must then depend on the social cost of public funds because the rent captured by the firm, although socially valuable, has a lower social value that the lender's profit, which the regulator can observe. If the cost of public funds is high, the social cost (difference in values) of the firm's rent is high and the social regulator would like to see it minimized. The only instrument available to the regulator is the probability of refinancing the firm. Clearly, the firm wants refinancing. Boyer and Laffont show that the regulator can induce the firm to reveal its profit and therefore can minimize the rent it captures by linking the refinancing to the announced profit: the firm is not refinanced if profit is low and is refinanced if it is high. If the cost of public funds is low, the social cost (difference in values) of the firm's rent is low and the social regulator prefers to see the firm always refinanced rather than lose the social benefits of the project generated in period 2: this implies that the rent captured by the firm is maximal but the regulator does not care since the social value of this rent is almost as high as the social value of the lender's profit.

The financial contract that the lender offers to the firm under the same asymmetric information structure as above may differ from the second-best optimal contract for two reasons: first, the firm's rent has no value for the lender while it has a social value for the regulator; and second, the lender loses the payments due to him when the firm goes bankrupt because of an accident. It turns out that the equilibrium contract is similar to a loan contract with a refinancing covenant. The bank requires a payment equal to the expected profit level in period 1 and a payment equal to the minimum level of profit in period 2. The lender refinances the firm if it makes the required payment at the end of period 1, and, if not, the bank seizes the firm's low level of profit (which is the only observable part) and the firm goes bankrupt. The bank will lend whenever its expected profit over the whole contract is non-negative.

Comparing the two refinancing rules and the two lending rules, the social regulator's rule and the lender's rule, Boyer and Laffont derive the following. If the cost of public funds (from distortions due to taxation) is relatively high, both refinancing rules call for not refinancing the firm, for incentive reasons, when the declared level of profit is low. If the social cost of public funds is low, then the two refinancing rules differ: the social optimum calls for the refinancing of the firm more often than the lender does because here, the value attached by the regulator to the firm's rent, although lower than the value of the lender's profit, is still sufficiently high to warrant the pursuance of the project. Regarding the lending policies, Boyer and Laffont show that when the social cost of public funds is high and therefore the refinancing rules are similar, the lender refuses to lend more often than the regulator if the lender's undervaluation of the cost of the externality (he considers only his loss rather than the social loss, a factor that induces the lender to lend too much) is larger than the differential cost between the private lender and the regulator of the rent captured by the firm (a factor that induces the lender to lend too little). When the social cost of public funds is low and therefore the refinancing rules differ, a third factor comes into play since the rent of the firm will differ between the optimal financial contract and the lender's contract, the rent being higher in the former contract (a factor that induces the lender to lend too little). Therefore, the private lender is more likely to lend too little as compared with how much lending would maximize social welfare if the social cost of public funds is low, that is if the distortions created by the taxation system are unimportant.

Boyer and Laffont consider partial lender liability as a way to bring the two lending rules closer to each other. Imputing full responsibility for environmental damage to the lender would make sure that the externality the accident causes on third parties is properly internalized but would be excessive because it would lead to insufficient lending, whether the social cost of public funds is high or low. A partial lender liability regime can lead to the proper lending level while still allowing for a proper internalization of the social cost of the accident. This rule calls for a lower lender liability level when the social cost of public funds is low because of the additional factor, identified above, which reinforces the tendency of the lender to lend too little. When the cost of public funds is high, the partial lender liability level proposed by Boyer and Laffont decreases with the rent captured by the firm under the private financial contract and increases with the social cost of public funds and with the expected social cost of an accident. When the cost of public funds is low, the liability level decreases with the rent captured by the firm under the private financial contract and with the loss of social surplus caused by the non-refinancing of the firm under the private financial contract, and increases with the rent captured by the firm under the second-best optimal financial contract, with the expected social cost of an accident and with the social cost of public funds. These partial lender liability rules would lead the private lender to finance the firm whenever it is socially optimal to do so. It remains however that when the cost of public funds is low, the private lender does not refinance the firm often enough: to reduce the informational rent captured by the firm, which is more costly to him than to the social regulator, the lender adopts a lending rule that creates a more significant inefficiency distortion in lending.

The second case of asymmetric information that Boyer and Laffont consider is a moral hazard case in which the lender can observe the profit of the firm but cannot observe its level of self-prevention activities. As before, they assume that the competitive insurance sector observes neither the profit not the level of accident-preventing effort. Boyer and Laffont first note that with risk neutrality, moral hazard problems could be solved by appropriate penalties without any rent being left to the firm. However, when the firm operates under a limited liability regime, then the maximum allowable penalty may not be large enough to costlessly solve the moral hazard problem. A rent must be abandoned to the firm to induce it to choose a proper level of effort because the wedge between what it gets under the two possible states must be created by rewards rather than penalties. They characterize the second-best optimum assuming that the regulator again faces the same incomplete information structure as the lender. Comparing the regulator's second-best optimal lending rule and the private lender's rule, they show that the lender's financial contract offered to the firm will not be effort-inducing as often as that preferred by the regulator, and that the lender lends more than called for by the socially optimal rule. They then go on to show that a regime of extended full lender liability is still insufficient to convince the lender to offer an effort-inducing contract as often as the regulator would prefer. Moreover, conditionally on effort, the lender would then lend too little. Boyer and Laffont characterize the optimal partial level of lender liability as a function of the characteristics of the firm or the project. This liability level increases with the cost of effort and the rent captured by the firm and decreases with the productivity of effort in reducing the probability of an accident and with the social cost of the accident. Boyer and Laffont show that the proposed formula induces the second-best optimal level of lending if the project is a high-profitability project. Otherwise, the level of lender liability necessary to convince the lender to offer an effort-inducing financial contract is too high for the lender to find it profitable to finance the firm, even if the project is socially valuable with a high level of effort. In such a case, the public policy choice is between maintaining the above lender liability level and letting the lender refuse to finance the firm, or reducing the lender's liability (possibly to zero per cent) and letting the project be financed and realized with a low level of accident-preventing effort. Clearly, both situations can arise. Boyer and Laffont suggest that two instruments would then be necessary to implement the second-best optimal effort-inducing financial contract, namely the above partial level of lender liability and a subsidy paid to the lender if financing occurs.

5.3 The Boyd–Ingberman 1994 Contribution

Boyd and Ingberman (1994) look at the issue of extended liability when the generator of risk may end up in insolvency if an environment-damaging accident occurs. The context analysed is that of producers or manufacturers selling their output to contractors or retailers who then use that output in their own production of goods and services sold to the public. The manufacturers' products generate an accident risk, not the retailers' activities or transformation of the manufacturers' products. One could say that the retailers simply resell the manufacturers' goods to the public. The authors consider three liability regimes: a producer-only liability regime; a regime of proportional liability extended to the retailers; and a regime of joint and several liability extended to the retailers. If an accident, caused by a manufacturer's product, occurs and generates a loss that can be compensated from the manufacturer's assets, then the manufacturer is the only one liable to compensate the victims in all three regimes. If the accident generates such an important loss that the manufacturer's assets are not sufficient to compensate the victims, then these assets are first used, pushing the manufacturer into bankruptcy, and the remaining level of compensation is made according to rules specific to each regime. In the producer-only liability regime, no further compensation is made and the victims bear the remaining cost of the accident (externality). In the proportional extended liability regime, each retailer of the manufacturer's product is made liable to pay a share of the uncompensated accident cost equal to the proportion of the manufacturer's output sold to him; if because of this liability a retailer goes bankrupt before he can fully meet his share of the extended compensation, then the victims again bear the remaining share. Finally, in the joint and several extended liability regime, that part of the compensation that a bankrupt retailer could not cover is allocated to the remaining retailers so that, unless all retailers eventually go bankrupt, the victims will be fully compensated.

The main contribution of Boyd and Ingberman is to introduce into their analysis of liability regimes the fact that the market relationships and transactions between economic agents, manufacturers and retailers in the present case, are endogenous and influenced by the liability regime. They show that under extended liability, proportional or joint and several, the possibility of separating equilibria emerges in which thinly capitalized shallow-pocket retailers are served by similar shallow-pocket manufacturers so as to externalize the expected loss incurred by an accident as much as possible, and therefore benefit from a low 'insurance premium' included in the producer's price. Large, deep-pocket manufacturers then serve wealthy deep-pocket retailers at higher prices. In the presence of returns to scale in manufacturing, such separating equilibria mean higher costs and therefore a loss of efficiency in production. Therefore the possibility emerges that the introduction of an extended liability regime will negatively affect welfare even if such a regime allows for a better internalization of the costs of an accident. More precisely, Boyd and Ingberman can show that if product prices can be a function of a retailer's net worth, then proportional liability is at least as efficient as producer-only liability, in spite of the above loss in productive efficiency, a result that does not hold if equilibrium prices cannot be a function of a retailer's net worth. As for the joint and several extended liability regime, Boyd and Ingberman show that it is not overall Pareto-superior to the producer-only liability regime.

The analysis of Boyd and Ingberman is more general than a manufacturer–retailer analysis. They can apply it to many other structures in which liability can be extended to all those who benefit from economic transactions with the generator of risk, including for instance those transactions in which the retailers generate the accident risk. Boyd and Ingberman provide many examples where such extended liability regimes are used. They mention cases where liability is imposed on principals for the actions of their agents, on licensors for defective products marketed by licensees, on chemical producers for the improper use or disposal of those chemicals by retailers or end users, and on distributors of defective goods produced by an independent manufacturer. In each case, the rationale is that extended liability can allow more fairness in compensation, a better internalization of the accident costs, and an efficient level of safety activities. By making the market relationships endogenous and sensitive to the liability regime, Boyd and Ingberman can compare the extended liability benefits of greater cost internalization and safety with its costs in terms of market distortions. They first show that under the producer-only liability regime, the choice of capacity investment and safety investment is inefficiently low if the potential liabilities exceed the firm's assets when capacity investment is optimal, that is, chosen by equating its private marginal benefit with the opportunity cost of capital, assumed to be a given constant for all firms. The basic factor behind this result is that the marginal cost of capital to the individual firm is given by the opportunity cost of capital plus the probability of bankruptcy: the private marginal cost of capital is higher than its social cost if the probability of bankruptcy is positive, that is, when the expected liability loss from an accident exceeds the firm's assets when capacity investment is optimal. Therefore, investment is smaller than if the opportunity cost of capital alone is considered. A lower level of capacity investment reduces the incentives for care and therefore leads to an inefficiently low level of safety investment. When extended liability is introduced in a context where all retailers have similar net worth, the authors show that the larger asset pool available from combining the producer's assets with all its retailers' to compensate victims if an accident occurs, implies that in equilibrium, the retailers will demand that the producer increase its capacity investment, and therefore its safety investment, toward the first-best levels. Not only is there a transfer of liability from the retailers to the producer but the total surplus also increases due to the increased investment in safety. Nevertheless, this need not be the case when retailers are heterogeneous in their net worth.

When the retailers are heterogeneous in their net worth, they will not have the same preferences with respect to the manufacturer's capacity investment and therefore safety activities. Under a proportional liability regime, retailers with higher net worth prefer to buy from manufacturers with larger capacity investment, and therefore larger safety investment; this is not the case for retailers with low net worth. Moreover, under a joint and several liability regime, wealthier retailers prefer to transact with manufacturers who sell only or mainly to wealthy retailers to avoid being liable for the share that low-wealth retailers cannot cover in case of an accident. In both cases, wealthier retailers will be ready to pay a premium for avoiding the risk of being found liable as compared to low-wealth retailers. These forces lead to a separating equilibrium: too many manufacturers will operate and potential economies of scale will be lost. Thus there is a trade-off between efficiency, obtained by exploiting the economies of scale,[18] and fairness, obtained by insuring that all victims are properly compensated.

One can summarize the results of Boyd and Ingberman as follows. If economies of scale are very large, they will favour a pooling equilibrium, that is one manufacturer selling to all retailers, large or small, whatever the liability regime. Then, the joint and several liability regime, leads to greater welfare than the proportional liability regime, that in turn leads to greater welfare than the producer-only liability regime: this follows from the fact that capacity investment is higher and therefore safety activities are too. If economies of scale are very small, no pooling equilibrium exists and welfare is similar under both regimes of extended liability, both being welfare-improving compared with the producer-only liability regime. This follows from the fact that if economies of scale are small, the same separating equilibrium emerges under both the proportional extended liability regime and the joint and several liability regime, and since the proportional liability regime dominates the producer-only liability regime, there is more capacity and therefore more safety investment. If economies of scale are neither very large nor very small, one may observe both a separating equilibrium under the joint and several liability regime, because wealthier retailers prefer to do business with large, deep-pocket manufacturers who sell only to wealthy retailers in spite of the loss of efficiency, and a pooling under the proportional liability regime because then the loss of efficiency is larger even for well-off retailers than the cost in terms of expected compensation which they have to support, which is lower than under the joint and several liability regime.

6. CONCLUSION

The legal developments present on the environmental protection agenda of most governments call for a regime of extended liability both to overcome the negative incentive effect of limited liability laws on the probability of accidents and also to improve the compensation of indirect victims of environment-damaging accidents. However, an extended liability regime falling on lenders has impacts on the structure of lending contracts, on the working of financial markets, on the availability of credit, on the cost of capital and on the level of investments. It is important for the analysis of policies intended to promote the protection of the environment and the adequate compensation of victims to take into account the impact of these policies on the economy as a whole and in particular on the functioning of basic institutions such as financial markets. Very important to this analysis is the specific structure of information available that not only characterizes the different agents involved but also determines the nature and extent of their business relationships. Lenders suffer from different forms of incomplete information in their relationships with their client firms. In respect of financial contracts and transactions this factor alters the behaviour of the lenders and the firms. A thorough discussion of the impacts on the economy of extending liability to lenders with respect to environment-damaging accidents requires that these information structures be accounted for rigorously even if such analyses are complex and difficult.

NOTES

1. Financial support from SSHRC (Canada), FFSA (France) and the Mattei Foundation (Italy) is gratefully acknowledged.
2. Stephen A. Jarislowsky Professor of Technology and International Competition, École Polytechnique de Montréal; Département de Sciences Économiques and Centre Interuniversitaire de Recherche en Analyse des Organisations. Université de Montréal, C.P. 6128, Montréal, Canada H3C 3J7.
3. Chair of Microeconomics, Institut Universitaire de France; Groupe de Recherche en Economie Mathematique et Quantitative and Institut d'Economie Industrielle. Université de Toulouse I, Place Anatole-France, F-31042 Toulouse, France.
4. For a more complete coverage of these cases, see Klimek (1990).
5. S.B.C. 1982, c. 41. Section 22 [am. 1990, c. 74, s. 11] provides that:
(1) Where a manager is satisfied on reasonable grounds that a substance is causing pollution, the manager may order
(a) the person who had possession, charge, or control of the substance at the time it escaped or was emitted, spilled, dumped, discharged, abandoned or introduced into the environment,
(b) any other person who caused or authorized the pollution, or
(c) the person who owns or occupies the land on which the substance is located or on which the substance was located immediately before it escaped or was emitted, spilled, dumped, discharged, abandoned or introduced into the environment to do any of the things referred to in subsection (2).
(2) An order under subsection (1) shall be served on the person to whom it applies and may require that person, at his own expense, to
(a) provide to the manager information that the manager requests relating to the pollution,
(b) undertake investigation, tests, surveys and any other action the manager considers necessary to determine the extent and effects of the pollution and to report the results to the manager,
(c) acquire, construct or carry out any works or measures that are reasonably necessary to control, abate or stop the pollution,
(d) adjust, repair or alter any works to the extent reasonably necessary to control, abate or stop the pollution,
(e) abate the pollution, and
(f) carry out remediation in accordance with any criteria established by the director and any additional requirements specified by the manager.
6. See Klimek (1990), Smets (1992) and Bianchi (1994).
7. *United States* v. *Maryland Bank & Trust Co.*, 632 F. Supp. At 579.
8. *Journal of Environmental Law*, **4**(1), 148.
9. *Journal of Environmental Law*, **4**(1), 149–51.
10. *Journal of Environmental Law*, **4**(1), 154.
11. See van Ackere (1993) for a survey of applications of the principal–agent framework to different functional fields.
12. Limited liability and adverse selection has also been studied by Sappington (1983) and Demski *et al.* (1988).
13. According to Ringleb and Wiggins (1990), the change in liability laws in the 1970s has led to a significant increase in the number of small corporations in hazardous industries.
14. Indeed, after defining e as equity, w as the owner's wealth, y as the payment made to the lender by the firm in state i, and v as the constant cash flow of the project, Pitchford writes (pp. 9–10):

> Recall that the owner contributes equity $e \leq w$ to the project. We assume that she faces limited liability (being a close corporation, for example) or if liability is not limited (such as in a partnership) that remaining wealth $w - e$ can be costlessly hidden … If we combine the two constraints on equity $e \leq w$ and $y_i \leq v + e$, then e can be eliminated from the problem. Therefore the owner can pay no more to the lender than the upper limit on her wealth $v + w$ in either state, and the following wealth constraints must be satisfied:

$$y_i \leq v + w \quad i = 0,1$$

But then it is as if the firm cannot hide anything.

15. Because the safety activities are assumed to be taken and paid for in period 1 while the accident can occur in period 2, limited liability unambiguously reduces the incentives for safety and care. Beard (1990) shows that limited liability may reduce both the benefits and costs of safety and therefore have an ambiguous effect on care. The reduction in costs of safety is due to the fact that the marginal cost of safety is borne by the victims if an accident, making the firm insolvent, occurs. This Beard effect is not present here.
16. The underlying assumption is that the lender found it profitable to invest in the necessary monitoring technology but the insurer, whose relationships with the firm would not justify such an investment, did not. Hence the difference in the information available to the lender and the insurer.
17. This social cost of public funds allows the authors to take into account the distortions due to taxation: it costs $(1 + \lambda)T$ to raise T through taxes. Jones *et al.* (1990, ch. 3) review the empirical evidence and come to an estimated value of $\lambda \approx 0.3$ for developed countries and to an even higher value for developing ones.
18. Boyd and Ingberman assume that all markets are competitive. This may be a contradiction with the assumption of important economies of scale which are likely to lead to a manufacturing monopoly – the authors expressly mention that, in terms of productive efficiency, a manufacturing monopoly would be best – or at least oligopoly. If that is the case, the separating equilibrium could actually be a source of increased welfare by reducing the market power of the manufacturers.

REFERENCES

Beard, Randolph T. (1990), 'Bankruptcy and Care Choice', *Rand Journal of Economics*, **21**(4), 626–34.

Bianchi, Andrea (1994), 'The Harmonization of Laws on Liability for Environmental Damage in Europe: An Italian Perspective', *Journal of Environmental Law*, **6**(1), 21–42.

Boyd, James and Daniel E. Ingberman (1994), 'Extending Liability: Should the Sins of the Producer be Visited upon Others?', Resources for the Future discussion paper, Washington, DC.

Boyer, Marcel and Jean-Jacques Laffont (1996), 'Environmental Risks and Bank Liability', *European Economic Review* (forthcoming).

Commission of the European Communities (1993), *Communication from the Commission to the Council and Parliament: Green Paper on remedying Environmental Damage*, COM (93)47.

Council of Europe (1993), *'Convention on Civil Liability for Damage Resulting from Activities Dangerous to the Environment'* (Lugano 21.VI.1993), European Treaty Series no. 150.

Demski, Joel, David Sappington and Pablo Spiller (1988), 'Incentive Schemes with Multiple Agents and Bankruptcy Constraints', *Journal of Economic Theory*, **44**, 156–67.

Guesnerie, Roger and Jean-Jacques Laffont (1984), 'A Complete Solution to a Class of Principal–Agent Problems with an Application to the Control of a Self-Managed Firm', *Journal of Public Economics*, **25**, 329–69.

Holmstrom, Bengt (1979), 'Moral Hazard and Observability', *Bell Journal of Economics*, **10**, 74–91.

Hyde, Charles E., Gordon C. Rausser and Leo K. Simon (1995), 'Regulating Multiple Polluters: Deterrence and Liability Allocation', mimeo, UC Berkeley.

Jones, Leroy P., Pankaj Tandon and Ingo Vogelsang (1990), *Selling Public Enterprises*, Cambridge, Mass.: MIT Press.

Klimek, Jennifer (1990), 'Liability for Environmental Damages in Insolvencies: Bulora, Panamerica and Lamford', *Journal of Environmental Law and Practice*, **2**, 257–69.

Laffont, Jean-Jacques (1995), 'Regulation, Moral Hazard and Insurance of Environmental Risks', *The Journal of Public Economics*, **58**, 319–36.

Laffont, Jean-Jacques and Jean Tirole (1986), 'Using Cost Observations to Regulate Firms', *Journal of Political Economy*, **94**, 614–41.

Martimort, David (1996), 'Exclusive Dealing, Common Agency and Multiprincipal Incentive Theory', *Rand Journal of Economics*, forthcoming.

McAfee, R. Preston and John McMillan (1987), 'Competition for Agency Contracts', *Rand Journal of Economics*, **18**, 296–307.

Pitchford, Rohan (1995), 'How Liable Should a Lender Be? The Case of Judgement-Proof Owner-Managed Firms', *American Economic Review*, **85**, 1171–86.

Ringleb, Al H. and Steven N. Wiggins (1990), 'Liability and Large-Scale, Long-Term Hazards', *Journal of Political Economy*, **98**(3), 574–95.

Sappington, David (1983), 'Limited Liability Contracts between Principal and Agents', *Journal of Economic Theory*, **29**, 1–21.

Simons, Robert P. (1994), 'The Consequences of the Overturning of the EPA Lender Liability Rule', *Journal of Commercial Lending*, April, 43–7.

Smets, Henri (1992), 'L'indemnisation complète des victimes de la pollution accidentelle', *Risques*, **11**, 49–71.

Staton, Roger D. (1993), 'EPA's Final Rule on Lender Liability: Lenders Beware', *The Business Lawyer*, **49**(1), 163–86.

Strasser, Kurt A. and Denise Rodosevich (1993), 'Seeing the Forest for the Trees in CERCLA Liability', *Yale Journal on Regulation*, **10**, 493–560.

Van Ackere, Ann (1993), 'The Principal/Agent Paradigm: Its Relevance to Various Functional Fields', *European Journal of Operational Research*, **70**, 83–103.

2. Environmental feedbacks and optimal taxation in oligopoly[1]

Carlo Carraro[2] and Antoine Soubeyran[3]

1. INTRODUCTION

The effects of environmental taxation on a given industry are usually studied by assuming that market demand is independent of environmental degradation generated by the production activities of the firms belonging to the industry. However there are cases in which the utility of consuming a given product is affected by the state of the environment. Pollution, congestion and environmental degradation in general can reduce the pleasure of living in a certain area or of consuming a particular product. The most striking example is probably the tourism industry. In this case, increased consumption of tourism products in a given natural site or in a historical city quickly deteriorates the environment, thus reducing the tourist flow and the demand for tourism products.

This chapter aims to analyse the effects of an emission tax on these types of industries. In particular, we want to answer three main questions:

1. What are the effects of the tax on market share and profits of firms belonging to the industry?
2. Will the tax increase industry concentration?
3. What is the optimal level of the tax under different goals of the policy-maker (maximum welfare and/or tax revenue, low industry concentration)?

We consider an industry in which n oligopolistic firms compete *à la* Cournot. All firms are subject to the same environmental legislation, either because they belong to the same country, or because environmental policy is internationally coordinated. The main mathematical features of the model are: (i) the game is asymmetric, that is marginal and fixed costs differ across firms; and (ii) the demand function is non-linear, because it depends on environmental quality (polluting emissions).

The first part of the chapter analyses the effects of introducing an emission tax. We show that its introduction may benefit some firms while damaging others. In particular we construct a threshold market share s^* that divides firms into two groups: 'big' firms and 'small' firms. Whether the tax increases or decreases a firm's profits depends only on whether its market share exceeds s^*, on whether industry costs increase or decrease, on the slope of the demand curve, and on the number of firms. Therefore this chapter challenges the common view that firms' profits are reduced by the introduction of an environmental tax. Moreover we analyse the conditions under which the tax increases industry concentration.

The second part of the chapter focuses on the optimality of environmental taxation. After defining an index of social welfare that accounts both for profits and consumers' surplus, the optimal tax rate is determined. In the symmetric case, it is easy to see that there is an optimal tax rate such that all firms increase their profits when the tax rate is raised from $t < t_{opt}$ to $t = t_{opt}$. This is mainly explained by the non-linearity of market demand and its dependence on emissions. Moreover we show that in the asymmetric oligopoly there may also be an optimal tax rate (generally low) such that some firms increase their profits and/or their market share. This conclusion is true whenever asymmetry is low (the variance of firms' marginal costs is not too high) and the perceived environmental damage is not extreme. Finally we prove that the optimal tax rate, if sufficiently low, reduces industry concentration.

The motivation of the chapter is threefold. First, it explores the conditions under which an environmental tax can increase profits other than welfare when pollution feeds back into market demand. Second, introducing asymmetry, it is possible to understand which type of firms will benefit from the tax. We shall see that small firms are more likely to benefit from the change in costs and market demand induced by the tax. Third, we explore the impact of environmental taxation on industry concentration.

The following section describes the model. Section 3 presents the results of the effects of the environmental tax on output, market share, industry concentration and profits. Section 4 determines the optimal tax rate and discusses its relationship with the variance of firms' marginal costs. Finally the concluding section summarizes the main findings of the chapter and the scope for further work.

2. AN ASYMMETRIC OLIGOPOLISTIC INDUSTRY WITH NON-LINEAR MARKET DEMAND

It is often assumed that the environment matters, that is environmental degradation may damage the economic performance of a given industry. However this assumption is hardly justified. For this reason, in the model presented in this section, we assume that industry emissions feed back into consumers' preferences, thus affecting their demand for the oligopolistic good. Hence environmental degradation matters only because it reduces market demand. Even the policy-maker cares about the environment only because of its effects on the economy.[4] Under this assumption a reduction in firms' production has a twofold effect: on the one hand, it increases the market price (through the usual movement along a downward-sloping demand curve); on the other hand, by reducing emissions, it shifts market demand upward, thus further increasing the market price. The combination of these two effects increases the slope of market demand, which becomes steeper.

Let us present the model. Consider an n-firm oligopolistic industry where firm i produces q_i at a cost $c_i(q_i) = a_i q_i + F_i$. F_i is firm i's fixed costs, whereas a_i denotes a firm-specific marginal cost. Without loss of generality we assume: $a_1 < a_2 < \ldots < a_n$. In words, a lower index denotes more efficient firms. The n firms produce $Q = q_1 + \ldots + q_n$ units of a homogenous good. Perfect information and Cournot competition are assumed.

In the economy, there are M consumers. Each consumer consumes y units of a numeraire good, and x units of the good produced by the n firms in the industry. Each consumer's utility function is:

$$U = y + u(x)v(E) \tag{1}$$

where $u(.)$ is a utility index, whereas $v(.)$ is an index of environmental quality. Let E be total polluting emissions. Each firm's emissions are $E_i = kq_i$, $i = 1,2, \ldots, n$, where k is the constant emission/output ratio. Hence, $E = E_1 + \ldots + E_n = kQ$. As usual, assume $u'(.) > 0$, $u''(.) < 0$, where $u'(.)$ and $u''(.)$ are the first and second derivative of the function $u(.)$ respectively.

An increase in E reduces the environmental quality, which reduces the consumer's utility from consuming good x. In other words, producing and/or consuming x produces negative externalities on the environment that feed back into the consumer's demand for x. Hence pollution enters the utility function only through its effects on the utility of consumption.[5] We assume that the utility of consuming a given amount of x decreases with E and achieves the zero level only when emissions, E, are very high (infinity): $v'(.) < 0$, $v''(.) > 0$, where $v'(.)$ and $v''(.)$ are the first and second derivative of the function $v(.)$ respectively. A similar specification is used in a computable general equilibrium (CGE) model for Sweden by Bergman (1993).[6]

Each consumer's budget constraint is $y + px = r$, where p is the relative price of the homogeneous good produced in the oligopolistic industry, and r is the consumer's revenue. As consumers are assumed to own all firms, the total revenue $R = Mr$ is equal to the profit in the oligopolistic industry plus the government's transfers to consumers (the industry producing the numeraire good is assumed to be perfectly competitive and characterized by constant returns to scale).

By maximizing U with respect to y and x, subject to the budget constraint, we obtain the consumer's demand for x, which is implicitly defined by:[7]

$$p = u'(x)v(E) \tag{2}$$

Market demand is therefore $X = Mx$. The equality between demand and supply ($X = Q$) implies:

$$x = Q/M. \tag{3}$$

Hence, the inverse demand function for the oligopolistic firms is:

$$p = u'(Q/M)v(kQ) \equiv f(Q,k) \tag{4}$$

where $fQ \equiv f'(Q,k) < 0$ denotes the first derivative of the demand function with respect to industry output, and for stability we assume: $(n + 1)f'(Q) + Qf''(Q) < 0$ (Seade, 1980).

Each firm maximizes its profit function $\pi_i(q,t)$, $q = (q_1, q_2, \dots, q_n)$, given the demand function (4), its technology as defined by $c_i(q_i)$, and the government's environmental policy (defined by the tax rate t).[8] Notice that firms are assumed to take into account the environmental externality on market demand when they set their optimal production level.

The government is the third actor entering the scene. We assume that firms are asked to pay an environmental tax which is proportional to their own emissions, E_i. Hence the government's tax revenue is $T = tE_1 + \dots + tE_n = tkQ$, where t is the uniform tax rate. As a consequence, firm i's profits are:

$$\pi_i(q,t) = [f(Q,k) - a_i - tk]q_i - F_i. \tag{5}$$

The government sets the optimal tax rate t_{opt} by maximizing the sum of consumers' utility functions (recall that all firms are owned by consumers, and the tax revenue T is assumed to be totally transferred to consumers). Hence $R = \pi + T$, where π is profit in the oligopolistic industry. This implies that among the government's objectives is also the preservation of the domestic industry, that is the government maximizes the consumer's utility so as not to induce all firms to exit the market. This would imply a zero industry output, that is zero profits and tax revenues. As a consequence, the consumer's revenue and utility would also be zero. Hence the optimal tax rate must be such as to guarantee $Q > 0$.[9]

The rules of the game are the following. In stage 1, the government sets t_{opt} by anticipating the firms' reaction in stage 2. In stage 2, each firm determines output given market demand, the tax rate t_{opt}, and the production of the other firms (Cournot competition). In order to simplify the analysis, we assume that, on the one hand, fixed costs are small, and on the other hand, relocation costs are very high. That is, firms have no incentive either to exit the market or to move their plants abroad.[10] Technically, these assumptions amount to saying that the number of firms in the market does not depend on the environmental policy. Moreover firms can react to the environmental policy by changing output alone, that is they cannot adopt a different technology. The latter effect is studied in Carraro and Soubeyran (1992).

3. THE EFFECTS OF THE ENVIRONMENTAL TAX ON OUTPUT AND COSTS

Let us consider stage 2 of the game. By maximizing $\pi_i(q,t)$, firm i determines its optimal production decision:

$$q_i = [f(Q,k) - a_i - tk]/[-f_Q] \geq 0. \qquad (6)$$

As usual, firm i's reaction function (6) is negatively sloped. In order to achieve unambiguous results regarding the effects of the environmental tax, let us assume:

$$u(x) = 1 - e^{-\tau x}, \qquad v(E) = e^{-\mu E} \qquad (7)$$

which satisfy the assumptions $u' > 0$, $u'' < 0$, $v' < 0$, $v'' > 0$. Using (7), we obtain the following inverse demand curve:

$$p = \tau e^{-Q/Q^*} \qquad (8)$$

where $Q^* = M/(\tau + \mu k M) = M/[\tau(1 + \theta)] > 0$, and where $\theta \equiv Mk(\mu/\tau)$ can be interpreted as an index of environmental damage factors.

The environmental damage rises when:

- the number of consumers, M, increases (the demographic effect);
- the emission/output ratio, k, increases (the technological effect).

Moreover, the perception of the environmental damage increases when the ratio μ/τ describing the relative aversion to pollution increases (the preference effect).

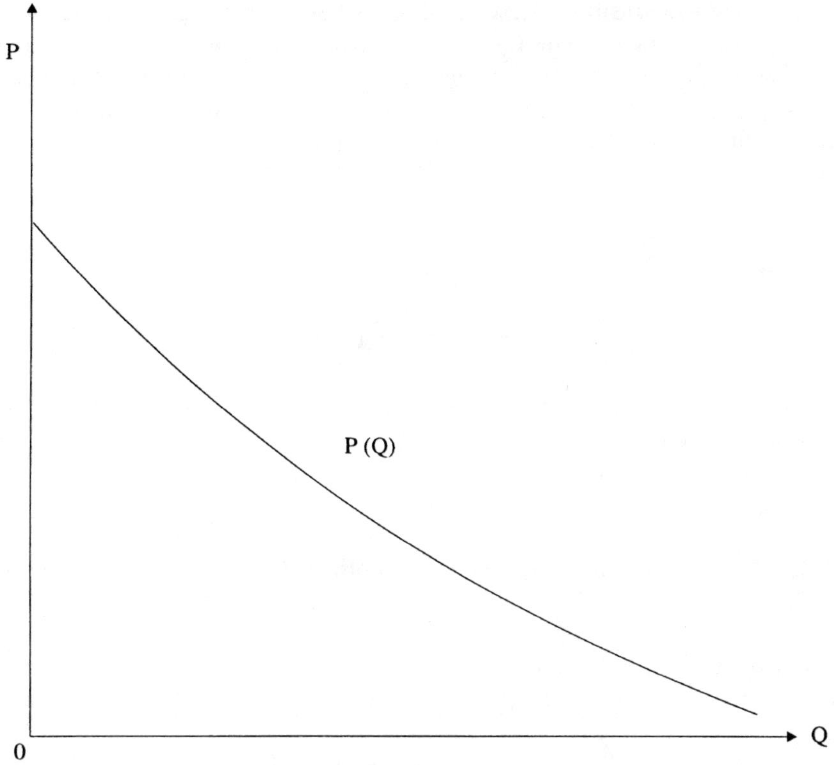

Figure 2.1 The downward-sloping demand function

The demand function is negatively sloped, because $f_Q = -(\tau/Q^*)e^{-Q/Q^*} < 0$ for all $Q \geq 0$. The elasticity of the demand curve is $\sigma = -Q/Q^* < 0$.[11] The stability condition becomes: $Q < (n + 1)Q^*$. Figure 2.1 shows the inverse market demand function under assumptions (7).

Using (8), firm *i*'s optimal output is implicitly defined by:

$$q_i = Q^* \, [1 - (a_i + t_k)/p] \tag{9}$$

whereas firm *i*'s optimal profits are defined by:

$$\pi_i = -f_Q q^2{}_i - F_i. \tag{10}$$

As previously stated, the number of firms is assumed to be fixed. Hence, at the equilibrium, $F_i \leq -f_Q q^2{}_i$, $i = 1,2, \ldots ,n$. Notice that, as usual, q_i and a_i are inversely related; the more efficient firms produce more.

Let us now evaluate the effects of a change in the environmental tax on industry output, concentration and profits. Let us assume that the government slightly increases the tax rate, t, in the interval $[0,t_{max})$, where t_{max} denotes the tax rate at which industry output is zero. Moreover consider the following parameter, which will be crucial to an understanding of our results:

$$\Gamma = k - \partial p/\partial t.$$

Using the functional form previously proposed, we have:

$$\Gamma = k\,(1 + \sigma/(n + 1 + \sigma)) \tag{11}$$

which is positive if and only if $1 + \sigma > 0$ ($n + 1 + \sigma > 0$ by the stability condition), where:

$$1 + \sigma = (Q^* - Q)/Q^* > 0 \iff Q < Q^*.$$

Hence, Γ is positive for all positive values of the industry output Q below Q^*.

The following propositions are proved in the Appendix:[12]

Proposition 1 (effect on output) An increase in the tax rate, t, reduces industry output, Q and increases market price, p. That is:

$$\partial Q/\partial t = kn/[(\sigma + n + 1)f_Q] < 0$$

$$\partial p/\partial t = f_Q(\partial Q/\partial t) > 0.$$

Proposition 2 (effect on market share) Let $s_i = q_i/Q$ be firm i's market share, and let a_m be the average marginal costs. Then:

$$s_i = 1/n - (a_m - a_i)/(Qf_Q)$$

and

$$\partial s_i/\partial_t = n\Gamma(a_m - a_i)/(Qf_Q)^2 > 0$$
$$\iff Q < Q^* \text{ and } a_m > a_i$$

Hence an increase in the tax rate t increases the market share of the more efficient firms (those with a lower-than-average marginal cost) iff industry output is lower than Q^*. Conversely iff $Q > Q^*$, all firms whose marginal cost is higher than average increase their market share when the tax rate is raised.

Proposition 3 (effect on industry concentration) Let concentration be measured by the Hirschman–Herfindahl index H. Then:

$$\partial H/\partial t = -2\Gamma n^2 V(a_i)/(Q^3 f_Q{}^3) > 0$$
$$<=> Q < Q^*$$

where $V(a_i)$ is the variance of firms' marginal costs. Hence an increase of the tax rate increases industry concentration if and only if industry output is lower than Q^*.

Proposition 4 (effect on profits) An increase in the tax rate, t, increases the profits of the firms whose market share is smaller than a threshold value $s^* = 2(1 + \sigma)/n\sigma$. That is:

$$\partial \pi_i/\partial t = q_i \sigma (s_i - s^*)(\partial p/\partial t) > 0 <=> s_i < s^*$$

because $\sigma < 0$.

The conclusions that can be derived from the above propositions challenge some of the common views on the effects of environmental taxation on output and profits. The first result is standard: raising the tax reduces industry output, thus leading to the usual output/environment trade-off (Proposition 1). Two other results are less obvious. First, increasing the tax modifies market structure by raising the market share of some firms, and by reducing the market share of others (Proposition 2). In particular, the tax tends to favour more efficient firms (those with a lower-than-average marginal cost) iff $Q < Q^*$ (Γ>0), whereas it favours less efficient firms if $Q > Q^*$ (Γ<0). Notice that when the tax favours the more efficient firms, it also increases industry concentration. Conversely if industry output is above Q^*, industry concentration is decreased by the tax (Proposition 3).

Given the inverse relationship between industry output and the tax rate (Proposition 1), it is thus clear that a high tax rate tends to favour more efficient firms and to increase industry concentration.

The last result concerns profits. An increase in the tax rate increases profits of those firms whose market share is smaller than a threshold value s^*. Notice that:

$$s^* = 2(1 + \sigma)/n\sigma > 0 <=> 1 + \sigma < 0, \text{ i.e. } <=> Q^* < Q. \qquad (12)$$

Hence only if industry output is greater than Q^* is there a set of firms whose profits increase after the environmental tax rate is raised.

If we relate the results proposed by Propositions 2 and 4, we can conclude that when $Q > Q^*$, then small, less efficient firms may increase both their market size and their profit, as a consequence of the environmental tax increase.

Notice, however, that the set of firms such that $s_i < s^*$ (named small firms) does not necessarily coincide with the set of firms whose marginal cost is above average (less efficient firms). In particular, if $\sigma > -2$, then $s^* > 1/n$; hence all firms may increase their profits when the tax rate is raised if their market share is about $1/n$, that is if firms are almost symmetric. In this case, all firms in the industry, being small, will benefit from an increase in the environmental tax. As shown below, the industry asymmetry is also crucial in assessing the impact of the optimal tax rate.

The above comparative statics would be empty without a careful analysis of the existence and optimality of the equilibrium. In particular, does a set of parameters exist such that $Q > Q^*$? Is this set consistent with the conditions which guarantee the existence of an equilibrium of the oligopoly model? The answer to the above questions is provided by the following proposition:

Proposition 5 (industry equilibrium) Let $t_{max} = (\tau - a_m)/k > 0$, $a^*_m = (n-1)\,\tau/ne$, $t^* = (a^*_m - a_m)/k$, $a^*_m > a_m$. Then there is a unique positive equilibrium industry output, Q for all $t \in [0, t_{max})$. Moreover $Q > Q^*$ iff $t \in [0, t^*)$.

Proof: Adding up the n firms' first-order conditions, the equilibrium industry output, Q, is implicitly defined by the equation:

$$Qf_Q + nf(Q,k) = n(a_m + tk). \tag{13}$$

Using (8) and the definitions of f_Q and σ, this becomes:

$$e^{\sigma}(n + \sigma) = n(a_m + tk)/\tau. \tag{14}$$

Replacing $1 + \sigma$ by z, we get:

$$z + (n-1) = \alpha(t)e^{-z} \text{ where } \alpha(t) = ne(a_m + tk)/\tau > 0. \tag{15}$$

The uniqueness of Q is equivalent to the uniqueness of z. Q is positive iff σ is negative, that is iff $z < 1$. Moreover $Q > Q^*$ iff $1 + \sigma = z < 0$. The solution of (15) is a unique $z < 1$ if and only if $0 \leq t < t_{max}$, where t_{max}, defined by the condition $Q(t) = 0$, is the unique solution of $n = \alpha(t)/e$. The reason is the following: $z + (n-1)$ is an increasing function of z; $\alpha(t)e^{-z}$ is a decreasing function of z (see Figure 2.2). Hence the solution is unique, because $\alpha(t)e^{-z}$ is strictly positive, and $z + (n-1)$ is positive for $z > 1-n$. Moreover, when $z = 1$,

(15) becomes $n = \alpha(t_{max})e^{-1}$. As $\alpha(t)$ is a growing function of t, the two functions $z + (n-1)$ and $\alpha(t)e^{-z}$ intersect at $z < 1$ for all $0 \leq t < t_{max}$

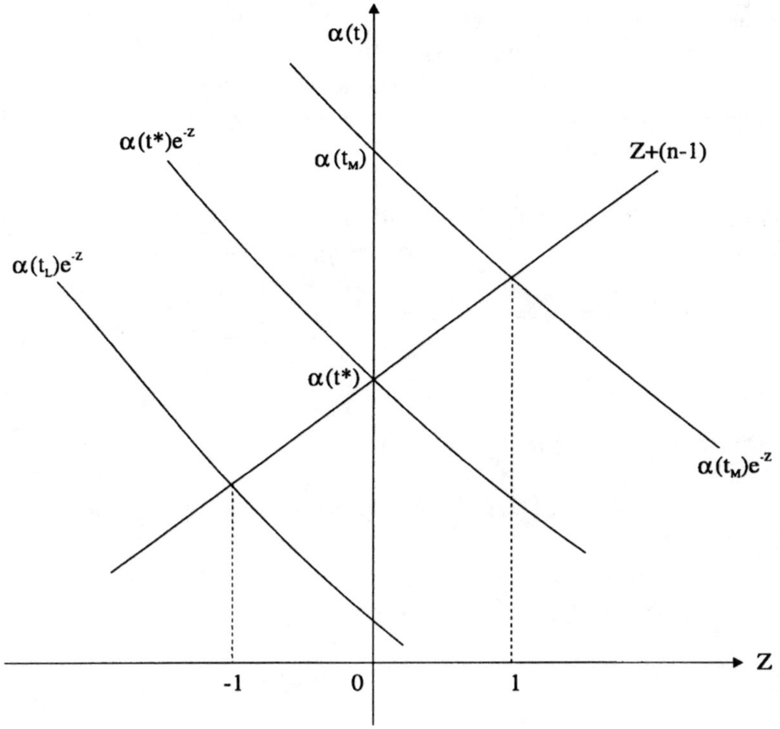

Figure 2.2 Industry equilibrium

Finally, when $z = 0$ (i.e. $Q = Q^*$), Equation (15) becomes $n-1 = \alpha(t^*)$. Solving with respect to t^* we get:

$$t^* = (a^*_m - a_m)/k > 0 \text{ iff } a^*_m > a_m \tag{16}$$

where $a^*_m = (n-1)\tau/ne$. Notice that the condition $a^*_m > a_m$ implies $a_m < \tau$. Hence recalling that $\alpha(t)$ grows with t, we have $z < 0$, that is $Q > Q^*$, for all $0 \leq t < t^*$.

QED

Figure 2.2 may help to understand the proof of Proposition 5. It shows that the two functions, $z + (n-1)$ and $\alpha(t)e^{-z}$, intersect at $z = 0$ when $\alpha(t) = n - 1$. This equation defines t^*. The same functions intersect at $z = 1$ when $\alpha(t) = ne$. This equation defines t_{max}.

The conclusion is therefore the following: the environmental tax may reduce all firms' profits (because $Q > Q^*$ implies $s^* > 0$), if and only if the tax rate is lower than t^*. Moreover industry output after the tax is positive if and only if the tax rate is lower than $(\tau - a_m)/k > 0$.

Proposition 5 shows that there exist values of t such that s^* is positive. Hence $s_i < s^*$ for some i is possible. However we need to show that there exists at least one firm i whose market share is lower than s^*. In order to show this result, we need to prove the following corollary:

Corollary 1 In the interval $(0,t^*]$, firm i's market share is an increasing function of t if $a_i > a_m$, whereas s_i is a decreasing function of t if $a_i < a_m$.

Proof: From Proposition 2, we can write:

$$s_i \equiv s_i(t) = 1/n - (a_m - a_i)/(Q(t)f_Q)$$

where $Q \equiv Q(t)$. Hence, using $f_Q = -(\tau/Q^*)e^{-Q/Q^*}$:

$$\partial s_i(t)/\partial t = (1/\tau)(a_m - a_i)(\partial Q/\partial t)[(Q - Q^*)/Q^2]$$

where $\partial Q/\partial t$ has been shown to be negative for all $t > 0$ in Proposition 1, whereas $Q - Q^* > 0$ for $t \in [0,t^*)$ (see Proposition 5). Hence:

$$\text{sign}(\partial s_i/\partial t) = \text{sign}(a_i - a_m).$$

QED

This corollary helps us to prove the following proposition:

Proposition 6 (taxation and profits) Assume $(n-1)\,\tau/ne > a_m > (n-2)\,\tau/ne^2$. Then, iff $a_i < a_m + \tau(1 + z(0))/n$, there exist an index i and a tax rate $t_i < t^*$ such that firm i's market share, s_i, is lower than s^* for all $0 < t \geq t_i$. Hence firm i's profits increase when the tax rate increases in the interval $(0,t_i)$.

Proof: Let us consider the functions $s_i = 1/n - (a_m - a_i)/(Qf_Q)$ and $s^* = 2(1 + \sigma)/n\sigma$. Both functions depend on t, because Q is a function of t, and σ is a function of Q. Let us consider $s^*(t)$ first. From Proposition 5, we have $s^*(t^*) = 0$, and $s^*(t^*) > 0$ for $0 \leq t < t^*$. Notice that the assumption $(n-1)\tau/ne > a_m$ is necessary and sufficient for $t^* > 0$. Moreover, $s^*(t)$ is a decreasing function of t, because $\partial Q/\partial t < 0$. From the previous corollary, $s_i(t)$ is also a decreasing function of t for $0 \leq t < t^*$ if $a_i < a_m$; $s_i(t)$ increases with t if $a_i > a_m$. Both functions are shown in Figures 2.3a and 2.3b. In both cases, it is crucial to show that $s^*(0) > s_i(0)$,

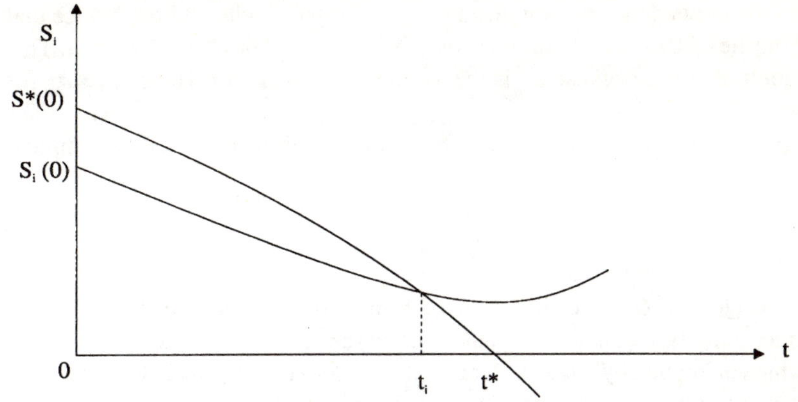

Figure 2.3a *Existence of a tax rate* $t_i < t^*(a_i < a_m)$

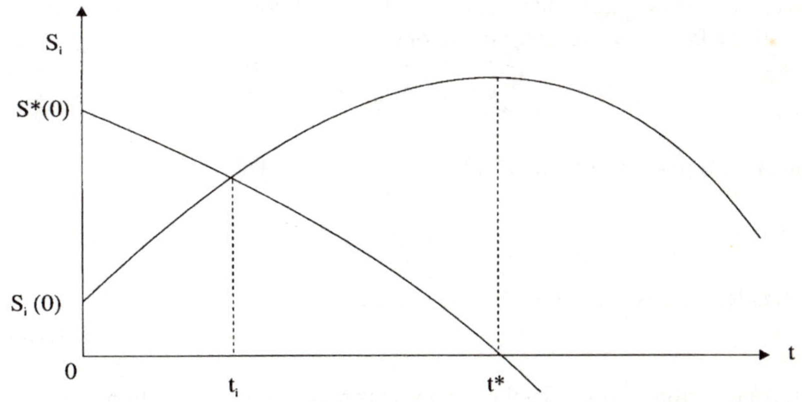

Figure 2.3b *Existence of a tax rate* $t_i < t^*(a_i > a_m)$

and $s^*(t^*) = 0 < s_i(t^*)$ for some i. If this is true, there exists a tax rate $t_i < t^*$ such that $s_i = s^*$ (see Figures 2.3a and 2.3b). Hence for all $0 < t < t_i$, $s_i < s^*$. That is firm i's profits increase when the tax rate increases. We have:

$$s^*(0) > s_i(0) <=> Q(0,k)/Q^* > 2 + n(a_m - a_i)/\tau \quad (17)$$

where industry output, Q, is written as a function of the tax rate, $t = 0$, and of the emission/output ratio k. Hence $s^*(0) > s_i(0)$ if and only if:

$$a_i - a_m < \tau(1 + z(0))/n \quad (18)$$

where the dependence of z on the tax rate, t (t=0), is made explicit. Notice that (18) implies $z(0) > -1$. If not, we would have $a_i < a_m$ for all $i = 1,2, \dots n$. This is a contradiction, because a_m is the average marginal cost. Hence $a_i > a_m$ for some i.

The second condition is $s_i(t^*) > 0$. From the definition of $s_i(t)$, this is implied by:

$$a_i - a_m < \tau/n \tag{19}$$

because $Q(t^*) = Q^*$ (see the proof of Proposition 5). Notice that (18) is a stronger condition than (19) because a necessary condition for $s_i \leq s^*$ is $Q(t) \leq Q^*$ which is implied by $z(t) \leq 0$. Hence $z(0) \leq 0$. As a consequence, we must have $-1 < z(0) \leq 0$. Let us focus on $z(0) > -1$, because $z(0) \leq 0$ is implied by $t \leq t^*$; $z(0) > -1$ is satisfied for all $0 < t \leq t^*$ if the tax rate, t_{low}, such that $z(t_{\text{low}}) = -1$ is negative. From Equation (15) we have that, when $z = -1$, $\alpha(t) = (n-2)/e$. This equation defines t_{low}. Solving with respect to t, we obtain t_{low}. This threshold value of the tax rate is negative if and only if:

$$a_m > (n-2)\tau/ne^2 \tag{20}$$

Notice that Equation (29) and $t^* > 0$ imply:

$$(n-1)\tau/ne > a_m > (n-2)\tau/ne^2$$

which is feasible because $(n-2)/(n-1) < 1 < e$.

QED

We have therefore shown that the conditions proposed by Proposition 4 are not empty. If the tax rate belongs to the interval $(0,t_i)$, then both $Q > Q^*$ and $s_i < s^*$ for firm i. Hence there exists at least one firm which increases its profits when the environmental tax is raised.

4. THE OPTIMAL ENVIRONMENTAL TAX

After showing that an increase in the environmental tax rate, t, can increase the profits of firm i if it belongs to the interval $(0,t_i)$, we focus on the determination of the optimal tax rate. The obvious questions are the following: does the optimal tax rate, t_{opt} (that is the tax rate that maximizes social welfare), belong to the interval $(0,t_i)$? Does it belong to the interval $(0,t^*]$ which implies that less efficient firms increase their market share? Is $t_{\text{opt}} > t^*$, so that more efficient firms increase their market share, industry concentration increases, but all firms reduce their profits?

To answer the above questions we need to define the social welfare function, $W(t)$. This is assumed to coincide with the sum of consumers' utility:

$$\begin{aligned} W(t) &= M[y + u(x)v(E)] \\ &= M[r - px + u(x)v(E)] \\ &= M[u(x)v(E) - px] + \pi(t) + T(t) \end{aligned}$$

because $r = [\pi(t) + T(t)]/M$. Let $S(t) = M[u(x)v(E) - px]$ denote the consumers' surplus, and $\pi(t)$ the industry profits ($\pi(t) = \pi_1(t) + \ldots + \pi_n(t)$). Moreover $T(t) = tkQ(t) \geq 0$ denotes the total tax revenue. Hence:

$$W(t) = S(t) + \pi(t) + tkQ(t) \tag{21}$$

where

$$\begin{aligned} S(t) &= M[u(x)v(E) - px] & x &= Q(t)/M \\ &= M[u(x) - u'(x)Q(t)/M]v(E) & p &= u'(x)v(E) \\ &= M[(e^{\tau x - 1}) - \tau x]e^{\sigma} \end{aligned} \tag{22}$$

which is non-negative for all $\tau \geq 0$, $x \geq 0$.

$$\pi(t) = -f_Q \, \Sigma_i q_i^2(t) - \Sigma_i F_i \tag{23}$$

which is non-negative because we have assumed F_i such that $\pi_i \geq 0$, for all $i = 1,2 \ldots ,n$. Hence, $W(t)$ is non-negative.

In order to determine the optimal tax rate, t_{opt}, the government maximizes $W(t)$ with respect to t. Let us define:

$$\partial W(t)/\partial t \equiv W_t = S_t + \pi_t + T_t$$

where $S_t \equiv \partial S(t)/\partial t$, $\pi_t \equiv \partial \pi(t)/\partial t$, $T_t \equiv \partial T(t)/\partial t$. Differentiating $S(t)$, we obtain:

$$S_t = -\,Q_t e^{\sigma}[\mu k M(e^{\tau x}-1) + \tau\sigma] = Q_t e^{\sigma}[\tau^2 x - \mu k M(e^{\tau x}-1-\tau x)] \tag{24}$$

which is first increasing and then decreasing, because $Q_t \equiv \partial Q(t)/\partial t < 0$, $M[(e^{\tau x}-1)-\tau x] \geq 0$, and the function $\tau^2 x$ is below the function $\mu k M[(e^{\tau x}-1)-\tau x]$ for $x > x^{\#}$ (that is for $t < t^{\#}$) and above for $x < x^{\#}$ (that is for $t > t^{\#}$) where $x^{\#}$ is defined by the equation, $\tau^2 x = \mu k M(e^{\tau x}-1-\tau x)]$, and $t^{\#}$ is such that the equilibrium industry output is $Q^{\#} = Mx^{\#}$. Using $\partial S/\partial Q = S_t/Q_t$, we also have that the consumer's surplus is an increasing function of Q for $Q < Q^{\#} = Mx^{\#}$, whereas it decreases for $Q > Q^{\#}$. The reason is the following. An increase of production has two effects: it reduces the market price along the demand curve (price effect), and it shifts the demand curve downward (pollution effect). For small values of Q, an increase in production, while shifting market demand downward, still increases the consumer's surplus; that is the price effect dominates the pollution effect. As Q is above $Q^{\#}$, the pollution effect dominates the price effect. The demand shift offsets the decrease in price, thus reducing the consumer's surplus.

Let us consider profits. Adding up $\partial\pi_i/\partial t$ from Proposition 4, we have:

$$\begin{aligned}\pi_t &= (\partial p/\partial t)\sigma\Sigma_i q_i(s_i - s^*) \\ &= (\partial p/\partial t)\sigma Q[\Sigma_i s^2_i - s^*).\end{aligned} \tag{25}$$

From the definition of s_i:

$$\begin{aligned}\Sigma_i s^2_i &= 1/n^2 + [\Sigma_i(a_i - a_m)^2]/(Qf_Q)^2 = \\ &= 1/n^2 + \Phi/(\sigma^2 e^{2\sigma})\end{aligned} \tag{26}$$

where

$$\Phi = (n/\tau^2)[(1/n)\Sigma_i(a_i - a_m)^2] = (n/\tau^2)\mathrm{Var}(a_i) \tag{27}$$

is an index of firms' asymmetry. The larger the variance of firms' marginal costs, $\mathrm{Var}(a_i)$, the larger is Φ. Replacing (26) into (25), we obtain:

$$\pi_t = \tau e^{\sigma}Q_t[\Phi e^{-2\sigma} - 2\sigma/n - (2n-1)\sigma^2/n^2]. \tag{28}$$

Finally, the derivative of the tax revenue function is:

$$\begin{aligned}T_t &= kQ_t(t - \sigma Q^*/Q_t) \\ &= kQ_t(t + \sigma(n + 1 + \sigma)\tau e^{\sigma}/nk).\end{aligned} \tag{29}$$

Adding up, we obtain:

$$W_t = (-Q_t\tau e^{\sigma})\ [\theta(e^{\tau x}-1) + \sigma\,(1 + \sigma)/n - \Phi e^{-2\sigma-\sigma} - \sigma^2/n^2 - tke - \sigma/\tau]. \tag{30}$$

Using the equation which implicitly defines $Q(t)$, we replace tk by $\tau e^{\sigma}(\sigma + n)/n - a_m$, thus obtaining:

$$W_t = (-Q_t\tau e^{\sigma})\ [\theta(e^{\tau x}-1) + a_m e^{-\sigma}/\tau + \sigma^2(n-1)/n^2 - \Phi e^{-2\sigma} - 1]. \tag{31}$$

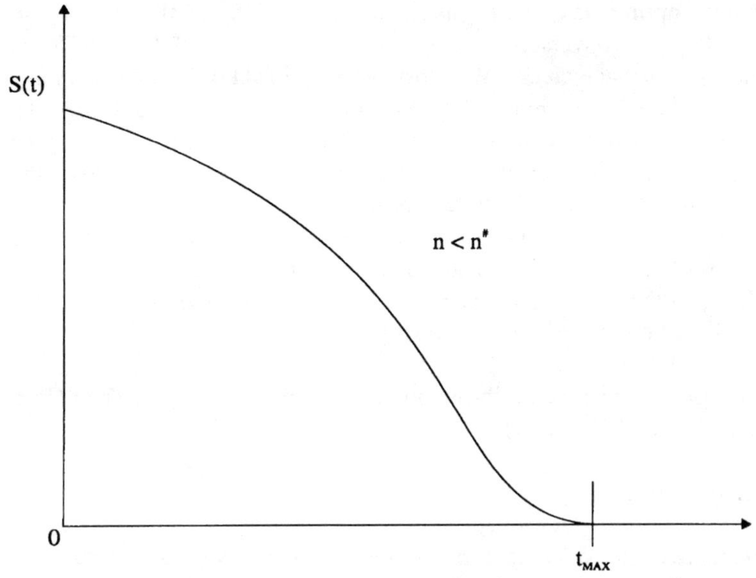

Figure 2.4a The consumer's surplus decreases with t

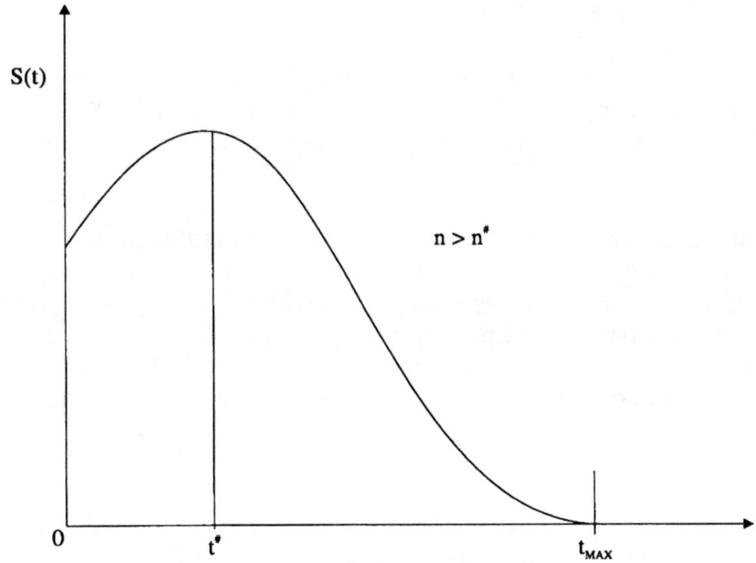

Figure 2.4b The consumer's surplus increases, then decreases with t

Notice that the optimal tax rate, t_{opt}, is equal to t_{max} whenever W_t is positive in the interval $[0,t_{max}]$. Conversely $t_{opt} = 0$, iff $W_t < 0$ in the interval $[0,t_{max}]$. Hence a parameter change that increases W_t increases the optimal tax rate and vice versa for parameter changes that reduce W_t. We can therefore conclude, from (31), that the optimal tax rate is positively related to θ, the parameter representing the economy's environmental sensitivity, whereas t_{opt} is inversely related to Φ, the parameter representing the industry asymmetry.

Let us analyse the concavity of the function, $W(t)$. First, consider $S(t)$. As $S_t(t=t_{max}) = 0$ (that is $S_t(Q=0) = 0$), and $S(t)$ is continuous and decreasing with t if $t \in (t^{\#},t_{max})$, then $S(t)$ cannot be concave. Its behaviour is shown in Figures 2.4a and 2.4b, where we used the following lemma:

Lemma 1 Let Q^m be the equilibrium industry output when $t = 0$. Then $Q^m \leq Q^{\#}$ iff $n \leq \tau(1 + \theta)x^{\#}/[1 -(a_m/\tau)e^{\tau(1+\theta)x\#]} \equiv \mathrm{n}^{\#}$.

Proof: See the Appendix.

Therefore, there exist two cases. If $n < n^{\#}$, the consumer's surplus decreases as t increases (recall the inverse relationship between the tax rate and industry output, Q). If $n > n^{\#}$, the consumer's surplus is first increasing and then decreasing with respect to the tax rate, t (see Figures 2.4a and 2.4b).

The function $\pi(t)$ is shown in Figure 2.5 (a, b, c). Its shape depends on the asymmetry index, Φ. We used the following lemma:

Lemma 2 Let $\sigma_m = -Q^m/Q^* \equiv \sigma(t{=}0)$. Then $\pi_t(\sigma_m) < 0$ iff $\Phi > e^{2\sigma m}[2\sigma_m/n + (2_n{-}1)\sigma_m{}^2/n^2]$, where σ_m depends only on the parameters a_m/τ and n. When $\Phi = \mathrm{O}$, $\pi(t)$ achieves a maximum at t^{π} such that $Q = Q^*(n{-}1/2)/n < Q^*$. Hence $t^{\pi} < t^*$.

Proof: From Equation (28), the derivative of the industry profit function with respect to the tax rate is negative at $\sigma = \sigma_m$ (that is at $t = 0$), iff $\Phi > e^{2\sigma m}[2\sigma_m/n + (2n{-}1)\sigma_m{}^2/n^2]$. Notice from (14) that σ_m is defined by $e^{\sigma m}(n{+}\sigma_m) = n(a_m/\tau)$. Hence it depends only on the parameters a_m/τ and n. When $\Phi = 0$, $\pi_t = \tau e^{\sigma}Q_t[-2\sigma/n - (2n{-}1)\sigma^2/n^2]$, which is equal to zero at $-\sigma = Q/Q^* = (n{-}1/2)/n < 1$. As $t = t^*$ when $-\sigma = 1$, $\partial(-\sigma)/\partial t < 0$, and since t^* is assumed to be positive, then $t^{\pi} < t^*$.

QED

This lemma explains the behaviour of $\pi(t)$ as a function of Φ. In Figure 2.6a, $\Phi = 0$. The function $\pi(t)$ achieves its maximum at $t^{\pi} < t^*$. When Φ increases, t^{π} moves to the left (Figure 2.6b). When Φ is above $e^{2\sigma m}[2\sigma_m/n + (2n{-}1)\sigma_m{}^2/n^2]$, then the function $\pi(t)$ decreases with t.

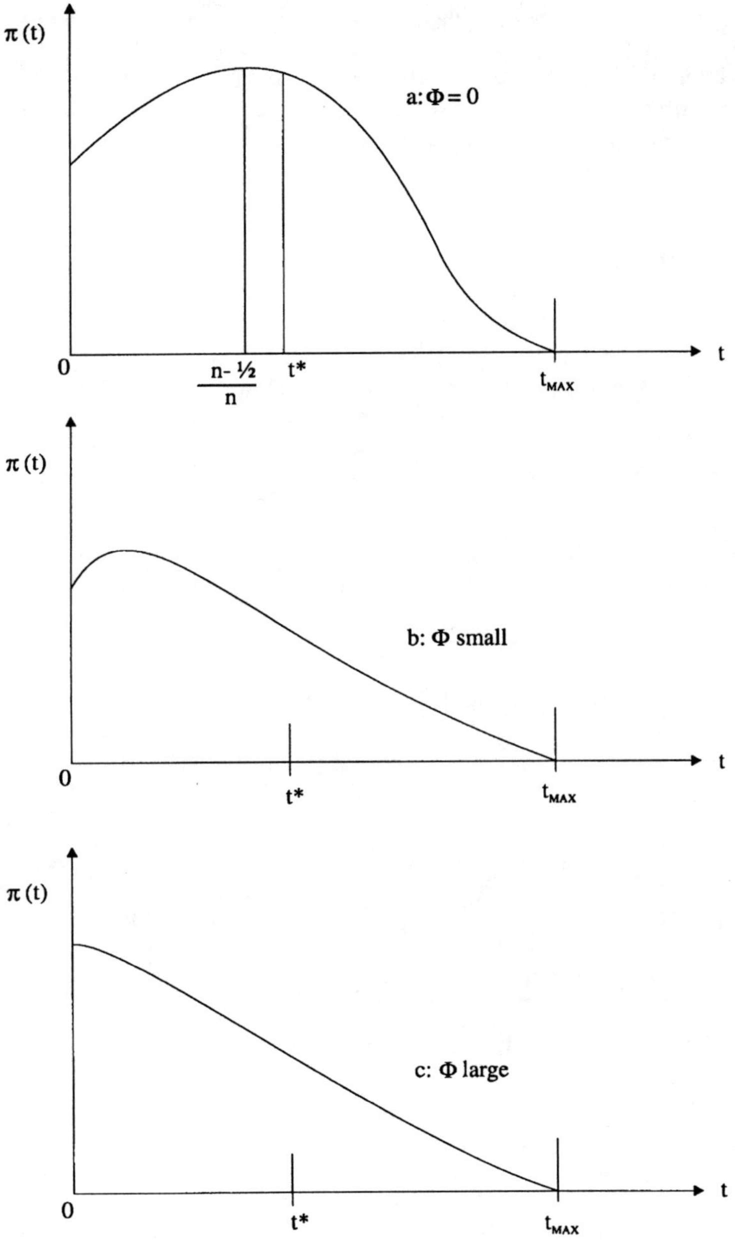

Figure 2.5 Industry profits

Notice that this result confirms the previous intuition. When the oligopolistic market is symmetric or quasi-symmetric ($\Phi = 0$ or Φ small), all firms, being small, increase their profit when the tax rate is raised in the interval $(0,t^*]$. It is however possible for the optimal tax rate to be outside this interval. In order to complete the analysis of the optimal tax rate, let us consider the function, $T(t)$.

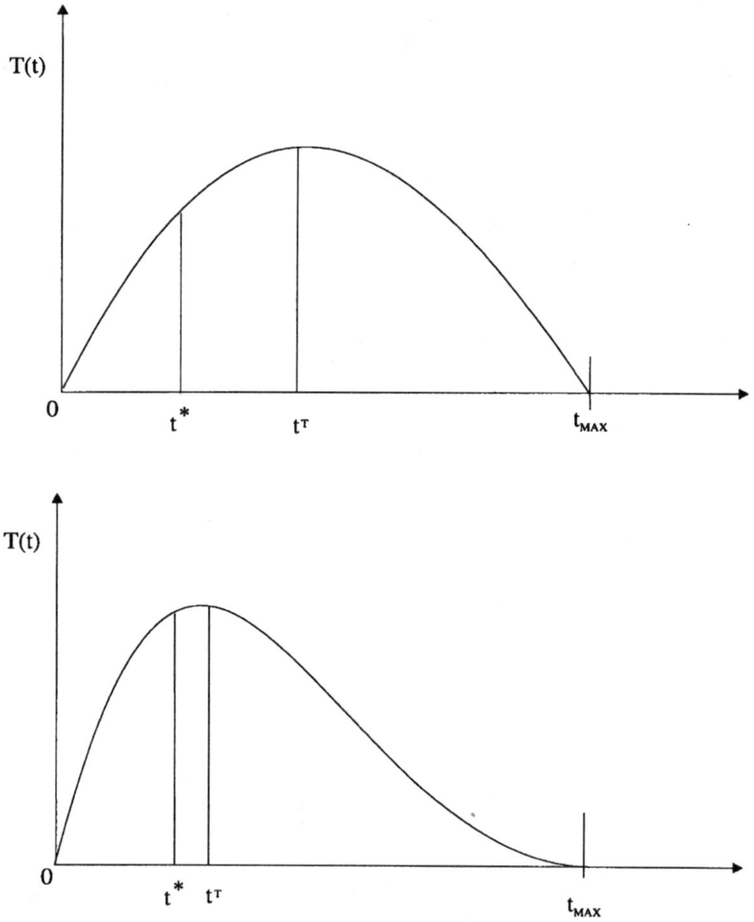

Figure 2.6 The shape of the tax revenue function

It can easily be shown that $T(t)$ is first increasing and then decreasing with respect to t. First, notice that $T(t) = tkQ(t)$ is equal to zero both at $t = 0$ and at $t = t_{max}$; second, its derivative at $t = 0$ is positive, whereas at $t = t_{max}$ it is negative (see Equation (29)). Finally, the second derivative of $T(t)$ with respect to t is

$2kQ_t + tkQ_{tt}$, which is negative for $t \leq t^*$ and may become positive only for t close to t_{max}. Hence the shape of $T(t)$ can be drawn as in Figure 2.6. Notice that $T(t)$ achieves its maximum for $t = t^T > t^*$. This is shown by the following lemma:

Lemma 3 The threshold value t^* is lower than the value of the tax rate, t, which maximizes the tax revenue function $T(t)$.

Proof: When $t = t^*$, then $\sigma = -1$. Using (29), we have $T_t(-1) = Q_t(t^*k - \tau/e)$. From the equation defining $Q(t)$, we get $t^*k = (\tau/e)(n-1)/n - a_m$. Hence $T_t(-1) = -Q_t(a_m + \tau/ne) > 0$. This implies $t^* < t^T$.

QED

These results enable us to prove the following proposition:

Proposition 7 (optimal taxation and market share) If $\Phi > a_m/e^2$, then the optimal tax rate, if positive, belongs to the interval $(0,t^*)$ such that when the tax rate is raised to t_{opt}, then all firms whose marginal cost is higher than average increase their market share.

Proof: The optimal tax rate is lower that t^* if the first derivative of the welfare function is negative at $t = t^*$. From Equation (31) this implies $1 + 1/n^2 + \Phi e^2 > a_m + \theta[e^{\tau Q^*/M} - 1] = a_m + \theta[e^{1/(1+\theta)} - 1]$, which is implied by $\Phi > a_m/e^2$. The reason is the following: the function $1 + 1/n^2$ is larger than 1 for all finite n, whereas the function $\theta[e^{1/(1+\theta)} - 1]$ is lower than 1. Let us prove this last statement: $0[e^{1/(1+\theta)} - 1] < 1$ implies $e^{1/(1+\theta)} - 1 < 1/\theta$. That is:

$$e^{1/(1+\theta)} < (1+\theta)/\theta$$

which can also be written as:

$$e^Z - eZ \equiv H(Z) > 0, \qquad Z \equiv \theta/(1+\theta).$$

Notice that the function $H(Z)$ assumes values in the interval $[0,1]$, and that $H(0) = 1$, $H(1) = 0$. Moreover, $H'(Z) = e^Z - e < 0$ for $Z \in [0,1]$, and $H'(0) = 1-e < 0$, $H'(1) = 0$. Finally, $H'(Z) = e^Z > 0$. This proves $H(Z) > 0$, i.e. $\theta[e^{1/(1+\theta)} - 1] < 1$.

QED

This proposition proves the existence of a positive tax rate, t_{opt}, which maximizes the social welfare function, $W(t)$, and which is lower than t^*. Hence, if the asymmetry index, Φ, is sufficiently high ($\Phi > a_m/e^2$), some firms increase their market share when the tax rate is raised to its optimal value, $t_{opt} < t^*$.

However, we need to show that the optimal tax rate is not zero. This is proved by the following proposition:

Proposition 8 (positive optimal tax rate) If $\theta > \theta_L$, then the optimal tax rate is positive. In addition, if θ belongs to the interval (θ_L, θ_M), then $0 < t_{\text{opt}} < t^*$.

Proof: See the Appendix.

This proposition provides the condition for t_{opt} to belong to the interval $(0,t^*)$. The condition is that the perceived environmental damage (summarized by the parameter θ) is sufficiently large not to induce the government to find it optimal to choose $t = 0$, and sufficiently low not to lead the government to set $t \geq t^*$. Hence there exist values of the index of environmental damage factors, θ, for which small, less efficient firms (that is firms whose marginal cost is larger than a_m) would increase their market share whenever the tax rate were raised from $t < t_{\text{opt}}$ to t_{opt}.

Notice that this result makes it possible that a change from $t < t_{\text{opt}}$ to $t = t_{\text{opt}} < t^*$ would also increase some firms' profits (see Proposition 6). The conditions under which this is indeed the case are shown by the following proposition:

Proposition 9 (optimal taxation and profits) If $a_m + (\tau/n)(2+\sigma_o)e^{\sigma o} < a_i < a_m + (\tau/n)(2+\sigma_m)$, and $a_m > (\tau/ne)[1+(n-2)e]e^{(1/e-2)}$, then firm i's profits increase when the tax rate is raised from $t < t_{\text{opt}}$ to $t = t_{\text{opt}} \in [0,t_i]$.

Proof: From Proposition 6, $a_i < a_m + \tau(1+z(0))/n = a_m + (\tau/n)(2+\sigma_m)$ is a necessary condition for the existence of a non-empty interval $[0,t_i]$ such that firm i's profits rise when the tax rate increases in this interval. Moreover, by definition of t_i, profits grow when t increases in the interval $[0,t_i]$. That is $\partial\pi_i/\partial t > 0$ for all $t \in [0,t_i]$. As a consequence, $t_{\text{opt}} \in [0,t_i]$ if the first derivative of the profit function, $\pi_i(t)$; evaluated at $t = t_{\text{opt}}$ is positive. This implies:

$$s_i(t_{\text{opt}}) < s^* \equiv [2(1+\sigma(t_{\text{opt}})/n\sigma(t_{\text{opt}})]. \tag{32}$$

Let us define $\sigma(t_{\text{opt}}) = \sigma_o$. Using the definition of s_i, we obtain:

$$a_i > a_m + (\tau/n)(2+\sigma_o)e^{\sigma o} \tag{33}$$

which must be consistent with $a_i < a_m + (\tau/n)(2+\sigma_m)$. Hence:

$$(2+\sigma_o)e^{\sigma o} < 2 + \sigma_m. \tag{34}$$

This latter condition must be verified for $t_{opt} < t^*$, that is $\sigma_o < -1$. As the left-hand side of (34) grows with σ_o, a sufficient condition is:

$$e^{-1} < 2 + \sigma_m \Rightarrow \sigma_m > 1/e - 2. \quad (35)$$

The equation defining σ_m is:

$$a_m = (\tau/n)e^{\sigma m}(\sigma_m + n) \quad (36)$$

where the left-hand side increases with σ_m. Hence, if we replace σ_m by $[1/e - 2] < \sigma_m$, we must have:

$$a_m > (\tau/ne)[1+(n-2)e]e^{(1/e-2)}. \quad (37)$$

Notice that in Proposition 6 we had:

$$(n-1)\tau/ne > a_m > (n-2)\tau/ne^2 \quad (38)$$

which must be consistent with (37). It can easily be shown that the right-hand side of (38) is lower than the right-hand side of (37). Hence it remains to show that:

$$(n-1)(\tau/ne) > (\tau/ne)[1 + (n-2)e]e^{(1/e-2)}. \quad (39)$$

This is equivalent to:

$$n > 1 > [1+e^{(1/e-2)}(1-2e)]/[1 - e^{(1/e-1)}] \quad (40)$$

which holds because $n \geq 2$.

This shows that, if a_i satisfies (18) and (33), and if a_m satisfies (37), then firm i's profits rise whenever the tax rate is increased to t_{opt}.

QED

The implications of the above lemmas and propositions can be summarized as follows:

1. If the policy-maker determines the tax rate in order to maximize the tax revenue,[13] then the optimal tax rate is above t^* (Lemma 3). As a consequence, industry concentration increases, big, more efficient firms increase their market share, but all firms reduce their profits.

2. If the policy-maker determines the tax rate in order to maximize industry profits, then the optimal rate is below t^* (Lemma 2). As a consequence, industry concentration decreases, small, less efficient firms increase their market share, and some firms may also increase their profits. However, the optimal tax rate can be zero if the industry structure is very asymmetric.
3. If the policy-maker determines the tax rate in order to maximize social welfare, the optimal tax rate can be either above or below t^*. However, if θ, the parameter representing the economy's environmental sensitivity, is not too large and industry structure is not very asymmetric, then the optimal tax rate is below t^*. In this latter case, as $t_i < t^*$, it is possible that an increase in the tax rate increases the profits of some firms in the industry. This is indeed the case whenever a_i, firm i's marginal cost, satisfies (18) and (33), and a_m satisfies (37).

5. CONCLUSION

The aim of this chapter was to analyse the effects of an environmental tax in an oligopolistic market when emissions feed back into market demand. Introducing asymmetric firms, we could also evaluate the differential effects of the tax across different firms and its impact on industry concentration. In this context, we have shown that the optimal environmental tax rate can lie in the region where some firms increase their market share and/or profits whenever the tax rate is raised to its optimal value.

There is of course scope for further work. For example, we assumed that firms can change output alone as a reaction to the tax change. In contrast, firms could react by increasing their R&D investments, by changing their production technology, and by relocating some plants. Some of these issues are explored in Carraro and Soubeyran (1992,1994), Carraro and Topa (1994) and Ulph (1994) in the context of symmetric oligopolies with linear market demand. Future research might extend the analysis of the effects of environmental taxation to asymmetric non-linear oligopolistic industries in which firms can react by changing more than one strategic variable.

NOTES

1. The authors thank Russell Cooper, Rolf Golombek, Jean-Jacques Laffont, Michel Le Breton, Michael Hoel and David Ulph for helpful comments. Financial support from the Mattei Foundation (Italy) is gratefully acknowledged.
2. University of Venice, Centre for Economic Policy Research, Mattei Foundation and Gruppi di Ricerca Economica Teorica ed Applicata.

3. University of Aix-en-Provence and Groupe de Recherche en Economie Quantitative Aix-Marseille.
4. In a static framework, it does not make sense to care about the environment because of concerns about future generations' endowment of environmental resources.
5. We do not introduce a direct negative effect of pollution in the utility function. This is simply to make our results stronger. Were pollution an additional argument of the utility function, it would be easier to show the existence of a positive emission tax rate which maximizes social welfare.
6. The tourism industry could be a good example of the situation described here. If emissions are interpreted as urban congestion, water pollution and environmental degradation in general, the increased production of tourism services in a given site is likely to reduce the demand for those services.
7. We assume that consumers view environmental quality as independent of their own decisions, that is they do not account for the externalities they produce.
8. Of course it would be possible to consider other policy tools. In particular, assuming a constant, uniform tax rate may be considered a strong restriction. However the current debate on emission taxation tends to exclude, for practical reasons, the possibility of introducing firm-specific and/or non-linear tax rates.
9. Jean-Jacques Laffont (private communication) pointed out that the government could maximize welfare by altering the market structure, that is by inducing all firms except the most efficient one to exit the market, and then optimally regulating the resulting monopoly. In contrast, we assume that the number of firms is given, that is the government uses its only policy instrument (environmental taxation), taking the number of firms as given.
10. This latter assumption can be replaced by the assumption that the environmental policy is internationally coordinated. The effect of uncoordinated environmental policies on firms' location decisions is analysed in Carraro and Soubeyran (1994).
11. Notice that using the specification proposed for the utility and environmental quality indexes, the elasticity of the demand curve coincides with the elasticity of the demand curve slope.
12. The comparative statics proposed in Propositions 2 and 4 are an application of the results contained in Kimmel (1992).
13. It is often argued (see the papers contained in Carraro and Siniscalco, 1993, and Carraro and Siniscalco, 1994) that environmental taxation has a low direct impact on emissions because it can only induce small substitution effects. However, it produces a large tax revenue that can be used to finance environmental R&D and the adoption of environment-friendly technologies, thus reducing the emission output ratio.

REFERENCES

Bergman, L. (1993), 'General Equilibrium Costs and Benefits of Environmental Policies: Some Preliminary Results Based on Swedish Data', Mattei Foundation discussion paper 36.93.

Carraro, C. and D. Siniscalco (1993), *The European Carbon Tax: an Economic Assessment*, Dordrecht: Kluwer.

Carraro, C. and D. Siniscalco (1994), 'Environmental Policy Reconsidered: The Role of Technological Innovation', *European Economic Review*, **38**, 545–54.

Carraro, C. and A. Soubeyran (1992), 'Environmental Policy and the Choice of Production Technology', forthcoming in C. Carraro, Y. Katsoulacos and A. Xepapadeas (eds), *Environmental Policy and Market Structure*, Dordrecht: Kluwer.

Carraro, C. and A. Soubeyran (1994), 'R&D Cooperation, Innovation Spillovers and Firms' Location in a Model of Environmental Policy', mimeo.

Carraro, C. and G. Topa (1994), 'Should Environmental Innovation Policy Be Internationally Coordinated?' in C. Carraro (ed.), *Trade, Innovation, Environment*, Dordrecht: Kluwer.
Kimmel, S. (1992), 'Effects of Cost Changes on Oligopoly Profits', *Journal of Industrial Economics*, **4**, 441–9.
Seade, J. (1980), 'The Stability of Cournot Revisited', *Journal of Economic Theory*, **23**, 15–27.
Ulph, D. (1994), 'Strategic Innovation and Strategic Environmental Policy', in C. Carraro (ed.), *Trade: Innovation, Environment*, Dordrecht: Kluwer.

APPENDIX

Proofs of Propositions 1–4

Proposition 1 states that, at the equilibrium, $\partial Q/\partial t < 0$. Each firm's equilibrium production is given by:

$$\partial \pi_i/\partial q_i = f(Q,k) - tk - a_i + q_i f_Q = 0. \qquad \text{(A.1)}$$

Adding up this condition for the n firms:

$$nf(Q,k) - ntk - \Sigma_i a_i + Qf_Q = 0. \qquad \text{(A.2)}$$

Differentiating with respect to t, we obtain:

$$nf_Q Q_t - nk + Q_t f_Q + Qf_{QQ}Q_t \qquad \text{(A.3)}$$

where $Q_t \equiv \partial Q/\partial t$ and f_Q, f_{QQ}, are, respectively, the first- and second-order derivatives of the demand function with respect to Q. Hence,

$$Q_t = nk/[(n+1)f_Q + Qf_{QQ}] < 0 \qquad \text{(A.4)}$$

because $(n+1)f_Q + Qf_{QQ} < 0$ by the stability condition (Seade, 1980). It is then easy to determine $\partial p/\partial t$:

$$\partial p/\partial t = f_{QQ}t > 0 \qquad \text{(A.5)}$$

because $f_Q < 0$, and $Q_t < 0$.

Proposition 2 analyses the effect of the environmental tax on firm i's market share. Solving (A.1) with respect to q_i, we have:

$$q_i = [f(Q,k)-tk-a_i]/(-f_Q). \tag{A.6}$$

Then, $nq_i = n[f(Q,k)-tk-a_i]/(-f_Q)$, which implies:

$$Q - nq_i = n(a_m - a_i)/f_Q. \tag{A.7}$$

Solving with respect to Q, and replacing this value into $s_i = q_i/Q$, we obtain:

$$s_i = 1/n + (a_i - a_m)/(Qf_Q). \tag{A.8}$$

Differentiating with respect to t:

$$\partial s_i/\partial t = -[\partial(Qf_Q)/\partial t](a_i - a_m)/(Qf_Q)^2 \tag{A.9}$$

where

$$\partial(Qf_Q)/\partial t = Q_t f_Q + Qf_{QQ}Q_t = (\partial p/\partial t)[1 + Qf_{QQ}/f_Q]. \tag{A.10}$$

Using (A.3), we have:

$$\partial(Qf_Q)/\partial t = n(k - \partial p/\partial t) \tag{A.11}$$

which yields:

$$\partial s_i/\partial t = n(k - \partial p/\partial t)(a_m - a_i)/(Qf_Q)^2 > 0 \iff k > \partial p/\partial t \text{ and } a_m > a_i. \tag{A.12}$$

Proposition 3 focuses on industry concentration. Let concentration be measured by the Hirschman–Herfindhal index, H. Then:

$$\partial H/\partial t = 2\Sigma_i[s_i/(\partial s_i/\partial t)].$$

Using (A.8) and (A.12), we obtain:

$$\partial H/\partial t = [2/(Qf_Q)^2]\Sigma_i[k-\partial p/\partial t](a_m - a_i) - [2n/(Qf_Q)^3]\Sigma_i[k-\partial p/\partial t](a_m - a_i)^2. \tag{A.13}$$

Notice that the first term is a function of the sum of the deviation of a_i from the average a_m. This sum being zero, then the first term is also zero. The second term is a function of the sum of the squared deviation of a_i from the average a_m. Hence, we can write:

$$\partial H/\partial t = -[2n^2/(Qf_Q)^3]\,[k-\partial p/\partial t]V(a_i) \tag{A.14}$$

where $V(a_i)$ is the variance of firms' marginal costs. Finally, as $f_Q < 0$, $V(a_i) > 0$, we have:

$$\partial H/\partial t > 0 <=> k > \partial p/\partial t.$$

Proposition 4 examines the effect of the tax on profits. From $\pi_i = -f_Q q^2{}_i - F_i$, we have:

$$\partial \pi_i/\partial t = -f_{QQ}Q_t q_i^2 - 2f_Q q_i(\partial q_i/\partial t)$$

where $\partial q_i/\partial t$ can easily be shown to be:

$$\partial q_i/\partial t = Q_t[f_Q + (Q-nq_i)f_{QQ}]/(nf_Q).$$

Using this equation and (A.1), (A.4), (A.5), after a few steps we obtain:

$$\partial \pi_i/\partial t = (q_i/n)(\partial p/\partial t)[(ns_i - 2)Qf_{QQ}/f_Q - 2]. \tag{A.15}$$

Using the demand function $p = u'(Q/M)v(kQ) \equiv f(Q,k)$, and Equation (7), we finally obtain:

$$\partial \pi_i/\partial t = q_i\sigma(s_i - s^*)(\partial p/\partial t) \tag{A.16}$$

where $\sigma = -Q/Q^* < 0$, $Q^* = 1/(\mu k - \tau/M)$, and $s^* = 2(1+\sigma)/n\sigma$. Hence, $\partial \pi_i/\partial t > 0$ $<=> s_i < s^*$, because $\partial p/\partial t > 0$. This proves Proposition 4.

QED

Proof of Lemma 1

Using Equation (13) and imposing $t = 0$, we get the following equation which implicitly defines Q^m:

$$Q^m = n(f-a_m)/(-f_Q) = nQ^*\,[1 - (a_m/\tau)e^{-\sigma m}] \tag{A.17}$$

which is positive iff $\tau > a_m$. Notice that this condition is implied by $t^* > 0$ (see Equation (16)). From Equation (24), $Q^\#$ is implicitly defined by:

$$Q^\# = \theta(e^{\tau Q\#/M} - 1)Q^* \tag{A.18}$$

whereas Equation (A.17) can be re-written as:

$$Q^m = n[1 - (a_m/\tau)e^{Q^m/Q^*}]Q^*. \qquad \text{(A.19)}$$

As a consequence, $Q^m < Q\#$ iff the value of $Q^\#$ defined by the intersection between the function $\theta(e^{\tau Q^\#/M}-1)Q^*$ and the 45° line is larger than the value of Q^m defined by the intersection between $n[1 - (a_m/\tau)e^{Q^m/Q^*}]Q^*$ and the 45° line (see Figure 2.7). This is indeed the case because the right-hand side of (A.18) is a growing function of $Q^\#$ which is equal to zero when $Q^\# = 0$.

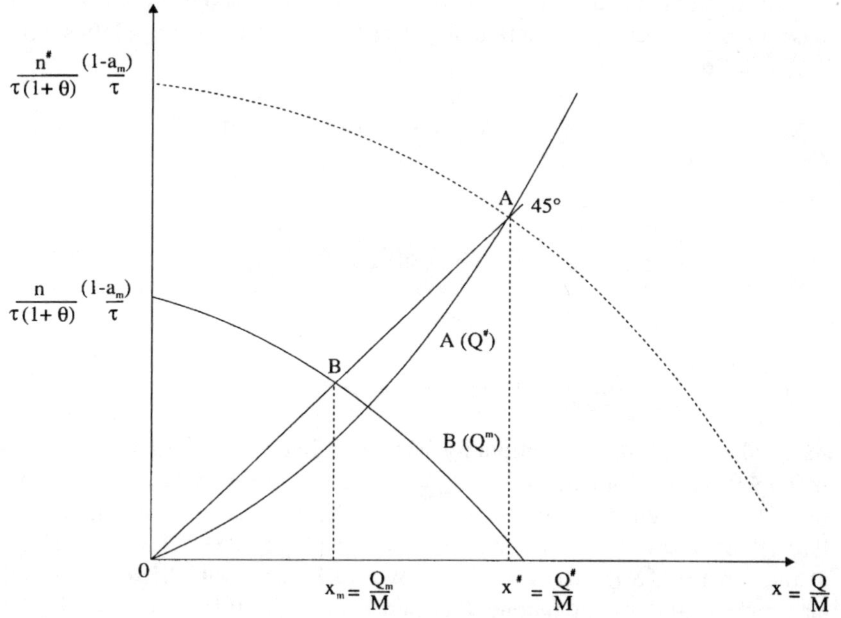

Figure 2.7 Evaluating the shape of the consumer's welfare

By contrast, the right-hand side of (A.19) is a decreasing function of Q^m which is equal to $n(1-a_m/\tau)Q^* > 0$ at $Q^m = 0$. Moreover, the slope of $\theta(e^{\tau Q^\#/M}-1)Q^*$ at $Q^\# = 0$ is equal to $\theta/(1+\theta) < 1$, which implies that the two functions:

$$A(Q^\#) \equiv \theta(e^{\tau Q^\#/M}-1)Q^*$$

and

$$B(Q^m) \equiv n[1-(a_m/\tau)e^{Q^m/Q^*}]Q^*$$

have the shape shown in Figure 2.7.

The necessary and sufficient condition for $Q^m < Q^\#$ is $Q^\# > B(Q^\#)$, that is the function $B(Q)$ must intersect the 45° line to the left of point A in Figure 2.7. This condition is satisfied if $n < n^\#$, where:

$$n^\# = \tau(1+\theta)x^*/[1-(a_m/\tau)e^{\tau(1+\theta)x\#}]. \tag{A.20}$$

QED

Proof of Proposition 8

In order to prove that there exists an optimal value, t_{opt}, of the tax rate, t, which maximizes the social welfare function, $W(t)$, in the interval $[0,t_M]$, let us write $W(t)$ as follows:

$$W(t) = W[\sigma(t)]. \tag{A.21}$$

Hence:

$$W_t = (\partial W/\partial\sigma)(\partial\sigma/\partial t) \tag{A.22}$$

where

$$\partial\sigma/\partial t = -Q_t/Q^* > 0 \quad \text{as } Q_t < 0,\ Q^* > 0. \tag{A.23}$$

As usual, there exists a maximum for $W(t)$ in the interval $(0,t^*]$, if $W_t(0) > 0$ and $W_t(t^*) \leq 0$. Let us denote $\sigma(t=0) = \sigma_m < -1$ because $t^* > 0$. Moreover recall that $\sigma(t=t^*) = -1$. Hence, from (A.22) and (A.23), there exists a maximum for $W[\sigma(t)]$ in the interval $[0,t^*]$, if $W_t(\sigma=\sigma_m) > 0$ and $W_t(\sigma=-1) \leq 0$. Given the shape of the functions $S(t)$, $\pi(t)$ and $T(t)$ shown in Figures 2.4, 2.5 and 2.6, this maximum would also be unique. It is easy to check that: $W_t(\sigma=\sigma_m) > 0$ iff $\theta > \theta_L$, where

$$\theta_L = [(\Phi e^{-2\sigma m}+1) - (a_m e^{-\sigma m}/\tau+\sigma_{m2}(n-1)/n^2)]/(e^{-\tau x^*\sigma m}-1) \tag{A.24}$$

whereas $W_t(\sigma=-1) \leq 0$ iff $\theta < \theta_M$, where

$$\theta_M = [(\Phi e^2+1) - (a_m e/\tau+(n-1)/n^2]/(e^{\tau x^*}-1). \tag{A.25}$$

QED

3. Environmental R&D, spillovers and optimal policy schemes under oligopoly[1]

Yannis Katsoulacos[2] and Anastasios Xepapadeas[3]

1. INTRODUCTION

An assumption very often used in the analysis of environmental policy is that the emissions per unit of produced output are constant. Then once environmental policy is introduced, firms either reduce their output or engage in abatement which mainly represents end-of-pipe emissions reduction (e.g. Keeler, Spence and Zeckhauser, 1971; Baumol and Oates, 1988; Barnett, 1980). Recently, however, increasing attention has been directed towards the analysis of environmental policy aimed at reducing unit emissions coefficients through the introduction of environmentally clean technology. That is, firms are induced by the policy to engage in environmental innovation or environmental R&D (e.g. Carraro and Siniscalco, 1992, 1993; Ulph and Ulph, 1996) and by doing so they could reduce emissions without reducing output or undertaking end-of-pipe abatement. For example, the introduction of fluidized bed combustion methods in coal-fired power stations reduces emissions per unit of kWh of electricity generated. In the same sense, emissions are reduced by the use of wind or solar power generation methods.

As is well known, emission taxes have been one of the most popular measures in designing environmental policy schemes. Emission taxes internalize external costs and induce firms to restrict output or increase abatement (since unit cost increases) and therefore to reduce emissions to some desirable level. If firms can undertake R&D to develop environmentally clean production technology that will reduce unit emission coefficients, then while in the short run they might respond to the introduction of an emission tax by reducing output, in a longer time period they might respond by engaging in the process of environmental innovation in order to reduce unit emissions. In this sense, the firm undertakes cost-reducing R&D since by doing so it reduces tax costs per unit of output.

A problem arising in the design of environmental policies in the presence of environmental R&D is whether an environmental tax will induce the correct, or socially optimal, amount of R&D. There are a number of factors which result in suboptimal R&D in market equilibrium and they relate to different existing distortions. Distortions could take the form of deviations from perfectly competitive conditions, R&D spillovers among firms in the process of environmental innovation, or excess entry of firms in oligopolistic markets with free entry. The purpose of this chapter is to analyse optimal policy schemes in the presence of these distortions. The schemes take the form of simultaneous application of environmental taxes and R&D subsidies. It is shown that the presence of distortions on the output side – deviations from perfect competition – that in general tend to call for underinternalization of external damages with taxes lower than marginal costs, or the presence of spillovers in environmental innovation, calls for a positive R&D subsidy. On the other hand, private overinvestment in R&D due to strategic behaviour tends to reduce subsidies. Optimal taxes and subsidies are therefore simultaneously determined in the above context. The optimal policy scheme is examined in the presence of the additional distortion of excess entrance of firms under free-entry oligopoly.

Another issue arising when environmental taxes and R&D subsidies in the same sector are considered is that revenue from environmental taxes cannot be used to reduce distortionary taxation in the economy. Additional distortionary taxation might even be necessary to finance subsidies if the environmental budget of the optimal policy scheme shows a deficit. In this case the second dividend often associated with the environmental taxation (e.g. Goulder, 1994) might not be present. This chapter suggests that in such a situation, a cost–benefit calculation might be required to determine whether revenues from environmental taxes should be used to finance R&D or to reduce distortionary taxes.

Finally the chapter provides an example – a numerical simulation for the case of a duopoly; this helps to provide some insight into the numerical magnitude of the variables under investigation.

2. ENVIRONMENTAL R&D AND MARKET EQUILIBRIUM

Consider an oligopolistic market of $i = 1, \dots, n$ firms, each one producing a homogeneous product with the demand function:

$$p = P(Q), \quad Q = \sum_{i=1}^{n} q^i$$

where p is market price and q_i is quantity produced by firm i, $P' < 0$. Output production by each firm generates emissions of a pollutant which cause environmental damages to the community. It is assumed throughout that it is the *flow* of pollution which generates damages, so dynamic problems associated with stock externality are not considered.

It is further assumed that, in the short run, emission reductions are possible only through output reduction. In the longer time horizon, however, firms undertake innovative investment to develop new technologies which can lower the emissions per unit of output, which will hereafter be referred to as environmental R&D (Ulph and Ulph, 1996). Positive spillovers of the knowledge developed by environmental R&D are assumed. That is, innovations in the abatement sector not only reduce own unit emissions, but at the same time reduce unit emissions of the rivals. The model we use is a non-tournament model of R&D competition in which patents protect firms from costless imitation by firms that have undertaken no R&D, but they cannot protect firms from successful discovery by other innovators, and so (in contrast to a patent race) there is no single discoverer. In a patent race (or tournament model of R&D) firms may overinvest.

Let z_i denote investment undertaken in environmental R&D by firm i. Unit emissions are then defined as $b(z^i,\Sigma_{j\neq i}z^j)$, respectively for $i = 1, \ldots ,n$. Denote by b_1, b_2 the partial derivatives of the $b(.,.)$ function with respect to the first and second arguments respectively. Therefore b_1 reflects the effect of own R&D on unit emissions, while b_2 reflects the spillover effects, that is, the influence of rival firms' R&D on own emissions. It is assumed that $b_1, b_2 < 0$, $b_{11}, b_{22} \geq 0$, $b_{12} \leq 0$. That is, R&D reduces unit emissions subject to diminishing returns. Furthermore an increase in R&D by the rivals will increase marginal emission reductions from own R&D. The cost of innovative investment is determined by a convex cost function, $h(z^i)$, $h_z > 0$, $h_{zz} > 0$ (d'Aspremont and Jacquemin, 1988).

The spillover effect, b_2, reflects information linkage or exchange as well as the capacity of the receiving firm to absorb knowledge developed by another firm and use it effectively to reduce its own emissions. Pollution control is exercised by an environmental regulator that imposes a tax t per unit emissions. Assuming constant marginal production costs for the firm, unit production and unit emission costs can be defined as:

$$c^i = a^i + tb\left(z^i, \sum_{j\neq i} z^j\right), \quad i = 1,\ldots,n. \tag{1}$$

At the same time, the regulator subsidizes environmental R&D at proportion $s \leq 1$ of total R&D expenditures.[4]

In the market model described above, the subgame perfect Nash equilibrium over output and environmental R&D is examined. The problem is solved recursively in two stages (Suzumura, 1992). A two-stage model is used in order to take into account a potentially important 'strategic effect'. If R&D and output are chosen simultaneously, then firms act in a non-strategic fashion: the gains they see from R&D are simply the reduction in their cost from producing a given output. Then firms will spend on R&D up to the point where the marginal gain from an additional amount of R&D equals the marginal cost. If firms act strategically – choosing R&D before output – then they have a stronger incentive to spend on R&D because they now calculate that an additional advantage of lowering their own costs is that they will take market share from their rivals' output, further driving up profits. This is the strategic investment effect that reinforces the conventional cost-minimizing calculation. Even taking into account this effect, in a wide class of cases, private incentives of firms to undertake R&D will still be below the minimum.

Stage 2 Let $R^i(q^1, \ldots, q^n) \equiv P(Q)q^i$ denote the revenue function for firm i. It is assumed that:

$$R^i(0,q^{-i}) = 0,\ R_i^i(0,q^{-i}) > 0,\ R_{ii}^i < 0,\ R_j^i < 0 \text{ for } i \neq j,\ q^i > 0, \text{ and } R_{ij}^i < 0,\ i \neq j.$$ [5]

Denoting fixed costs by F^i, firm i – given the output of the other firms – solves the problem:

$$\max_{q_i} R^i(q^i,q^{-i}) - c^i q^i - F^i. \tag{2}$$

Assuming an interior solution, the first-order condition for maximum is:

$$R_i^i(q^i,q^{-i}) = c_i^i \quad i = 1, \ldots, n. \tag{3}$$

Thus the Nash equilibrium value of output is given by $q^i = q^i(c^1, \ldots, c^n)$ where, as usual, the following are assumed to hold for the Nash equilibrium value of output:

$$q_i^i < 0, \quad q_j^i > 0, \quad q_i^i + \sum_{j \neq i} q_j^i < 0.$$

By substituting the Nash values into (2), the profit function for firm i is defined as:

$$\pi^i = R^i(q^1(c^1, \ldots, c^n), \ldots, q^n(c^1, \ldots, c^n)) - c^i q^i(c^1, \ldots, c^n) = \pi^i(c^1, \ldots, c^n) \tag{4}$$

Using the envelope theorem, from (4):

$$\pi_i^i = -q^i + \sum_{j \neq i} R_j^i q_i^j < 0 \tag{5.1}$$

$$\pi_j^i = R_j^i q_j^j + \sum_{\substack{h \neq i \\ h \neq j}} R_h^i q_j^h . \tag{5.2}$$

It is furthermore assumed that the profit function is convex in own cost, $\pi_{ii}^i > 0$, and that $\pi_{ij}^i < 0$.

Stage 1 In stage 1, the firm chooses environmental R&D to maximize its own profits. Under the Nash assumption, the firm takes as given the unit cost of its rivals. The problem therefore is:

$$\max_{\{z^i\}} V^i = \pi^i(c^1,...,c^n) - (1-s)h(z^i) \tag{6}$$

where

$$c^i = a^i + tb\left(z^i, \sum_{j \neq i} z^j\right).$$

The first-order condition for maximum is:

$$t\pi_i^i b_1 - (1-s)h_z \leq 0,\ z^i \geq 0\ j = 1, \ldots, n. \tag{7}$$

The satisfaction of second-order conditions requires that:

$$D = \pi_{ii}^i (tb_1)^2 + t\pi_i^i b_{11} - (1-s)h_{zz} < 0.$$

From (7), the following preliminary results can be obtained:

- If $t = 0$, then $z^i = 0$ irrespective of s. That is, firms will undertake environmental R&D only if their emissions are taxed.
- When positive environmental R&D is undertaken, marginal tax savings from R&D equals the marginal (unsubsidized) R&D cost.

In symmetric equilibrium, $z^i = z$ and (7) implies, for interior solution:

$$t\pi'(c)\, b_1\,(z, (n-1)\,z) = (1-s)\, h_z(z), \quad c = a + tb\,(z,(n-1)z) \tag{8}$$

$$\pi' = -q + (n-1)R' \frac{\partial q}{\partial c} = -q\left[1 - (n-1)P' \frac{\partial q}{\partial c}\right] < 0$$

where

$$R' = \frac{\partial R^i}{\partial q^j} = P' q < 0, \quad \frac{\partial q}{\partial c} = \frac{\partial q^i}{\partial c^j} > 0 \text{ and } \pi'' > 0$$

which define implicitly the Nash equilibrium value of environmental R&D as:

$$z^N = z^N (t,s) \tag{9}$$

Substituting z^N into the first-order conditions of stage 2, the Nash equilibrium value of output is defined by the relation:

$$P'(nq)\, q + P\,(nq) = a + tb\,(z^N (t,s), (n-1)\, z^N (t,s)) \tag{10}$$

Then

$$q^N = q^N (t,s) \tag{11}$$

Assuming that second-order conditions are satisfied in the choice of the Nash equilibrium output, we obtain from (7) after imposing symmetry:

$$z_t^N = \frac{\partial z^N}{\partial t} = -\frac{\pi' b_1 + \pi'' btb_1}{\tilde{D}} > 0 \text{ if } |\pi'| > \pi'' bt \tag{12.1}$$

$$z_s^N = \frac{\partial z^N}{\partial s} = -\frac{h_z}{\tilde{D}} > 0 \tag{12.2}$$

where $\tilde{D} = t\pi' [b_{11} + (n-1)b_{12}] + t^2 b_1 \pi'' [b_1 + (n-1)b_2] - (1-s)h_{zz}$.[6]

That is, an increase in emission taxes or R&D subsidies will increase R&D.

In the same way, we obtain from (10), assuming that $M = (\partial/\partial q)(P'(nq)\, q + P\,(nq)) < 0$:

$$q_s^N = \frac{\partial q^N}{\partial s} = \frac{t(b_1 + (n-1)b_2)z_s^N}{M} > 0 \tag{13.1}$$

$$q_t^N = \frac{\partial q^N}{\partial t} = \frac{b}{M} + \frac{t(b_1 + (n-1)b_2)z_t^N}{M} \tag{13.2}$$

From (13.1), an increase in the R&D subsidy will increase output. From (13.2), however, the effect on output of increasing taxes consists of two parts. Each part affects output towards different directions. An increase in the tax will tend to reduce output as reflected by the first term (b/M) of the right-hand side of (13.2), which is the short-term effect of emission taxes. However, increased taxes will stimulate R&D according to (12.1). Thus there is a long-term effect, expressed by the second term ($[b_1 + (n-1)\, b_2]\, z_t^N/M$) of the right-hand side of (13.2), which tends to increase output.[7]

3. OPTIMAL REGULATORY POLICIES

The environmental regulator chooses taxes and subsidies to maximize social welfare expressed as consumer and producer surplus less environmental damages, which are expressed by the strictly increasing and convex damage function $D(\Sigma_i bq^i)$, $D' > 0$, $D'' > 0$. In analysing the regulator's problem, we examine first the case where the number of firms is fixed and cannot be affected by the regulator.

3.1 Regulation in Fixed-Number Oligopolies

The problem of the regulator is:

$$\max_{t,s\geq 0} W(t,s) = \int_0^{nq} P(u)du - naq - nh(z) - D(nbq) - nF \tag{14}$$

where q and z are defined by their Nash equilibrium values $q^N(t,s)$, $z^N(t,s)$. The first-order conditions for interior solutions can be written as:

$$\frac{\partial W}{\partial t} = 0 \text{ or } A_1\frac{\partial z}{\partial t} + A_2 = 0 \tag{15.1}$$

$$\frac{\partial W}{\partial s_1} = 0 \text{ or } A_1\frac{\partial z}{\partial s} = 0 \tag{15.2}$$

where:

$$A_1 = \left[(p - a - D'\,b) \frac{\partial q}{\partial c} - D'\,q \right] \frac{\partial b}{\partial z} - \frac{\partial h}{\partial z} \tag{16}$$

$$A_2 = (p - a - D'\,b) \frac{\partial q}{\partial c} b \tag{17}$$

$$q^N = q\,(c), \quad c = a + tb\,(z^N, (n-1)\,z^N).$$

From the comparative static results of the previous section, the derivatives of the innovative investment with respect to the policy parameters (t,s) are positive. Therefore the first-order conditions (15) will be satisfied if $A_1 = A_2 = 0$. Therefore at the social optimum the following conditions should be satisfied:

$$p = a + bD' \tag{18}$$

$$-qD'\,(b_1 + (n-1)\,b_2) = h_z. \tag{19}$$

Condition (18) means that output production should be carried out up to the point where the value of a unit of output equals unit production cost plus unit environmental damages. Condition (19) means that environmental R&D should be undertaken up to the point where marginal savings in environmental damages due to R&D equal the marginal cost of investing in environmental R&D.

To derive the optimal policy scheme, Conditions (18) and (19) are compared with the corresponding conditions for profit maximization under symmetry. Using (10) and (8), the following conditions are satisfied at the market equilibrium:

$$p = a + tb - P'q \tag{20}$$

$$\pi' tb_1 = (1-s)h_z \tag{21}$$

where $\pi' = -q[1-(n-1)\,P'(\partial q/\partial c)]$ under symmetry.

Combining those conditions with the ones for the social optimum, the optimal policy scheme is determined as:

$$t^* = D' + \frac{P'\,q}{b} \tag{22.1}$$

$$s^* = 1 - \left(\frac{t^*}{D'}\right)\left(\frac{b_1}{b_1 + (n-1)b_2}\right)\left(1 - (n-1)P'\frac{\partial q}{\partial c}\right) \tag{22.2}$$

The structure of the above scheme is remarkably simple. From (22.1) the optimal emission tax is less than external marginal damages, as expected in a fixed-number oligopoly (e.g. Ebert, 1991/92). From (22.2), the optimal environmental R&D subsidy depends on three factors that incorporate distinct effects. The first, (t^*/D'), is the output distortion effect, which causes firms to underinvest in environmental R&D because the optimal tax is not sufficiently high (equal to marginal damages) to induce private firms to undertake the socially desirable environmental R&D. As we have already seen, firms undertake environmental R&D only because their emissions are taxed. Since, however, their emissions cannot be taxed according to the full marginal damages because of output distortions resulting from the fact that firms do not take into account effects on consumer surplus, the second-best optimal emission tax is such that $t^* < D'$, and so firms do not undertake the socially optimal R&D; thus the need for positive subsidy. The second effect, $(b_1/(b_1 + (n-1)\, b_2))$, is the environmental R&D spillover effect, that again causes firms to underinvest in environmental R&D since they do not take into account the spillover externality. Therefore, a positive subsidy is required to increase the private marginal product of environmental R&D (b_1) to the level of the social marginal product $(b_1 + (n-1)\, b_2)$. The third effect, $(1 - (n-1)\, P'(\partial q/\partial c)) > 1$, is the strategic effect that causes firms to overinvest in environmental R&D. This is because when firms evaluate the effects of R&D on their profit, they take into account both the direct marginal revenue effect of an increase in R&D and an indirect (strategic) effect. This strategic effect, not taken into account by the regulator, tends to lead to private overinvestment in R&D. To prevent overinvestment, the subsidy should be reduced.

Thus while the output distortion and the R&D spillover effects tend to increase the optimal subsidy, the strategic effects tend to reduce it. In fact, if the first two effects are sufficiently weak – that is, a tax close to marginal damages and small spillovers – while the strategic effect is strong, the optimal subsidy might be negative, indicating that environmental R&D should be taxed in order to avoid overinvestment.

The case of a positive subsidy is illustrated in Figure 3.1. The vertical axis measures marginal cost and marginal benefits of environmental R&D, while the horizontal axis measures R&D. The socially optimal R&D is z^* while the unsubsidized market R&D is z^N. Thus the optimal subsidy shifts the marginal cost curve downward for the firms so that the socially optimal R&D is undertaken. A negative subsidy (environmental R&D tax) would have been required if the private marginal benefit curve had been above the social marginal benefit curve.

The regulatory scheme (22) is quite general and allows us to draw some conclusions about the taxes/subsidies level in other market structures. Under monopoly, $n = 1$ and only the output distortion effect is present, indicating the

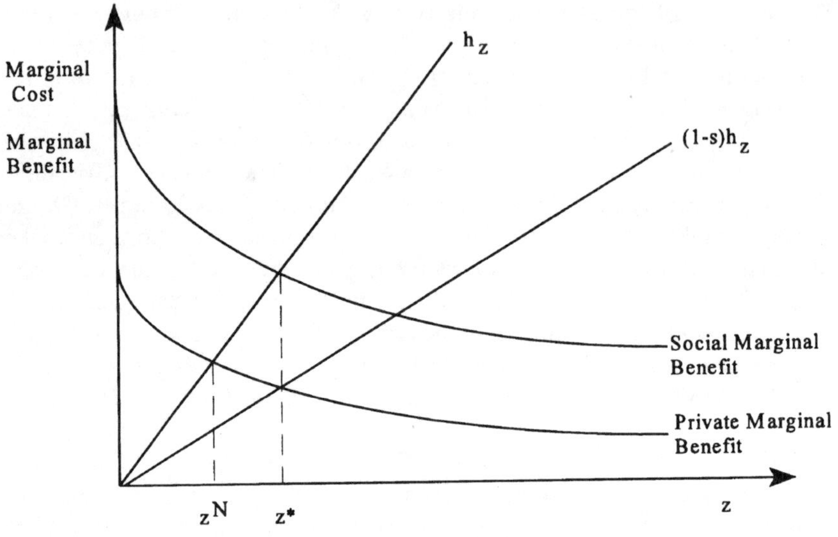

Figure 3.1 Optimal R&D subsidy

need for a positive subsidy. If firms are price-takers, $P' = 0$, and only the R&D spillover effect is present, indicating again that the optimal subsidy is positive. The results are summarized in Table 3.1, which indicates that only when firms are price-takers and no spillovers exist can a Pigouvian tax induce firms to undertake the socially optimal environmental R&D. Without spillovers, as in the case of monopoly, output distortions that make necessary the reduction of the emission tax also reduce incentives for R&D, in which case a subsidy should be given. It should be noted that the model could also have included process R&D, which reduces production cost per unit of output (e.g. Ulph and Ulph, 1996). This extension, however, will not change the nature of our results. If spillovers exist in process R&D, then some subsidy will be necessary to correct the appropriability problem. The value of the subsidy will be reduced by the strength of the strategic effect that causes overinvestment. Another possible extension is to introduce the possibility of end-of-pipe abatement in stage 2. That is, the firm at stage 1 chooses R&D and at stage 2 chooses output and abatement expenses in the fashion of conventional models with constant unit emission coefficient. If we do not assume a competitive environment, then it is known (e.g. Barnett, 1980) that the output distortion effect results in a tax less than marginal damages; this causes suboptimal abatement exactly in the same way that the output distortion effects cause underinvestment in R&D and thus the need for a subsidy. If the regulator cannot eliminate the output distortion with a subsidy on output, as is implicitly assumed here, then an abatement subsidy should also be given to correct for underabatement. If, however, output subsidy can be given, then an environmental tax equal to marginal damages will induce the correct abatement. In the presence of output subsidy, the R&D subsidy will not be zero, however, since the spillover effect and the strategic effect remain.[8]

Table 3.1 Optimal regulatory scheme and market structure

Market structure	Price-taker firms		Monopoly	Oligopoly[c]	
R&D spillover	No[a]	Yes[b]	No	No	Yes
Optimal emission tax	$t^c = D'$	$t^c = D'$	$t^M < D'$	$t^o < D'$	$t^o < D'$
Optimal environmental R&D subsidy	$s^c = 0$	$s^c > 0$	$s^M > 0$	$s_1^{\,0} > 0$	$s_2^{\,0} > 0$ $s_2^{\,0} > s_1^{\,0}$

Notes:
[a] $b_2 = 0$
[b] $b_2 < 0$
[c] Sufficiently weak strategic effect. With strong strategic effect, the optimal subsidy could be zero or negative.

3.1.1 The environmental budget

Given the policy scheme (22), the environmental budget is defined as:

$$B = n\,[t^* bq - s^* h(z)]$$

or, using (22.2),

$$B = \frac{nt^* h(z)}{D'}\left\{\left[\frac{bqD'}{h(z)} + \frac{b_1}{\left(b_1 + (n-1)b_2\right)}\left[1 - (n-1)R'\frac{\partial q}{\partial c}\right]\right] - \frac{D'}{t^*}\right\}. \tag{23}$$

The sign of the environmental budget cannot be determined *a priori*. Since the first two terms in the brackets are always positive, the budget will tend to be positive, the smaller the deviation between marginal damages and the environmental tax. On the other hand, if taxes are set very low as compared to the marginal damages, the budget could be negative, indicating that R&D subsidy should in addition be financed by sources other than the revenues from the environmental tax. The introduction of the environmental budget in this context has some implications regarding the double-dividend property of environmental taxes.

The double-dividend property basically claims that a revenue-neutral substitution of the environmental tax for a typical or a representative distortionary tax involves zero or negative gross welfare costs.[9] The use, however, of environmental revenues to subsidize R&D reduces the amount available to substitute for distortionary taxes but, on the other hand, induces the correct amount of environmental R&D which would have been suboptimal given the existing distortions. Thus there is a case for evaluating the relative benefits from the alternative uses of the revenues from the environmental tax. If the budget is positive then the surplus can be used to reduce distortionary taxes and then the second dividend exists. However, in this case, to make sure that R&D be financed, the benefits from the increased R&D should be compared with the foregone gross reduction in welfare cost from *not* reducing the distortionary tax even more.[10] If the budget is negative, then a second dividend does not exist while the financing of the deficit might require additional distortionary taxation. Therefore once we allow for the possibility that revenues from environmental taxes could be used within the sector, subjected to taxation in order to obtain more environmental benefits, a benefit–cost calculation is necessary to determine whether the best use of the revenues is to finance environmental R&D or to reduce distortionary taxes. This cost–benefit comparison becomes more urgent if the environmental budget shows a deficit.

3.2 Regulation with Endogenous Market Structure

When the market structure is determined endogenously, the number of firms in market equilibrium is determined by the zero profit condition.

$$\pi^N = P\,(nq)\,q - aq - tb\,(z,(n-1)\,z)\,q - (1-s)\,h\,(z) - F = 0 \qquad (24)$$

Condition (24) defines implicitly the market equilibrium number of firms, $n^N = n\,(t,s,F)$. If the regulator cannot affect the number of firms, then the optimal tax/subsidy scheme is determined by maximizing the social welfare function (14) with respect to t,s, subject to the zero profit condition (24). Associating the Lagrangean multiplier, λ, with Constraint (24), the first-order conditions for interior solutions can be written as:

$$\frac{\partial W}{\partial t} = 0, \text{ or } X\frac{\partial q}{\partial t} + \Psi\frac{\partial z}{\partial t} = -\lambda bq \qquad (25.1)$$

$$\frac{\partial W}{\partial s} = 0, \text{ or } X\frac{\partial q}{\partial s} + \Psi\frac{\partial z}{\partial s} = -\lambda h(z) \qquad (25.2)$$

where

$$X = [(1-\lambda)\,(p-a) - b\,(D' - \lambda t) - \lambda P'q]$$

$$\Psi = \left[\left[[1-\lambda(1-s)]\frac{\partial h}{\partial z}\right] + (D' - \lambda t)q\frac{\partial b}{\partial z}\right]$$

Solving for X, Ψ, and using subscripts to denote derivatives to simplify notation, we obtain:

$$X = -\lambda\left(\frac{bqz_s + hz_t}{q_t z_s - q_s z_t}\right) \tag{26.1}$$

$$\Psi = \lambda\left(\frac{hq_t + bqq_s}{q_t z_s - q_s z_t}\right) \tag{26.2}$$

A sufficient condition for the existence of a solution is that $q_t < 0$. In this case,

$$q_t z_s - q_s z_t < 0 \text{ and } X \gtreqless 0 \text{ as } \lambda \gtreqless 0$$

Substituting in X and Ψ respectively, $p - a = tb - P'q$ and $h_z = (t\pi' b_1)/(1-s)$ from the firm's first-order conditions and solving for t and s, we obtain the following expressions that define implicitly the constrained optimal tax and subsidy rates:

$$t_e^* = D' + \frac{P'\,a}{b} + \frac{\lambda}{b}\left[\frac{bqz_s + hz_t}{q_t z_s - q_s z_t}\right] \tag{27.1}$$

$$s_e^* = 1 - \frac{t\pi'\,b_1}{\lambda\Gamma_1 - \Gamma_2}, \tag{27.2}$$

where

$$\Gamma_1 = \frac{hq_t + bqq_s}{q_t z_s - q_s z_t} + t_e^*\left[\pi'\,b_1 + q\left(b_1 + (n-1)b_2\right)\right]$$

$$\Gamma_2 = D'q\left(b_1 + (n-1)b_2\right)$$

Given the assumption about a negative sign of q_t, the size of t_e^* as compared to t^* depends on the sign of λ.

If the regulator could also choose the optimal number of firms in the market, given the market structure, the first-order condition for the second-best socially optimal number of firms, n^*, would be $\partial W(n^*)/\partial n = 0$, where:

$$\frac{\partial W}{\partial n} = p\left(n\frac{\partial q}{\partial n}+q\right) - aq - na\frac{\partial q}{\partial n} - h(z) - n\frac{\partial h}{\partial z}\frac{\partial z}{\partial n} - D'\left(bq + n\frac{\partial b}{\partial n}q + nb\frac{\partial q}{\partial n}\right) - F =$$

$$n\left[(p-a-D'b)\frac{\partial q}{\partial n} - \left(\frac{\partial h}{\partial z}+q\frac{\partial b}{\partial z}\right)\frac{\partial z}{\partial n}\right] + (pq - aq - h(z) - D'bq - F) \tag{28}$$

Under appropriate assumptions,[11] the first term of the right-hand side of (28) is non-positive, while for $s \in [0,1)$ and $t \in [0,\bar{t}]$ for some $\bar{t} < D'$ it holds that $pq - aq - h(z) - D'bq - F < \pi^N$. Then along the lines of the proof given by Mankiw and Whinston (1986), it can be shown that $n^* < n^N$. That is, there is an excess number of firms in market equilibrium. Then by the envelope theorem, $\lambda = \partial W/\partial F > 0$, since the free-entry market equilibrium number of firms is less than the second-best socially optimal number of firms and so increasing fixed cost – that is, reducing the number of firms – increases social welfare.

Thus by (27.1), the optimal tax, t_e^*, exceeds the optimal tax under fixed numbers, t^*.

For sufficiently large λ we might have $t_e^* > D'$, which is the overinternalization result obtained by Katsoulacos and Xepapadeas (1995). On the other hand, the direction of the change of the subsidy as compared to s^* is not clear, but depends on the sign of Γ_1. Thus

$$s_e^* \gtrless s^* \text{ as } \Gamma_1 \lesseqgtr 0.$$

When the regulator can affect the number of firms in market equilibrium, by using licence fees (e.g. Brock and Evans, 1985), the policy scheme will have the following structure (see also Katsoulacos and Xepapadeas, 1995):

(i) A licence fee, L, that reduces the number of firms to the second-best socially optimal number:

$$n^N(t,s,F+L) = n^*(t,s,F) \tag{29.1}$$

(ii)
$$t = t^* \tag{29.2}$$

(iii)
$$s = s^* \tag{29.3}$$

That is, the licence fee reduces the market equilibrium number of firms to the socially optimal number of firms, n^*, then taxes and subsidies are optimally set for a fixed-number oligopoly with the number of firms equal to n^*. Thus the regulator determines $(n^* t^*, s^*)$ as solutions of the maximization problem $\max_{n,t,s} W(n, t, s)$ and then calculates the optimal licence fee, L, from (24), such that (29.1) is satisfied.[12]

4. A NUMERICAL EXAMPLE

The general results obtained in the previous section are specified using a simple duopoly model (Katsoulacos and Xepapadeas, 1996). The results obtained provide some insight into the possible numerical values of the scheme. We assume a linear demand function $p = A - Q$, $Q = q_1 + q_2$ with zero production and fixed costs $a = F = 0$ and unit emissions given by the linear function $e_i = \beta - (z_i + \gamma z_j)$, $i = 1,2$, $i \neq j$, $0 \leq \gamma \leq 1$, where γ is the spillover parameter. R&D costs are specified as $h(z_i) = (\delta/2)z_i^2$. In stage 2 the firm solves

$$\max q_i \, pq_i - te_i q_i.$$

The solution of the problem defines the maximum profit function as $\pi^i = (q_i)^2$. In stage 1, the firm solves

$$\max z_i q_i^2(z_1, z_2) - (1-s)\frac{\delta}{2} z_i^2, i = 1, 2$$

Imposing symmetry the Nash equilibrium values of q and z are defined as:

$$q^N = \frac{1}{3}\left[A - t\left[\beta - (1+\gamma)z^N\right]\right] \tag{30}$$

$$z^N = \frac{t(2-\gamma)(A - t\beta)}{\Delta} \tag{31}$$

where

$$\Delta = \left(\frac{9}{2}\right)(1-s)\delta - t^2(2-\gamma)(1+\gamma) > 0, \quad A - t\beta > 0$$

Given (30) and (31) we can obtain explicit expressions for the comparative static derivatives:

$$z_t^N = \frac{1}{\Delta^2}\left[2(2-\gamma)^2(1+\gamma)t^2(A-\beta t)\right] + \frac{1}{\Delta}(A-2\beta t)(2-\gamma) \quad (32.1)$$

$$z_s^N = \frac{1}{2\Delta^2}\left[9(2-\gamma)\delta t(A-\beta t)\right] > 0 \quad (32.2)$$

$$q_s^N = \frac{1}{3}\tau(1+\gamma)\frac{\partial z^N}{\partial s} > 0 \quad (32.3)$$

$$q_t^N = \frac{1}{3}\left[-\beta + (1+\gamma)\left(z^N + t\frac{\partial z^N}{\partial t}\right)\right] \quad (32.4)$$

Given these results and assuming, to simplify things, that D' = 1, the optimal policy rules under fixed-number oligopoly are defined as:

$$t^* = 1 - \frac{q^N}{\beta - (1+\gamma)2^N}, \quad t^* \in (0,1)$$

$$s^* = 1 - t^*\frac{2}{3}\left(\frac{2-\gamma}{1+\gamma}\right)$$

In the expression for the optimal subsidy, the strategic effect is given by the term

$$\frac{2}{3}(2-\gamma)$$

This term is positive and takes its maximum value for $\gamma = 0$. Thus for a sufficiently small γ, s^* could be negative.

By fixing A = 100 and $\delta = 80$, the optimal tax, as a proportion of marginal damages, and the optimal subsidies are calculated for different values of β and γ in Table 3.2. The results indicate that the optimal tax increases with the emission coefficient β while the optimal subsidy increases with the spillover parameter. This is expected, since when γ increases, the spillover effect increases, while the strategic effect decreases. Numerical calculations of the comparative static derivatives defined in (32.1)–(32.4), indicate that z_t^N, z_s^N, $q_s^N > 0$ while $q_t^N < 0$ (see Appendix). This result means that a solution for the same problem, but with endogenous market structure, exists, and that by (27.1) $t_e^* > t^*$.

Table 3.2 Optimal environmental tax and R&D subsidy[a]

γ	0.0		0.05		0.10		0.15		0.20		0.30		0.40		0.50	
β	*t*	*s*	*t*	*s*	*t*	*s*	*t*	*s*	*t*	*s*	*t*	*s*	*t*	*s*	*t*	*s*
40	23.8	68.4	23.7	70.6	23.6	72.9	23.4	74.9	23.2	76.7	22.9	79.9	22.6	82.7	22.3	85.1
50	49.4	34.1	49.3	38.9	49.2	43.3	49.1	47.2	49.0	50.1	48.9	57.3	48.7	62.8	48.5	67.6
60	66.3	11.5	66.2	17.9	66.2	23.7	66.2	29.0	66.1	33.8	66.1	42.4	65.9	49.7	65.8	56.1

Note:
[a] Tax is measured as percentage of marginal environmental damage. Subsidy is measured as percentage of total R&D expenditure.

5. CONCLUDING REMARKS

The chapter has examined optimal environmental policy under conditions of oligopoly when firms invest in environmental R&D, where the R&D process is characterized by knowledge spillovers.

It was shown that under fixed-number oligopoly, the optimal tax is less than marginal environmental damages – as expected – and the optimal R&D subsidy depends on the output distortion, the R&D spillover and the strategic effect. The first two effects tend to increase the subsidy while the third tends to reduce it. These results can be extended to other market structures. Under monopoly, a positive subsidy is optimal because the reduced, as compared to marginal damages, emission tax (output distortion effect) does not give to the monopolist the proper incentive to undertake the socially optimal R&D. When firms are price-takers, the optimal subsidy is zero only if there are no spillover effects. When the number of firms is endogenously determined by the zero profit condition, then the regulatory scheme includes a licence fee that restricts the number of firms under market equilibrium to the socially optimal number. If the regulator cannot impose licence fees, then the emission tax could exceed marginal damage (overinternalization), while the exact size of the subsidy cannot be specified *a priori*.

NOTES

1. An earlier version of this chapter was presented at the 50th Congress of the International Institute of Public Finance, Harvard, August 1994, and the Environment seminar, Venice, May 1995. The authors would like to thank Domenico Siniscalco, Till Requate, Cees Withagen and Lans Bovenberg for helpful suggestions.Financial support from EU, DGXII, Environment RTD Programme is gratefully acknowledged.

2. Athens University of Economics and Business, Department of Economics and Centre for Economic Research and Environmental Strategy.
3. University of Crete Department of Economics and CERES.
4. A possible extension of the model would be to introduce a trade-off between green technology and productivity by considering the case in which the new emission-reducing technology reduces productivity by affecting the parameter a^i.
5. Throughout, x^{-i} will denote the vector $(x^i, \ldots, x^{i-1}, x^{i+1}, \ldots, x^n)$ and wherever appropriate, subscripts associated with functions will denote partial derivatives. That is,

$$\frac{\partial R^i}{\partial q^j} = R^i_j, \; \frac{\partial^2 R^i}{\partial q^i \partial q^j} = R^i_{ij},$$

and so on.
6. A sufficient condition for $\tilde{D} < 0$ is that $b_{11} + (n-1)b_{12} \geq 0$. The condition will be satisfied for a linear, with respect to z, unit emission function.
7. This ambiguous effect of taxes on output in the presence of environmental R&D could be related to possible instabilities in the market for tradable emission permits. Total emissions in market equilibrium are defined as:

$$E(t,s) = nb\,(z^N(t,s), (n-1)\,z^N(t,s))\,q^N(t,s).$$

For any given s, $E(t,s)$ can be interpreted as the aggregate market demand for emission permits at a price t (Spulber, 1985). The change in emissions from a change in the emission tax is determined as:

$$dE = n\left[\frac{\partial b}{\partial t}q^N + \frac{\partial q^N}{\partial t}b\right]dt$$

where

$$\frac{\partial b}{\partial t} = \left[b_1 + (n-1)b_2\right]\frac{\partial z^N}{\partial t} < 0.$$

Therefore an increase in tax might increase total emissions if the long-term effect from increased R&D is sufficiently strong. This implies that at the relevant range the market demand for permits could be upward-sloping.
8. Firms' heterogeneity will also affect the policy scheme. Although the complexity of a model with heterogeneous firms increases, some preliminary results (Katsoulacos, Ulph and Xepapadeas, 1994) indicate that the scheme tends to be firm-specific. It is more likely that less efficient firms will pay a higher tax. Since a higher tax will induce more R&D, more efficient firms are likely to be subsidized more.
9. This corresponds to the strong double-dividend property suggested by Goulder (1994).
10. A similar comparison is required when the budget is zero. In this case, there will be no second dividend since it would not be possible to reduce distortionary taxes.
11. The required assumptions are: (i) $\partial q^N/\partial n < 0$, that is a business-stealing effect is present; (ii) $p - a - D'b \geq 0 \forall n$, that is, for any number of entrants, equilibrium price is not below marginal production and social environmental costs; (iii) $((\partial h/\partial z) + (\partial b/\partial z)\,q)\,(\partial z/\partial n) \geq 0$.

12. The number of firms can also be restricted to the optimal number if the regulator issues permits equal to the total emissions corresponding to n^*. If the firms pay for the permits, the solution will be equivalent to taxes. If, however, grandfathering of permits takes place, there will not be any revenue at the regulator's disposal to subsidize R&D. Furthermore, it is not clear whether rents given to firms through the grandfathering of permits will induce the socially correct amount of R&D. In this case, the equivalence between taxes and permits cannot be established without further analysis.

REFERENCES

Barnett, A.H. (1980), 'The Pigouvian Tax Rule under Monopoly', *American Economic Review*, **70**(5), 1037–41.

Baumol, W.J. and W.E. Oates (1988), *The Theory of Environmental Policy*, Cambridge, UK: Cambridge University Press.

Brock, W.A. and D.S. Evans (1985), 'The Economics of Regulatory Tiering', *Rand Journal of Economics*, **16**(3), 398–409.

Carraro, C. and D. Siniscalco (1992), 'Environmental Innovation and International Competition', *Environmental and Resource Economics*, **2**, 183–200.

Carraro, C. and D. Siniscalco (1993), 'Environmental Policy Reconsidered: The Role of Technological Innovation', Mattei Foundation working paper 62.93.

d'Aspremont, C. and A. Jacquemin (1988), 'Cooperative and Noncooperative R&D in Duopoly with Spillovers', *American Economic Review*, **78**, 1133–7.

Ebert, U. (1991/92), 'Pigouvian Tax and Market Structure', *Finanz Archiv*, **49**(2), 154–66.

Goulder, L.H. (1994), 'Environmental Taxation and the Double Dividend: A Reader's Guide', 50th Congress of the International Institute of Public Finance, Harvard, August 1994.

Katsoulacos, Y., D. Ulph and A. Xepapadeas (1994), 'Emission Taxes in International Asymmetric Oligopolies', CEPR Workshop on 'Environmental Policy, International Agreements and International Trade', London, November 1994.

Katsoulacos, Y. and A. Xepapadeas (1995), 'Environmental Policy under Oligopoly with Endogenous Market Structure', *Scandinavian Journal of Economics*, **97**(3), 411–20.

Katsoulacos, Y. and A. Xepapadeas (1996), 'Environmental Innovation, Spillovers and Optimal Policy Rules', in C. Carraro, Y. Katsoulacos and A. Xepapadeas (eds), *Environmental Policy and Market Structure*, Dordrecht: Kluwer.

Keeler, E., M. Spence and R. Zeckhauser (1971), 'The Optimal Control of Pollution', *Journal of Economic Theory*, **4**, 19–34.

Mankiw, N.G. and M.D. Whinston (1986), 'Free Entry and Social Inefficiency', *Rand Journal of Economics*, **17**(1), 48–58.

Spulber, D.F. (1985), 'Effluent Regulation and Long-Run Optimality', *Journal of Environmental Economics and Management*, **12**, 103–16.

Suzumura, K. (1992), 'Cooperative and Noncooperative R&D in an Oligopoly with Spillovers', *American Economic Review*, **82**, 1307–20.

Ulph, A. and D. Ulph (1996), 'Trade, Strategic Innovation and Strategic Environmental Policy: A General Analysis', in C. Carraro, Y. Katsoulacos and A. Xepapadeas (eds), *Environmental Policy and Market Structure*, Dordrecht: Kluwer, forthcoming.

APPENDIX

Numerical computation of comparative static derivatives of $q^N(t,s)$, $z^N(t,s)$ with respect to t and s. $A = 100$, $\beta = 40$, $\gamma = 0.1$, $\delta = 80$: Figures 3A.1–3A.4.

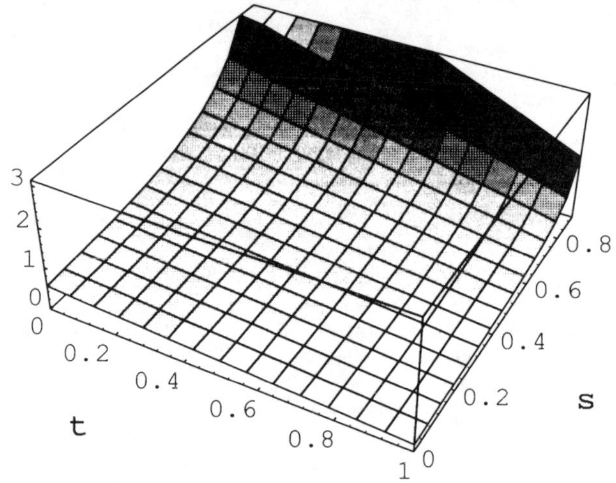

Figure 3A.1 $\partial z^N/\partial t$

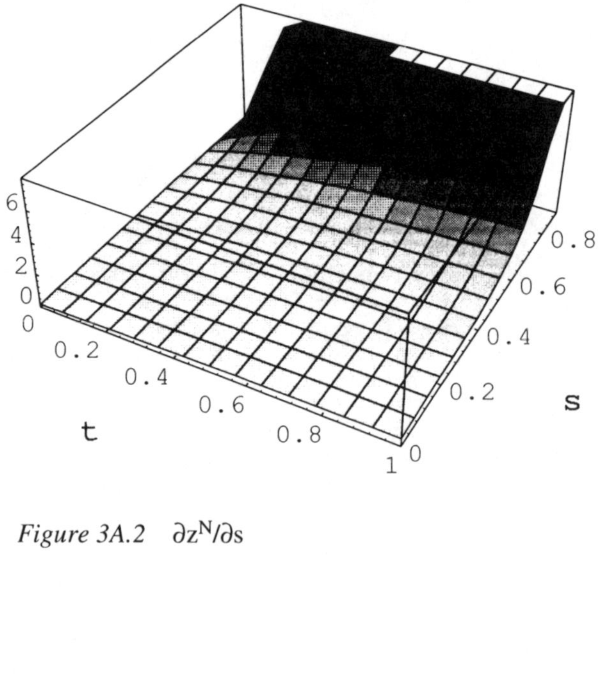

Figure 3A.2 $\partial z^N/\partial s$

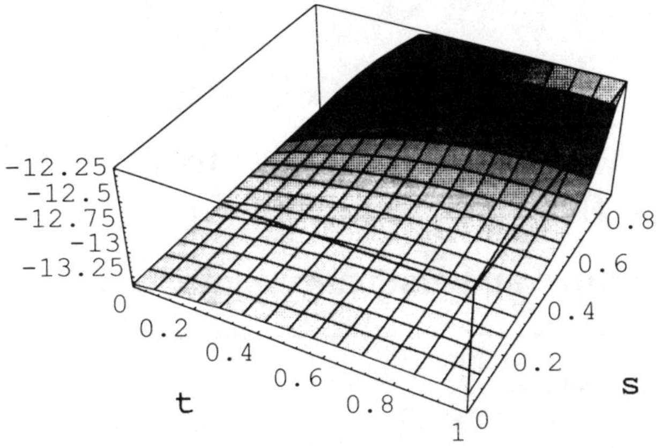

Figure 3A.3 $\partial q^N/\partial t$

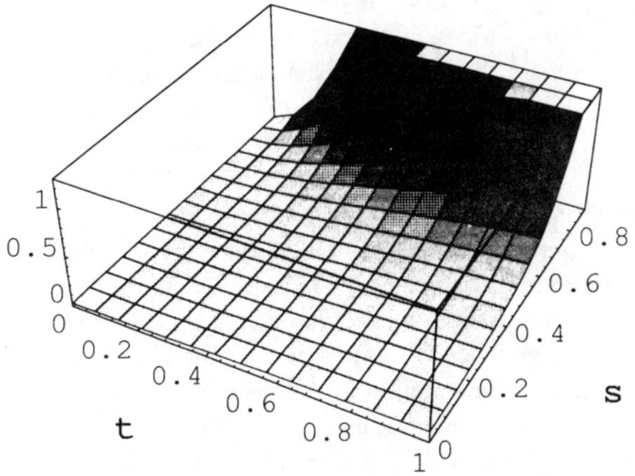

Figure 3A.4 $\partial q^N/\partial s$

4. Voluntary agreements in environmental policy: a theoretical appraisal[1]

Carlo Carraro[2] and Domenico Siniscalco[3]

1. INTRODUCTION

Environmental policy can be implemented through a variety of instruments. The literature traditionally distinguishes between command and control measures (compulsory standards) and economic instruments (e.g. taxes, emission charges, tradable permits, subsidies). As economic instruments attain their results through the market, by changing prices and costs, their effects and optimal implementation can be analysed through the usual microeconomic tools; moreover they are widely advocated by economists, *vis-à-vis* command and control measures, because of their superior economic efficiency.

Since the end of the 1980s, a new set of policy instruments called voluntary agreements (VAs) has been introduced in several countries to prevent industrial pollution. According to this approach, pollution reduction is attained through a contract between the public administration and the industry, often in association with direct regulation or taxation. In the contract the firm agrees to achieve a certain environmental objective and receives a subsidy to change its technology through R&D and innovation. The agreement is bilateral, between one firm and the administration, and requires a voluntary element on both sides.[4]

The VA approach has been developed by policy makers without previous theoretical analysis or academic recommendation; since their first appearance, VAs have spread broadly and quickly in many OECD countries. A recent paper by Glachant (1994) surveys the diffusion of VAs among other economic and regulatory instruments for environmental policy. The data set presented in the paper contains 75 voluntary agreements in 12 OECD member countries.

Against this background the few existing surveys (BIAC, 1992; Glachant, 1993; OECD, 1994) claim that VAs are the most promising instrument in environmental policy at the industry level. However a proper analysis of this approach is still lacking, so economists are often accused of neglecting the only important novelty in environmental policy implementation.

The very nature of VAs is still in question. Because they include obligations to firms, expressed in terms of physical pollution, VAs are somehow similar to the traditional approach of direct regulation. Because they include economic and financial incentives, VAs can be analysed as economic instruments, such as subsidies.

In this chapter we propose an economic analysis of VAs, characterized as a specific policy instrument, that lies between direct regulation and economic incentives. In the next section we analyse the logic of VAs in the context of a principal–agent model of modern industrial regulation. The adoption of such a viewpoint makes it possible to offer a theoretical analysis, as well as policy recommendations, to improve the use of VAs in the presence of asymmetric information about technology and emissions. In the concluding section, we discuss why VAs exist and when they should be used to control industrial pollution.

2. THE OPTIMAL DESIGN OF VOLUNTARY AGREEMENTS

2.1 The Theoretical Setting

As previously explained, VAs may be used by governments or environmental regulators to induce firms to reduce their emissions, effluents or wastes. This can be done either by setting a technological standard for firms, or by determining the maximum amount of acceptable emissions, thus letting the firm choose the way in which to achieve the environmental goal. As the two cases have the same implications in terms of the optimal design of VAs, in what follows we shall focus on the case in which the voluntary agreement specifies the standard and the related subsidy.

Assume that a government or an environmental regulator wants to reduce toxic or polluting emissions, effluents and wastes by setting a technological standard for domestic firms. The socially optimal standard is determined in the usual way, by comparing the consumers' marginal utility from reducing pollution with the marginal cost of the environmental programme. Let us assume for simplicity's sake that the decision process leading to a given standard has been accomplished by the government, or that the government decides to introduce an internationally harmonized standard. How can firms be induced to achieve the standard, if the latter must be the object of a voluntary agreement agreed on by both parties?

To achieve the standard, a firm pays an innovation cost which has two components: the investment in R&D and physical capital necessary to install the new technology; and the change in operating costs induced by the introduction of the new technology.

Assume that firms, in order to achieve the standard at the minimum cost, have to adopt a new technology. This can be either an innovative technology, which leads to an environmental upgrading of the productive process, or an add-on, end-of-pipe abatement technology. When designing the optimal VA, pollution control innovation will be assumed to be firm-specific. This enables us to ignore issues related to innovation diffusion which would make the regulation problem under asymmetric information much more complex.

Let us consider first the investment cost to achieve the standard. Let parameter θ represent the environmental characteristics of the existing technology (e.g. the volume of emissions per unit of output), whereas θ_o captures the features of the technological standard imposed by the government. We assume that the investment cost of an emission-reducing programme is positively related to θ (the greater θ, the more polluting is a firm's existing production technology, the greater the cost to achieve the emissions standard), negatively related to θ_o (the more stringent the standard, the greater the investment cost), and negatively related to emission-reducing R&D (more R&D provides a firm with a more efficient emission-reducing technology). We thus write the investment cost of a firm's emission-reducing programme as $I(\theta,\theta_o,x)$, where $I(\theta,\theta_o,x) > 0$, for all θ, θ_o, and x.

The function $I(.)$ is assumed to be continuous and twice differentiable with respect to its arguments. Moreover R&D is assumed to have a decreasing impact on the investment cost. As a consequence the second derivatives of $I(.)$ with respect to x^2 and with respect to x and θ are positive. The effect of the environmental programme on the emission–output ratio is certain and takes place after the project has been completed.

$I(\theta,\theta_o,x)$ is not the only cost that firms have to bear in order to achieve the standard. Assume the R&D is, at least partly, performed in house, with existing resources. Hence the environmental R&D activity has an indirect negative effect on average operating costs via production disruptions and drain of engineering resources. Let $\Phi(x)$ denote this additional cost of the emission-reducing programme, which also includes costs arising from feedback effects on production and inventories.

In order to define the regulator's objective function, assume the existence of a representative consumer with utility which positively depends on pollution reduction. Let us denote by $U > 0$ the increase in consumer's utility induced by the attainment of the emission/technological standard. The government determines its optimal environmental policy by maximizing a social welfare function defined as a linear combination of consumers' utility and firms' profit. We assume that the government takes its decisions first, that is the government proposes a VA in which both the standard and the subsidy are set, taking into account the subsequent reaction of firms; then firms decide whether or not to accept the VA, and consequently the R&D effort x and the investment $I(\theta,\theta_o,x)$. The decision process and the interactions between government and firms can be represented by a two-stage extensive form game. As usual the equilibrium of this game can be computed by solving the game backwards, starting from firms' optimal R&D and investment decisions. In what follows, we distinguish two cases. In the first one, the game is solved under complete information. In the second one, by introducing incomplete information, we consider the possibility that firms, in order to reap a larger subsidy, pretend to pay a cost larger than the actual one to achieve the standard. This is the case if the government cannot observe the technological parameter θ (adverse selection) and/or the R&D effort (moral hazard).

2.2 Designing Voluntary Agreements under Complete Information

First consider the benchmark case in which the government can observe firms' technology. Let us therefore analyse the choice of a utilitarian government that determines the optimal VA knowing the technological parameter θ. Cost observability and the function $I(\theta,\theta_o,x)$ then imply that each firm's actual R&D can also be inferred. As a consequence there is no adverse selection and/or moral hazard.

We assume that VAs are financed by raising taxes on consumption and/or income taxes, and that the distortionary cost incurred to raise each unit of money is equal to σ. Consumers' welfare is therefore:

$$U-(1+\sigma)\,s \tag{1}$$

where s denotes the cost of the VA scheme to be designed, and U is large enough to ensure that the environmental project is always desirable, that is $U-(1+\sigma)s>0$ for any $s\in S$, where S denotes the government's strategy space.

In order to cast the VA policy issue as a standard regulation problem, let us assume that the government is the regulator, whereas the firm is the agent. The regulator wants the agent to adopt the standard, and offers a contract which defines both the standard and the related subsidy. The agent can voluntarily accept or refuse the contract.

The firm's profit change induced by the VA scheme is:

$$\Delta\pi = s-\Phi(x)-I(\theta,\theta_o,x) \tag{2}$$

where s is the subsidy associated with the standard in the VA scheme, and $\Phi(x)+I(\theta,\theta_o,x)$ is the firm's total cost to achieve the standard θ_o.

We assume that firms agree to participate in the VA scheme, that is to sign the contract proposed by the government, only if their profits do not decrease after the VA has been implemented. As the government wants firms to accept the contract, $\Delta\pi$ must be non-negative (participation constraint). Hence the government determines the optimal subsidy to be offered to the firm by maximizing the welfare function $W = [U - (1 + \sigma) s]$ subject to the firm's participation constraint:

$$s - \Phi(x) - I(\theta,\theta_o,x) \geq 0. \tag{3}$$

Since $\partial W/\partial s = -\sigma < 0$, the constraint is necessarily binding.

Let us first solve the second stage of the game, in which the domestic firm sets x and consequently $I(\theta,\theta_o,x)$. From (2) the optimality condition is:

$$\Phi'(x) = -I_x(\theta,\theta_o,x) \tag{4}$$

where $I_x(\theta,\theta_o,x)$ denotes the first derivative of the investment cost with respect to the emission-reducing R&D. In equilibrium the marginal cost of the firm's R&D must be equal to its marginal gain (through reduction of investment costs). Equation (4) determines x_o, the optimal R&D to reach the emission standard.

In the first stage the government designs the optimal VA. As the participation constraint is binding, the minimum cost to induce the firm to voluntarily participate in the environmental programme is:

$$s_o = \Phi(x_o) + I(\theta,\theta_o,x_o) \tag{5}$$

where the investment cost $I(\theta,\theta_o,x_o)$ is observable and the emission-reducing R&D can be exactly inferred since θ is known and θ_o is set by the government. Hence the optimal VA is defined by the standard θ_o and by the subsidy s_o. This VA is such that the firm accepts to adopt the emission-reducing programme, whereas at the same time social costs are minimized.

2.3 Designing Voluntary Agreements under Asymmetric Information

To analyse the problem of designing VAs under asymmetric information, assume that the government does not know θ and x, which are instead known to the firm. As we shall see, this form of asymmetric information induces both adverse selection and moral hazard.[5]

The solution of the second stage of the game, in which the domestic firm sets x, is still defined by (4). However, as θ is unknown, x can no longer be inferred by observing $I(\theta,\theta_o,x)$. As the emission-reducing investment is subsidized, firms have an incentive to announce a large R&D cost $\Phi(x)$. In the bargaining process leading to the VA, the government thus faces a moral hazard problem originating from an adverse selection one.[6]

In order to solve the first stage of the game under asymmetric information, let us assume for simplicity that θ can take only two values, θ_1 and θ_2, with $\theta_1 < \theta_2$. This means that the θ_1 technology is cleaner than the θ_2 technology. The government assigns a probability P to the event $\theta = \theta_1$ and $1 - P$ to the event $\theta = \theta_2$. These (objective) probabilities are common knowledge. The conclusions of our analysis do not change if we assume that θ can take any value between θ_1 and θ_2, and that the government has a known cumulative distribution function over the interval $[\theta_1,\theta_2]$ (see Guesnerie and Laffont, 1984).

The government can offer a single VA to all firms, or it can try to distinguish between firms by offering a more complex VA scheme. Let us assume that the government sets the same emission standard θ_o for all types of firms, independently of the initial technology. Then separation can be obtained by differentiating the subsidy. If the government offers a single investment subsidy, s, and if P is not too high, s must be such that it induces the more polluting firms to start the environmental programme. In this case the less polluting firms will gain the difference between the subsidy and their lower cost to reach the environmental standard. This gives the government the incentive to separate the two types of firms by offering a contract that induces firms to reveal their own θ.

From the revelation principle we know that any mechanism that induces the firms to reveal θ is equivalent to a contract scheme in which the government offers a contract specifying the subsidy, s, and the cost, I, for any value of θ. The scheme must be such that the firm, by maximizing profits, picks the contract that reveals its θ. Under incomplete information, the VA is thus defined by five parameters: (θ_o,s_1,I_1) and (θ_o,s_2,I_2).

The government will choose a VA scheme such that firms' environmental R&D is non-negative at the equilibrium.[7] Otherwise costs would rise without increasing social welfare. This implies $x_i = x(\theta_i,I_i) \geq 0$ $i = 1,2$ at the equilibrium, where $x = x(\theta,I)$ is obtained by solving the equation $I = I(\theta,x)$ with respect to x as a function of θ and of the (observable) investment cost I. (To simplify the presentation, we do not indicate that x (.) and I (.) are also a function of the standard θ_o.) Given the assumptions about the I (.) function, x is positively correlated with θ, negatively correlated with I, and the second cross-derivative of x (.) is negative. Moreover, $x(\theta_2,I_1) \geq 0$, because the more polluting type of firm must provide a large amount of R&D to reduce its investment cost, if it picks the type 1 contract. In contrast, $x(\theta_1,I_2)$ may be negative.

Given the standard θ_o, the government determines the optimal pair (subsidy, investment) by maximizing the expected value of its social welfare function, $W = P[U - (1+\sigma)s_1] + (1-P)[U - (1+\sigma)s_2]$, subject to the firms' participation and incentive compatibility constraints.[8]

Under incomplete information VAs must indeed achieve two goals: the government must obtain firms' participation in the environmental programme, and type *i* firms must pick the contract (s_i,I_i), $i = 1,2$ (incentive compatibility). We write these two constraints for the two types of firms as follows:

Participation constraint:

$$s_1 - I_1 - \Phi\,[x(\theta_1,I_1)] \geq 0 \tag{6a}$$

$$s_2 - I_2 - \Phi\,[x(\theta_2,I_2)] \geq 0 \tag{6b}$$

Incentive compatibility constraint:

$$s_1 - I_1 - \Phi\,[x(\theta_1,I_1)] \geq s_2 - I_2 - \Phi\,[\max(0,x(\theta_1,I_2))] \tag{7a}$$

$$s_2 - I_2 - \Phi\,[x(\theta_2,I_2)] \geq s_1 - I_1 - \Phi\,[x(\theta_2,I_1)] \tag{7b}$$

These four inequalities define the feasibility region of the problem. Two implications must be emphasized:

1. Since it is always in the government's interest to keep s_1 and s_2 as low as possible, only two of these four constraints are binding.
2. At the equilibrium the more polluting firm's investment cost, I_2, must be greater than I_1.

This second implication can easily be proved by adding (7a) and (7b). This gives:

$$\Phi\,[x(\theta_1,I_1)] + \Phi\,[x(\theta_2,I_2)] - \Phi\,[\max(0,x(\theta_1,I_2))] - \Phi\,[x(\theta_2,I_1)] \leq 0.$$

If $\max(0,x(\theta_1,I_2)) = 0$, the condition becomes:

$$\Phi\,[x(\theta_1,I_1)] + \Phi\,[x(\theta_2,I_2)] - \Phi\,[x(\theta_2,I_1)] \leq 0$$

where $\Phi\,[x(\theta_1,I_1)] \geq 0$ and $\Phi\,[x(\theta_2,I_2)] - \Phi\,[x(\theta_2,I_1)]$ can be negative only if $I_2 \geq I_1$. This is because $\Phi'(.) > 0$ and $x(\theta_2,I_2) \leq x(\theta_2,I_1)$ only if $I_2 \geq I_1$.

If $\max(0,x(\theta_1,I_2)) = x(\theta_1,I_2)$, the convexity of the function $\Phi(.)$ can be used to show that:

$$\Phi\,[x(\theta_1,I_1)] + \Phi\,[x(\theta_2,I_2)] - \Phi\,[x(\theta_1,I_2)] - \Phi\,[x(\theta_2,I_1)] \leq 0 \tag{8}$$

only if $I_2 \geq I_1$. Inequality (8) is indeed equivalent to the Spence–Mirrlees sorting condition that guarantees the existence of a separating equilibrium.

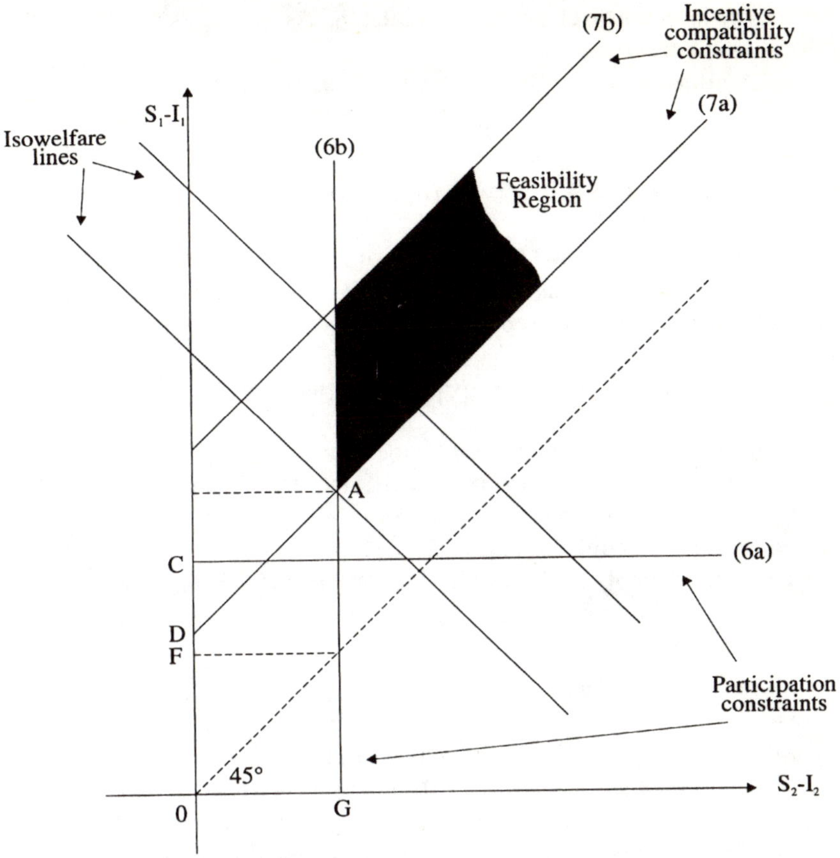

Figure 4.1 The feasibility region

The fact that only two of the four constraints are binding can easily be understood by looking at Figure 4.1. The shadowed area represents the feasibility region. This area is not empty if $E \geq D$, that is if (8) holds. Moreover, $C \geq F$ if $\Phi\,[x(\theta_2,I_2)] - \Phi\,[\max(0, x(\theta_1,I_2))] \geq 0$ which is verified because $x(\theta_2,I_2) \geq x(\theta_1,I_2)$.

The negatively sloped lines in Figure 4.1 indicate the government's indifference curves. The government wants to minimize s_1 and s_2; the equilibrium point is thus point A, the closest to the origin. Notice that only two of the four constraints cross point A. Constraints (6a) and (7b) are not binding. The intuition is the following: it is always possible for a less polluting firm to claim that it is more polluting; its profit level must therefore exceed zero. Hence Constraint (6a) is not binding. Moreover the government's problem is to induce a less polluting firm not to disguise itself as a more polluting firm. By contrast, a more polluting firm has no incentive to claim it is less polluting. As a consequence, Constraint (7b) is not binding.

The coordinates of the equilibrium point A are (B,C), where:

$$s_2 = I_2 + \Phi\,[x(\theta_2,I_2)] \tag{9a}$$

$$s_1 = I_1 + \Phi\,[x(\theta_1,I_1)] + \Phi\,[x(\theta_2,I_2)] - \Phi\,[\max(0,x(\theta_1,I_2))] \tag{9b}$$

and where $\Phi\,[x(\theta_2,I_2)] - \Phi\,[\max(0,x(\theta_1,I_2))] \geq 0$ because $x(\theta_2,I_2) \geq x(\theta_1,I_2)$ as $\theta_2 \geq \theta_1$. Equations (9a) and (9b) define the optimal subsidy scheme. The difference between the two subsidies is:

$$s_2 = s_1 = (I_2 - I_1) - \Phi\,[x(\theta_1,I_1)] + \Phi\,[\max(0,x(\theta_1,I_2))] > 0$$

where the non-negativity is implied by the incentive-compatibility constraint (7b) and the existence condition (8), whereas the strict positivity is implied by the fact that (7b) is not binding. In other words, the government must offer two subsidies, $s_1 < s_2$, in order to induce the cleaner firms to select the lower one.

Equations (9) imply the following equilibrium profit changes:

$$\Delta\pi_2 = 0 \tag{10a}$$

$$\Delta\pi_1 = = \Phi\,[x(\theta_2,I_2)] - \Phi\,[\max(0,x(\theta_1,I_2))] \geq 0 \tag{10b}$$

Therefore in order to separate the two types of firms, that is to induce them to reveal their technological information, the government has to pay an information premium to the less polluting firms. This is segment FC in Figure 4.1.

The above results can easily be interpreted: the government offers two different subsidies, s_1 and s_2, $s_1 < s_2$, in order to separate more polluting from less polluting firms, thus minimizing the cost of its policy. Each subsidy compensates for the (observable) investment cost, I, and for the (non-observable) R&D cost, Φ (x). The self-selection mechanism requires that s_2 cover exactly I_2 and Φ (x_2), whereas s_1 must also embody an information premium to induce cleaner firms to reveal their θ.

The investment cost being observable, a cleaner firm maximizes profits by choosing the contract (s_1,I_1), even if $s_1 < s_2$, because $s1 - I_1 - \Phi\,(x(\theta_1,I_1)) \geq s_2 - I_2 - \Phi\,(x(\theta_1,I_2))$. Again, by profit maximization, a more polluting firm does not choose (s_1,I_1), as the combination of I_1 and the level x (θ_2,I_1) of R&D required to achieve the standard θ_o will be more costly than s_1. Its profits would thus decrease.

Therefore, the optimal VA scheme under incomplete information is defined by θ_o and s_{*1},s_{*2}, where the optimal subsidies s_{*1},s_{*2} are determined by Equations (9a) and (9b).

3 CONCLUSION: WHEN IS IT OPTIMAL TO USE VAs TO PROTECT THE ENVIRONMENT?

VAs can be seen as a specific policy instrument lying between direct regulation and economic instruments. A principal–agent model of modern industrial regulation can explain how VAs work and how they should be designed in the presence of asymmetric information. In this respect, the previous section can be seen as a sort of manual for VA application. But when should VAs be used?

The use of VAs, *vis-à-vis* other environmental policy instruments, can be justified in several cases, discussed here in decreasing order of generality. The most general case occurs when environmental protection is to be achieved through technological innovation. It is well known that standards, environmental taxes or emission permits are a suboptimal instrument to achieve the adequate level of technological innovation.[9] Even in the presence of perfect competition, taxes may induce underinvestment or overinvestment, as well as undesirable distortionary effects. For example, Laffont and Tirole (1994b) show that, in a dynamic framework, taxes or permits may induce firms to overinvest in environmental innovation in order to bypass the fiscal burden.

Similarly, VAs are also optimal when environmental innovation has positive spillovers on other firms, which need to be internalized in order to avoid underinvestment or delayed adoption (D'Aspremont and Jacquemin, 1988; Musu, 1994; Carraro and Topa, 1995). In such cases, the government needs two instruments to correct two externalities: one related to pollution and one to innovation.[10]

Using the same line of reasoning, VAs can play an important role in stimulating environmentally friendly innovation in the presence of market failures and imperfect competition. As is well known from the recent literature on the costs of abating CO_2 emissions in the context of bottom–up and top–down models, various forms of market failures explain the non-adoption of clean technologies (Montgomery, 1994; Carraro and Siniscalco, 1994). Firm-specific contracts, *vis-à-vis* other policy instruments, can effectively induce the appropriate investment and minimize the GDP losses related to such market failures.

Still in a suboptimal world, VAs should be used to reduce pollution in strategic industries that produce tradable goods. Consider an open economy with one polluting industry, that cannot be decommissioned for strategic reasons. The domestic government unilaterally implements a policy of industrial pollution control, by inducing innovation through costly firm-specific investment. Under different market structures, international competition leads the national government to induce innovation through VAs, with a subsidy that varies according to market structure (Carraro and Siniscalco, 1992). Other effective instruments – such as command and control, permits and taxes – distort competition and may dramatically reduce profits. The same argument, which becomes even stronger in the presence of global externalities, can be applied to regional policy.

Finally, the contractual approach of VAs, as opposed to a regulatory approach, can be used to implement transfers when regulation is impossible as in some problems of transboundary pollution or joint implementation. In such cases regulation cannot be applied due to the lack of authority over foreign firms. But VAs can be applied across the borders, given their contractual nature. For example, in 1991 the city of Rotterdam in Holland signed voluntary agreements with some 100 German chemical firms, to curb their effluents in the River Rhine. The same approach could be used in CO_2 abatement if one government could meet its commitments by reducing CO_2 emissions in another country.

NOTES

1. The authors are grateful to F. Léveque, M. Glachant and participants at seminars at the Universities of Nice, Pavia and Milan for helpful comments and remarks. The usual disclaimer applies.
2. University of Venice, Centre for Economic Policy Research, Mattei Foundation and Gruppi di Ricerca Economica Teorica ed Applicata.
3. University of Turin and Mattei Foundation.
4. This is one of the possible interpretations of a voluntary agreement, and the one on which we focus in this chapter. However, voluntary agreements can also take place between the public administration and a group of firms belonging to a given industry. This case is different from the one examined here when the emission target is set at the industry level rather than at the firm level.
5. The literature on adverse selection and moral hazard has recently been applied to different economic issues. See, for example, Laffont and Tirole (1986), Picard (1987). The static analysis has been extended to dynamic models by Baron and Besanko (1984), Laffont and Tirole (1988). An application to environmental problems is provided in Baron (1985).
6. θ is known to the government only if it can perfectly monitor both the emissions and the production of firms. If θ is known, the government can also observe x, through cost observability. Therefore, in our framework, moral hazard is induced by the presence of adverse selection. Moreover, having assumed that θ is unknown to the government, we implicitly assume that the cost of monitoring all firms' emissions and production is higher than the information premium to be paid to induce separation.
7. The government may however want to induce a zero R&D level, or not to induce the more polluting firm to realize the project (if P is high). These corner solutions are discussed in the Appendix.
8. An explicit algebraic solution of the government's optimization problem is provided in the Appendix.
9. A detailed discussion of this statement with reference to environmental protection is provided in Carraro and Siniscalco (1994) and in Carraro *et al.* (1994).
10. This case, however, requires the development of a framework with one principal and many interdependent agents, which involves considerable analytical complications (see Demski and Sappington, 1983; Ma *et al.*, 1988, Laffont and Tirole 1994a). But this would not add very much to the intuition.

REFERENCES

Baron, D. (1985), 'Regulation of Prices and Pollution under Incomplete Information', *Journal of Public Economics*, **28**, 211–32.

Baron, D. and D. Besanko (1984), 'Regulation and Information in a Continuing Relationship', *Information Economics and Policy*, **1**, 447–70.

BIAC (1992), 'Voluntary Agreements and Initiatives in Environmental Policy', mimeo (2nd draft), Paris.

Carraro, C., A. Lanza and A. Tudini (1994), 'Technical Change, Technological Transfer, and the Negotiation of International Agreements', *International Environmental Affairs*, **6**(3), 203–22.

Carraro, C. and D. Siniscalco (1992), 'Environmental Innovation Policy and International Competition', *Environmental Resource Economics*, **2**, 183–200.

Carraro, C. and D. Siniscalco (1994), 'Environmental Policy Re-considered: the Role of Technological Innovation', *European Economic Review*, **38**, 545–54.

Carraro, C. and G. Topa (1995), 'Taxation and Environmental Innovation', in C. Carraro and J. Filar (eds), *Control and Game-Theoretic Analysis of the Environment*, New York: Birckauser.

D'Aspremont, C. and A. Jacquemin (1988), 'Cooperative and Non-cooperative R&D in Duopoly with Spillovers', *American Economic Review*, December, 1133–7.

Demski, J.S. and D. Sappington (1983), 'Optimal Incentive Contracts with Multiple Agents', *Journal of Economic Theory*, **33**, 152–71.

Glachant, M. (1993), 'The Setting of Voluntary Agreements: Bargaining and Efficiency', Communication at the 2nd Conference on the 'Greening of the Industry', Boston, November 1993.

Glachant, M. (1994), 'Voluntary Agreements in Environmental Policy', Centre d'Economie Industrielle for the Environment Directorate of OECD, Paris.

Guesnerie, R. and J.-J. Laffont (1984), 'A Complete Solution to a Class of Principal–Agent Problems with an Application to the control of a Self-Managed Firm', *Journal of Public Economics*, **25**, 329–69.

Laffont, J.-J. and J. Tirole (1986), 'Using Cost Observation to Regulate Firms', *Journal of Political Economy*, **94**, 614–41.

Laffont, J.-J. and J. Tirole (1988), 'The Dynamics of Incentive Contracts', *Econometrica*, **56**, 1153–75.

Laffont, J.-J. and J. Tirole (1994a), 'The Theory of Regulation and Public Procurement', Cambridge, Mass.: MIT Press.

Laffont, J.-J. and J. Tirole (1994b), 'Compliance and Environmental Innovation', Milan: Mattei Foundation.

Ma, C.T., J. Moore and J. Turnbull (1988), 'Stopping Agents from Cheating', *Journal of Economic Theory*, **46**, 355–72.

Montgomery, D. (1994), 'Overview of Top-Down Models', paper presented at the FEEM–IPCC Conference on 'Top-Down and Bottom-Up Models: What Can We Learn from Each?', Milan, April 1994.

Musu, I. (1994), 'Pollution and Endogenous Growth', Milan: Mattei Foundation.

OECD (1994), 'Voluntary Approaches for Pollution Reduction', mimeo, Environment Directorate, OECD, Paris.

Picard, P. (1987), 'On the Design of Incentive Schemes under Moral Hazard and Adverse Selection', *Journal of Public Economics*, **33**, 305–31.

APPENDIX

This appendix derives the solution of the optimization problem described in section 2.3. We must distinguish three cases, according to the solution of $\max[0,x(\theta_1,I_2)]$ and to the value of the probability P (the frequency of type 1 firms).

The government wants to maximize:

$$W = P\,[U - \sigma s_1 - \Phi\,(x(\theta_1,I_1)) - I_1] + (1-P)[U - \sigma s_2 - \Phi(x(\theta_2,I_2)) - I_2]$$

subject to the two binding constraints (6b) and (7a). Let μ and ϕ be the Lagrangean multipliers associated with these two constraints.

1st case: $\max[0,x(\theta_1,I_2)] = x(\theta_1,I_2)$

The first-order conditions defining the government's optimal behaviour are:

$$\begin{aligned}
\delta W/\partial s_1 &= -\,\sigma P + \mu = 0\\
\delta W/\delta s_2 &= -\,\sigma(1-P) - \mu + \phi = 0\\
\delta W/\partial I_1 &= -\,(P + \mu)\,[1 + \Phi'\,(x_1)x'\,(\theta_1,I_1)]\\
\delta W/\delta I_2 &= -\,(1-P + \phi)\,[1 + \Phi'\,(x_2)x'\,(\theta_2,I_2)] +\\
&\quad \mu\,(1 + \Phi'\,x(\theta_1,I_2))\,x'\,(\theta_1,I_2)]\\
\delta W/\delta\mu &= s_1 - I_1 - \Phi\,(x(\theta_1,I_1)) - s_2 + I_2 + \Phi\,(x(\theta_1,I_2)) = 0\\
\delta W/\delta\phi &= s_2 - I_2 - \Phi\,(x(\theta_2,I_2)) = 0
\end{aligned}$$

where $x_i \equiv (x(\theta_i,I_i)$, $i = 1,2$, and $x'(.)$ denotes the derivative of the function $x(.)$ with respect to I. The last two equations give the optimal subsidy scheme:

$$s_1 = I_1 + \Phi\,(x(\theta_1,I_1)) + [\Phi\,(x(\theta_2,I_2)) - \Phi\,(x(\theta_1,I_2))] \tag{A.1}$$

$$s_2 = I_2 + \Phi\,(x(\theta_2,I_2)) \tag{A.2}$$

The subsidy must therefore cover both direct and indirect costs of the environmental programme, and must provide type 1 firms with an information premium $IP = [\Phi\,(x(\theta_2,I_2)) - \Phi\,(x(\theta_1,I_2))]$.

The first four equations give:

$$\Phi'\,(x_1)\,x'\,(\theta_1,I_1) = -1 \tag{A.3}$$

$$\Phi'\,(x_2)\,x'\,(\theta_2,I_2) = -1 + k\,[1 + \Phi'\,(x(\theta_1,I_2))\,x'\,(\theta_1,I_2)]/(1 + k) \tag{A.4}$$

where $k = \sigma P/(1 + \sigma)(1-P)$.

Equations (A.3) and (A.4) determine the level of environmental R&D for the two types of firms. As the right-hand side of (A.4) is larger than the right-hand side of (A.3), the R&D performed by the more polluting firm (type 2) is lower than type 1 firms' R&D.

2nd case: $\max[0, x(\theta_1, I_2)] = 0$

The first-order conditions now become:

$$\begin{aligned}
\delta W/\partial s_1 &= -\sigma P + \mu = 0 \\
\delta W/\delta s_2 &= -\sigma(1-P) - \mu + \phi = 0 \\
\delta W/\partial I_1 &= -(P + \mu)\,[1 + \Phi'(x_1)x'(\theta_1, I_1)] \\
\delta W/\delta I_2 &= -(1-P+\phi)\,[1 + \Phi'(x_2)x'(\theta_2, I_2)] + \mu = 0 \\
\delta W/\delta\mu &= s_1 - I_1 - \Phi(x(\theta_1, I_1)) - s_2 + I_2 = 0 \\
\delta W/\delta\phi &= s_2 - I_2 - \Phi(x(\theta_2, I_2)) = 0
\end{aligned}$$

The optimal subsidy scheme is:

$$s_1 = I_1 + \Phi(x(\theta_1, I_1)) + [\Phi(x(\theta_2, I_2)) \tag{A.5}$$

$$s_2 = I_2 + \Phi(x(\theta_2, I_2)) \tag{A.6}$$

where the information premium is $IP = \Phi(x(\theta_2, I_2))$. The optimal R&D programmes are defined by the following equations:

$$\Phi'(x_1)\, x'(\theta_1, I_1) = -1 \tag{A.7}$$

$$\Phi'(x_2)\, x'(\theta_2, I_2) = -1 + k/(1 + k) \tag{A.8}$$

Notice that type 1 firms provide the same R&D as in case 1, whereas type 2 firms' R&D is larger than in case 1 because the right-hand side of (A.8) is smaller than the right-hand side of (A.4). Moreover the information premium is larger than in the previous case.

3rd case: P close to 1

With a high prior probability P that the firm's emission–output ratio is small, it may not be worthwhile to offer a contract to type 2 firms. In other words, if the frequency of very polluting firms is low, it may be socially desirable to induce only the less polluting firms to reduce emissions through appropriate technological innovations. A subsidy scheme is thus offered which is accepted only by type 1 firms. The optimization programme becomes:

$$\max W = P\,[U - \sigma s_1 - \Phi\,(x(\theta_1, I_1)) - I_1] + (1-P)\,[U - \sigma s_2 - \Phi\,(x(\theta_2, I_2)) - I_2]$$
$$\text{s.t. } s_1 \geq I_1 + \Phi\,(x(\theta_1, I_1))$$

This is a subcase of the perfect information case analysed in section 3. The optimal subsidy is:

$$s_1 = I_1 + \Phi\,(x(\theta_1, I_1)) \tag{A.9}$$

whereas the optimal R&D level is determined by the condition:

$$\Phi'\,(x_1)\, x'(\theta_1, I_1) = -1 \tag{A.10}$$

Notice that type 1 firms provide the same amount of R&D in all three of the above cases. This is also the R&D level determined in the perfect symmetric information case. Finally the information premium is zero when P is close to 1, because the government does not try to separate the two types of firms.

Let us denote by W_1, W_2 and W_3 the equilibrium value of the welfare function when the government adopts programmes 1, 2, 3 respectively. If $W_1 > W_3$ and $\max[0, x(\theta_1, I_2)] = x(\theta_1, I_2)$, then the government chooses programme 1. If $W_2 > W_3$ and $\max[0, x(\theta_1, I_2)] = 0$, then the government chooses programme 2. Programme 3 is chosen if $W_3 > W_1$ whenever $\max[0, x(\theta_1, I_2)] = x(\theta_1, I_2)$, and if $W_3 > W_2$ whenever $\max[0, x(\theta_1, I_2)] = 0$.

5. Environmental policy and the choice of the best available technology: an empirical assessment

Marina Boetti[1] and Michele Botteon[2]

1. INTRODUCTION

A crucial role in the control of greenhouse gas (GHG) emissions is usually attributed to the energy system since the majority of CO_2 emissions is caused by activities related to the use of energy. The dominant position of energy-related activities in controlling CO_2 emissions emphasizes the need for environmental innovations that can improve the energy efficiency of many industrial and non-industrial processes. In this chapter we focus only on the potential and on the incentives for energy conservation technologies for some industrial processes. In particular we examine from a microeconomic perspective the extent to which some commercially available energy conservation technologies are or could become profitable in a strict economic sense.

In our study we investigate a sample of currently used technologies and a sample of new, commercially available alternatives with different environmental and costs characteristics. Concerning the environmental characteristics, all the technologies sampled are to some degree polluting. In particular pollution is generated (indirectly and/or directly) by the consumption of electrical energy and thermal energy. With respect to the currently used technologies, the new ones are however characterized by a lower emission/output level. More precisely, a fundamental feature of the new technologies is that they are regarded as 'best available technologies' (BATs). Essentially, these new technologies can be considered to be the best commercially available in terms of energy consumption and CO_2 emission minimization. Concerning the costs characteristics, a common feature of the BATs examined is that they have higher fixed investment costs with respect to the corresponding existing technologies; however, they can have higher or lower variable costs.

As stated above, drawing upon the technologies' environmental and economic characteristics, we apply common investment rules to assess the extent to which the energy-saving technologies sampled are already profitable or can be made profitable with appropriate policy measures. More precisely our first objective is to ascertain from a microeconomic perspective the economic profitability of the BATs analysed in the absence of any policy measure, while our second objective is to evaluate the policy trade-offs in terms of emission taxes and/or innovation subsidies that according to the same economic criteria could make the adoption of the new technologies profitable.

Although the final answer surely depends on the specific case under study, our results in part reduce the optimism that has characterized the empirical evidence of some environmental innovation models. More precisely, as will become clearer in the following section, even if our results show that there exist many opportunities to improve energy efficiency in a profitable way and that the adoption of these technologies can lead to a substantial decrease in CO_2 emissions, in several cases there are economic, and also non-economic, factors that interfere with their adoption. Therefore, in these cases, an external policy incentive is needed to remove the economic barriers and make the adoption of such energy-saving technologies profitable in a strict economic sense.

The discussion will proceed as follows. In the following section we shall briefly discuss the main conclusions that derive from the prevailing approaches to empirical environmental modelling. In particular we shall see how the divergences in these approaches largely depend on the way in which technical change is embodied in these models. In sections 3 and 4 we shall present our computational objectives and the data and variables used in our simulations respectively. In section 5 we shall summarize the major empirical findings obtained both in the no-policy and policy intervention case. Finally section 6 concludes. All the empirical results are presented in tabular form throughout the chapter.

2. EMPIRICAL EFFECTS OF ENVIRONMENTAL TECHNOLOGICAL CHANGES

The threat of climatic change, possibly generated by the growing accumulation of carbon dioxide in the atmosphere, has become a major economic and political issue. As a consequence, an increasing number of empirical economic models have been developed in recent years to deal with this problem. In particular these models have attempted to provide a quantitative analysis of future trends in energy consumption and other economic variables, and to assess the economic costs of reducing carbon and other emissions.[3] In the first part of this section, we shall briefly discuss the major findings of the different modelling approaches, focusing in particular on the role of technological progress. In the second part we shall address some of the main questions which have still been left open.

2.1 The Role of Technological Progress: Top–down v. Bottom–up Models

There now exists a wide range of studies that try to assess the costs of limiting GHGs. However present cost estimates of reducing CO_2 emissions differ widely. Some claim that such costs are very high and could seriously limit growth possibilities, while others suggest more modest impacts and even net benefits. Models can be classified according to many different criteria and characteristics. In the existing literature in the field, a commonly accepted breakdown is the one between bottom–up engineering models and top–down economic models. (Within each disciplinary approach many different types of models can also be distinguished.)

The first group of models aims at identifying alternative ways to provide energy services. The objective is pursued through a high level of disaggregation of the energy system, both on the supply and the demand side. These models assess individual technical opportunities and their impact on the investment costs of the relevant sector if implemented. They indicate that much can be done to significantly reduce GHG emissions due to the availability of a wide range of technological opportunities; moreover they assume that the economy will be able to exploit them immediately and at low cost.

The second group refers instead to economic models which study, in particular, the aggregate impact of price-induced environmental policies and the associated costs on the whole economy. The top–down approach assumes a world in which there is limited scope for technological improvement and cost-effective opportunities. Hence substantial action to curb GHGs is only achievable through costly changes. Technical progress is generally represented by an exogenous index measuring the autonomous end-use energy-intensity improvement (AEEI). The independence of this parameter from other model variables and its constancy jeopardize the possibility of measuring the role of non-price policies in affecting energy efficiency.[4]

It is widely recognized that the divergent results in terms of the costs of reducing GHGs between these two approaches is largely due to the different representation of the technological change embodied in their models.[5] The way the technical progress is modelled is crucial to the final results: if ignored or underestimated, the environmental policy will have a poor effect on global emissions, hence the cost of reducing carbon emissions would be very high. When, on the contrary, its role is overestimated, the cost of curbing CO_2 emissions will be very low, if not negative. If on the one hand bottom–up engineering models generally do not take into account other costs associated with the implementation of the technologies, thus underestimating the overall costs, macroeconomic models on the other hand generally contain little explicit representation of real technological opportunities and so tend to overestimate the costs of technological improvements (Wilson and Swisher, 1993).[6]

Another relevant difference between these modelling approaches concerns the time of technology adoption and diffusion. While the bottom–up approach is based on the existence of a technological availability that can be immediately exploited, economic models assume, on the contrary, that the energy-saving technologies are available far in the future and are introduced only when relative prices allow them to be.

This is a very important issue which also concerns the political debate on global warming. The catastrophic results, in terms of the costs of mitigating global warming, shown by many top–down models, imply an underestimation of the currently available energy-saving options. This is why top–down modellers tend to support a wait-and-see political attitude. On the contrary, the results shown by bottom–up models are somewhat too optimistic as they assume that there is a large body of profitable energy-saving techniques which can be adopted immediately at low costs. Therefore they tend to support a political attitude which believes that it is possible to take successful action to reduce GHGs.

2.2 Implementing Available Technologies: Some Issues

Given the above considerations regarding the role of technological progress in environmental models, the fundamental questions that should be answered are: are there technological opportunities for reducing energy intensity both in the industry and household sectors? What is the potential emissions reduction that can be achieved with these commercially available technologies? To what extent are these technological opportunities economically profitable? Which policy could make them profitable? In our view these are some of the crucial questions that must be dealt with when considering the issue of global warming and, as a consequence, that of energy efficiency of the economic system. On the one hand, if the less polluting technology options exist, it is not judicious to ignore them when modelling and designing the proper environmental policy. This could lead to huge estimations of the costs of mitigating energy-related emissions and then to an excessive pessimism. On the other hand, it is not sufficient to verify the availability of energy-saving technologies; it is also necessary to analyse their economic performances and eventually also the non-economic factors which could hamper their adoption. Otherwise an excessive optimism about the autonomous diffusion of the energy-saving potential could lead to an improper and ineffective policy.

In the following sections we argue that there is substantial potential to improve the efficiency of energy use in the industrial sector, but that not all the technological opportunities are profitable in a strictly economic sense.

Table 5.1 Potential emissions reductions: technology and total EU

Technology	Technology CO_2 emissions reduction Old (t CO_2)	BAT (t CO_2)	% change	Total CO_2 reduction in EU Mt CO_2	% sector*	% total**
IG-1	37985	29205	−23.1	42.12	7.01	1.38
IG-2	15781	14129	−10.5	1.56	0.26	0.05
IG-3	4675	2090	−55.3	4.355	0.72	0.14
IG-4	6178	5243	−15.1	38.61	6.42	1.27
IG-5	24663	21942	−11.0	n.a.	n.a.	n.a
IG-6	1984	1253	−36.8	n.a.	n.a.	n.a.
IG-7	238	164	−31.1	25.74	4.28	0.85
IS-8	13164	8186	−37.8	4.68	0.78	0.15
IS-9	239566	29075	−87.9	3.575	0.59	0.12
IS-10	167029	110751	−33.7	6.5	1.08	0.21
IS-11	610500	462000	−24.3	5.2	0.87	0.17
IS-12	160095	4157	−97.4	n.a.	n.a.	n.a.
IS-13	7289	5822	−20.1	n.a.	n.a.	n.a.
IS-14	40742	36052	−11.5	n.a.	n.a.	n.a.
IS-15	121093	97570	−19.4	5.915	0.98	0.19
IS-16	76036	29495	−61.2	n.a.	n.a.	n.a.
T-17	11.3	9	−21.1	71.565	10.12	2.35
T-18	89.096	75	−16.2	20.345	2.88	0.67
E-19	0.216	0	−100.0	41.99	4.42	1.38
E-20	11653	0	−100.0	20.475	2.15	0.67
E-21	1662990	1487220	−10.6	9.75	1.03	0.32
E-22	4157475	3634050	−12.6	7.605	0.80	0.25
E-23	5543300	2513700	−54.7	5.525	0.58	0.18
E-24	2936	0	−100.0	n.a.	n.a.	n.a.
E-25	57350	351	−99.4	n.a.	n.a.	n.a.
E-26	4565	229	−95.0	n.a.	n.a.	n.a.

Notes:
* Potential CO_2 reductions with respect to 1990 emissions sectoral data (industry, transport and power generation).
** Potential CO_2 reductions with respect to 1990 total emissions data (including industry, transport, power generation, energy sector, domestic and tertiary).
IG: Industry, generic; IS: Industry, specific; T: Transport; E: Energy sector.
Source: Our elaborations of ECOTEC and EC-DG XVII data.

In this context, a fundamental insight that emerges from the available data is that a widespread adoption of some energy-saving technologies is likely to lead to a substantial decrease in CO_2 emissions compared to 1990 levels (see Table 5.1). In particular, if we consider the weight of the potential reductions with respect to total emissions levels, we see that on the whole the implementation of a small set of technologies can lead to a reduction in CO_2 emissions of approximately 10 per cent.[7] This result leads to the conclusion that a large energy-saving potential lies in the existing technologies opportunities that, if exploited, could significantly contribute to the stabilization of CO_2 industrial emissions.

However there are also many disturbing factors that hinder the adoption of such technologies. They can be broadly divided into economic factors and non-economic factors. Our analysis will try to show that it is not possible to trust a natural diffusion of these technological options. On the contrary, an environmental policy is almost always necessary. It should aim at making the switch to an energy-saving technology economically profitable and at removing the non-economic barriers that hinder its adoption.

3. CHOOSING ENERGY-SAVING TECHNOLOGIES: A MICROECONOMIC ANALYSIS

The availability of energy conservation opportunities raises the fundamental question of what determines the choice of the technology and how this choice can be influenced. A diffuse way to tackle the issue is to consider it as a typical microeconomic decision problem, in which the potential investor chooses among different opportunities from a purely cost-minimizing point of view.[8] From this perspective, investors' decisions depend strictly on the *profitability* of the alternative opportunities, and can therefore be influenced by appropriate policies, such as taxes and subsidies, that change the costs of the investment. In order to assess the profitability of alternative investment opportunities, different economic criteria can be used (see Schleicher, 1994; Bernardini, 1990). In our work we have chosen to adopt very simple business rules. In particular, in our empirical assessment, we essentially calculate the potential for profitable energy-saving opportunities by looking at the variable cost saving that these technologies can guarantee, and at their payback time.[9]

Let us define the variable cost differences (saving) as follows:

$$VCS = c_1(y) - c_2(y) \tag{1}$$

where $c_1(y)$ is the existing technology variable costs and $c_2(y)$ is new technology (BAT) variable costs. Note that $c_1(y)$ and $c_2(y)$ correspond to the minimum variable costs borne for producing the same level of output y (for simplicity, we omit the argument y from this point on).

When *VCS* is positive, the BAT already guarantees a variable cost saving. In this case, if the BAT is adopted the firm will benefit from an annual cost saving that has to be regarded as an additional income. On the other hand, if *VCS* is negative, the adoption of the BAT induces a loss in terms of variable costs each year. In this case, it is not possible to cover the initial fixed costs without an external incentive; that is a policy intervention, in terms of an emission tax,[10] could be used in order to make *VCS* positive.

In general, when an emission tax is introduced, the variable cost differences tends to become positive since the old technology is penalized more by the introduction of such a tax.[11] In order to take into account the existence of a CO_2 emission tax, we redefine the variable cost differences (1) as follows:

$$VCS^* = VCS + t \cdot (e_1 - e_2) \tag{2}$$

where t is the CO_2 emission tax rate and e_i is the CO_2 emissions per year of technology i.[12]

Even when the BAT guarantees a variable cost saving, we still need to calculate how long it takes the firm to recover the initial costs of the investment for the new technology. That is, we need to find the payback period T. A graphical derivation of T is given in Figure 5.1 below. In particular, the figure shows the value T^* which is the payback period that the firm would *naturally* reach in the absence of any policy measure.

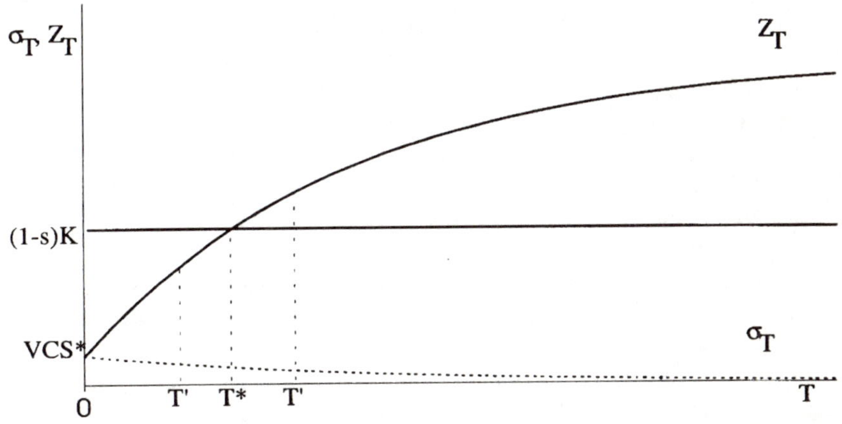

Figure 5.1 Payback period

In Figure 5.1, the function σ_T represents the discounted value of the annual flow of savings obtainable at a certain year by the adoption of the BAT:

$$\sigma_T = VCS^* \cdot (1 + r)^{-T} \tag{3}$$

where r is the real interest rate. The function Z_T represents instead its sum after T years, (in the figure it is depicted, for simplicity, as an integral).

The horizontal line $(1-s) \cdot K$ represents the amount of fixed costs that have to be covered by the annual flow of savings. More precisely, s is the subsidy measured as a percentage of the capital cost, and K is the difference between the new and old technology capital costs: $K = K_2 - K_1$.[13]

The point at which the saving curve Z_T cuts the investment costs line $(1-s) \cdot K$ gives, for $t = s = 0$, the T^* value. As noted previously, this is the payback period reached by the firm in the absence of any policy intervention. Formally this implies solving the following equation with respect to T:

$$Z_t \equiv \sum_{\tau=0}^{T} \sigma_\tau = (1-s) \cdot K \tag{4}$$

Suppose that the payback period considered *acceptable* by the firms (T') is higher or lower than the one given by T^*.[14] In the former case, that is when $T^* < T'$, the new technology is on the whole already profitable and no policy intervention should be needed to induce the firm to adopt it (thus $s = 0$ and $t = 0$).

However, consider the case in which $T^* > T'$. In this situation, other things being equal, an external policy should be adopted in order to anticipate the payback period up to the firm's desired level. More precisely, the regulator could introduce an innovation subsidy and/or an emission tax so that the payback period equals T'.

First, consider the case in which only an innovation subsidy is adopted.[15] The subsidy reduces the amount of fixed investment costs borne by the firm for the new technology which then becomes $(1-s) \cdot K$. This amounts to saying that the horizontal line in Figure 5.1 moves downward, thus lowering the payback period to the desired level T'.

When only an emission tax is imposed, the curve Z_T shifts upward. The final effect is similar to the previous one; again there is an emission tax such that the curve Z_T equals K at the desired payback period T'.

Finally, consider the case in which a combination of the two policy measures is adopted. In this case, we have both a downward movement of the fixed costs curve, and an upward shift of the Z_T function.[16] Therefore, the policy problem is to find the emission tax and the innovation subsidy such that the following equation is satisfied:

$$T(t,s) = \frac{\ln\left(\dfrac{VCS^*(t)}{VCS^*(t)-(1-s)\cdot K \cdot r}\right)}{\ln(1+r)} = T'. \tag{5}$$

The necessary condition for Equation (5) to have a solution is, obviously,

$$VCS^{*}(t) > 0. \tag{6}$$

Given the minimum tax rate that satisfies (6), Equation (5) has a finite solution when $VCS^{*}(t) > (1 - s) \cdot K \cdot r$.

In theory, to obtain a rigorous evaluation of the investment profitability, the cost-saving flows should be discounted considering the total technology lifespan (which, for the sample considered in our work covers the range of 15–20 years). On the contrary, here we have chosen to fix a given period which is much lower than the potential technology lifespan. This choice was motivated by the fact that we are considering a very particular investment, where firms invest in new, less polluting, technologies which are only *at present* the best available ones. That is, given the speed of technology development, it is not reasonable to assume that the variable cost saving (compared to the old technology) will remain the same in the far future (i.e. other best technologies could be developed so that a currently positive *VCS* would become negative with respect to the new opportunity). Therefore, given these considerations, we believe that the payback rule implicit in (5) is best suited to analyse the profitability and the policy trade-offs of investment in new technologies. Any other criterion which is based on the total investment lifespan is likely to overestimate the potential economic benefit of the less polluting technologies.

In this respect, it is worth noting that, given the same T' period we have assumed in our analysis, if other economic criteria were applied (namely NPV or IRR rules), we would have obtained the same results in terms of policy trade-offs analysis.

4. DATA AND VARIABLES

A synthetic picture of the technologies' characteristics and description is contained in Table 5.2. In our analysis, we classify the technologies according to the sector where they operate. In particular, we examine 26 currently used technologies and the corresponding 26 new, energy-saving, alternatives. Among them, 16 pairs belong to the manufacturing sector, two pairs to the transport sector and eight pairs to the energy sector. All the technologies are to some degree polluting in terms of CO_2 emissions; however the new technologies are characterized by a lower emission–output ratio.[17]

In the first column of Table 5.2, we report the BAT titles and the technology reference numbers. The second column gives information about the sector of application of the new technology (BAT). It is important to note that for the first 16 technologies, relative to the manufacturing sector, we distinguish between

Table 5.2 Technologies' characteristics and descriptions

Reference numbers and BAT titles	Sector	Process area	Case studies: Existing technology	Case studies: BAT application	Intervention
IG-1 Industrial CHP, combined heat and power	Industry (generic technology)	Electricity autoproduction	Paper mill using 3 dual-fuel shell boilers and purchased electricity	Installation of a 3.66 MWe gas turbine CHP unit in a paper mill	Technology substitution
IG-2 Pinch technology /process integration	Industry (generic technology)	Process/space heating	Conventional speciality chemicals plant	Installation of a network of heat exchangers and storage tanks in a speciality chemicals plant	Technical improvement
IG-3 Waste heat recovery with recuperative/regenerative burners	Industry (generic technology)	Process/space heating	Four cold air burners plus recuperators	Two pairs of regenerative burners and structural modifications of the furnace	Technology substitution
IG-4 Waste heat recovery with heat pumps and organic Rankine cycle process	Industry (generic technology)	Process/space heating	Two malting kilns without heat recovery system	Retrofitting two malting kilns with a waste heat recovery system with a gas-engine-driven heat pump	Technical improvement
IG-5 Improved process control /monitoring and targeting (M&T)	Industry (generic technology)	Monitoring	100 000 t/y cold steel mill without M&T system	Installation of an electronic M&T system with 100 meters in a 100 000 t/y cold steel mill	Technical improvement

Table 5.2 continued

IG-6 High-temperature heat recovery	Industry (generic technology)	Process/space heating	3600 t/y secondary aluminium melting furnace without high-temperature heat-recovery system	Installation of a two-stage high-temperature heat recovery system in a 3600 t/y secondary aluminium melting furnace	Technical improvement
IG-7 Variable speed drives (VSD)	Industry (generic technology)	Motive power	450 kW fixed speed motor air fan in a reheat furnace	VSD retrofitted to a 450 kW air fan motor in a reheat furnace	Technical improvement
IS-8 Hot and direct rolling	Industry (specific sector: iron & steel)	Hot strip mill	150 000 t/y cold charged (20°) steel reheating gas furnace	Modifications in a 150 000 t/y steel reheating gas furnace for hot charging (700°)	Technical improvement
IS-9 Substitution by continuous casting (iron & steel-roughing mill process)	Industry (specific sector: iron & steel)	Roughing mill	1 500 000 t/y ingot casting plant	1 500 000 t/y continuous casting plant	Technology substitution
IS-10 Membrane process	Industry (specific sector: inorganic chemicals)	Chlorine	Conventional mercury cells in a 100 000 t/y chlorine plant	Retrofitting membrane technology to a 100 000 t/y chlorine plant	Technical improvement

Table 5.2 continued

Reference numbers and BAT titles	Sector	Process area	Case studies Existing technology	BAT application	Intervention
IS-11 AMV process	Industry (specific sector: inorganic chemicals)	Ammonia	300 000 t/y Haber ammonia plant	300 000 t/y AMV ammonia plant	Technology substitution
IS-12 Increased recycling	Industry (specific sector: non-ferrous metals)	Aluminium	20 000 t/y output from a primary aluminium plant	20 000 t/y recuperative aluminium recycling plant	Recycling technology v. production
IS-13 Electric melting	Industry (specific sector: non-metallic minerals)	Glass	2000 t/y crystal glass multi-fuel furnace	2 000 t/y crystal glass electric furnace	Technology substitution
IS-14 Improved dewatering /drying	Industry (specific sector: paper & pulp)	Paper and board	Conventional 55 000 t/y board mill	Retrofitting a hot press to a 55 000 t/y board mill	Technical improvement
IS-I5 Short rotary kiln	Industry (specific sector: non-metallic minerals)	Cement	300 000 t/y long dry kiln cement work	300 000 t/y cement work retrofitted with a short rotary kiln installation	Technical improvement
IS-16 Semi-wet process	Industry (specific sector: non-metallic minerals)	Cement	140 000 t/y single kiln wet process cement work	140 000 t/y single kiln cement work converted to the semi-wet process	Technical improvement

Table 5.2 continued

T-17 Technical improvement to cars	Transport	Gasoline and diesel cars	Conventional 1600 cc petrol engine car (50,000 km/y)	Improved 1600 cc petrol engine car (50 000 km/y)	Technical improvement
T-18 Technical improvement to trucks	Transport	Trucks	Conventional 32 500 kg articulated truck (80 000 km/y)	Fitting aerodynamic components to a 32 500 kg articulated truck (80 000 km/y)	Technical improvement
E-19 Photovoltaic cells	Energy supply	Electricity autoproduction	Small dwelling electricity consumption	400W photovoltaic generator with storage facility for a small dwelling (0.5 MWh/y)	Production v. purchasing
E-20 Run-of-river plant	Energy supply	Electricity autoproduction	Electricity consumption	Fully automated 5 MW hydro plant	Purchasing v. production
E-21 Integrated coal gasification combined cycle	Energy supply	Electricity production	300 MW output from conventional coal-fired plant with FGD (35% efficient)	300 MW IGCC plant (40% efficient)	Technology substitution
E-22 Pressurized fluidized bed combustion combined cycle	Energy supply	Electricity production	750 MW output from conventional coal-fired plant with FGD (35% efficient)	750 MW PFBC-CC plant(40% efficient)	Technology substitution

Table 5.2 continued

Reference numbers and BAT titles	Sector	Process area	Case studies Existing technology	BAT application	Intervention
E-23 Combined cycle gas turbine	Energy supply	Electricity production	1000 MW output from conventional coal-fired plant FGD (35% efficient)	1000 MW combined cycle gas turbine plant (47% efficient)	Technology substitution
E-24 Landfill gas utilization	Energy supply	Electricity production	Electricity consumption	LFG with a 0.8 MW spark ignition engine	Purchasing v. production
E-25 Heat power form incineration	Energy Supply	Electricity production	Electricity consumption	17.85 MWe unit retrofit to a 245 000 t/y Mass Burn Inc. plant	Purchasing v. production
E-26 Sewage sludge digestion	Energy Supply	Electricity production	Natural gas consumption	3.6 million m3 biogas purification plant in a large sewage works	Purchasing v. production

Source: ECOTEC.

industry-generic technologies and industry-specific technologies. Generic technologies can be applied to all different sectors of activity (the exact sector of application of the technology is specified in the fifth column), whereas specific technologies are specific to that particular activity. The technology process area is reported in the third column, while the existing technology characteristics and the corresponding BAT ones are contained respectively in the fourth and fifth columns. Some explanations are needed for the last column of the table, which deals with the technologies' type of intervention.

Even if it is not always possible to draw a clear line among the different cases that can arise, in Table 5.2 we distinguish among four different types of intervention: technology substitution; technical improvement; recycling versus production; and production versus purchasing.

The expression *technology substitution* refers to a situation in which it is not possible to improve the existing technology; it must be replaced by the new, less polluting one. In contrast, by *technical improvement* we mean a situation in which the old technology can be maintained and improved by a new technology that makes it less polluting. In these circumstances, the energy-saving technology is conceived more as a retrofitting technology than as a totally different one. Finally, in the last two cases, that is recycling versus production and production versus purchasing, the introduction of the BATs implies a total change in the production process.

Let us now return to Table 5.2 which summarizes the potential emissions reductions of the energy-saving technologies analysed. The first part of the table gives information about the technologies' absolute levels of emission, while the second part shows instead the potential reductions attributable to a widespread adoption of these technologies at the EU level. In particular, the second column refers to the potential emissions reductions that could be achieved at the EU level with respect to the specific sector of application, while the third column refers to the potentials compared to total EU emissions. As shown in the table, a widespread adoption of the energy-saving technologies sampled is likely to lead to a substantial decrease in CO_2 emissions compared to 1990 levels. In particular, if we consider the weight of the potential reductions with respect to total emissions levels, we find that on the whole the implementation of these technologies can lead to a reduction of CO_2 emissions of approximately 10 per cent.[18] This is a very important result since it gives a clear indication that the technical potentials for emissions reductions are very high and, if exploited, could significantly contribute to the stabilization of industrial CO_2 emissions.

Let us turn to the variables used in our empirical investigation. For each technology, we have used data on several variables. Among these variables, some have been maintained at a fixed level, while others have changed according to the sector and country of application. The fixed variables are the following (source: ECOTEC, 1994):

1. Technology capital cost, K (KECU/y).
2. Technology lifespan (years)
3. Technology direct labour content, L (workers per year).
4. Technology electricity consumption for a given production, EE (in MWh/y)
5. Technology thermal energy consumption for a given production, ET (in GJ/y).
6. Technology maintenance costs per year, M (KECU/y).
7. Technology CO_2 emissions per year, e (CO_2 t/y).

Contrary to the above, the following vary according to the specific country and other factors (all data refer to 1992):

1. Labour costs, w (ECU per worker/y), (source: OECD). We consider two different labour costs: one for the manufacturing sector and one for the energy sector. The reason for this differentiation is that the energy sector usually requires very skilled workers whose compensation tends to be higher than that obtained in the manufacturing sector. In our analysis we differentiate the costs of labour both according to the sector and also according to the country considered.
2. Electricity price, pEE (ECU/MWh), (source: EUROSTAT). We consider three different industrial electricity prices. Prices vary according to the level of consumption. In particular, the electricity price becomes lower as we move from small to medium, and from medium to big electricity buyers. More precisely, we have a small buyer when the electricity consumption is less than 1.25 GWh per year, a medium buyer when the consumption is between 1.25 GWh and 10 GWh per year, a big buyer when it is between 10 GWh and 24 GWh per year. Again, we consider both the prices for the EU as a whole and the specific electricity prices for the four European countries considered.
3. Thermal energy prices, pET (ECU/GJ), (source: EUROSTAT). As a proxy for the thermal energy price for industrial consumption, we use the natural gas price. In particular, we consider two different prices: one for small buyers (41 860 GJ/y) and one for big buyers (418 600 GJ/y), where the latter usually has a lower price. We consider both the thermal energy prices for the EU as a whole and the values for each individual country.

Given the above variables, the total *variable costs* for each new and old technology (excluding the tax expenses) can be calculated as follows:

$$C = pEE \cdot EE + pET \cdot ET + M + w \cdot L.$$

Finally, concerning the interest rate (r), we have chosen to consider three different levels, that is: 5 per cent, 7 per cent and 9 per cent. The choice of these interest rates is not totally arbitrary. According to 1992 data (sources: Institute of Fiscal Studies and Bank of Italy), these three interest rates closely approximate the range of real interest rates found in the countries examined. In particular, considering for each country the nominal bank lending rate net of the rate of inflation, we found that the lowest rate was for the UK, while the medium and highest rates were found respectively for Germany and France/Italy.[19]

5. THE CHOICE OF THE BEST AVAILABLE TECHNOLOGY: SYNTHESIS OF RESULTS

Tables 5.1–5.10 report the major findings obtained in our empirical analysis. In particular, Tables 5.3 and 5.4 report respectively the variable cost differences and the payback periods in the absence of any policy measure; Tables 5.5 to 5.9 report the emission taxes and innovation subsidies trade-offs for the four countries considered and for the EU as a whole; finally, Table 5.10 reports the innovation subsidies necessary to make the new technologies profitable when an emission tax of 25 ECU/t is imposed.[20]

5.1 Economic Profitability Assessment

Let us first consider Tables 5.3 and 5.4, where we report respectively the variable cost differences for each technology and the payback period in the absence of any policy measure. A positive value of variable cost savings indicates that the new technology is profitable in terms of variable costs. On the other hand, a negative value implies that the new technology has higher variable costs and that an emission tax needs to be introduced to make it positive.

As shown in Table 5.3, for any given technology, the variable cost savings varies according to the country considered. Given that the technologies' technical features are maintained at a fixed level, the differences in the variable cost savings are basically due to the fact that both the labour costs and the energy prices change, often significantly, across the countries considered. In particular, Germany turned out to have the highest labour cost for the manufacturing sector (followed by Italy, France and UK), while Italy turned out to have the highest labour cost for the energy sector (followed by Germany, UK and France). Regarding energy prices, Italy was found to have the highest prices for electrical consumption while Germany had the highest prices for thermal energy consumption. Finally France turned out to have the lowest prices in terms of both electrical and thermal consumption.

Table 5.3 Variable cost saving without policy intervention

Technology	Capital cost (KECU)	Variable cost saving (ECU per year) EU	France	Germany	Italy	UK
IG-1	2500	1060077	933329	1008107	1207495	922415
IG-2	300	82034	75029	122607	83576	91969
IG-3	140	161350	153510	227320	169200	176750
IG-4	400	–13554	–8004	10428	–39923	28798
IG-5	80	156024	141873	199873	164866	161725
IG-6	100	56148	50565	81537	55483	61465
IG-7	30	–300	–300	–300	–300	–300
IS-8	915	371370	345426	518982	378858	402966
IS-9	130000	19492728	18357895	23465115	20409135	18966895
IS-10	23000	9130710	8271392	10165359	9973405	8589690
IS-11	90000	10722540	9967780	15224640	10942820	11533380
IS-12	2000	29162927	26974932	31738469	31162628	28419401
IS-13	1275	–295419	–206883	–319163	–448870	–197346
IS-14	1450	262360	242304	876270	268512	285254
IS-15	36000	1163748	1084275	1665510	1177620	1281171
IS-16	3800	697383	655992	1055383	689788	796213
T-17	1.5	52	38	115	50	65
T-18	2.6	897	815	1269	887	975
E-19	8.8	–39	–49	–32	–27	–43
E-20	4000	1655140	1474800	1855800	1830400	1556080
E-21	350000	7089039	6566613	10911529	7022414	8048946
E-22	797500	21698270	20154050	31312820	21926540	23914270
E-23	530000	73341250	68133375	99752375	75629375	78596000
E-24	550	505800	426440	603080	632520	420040
E-25	9500	7481090	6679465	8439820	8204480	7056740
E-26	850	125810	112670	253300	118220	159540

Note: IG: Industry, generic; IS: Industry, specific; T: Transport; E: Energy sector.
Source: Our elaborations of ECOTEC, OECD and EUROSTAT data.

As shown in Table 5.3, only four of the technologies considered do not allow for a variable cost saving (that is technologies 4, 7, 13 and 19); all the others seem to guarantee a variable cost saving. Among these latter technologies, some turned out to be particularly advantageous since they show a significant variable cost saving with respect to the initial fixed costs. This is true for instance of technologies 3 (RRBs), 5 (M&T) and 12 (increased recycling), all of which belong to the manufacturing sector. Concerning technology 12, let us note that the profitability of aluminium recycling has however been in part overestimated. In fact, there are some other costs that have not been included in the evaluation

Table 5.4 Payback period (years) without policy intervention

	EU			France			Germany			Italy			UK		
Technology	$r = 5\%$	$r = 7\%$	$r = 9\%$	$r = 5\%$	$r = 7\%$	$r = 9\%$	$r = 5\%$	$r = 7\%$	$r = 9\%$	$r = 5\%$	$r = 7\%$	$r = 9\%$	$r = 5\%$	$r = 7\%$	$r = 9\%$
IG-1	2.6	2.7	2.8	2.9	3.1	3.2	2.7	2.8	2.9	2.2	2.3	2.4	3.0	3.1	3.2
IG-2	4.1	4.4	4.6	4.6	4.9	5.2	2.7	2.8	2.9	4.1	4.3	4.5	3.6	3.8	4.0
IG-3	0.9	0.9	0.9	1.0	1.0	1.0	0.6	0.7	0.7	0.9	0.9	0.9	0.8	0.8	0.9
IG-4	*	*	*	*	*	*	**	**	**	*	*	*	24.3	53.0	**
IG-5	0.5	0.5	0.5	0.6	0.6	0.6	0.4	0.4	0.4	0.5	0.5	0.5	0.5	0.5	0.5
IG-6	1.9	2.0	2.0	2.1	2.2	2.3	1.3	1.3	1.4	1.9	2.0	2.1	1.7	1.8	1.8
IG-7	*	*	*	*	*	*	*	*	*	*	*	*	*	*	*
IS-8	2.7	2.8	2.9	2.9	3.0	3.2	1.9	1.9	2.0	2.6	2.7	2.8	2.5	2.6	2.7
IS-9	8.3	9.3	10.6	9.0	10.1	11.8	6.6	7.3	8.0	7.9	8.7	9.9	8.6	9.7	11.1
IS-10	2.8	2.9	3.0	3.1	3.2	3.3	2.5	2.5	2.6	2.5	2.6	2.7	2.9	3.1	3.2
IS-11	11.2	13.1	16.3	12.3	14.8	19.4	7.2	7.9	8.8	10.9	12.7	15.6	10.1	11.7	14.1
IS-12	0.1	0.1	0.1	0.1	0.1	0.1	0.1	0.1	0.1	0.1	0.1	0.1	0.1	0.1	0.1
IS-13	*	*	*	*	*	*	*	*	*	*	*	*	*	*	*
IS-14	6.6	7.2	8.0	7.3	8.0	9.0	1.8	1.8	1.9	6.5	7.0	7.7	6.0	6.5	7.1
IS-15	**	**	**	**	**	**	**	**	**	**	**	**	**	**	**
IS-16	6.5	7.1	7.8	7.0	7.7	8.5	4.1	4.3	4.5	6.6	7.2	7.9	5.6	6.0	6.5
T-17	**	**	**	**	**	**	21.7	36.3	**	**	**	**	**	**	**
T-18	3.2	3.4	3.5	3.6	3.7	3.9	2.2	2.3	2.4	3.2	3.4	3.6	2.9	3.1	3.2
E-19	*	*	*	*	*	*	*	*	*	*	*	*	*	*	*
E-20	2.6	2.7	2.8	3.0	3.1	3.2	2.3	2.4	2.5	2.4	2.5	2.5	2.8	2.9	3.1
E-21	**	**	**	**	**	**	**	**	**	**	**	**	**	**	**
E-22	**	**	**	**	**	**	**	**	**	**	**	**	**	**	**
E-23	9.2	10.4	12.2	10.1	11.6	14.0	6.3	6.9	7.5	8.8	10.0	11.6	8.4	9.4	10.8
E-24	1.1	1.2	1.2	1.4	1.4	1.4	1.0	1.0	1.0	0.9	0.9	0.9	1.4	1.4	1.5
E-25	1.3	1.4	1.4	1.5	1.5	1.6	1.2	1.2	1.2	1.2	1.2	1.3	1.4	1.5	1.5
E-26	8.4	9.5	10.9	9.7	11.1	13.2	3.8	4.0	4.2	9.1	10.3	12.1	6.3	6.9	7.6

Notes:
* The variable cost saving is negative. ** The payback period is infinite. IG: Industry, generic; IS: Industry, specific; T: Transport; E: Energy sector.
Source: Our elaborations of ECOTEC, OECD and EUROSTAT data.

that could substantially change its profitability. More precisely, the profitability of aluminium recycling also depends on: the costs of the scrap collection and sorting; and the additional costs that have to be borne in order to maintain aluminium quality. (These costs change according to the variation in the alloy content in the scrap.)

As discussed previously, even if the technologies already guarantee a variable cost saving, in order to have more meaningful results we need to evaluate how long it takes investors to recover their initial fixed costs in the new technology. In Table 5.4, we report the payback times achieved without any policy intervention, for each technology and for different interest rate levels. The payback period depends positively on the initial technology costs and level of interest rate, and negatively on the annual variable cost saving. Again since we assume that the technologies' technical features are the same in all the countries considered, the differences in the T^* values across countries depend only on the annual variable cost saving (that in turn depends on the labour costs and energy process) and on the interest rate chosen for each specific country.

As expected, technologies 3 (RRBs), 5 (M&T) and 12 (increased recycling) all have payback periods that are quite short compared to the ones obtained for the other technologies. However, apart from these three technologies, not many others seem to have reasonable payback times. On the whole, only about half of the technologies analysed show a payback time within three to six years.[21] These results therefore suggest that, although the majority of the technologies considered already guarantee a variable cost saving, these savings are not sufficient *per se* to ensure a reasonable payback time and thus they do not really represent profitable opportunities in a strict economic sense. Under these circumstances, in order to anticipate the payback time, a policy measure in terms of emission taxes and/or innovation subsidies seems necessary to make the new technologies economically advantageous.

As mentioned previously (see section 2), these findings in part reduce the optimism that has characterized some empirical evidence on environmental modelling. While on the one hand our results suggest that there is considerable scope for substantially curbing CO_2 emissions with some commercially available technologies, on the other hand, our findings also show that from a strict microeconomic point of view, many of these technologies are not really profitable. In other words, there can be economic barriers to their adoption and it is not likely that they will be adopted without any policy intervention.

5.2 Policy Trade-offs

Let us now turn to Tables 5.5 to 5.9, in which we report all the policy trade-offs in terms of emission tax and innovation subsidy both for the EU as a whole and for the four European countries (France, Germany, Italy, UK) considered in our study. These trade-offs have been computed for a given payback period and for three different levels of interest rates (r).

Table 5.5a *EU policy trade-offs,* r = *5.0% payback period: 3 years (IG, IS, T); 6 years (E)*

Technology	Innovation subsidy $s = 0\%$	$s = 10\%$	$s = 20\%$	$s = 30\%$	$s = 40\%$	$s = 50\%$	$s = 60\%$	$s = 70\%$	$s = 80\%$	$s = 90\%$	$s = 100\%$
IG-1	0	0	0	0	0	0	0	0	0	0	0
IG-2	17	10	4	0	0	0	0	0	0	0	0
IG-3	0	0	0	0	0	0	0	0	0	0	0
IG-4	172	156	140	124	109	93	77	62	46	30	14
IG-5	0	0	0	0	0	0	0	0	0	0	0
IG-6	0	0	0	0	0	0	0	0	0	0	0
IG-7	153	138	123	108	93	78	64	49	34	19	4
IS-8	0	0	0	0	0	0	0	0	0	0	0
IS-9	134	112	89	66	43	21	0	0	0	0	0
IS-10	0	0	0	0	0	0	0	0	0	0	0
IS-11	150	125	106	84	61	39	17	0	0	0	0
IS-12	0	0	0	0	0	0	0	0	0	0	0
IS-13	521	489	457	425	393	361	329	297	265	233	201
IS-14	58	46	35	24	12	1	0	0	0	0	0
IS-15	513	456	400	344	288	232	175	119	63	7	0
IS-16	15	12	9	6	3	0	0	0	0	0	0
T-17	210	187	163	140	117	94	71	48	25	1	0
T-18	4	0	0	0	0	0	0	0	0	0	0
E-19	8208	7406	6603	5800	4998	4195	3393	2590	1787	985	182
E-20	0	0	0	0	0	0	0	0	0	0	0
E-21	352	313	274	234	195	156	117	77	38	0	0
E-22	259	229	199	169	139	109	79	49	19	0	0
E-23	10	7	3	0	0	0	0	0	0	0	0
E-24	0	0	0	0	0	0	0	0	0	0	0
E-25	0	0	0	0	0	0	0	0	0	0	0
E-26	10	6	2	0	0	0	0	0	0	0	0

Notes:
Emission tax measured in terms of ECU per ton of CO_2 IG: Industry, generic; IS: Industry, specific; T: Transport; E: Energy sector.
Source: Our elaborations of ECOTEC, OECD and EUROSTAT data.

Table 5.5b EU policy trade-offs, r = *7.0% payback period: 3 years (IG, IS, T); 6 years (E)*

Technology	Innovation subsidy *s* = 0%	*s* = 10%	*s* = 20%	*s* = 30%	*s* = 40%	*s* = 50%	*s* = 60%	*s* = 70%	*s* = 80%	*s* = 90%	*s* = 100%
IG-1	0	0	0	0	0	0	0	0	0	0	0
IG-2	20	13	6	0	0	0	0	0	0	0	0
IG-3	0	0	0	0	0	0	0	0	0	0	0
IG4	178	161	145	129	112	96	80	63	47	31	14
IG-5	0	0	0	0	0	0	0	0	0	0	0
IG-6	0	0	0	0	0	0	0	0	0	0	0
IG-7	159	143	128	112	97	81	66	50	35	20	4
IS-8	0	0	0	0	0	0	0	0	0	0	0
IS-9	143	119	96	72	49	25	2	0	0	0	0
IS-10	0	0	0	0	0	0	0	0	0	0	0
IS-11	159	136	113	89	66	43	20	0	0	0	0
IS-12	0	0	0	0	0	0	0	0	0	0	0
IS-13	533	499	466	433	400	367	334	301	268	234	201
IS-14	62	50	38	27	15	3	0	0	0	0	0
IS-I5	534	475	417	359	300	242	184	125	67	9	0
IS-16	16	13	10	7	4	1	0	0	0	0	0
T-17	218	194	170	146	122	98	74	50	26	2	0
T-18	6	0	0	0	0	0	0	0	0	0	0
E-19	8729	7874	7020	6165	5310	4455	3601	2746	1891	1037	182
E-20	0	0	0	0	0	0	0	0	0	0	0
E-21	377	336	294	252	210	169	127	85	43	1	0
E-22	278	246	214	182	150	118	86	54	22	0	0
E-23	12	9	5	1	0	0	0	0	0	0	0
E-24	0	0	0	0	0	0	0	0	0	0	0
E-25	0	0	0	0	0	0	0	0	0	0	0
E-26	12	8	4	0	0	0	0	0	0	0	0

Notes and source: As for Table 5.5a.

Table 5.5c *EU policy trade-offs,* r = *9.0% payback period: 3 years (IG, IS, T); 6 years (E)*

Technology	Innovation subsidy $s = 0\%$	$s = 10\%$	$s = 20\%$	$s = 30\%$	$s = 40\%$	$s = 50\%$	$s = 60\%$	$s = 70\%$	$s = 80\%$	$s = 90\%$	$s = 100\%$
IG-1	0	0	0	0	0	0	0	0	0	0	0
IG-2	22	15	8	1	0	0	0	0	0	0	0
IG-3	0	0	0	0	0	0	0	0	0	0	0
IG-4	184	167	150	133	116	99	82	65	48	31	14
IG-5	0	0	0	0	0	0	0	0	0	0	0
IG-6	0	0	0	0	0	0	0	0	0	0	0
IG-7	164	148	132	116	100	84	68	52	36	20	4
IS-8	0	0	0	0	0	0	0	0	0	0	0
IS-9	151	127	103	78	54	29	5	0	0	0	0
IS-10	0	0	0	0	0	0	0	0	0	0	0
IS-11	167	143	119	95	71	48	24	0	0	0	0
IS-12	0	0	0	0	0	0	0	0	0	0	0
IS-13	545	510	476	442	407	373	339	304	270	236	201
IS-14	66	54	42	30	17	5	0	0	0	0	0
IS-I5	555	495	434	374	313	253	192	132	71	11	0
IS-16	17	14	11	8	4	1	0	0	0	0	0
T-17	227	202	177	153	128	103	78	53	28	3	0
T-18	9	2	0	0	0	0	0	0	0	0	0
E-19	9264	8356	7447	6539	5631	4723	3815	2906	1998	1090	182
E-20	0	0	0	0	0	0	0	0	0	0	0
E-21	404	359	315	270	226	182	137	93	48	4	0
E-22	298	264	230	196	162	128	94	60	26	0	0
E-23	15	11	7	3	0	0	0	0	0	0	0
E-24	0	0	0	0	0	0	0	0	0	0	0
E-25	0	0	0	0	0	0	0	0	0	0	0
E-26	15	10	6	2	0	0	0	0	0	0	0

Notes and source: As for Table 5.5a.

Table 5.6a *France policy trade-offs,* r = *5.0% payback period: 3 years (IG, IS, T); 6 years (E)*

Technology	Innovation subsidy s = 0%	s = 10%	s = 20%	s = 30%	s = 40%	s = 50%	s = 60%	s = 70%	s = 80%	s = 90%	s = 100%
IG-1	0	0	0	0	0	0	0	0	0	0	0
IG-2	21	15	8	1	0	0	0	0	0	0	0
IG-3	0	0	0	0	0	0	0	0	0	0	0
IG-4	166	150	134	119	103	87	71	56	40	24	9
IG-5	0	0	0	0	0	0	0	0	0	0	0
IG-6	0	0	0	0	0	0	0	0	0	0	0
IG-7	153	138	123	108	93	78	64	49	34	19	4
IS-8	0	0	0	0	0	0	0	0	0	0	0
IS-9	140	117	94	72	49	26	4	0	0	0	0
IS-10	3	0	0	0	0	0	0	0	0	0	0
IS-11	155	133	111	89	66	44	22	0	0	0	0
IS-12	0	0	0	0	0	0	0	0	0	0	0
IS-13	460	428	396	364	333	301	269	237	205	173	141
IS-14	62	51	39	28	16	5	0	0	0	0	0
IS-15	516	460	403	347	291	235	179	123	66	10	0
IS-16	16	13	10	7	4	1	0	0	0	0	0
T-17	215	192	169	146	123	100	77	53	30	7	0
T-18	10	3	0	0	0	0	0	0	0	0	0
E-19	8253	7450	6647	5845	5042	4239	3437	2634	1831	1029	226
E-20	0	0	0	0	0	0	0	0	0	0	0
E-21	355	316	276	237	198	159	120	80	41	2	0
E-22	262	232	202	172	142	112	82	52	22	0	0
E-23	12	9	5	2	0	0	0	0	0	0	0
E-24	0	0	0	0	0	0	0	0	0	0	0
E-25	0	0	0	0	0	0	0	0	0	0	0
E-26	13	9	5	1	0	0	0	0	0	0	0

Notes and source: As for Table 5.5a.

Table 5.6b *France policy trade-offs,* r = *7.0% payback period: 3 years (IG, IS, T); 6 years (E)*

Technology	Innovation subsidy $s = 0\%$	$s = 10\%$	$s = 20\%$	$s = 30\%$	$s = 40\%$	$s = 50\%$	$s = 60\%$	$s = 70\%$	$s = 80\%$	$s = 90\%$	$s = 100\%$
IG-1	2	0	0	0	0	0	0	0	0	0	0
IG-2	24	17	10	3	0	0	0	0	0	0	0
IG-3	0	0	0	0	0	0	0	0	0	0	0
IG-4	172	155	139	123	106	90	74	57	41	25	9
IG-5	0	0	0	0	0	0	0	0	0	0	0
IG-6	0	0	0	0	0	0	0	0	0	0	0
IG-7	159	143	128	112	97	81	66	50	35	20	4
IS-8	1	0	0	0	0	0	0	0	0	0	0
IS-9	148	125	101	78	54	30	7	0	0	0	0
IS-10	9	0	0	0	0	0	0	0	0	0	0
IS-11	164	141	118	95	71	48	25	2	0	0	0
IS-12	0	0	0	0	0	0	0	0	0	0	0
IS-13	472	439	406	373	340	307	273	240	207	174	141
IS-14	66	54	43	31	19	7	0	0	0	0	0
IS-15	537	479	420	362	304	245	187	129	71	12	0
IS-16	17	14	11	8	5	1	0	0	0	0	0
T-17	224	200	176	152	128	104	80	56	32	8	0
T-18	12	5	0	0	0	0	0	0	0	0	0
E-19	8773	7919	7064	6209	5354	4500	3645	2790	1935	1081	226
E-20	0	0	0	0	0	0	0	0	0	0	0
E-21	380	339	297	255	213	172	130	88	46	4	0
E-22	281	249	217	185	153	121	89	57	25	0	0
E-23	14	11	7	3	0	0	0	0	0	0	0
E-24	0	0	0	0	0	0	0	0	0	0	0
E-25	0	0	0	0	0	0	0	0	0	0	0
E-26	15	11	7	3	0	0	0	0	0	0	0

Notes and source: As for Table 5.5a.

Table 5.6c *France policy trade-offs,* r = *9.0% payback period: 3 years (IG, IS, T); 6 years (E)*

Technology	Innovation subsidy $s = 0\%$	$s = 10\%$	$s = 20\%$	$s = 30\%$	$s = 40\%$	$s = 50\%$	$s = 60\%$	$s = 70\%$	$s = 80\%$	$s = 90\%$	$s = 100\%$
IG-1	6	0	0	0	0	0	0	0	0	0	0
IG-2	26	19	12	5	0	0	0	0	0	0	0
IG-3	0	0	0	0	0	0	0	0	0	0	0
IG-4	178	161	144	127	110	93	76	59	42	25	9
IG-5	0	0	0	0	0	0	0	0	0	0	0
IG-6	0	0	0	0	0	0	0	0	0	0	0
IG-7	164	148	132	116	100	84	68	52	36	20	4
IS-8	3	0	0	0	0	0	0	0	0	0	0
IS-9	157	132	108	84	59	35	10	0	0	0	0
IS-10	14	0	0	0	0	0	0	0	0	0	0
IS-11	172	148	124	100	77	53	29	5	0	0	0
IS-12	0	0	0	0	0	0	0	0	0	0	0
IS-13	484	450	416	381	347	313	278	244	210	175	141
IS-14	70	58	46	34	22	9	0	0	0	0	0
IS-15	559	498	438	377	317	256	196	135	75	14	0
IS-16	18	15	12	8	5	2	0	0	0	0	0
T-17	233	208	183	158	133	109	84	59	34	9	0
T-18	15	8	0	0	0	0	0	0	0	0	0
E-19	9308	8400	7492	6583	5675	4767	3859	2951	2042	1134	226
E-20	0	0	0	0	0	0	0	0	0	0	0
E-21	407	362	318	273	229	185	140	96	51	7	0
E-22	301	267	233	199	165	131	97	63	29	0	0
E-23	17	13	9	5	1	0	0	0	0	0	0
E-24	0	0	0	0	0	0	0	0	0	0	0
E-25	0	0	0	0	0	0	0	0	0	0	0
E-26	18	13	9	5	0	0	0	0	0	0	0

Notes and source: As for Table 5.5a.

Table 5.7a *Germany policy trade-offs*, r = *5.0% payback period: 3 years (IG, IS, T); 6 years (E)*

Technology	Innovation subsidy s = 0%	s = 10%	s = 20%	s = 30%	s = 40%	s = 50%	s = 60%	s = 70%	s = 80%	s = 90%	s = 100%
IG-1	0	0	0	0	0	0	0	0	0	0	0
IG-2	0	0	0	0	0	0	0	0	0	0	0
IG-3	0	0	0	0	0	0	0	0	0	0	0
IG-4	146	130	115	99	83	67	52	36	20	5	0
IG-5	0	0	0	0	0	0	0	0	0	0	0
IG-6	0	0	0	0	0	0	0	0	0	0	0
IG-7	153	138	123	108	93	78	64	49	34	19	4
IS-8	0	0	0	0	0	0	0	0	0	0	0
IS-9	115	93	70	47	25	2	0	0	0	0	0
IS-10	0	0	0	0	0	0	0	0	0	0	0
IS-11	120	98	76	53	31	9	0	0	0	0	0
IS-12	0	0	0	0	0	0	0	0	0	0	0
IS-13	537	505	473	441	409	377	345	313	281	249	218
IS-14	0	0	0	0	0	0	0	0	0	0	0
IS-15	491	435	379	323	266	210	154	98	42	0	0
IS-16	7	4	1	0	0	0	0	0	0	0	0
T-17	183	160	137	114	91	67	44	21	0	0	0
T-18	0	0	0	0	0	0	0	0	0	0	0
E-19	8174	7372	6569	5766	4964	4161	3358	2556	1753	950	148
E-20	0	0	0	0	0	0	0	0	0	0	0
E-21	330	291	252	213	173	134	95	56	16	0	0
E-22	240	210	180	150	120	90	60	30	0	0	0
E-23	2	0	0	0	0	0	0	0	0	0	0
E-24	0	0	0	0	0	0	0	0	0	0	0
E-25	0	0	0	0	0	0	0	0	0	0	0
E-26	0	0	0	0	0	0	0	0	0	0	0

Notes and source: As for Table 5.5a.

Table 5.7b Germany policy trade-offs, r = *7.0% payback period: 3 years (IG, IS, T); 6 years (E)*

Technology	Innovation subsidy $s = 0\%$	$s = 10\%$	$s = 20\%$	$s = 30\%$	$s = 40\%$	$s = 50\%$	$s = 60\%$	$s = 70\%$	$s = 80\%$	$s = 90\%$	$s = 100\%$
IG-1	0	0	0	0	0	0	0	0	0	0	0
IG-2	0	0	0	0	0	0	0	0	0	0	0
IG-3	0	0	0	0	0	0	0	0	0	0	0
IG-4	152	136	119	103	87	70	54	38	21	5	0
IG-5	0	0	0	0	0	0	0	0	0	0	0
IG-6	0	0	0	0	0	0	0	0	0	0	0
IG-7	159	143	128	112	97	81	66	50	35	20	4
IS-8	0	0	0	0	0	0	0	0	0	0	0
IS-9	124	100	77	53	30	6	0	0	0	0	0
IS-10	0	0	0	0	0	0	0	0	0	0	0
IS-11	128	105	82	59	36	13	0	0	0	0	0
IS-12	0	0	0	0	0	0	0	0	0	0	0
IS-13	549	516	483	449	416	383	350	317	284	251	218
IS-14	0	0	0	0	0	0	0	0	0	0	0
IS-15	512	454	396	337	279	221	162	104	46	0	0
IS-16	8	5	2	0	0	0	0	0	0	0	0
T-17	192	168	144	120	96	72	48	24	0	0	0
T-18	0	0	0	0	0	0	0	0	0	0	0
E-19	8695	7840	6986	6131	5276	4421	3567	2712	1857	1002	148
E-20	0	0	0	0	0	0	0	0	0	0	0
E-21	356	314	272	230	189	147	105	63	21	0	0
E-22	260	228	196	164	132	100	68	36	4	0	0
E-23	4	0	0	0	0	0	0	0	0	0	0
E-24	0	0	0	0	0	0	0	0	0	0	0
E-25	0	0	0	0	0	0	0	0	0	0	0
E-26	0	0	0	0	0	0	0	0	0	0	0

Notes and source: As for Table 5.5a.

Table 5.7c *Germany policy trade-offs,* r = *9.0% payback period: 3 years (IG, IS, T); 6 years (E)*

Technology	Innovation subsidy $s = 0\%$	$s = 10\%$	$s = 20\%$	$s = 30\%$	$s = 40\%$	$s = 50\%$	$s = 60\%$	$s = 70\%$	$s = 80\%$	$s = 90\%$	$s = 100\%$
IG-1	0	0	0	0	0	0	0	0	0	0	0
IG-2	0	0	0	0	0	0	0	0	0	0	0
IG-3	0	0	0	0	0	0	0	0	0	0	0
IG-4	158	141	124	107	90	73	56	40	23	6	0
IG-5	0	0	0	0	0	0	0	0	0	0	0
IG-6	0	0	0	0	0	0	0	0	0	0	0
IG-7	164	148	132	116	100	84	68	52	36	20	4
IS-8	0	0	0	0	0	0	0	0	0	0	0
IS-9	133	108	84	59	35	11	0	0	0	0	0
IS-10	0	0	0	0	0	0	0	0	0	0	0
IS-11	137	113	89	65	41	17	0	0	0	0	0
IS-12	0	0	0	0	0	0	0	0	0	0	0
IS-13	561	527	492	458	424	389	355	321	286	252	218
IS-14	0	0	0	0	0	0	0	0	0	0	0
IS-15	534	473	413	352	292	231	171	111	50	0	0
IS-16	10	6	3	0	0	0	0	0	0	0	0
T-17	201	176	151	126	101	76	51	26	2	0	0
T-18	0	0	0	0	0	0	0	0	0	0	0
E-19	9230	8321	7413	6505	5597	4689	3781	2872	1964	1056	148
E-20	0	0	0	0	0	0	0	0	0	0	0
E-21	382	337	293	249	204	160	115	71	27	0	0
E-22	280	246	212	178	144	110	76	42	8	0	0
E-23	6	2	0	0	0	0	0	0	0	0	0
E-24	0	0	0	0	0	0	0	0	0	0	0
E-25	0	0	0	0	0	0	0	0	0	0	0
E-26	0	0	0	0	0	0	0	0	0	0	0

Notes and source: As for Table 5.5a.

Table 5.8a *Italy policy trade-offs*, r = *5.0% payback period: 3 years (IG, IS, T); 6 years (E)*

Technology	Innovation subsidy *s* = 0%	*s* = 10%	*s* = 20%	*s* = 30%	*s* = 40%	*s* = 50%	*s* = 60%	*s* = 70%	*s* = 80%	*s* = 90%	*s* = 100%
IG-1	0	0	0	0	0.	0	0	0	0	0	0
IG-2	16	9	3	0	0	0	0	0	0	0	0
IG-3	0	0	0	0	0	0	0	0	0	0	0
IG-4	200	184	168	153	137	121	106	90	74	58	43
IG-5	0	0	0	0	0	0	0	0	0	0	0
IG-6	0	0	0	0	0	0	0	0	0	0	0
IG-7	153	138	123	108	93	78	64	49	34	19	4
IS-8	0	0	0	0	0	0	0	0	0	0	0
IS-9	130	107	84	62	39	16	0	0	0	0	0
IS-10	0	0	0	0	0	0	0	0	0	0	0
IS-11	149	127	104	82	60	38	15	0	0	0	0
IS-12	0	0	0	0	0	0	0	0	0	0	0
IS-13	625	593	561	529	497	466	434	402	370	338	306
IS-14	56	45	34	22	11	0	0	0	0	0	0
IS-15	512	456	400	343	287	231	175	119	62	6	0
IS-16	15	12	9	6	3	0	0	0	0	0	0
T-17	210	187	164	141	118	95	72	48	25	2	0
T-18	5	0	0	0	0	0	0	0	0	0	0
E-19	8150	7347	6545	5742	4939	4137	3334	2531	1729	926	123
E-20	0	0	0	0	0	0	0	0	0	0	0
E-21	352	313	274	235	195	156	117	78	39	0	0
E-22	258	228	198	168	138	108	78	48	18	0	0
E-23	10	6	3	0	0	0	0	0	0	0	0
E-24	0	0	0	0	0	0	0	0	0	0	0
E-25	0	0	0	0	0	0	0	0	0	0	0
E-26	11	7	4	0	0	0	0	0	0	0	0

Notes and source: As for Table 5.5a.

Table 5.8b *Italy policy trade-offs*, r = *7.0% payback period: 3 years (IG, IS, T); 6 years (E)*

Technology	Innovation subsidy *s* = 0%	*s* = 10%	*s* = 20%	*s* = 30%	*s* = 40%	*s* = 50%	*s* = 60%	*s* = 70%	*s* = 80%	*s* = 90%	*s* = 100%
IG-1	0	0	0	0	0	0	0	0	0	0	0
IG-2	19	12	5	0	0	0	0	0	0	0	0
IG-3	0	0	0	0	0	0	0	0	0	0	0
IG-4	206	189	173	157	141	124	108	92	75	59	43
IG-5	0	0	0	0	0	0	0	0	0	0	0
IG-6	0	0	0	0	0	0	0	0	0	0	0
IG-7	159	143	128	112	97	81	66	50	35	20	4
IS-8	0	0	0	0	0	0	0	0	0	0	0
IS-9	138	115	91	68	44	21	0	0	0	0	0
IS-10	0	0	0	0	0	0	0	0	0	0	0
IS-11	157	134	111	88	65	42	19	0	0	0	0
IS-12	0	0	0	0	0	0	0	0	0	0	0
IS-13	637	604	571	538	505	472	438	405	372	339	306
IS-14	61	49	37	25	13	2	0	0	0	0	0
IS-15	533	475	416	358	300	242	183	125	67	8	0
IS-16	16	13	10	7	4	1	0	0	0	0	0
T-17	219	195	171	147	123	99	75	51	27	3	0
T-18	7	0	0	0	0	0	0	0	0	0	0
E-19	8670	7816	6961	6106	5252	4397	3542	2687	1833	978	123
E-20	0	0	0	0	0	0	0	0	0	0	0
E-21	378	336	294	252	211	169	127	85	44	2	0
E-22	278	246	214	182	150	118	86	54	22	0	0
E-23	12	8	4	1	0	0	0	0	0	0	0
E-24	0	0	0	0	0	0	0	0	0	0	0
E-25	0	0	0	0	0	0	0	0	0	0	0
E-26	14	10	6	2	0	0	0	0	0	0	0

Notes and source: As for Table 5.5a.

Table 5.8c *Italy policy trade-offs,* r = *9.0% payback period: 3 years (IG, IS, T); 6 years (E)*

Technology	Innovation subsidy $s = 0\%$	$s = 10\%$	$s = 20\%$	$s = 30\%$	$s = 40\%$	$s = 50\%$	$s = 60\%$	$s = 70\%$	$s = 80\%$	$s = 90\%$	$s = 100\%$
IG-1	0	0	0	0	0	0	0	0	0	0	0
IG-2	21	14	7	0	0	0	0	0	0	0	0
IG-3	0	0	0	0	0	0	0	0	0	0	0
IG-4	212	195	178	161	144	127	110	93	77	60	43
IG-5	0	0	0	0	0	0	0	0	0	0	0
IG-6	0	0	0	0	0	0	0	0	0	0	0
IG-7	164	148	132	116	100	84	68	52	36	20	4
IS-8	0	0	0	0	0	0	0	0	0	0	0
IS-9	147	123	98	74	49	25	1	0	0	0	0
IS-10	0	0	0	0	0	0	0	0	0	0	0
IS-11	166	142	118	94	70	46	22	0	0	0	0
IS-12	0	0	0	0	0	0	0	0	0	0	0
IS-13	649	615	581	546	512	478	443	409	375	340	306
IS-14	65	53	40	28	16	4	0	0	0	0	0
IS-15	555	494	434	373	313	252	192	131	71	10	0
IS-16	17	14	11	8	5	1	0	0	0	0	0
T-17	228	203	178	153	128	103	79	54	29	4	0
T-18	10	3	0	0	0	0	0	0	0	0	0
E-19	9205	8297	7389	6481	5572	4664	3756	2848	1940	1031	123
E-20	0	0	0	0	0	0	0	0	0	0	0
E-21	404	360	315	271	226	182	138	93	49	4	0
E-22	298	264	230	196	162	128	94	60	26	0	0
E-23	14	10	6	2	0	0	0	0	0	0	0
E-24	0	0	0	0	0	0	0	0	0	0	0
E-25	0	0	0	0	0	0	0	0	0	0	0
E-26	16	12	8	3	0	0	0	0	0	0	0

Notes and source: As for Table 5.5a.

Table 5.9a *UK policy trade-offs,* r = *5.0% payback period: 3 years (IG, IS, T); 6 years (E)*

Technology	Innovation subsidy $s = 0\%$	$s = 10\%$	$s = 20\%$	$s = 30\%$	$s = 40\%$	$s = 50\%$	$s = 60\%$	$s = 70\%$	$s = 80\%$	$s = 90\%$	$s = 100\%$
IG-1	0	0	0	0	0	0	0	0	0	0	0
IG-2	11	4	0	0	0	0	0	0	0	0	0
IG-3	0	0	0	0	0	0	0	0	0	0	0
IG-4	126	111	95	79	63	48	32	16	1	0	0
IG-5	0	0	0	0	0	0	0	0	0	0	0
IG-6	0	0	0	0	0	0	0	0	0	0	0
IG-7	153	138	123	108	93	78	64	49	34	19	4
IS-8	0	0	0	0	0	0	0	0	0	0	0
IS-9	137	114	91	69	46	23	1	0	0	0	0
IS-10	0	0	0	0	0	0	0	0	0	0	0
IS-11	145	123	100	78	56	34	11	0	0	0	0
IS-12	0	0	0	0	0	0	0	0	0	0	0
IS-13	454	422	390	358	326	294	262	230	198	166	135
IS-14	53	41	30	19	7	0	0	0	0	0	0
IS-15	508	451	395	339	283	227	170	114	58	2	0
IS-16	13	10	7	4	1	0	0	0	0	0	0
T-17	204	181	158	135	112	88	65	42	19	0	0
T-18	0	0	0	0	0	0	0	0	0	0	0
E-19	8225	7423	6620	5817	5015	4212	3409	2607	1804	1001	199
E-20	0	0	0	0	0	0	0	0	0	0	0
E-21	347	307	268	229	190	150	111	72	33	0	0
E-22	254	224	194	164	134	104	74	44	14	0	0
E-23	9	5	2	0	0	0	0	0	0	0	0
E-24	0	0	0	0	0	0	0	0	0	0	0
E-25	0	0	0	0	0	0	0	0	0	0	0
E-26	2	0	0	0	0	0	0	0	0	0	0

Notes and source: As for Table 5.5a.

Table 5.9b *UK policy trade-offs*, r = *7.0% payback period: 3 years (IG, IS, T); 6 years (E)*

Technology	Innovation subsidy *s* = 0%	*s* = 10%	*s* = 20%	*s* = 30%	*s* = 40%	*s* = 50%	*s* = 60%	*s* = 70%	*s* = 80%	*s* = 90%	*s* = 100%
IG-1	3	0	0	0	0	0	0	0	0	0	0
IG-2	14	7	0	0	0	0	0	0	0	0	0
IG-3	0	0	0	0	0	0	0	0	0	0	0
IG-4	132	116	100	83	67	51	34	18	2	0	0
IG-5	0	0	0	0	0	0	0	0	0	0	0
IG-6	0	0	0	0	0	0	0	0	0	0	0
IG-7	159	143	128	112	97	81	66	50	35	20	4
IS-8	0	0	0	0	0	0	0	0	0	0	0
IS-9	145	122	98	75	51	28	4	0	0	0	0
IS-10	3	0	0	0	0	0	0	0	0	0	0
IS-11	153	130	107	84	61	38	15	0	0	0	0
IS-12	0	0	0	0	0	0	0	0	0	0	0
IS-13	466	433	399	366	333	300	267	234	201	168	135
IS-14	57	45	33	22	10	0	0	0	0	0	0
IS-15	529	470	412	354	295	237	179	120	62	4	0
IS-16	14	11	8	5	2	0	0	0	0	0	0
T-17	213	189	165	141	117	93	69	45	21	0	0
T-18	1	0	0	0	0	0	0	0	0	0	0
E-19	8746	7891	7036	6182	5327	4472	3618	2763	1908	1053	199
E-20	0	0	0	0	0	0	0	0	0	0	0
E-21	372	330	288	247	205	163	121	80	38	0	0
E-22	274	242	210	178	146	114	82	50	18	0	0
E-23	11	7	3	0	0	0	0	0	0	0	
E-24	0	0	0	0	0	0	0	0	0	0	0
E-25	0	0	0	0	0	0	0	0	0	0	0
E-26	4	0	0	0	0	0	0	0	0	0	0

Notes and source: As for Table 5.5a.

Table 5.9c *UK policy trade-offs*, r = *9.0% payback period: 3 years (IG, IS, T); 6 years (E)*

Technology	Innovation subsidy *s* = 0%	*s* = 10%	*s* = 20%	*s* = 30%	*s* = 40%	*s* = 50%	*s* = 60%	*s* = 70%	*s* = 80%	*s* = 90%	*s* = 100%
IG-1	7	0	0	0	0	0	0	0	0	0	0
IG-2	16	9	2	0	0	0	0	0	0	0	0
IG-3	0	0	0	0	0	0	0	0	0	0	0
IG-4	138	121	104	88	71	54	37	20	3	0	0
IG-5	0	0	0	0	0	0	0	0	0	0	0
IG-6	0	0	0	0	0	0	0	0	0	0	0
IG-7	164	148	132	116	100	84	68	52	36	20	4
IS-8	0	0	0	0	0	0	0	0	0	0	0
IS-9	154	129	105	81	56	32	7	0	0	0	0
IS-10	9	0	0	0	0	0	0	0	0	0	0
IS-11	162	138	114	90	66	42	18	0	0	0	0
IS-12	0	0	0	0	0	0	0	0	0	0	0
IS-13	478	444	409	375	341	306	272	238	203	169	135
IS-14	61	49	37	25	12	0	0	0	0	0	0
IS-15	550	490	429	369	308	248	187	127	66	6	0
IS-16	15	12	9	5	2	0	0	0	0	0	0
T-17	222	197	172	147	122	97	72	47	22	0	0
T-18	4	0	0	0	0	0	0	0	0	0	0
E-19	9281	8372	7464	6556	5648	4740	3831	2923	2015	1107	199
E-20	0	0	0	0	0	0	0	0	0	0	0
E-21	398	354	309	265	221	176	132	87	43	0	0
E-22	294	260	226	192	158	124	90	56	22	0	0
E-23	13	9	5	1	0	0	0	0	0	0	0
E-24	0	0	0	0	0	0	0	0	0	0	0
E-25	0	0	0	0	0	0	0	0	0	0	0
E-26	7	3	0	0	0	0	0	0	0	0	0

Notes and source: As for Table 5.5a.

As shown in the tables, the technologies of the energy sector usually require higher levels of the emission tax in all the countries. This is essentially because these technologies generally have investment costs which are very high and require a high emission tax even with significant subsidies, in order to be economically advantageous.

Among the energy sector technologies, let us briefly discuss the PV cells technology (E-19). As shown in the tables, this technology has turned out to be very costly and consequently needs extremely high levels of emission tax. However, it is important to note that the cost-effectiveness of PV systems also depends on other important factors which on the whole hamper their feasibility. More precisely, even if a PV cells power generation system looks very attractive from an environmental point of view (as it converts solar energy directly into electricity), its feasibility depends strictly on solar intensity, and therefore its application requires areas of very high levels of insulation. Moreover, the implementation of large-scale PV cells systems requires large areas of land. On the whole, PV cells systems currently seem to be a cost-effective source of power generation only for some, not supplied, remote areas where connections costs would be too high.

Note should also be made of the hydropower systems (E-20). Run-of-river plants again look very attractive as they convert the energy from the natural flow of water and produce no CO_2. However, to be cost-effective, they usually require highly site-specific hydrological conditions. Moreover, from an environmental point of view, they can have many other impacts. Therefore, whether or not hydro schemes are actually feasible and desirable entails a complex judgement about different sorts of costs and benefits, including different environmental impacts. Essentially, it is not always a choice that can be dictated strictly by economic analysis, although such an analysis may certainly inform the policy choice.

Drawing on the emissions estimates shown in Table 5.1 and on the trade-off values, Figure 5.2 presents a synthetic picture of the emissions reductions that could be achieved at the EU level by the adoption of the technologies for which we had the relevant data. In particular, the figure shows the total potentially achievable emissions reductions if these energy-saving technologies were implemented.

As shown in the figure, in the absence of any policy intervention (i.e. $t = s = 0$), only about 25 per cent of the potential reduction obtainable with this selected group could be achieved. With an emission tax of 25 ECU per tonne of CO_2,[22] the reduction would reach only approximately 33% of the total potential (i.e. about 3% of the total 1990 emissions).

Although this is a partial analysis in that it considers only a restricted sample of energy-saving technological opportunities,[23] it can still give some indication of the potential constraints that limit the adoption of these technologies. In

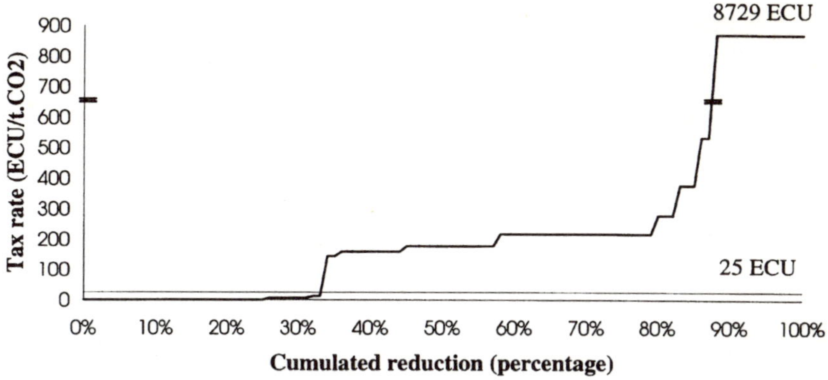

Figure 5.2 *Cumulative emissions reductions for different tax levels, without intervention*
(EU, r = *7%,* s = *0%)*

particular, we see that an autonomous diffusion of technologies is not likely unless some external incentives are adopted. This is not because these technologies are always more costly, but because their profitability is often too limited to induce firms to innovate. If this argument is coupled with the problems arising from non-economic barriers such as the lack of diffuse information among the potential investors, the implementation is far from being immediate.

Nevertheless, if we explicitly account for the technology lifespan and consider a long-term view in which the technology must be substituted, then the feasibility of technological switches is more likely because the capital costs of the new investment are lower. Similarly, the costs of the new investment are lower, the

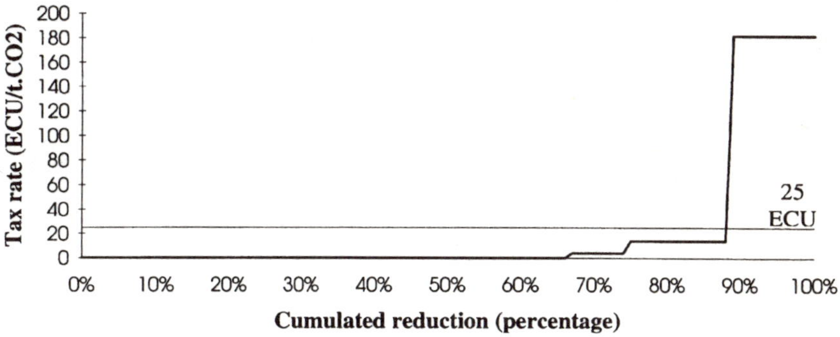

Figure 5.3 *Cumulative emissions reductions for different tax levels, with intervention*
(EU, r = *7%,* s = *100%)*

Table 5.10 Innovation subsidy (%) with a CO_2 emission tax of 25 ECU per tonne

	EU			France			Germany			Italy			UK		
Technology	r = 5%	r = 7%	r = 9%	r = 5%	r = 7%	r = 9%	r = 5%	r = 7%	r = 9%	r = 5%	r = 7%	r = 9%	r = 5%	r = 7%	r = 9%
IG-1	0	0	0	0	0	0	0	0	0	0	0	0	0	0	0
IG-2	0	0	0	0	0	2	0	0	0	0	0	0	0	0	0
IG-3	0	0	0	0	0	0	0	0	0	0	0	0	0	0	0
IG-4	93	94	94	90	90	90	77	78	79	*	*	*	64	66	67
IG-5	0	0	0	0	0	0	0	0	0	0	0	0	0	0	0
IG-6	0	0	0	0	0	0	0	0	0	0	0	0	0	0	0
IG-7	86	86	87	86	86	87	86	86	87	86	86	87	86	86	87
IS-8	0	0	0	0	0	0	0	0	0	0	0	0	0	0	0
IS-9	48	50	52	51	52	54	40	42	44	46	48	50	49	51	53
IS-10	0	0	0	0	0	0	0	0	0	0	0	0	0	0	0
IS-11	56	58	59	59	60	62	43	45	47	56	57	59	54	56	57
IS-12	0	0	0	0	0	0	0	0	0	0	0	0	0	0	0
IS-13	*	*	*	*	*	*	*	*	*	*	*	*	*	*	*
IS-14	29	31	34	32	35	37	0	0	0	28	30	33	24	27	30
IS-15	87	87	88	87	88	88	83	84	84	87	87	88	86	86	87
IS-16	0	0	0	0	0	0	0	0	0	0	0	0	0	0	0
T-17	80	81	81	82	83	84	68	70	71	80	81	81	77	78	79
T-18	0	0	0	0	0	0	0	0	0	0	0	0	0	0	0
E-19	*	*	*	*	*	*	*	*	*	*	*	*	*	*	*
E-20	0	0	0	0	0	0	0	0	0	0	0	0	0	0	0
E-21	83	84	85	84	85	86	78	79	80	83	84	85	82	83	84
E-22	78	79	80	79	80	81	72	73	75	78	79	80	76	78	79
E-23	0	0	0	0	0	0	0	0	0	0	0	0	0	0	0
E-24	0	0	0	0	0	0	0	0	0	0	0	0	0	0	0
E-25	0	0	0	0	0	0	0	0	0	0	0	0	0	0	0
E-26	0	0	0	0	0	0	0	0	0	0	0	0	0	0	0

Notes:
Innovation subsidy as a percentage of the BAT capital cost.
IG: Industry, generic; IS: Industry, specific; T: Transport; E: Energy sector.
Payback period: 3 years (IG, IS, T); 6 years (E).
* Subsidy greater than 100%.

Source: Our elaborations of ECOTEC, OECD and EUROSTAT data.

higher the innovation subsidy granted for the new technology. The extreme situation of a 100 per cent subsidy is depicted in Figure 5.3.

As shown in the figure, when the new technologies are totally subsidized it is possible to achieve a substantial emissions reduction (almost 90 per cent) with a tax lower than 25 ECU/t of CO_2. See also Table 5.10.

6. CONCLUSIONS AND POLICY IMPLICATIONS

The accumulation of carbon dioxide in the atmosphere has in recent years dominated the economic and political debate about the implications of different energy and environment policies. As a consequence a wide range of empirical models has been developed to assess the cost implications of reducing such emissions. These empirical models have however produced very different results, ranging from an excessive pessimism about the costs of controlling such emissions, to an excessive optimism concerning the possibility of adopting energy conservation technologies at very low costs in the absence of any specific policy.

In our study we have shown that it is unlikely that many of the technologies analysed will really be adopted without an external incentive. In particular, we have seen that this reluctance to adopt is not because these technologies are always more costly, but rather because their profitability, when it exists, is often too limited to induce an autonomous diffusion. Under these circumstances, we believe that taxes and subsidies are important factors that can accelerate and make profitable the adoption of the new, energy-saving technologies. More precisely, there exists a wide range of policy combinations that can guarantee an acceptable payback time for a great many of the technologies analysed.

Although the final answer surely depends on the specific case under study, it should be stressed that a strict economic evaluation still captures only a part of the factors that can affect the implementation of the energy conservation opportunities. Essentially, the gap between the technical potential for energy efficiency improvements and what is realized in energy markets emphasizes the fact that policy choices should not involve economic costs alone. The most important reasons why the cost-effective energy-saving opportunities are not implemented are linked both to the lack of diffuse information among the potential investors, and to the fact that energy conservation activities often have no priority given the relatively small weight of the energy bill with respect to overall production costs.

From the above remarks, the following policy implications emerge:

1. The innovation process and the exploitation of the best available technologies can play a key role in the solution of environmental problems.

2. Policy, in particular, should be specifically designed to promote technological innovation, and to favour its diffusion. The regulator should use the appropriate economic incentives to make profitable the adoption of the less polluting opportunities. In particular a combination of emission taxes and innovation subsidies can be recommended.
3. The economic barriers might nevertheless not be the only ones that constrain the implementation of the new technologies. Hence alongside the above economic instruments, other accompanying measures might be needed in order to remove all the other constraints that hamper the adoption of the new technologies.

NOTES

1. GRETA and University of Venice.
2. GRETA and University of Venice.
3. Recent surveys of these models are contained in Grubb *et al.* (1993), Krause *et al.* (1993), and UNEP (1992).
4. Price substitution along a given production isoquant is likely to underestimate the real impact of technology on the emission–output ratio; in particular, it does not account for changes in factor demands (i.e. energy) which take place through shifts of the production isoquant. In these models the possibility of non-price-induced energy intensity reduction is assumed to be extremely limited in the majority of cases (see Carraro, Lanza and Tudini (1994). Moreover, the technological progress is not endogenized, so that the global impact of price-induced policies cannot be accurately evaluated. New directions in econometric modelling of environment–economy linkages which focus on the role of endogenous technical change are presented in Botteon *et al.* (1994).
5. For a recent discussion of this topic, see Botteon *et al.* (1994), Krause *et al.* (1993), Grubb *et al.* (1993), and Wilson and Swisher (1993).
6. For a good discussion of the disturbing factors that usually undermine the diffusion of energy-saving technologies, see Velthuijsen (1993).
7. In the absence of any specific policy, by 2000 the growth of emissions is expected to be about 11 per cent above the 1990 level (see CEC, 1993). We have estimated that this forecast should be increased up to 18 per cent to consider the case in which there are no energy intensity improvements.
8. From a strictly theoretical standpoint, see also the model by Carraro and Soubeyran (1996).
9. The evaluation of the profitability by means of the investment payback time leads, in principle, to the same results which could be obtained by using other conventional criteria (such as net present value or internal return rate). The decision to adopt the payback rule is due to the fact that in the first part of our work we aim at evaluating the number of years necessary to cover the initial fixed investment, so that the payback is an *unknown* variable.
10. The emission tax is needed not only when VCS is negative, but also when VCS is positive and lower than the annual allowance share.
11. In this chapter we assume that the tax is imposed on the carbon emissions produced by both types of technology.
12. Recall that $i = 1$ for the existing technology; $i = 2$ for the BAT application.
13. In our empirical investigation we consider the case in which the old technology capital costs are totally sunk costs; this implies that K_1 is 0, therefore $K = K_2$ This situation could correspond to one in which the firm is already in the market and the old plant is not depreciated. Therefore, in the case of a technology substitution (see section 4), this is the worst situation that the firm can face.

14. The acceptable payback period depends on several different factors, such as technology lifespan and perceived market risks. For a discussion of some issues concerning the payback time see Krause *et al.* (1993).
15. From the above, it emerges that the innovation subsidy s is a percentage of the initial fixed costs for the new technology K_2. In particular, the innovation subsidy can vary from a 0 per cent to a 100 per cent financing of the initial investment cost.
16. Note that for any given interest rate there are many possible policy trade-offs in terms of emission tax and innovation subsidy that make it possible to reach the firm's desired payback period T'. In Tables 5.5 to 5.9, we in particular fix the desired payback time at three and six years, and we consider three different levels of interest rates.
17. It is important to note that the energy-saving technologies analysed not only permit substantial reductions in terms of CO_2 emissions, but many of them also permit the reductions of other pollutants (such as SO_x and NO_x). However, in our work we focus only on CO_2 emissions reductions.
18. As mentioned above, these estimates are obtained by assuming a widespread adoption of the energy-saving technologies studied in our analysis. Therefore, these estimates can give essentially an idea of the *technical* potential reductions.
19. With respect to the interest rate, let us note that in order to assess the real cost of the investment, the reduced fiscal burden due to interest-payment deductions should also be taken into account.
20. An emission tax of 25 ECU is slightly higher than the EC carbon tax proposal when both parts of the tax are converted into CO_2 units.
21. In our work, we have chosen to regard as *acceptable* a payback period of three years for the technologies of the manufacturing and transport sector which have usually a lifespan that ranges from 15 to 20 years. For the technologies of the energy sector, which have usually a longer lifespan (from 30 to 35 years), we have instead chosen as *acceptable* a payback time of six years.
22. As mentioned previously, this level of tax roughly corresponds to the EC carbon tax proposal. See Table 5.10 for the subsidies necessary when this level of tax is imposed.
23. This caveat is particularly important as the results in terms of emissions reductions are not independent of the choice of technology sample used.

REFERENCES

Bernardini, O. (1990), 'Il potenziale di riduzione delle emissioni di gas di serra dalla combustione di fonti fossili in Italia', *Energia*, 4/90, 50–63.

Botteon, M., C. Carraro and M. Galeotti (1994), 'Advances in the Econometric Modelling of Environment–Economy Linkages', paper prepared for the 50th Congress of the International Institute of Public Finance, Cambridge, Mass.: 22–25 August.

Carraro, C., A. Lanza, and A. Tudini (1994), 'Technical Change, Technological Transfer, and the Negotiation of International Agreements', *International Environmental Affairs*, **6**(3), 203–22.

Carraro, C. and A. Soubeyran (1996), 'Environmental Policy and the Choice of Production Technology', forthcoming in C. Carraro, Y. Katsoulacos and A. Xepapadeas (eds), *Environmental Policy and Market Structure*, Dordrecht: Kluwer.

CEC (1993), 'Energy: Consequences of the Proposed Carbon/Energy Tax', Supplement to *Energy in Europe*, February.

ECOTEC (1994), 'Technology and Sector Profiles', mimeo.

EUROSTAT, *Energy Prices*, various issues.

Grubb, M., J. Edmonds, P. ten Brick and M. Morrison (1993), 'The Costs of Limiting Fossil-Fuel CO_2 Emissions: A Survey and Analysis', *Annual Review of Energy and Environment*, **18**, 397–478.

Krause, F., E. Haites, R. Howarth and J. Koomey (1993), *Cutting Carbon Emissions: Burden or Benefit? The Economics of Energy-Tax and Non-price Policies*, Volume II, part I, International Project for Sustainable Energy Paths, El Cerrito, California.

Schleicher, S.P. (1994), 'Incentives to Environmental Innovation', in A. Amano, *Climate Change: Policy Instruments and their Implications*, Proceedings of the Tsukuba Workshop of Inter-Governmental Panel on Climate Change – Working Group III, Japan, 17–20 January 1994.

UNEP (1992), *UNEP Greenhouse Gas Abatement Costing Studies*, UNEP Collaborating Centre on Energy and Environment, RISØ National Laboratory, Denmark.

Velthuijsen, J.W. (1993), 'Incentives for Investment in Energy Efficiency: an Econometric Evaluation and Policy Implications', *Environmental and Resource Economics*, **3**, 153–69.

Wilson, D. and J. Swisher (1993), 'Exploring the Gap: Top-down Versus Bottom-up Analyses of the Cost of Mitigating Global Warming', *Energy Policy*, March, 249–63.

6. Managing common-access resources under production externalities[1]

Anastasios Xepapadeas[2]

1. INTRODUCTION

It is well known that the simultaneous management of both free-access renewable resources and emissions of pollutants that affect either the growth rate of the resource or its effectiveness as an input in a production process, is formulated in a context characterized by the inability of competitive markets to achieve effective resource allocation. This is due to the impossibility of exclusion and the absence of clearly defined property rights.

This type of management corresponds to a quantity–quality (q–q) problem. The deterioration of quality due to pollution results in the reduction of the effective use of the resource. Thus the management of the resource should account for both its use and the emissions of pollutants that influence the effectiveness of its use. The q–q problem has been analysed in a framework where pollution affects the growth rate of a renewable resource on the one hand, and generates consumption externalities that affect the utility of consumers on the other (e.g. Siebert, 1982; Tahvonen and Kuuluvainen, 1993; Xepapadeas, 1995).

The purpose of this chapter is to analyse a q–q problem in which pollution generates production externalities. That is, pollution influences the effectiveness of the resource which is used as an input in a production process. An example of this problem is the use of water in irrigated agriculture. In this case, water is pumped by farmers from a common-access aquifer, and deep percolation resulting from irrigation causes accumulation of pollutants in the aquifer. Pollution negatively affects the production of the agricultural output.

In analysing this problem, the cooperative solution is determined first. In this solution each farmer uses water in order to maximize the total present value of the region's profits. Since the problem is inherently dynamic, the maximization is constrained by the relationships reflecting the accumulation of water in the aquifer and the accumulation of pollutants in the water stock. This cooperative solution could be regarded as the solution of a regulatory agency that seeks to maximize regional net profits by managing the quantity and the quality of water used for irrigation. Non-cooperative solutions are derived second. One type of solution examined in this stage is the myopic one, in which each farmer maximizes profits without taking into account the dynamics characterizing water and pollution accumulation. The other type of solution examined is a non-cooperative solution in which each farmer exhibits strategic behaviour by taking into account the dynamics of the problem, and constrains his water use on the currently observed stock of water and pollution in the aquifer. This implies that farmers follow Markov-perfect strategies with current water and pollution stocks being sufficient statistics for the history of the game. By comparing the cooperative with the non-cooperative solution, a policy scheme in the form of water taxes is determined. The scheme induces non-cooperatively acting farmers to follow policies that correspond to the regulator's optimum.

In the last part of the chapter, an extended example with functional forms which reflect conditions in irrigated agriculture is used to simulate the theoretical model and determine the policy schemes.

2. A MODEL OF IRRIGATED AGRICULTURE UNDER PRODUCTION EXTERNALITIES

A region with a fixed amount of land occupied by $i = 1, \ldots, N$ farmers is considered. To simplify things, we assume that land is completely utilized in the production of a single crop and is equally divided among farmers. Assuming that water is the only variable input in production, each farmer i's production function is specified as:[3]

$$y^i(t) = f(hw^i(t), S(t)), f_w > 0, f_{ww} < 0, f_s < 0, f_{wS} \leq 0$$

where $w^i(t)$ is water applied by farmer i at time t, $h \in (0,1)$ reflects irrigation efficiency, and $S(t)$ is the amount of pollution accumulated in the aquifer from which water is pumped at time t. Pollution negatively affects production ($f_S < 0$), and also does not increase the marginal productivity of water ($f_{wS} < 0$).

Water is pumped from an aquifer of stock $W(t)$, with maximum capacity $\overline{W}$. When water w^i is applied, hw^i is the amount effectively used by the plants while $(1-h)w^i$ is the amount returned to the aquifer as deep percolation, $0 < h < 1$. The accumulation of water in the aquifer is determined as:

$$\dot{W}(t) = F(t) - \sum_{i=1}^{n} hw^i(t) - aW(t) \quad W(0) = W^o > 0 \tag{1}$$

where $F(t)$ is the exogenous water inflow in the aquifer, and a is the rate of natural water losses (seepage, evaporation).

Pollution in the aquifer accumulates according to:

$$\dot{S}(t) = \sum_{i=1}^{n}(1-h)mw^i(t) - bS(t) \quad S(0) = S^o \geq 0 \tag{2}$$

where m is the pollution content per unit of applied water, and b is the natural pollution decay rate.

The pumping cost per unit of applied water is a decreasing function of the existing water stock:

$$c\,(W),\; c' < 0,\; c'' \geq 0.$$

If $p\,(t)$ denotes the exogenous and stationary price of output at each instant in time, then regional benefits are defined as:

$$\pi_R(t) = \sum_{i=1}^{n}\left[p(t)y^i(t) - c(W)w^i(t)\right]$$

while individual farmers' benefits are defined as:

$$\pi_F(t) = p\,(t)\,y^i\,(t) - c\,(W)\,w^i\,(t).$$

The model developed can be used to analyse the regulator's problem (cooperative solution), and non-cooperative solutions in the management of water use and pollution.

3. THE REGULATOR'S OPTIMUM

The regulator's problem is to choose a time path for applied water in order to maximize discounted regional profits. The problem is:

$$\max_{\{w^i(t)\}} \int_0^{\infty} e^{-it}\left[\sum_{i=1}^{n}\left(pf\left(hw^i, S\right) - c(W)w^i\right)\right]dt$$

subject to

$$\dot{W} = F - \sum_{i=1}^{n} hw^i - aW \quad W(0) = W^o$$

$$\dot{S} = \sum_{i=1}^{n} (1-h)mw^i - bS \quad S(0) = S^o$$

$$0 \le W \le \overline{W}$$

The current value Lagrangean for the problem is:

$$\mathcal{L} = \sum_i \left[pf\left(hw^i, S\right) - c(W)w^i\right] + \mu\left(F - \sum_i hw^i - aW\right) +$$
$$\lambda\left(\sum_i (1-h)mw^i - bS\right) + k_1\left(\overline{W} - W\right) + k_2 W$$

where the costate variables μ and λ denote the shadow values of the water stock and pollution respectively ($\lambda < 0$).

Assuming interior solutions for applied water use, the optimality conditions for problem (P1) are given for $i = 1, \ldots, n$ by:

$$pf_w(hw^i, S) - c\,(W) - \mu h + \lambda\,(1-h)\,m = 0, \tag{3}$$

the adjoint equations, and the complementary slackness conditions:

$$\dot{\mu} = (r+a)\mu + \sum_i c'\,(W) + k_1 - k_2 \tag{4.1}$$

$$\dot{\lambda} = (r+b)\lambda - \sum_i pf_S\left(hw^i, S\right) \tag{4.2}$$

$$k_1 \ge 0\;(= 0 \text{ if } \overline{W} > W),\; k_2 \ge 0(= 0 \text{ if } W > 0) \tag{4.3}$$

along with the state equations (1) and (2). Transversality conditions at infinity are also assumed to be satisfied at the optimal solution (Arrow and Kurz, 1970).

Using (3), the short-run demand function for applied water is defined as:

$$w^{*i} = w^*\,(p,W,S,\mu,\lambda,h,m) \tag{5}$$

Short-run comparative statics are easily obtained from (3), using the implicit function theorem, as:

$$w_p^* > 0,\ w_W^* > 0,\ w_s^* < 0,\ w_\mu^* < 0,\ w_\lambda^* > 0,\ w_h^* < 0,\ w_m^* < 0.$$

Thus an increase in irrigation efficiency expressed by an increase in h will reduce applied water use, while an increase of the pollution content in deep percolation, due for example to a change in the type of fertilizers or pesticides used, will also reduce the applied water used.

Since h and m represent exogenous parameters in our model, the effects of their changes on the maximum discount value of regional benefits can be obtained by applying comparative dynamic analysis. Let $V^*(h,m)$ denote the maximum discounted value of regional benefits, defined as:

$$V^*(h,m) \equiv \max \int_0^\infty e^{-rt} \pi_R(t)dt, \text{ subject to (1), (2).}$$

Using the dynamic envelope theorem (Caputo, 1990) we obtain:

$$\frac{\partial V^*}{\partial h} \equiv \int_0^\infty e^{-rt} \frac{\partial \mathcal{L}^*}{\partial h} dt = \int_0^\infty e^{-rt} \left[\sum_i pf_w w^{*i} + \sum_i w^{*i}\left(-\mu^* - \lambda^* m\right) \right] dt \tag{6.1}$$

$$\frac{\partial V^*}{\partial m} \equiv \int_0^\infty e^{-rt} \frac{\partial \mathcal{L}^*}{\partial m} dt = \int_0^\infty e^{-rt} \left[(1-h)\lambda^* \sum_i w^{*i} \right] dt < 0 \tag{6.2}$$

with all expressions evaluated along the optimal path determined by optimality conditions (3) and (4). The comparative dynamics derivatives (6) indicate that an increase in the pollution content of the deep percolation reduces regional profits. On the other hand, an increase in the irrigation efficiency has ambiguous results. There is a positive contribution due to increased water productivity, a negative contribution because the water stock is reduced ($-\mu$) and another positive contribution because deep percolation pollution is reduced ($-\lambda m$). If (6.1) is positive, it can be used as the benefit concept, to be compared with the cost of improving irrigation efficiency in cost–benefit calculations.

Equation (5) can be substituted back into (1), (2), (4.1) and (4.2), to obtain the modified Hamiltonian dynamic system (MHDS), which is a system of four differential equations that can be used to analyse the dynamic paths of water and pollution stock.

Assume that an isolated steady state of the MHDS exists. It is defined as:

$$(W^{\infty}S^{\infty}\mu^{\infty}\lambda^{\infty}): \dot{W} = \dot{S} = \dot{\mu} = \dot{\lambda} = 0$$

As shown in the Appendix, if:

$$\text{(i)} \quad \left|\frac{c''}{c'}\frac{w^{\infty}}{w_W^{\infty}}\right| > 1 \quad \text{and (ii)} \quad f_{wS}w_S^{\infty} + f_{SS} < 0$$

where w^{∞} denotes steady-state applied water, then for a sufficiently small discount rate the steady-state possesses the global saddle-point property. This implies that for an initial vector of state variables $x^o = (W^o, S^o)$, there exists an initial vector of costate variables $q^o = (\mu^o, \lambda^o)$ such that the system converges to the steady state on a two-dimensional manifold. As will be shown in the applied part of the chapter, this global saddle-point property of the steady state of the regulator's problem is very useful in the determination of the applied policy schemes.

4. POLICY SCHEMES

Having determined the solution to the regulator's problem, we examine policy schemes under which individual farmers can be induced to undertake the applied water use that is consistent with the regulator's choices.

4.1 Myopic Farmers

When farmers act myopically, each one solves the problem:

$$\max_{w^i} \; pf\left(w^i, S\right) - c(W)w^i.$$

Water use is determined by the first-order condition:

$$pf_w\,(w^i, S) - c\,(W) = 0. \tag{7}$$

Comparing (7) to (3), it follows that water tax per unit time is determined as:

$$\tau^M(t) = h\mu^*(t) - (1-h)\,m\lambda^*(t)$$

where $\mu^*(t)$, $\lambda^*(t)$ are the optimal paths for the shadow values of the water stock and the pollution as determined by the solution of the regulator's problem.

4.2 Strategic Farmers

The conditions for non-cooperative optimum where farmers choose their own water use are obtained in the context of a dynamic N-player, non-cooperative game. The choice of the strategy space for differential games depends on the information structures (e.g. Basar and Olsder, 1982). Farmer i's information structure is said to be feedback (FB) if his control w^i depends on the current states of the water stock $W(t)$.

A feedback Nash equilibrium (FBNE) is defined for the strategy space corresponding to the FB information structure. An important feature of a Nash equilibrium solution relates to the concept of time consistency. The FBNE is a strongly time-consistent solution in the sense of possessing the property of a type of subgame perfectness (e.g. Fershtman, 1987; Basar, 1989) which implies that the equilibrium strategies constitute an equilibrium only for subgames along the equilibrium path (W, S, t) and not for all possible paths (W, S, t), (Fershtman, 1989). An alternative, often-used concept of equilibrium is that of open-loop (OLNE). Under the open-loop information structure, the control vector depends only on the initial states and time. The OLNE concept is, however, somehow unrealistic since it relies on infinite periods of commitment; therefore, the subsequent analysis concentrates mostly on FBNE. Each farmer tries to maximize his payoff defined as the present value of his profits subject to (1) and (2). Let $U^i(w^i, w^{-i})$ denote the payoff of farmer i. The FBNE is defined as the n-tuple of FB strategies $w^N = (w^{1N}, \ldots, w^{nN})$ such that: $U^i(w^N) \geq U^i(w^i, w^{-iN})$ for all i.

To analyse FBNE, we assume that each farmer uses linear Markov strategies (e.g. Xepapadeas, 1992, 1995; Dockner and Long, 1993). Linear Markov strategies state that the emission rate and the resource harvest are linear functions of pollution stock and resource stock. Assume that:

$$w^i = \bar{w}^i + \beta W - \gamma S,\ \beta, \gamma > 0,\ i = 1, \ldots, n \tag{8}$$

Relationship (8) indicates that each farmer will increase his water use if the stock of water increases and reduce his water use when pollution increases. The common slope of the functions reflects the assumptions of common farmers' behaviour with respect to changes in the stock variables. Under linear Markov strategies each farmer maximizes discounted profits subject to (1), (2) and (8), and thus the problem is defined as:

$$\max_{\{w^i(t)\}} \int_0^{\infty} e^{-rt}\left[pf\left(hw^i, S\right) - c(W)w^i\right]dt, \tag{P2}$$

subject to (1), (2) and (8). Disregarding, to simplify things, the upper- and lower-bound constraints to the water stock, the current-value Hamiltonian for farmer i is:

$$H^i = pf\left(hw^i, S\right) - c(W)w^i + \mu^i\left[F - hw^i - \sum_{j\neq 1}^{n} h\left(\overline{w}^j + \beta W - \gamma S\right) - aW\right] +$$
$$\lambda^i\left[(1-h)mw^i + \sum_{j\neq i}^{n}(1-h)m\left(\overline{w}^j + \beta W - \gamma S\right) - bS\right]$$

where, μ^i, λ^i are the private valuations of the water and pollution stock. The optimality conditions are:

$$\frac{\partial H^i}{\partial w^i} = pf_w - c(W) - h\mu^i + (1-h)m\lambda^i = 0 \tag{9}$$

$$\dot{\mu}^i = [r + a + (n-1)h\beta]\,\mu^i - (1-h)\,m\,(n-1)\,\beta\lambda^i + c'\,(W)\,w^i \tag{10.1}$$

$$\dot{\lambda}^i = [r + b + (1-n)\,(1-h)\,m\gamma]\,\lambda^i - h\,(n-1)\,\gamma\mu^i - pf_S\,(hw^i, S) \tag{10.2}$$

along with (1) and (2). Short-run demand for water functions obtained from (9) can be substituted into (1), (2), (10.1), and (10.2) to obtain a dynamic system of $2n + 2$ differential equations. If a steady state for this system, defined as:

$$(\bar{\mu}^1, \ldots, \bar{\mu}^n, \bar{\lambda}^1, \ldots, \bar{\lambda}^n, \overline{W}, \bar{S}):$$

$$(\dot{\mu}^1 = 0, \ldots, \dot{\mu}^n = 0, \dot{\lambda}^1 = 0, \ldots, \dot{\lambda}^n = 0, \dot{W} = 0, \dot{S} = 0)$$

exists, then this steady state will determine the unregulated non-cooperative market equilibrium. The local stability properties of this equilibrium depend on the characteristic roots of the Jacobian matrix corresponding to the system of (1), (2), (10.1), and (10.2). An isolated steady state is expected to exhibit some kind of conditional stability, in the sense of the Jacobian matrix having positive and negative roots. It is not possible, however, to determine the dimension of the stable manifold for the general problem. If the dimension is two as in the case of the regulator's problem, then for any initial state of water stock and pollution accumulation, there exist initial private valuations for the water stock and pollution such that the system converges on the stable manifold. If, however, the dimension is one, then the system will converge only for initial states satisfying a relationship $S^o = M(W^o)$.

When the regulator is committed to a path of water taxes, $\tau^s(t)$, each farmer solves the problem:

$$\max_{\{w^i(t)\}} \int_0^\infty e^{-rt}\left[pf\left(hw^i, S\right) - c(W)w^i - \tau^S(t)w^i\right]dt \qquad \text{(P3)}$$

subject to (1) and (2). Disregarding, to simplify things, the upper- and lower-bound constraints to the water stock, the current-value Hamiltonian for farmer i is:

$$H^i = pf\left(hw^i, S\right) - c(W)w^i - \tau^S(t)w^i + \mu^i\left[F - hw^i - \sum_{j\neq 1}^{n} h\left(\overline{w}^j + \beta W - \gamma S\right) - aW\right] +$$
$$\lambda^i\left[(1-h)mw^i + \sum_{j\neq i}^{n}(1-h)m\left(\overline{w}^j + \beta W - \gamma S\right) - bS\right]$$

where μ^i, λ^i are the private valuations of the water and pollution stock.

The optimality conditions are:

$$\frac{\partial H^i}{\partial w^i} = pf_w - c(W) - h\mu^i + (1-h)m\lambda^i - \tau^S(t=0), \quad \forall \qquad (11)$$

along with (1), (2), (10.1), and (10.2). From (3) and (11), it follows that the tax scheme should take the following form:

$$\tau^{iS}(t) = h\left[\mu^*(t) - \mu^{iN}(t)\right] - (1-h)\, m\left[\lambda^*(t) - \lambda^{iN}(t)\right],$$

where μ^{iN}, λ^{iN} are the paths for the private valuations of water and pollution stock (farmers' costate variables) that correspond to the solution of problem (P2).

Comparing $\tau^S(t)$ with $\tau^M(t)$, it is clear that in the myopic case the tax accounts for the valuations of the water and pollution stocks which are not taken into account by the farmers. However, in the strategic case, the tax accounts for the deviations between the regulator's and the farmers' valuations. It should be noticed however that the tax scheme τ^{iS} presented above is defined implicitly since μ^{iN} and λ^{iN} are themselves functions of the tax rate.

Given the simultaneity of the problem, the approximation of the tax rates can be described as follows. In the definition of $\tau^S(t)$, the private valuations μ^{iN}, λ^{iN} can be replaced by parameters $\xi^i(t)$, $\zeta^i(t)$ respectively. The solution of Problem (P3) will depend on these parameters. Then the solution for the costate variables will depend, according to the dependence on parameters property of the solutions of differential equations, on $\{\xi^i(t), \zeta^i(t)\}$ Assuming symmetric farmers the solution will be determined as:

$$\mu^N(t) = \mu^N(\xi(t), \xi(t), \mu^*(t), \lambda^*(t); t) \tag{12.1}$$

$$\lambda^N(t) = \lambda^N(\xi(t), \xi(t), \mu^*(t), \lambda^*(t); t). \tag{12.2}$$

After substituting $(\mu(t), \lambda(t))$ for $(\xi(t), \lambda(t))$ on the right-hand side of (12), a fixed point $(\mu^f(t), \lambda^f(t))$ of this system – provided it exists – will determine the required valuations. Then:

$$\lim_{\substack{\xi^i \to \mu^f \\ \zeta^i \to \lambda^f}} \left[pf_w - c(W) - h\mu^i + (1-h)m\lambda^i - \tau^S\right] = pf_w - c(W) - h\mu^* - (1-h)m\lambda^*$$

for

$$\tau^S = h\,[\mu^*(t) - \xi(t)] + (1-h)\,m\,[\lambda^*(t) - \zeta(t)].$$

Thus the water applied by the individual farmers coincides with the regulator's choice.

The fixed-point approach described above is however computationally cumbersome. A relatively less demanding approach would be to use for the calculation of the tax rate the private valuations obtained by the solution of the unregulated private equilibrium problem (P2), which are defined explicitly as functions of time. However if we use the private valuations obtained from the unregulated problem (P2), instead of the regulated problem (P3), the derived tax does not achieve exactly the regulator's optimum. In this case the optimum could be approximated iteratively by determining an additional tax based on the deviations between the valuations (μ^{iN}, λ^{iN}), obtained from the solution of problem (P3), and (μ^i, λ^i), when the valuations (μ^i, λ^i) of the unregulated problem (P2) are used to approximate the tax rate. This procedure can be continued until convergence is achieved.

5. THE EXAMPLE

In simulating the theoretical model we consider the following simplified agricultural system. There are three farmers $i = 1,2,3$ with identical production functions. The production function is specified by the quadratic function:[4]

$$y(t) = 0.056 + 1.920\, w(t) - 0.807\, [w(t)]^2 - 0.035 S(t) - 0.001\, [S(t)]^2$$

We further assume that the unit pumping costs are defined as: $c(W) = 1 - 0.015\,W$, and that $h = 0.8$,[5] $m = 0.001$, $F = 4$, $a = 0.02$, $b = 0.0005$, and $r = 0.10$. Thus the differential equations describing water and pollution accumulation take the form:

$$\dot{W} = F - \sum_{i=1}^{3} hw - 0.02W, \quad W(0) = 50$$
$$\dot{S} = \sum_{i=1}^{3} (1-h)mw - 0.0005S, \quad S(0) = 0.927.$$

All variables are expressed in physical units, that is, water could be expressed in billion m^3, while pollution could be expressed for example in ppm (parts per million). The initial values for water stock and pollution are chosen so that the non-cooperative FBNE converges along a stable manifold to the steady state.[6]

5.1 Regulator's Optimum

The short-run demand for water function that corresponds to the regulator's problem takes the form:

$$w(W, S, \mu, \lambda) = 1.189 - (0.619 - 0.00929W) - \mu\left(\frac{h}{4.842}\right) + \lambda\left(\frac{(1-h)m}{4.842}\right). \quad (13)$$

Substituting the above expression into (1), (2), (4.1) and (4.2), we obtain the MHDS for the problem. The steady-state equilibrium for the system is:[7]

$$(W^* = 57.4871,\ S^* = 1.1401,\ \mu^* = 0.35682,\ \lambda^* = -1.1401).$$

The characteristic roots of the Jacobian of the MHDS are:

$$(0.139958,\ 0.1005,\ -0.039887,\ -0.0005).$$

The two negative roots imply that the steady state has the saddle-point property. Concentrating on paths on the stable manifold that converge to the steady state, and using the initial values of W and S to determine the constants of the solutions, we obtain the following solution for the state and costate variables:[8]

$$W(t) = 57.4871 - (7.48707)\exp(-0.0399) - (0.0000311)\exp(-0.0005)$$
$$S(t) = 1.1401 - (0.00084)\exp(-0.0399) - (0.21394)\exp(-0.0005)$$
$$\mu(t) = 0.356282 - (0.016982)\exp(-0.0399) + 7.569\,(10^{-8})\exp(-0.0005)$$
$$\mu(0) = 0.3393$$
$$\lambda(t) = -1.11284 - (0.0000346)\exp(-0.0399) + (0.012709)\exp(-0.0005)$$
$$\lambda(0) = -1.10017$$

The time path for applied water use is obtained by substituting the above solutions into (13). The time paths for the variables for $t \in [0,100]$ are shown in Figures 6.1–6.5.

The steady-state value of applied water use is 0.95. It can be noticed that the water variables converge faster to their long-run values than the corresponding

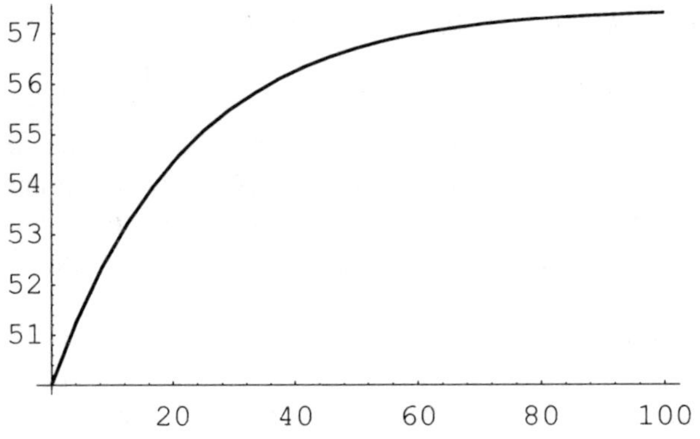

Figure 6.1 Path of water stock

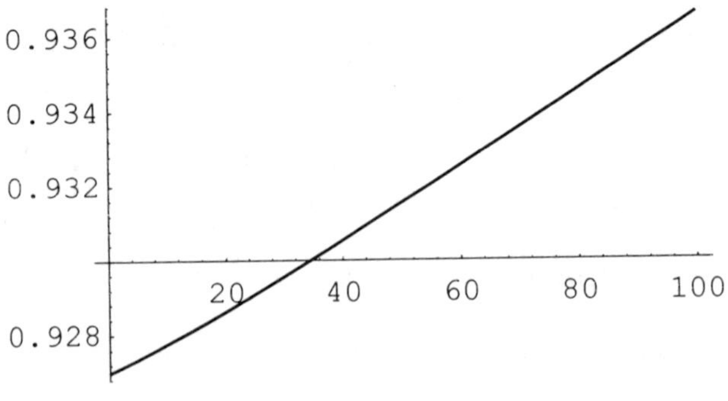

Figure 6.2 Path of pollution stock

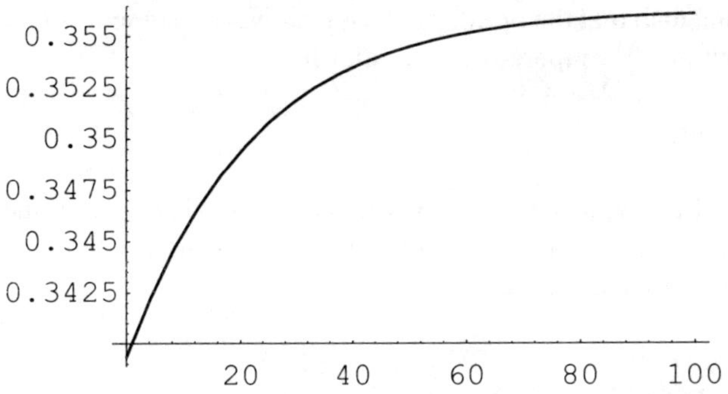

Figure 6.3 Path of shadow value of water

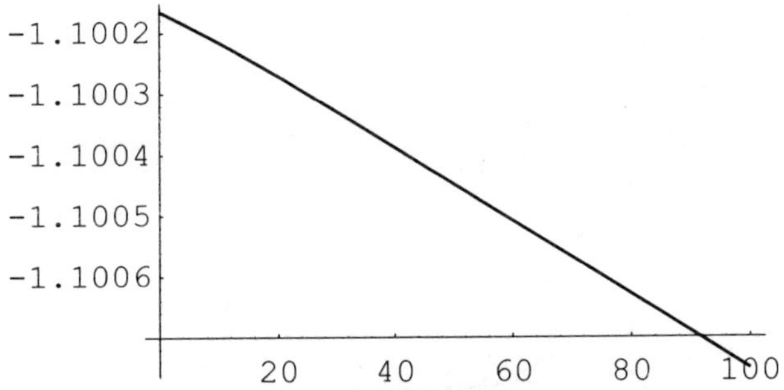

Figure 6.4 Path of shadow value of pollution

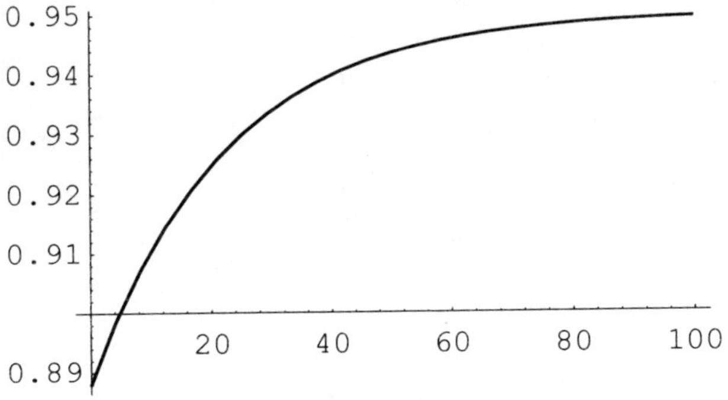

Figure 6.5 Path of applied water use

pollution variables, and also that the optimal solution allows for some positive accumulation of pollution as compared to the initial state.

5.2 The Myopic Solution

When farmers act myopically, using the optimality condition (7) to determine the profit-maximizing water use and then substituting into (1) and (2), the time paths for water and pollution stock are given by:

$$W(t) = 6.0943 + (43.957)\exp(-0.04787)$$
$$S(t) = 0.75124 - (0.00517)\exp(-0.04787) + (0.18192)\exp(-0.0005).$$

The time paths for the variables of interest are presented in Figures 6.6–6.8. The contrast between this solution and the solution of the regulator is apparent. Water stock is depleted faster, with a steady-state value of 6.094 as compared to

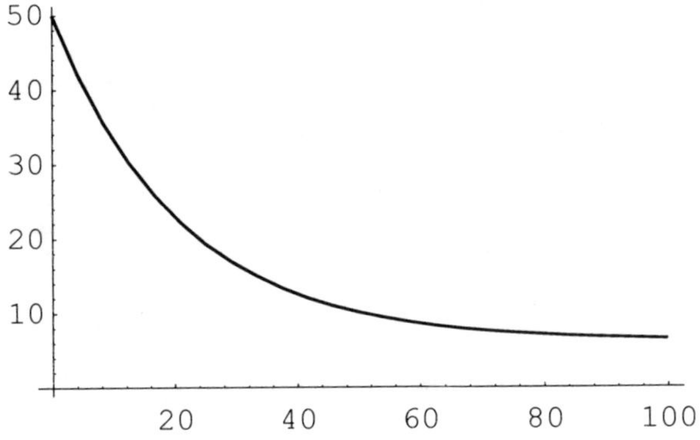

Figure 6.6 Myopic private path of water stock

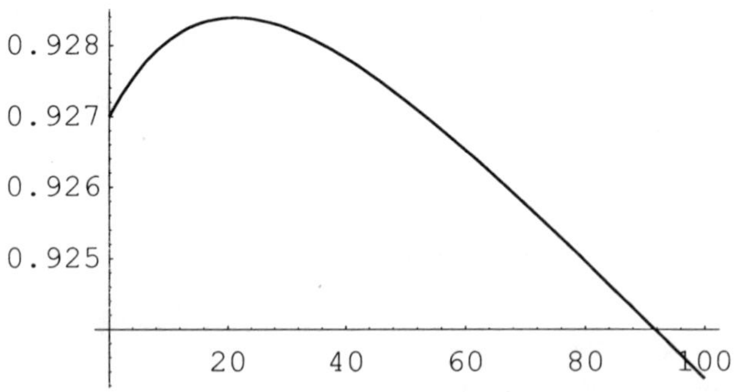

Figure 6.7 Myopic private path of pollution stock

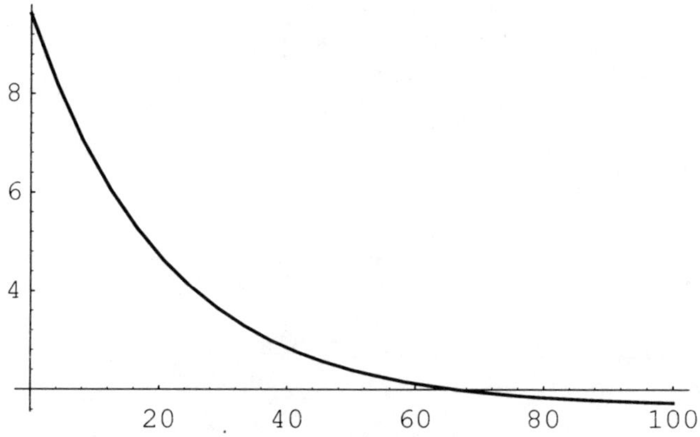

Figure 6.8 Myopic private path of applied water

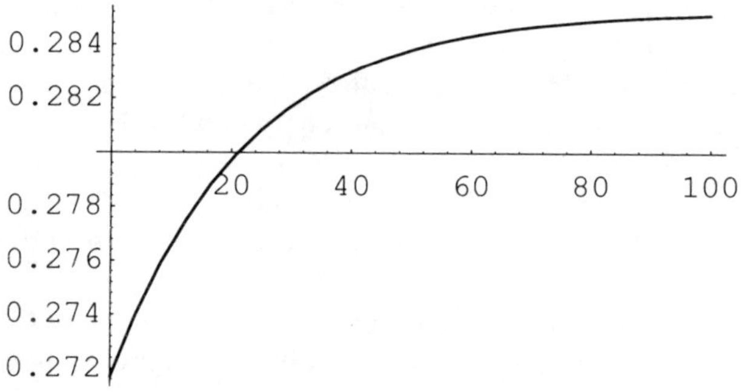

Figure 6.9 Optimal tax for the myopic case

57.4871 in the regulator's solution, while applied water use starts from the level of 9.61548 and achieves a steady state at the level of 1.67202. The optimal tax time path is shown in Figure 6.9. The tax starts from an initial value of 0.27166 per unit of applied water, and achieves a steady state at the level of 0.285284.

5.3 The Strategic Solution

For the untaxed FBNE case, and assuming $\beta = 0.002$, $\gamma = 0.0001$, the steady state is determined as:

$$W = 51.6182,\ S = 1.8705,\ \mu^1 = \mu^2 = \mu^3 = 0.10437,\ \lambda^1 = \lambda^2 = \lambda^3 = -0.37169.$$

As compared to the regulator's case ($W^* = 57.4871$, $S^* = 1.1401$, $\mu^* = 0.35682$, $\lambda^* = -1.1401$), the solution indicates excess water depletion, although less than

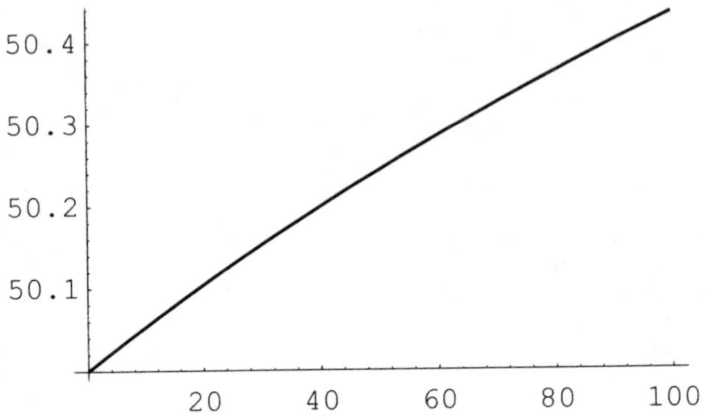

Figure 6.10 FBNE private path of water stock

in the myopic case, and also more pollution. The time paths of the key variables are presented in Figures 6.10–6.12. Applied water use starts from an initial value of 0.974047 and achieves a steady state at the level of 0.98452, as compared to 0.95 for the regulator's case. The Jacobian corresponding to the dynamic system describing the FBNE (eight differential equations) has only one negative root. This implies that convergence to the steady state is possible only along a one-dimensional manifold. In order to be on the stable manifold, the initial states for water and pollution stock should satisfy the relationship $S(0) = -4.11105 + 0.10077\, W(0)$.[9]

The time paths for the costate variables obtained from the solution of the unregulated market equilibrium are used to determine an 'approximately optimal' water tax. The time path for the optimal tax is shown in Figure 6.13. The tax starts from an initial value of 0.175023 and achieves a steady state at the level of 0.18851. This tax leads to a steady-state water and pollution stock of ($W = 59.13$, $S = 1.127$) which is close to the regulator's steady state. The time

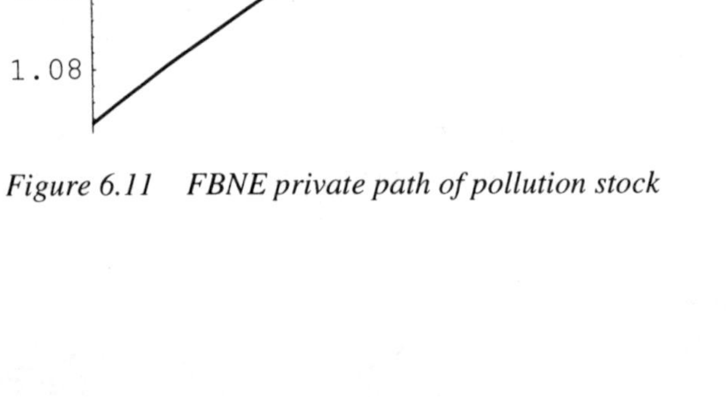

Figure 6.11 FBNE private path of pollution stock

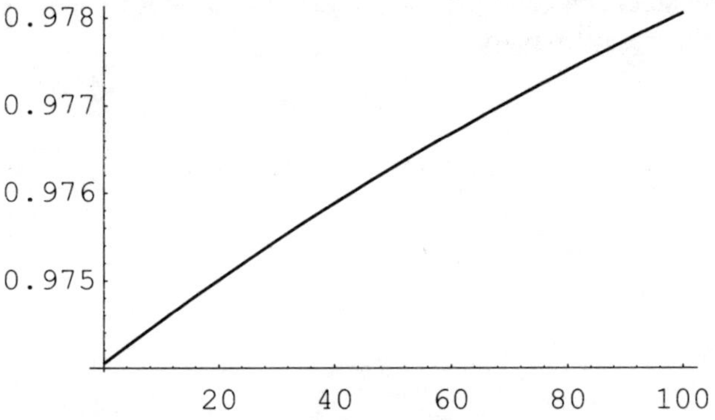

Figure 6.12 FBNE private path of applied water

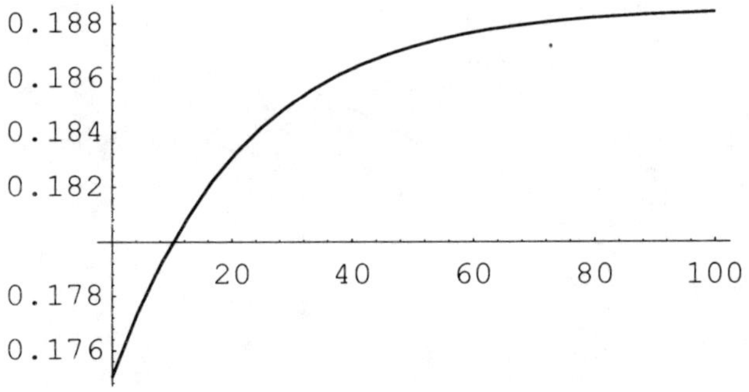

Figure 6.13 FBNE optimal tax

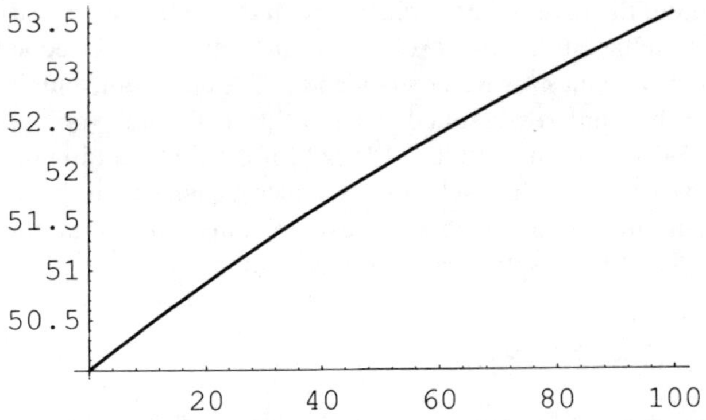

Figure 6.14 FBNE private path of water stock under tax

paths of the tax, water stock, and applied water and pollution stock under the tax are presented in Figures 6.13–6.16.

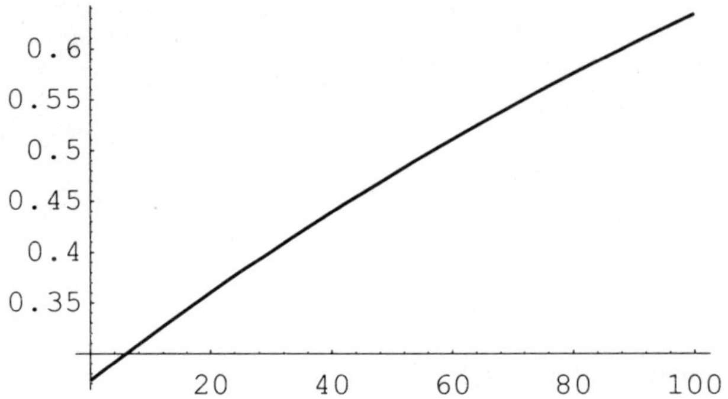

Figure 6.15 FBNE private path of pollution stock under tax

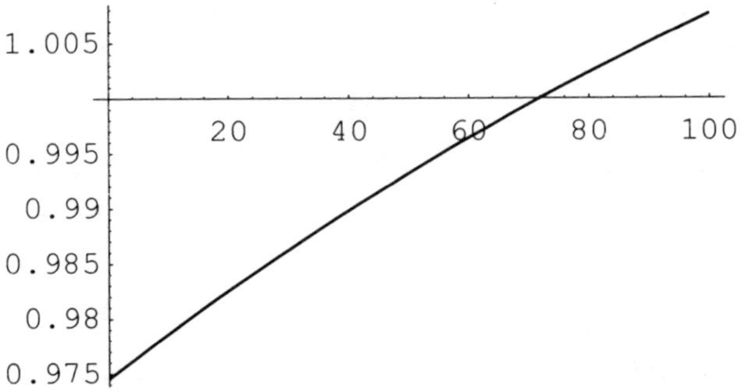

Figure 6.16 FBNE private path of applied water use under tax

The steady state under the tax does not coincide with the regulator's steady state because of the simultaneity problem referred to in section 4.2. A second iteration, with the shadow values for water stock and pollution obtained under the first iteration tax as benchmarks, resulted in a new time path for the optimal tax that starts at 0.175801, as compared to 0.175023 for the first iteration tax, and has the same steady state as the first iteration tax. Given the numerical characteristics of the problem, the water tax obtained using the unregulated market equilibrium can be regarded as a satisfactory approximation.

6. CONCLUDING REMARKS

The purpose of the chapter was to analyse the policy schemes for the management of renewable water resources used in irrigated agriculture, when deep percolation results in pollution accumulated in the receiving water body. Pollution generates production externalities. In the framework of a linear quadratic model, it was possible to calculate explicit solutions for the state variables and the water taxes.

The informational requirements for these calculations can be obtained by analysis of the agricultural production structure, the characteristics of the receiving water body, and the soil properties in the area. More specific information is required for the calculation of taxes under the FBNE, since the parameters of the function reflecting the linear Markov strategies should be determined. Although such parameters are not directly observable, certain possible values could be inferred from appropriate questionnaires.

The model could be extended in various directions that include more general emission functions, endogenous choice of the irrigation technology that affects efficiency, and allowance for environmental damages from water pollution.

NOTES

1. An earlier version of this chapter was presented at the Second Workshop of the Human Capital and Mobility programme, 'Designing Economic Policy for the Management of Natural Resources and the Environment', Venice, May 1995. The author would like to thank Aart de Zeeuw, Rudiger Pethig, Chaim Fershtman and the other participants for valuable comments.
2. University of Crete, Department of Economics and Centre for Economic Research and Environmental Strategy.
3. When appropriate, subscripts associated with functions denote partial derivatives.
4. A quadratic production function is a common form in water crop production function application. For estimated specific forms, including the one used here, see, for example, Letey and Dinar (1986).
5. It is assumed that the value of h is factored into the coefficients of the production function.
6. As is shown in the analysis of the regulator's problem the dynamic system converges to the steady state on a two-dimensional manifold, while for the strategic case convergence is obtained on a one-dimensional manifold. The initial values are chosen such that the system could start on this one-dimensional manifold.
7. All solutions were obtained using Mathematica 2.2.
8. For the given initial conditions on W and S, the system converges on the two-dimensional stable manifold if the initial values of the costate variables are chosen as: $\mu(0)=0.3393, \lambda(0)=-1.10017$.
9. For initial values of the costate variables not satisfying this condition we cannot determine initial values for the costate variables such that the system converges on the stable manifold. Thus convergence can be regarded as a knife-edge case for the market equilibrium. An alternative approach would have been not to require convergence, but instead for any initial values of the state variables W, S, to choose initial costate variables so that the system remains within a bounded set for a sufficiently long period of time without requiring convergence afterwards.

REFERENCES

Arrow, K.J. and M. Kurz (1970), *Public Investment, the Rate of Return, and Optimal Fiscal Policy*, Baltimore, Md: Johns Hopkins University Press.

Basar, T. (1989), 'Time Consistency and Robustness of Equilibria in Non-cooperative Dynamic Games', in F. van der Ploeg and A.J. de Zeeuw (eds), *Dynamic Policy Games in Economics*, Amsterdam: North-Holland.

Basar, T. and G.J. Olsder (1982), *Dynamic Non-cooperative Game Theory*, New York: Academic Press.
Caputo, M.R. (1990), 'A Qualitative Characterization of the Competitive Nonrenewable Resource Extracting Firm', *Journal of Environmental Economics and Management*, **18**, 206–26.
Dockner, E. and N.V. Long (1993), 'International Pollution Control: Cooperative versus Noncooperative Strategies', *Journal of Environmental Economics and Management*, **25**, 13–29.
Feinstein, C.D. and S. Oren (1983), 'Local Stability Properties of the Modified Hamiltonian Dynamic System', *Journal of Economic Dynamics and Control*, **6**, 387–97.
Fershtman, C. (1987), 'Identification of Classes of Differential Games for which the Open Loop is a Degenerate Feedback Nash Equilibrium', *Journal of Optimization Theory and Applications*, **55**(2), 217–31.
Fershtman, C. (1989), 'Fixed Rules and Decision Rules: Time Consistency and Subgame Perfectness', *Economic Letters*, **30**, 191–4.
Letey, J. and A. Dinar (1986), 'Simulated Crop-Water Production Functions for Several Crops when Irrigated with Saline Waters', *Hilgardia*, **54**(1), 1–32.
Siebert, H. (1982), 'Nature as a Life Support System: Renewable Resources and Environmental Disruption', *Journal of Economics*, **42**, 133–42.
Sorger, G. (1989), 'On the Optimality and Stability of Competitive Paths in Continuous Time Growth Models', *Journal of Economic Theory*, **48**, 526–47.
Tahvonen, O. and J. Kuuluvainen (1993), 'Economic Growth, Pollution, and Renewable Resources', *Journal of Environmental Economics and Management*, **24**, 101–18.
Xepapadeas, A. (1992), 'Environmental Policy Design and Dynamic Nonpoint-Source Pollution', *Journal of Environmental Economics and Management*, **23**(1), 22–39.
Xepapadeas, A. (1995), 'Managing the International Commons: Resource Use and Pollution Control', *Environmental and Resource Economics*, **5**, 375–91.

APPENDIX

The Saddle-Point Property of the Regulator's Steady State

The curvature matrix at the steady state $x = (W,S)$ q = (μ,λ) is defined as:

$$Q\left(x^*,q^*\right) = \begin{bmatrix} H_{qq}\left(x^*,q^*\right) & \left(\frac{r}{2}\right)I_2 \\ \left(\frac{r}{2}\right)I_2 & -H_{xx}\left(x^*,q^*\right) \end{bmatrix}$$

where:

$$H_{qq} = \begin{bmatrix} -h\sum w_\mu^{*i} & -h\sum w_\lambda^{*i} \\ (1-h)m\sum w_\mu^{*i} & (1-h)m\sum w_\lambda^{*i} \end{bmatrix}$$

$$-H_{xx} = \begin{bmatrix} \sum\left(c'' w^{*i} + c' w_w^{*i}\right) & \sum c' w_S^{*i} \\ -p\sum f_{wS} w_w^{*i} & -p\sum\left(f_{wS} w_S^{*i} + f_{SS}\right) \end{bmatrix}$$

and I_2 is a 2×2 identity matrix. Under the assumptions made, the curvature matrix is positive definite (Feinstein and Oren, 1983, lemma 1). Therefore the MHDS has the saddle-point property, and the steady state is globally asymptotically stable for all bounded solutions by corollary 2c of Sorger (1989) by taking $\gamma = 0$.

7. Issue linkage in global environmental problems[1]

Herman Cesar[2] and Aart de Zeeuw[3]

1. INTRODUCTION

The greenhouse effect and the transportation of pollution across borders by wind or water are examples of environmental problems which involve several countries. The negative transboundary externalities lead to a situation in which the countries can achieve joint benefits when they cooperate and take these externalities into account. Many papers on environmental policy focus on this situation and assess the benefits of cooperation (e.g. Mäler, 1989; Hoel, 1992; van der Ploeg and de Zeeuw, 1992).

However, two problems stand out. First, how can cooperation be sustained? Typically, the countries have incentives to cheat, because the situations resemble the famous prisoners' dilemma. Most people immediately refer to the folk theorem in game theory which states that repetition of the game allows for trigger strategies that induce cooperative behaviour by the threat to return to a non-cooperative mode of play. Trigger strategies can indeed be recognized in international agreements, for example in Article 12 of the 1957 North Pacific Seal Treaty (see Barrett, 1991). Other approaches to the problem of how cooperation can be achieved are based on strategic bargaining theory (e.g. Rubinstein, 1982) or dynamic adjustment processes (Kaitala, Mäler and Tulkens, 1995).

The second problem that stands out is caused by asymmetries. When pollution is predominantly 'downstream', cooperation means that the upstream country reduces pollution merely for the benefit of the downstream country. Game theorists will say that side-payments are needed to induce the upstream country to do so. The victim pays, which is a typical result in these situations, but which is contrary to the much advocated polluter pays principle. Generally speaking, when the full cooperative outcome (where the objective is joint welfare) is not individually rational (which means that all countries gain), side-payments are needed to reach the best result.

Two observations seem to be important here. First, side-payments are rare in the practice of international agreements. Exceptions are the above-mentioned

1957 North Pacific Seal Treaty, which requires that the US and USSR pay Canada and Japan 15 per cent of their annual harvest of pelts, and the 1972 agreement between France and the Netherlands, where the latter agrees to pay France 35 per cent of the costs to reduce the salinity of the River Rhine. More often one sees that a country is willing to give in on another issue that is being negotiated. For example, in the London Amendments of the Montreal Protocol phasing out CFCs in the developing countries was linked with the issue of technology transfers and, to take another example, Belgium may agree to clean up the River Maas if the Netherlands agrees to deepen its part of the River Schelde (the gateway to the harbour of Antwerp). It is not so clear why side-payments, especially in money, are infrequently observed. The reason might be that it is difficult or, in view of future commitments, undesirable to determine the precise willingness to pay.

Second, the victim does not always pay. For example, in the 1973 treaty on the Colorado River with Mexico, the US agreed to pay the entire costs of mitigating the salinity of the river before it flows into Mexico. Kneese (1988) argues that the reason must be that the US expected something else in return, like a preferential position for the import of oil or better relations with the Latin American countries in general.

When the issue of the salinity of the Colorado River is considered in isolation the behaviour of the US is irrational, but when it is linked with other issues this is no longer the case. Another example is the 1961 Columbia River Treaty between the US and Canada on the use of the river, in which the US accepted higher costs as compared to available alternatives, perhaps in exchange for concessions involving North American continental defence (Krutilla, 1975).

Of course issue linkage can be seen as a form of side-payment, but one that seems to be preferred in the arena of international negotiations. It can be argued that the Netherlands only made a monetary side-payment to France in 1972 because the Netherlands did not have anything else to trade with France at that time (Kneese, 1988). The difficulty in reaching agreements at the UNCED conference in 1992 in Rio de Janeiro might very well have been caused by the fact that the environmental issues were not linked to other issues such as trade and defence.

The topic of issue linkage is not new. Raiffa (1982) in his seminal book on negotiations stresses the importance of linkage in multi-issue bargaining to achieve joint gains. The political science literature also pays a great deal of attention to this topic. In his comprehensive paper on linkage, Sebenius (1983) states that issue linkage can be used to give leverage to a hegemony, to create a zone of possible agreements between parties, or to destroy a zone of possible agreements between parties. This chapter will focus on the second type of situation.[4]

Linkage is not without drawbacks. Tollison and Willett (1979) argue, for instance, that issue linkage typically augments the number of effective decision-makers, thereby increasing decision costs. Sebenius (1983) also points out the risk of increasing complexity and the fear of unintended consequences. For example the GATT forbids countries to use trade sanctions to obtain cooperation in unrelated areas. Linkage may create too many hostages. Keohane (1984) stresses the importance of regimes to link issues efficiently where regimes are institutions specifically designed for this purpose. Situations should not be made too complex and preferably those issues that are roughly offsetting should be linked. This also suggests that linkage may be most relevant for bilateral agreements. However, for bilateral exchange to work each country must have something that the other wants. In this way, linkage is very much like barter. The discussion now returns to the earlier discussion on the feasibility or the desirability of (monetary) side-payments. When more countries are involved or should be involved in order to create opportunities for trade concessions, new problems arise like, for instance, coalition formation (e.g. Carraro and Siniscalco, 1991).

It is important to note that in this discussion, countries are considered to be monolithic, which means here that the discussion disregards interest groups within countries. For example, in respect of the salinity of the Colorado River, a game is also played within the US between, on the one hand, the government representing the taxpayers and, on the other hand, the users of water in that part of the US (Kneese, 1988). To take another example, the French-speaking part of Belgium bears the costs of cleaning up the River Maas whereas the Dutch-speaking part of Belgium has the benefits of a better gateway to the harbour of Antwerp.

In this chapter issue linkage is formalized in the language of game theory. There are two countries. The countries can cooperate or defect on a joint strategy to reduce transboundary pollution, for example. At each point in time this game can be represented as a bi-matrix game. Due to asymmetries the full cooperative solution is not individually rational, which means that without side-payments one of the countries is worse off. It will be shown that this situation can be characterized as either an asymmetric prisoners' dilemma or a suasion game.

The next step is to link this game with another game such that the full cooperative outcome in the enlarged set of feasible outcomes becomes individually rational. In order to sustain cooperation the folk theorem is invoked. Moreover strategies are derived which are subgame-perfect and renegotiation-proof. The first property ensures that strategies remain equilibrium strategies when the game unexpectedly deviates from the cooperative path at some point in time. The second property ensures that the players are not tempted to jointly renege on the equilibrium, especially when one of the players is called upon to carry out announced punishments. This effectively means that the players will never punish their opponents longer than necessary so that, for instance, the fear that noncompliance in an environmental issue can trigger long trade wars when these issues are linked is reduced. Instead of turning to the repeated game, the incentives to defect in the static situation from the full cooperative outcome, even if it is individually rational, can also be repaired by linking the game again to another game, which is a stable one in this sense (Carraro and Siniscalco, 1993).

The main conclusion is that linkage of two roughly offsetting asymmetric prisoners' dilemmas leads to equilibria in which the players threaten to punish each other in both issues in case the opponent deviates from the cooperative policy, whereas for suasion games threats are formulated for one issue only. The reason is that two asymmetric prisoners' dilemmas represent a situation in which each player has a stronger interest in one of the issues, but still has some interest in the other issue, whereas two suasion games represent a situation in which each player is interested in one issue only. The structure of the equilibria gives insights which may be useful in negotiating international agreements for global environmental problems. The approach of this chapter is comparable to the approach of Folmer, van Mouche and Ragland (1993) and Ragland (1993). However, in those papers it is assumed that in each of the two issues only one country has the option of reducing pollution or not. The other country is given the option of making a side-payment or not, which turns their basic model into a game. This is, however, somewhat contradictory with the later claim – which is also made here – that linkage is preferred to side-payments. Additionally this chapter provides a characterization into asymmetric prisoners' dilemmas and suasion games, and renegotiation-proof equilibria are derived. Section 2 sets up the infinitely repeated game model for the case in which one issue is considered in isolation, and the characterization is provided. In section 3 these games are linked to mirror image games and equilibria are derived which are subgame-perfect and renegotiation-proof. Section 4 is a conclusion.

2. ONE ISSUE AS A REPEATED GAME

The basic idea is that each issue which is negotiated can be represented as an infinitely repeated game. There are two countries, seen as rational monolithic actors. The countries have two policy options, to cooperate or to defect, and they do not mix strategies. Hence the game at each stage can be represented as a bimatrix game, where the entries of the matrices denote the payoffs, as given in Figure 7.1.

Defect and cooperate are terms that stem from the famous prisoners' dilemma. The meaning here is that to defect stands for the policy without reduction of pollution whereas to cooperate stands for the reduction policy. To give a

		Player 2 D	Player 2 C
Player 1	D	(n_1,n_2)	(f_1,u_2)
	C	(u_1,f_2)	(m_1,m_2)

Note: D denotes 'defect' and C denotes 'cooperate'.

Figure 7.1 Payoff matrix of a bi-matrix game

numerical example, suppose that the costs of a unit of pollution reduction are 6 for country 1 and 5 for country 2, and suppose that the net benefits of each unit of pollution reduction, regardless of which country makes the reduction, are 5 for country 1 and 2 for country 2. The resulting bi-matrix stage game, which will be referred to as game I, is shown in Figure 7.2.

		Player 2 D	Player 2 C
Player 1	D	(0*,0*)	(5,–3)
	C	(–1,2)	(4,–1)

* Nash equilibrium.

Figure 7.2 Payoff matrix of example game I

Game I is a prisoners' dilemma. Joint payoffs are maximal when both players cooperate but defecting is the dominant strategy for both players. Due to the asymmetries in costs and benefits the full cooperative outcome is not individually rational with respect to the non-cooperative outcome: player 2 is worse off. Therefore game I is called an *asymmetric prisoners' dilemma*.

To take another numerical example, suppose that now the costs of an extra unit of pollution reduction are 4 for country 1 and 5 for country 2, and that the benefits are 5 for country 1 and 2 for country 2. The resulting bi-matrix stage game, which will be referred to as game II, is given in Figure 7.3.

		Player 2: D	Player 2: C
Player 1	D	(0,0)	(5,–3)
Player 1	C	(1^*,2^*)	(6,–1)

* Nash equilibrium.

Figure 7.3 Payoff matrix of example game II

Again joint payoffs are maximal when both players cooperate and again the full cooperative outcome is not individually rational with respect to the starting point for player 2. In this game, defecting is still the dominant strategy for player 2. However, the dominant strategy for player 1 is now to cooperate. The reason is simply that the benefits for country 1 alone now outweigh the costs for country 1. Country 1 has to persuade country 2 to reduce pollution too. Game II is therefore called a *suasion game*. Note that the non-cooperative outcome is not the starting point but rather the situation where player 1 cooperates and player 2 defects. An example of such a game is the problem of the ozone layer. Cooperation between the North and the South failed in the 1987 Montreal Protocol but the North went ahead unilaterally.

Asymmetric prisoners' dilemmas and suasion games are the only classes of 2×2 bi-matrix games that are relevant to the type of situations these games are supposed to describe. The basic idea is that pollution reduction leads to higher joint welfare which implies that the payoffs in Figure 7.1 have to satisfy $n_1 + n_2 < f_1 + u_2, u_1 + f_2 < m_1 + m_2$. The payoffs n_1 and n_2 can be normalized to 0. Furthermore, the assumption that the cooperative outcome is, for one of the players, not individually rational with respect to the starting point implies that the vector (m_1, m_2) lies, without loss of generality, under the player 1 axis (see Figure 7.4). This defines a band for the vectors (u_1, f_2) and (f_1, u_2).

For the asymmetric prisoners' dilemma the point (f_1, u_2) must lie to the right of m_1 and the point (u_1, f_2) must be located in the fourth quadrant within

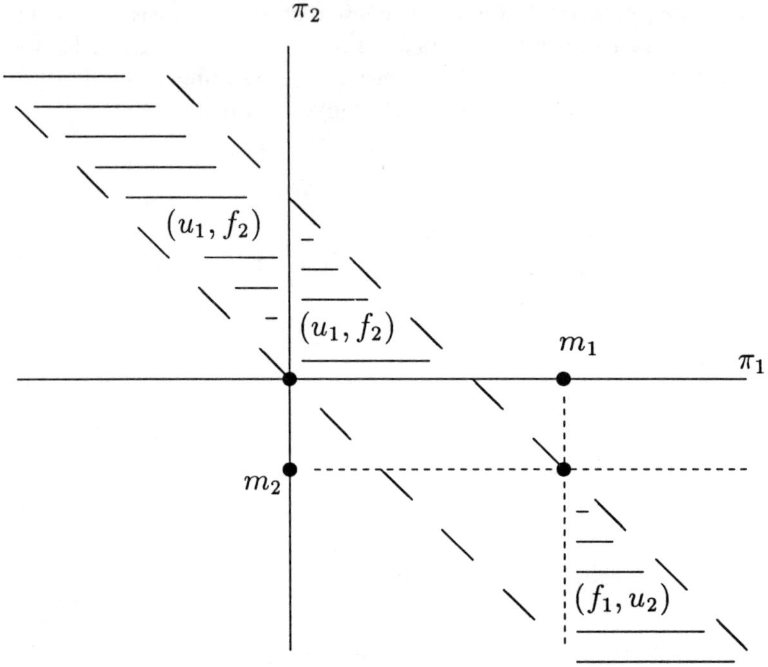

Figure 7.4 Payoff space of bi-matrix game

the band, and for the suasion game the point (f_1, u_2) must lie to the left of m_1 and the point (u_1, f_2) must be located in the first quadrant within the band.

To return to the examples, the graphical representation of the payoff space of game I is shown in Figure 7.5, and the graphical representation of the payoff space of game II is shown in Figure 7.6.

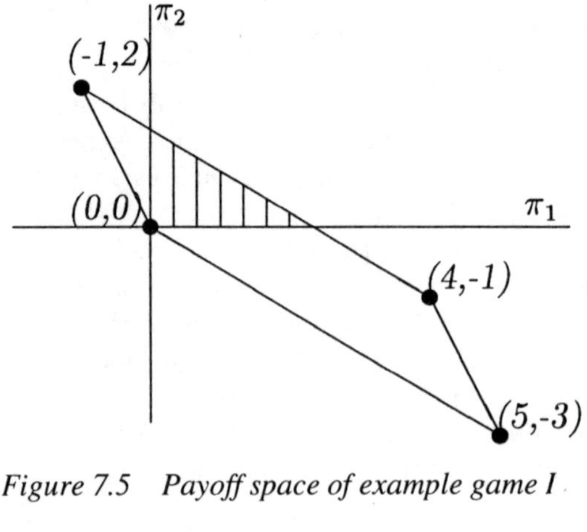

Figure 7.5 Payoff space of example game I

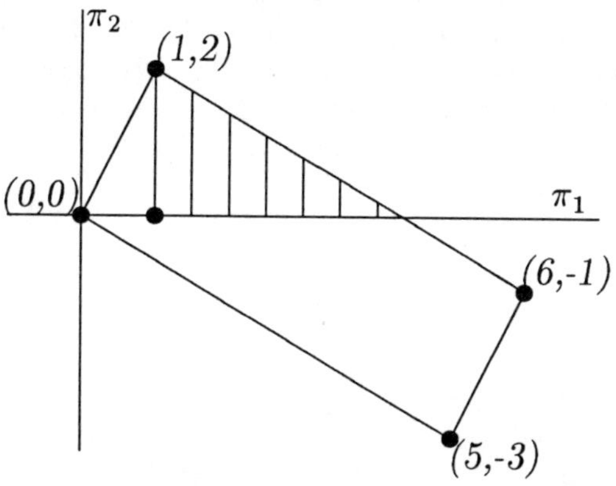

Figure 7.6 Payoff space of example game II

In order to sustain cooperation the folk theorem is invoked. It is assumed that the game is repeated an infinite number of times and that the players maximize the normalized discounted sum of payoffs with discount rate ρ:[5]

$$PV_i(\rho) = \rho \sum_{t=0}^{\infty} (1-\rho)^t \pi_{i,t}$$

The folk theorem (e.g. Fudenberg and Maskin, 1986) states that, for small enough values of the discount rate, each outcome of the stage game, which is individually rational with respect to the minimax outcome of the stage game for both players, can be sustained as a subgame-perfect equilibrium of the infinitely repeated game. The shaded areas in Figures 7.5 and 7.6 show the points in the respective payoff spaces that can be reached in this way. The problem is that the players can do better in the sense that they can obtain higher joint welfare, because the full cooperative outcomes do not lie in the shaded areas, but these outcomes cannot be sustained as subgame-perfect equilibria. Therefore the idea is to link these games with roughly offsetting games so that the full cooperative outcomes of the new games become sustainable as subgame-perfect equilibria. This is the topic of the next section.

3. ISSUE LINKAGE AND RENEGOTIATION-PROOF EQUILIBRIA

It is now assumed that the countries have other issues they want to settle, which can be represented as exact mirror images of the games of section 2. The mirror image of game I, the asymmetric prisoners' dilemma, is given in Figure 7.7 and the mirror image of game II, the suasion game, can be found in Figure 7.8. It will in general not be necessary to use exact mirror images to get the desired result. It would indeed be interesting to delineate more precisely in the space of bi-matrix games which games can be linked in order to make the full cooperative outcome individually rational.

		Player 2	
		D	C
Player 1	D	(0,0)	(2,–1)
	C	(–3,5)	(–1,4)

Figure 7.7 Payoff matrix of mirror image of example game I

		Player 2	
		D	C
Player 1	D	(0,0)	(2,1)
	C	(–3,5)	(–1,6)

Figure 7.8 Payoff matrix of mirror image of example game II

When the two offsetting issues are linked, the countries get four policy options and the payoff spaces are enlarged. The resulting bi-matrix games are given in Figures 7.9 and 7.10 respectively. The payoff spaces of the original games, the mirror images and the linked games are presented in Figures 7.11 and 7.12 respectively.

		Player 2			
		(D,D)	(D,C)	(C,D)	(C,C)
	(D,D)	(0,0)	(2,–1)	(5,–3)	(7,–4)
	(D,C)	(–3,5)	(–1,4)	(2,2)	(4,1)
Player 1	(C,D)	(–1,2)	(1,1)	(4,–1)	(6,–2)
	(C,C)	(–4,7)	(–2,6)	(1,4)	(3,3)

Figure 7.9 Payoff matrix of game I linked with its mirror image

		Player 2			
		(D,D)	(D,C)	(C,D)	(C,C)
	(D,D)	(0,0)	(2,1)	(5,–3)	(7,–2)
	(D,C)	(–3,5)	(–1,6)	(2,2)	(4,3)
Player 1	(C,D)	(1,2)	(3,3)	(6,–1)	(8,0)
	(C,C)	(–2,7)	(0,8)	(3,4)	(5,5)

Figure 7.10 Payoff matrix of game II linked with its mirror image

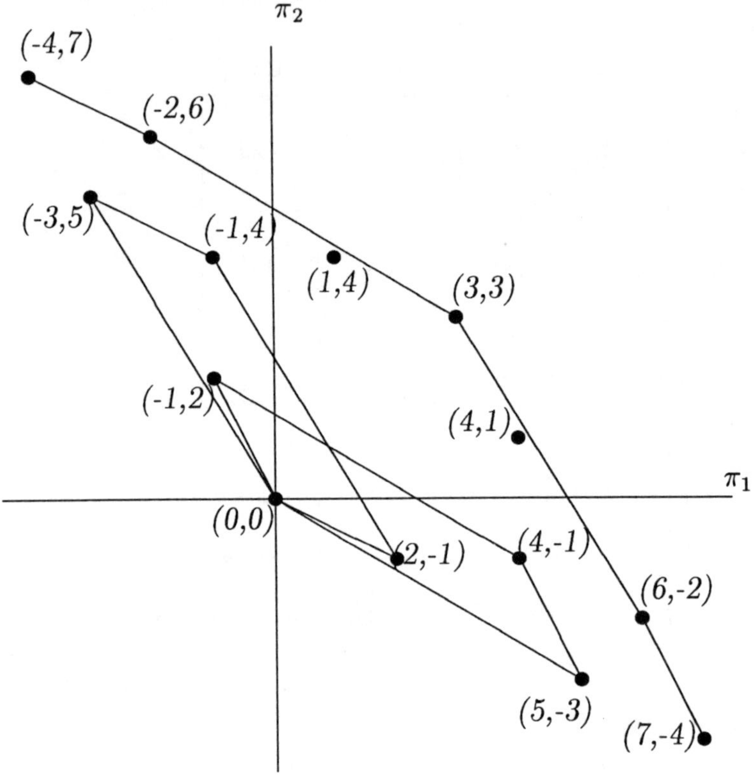

Figure 7.11 Payoff space of game I linked with its mirror image

It is useful to mention two properties here:

Property 1: The combined Nash equilibria for the two games that are linked form a Nash equilibrium for the linked game and vice versa.

The proof is straightforward.

Property 2: The minmax payoffs of the linked game are equal to the sums of the minmax payoffs of the games that are linked.

The proof can be found in Ragland (1993).

The important point is that in the linked games of Figures 7.11 and 7.12, the full cooperative outcomes lie in the shaded areas, so that these outcomes can be

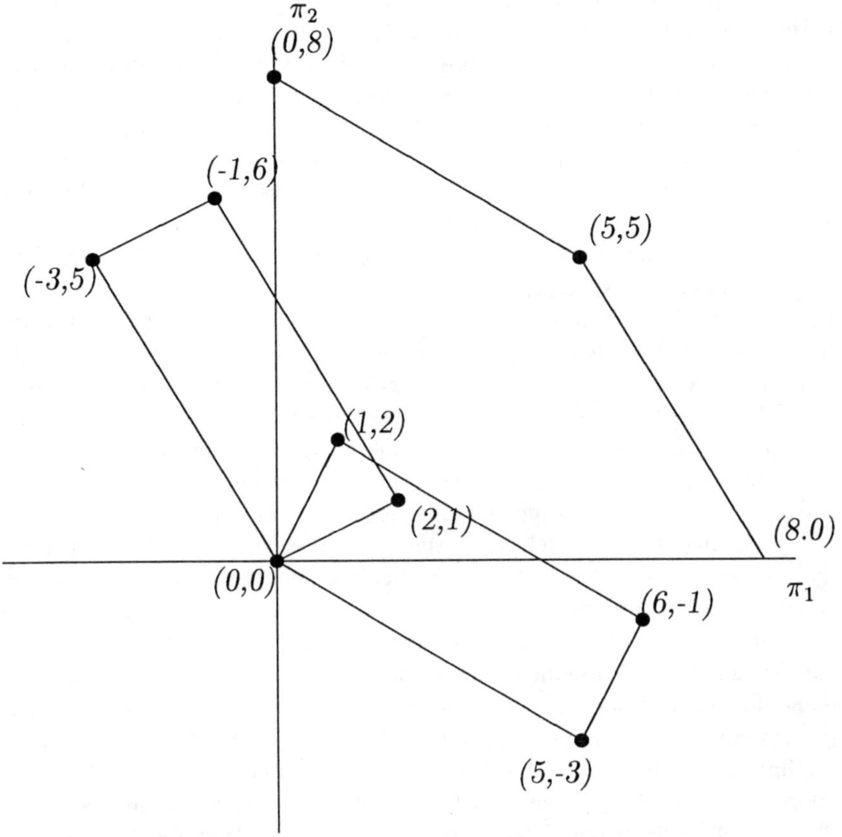

Figure 7.12 Payoff space of game II linked with its mirror image

sustained, according to the folk theorem, as subgame-perfect equilibria of the infinitely repeated game.

The equilibrium strategies typically prescribe cooperation as long as the game stays on the cooperative path, and punishment of the other player when the game deviates from the cooperative path. The idea is, of course, that the announced punishments will suppress the temptations to deviate. In fact, the strategies are of the tit-for-tat type (Axelrod, 1984). A problem is that these punishments may hurt the punishers as much as the punished, so that the players may have an incentive to reconsider their strategies after the game has deviated from the cooperative path. This means that a player may have an incentive to deviate in the expectation that the other player can then be convinced to return to the cooperative path without punishments, which will be in both their interests. To suppress this temptation, the equilibrium should be renegotiation-proof. It is possible that this requirement very much reduces the set of subgame-perfect equilibria. However van Damme (1989) shows that this is not the case for the repeated prisoners' dilemma. The equilibrium presented in that paper can also be used here to construct subgame-perfect and renegotiation-proof equilibria for the linked games of Figures 7.9 and 7.10. The equilibrium for the repeated prisoners' dilemma in van Damme (1989) has the following structure. Three states are distinguished: state c, with the label 'cooperate', state p_1, with the label 'player 1 has defected and has to be punished', and finally state p_2, with the label 'player 2 has defected and has to be punished'. The equilibrium strategies are that both players cooperate in state *c*, player 1 cooperates in state p_1 and defects in state p_2, and player 2 defects in state p_1 and cooperates in state p_2. The state transitions from state *c* are that if both players cooperate or defect, the state remains *c*, while if player 1 defects the state moves to p_1, and if player 2 defects the state moves to p_2. The state transitions from state p_1 are that if player 1 defects the state remains p_1, and if player 1 cooperates the state moves to *c*. This means that player 1 can show regret, which leads the game back to the cooperative path. This step is essential in order to get renegotiation-proofness. The state transitions from state p_2 are that if player 2 defects the state remains p_2, and if player 2 cooperates the state moves to *c*. It is not really difficult to show that this equilibrium is subgame-perfect for low enough values of the discount rate. It is even easy to show that this equilibrium is also renegotiation-proof for low enough values of the discount rate. The argument here is that the continuation payoffs of each state do not Pareto-dominate the continuation payoffs of the other states, so that the players have no incentives to agree to switch states as points of departure. In the linked game of Figure 7.9 it holds that when a player deviates from the cooperative path it is optimal to defect in both issues. The optimal reaction of the other player is then to defect in both issues as well. Therefore the essential two policy options are to defect in both issues or to cooperate in both issues. The game becomes a standard prisoners' dilemma and, hence, the subgame-perfect and renegotiation-proof equilibrium derived in van Damme (1989) can be applied. The same procedure can be followed for the linked suasion games of Figure 7.10. However, there is one important difference. When a player deviates from the cooperative path it is now optimal to defect in only one issue. The optimal reaction of the other player is then to defect in the other issue. The reason is simply that, for each player, to cooperate is already a dominant strategy in one of the two issues. Again there are essentially two policy options for each of the two players and the game becomes a standard prisoners' dilemma. Again, the equilibrium derived in van Damme (1989) can be applied. This analysis leads to the following results:

Theorem l: Linkage of two mirror-image asymmetric prisoners' dilemmas makes it possible to sustain the full cooperative outcome as a subgame-perfect renegotiation-proof equilibrium, in which the two players threaten to punish each other in both issues. Linkage of two mirror-image suasion games makes it possible to sustain the full cooperative outcome as a subgame-perfect renegotiation-proof equilibrium, in which the two players threaten to punish each other in one issue only.

The assumption that the other issue can be represented as an exact mirror-image game is quite strong. In order to sustain cooperation and provide sufficient gains for both countries to ease negotiations, one needs 'exchanges of roughly equivalent value' (Keohane, 1986). Peter Blau illustrates this idea as follows: 'the man who gives a dinner party does not bargain with his guests about what they will do for him in return, but he expects them not simply to ask him for a quick lunch if he has given a formal dinner for them' (in Keohane, 1986). This will be a topic of further research.

4. SUMMARY AND CONCLUSIONS

Issue linkage refers to the combined negotiation of two different items at the same time with the aim of joint settlement. Special focus was put on the linkage of offsetting asymmetric games, where the mere repetition of the game over time does not establish a social optimum. Linkage created or expanded the zone of possible agreements between the parties. In the repeated 2×2 framework, two games were analysed in more detail: the asymmetric prisoners' dilemma and the suasion game. It was shown that the social optimum can be sustained using renegotiation-proof trigger strategies.

The most interesting result, in our view, is the linkage of suasion games, where players typically each have one issue that they care about and one that they do not care about. In this case, tit-for-tat strategies can be constructed where punishment after defection takes place only in the game the punisher does not care about. These strategies are shown to be renegotiation-proof.

Issue linkage is an alternative to (monetary) side-payments which does not require determining and revealing a precise willingness-to pay, and which is observed more often in reality.

NOTES

1. Earlier versions of this chapter were presented at the Third EAERE Conference, Fontainebleau, 1993, at workshops on environmental policy in Oslo, 1993, and Athens, 1994, and at seminars at Harvard University and Tilburg University. We are grateful for the comments of the participants at these meetings, especially Larry Susskind, Lans Bovenberg and Antoine Soubeyran.

2. The World Bank, Washington, DC.
3. Correspondence to Aart de Zeeuw, Department of Economics and CentER, Tilburg University, P0 Box 90153, 5000 LE Tilburg, The Netherlands.
4. See also Tollison and Willett (1979), Stein (1980), Snidal (1985) and McGinnis (1986).
5. $\pi_{i,t}$ is defined as the payoff in period t of player i.

REFERENCES

Axelrod, R. (1984), *The Evolution of Cooperation*, New York: Basic Books.

Barrett, S. (1991), 'Economic Analysis of International Environmental Agreements: Lessons for a Global Warming Treaty', in *Responding to Climate Change: Selected Economic Issues*, Paris: OECD.

Carraro, C. and D. Siniscalco (1991), 'Strategies for the International Protection of the Environment', working paper 4.92, Milan: Mattei Foundation.

Carraro, C. and D. Siniscalco (1993), 'Policy Coordination for Sustainability: Commitments, Transfers, and Linked Negotiations', working paper 63.93, Milan: Mattei Foundation.

Folmer, H., P. van Mouche and S. Ragland (1993), 'Interconnected Games and International Environmental Problems', *Environmental & Resource Economics*, **3**, 313–35.

Fudenberg, D. and E. Maskin (1986), 'The Folk Theorem in Repeated Games with Discounting and with Incomplete Information', *Econometrica*, **54**, 533–54.

Hoel, M. (1992), 'Emission Taxes in a Dynamic International Game of CO_2 Emissions' in R. Pethig (ed.), *Conflicts and Cooperation in Managing Environmental Resources*, Berlin: Springer Verlag, pp. 39–68.

Kaitala, V., K-G. Mäler and H. Tulkens (1995), 'The Acid Rain Game as a Resource Allocation Process with an Application to the International Cooperation among Finland, Russia and Estonia', *The Scandinavian Journal of Economics*, **97**(2), 325–43.

Keohane, R.O. (1984), *After Hegemony: Cooperation and Discord in the World Political Economy*, Princeton: Princeton University Press.

Keohane, R.O. (1986), 'Reciprocity in International Relations', *International Organization*, **40**, Winter.

Kneese, A.V. (1988), 'Environmental Stress and Political Conflicts: Salinity in the Colorado River', paper presented at the Conference 'Environmental Stress and Security', Stockholm.

Krutilla, J.V. (1975), 'The International Columbia River Treaty: An Economic Evaluation' in A.V. Kneese and S.C. Smith (eds), *Water Research*, Baltimore, Md: Johns Hopkins University Press, pp. 69–97.

Mäler, K-G. (1989), 'The Acid Rain Game' in H. Folmer and E. van Ierland (eds), *Valuation Methods and Policy Making in Environmental Economics*, Amsterdam: Elsevier.

McGinnis, M.D. (1986), 'Issue Linkage and the Evolution of International Cooperation', *Journal of Conflict Resolution*, **30**, 141–70.

Ragland, S. (1993), 'Transboundary Pollution in an Interconnected Game Model', working paper, Boulder: University of Colorado.

Raiffa, H. (1982), *The Art and Science of Negotiation*, Cambridge, Mass.: Harvard University Press.

Rubinstein, A. (1982), 'Perfect Equilibrium in a Bargaining Model', *Econometrica*, **50**, 97–109.

Sebenius, J.K. (1983), 'Negotiation Arithmetic: Adding and Subtracting Issues and Parties', *International Organization*, **37**(1).

Snidal, D. (1985), 'Coordination versus Prisoners' Dilemma: Implications for International Cooperation and Regimes', *American Political Science Review*, **79**, 923–42.

Stein, A. (1980), 'The Politics of Linkage', *World Politics*, **32**, 62–81.

Tollison, R.D. and T.D. Willett (1979), 'An Economic Theory of Mutually Advantageous Issue Linkage in International Negotiations', *International Organization*, **33**, 425–49.

Van Damme, E. (1989), 'Renegotiation Proof Equilibria in Repeated Prisoner's Dilemma', *Journal of Economic Theory*, **47**, 206–17.

Van der Ploeg, F. and A.J. de Zeeuw (1992), 'International Aspects of Pollution Control', *Environmental & Resource Economics*, **2**, 117–39.

8. Reflections on multilateral environmental agreements[1]

Frank Stähler[2]

1. INTRODUCTION

During the last decade, public concern has shifted the focus of environmental problems from local hot spots to international or even global pollution problems, as well as shifting the focus of environmental economics. Expanding the pollution-concerned area has created more than just a new spatial problem. The challenge of international environmental policies is due to the lack of a central authority which is able to enforce a specific environmental resource use. From an international perspective, regulation must be based on the voluntary participation of those countries which use and exploit the environmental resource. The sovereignty of countries implies that international environmental agreements must guarantee that every national participant be at least not worse off by fulfilling the requirements of the agreement voluntarily than by behaving opportunistically.

Because restricting international pollution provides a public good, environmentalists fear that the strategy of free-riding will turn out to be a dominant one for all countries and will diminish environmental quality significantly or even endanger human living conditions. Economists discussing international pollution problems are not so pessimistic although they do not always claim that full cooperation will emerge. Most of the relevant literature concentrates on the possibility of stable coalitions as a subset of resource-using countries (see Barrett, 1991, 1992; Bauer, 1992; Carraro and Siniscalco, 1993; Heal, 1992). Stability demands that every sovereign member country should always be better off by remaining in the coalition than by leaving it and every outsider should always be worse off by joining the coalition. Partial cooperation can emerge if the stable coalition contains more than one member.

However, these papers deal with the notion of sovereignty only in terms of voluntary participation. When countries have decided to sign an environmental treaty, they are supposed to be compliant and to adhere credibly to the agreed reduction policies. This chapter addresses the problem wherein countries need not be compliant because they are always able to repudiate the demands of other countries as interfering with their sovereign affairs. It assumes that the agreed reduction plans must be self-enforcing and that all countries decide simultaneously whether they fulfil or violate the requirements of an agreed policy. The questions of compliance and participation will be addressed simultaneously.

Accordingly the chapter is organized as follows. Section 2 gives some basic conditions which multilateral environmental agreements must fulfil in a three-country setting. Section 3 employs a specific model to shed some more light on this three-country case. This model implies that only a subcoalition of two countries joins an environmental agreement. Section 4 demonstrates that the subcoalition's cooperation is not necessarily the end of international environmental policies when a subcoalition introduces transfer policies for extra reductions of the outsider country. Section 4 demonstrates that the subcoalition may base transfer policies on a cost-inferior technology which makes non-compliance less attractive. Section 5 summarizes and concludes.

2. CONDITIONS FOR MULTILATERAL ENVIRONMENTAL AGREEMENTS

This section outlines five basic conditions which multilateral agreements must meet. All conditions are due to the sovereignty constraint which imposes restrictions on any agreement. The sovereignty constraint has a twofold implication. On the one hand, sovereignty implies that participation must be voluntary. In principle, no country can be forced to sign a multilateral agreement. On the other hand, sovereignty enables every country to breach the agreement whenever it wishes to. Therefore, every multilateral environmental agreement must guarantee that every participating country is not better off by breaching the agreement than by fulfilling its requirements.

This chapter will deal with both features simultaneously. It assumes three countries, i, j and k, which suffer from mutual externalities caused by emissions. Restricting the externalities benefits every country, but every country is better off when only the other two countries introduce reduction measures. The benefits and the costs of reduction policies are common knowledge. As all countries decide simultaneously on their current reduction level, any multilateral environmental agreement can only be made self-enforcing by credible future actions which depend on past compliance. The notion of credibility acknowledges that an international environmental agreement is open for renegotiation. Thus, renegotiation-proofness determines conditions which multilateral environmental agreements must meet.

The model assumes that the utility of every country can be given by utility functions:

$$\forall l \in \{i, j, k\}: \quad U_l(R_i, R_j, R_k) = B_l(R) - C_l^0(R_l),$$
$$R = R_i + R_j + R_k,$$
$$\frac{dB_l}{dR} > 0, \frac{d^2 B_l}{dR^2} \leq 0, \frac{dC_l}{dR_l} > 0, \frac{d^2 C_l}{dR_l^2} > 0$$

R_i, R_j and R_k denote the reductions of the respective countries, B_l and $C^0{}_l$ are the benefits and the costs which depend on the sum of reductions or the individual reductions, respectively.[3] Utility functions like (1) indicate that the problem in question is a global one (e.g. the climate problem) because reductions are a homogeneous service for all countries.

Obviously, all countries can be made better off by a multilateral environmental agreement than by adjusting their reductions independently. The sovereignty constraint imposes certain restrictions on the agreement. This chapter assumes that an international agreement should at least meet the conditions of weak renegotiation-proofness (Farrell and Maskin, 1989) and the conditions of coalition-proofness (Bernheim et al., 1987). Deriving solutions subject to the constraints of weak renegotiation-proofness and coalition-proofness is motivated by empirical evidence. On the one hand, countries which have signed an agreement can always renegotiate after one country has breached the agreement. Therefore punishment by non-cooperation in all future periods or by even worse equilibrium outcomes lacks credibility when renegotiation is possible. On the other hand, negotiations among all concerned countries do not guarantee that either an agreement is reached which covers all countries or no agreement is reached. Agreements of subcoalitions which meet the conditions of weak renegotiation-proofness for their parties cannot be ruled out but determine outside options.

The analytic framework of this chapter is given by an infinitely repeated game. Because agreements specify reduction duties for all countries which have ratified the agreement, only pure strategies are considered. All countries discount future utilities by stationary discount factors δ_i, δ_j and δ_k, respectively. These discount factors mirror a crucial parameter of the model because they indicate the 'impatience' of each country. An extremely impatient country can be imagined as a country facing significant domestic problems. These problems (e.g. those of development and unemployment) bias policy objectives towards aiming at short-run gains. If political issues are governed by the need for quick success, impatience reflects a higher degree of institutional instability if institutional stability is defined by the scope left to policy-makers to deal with long-run problems at the expense of short-run gains.

The first three conditions which sovereignty imposes on multilateral environmental agreements are due to weak renegotiation-proofness. Weak renegotiation-proofness defines conditions for an agreement in the phase after one country has not fulfilled its reduction duties. Weak renegotiation-proofness reconciles the necessity of punishing a non-compliant country and the option of restarting cooperation. A weakly renegotiation-proof device is a rule laid down in the agreement saying that all countries except the non-compliant one will realize their 'breach' levels after one country has not fulfilled its reduction duties. Restarting cooperation is possible because these countries will return to the agreed reduction levels after the non-compliant country has met its agreed obligations unilaterally in one period. This device is immune to renegotiations if the agreed reductions induce a non-compliant country to carry its reduction level unilaterally in order to restart cooperation.

According to this punishment device, weak renegotiation-proofness defines three conditions.

Condition 1 For every country, the long-run gains from cooperation must not fall short of the short-run gains of breaching the agreement in one period and no cooperation in all following periods.

$$\forall 1 \in \{i, j, k\}, \forall R_1^b :$$

$$\frac{1}{1-\delta_1} U_1\left(R_1^*, R_{-1}^*\right) \geq U_1\left(R_1^b, R_{-1}^*\right) + \frac{\delta_1}{1-\delta_1} U_1\left(R_1', R_{-1}'\right) \qquad \text{(C1)}$$

$R_1{}^*$ and $R_{-1}{}^*$ denote the agreed reduction level for country 1 and the vector of the agreed reduction levels of the other countries, respectively. Note that $R_1{}^*$ and $R^*{}_{-1}$ do not necessarily give Pareto-optimal levels; if the conditions are too demanding, only lower levels can meet the conditions.[4] $R_1{}^b$ and R_1' denote reduction levels which are associated with a breach and the non-cooperative reduction level of country 1, respectively. This non-cooperative reduction level depends on the reduction levels of the other countries, R_{-1}'. Note also that Condition 1 assumes that every country has decided to join a multilateral environmental agreement. It does not address the question of whether participation benefits the country more than staying out of the agreement. Condition 5 will deal with this question.

(C1) is a basic condition for the agreement. This condition on its own defines the self-enforceability of an agreement if punishment by a grim strategy were credible and renegotiations were impossible. However, weak renegotiation-proofness adds another two conditions.

Condition 2 Given that a non-compliant country wants to restart cooperation as soon as possible, the gains from cooperation must not fall short of those from breaching the agreement in one period and restarting cooperation by realizing its agreed reduction level unilaterally.

$$\forall 1 \in \{i, j, k\},\ \forall R_1^b,\ \forall R_{-1}^b :$$

$$[1+\delta_1]U_1(R_1^*, R_{-1}^*) \geq U_1(R_1^b, R_{-1}^*) + \delta_1 U_1(R_1^*, R_{-1}^b) \tag{C2}$$

Condition 3 After a country has breached the agreement, it wants to restart cooperation as soon as possible.

$$\forall 1 \in \{i, j, k\}, \forall R_{-1}^b :$$

$$U_1(R_1^*, R_{-1}^b) + \frac{\delta_1}{1-\delta_1} U_1(R_1^*, R_{-1}^*) \geq \frac{1}{1-\delta_1} U_1(R_1', R_{-1}') \tag{C3}$$

$R_{-1}{}^b$ denotes the vector of reduction levels of the compliant countries after country 1 has breached the agreement. Condition 2 defines *ex-ante* compliance by stating that every country must be weakly better off by fulfilling the agreement than by breaching it in one period and reinvesting in cooperation in the next period. Condition 2, however, assumes that a potentially non-compliant country wants to restart cooperation as soon as possible. The corresponding constraint is given in Condition 3 which defines *ex-post* compliance.

Note that these conditions are stronger when compared to subgame-perfect stabilization mechanisms which include grim strategies, too. However, they are also weaker compared to the concept of strong renegotiation-proofness. Strong renegotiation-proofness acknowledges the possibility that every country which has breached the agreement can suggest a new agreement which should substitute for punishment and restarting cooperation according to the old agreement's device. If an alternative, also weakly renegotiation-proof agreement exists and Pareto-dominates punishment and restarting of cooperation, countries should be expected to renegotiate away from the old agreement, thereby making the old agreement's punishment non-credible.

Neglecting this option for multilateral environmental agreements means assuming some kind of commitment by every country that countries will never renegotiate for a new agreement after a breach. There is some empirical evidence which supports this commitment opportunity. It can be assumed that governments representing their countries in international negotiations will refuse to sign a new agreement because the public prefers cooperation and wants non-compliant countries to be punished. Additionally, any new agreement which Pareto-dominates punishment and restarting cooperation must compensate the compliant countries for dispensing with punishment by offering them more individual cooperation gains. This shift in individual cooperation gains may conflict with some generally accepted rules which determine how cooperation gains should be split among countries. Section 3 will develop explicit solutions for specific utility functions and for a certain split rule.

This chapter discusses multilateral environmental agreements which potentially embrace three countries. This case is an important one because agreements which potentially embrace more than two countries need to be not only immune to deviations of single countries but to deviations of subcoalitions as well. For the three-country case, subcoalitions comprise two countries. None of the three possible subcoalitions should be better off by jointly exploiting the third country. The role of coalitions other than the grand coalition was formalized by the concept of coalition-proofness (Bernheim et al., 1987). Contrary to this concept, the assumption of an infinitely repeated game does not allow the actions of a third party to be taken as given. Instead, if a third party is exploited by a subcoalition, this party will revert to its breach level until both parties have reinvested in a restarting cooperation by meeting their obligations. Additionally, the subcoalition's benefits from cheating are determined not only by the benefits of breaching the agreement in one period, but also by the benefits of a subcoalition's cooperation in all following periods. If both non-compliant countries can do better than reverting to the non-cooperative reduction levels and if they do not want to restart cooperation, the formed subcoalition which exploited the third party will proceed with cooperation by a joint reduction policy. Condition 4 defines the corresponding constraints for a joint reduction policy in the grand coalition.

Condition 4 No subcoalition must be better off by cheating in one period and a weakly renegotiation-proof agreement between the subcoalition's countries for the following periods, given the reductions of the third country.

$$\forall\{p,q\} \in \{\{i,j\},\{j,k\},\{i,k\}\}, \forall 1 \in \{i,j,k \setminus p,q\}, \forall R_p^b, \forall R_q^b,$$

$$\forall\{\tilde{R}_p,\tilde{R}_q,R_1^{'}\} \in \{R_p^*,R_q^* \mid R_1 = R_1^{'}\}:$$

$$U_p\left(R_p^b,R_q^b,R_1^*\right)+\frac{\delta_p}{1-\delta_p}U_p\left(\tilde{R}_p,\tilde{R}_q,R_1^{'}\right) \le \frac{1}{1-\delta_p}U_p\left(R_p^*,R_q^*,R_1^*\right)$$

$$U_q\left(R_p^b,R_q^b,R_1^*\right)+\frac{\delta_q}{1-\delta_q}U_q\left(\tilde{R}_p,\tilde{R}_q,R_1^{'}\right) \le \frac{1}{1-\delta_q}U_q\left(R_p^*,R_q^*,R_1^*\right)$$

$$\left[1+\delta_p\right]U_p\left(R_p^*,R_q^*,R_1^*\right) \ge U_p\left(R_p^b,R_q^b,R_1^*\right)+\delta_p U_p\left(R_p^*,R_q^*,R_1^b\right)$$

$$\left[1+\delta_q\right]U_q\left(R_p^*,R_q^*,R_1^*\right) \ge U_q\left(R_p^b,R_q^b,R_1^*\right)+\delta_q U_q\left(R_p^*,R_q^*,R_1^b\right)$$

$$U_p\left(R_p^*,R_q^*,R_1^b\right)+\frac{\delta_p}{1-\delta_p}U_p\left(R_p^*,R_q^*,R_1^*\right) \ge \frac{1}{1-\delta_p}U_p\left(\tilde{R}_p,\tilde{R}_q,R_1^{'}\right)$$

$$U_q\left(R_p^*,R_q^*,R_1^b\right)+\frac{\delta_q}{1-\delta_q}U_q\left(R_p^*,R_q^*,R_1^*\right) \ge \frac{1}{1-\delta_q}U_q\left(\tilde{R}_p,\tilde{R}_q,R_1^{'}\right) \tag{C4}$$

$R_q^{\,b}$ and $R_p^{\,b}$ denote the reduction levels of a breaching subcoalition. $\tilde{R}_p$ and $\tilde{R}_q$ are reduction levels which are self-enforcing between the two parties in the subcoalition. Condition 4 incorporates the arguments of Conditions 1–3 for all possible subcoalitions.

However, the concept of coalition-proofness according to Bernheim *et al.* (1987) and its reformulation by Condition 4 do not cover all aspects of subcoalitions because they focus exclusively on the joint breach of an agreement. In addition, every potential subcoalition has a commitment problem. If one country refuses to cooperate at all, the other two countries are still able to reach a bilateral agreement. The result in reductions of a bilateral agreement is anticipated by the third country and determines its gains from refusing cooperation. Condition 5 completes the constraints imposed by subcoalitions and gives a precondition for Condition 1 and Condition 3 which assumed that all countries want to form the grand coalition. Let $\tilde{R}_{-1}$ denote the reduction levels of the two other countries if country 1 stays out of the agreement. $\tilde{R}_{-1}$ is determined by the subcoalition's agreement because the remaining two countries cannot commit themselves not to realize possible cooperation gains.

Condition 5 If one country wants to stay out of the agreement, the other two countries will cooperate if cooperation improves on the purely non-cooperative outcome. If more than one country wants to stay out of the agreement, the two countries which benefit most from a subcoalition's agreement negotiate away from the purely non-cooperative outcome. The agreement between these two countries determines the utility of the country which stays out of the agreement. If every country prefers a subcoalition with a country which prefers a subcoalition with the third country, a subcoalition will be formed but the subcoalition's parties are undetermined.

$$\forall\{p,q\} \in \{\{i,j\},\{j,k\},\{i,k\}\}, \forall_1 \in \{i,j,k \backslash p,q\},$$
$$\forall \tilde{R}_{-1} = [\tilde{R}_p, \tilde{R}] \in \{[R_p^*, R_q^*] \mid R_1 = R_1'\}:$$
$$A = \{i,j,k\}$$
$$\text{if} \quad \forall_l \in \{i,j,k\}: U_1[R_1'', \tilde{R}_{-1}] \leq U_1[R_1^*, R_{-1}^*],$$
$$A = \{p,q\}$$
$$\text{if} \quad U_1[R_1'', \tilde{R}_{-1}] > U_1[R_1^*, R_{-1}],$$
$$U_p[R_p'', \tilde{R}_{-p}] \leq U_p[R_p^*, R_{-p}],$$
$$U_q[R_q'', \tilde{R}_{-q}] \leq U_q[R_q^*, R_{-q}],$$
$$A = \{p,q\}$$
$$\text{if} \quad U_1[R_1'', \tilde{R}_{-1}] > U_1[R_1^*, R_{-1}],$$

$$U_p[R''_p,[\tilde{R}_{-p}] > U_p\,[R^*_p, R_{-p}],$$
$$U_q[R''_q,\tilde{R}_{-q}] > U_q\,[R^*_q, R_{-q}],$$
$$U_p[\tilde{R}_p,\tilde{R}_q, R''_1] \geq U_p\,[\tilde{R}_p, R''_q,\tilde{R}_1],$$
$$U_q[\tilde{R}_p,\tilde{R}_q, R''_1] \geq U_q\,[R''_p, \tilde{R}_q,\tilde{R}_1] \qquad \text{(C5)}$$

A denotes the set of countries which join a multilateral environmental agreement. R''_1 gives the non-cooperative reduction level of country 1 for the case in which the other two countries form a subcoalition. R''_1 falls short of R'_1 in the case of non-orthogonal reaction functions. Note that (C5) is incomplete in describing Condition 5 because it does not include the ambiguity case.

All five conditions can restrict the scope for multilateral environmental agreements considerably. The following section will demonstrate a specific model which allows only a subcoalition of two countries to join an environmental agreement.

3. SELF-ENFORCING COOPERATION IN A THREE-COUNTRY MODEL

Section 2 developed five conditions to be met by multilateral environmental agreements. This section employs a specific model in order to emphasize the role of domestic institutional settings for the performance of an international agreement. Differences in institutional settings are indicated by differences in discount factors. A high discount factor mirrors 'institutional toughness' of the potential signatory country. In order to develop the role of different discount factors, this section assumes identical cost and benefit functions:

$$\forall 1 \in \{i, j, k\}: \quad B_1 = \alpha\big[R_i + R_j + R_k\big], C_1^0 = \frac{\beta}{2} R_1^2,$$
$$\alpha, \beta > 0. \qquad (2)$$

Benefits are a linear function of the sum of reductions and costs are a quadratic function of domestic reductions. These functions imply orthogonal reaction functions and thereby let the reduction level for non-cooperation and a breach of the agreement coincide. The discount factors are assumed to differ:

$$\delta_i = \delta_j = \delta > 0.5,\ \delta_k < 0.5 \qquad (3)$$

Two countries exhibit a comparably high discount factor which signals a 'tough' institutional setting. In these countries, long-run gains are given a significantly stronger weight than in country k. Country k is assumed to bear a strong domestic pressure on short-run issues. That is, countries i and j could represent industrialized countries and county k's impatience could represent the pressure felt by a government of a developing country which is lacking in economic prosperity.[5]

It is helpful to start the discussion of (2) and (3) for multilateral environmental agreements by considering the potential cooperation between only two of the three countries. The orthogonality of the reaction functions lets the result of a subcoalition's agreement coincide with the outside option of a subcoalition (see Condition 4) and the subcoalition's agreement if one country refuses to cooperate. Additionally, the functional form given by (2) has the convenient property that all three conditions imposed by weak renegotiation-proofness fall together for the potential cooperation between two countries (see Appendix 1).

Note that the punishment device defined by Conditions 2 and 3 was somewhat arbitrary in specifying a one period investment which restarts cooperation. In general, a punishment device could also want a non-compliant country to invest n periods in providing the agreed reduction level unilaterally before the other countries restart cooperation. An increasing n strengthens the power of the *ex-ante* compliance constraint of Condition 2 but weakens the power of the *ex-post* compliance constraint of Condition 3 because it decreases the incentive to invest in a restarting of cooperation after a contract breach has occurred. For (2) and $n = 1$, both constraints have the same power and are thereby equalized. If a certain condition dominated the other conditions (as is the case if n is not set at unity), lowering n could make all countries better off, as an extremely tight constraint may restrict cooperation more than necessary. The chapter does not consider strategic aspects of different n, but it should be clear that $n = 1$ is an appropriate assumption for the specific model of this section.

According to weak renegotiation-proofness, $\tilde{R}_p$ and $\tilde{R}_q$ of two countries p and q, $p, q \in \{i, j, k\}$, have to fulfil

$$R_p \geq \frac{\alpha}{\beta} + \frac{1}{\delta_q}\frac{\beta}{2\alpha}\left[\tilde{R}_q - \frac{\alpha}{\beta}\right]^2,$$

$$R_q \geq \frac{\alpha}{\beta} + \frac{1}{\delta_p}\frac{\beta}{2\alpha}\left[\tilde{R}_p - \frac{\alpha}{\beta}\right]^2 \qquad (4)$$

Relationship (4) gives the conditions of weak renegotiation-proofness for a subcoalition with two parties, p and q, but does not determine the concrete outcome of the subcoalition's agreement. An additional assumption is necessary to show how cooperation gains are to be divided between the two countries. Here we shall consider two variants of all possible sharing rules: equal split and maximal bargaining gains for one country.

According to (3), two cases have to be distinguished when evaluating the equal split results. In a first variant, assume that country i and country j bargain for a subcoalition's agreement. Equal split assumes that both countries' bargaining gains equalize:

$$\{p,q\}=\{i,j\}\Rightarrow \tilde{R}_i=\tilde{R}_j=\frac{2\alpha}{\beta},\quad \tilde{U}_i=\tilde{U}_j=\frac{3\alpha^2}{\beta}. \tag{5}$$

Obviously (5) implies identical reduction levels when an equal-split policy should be realized. Due to their institutional toughness, both countries are able to join an agreement which is optimal and self-enforcing for the subcoalition. This result does not hold if either country i or j considers a subcoalition's agreement with country k. For example, any equal-split policy between country i and country k produces

$$\begin{aligned}\{p,q\}=\{i,k\}:\quad &\tilde{R}_i=\tilde{R}_k=[1+2\delta_k]\frac{\alpha}{\beta},\\ &\tilde{U}_i=\tilde{U}_k=\left[\frac{5}{2}+2\delta_k-\frac{\delta_k^2}{2}\right]\frac{\alpha^2}{\beta}.\end{aligned} \tag{6}$$

As country i and country j are perfect twins, (6) holds for $\{p, q\} = \{j, k\}$ accordingly. Every agreement with country k suffers from the institutional weakness of this country. This assertion even holds for many cases which enable country i (or country j) to realize its maximal bargaining gains:

$$\begin{aligned}&\max_{R_i,R_k} U_i &&\text{s.t.}\quad R_i=\frac{\alpha}{\beta}+\frac{1}{\delta_k}\left[R_k-\frac{\alpha}{\beta}\right]^2\Rightarrow\\ &\delta_k\le 0.25: &&\tilde{R}_i=\tilde{R}_k=[1+2\delta_k]\frac{\alpha}{\beta}\\ & &&\tilde{U}_i=\left[\frac{5}{2}+2\delta_k+\frac{\delta_k^2}{2}\right]\frac{\alpha^2}{\beta}\\ &\delta_k>0.25: &&\tilde{R}_i=\left[1+\left(\frac{\delta_k}{2}\right)^{\frac{1}{3}}\right]\frac{\alpha}{\beta}\\ & &&\tilde{R}_k=\left[1+\left(2\delta_k^2\right)^{\frac{1}{3}}\right]\frac{\alpha}{\beta}\\ & &&\tilde{U}_i=\left[\left(2\delta_k^2\right)^{\frac{1}{3}}-\frac{1}{2}\left(\frac{\delta_k^2}{2}\right)^{\frac{2}{3}}\right]\frac{\alpha^2}{\beta}.\end{aligned} \tag{7}$$

Comparing $\tilde{U}_i$ in (6) and (7) shows that country *i* prefers an equal-split policy with country *j* compared to the best policy with country *k* if

$$\delta_k < 2\sqrt{\frac{1}{27}} \approx 0.3849$$

holds. If country *i* (country *j*) is not able to realize a sufficiently large portion of the bargaining gains, country *i* (country *j*) prefers to form a subcoalition with country *j* (country *i*). Thus, the assumptions of (3) indicate that countries *i* and *j* will form a subcoalition. In an equal-split setting, this subcoalition dominates the other two-country teams. If only two countries were allowed to cooperate, the best team would obviously include countries *i* and *j* because there is no scope for other subcoalitions in the case of equal split and only a little scope in the case of policies which favour the more patient country. The remainder of this chapter will therefore focus on the relevant outsider subcoalition which includes countries *i* and *j*. This gives a preliminary result for Condition 5 because it determines that the subcoalition $\{i, j\}$ will be formed in cases when country *k* wants to stay out of the agreement.

One might wonder whether transfers can mitigate the compliance problems. Obviously, transfers between countries *i* and *j* are not necessary because their equal-split policy leads to optimal reduction levels for the subcoalition. Appendix 2 gives a sketch of the proofs that transfers cannot help overcome the compliance problems for a subcoalition of country *i* (country *j*) and country *k*. Both countries deliberately choose a zero transfer level for the equal-split policy as well as for the best policy of country *i* (country *j*) because transfers involve sovereignty risks, too. That is, assume that in addition to certain reduction duties a transfer payment from country *i* to country *k* is agreed. Then non-compliance of country *k* means that it does not fulfil its reduction duties but takes the transfer. Non-compliance of country *i* means that it does not fulfil its reduction duties and refuses the transfer payment. The opposite holds if country *k* pays country *i*. Appendix 2 employs the corresponding four compliance constraints to demonstrate the optimality of zero transfers.[6]

From the viewpoint of the grand coalition, the dominating role of the subcoalition of *i* and *j* implies

- that the reduction levels are determined by the subcoalition between *i* and *j* if cooperation is not possible in the grand coalition, i.e.

$$\tilde{R} = \left(\tilde{R}_i, \tilde{R}_j, \tilde{R}_k\right) = \left(\frac{2\alpha}{\beta}, \frac{2\alpha}{\beta}, \frac{\alpha}{\beta}\right)$$

  (see Condition 5); and

- that the joint exploitation of a third country is apparently more attractive for the subcoalition of countries i and j (see Condition 4).

Assume that all countries have decided to cooperate in the grand coalition which splits cooperation gains equally. Assuming a grand coalition means that no country wants to stay out of the agreement and R'_{-1} determines the outside option for every country 1. According to the identity of cost and benefit functions, equal split means equal reductions. Let $\hat{R}$ denote the identical reduction levels of each country in a grand coalition. (C1), (C2) and (C3) fall together if (2) and (3) hold. Then, a grand coalition demands that

$$R_j + R_k \geq \frac{2\alpha}{\beta} + \frac{1}{\delta_i}\frac{\beta}{2\alpha}\left[R_i - \frac{\alpha}{\beta}\right]^2,$$

$$R_i + R_k \geq \frac{2\alpha}{\beta} + \frac{1}{\delta_j}\frac{\beta}{2\alpha}\left[R_j - \frac{\alpha}{\beta}\right]^2,$$

$$R_i + R_j \geq \frac{2\alpha}{\beta} + \frac{1}{\delta_k}\frac{\beta}{2\alpha}\left[R_k - \frac{\alpha}{\beta}\right]^2 \tag{8a}$$

be fulfilled. Relationship (8a) can be developed similarly to the arguments given in Appendix 1 for the two-country case. In this setting, country k's compliance constraint determines the individual reduction levels:

$$\hat{R} = \frac{\alpha}{\beta}\left[1 + 4\delta_k\right],$$

$$\hat{U}_i = \hat{U}_j = \hat{U}_k = \frac{\alpha^2}{2\beta}\left[5 + 16\delta_k - 16\delta_k^2\right]. \tag{8b}$$

Equation (8b) gives the utilities which are realized in a grand coalition with all countries. Now, two countries evaluate whether they are better off by jointly breaching the agreement in one period and founding a subcoalition for the following periods. Referring to the first line of (C4), country i (country j accordingly) will not deceive country k together with country j if

$$\frac{\alpha^2}{2\beta}\left[5 + 16\delta_k - 16\delta_k^2\right] \geq \left[1 - \delta_i\right]\left[\frac{2\alpha^2}{\beta} + \frac{\alpha^2}{\beta}(1 + 4\delta_k)\right] + \delta_i\frac{3\alpha^2}{\beta}$$

$$\Leftrightarrow \delta_k\left[1 - 2\delta_k + \delta_i\right] - \frac{1}{8} \geq 0 \tag{9}$$

holds. Relationship (9) is not met by all combinations of $\delta_i = \delta_j$ and δ_k. If country k is extremely impatient, especially when δ_k falls below 0.1, it can pay for i and j to jointly deceive k.

The assumption of a joint agreement breach by country i and country k gives a different constraint (see the first line of (C4)). Country i (country j accordingly) will not deceive country j (country i) together with country k if

$$\frac{\alpha^2}{2\beta}\left[5+16\delta_k-16\delta_k^2\right] \geq$$

$$[1-\delta_i]\left\{\alpha\left[(2+4\delta_k)\frac{\alpha}{\beta}+(1+4\delta_k)\frac{\alpha}{\beta}\right]-\frac{\alpha^2}{2\beta}[1+2\delta_k]^2\right\}$$

$$+\ \delta_i\frac{\alpha^2}{\beta}\left[2\delta_k-\frac{\delta_k^2}{2}\right]$$

$$\Leftrightarrow -\ 4\delta_k+12\delta_k^2-5\delta_i-8\delta_i\delta_k-\delta_i\delta_k^2<0 \qquad (10)$$

holds. Relationship (10) is always satisfied because $\delta_k > \delta_k^2$ and $\delta_i\delta_k > \delta_k^2$ leads to

$$12\delta_k^2-8\delta_i\delta_k-4\delta_k<0$$

which is a necessary and sufficient condition for (10). Thus, only country k is in danger of being exploited jointly by countries i and j. But even if this exploitation risk could be excluded, the implications of Condition 5 dominate the performance of the agreement. Condition 5 shapes the structure of the agreement because the high level of cooperation between i and j induces country k to stay out of any agreement. Note that

$$\forall 1 \in \{i,j,k\}:$$

$$U_1=\left(\hat{R}_i,\hat{R}_j,\hat{R}_k\right)=\frac{\alpha^2}{2\beta}\left[5+16\delta_k-16\delta_k^2\right]<\frac{9}{2}\frac{\alpha^2}{\beta} \qquad (11)$$

holds. The right-hand side, (9/2) (α^2/β) is the Pareto-optimal level which an enforceable agreement specified. Relationship (11) states that incorporating the impatient country k implies utility levels which fall short of the Pareto-optimal ones. If country i (country j accordingly) decides to remain an outsider, it anticipates that country j (country i) and country k realize the subcoalition's reduction levels

$$\tilde{R}_j = \tilde{R}_k = [1 + 2\delta_k]\frac{\alpha}{\beta}$$

which gives country i a utility of

$$\tilde{U}_i = \frac{\alpha^2}{2\beta}[5 + 8\delta_k] < \frac{\alpha^2}{2\beta}\left[5 + 16\delta_k - 16\delta_k^2\right].$$

This utility falls short of the utility in the grand coalition. Countries i and j do not prefer the outsider position but country k does. This is the second case mentioned in (C5). Country k will anticipate that countries i and j realize the subcoalition's reduction levels

$$\tilde{R}_i = \tilde{R}_j = \frac{2\alpha}{\beta}$$

which give country k a utility of

$$U_k = \frac{9}{2}\frac{\alpha^2}{\beta} > \frac{\alpha^2}{2\beta}\left[5 + 16\delta_k - 16\delta_k^2\right] = U_k\left(\hat{R}_i, \hat{R}_j, \hat{R}_k\right). \tag{12}$$

Relationship (12) proves that country k will always prefer to remain an outsider country. This result shapes the structure of the environmental agreement which includes only countries i and j. The model has demonstrated that Conditions 1 to 5, and especially Condition 5, which defines the role of coalitions for outside options, can severely restrict the scope for cooperation. If (2) and (3) hold, the multilateral environmental agreement is changed into a bilateral one. Accordingly, (2) and (3) imply

$$\left[R_i^*, R_j^*, R_k^*\right] = \left[\frac{2\alpha}{\beta}, \frac{2\alpha}{\beta}, \frac{\alpha}{\beta}\right] \tag{13}$$

if international environmental policies end up with the reduction game.

4. TRANSFERS TO THE OUTSIDER COUNTRY

The disappointing result of the last section is not necessarily the definite end of international environmental policies. Although only a subcoalition consisting of countries i and j is able to implement a joint reduction policy, further reductions are possible if the subcoalition's reduction policy is supplemented by transfer policies. This section assumes that the subcoalition founds a bilateral agency which organizes the transfers which the subcoalition pays for extra reductions of country k on behalf of both countries. The agency is assumed to be able to realize transfer policies which guarantee the maximal bargaining gains for the donor countries.[7] The agency is an institution founded by countries i and j and can be imagined as an organization which works according to strictly predetermined rules. These rules serve to ensure commitment which enables the agency to reap the maximal bargaining gains from transfer policies. Note that this assumption is not such an unrealistic one when compared with international organizations like the World Bank and the Global Environmental Facilities which obviously have a strong bargaining position.

In addition to the strong bargaining position, international organizations founded to support countries do not merely reflect financial intermediaries. That is, the Global Environmental Facilities do not only pay for environmental services but support and control specific environment-enhancing projects. Support is often given in kind. Support by in-kind transfers is a superior scheme if transfer policies must be self-enforcing (Stähler, 1992, 1995). This section models these features of international organizations' transfer policies by considering different reduction technologies. It assumes that technologies can be varied steadily and steady variations can be indicated by a technology parameter, λ. The voluntarily provided reduction level α/β will be produced by a technology with $\lambda = 0$ which carries the lowest reduction costs. Basing transfer policies on a certain technology, λ, produces additional costs, Δ, in country k:

$$\Delta(\rho) = \frac{\beta}{2}\left[e^{a\lambda}\rho + \frac{\alpha}{\beta}\right]^2 - \frac{\alpha^2}{2\beta}, \lambda \geq 0, a > 0 \tag{14}$$

where ρ denotes the additional agreed reductions of country k. A technology which is associated with a higher λ carries higher organizational and technological costs. These higher costs are due to an increasing degree of direct control and influence. The option of direct control and influence increases costs and decreases the incentives for a transfer agreement's breach.

A breach of a transfer agreement means taking the transfers but not providing the additional agreed reductions. With an increasing λ, the transfer is changed from a monetary into an in-kind transfer, thereby influencing the non-compliance option. On the one hand, in-kind transfers guarantee that a certain degree of reductions is realized independent of compliance. On the other hand, in-kind transfers have a lower value for the recipient when recipients want to breach the agreement because in-kind transfers can be used only for specific purposes and incur retrading costs. Additionally, a certain part of the transfer may be withdrawn by the donor in the case of non-compliance if the agency controls the project. Let ρ' and T' denote the degree of reductions which is realized even in the case of non-compliance and the recipient's value of transfers if he breaches the transfer agreement, respectively. Both terms depend on λ in that a higher λ induces a higher ρ' and a lower T':

$$\rho' = [1-e^{-b\lambda}]\rho,\ T' = e^{-c\lambda}T,\ b,c > 0. \tag{15}$$

T denotes the value of transfers when transfers are employed according to the agreement. On the donors' side, a simple rule can make the agreement self-enforcing between country *i* and country *j*. Assume that the equal-split policy is also applied to joint transfer policies and both countries carry the transfer payments equally. The agreement with country *k* may specify that the agreed reductions only have to be provided if both countries fulfil their transfer obligations and thereby enable the agency to transfer the corresponding resources. This specification rules out any incentive to deviate from the individual transfer payments and allows us to focus on the relationship between the two donors and the recipient.

Let ρ^* denote the degree of country *k*'s additional reductions according to a transfer agreement. T^* denotes the agreed transfers. According to the concept of weak renegotiation-proofness, three conditions impose restrictions on possible transfer policies.

Condition 6 The long-run gains from the transfer agreement must not fall short of breaching the agreement in one period and no cooperation in all following periods.

$$\frac{1}{1-\delta_k}\left[T^* - \Delta\left(\rho^*\right) + \alpha\rho^*\right] \geq T' = e^{-c\lambda}T^* \tag{C6}$$

where $\alpha\rho^*$ are the additional benefits of the recipient from its own extra reductions. (C6) gives the basic condition for cooperation. No cooperation means no transfers and no additional reductions. The other two conditions associated with weak renegotiation-proofness require specifying how country *k* can restart cooperation. Equation (15) guarantees, for a strictly positive λ, that a certain degree of additional reductions will be realized independent of compliance. Conditions (C7) and (C8) assume that the donors want any deviations to be counterbalanced by additional reductions

$$\rho^+ = \rho^* - \rho' = e^{-b\lambda}\rho^* \tag{16}$$

Country k is able to restart cooperation after a breach by providing the difference between realized and agreed extra reductions.

Condition 7 Given that a non-compliant country k wants to restart cooperation as soon as possible, the gains from the transfer agreement must not fall short of those from breaching the transfer agreement in one period and restarting cooperation by providing ρ^+ unilaterally.

$$[1+\delta_k][T^* - \Delta(\rho^*) + \alpha\rho^*] \geq T' - \delta_k\Delta(\rho^+) + \alpha\rho^+$$
$$= e^{-c\lambda}T^* - \delta_k\Delta(e^{-b\lambda}\rho^*) + \alpha e^{-b\lambda}\rho^* \qquad \text{(C7)}$$

Condition 8 After country k has breached the transfer agreement, it wants to restart cooperation as soon as possible.

$$-\Delta(\rho^+) + \alpha\rho^+ + \frac{\delta_k}{1-\delta_k}\left[T^* - \Delta(\rho^*) + \alpha\rho^*\right] \geq 0$$
$$\Leftrightarrow \frac{\delta_k}{1-\delta_k}\left[T^* - \Delta(\rho^*) + \alpha\rho^*\right] \geq \Delta\left(e^{-b\lambda}\rho^*\right) + \alpha e^{-b\lambda}\rho^* \qquad \text{(C8)}$$

Conditions (C6) to (C8) can be rewritten as minimum transfer conditions:

$$T^* \geq \frac{\Delta(\rho^*) - \left[e^{-b\lambda} + \delta_k\left(1-e^{-b\lambda}\right)\right]\alpha\rho^*}{1-\left[1-\delta_k\right]e^{-c\lambda}}, \qquad \text{(C6')}$$

$$T^* \geq \frac{\left[1+\delta_k\right]\Delta(\rho^*) - \delta_k\Delta\left(e^{-b\lambda}\rho^*\right) - \left[e^{-b\lambda} + \delta_k\left(1-e^{-b\lambda}\right)\right]\alpha\rho^*}{1+\delta_k - e^{-c\lambda}}, \qquad \text{(C7')}$$

$$T^* \geq \Delta(\rho^*) - \alpha\rho^* + \frac{\left[1+\delta_k\right]\left[\Delta\left(e^{-b\lambda}\rho^*\right) - \alpha e^{-b\lambda}\rho^*\right]}{\delta_k}. \qquad \text{(C8')}$$

If the least-cost technology is chosen, that is $\lambda = 0$, all conditions coincide in that

$$T^* \geq \frac{\Delta(\rho^*) - \alpha\rho^*}{\delta_k} \qquad \text{(17)}$$

must hold.

The international agency which organizes transfer policies on behalf of countries i and j is assumed to maximize the possible bargaining gains for the donors. The objective of the agency is to maximize the difference between the Lindahlian utility of additional reductions and the transfers necessary to guarantee compliance:[8]

$$\max_{\rho^*,\lambda} \Omega \quad \text{s.t.} \quad \Omega = 2\alpha\rho^* - T^*, (\text{C6}'), (\text{C7}'), (\text{C8}'), \rho^* \geq 0, \lambda \geq 0. \tag{18}$$

Problem (18) gives the maximization problem for a Stackelberg leader who predetermines the degree of additional reductions and the technology.

The solution of this maximization problem could be developed along the lines of the Kuhn–Tucker theorem. Instead, the remainder of this section will demonstrate that a maximizing agency does not always choose the lowest-cost technology. The proof will be developed by contradiction. Assume that the least-cost technology, $\lambda = 0$, always maximizes the Lindahlian utility of the donor countries. In this case (17) holds. For a fixed $\lambda = 0$, the solution for (18) is given by

$$\frac{\partial\Omega}{\partial\rho^*}(\lambda = 0) = 2\alpha - \frac{\partial T^*}{\partial\rho^*}(\lambda = 0) = 0 \Rightarrow \rho^* = 2\delta_k \frac{\alpha}{\beta} \tag{19}$$

$\lambda = 0$ is optimal if

$$\frac{\partial\Omega}{\partial\lambda}\left(\lambda = 0, \rho^* = 2\delta_k \frac{\alpha}{\beta}\right) \leq 0$$
$$\Rightarrow \frac{\partial T^*}{\partial\lambda}\left(\lambda = 0, \rho^* = 2\delta_k \frac{\alpha}{\beta}\right) \geq 0 \tag{20}$$

holds. Let T_1, T_2 and T_3 denote the transfer levels which equalize (C6'), (C7') and (C8'). Differentiating T_1, T_2 and T_3 with respect to λ, setting $\lambda = 0$ and $\rho = 2\delta_k\alpha/\beta$ gives the following formulas for a marginal change away from the least-cost technology:

$$\frac{\partial T_1}{\partial\lambda}\left[\lambda = 0, \rho^* = 2\delta_k \frac{\alpha}{\beta}\right] = \frac{2\alpha^2}{\beta}\{a[1+\delta_k] + b[1-\delta_k] - c[1+\delta_k]\} \tag{21}$$

$$\frac{\partial T_2}{\partial \lambda}\left[\lambda = 0, \rho^* = 2\delta_k \frac{\alpha}{\beta}\right] = \frac{2\alpha^2}{\beta}\left\{a[2\delta_k + 1] + b[2\delta_k^2 + 1] - c\right\} \quad (22)$$

$$\frac{\partial T_3}{\partial \lambda}\left[\lambda = 0, \rho^* = 2\delta_k \frac{\alpha}{\beta}\right] = \frac{2\alpha^2}{\beta}\left\{a[2\delta_k + 1] - 2\delta_k b[1 - \delta_k]\right\} \quad (23)$$

Equations (22) and (23) reveal the ambiguous role of b which indicates the degree of reductions pushed through by a technology in the case of non-compliance. Consider for example an increase of b which decreases the costs of restarting cooperation. On the one hand, lower costs of restarting cooperation make non-compliance more attractive because the benefits from breaching the agreement and restarting cooperation are increased (see C7)). On the other hand, *ex-post* compliance is made more attractive after k has breached the transfer agreement because lower costs of restarting cooperation increase the incentive to restart cooperation as soon as possible.

Optimality of $\lambda = 0$ demands that at least one of the derivatives, i.e. either (21), (22) or (23), is non-negative. If

$$c > a + b\frac{1 - \delta_k}{1 + \delta_k}, \quad c > a[2\delta_k + 1] + b[2\delta_k^2 + 1],$$

$$b > a\frac{2\delta_k + 1}{2\delta_k[1 - \delta_k]} \quad (24)$$

hold, (21), (22) and (23) are all negative and contradict the assumption of an optimal $\lambda = 0$. In this case, the utility of the donor countries could be improved on by increasing λ. For example, (24) is met by $a = 0.1$, $b = 0.4$, $c = 0.8$ and $\delta_k = 04$. Relationship (24) proves that there is some scope for optimal transfer policies which do not employ the least-cost technology. When transfer policies are endangered by non-compliance of the recipient, switching to a cost-inferior technology may increase compliance incentives and thereby overcompensate for higher costs.

5. SUMMARY AND CONCLUSIONS

This chapter discussed the implications of some basic conditions which multilateral environmental agreements should meet in the three-country case. A specific model showed that cooperation can be restricted to two countries when one country lacks institutional toughness. The concepts of renegotiation- and coalition-proofness, as well as an extension which defines the role of coalitions for outside options, can explain the participation endogenously. Referring to the model of section 2, it is not surprising that the industrialized countries are likely to go ahead with respect to a joint environmental policy.

The chapter has also shown that a subcoalition's agreement is not necessarily the end of international environmental policies. A subcoalition can introduce transfer policies in order to buy some extra reductions from the outsider country. The model of section 4 assumed a Stackelberg leadership of the donor countries through an agency which specifies the degree of extra reductions and the reduction technology. Technologies differ with respect to costs and non-compliance options in that higher costs are attributed to those technologies which are given in kind. The model in section 4 demonstrated that optimal transfer policies may employ other than least-cost technologies because the benefits of decreasing non-compliance incentives may overcompensate for higher costs. Therefore the model could explain transfer policies of multilateral organizations such as the Global Environmental Facilities. Both features, the endogenous determination of participating countries and the role of transfer policies, seem to be backed by empirical evidence.

NOTES

1. This chapter was presented as a paper at the First Workshop of the Human Capital and Mobility Programme 'Designing Economic Policy for Management of Natural Resources and the Environment' in Rethymnon, Crete, 7–9 September 1994. I gratefully acknowledge financial support for the workshop by the European Union. Thanks are also due to the participants of the workshop for fruitful discussion. I am especially indebted to Parkash Chander, Michael Hoel and Henry Tulkens for helpful comments. Of course, none of them is responsible for any remaining errors and deficiencies.
2. The Kiel Institute of World Economics, Düsternbrooker Weg 120, D–24105 Kiel.
3. The superscript 0 indicates the best available reduction technology. Section 4 will employ other technologies when transfer policies are discussed. As it is obvious that any joint reduction policy employs the least-cost technology, the technology choice will not yet be considered in this section in order to avoid unnecessary confusion.
4. A weakly renegotiation-proof agreement does always exist since at least the non-cooperative reduction levels fulfil the conditions.
5. The indicated values of the discount factors are not out of any empirical range because environmental agreements address periods which cover several years. In many cases, compliance cannot be verified earlier than a couple of years after the agreement was ratified, especially when environmental data are available only with a significant delay.
6. The complete proofs are available upon request. Note that transfers can play a role if cost and benefit functions differ. In this case, transfers serve to exploit efficiency gains but not to ensure compliance.
7. Note that country k's incentive to remain an outsider country is strengthened if country k anticipates transfers. However, assuming anticipation by the recipients and solving the models

backwards does not change the results of this chapter. Even if anticipation induces i or j to prefer staying out of the agreement too, Condition 5 has specified that these countries would renegotiate away from the purely non-cooperative outcome.

8. For obvious reasons, both country i and country j prefer a joint transfer policy compared to introducing transfer policies separately. The condition that transfer payments should not fall below the additional costs is dominated by all three conditions.

REFERENCES

Barrett, S. (1991), 'The Paradox of International Environmental Agreements', mimeo, London Business School.

Barrett, S. (1992), 'International Environmental Agreements as Games,' in R. Pethig (ed.), *Conflicts and Cooperation in Managing Environmental Resources*, Berlin: Springer.

Bauer, A. (1992), 'International Cooperation over Environmental Goods', *Münchener Wirtschaftswissenschaftliche Beiträge*, no. 92–17.

Bernheim, B., B. Peleg, and M. Whinston (1987), 'Coalition-Proof Nash Equilibria. I. Concepts', *Journal of Economic Theory*, **42**, 1–12.

Carraro, C. and D. Siniscalco (1993), 'Strategies for the International Protection of the Environment', *Journal of Public Economics*, **52**, 309–28.

Farrell, J. and E. Maskin (1989), 'Renegotiation in Repeated Games', *Games and Economic Behavior*, **1**, 327–60.

Heal, G. (1992), 'International Negotiations on Emission Control', *Structural Change and Economic Dynamics*, **3**, 223–40.

Stähler, F. (1992), 'Pareto Improvements by In-Kind-Transfers', Kiel working paper no. 541, Kiel Institute of World Economics.

Stähler, F. (1995), 'Optimal Transfer Policies', Kiel working paper no. 702, Kiel Institute of World Economics.

APPENDIX 1

For the two-country cooperation, the outsider country 1 chooses the reduction level α/β which is also the non-cooperative reduction level and the breach level for both country p and country q. Condition 1 demands

$$\frac{1}{1-\delta_p}\left\{\alpha\left[\tilde{R}_p+\tilde{R}_q+\frac{\alpha}{\beta}\right]-\frac{\beta}{2}\tilde{R}_p^2\right\}\geq\frac{\alpha^2}{2\beta}+\alpha\tilde{R}_q+\frac{\alpha^2}{\beta}+\frac{\delta_p}{1-\delta_p}\frac{5}{2}\frac{\alpha^2}{\beta},\quad\text{(A1.1)}$$

$$\frac{1}{1-\delta_q}\left\{\alpha\left[\tilde{R}_p+\tilde{R}_q+\frac{\alpha}{\beta}\right]-\frac{\beta}{2}\tilde{R}_q^2\right\}\geq\frac{\alpha^2}{2\beta}+\alpha\tilde{R}_p+\frac{\alpha^2}{\beta}+\frac{\delta_q}{1-\delta_q}\frac{5}{2}\frac{\alpha^2}{\beta}.\quad\text{(A1.2)}$$

Condition 2 demands

$$[1+\delta_p]\left\{\alpha\left[\tilde{R}_p+\tilde{R}_q+\frac{\alpha}{\beta}\right]-\frac{\beta}{2}\tilde{R}_p^2\right\}\geq\frac{\alpha^2}{2\beta}+\alpha\tilde{R}_q+\frac{\alpha^2}{\beta}+\delta_p\left[\alpha\tilde{R}_p-\frac{\beta}{2}\tilde{R}_p^2+\frac{2\alpha^2}{\beta}\right] \quad \text{(A1.1')}$$

$$[1+\delta_q]\left\{\alpha\left[\tilde{R}_p+\tilde{R}_q+\frac{\alpha}{\beta}\right]-\frac{\beta}{2}\tilde{R}_q^2\right\}\geq\frac{\alpha^2}{2\beta}+\alpha\tilde{R}_q+\frac{\alpha^2}{\beta}+\delta_q\left[\alpha\tilde{R}_q-\frac{\beta}{2}\tilde{R}_q^2+\frac{2\alpha^2}{\beta}\right]. \quad \text{(A1.2')}$$

Condition 3 demands

$$\alpha\tilde{R}_p-\frac{\beta}{2}\tilde{R}_p^2+\frac{2\alpha^2}{\beta}+\frac{\delta_p}{1-\delta_p}\left\{\alpha\left[\tilde{R}_p+\tilde{R}_q+\frac{\alpha}{\beta}\right]-\frac{\beta}{2}\tilde{R}_p^2\right\}\geq\frac{1}{1-\delta_p}\frac{5}{2}\frac{\alpha^2}{\beta} \quad \text{(A1.1")}$$

$$\alpha\tilde{R}_q-\frac{\beta}{2}\tilde{R}_q^2+\frac{2\alpha^2}{\beta}+\frac{\delta_q}{1-\delta_q}\left\{\alpha\left[\tilde{R}_p+\tilde{R}_q+\frac{\alpha}{\beta}\right]-\frac{\beta}{2}\tilde{R}_q^2\right\}\geq\frac{1}{1-\delta_q}\frac{5}{2}\frac{\alpha^2}{\beta} \quad \text{(A1.2")}$$

Solving for $\tilde{R}_p$ and $\tilde{R}_q$ in (A1.1), (A1.1'), (A1.1") and (A1.2), (A1.2'), (A1.2"), respectively, gives (4).

APPENDIX 2

Let X represent transfers which are paid from country i to country k. The introduction of transfers changes the net utilities according to

$$\pi_i = U_i\,(R_i, R_j, R_k) - X, \qquad \text{(A2.1)}$$
$$\pi_j = U_j\,(R_i, R_j, R_k) + X.$$

As mentioned in the text, transfer payments are subject to sovereignty risks, too. The compliance constraints are supplemented by X terms and differ with respect to the donor's constraint and the recipient's constraint. Along the lines of Appendix A1, two cases have to be distinguished:

$$\tilde{X}\geq 0 \Rightarrow \quad \text{(a)} \quad \tilde{R}_i\geq\frac{\alpha}{\beta}+\frac{1}{\delta_k}\frac{\beta}{2\alpha}\left[\tilde{R}_k-\frac{\alpha}{\beta}\right]^2-\frac{\tilde{X}}{\alpha}$$

$$\text{(b)} \quad \tilde{R}_k\geq\frac{\alpha}{\beta}+\frac{1}{\delta_i}\frac{\beta}{2\alpha}\left[\tilde{R}_i-\frac{\alpha}{\beta}\right]^2+\frac{1}{\delta_i}\frac{\tilde{X}}{\alpha} \quad \text{(A2.2)}$$

$$\tilde{X} \leq 0 \Rightarrow \quad \text{(a)} \quad \tilde{R}_i \geq \frac{\alpha}{\beta} + \frac{1}{\delta_k}\frac{\beta}{2\alpha}\left[\tilde{R}_k - \frac{\alpha}{\beta}\right]^2 - \frac{1}{\delta_k}\frac{\tilde{X}}{\alpha}$$

$$\text{(b)} \quad \tilde{R}_k \geq \frac{\alpha}{\beta} + \frac{1}{\delta_i}\frac{\beta}{2\alpha}\left[\tilde{R}_i - \frac{\alpha}{\beta}\right]^2 + \frac{\tilde{X}}{\alpha}. \qquad \text{(A2.3)}$$

$\tilde{X}$ denotes the agreed transfers from country i to country k ($\tilde{X} < 0$ indicates transfers from country k to country i). When bargaining gains have to be split equally, π_i must equal π_k:

$$\pi_i = \pi_k \Rightarrow \quad X = \frac{\beta}{4}\left[R_k^2 - R_i^2\right]. \qquad \text{(A2.4)}$$

The best equal-split policy is the solution of

$$\max \Pi = \pi_i + \pi_k$$

subject to

$$X = \frac{\beta}{4}\left[R_k^2 - R_i^2\right], \text{ (A2.2), (A2.3)} \qquad \text{(A2.5)}$$

Inserting the four compliance constraints into the maximization problem demonstrates that the first-order conditions give minima. The maxima are the corner solutions associated with zero transfer levels.

If country i is able to reap the maximal bargaining gains, the Kuhn–Tucker approach can be applied to either

$$\max_{R_i, R_k, X} \pi_i \quad \text{s.t. (A2.2(b))} \qquad \text{(A2.6)}$$

or

$$\max_{R_i, R_k, X} \pi_i \quad \text{s.t. (A2.3(b))} \qquad \text{(A2.7)}$$

Both approaches give an optimal zero transfer level.

9. Standards versus taxes in a dynamic duopoly model of trade

Talitha Feenstra, Peter Kort, Piet Verheyen and Aart de Zeeuw[1]

1. INTRODUCTION

An important reason why economic environmental policy instruments such as emission taxes are advocated is the flexibility they allow to polluters. These instruments, more than traditional command and control measures, allow polluters to choose for themselves to what degree and in which way they will decrease their pollution. Consequently a high allocative efficiency can be reached, even if the regulators have inadequate information about the cost structure of the polluting firms concerned. In case of imperfect competition, however, flexibility has yet another, less favourable, effect, because in such a situation commitment is important. Commitment plays a role in the strategic interaction that takes place in a market with imperfect competition (see, for example, Tirole, 1988). In some cases it is advantageous for a firm in oligopoly to be able to 'burn its bridges'. Binding itself to certain actions gives the firm a relatively strong position *vis-à-vis* a competitor. Increased flexibility by its nature decreases the possibilities for a firm to bind itself.

In a series of papers, Brander and Spencer (1983, 1985) and Spencer and Brander (1983) discuss the role of commitment in trade policy. They show that if trade is characterized by imperfect competition, trade policy measures which provide firms with the possibility of committing themselves can increase the profits of these firms. Since an incentive for rent-shifting exists in a situation of imperfect competition, governments might be interested in pursuing trade policies to increase the commitment possibilities for 'their' firms. Brander and Spencer analyse the multistage games which result when both governments and firms act strategically.

It is often claimed (and disputed) that environmental policy might be (mis)used as a substitute for trade policy when the latter is prohibited in free trade agreements. This is discussed in the context of strategic international trade in a number of papers (e.g. Ulph, 1992, 1993 and 1994; Ulph and Ulph, 1994; Conrad, 1993; Barrett, 1994; Kennedy, 1994). An overview can be found in Ulph and Ulph (1994). Most of these papers are, in contrast with this chapter, concerned with the level of the tax or standard applied, that is with environmental policy target-setting. It can be argued that in certain situations competition for rents among governments leads them to set environmental targets at a lower than optimal level. It must be mentioned that this conclusion is not very robust for the model assumptions. Barrett (1994) shows that in the case of Bertrand-competition too high rather than too low standards will be set. In this chapter we shall not discuss environmental policy target-setting. We shall assume that the target is fixed beforehand and consider a second aspect of environmental policy. When environmental policy instruments differ in the degree of commitment they confer to firms, it is of interest to focus on the following question: how do environmental policy instruments differ in their effects on international trade when governments are interested in rent-shifting and trade is characterized by imperfect competition? Ulph (1992) analyses a model of trade under imperfect competition where the target of environmental policy is given. When governments apply standards rather than taxes, he finds that the reasons for firms to engage in strategic behaviour are decreased, because standards commit their competitors to certain choices. This commitment reduces the influence of strategic actions on the competitor, which actually benefits the firms. In Ulph (1994) the aspect of instrument choice and the aspect of target choice are combined in a model with four stages of decision-making. First, governments choose the policy instrument; second, they decide on the environmental target; then firms decide on R&D investments and finally firms choose output levels. While setting out the model the author thoroughly discusses its relationships with the literature. This results in a clear overview of the mechanisms involved in this type of model.

The papers mentioned above have in common that they model multistage static games. Hence every decision taken is once and for all. It could be interesting to elaborate this to a fully dynamic setting for two reasons: first, a multistage static model requires assumptions about the order in which decisions are taken. In a differential game model this order is modelled more naturally by making a distinction between state and control variables. Second, one can study not only steady-state equilibria, which are comparable to the Nash equilibria in the multistage static games, but also equilibrium paths of players' decisions during the whole period. This implies that players can react to each other's past decisions during the game. Due to the fixed order of decisions and their once-and-for-all character, in multistage static models this is only possible to a certain degree: firms can adjust output to the investment decisions taken by their competitor, but they cannot adjust decisions in reaction to the other firm's outputs. In a dynamic game environment, one is able to study the impact of various assumptions about the way in which players react to each other's past decisions.

This chapter contains an extension of Ulph's (1992) model to a fully dynamic one. The analysis focuses on the comparison of the effects of environmental policy instruments on firms. We abstract from target-setting by assuming that the goal of environmental policy is fixed beforehand. A differential game model is presented with two firms which trade during an infinite planning period. If firms apply so-called feedback strategies, they are able to react indirectly to each other's past decisions during the game, by conditioning their decisions on the state of the system. In that case a firm has to take into account how its decisions will influence the state of the system and hence future decisions of the competitor. This is not the case when firms apply open-loop strategies, that is when they make plans at the start of the period and stick to these plans no matter what happens. Because firms have to decide on more than one variable, a mix of open-loop and feedback strategies is also possible. In the model presented here, firms apply such a mixed strategy. They have two decision variables: investments and energy use. It is assumed that the solution strategy of firms is such that they plan investment for a long period at the initial time and stick to these plans, but decide on their use of energy at each moment of time t, after investment has taken place. This makes sense from an economic point of view: it is intuitive that firms plan their investments more in advance than their use of energy. As an example, think of investment as the purchase of certain production equipment. With reasonable rates of discount and depreciation one can model this decision as taken at the start of the game. Think of energy use as the decision regarding how many hours to run the equipment per day, which is decided each day, depending on the situation at hand. Besides, a mixed strategy is the most simple formulation that enables the study of the mechanisms described in Ulph (1992) in a dynamic game framework. We chose to stay close to Ulph's model in order to analyse the effects of a shift to a dynamic game framework as such. The model assumptions resemble those of Ulph in so far as it is again assumed that energy use is decided after investment has taken place. They differ, however, because capital stock is used as a means of production during more than one period and therefore investment decisions have implications for the whole future.

Section 2 presents a differential game model of two competing firms. In section 3 equilibrium strategies for the firms are discussed. Conclusions are drawn in section 4, which also gives some directions for further research.

2. A DUOPOLY MODEL

The model describes a duopoly where each competitor is situated in a different country[2] and faces the environmental policy of that country. The decision-makers are firms and regulators. The regulator in each country has a fixed environmental target $\bar{e}_i(t)$ for all times t and likes high profits for its home firm. Emissions have local effects only; transboundary pollution is not taken into account. The firms and countries are connected through the common market for outputs. Each firm is a profit maximizer. Throughout the whole chapter perfect foresight is assumed.

Firm behaviour is formalized as follows. Each firm i maximizes its discounted stream of profits $\int_0^\infty e^{-rt}\pi_i(t)dt$. For simplicity, r, the rate of discount, is assumed to be constant. Firm i's profits, $\pi_i(t)$, depend on the output of the firm, $x_i(t)$, on its investment, on its use of energy, on the output of the competitor, $x_j(t)$, and on the environmental policy applied.

Environmental policy consists either of a tax on energy or of a standard on the use of energy. It is assumed that emissions are directly related to energy use so an emission tax or standard is equivalent to an energy tax or standard. The regulator sets the level of the tax or the standard beforehand. Taxes are set such that, for all t, $e_i(t) = \bar{e}_i(t)$. The regulator is assumed to have full information on the firm so that it can accomplish this. In the case of standards, regulators simply set these equal to $\bar{e}_i(t)$. With such policies, taxes and standards result in the same energy use in every period.

The firm receives a gross revenue, $R_i(x_i(t), x_j(t))$. Profits result when energy and investment costs are subtracted. Let p^e denote the price of energy, τ_i denote the energy tax, $\bar{e}_i$ denote the energy standard, I_i denote investments and $C(I_i)$ the costs of investments for the firm. Then in case of a tax:

$$\pi_i(t) = R_i(x_i(t), x_j(t)) - (p^e(t) + \tau_i(t))\, e_i(t) - C(I_i(t)) \qquad (1)$$

and in case of a standard:

$$\pi_i(t) = R_i(x_i(t), x_j(t)) - p^e(t)\, e_i(t) - C(I_i(t)), \qquad (2)$$

where in the last case $e_i(t)$ must be smaller than or equal to $\bar{e}_i(t)$. Gross revenues can be thought of as price times output. The firm can sell its output at the market price, which is determined by market demand and total supply. An increase in competing output decreases the market price, hence gross revenues of the firm, $\partial R_i/\partial x_j < 0$. Also marginal revenues are assumed to be decreasing in the output of the competitor, $\partial^2 R_i/\partial x_i \partial x_j < 0$. When the output of the own firm increases, marginal revenue is assumed to decrease as well, $\partial^2 R_i/\partial x_i^2 < 0$, so that R_i is concave in own output.

Output is a function of the two production factors, energy and capital, $x_i = x_i(e_i, K_i)$. It is assumed that the production function exhibits increasing returns to scale with $\partial x_i/\partial e_i > 0$, $\partial x_i/\partial K_i > 0$, $\partial^2 x_i/\partial e_i^2 < 0$, $\partial^2 x_i/\partial K_i^2 < 0$. From increasing returns to scale it follows that $(\partial^2 x_i/\partial e_i^2)(\partial^2 x_i/\partial K_i^2) < (\partial^2 x_i/\partial e_i \partial K_i)^2$

Furthermore $\partial^2 x_i / \partial K_i \partial e_i > 0$ is assumed: more capital increases the marginal productivity of energy. Firms must decide on outputs and investments or, equivalently given the production function above, on energy use and investments.

The costs of investment, $C(I_i)$, include adjustment costs and acquisition costs. The cost function is assumed to be increasing and convex: $C'(I_i) > 0$, $C''(I_i) > 0$. Zero investment involves no costs: $C(0) = 0$. Investments add to the capital stock according to the standard equation for capital accumulation:

$$\dot{K}_i(t) = I_i(t) - b_i K_i(t), \tag{3}$$

where b_i is the constant rate of depreciation.

Summarizing, the duopoly is modelled as the following differential game.

A. In the case of taxes in both countries:

$$\max_{I_i, e_i} \int_0^\infty e^{-rt} \left\{ R_i\left(x_i(t), x_j(t)\right) - \left(p^e(t) + \tau_i(t)\right) e_i(t) - C\left(I_i(t)\right) \right\} dt \tag{4}$$

$$\text{s.t. } \dot{K}_i(t) = I_i(t) - b_i K_i(t) \tag{5}$$

$$e_i(t), I_i(t) \gtrsim 0 \quad i = 1,2. \tag{6}$$

B. In the case of standards in both countries:

$$\max_{I_i, e_i} \int_0^\infty e^{-rt} \left\{ R_i\left(x_i(t), x_j(t)\right) - p^e(t) e_i(t) - C\left(I_i(t)\right) \right\} dt \tag{7}$$

$$\text{s.t. } \dot{K}_i(t) = I_i(t) - b_i K_i(t) \tag{8}$$

$$e_i(t) \leq \bar{e}_i(t) \tag{9}$$

$$e_i(t), I_i(t) \geq 0 \quad i = 1,2. \tag{10}$$

C. In the case of a standard in country *i* and a tax in country *j* the differential game is a combination of A and B.

3. EQUILIBRIUM STRATEGIES

In order to characterize equilibria for these games, the information structure and the strategies chosen by the players need to be specified. Complete information for all players is assumed. We will assume firms' strategies to be such that they plan investment for a longer period and stick to these plans, but decide on their energy use at time t, after investment has taken place. In their investment plans firms will take into account the reaction of the competitor to their capital stock via its use of energy. In short, firms are assumed to follow open-loop strategies for investment and feedback strategies for energy use. In the introduction it was argued that this is an acceptable and useful assumption. In section 3.1 below, Nash equilibrium strategies for energy use are derived and in section 3.2 firms' investment strategies are considered.

3.1 Equilibrium Strategies for Energy Use

Since energy use has no effect on the system dynamics, it is possible to solve for e_i at each time separately as a function of K_i, K_j, τ_i and τ_j (or $\bar{e}_i$ and $\bar{e}_j$). Assuming each firm takes the energy input of the other firm as given, one can derive first-order conditions for an optimal choice of energy.

Assume that $\partial R_i/\partial x_i > 0$ in the relevant range of outputs. This is reasonable since it is never optimal for a firm to have an output where marginal revenues are negative. We shall restrict our attention to the cases where both firms are in the market. The first-order conditions for an optimal choice of e_1 and e_2 are:

A. In the case of taxes in both countries:

$$\frac{\partial R_i}{\partial x_i}\frac{\partial x_i}{\partial e_i} = \tau_i + p^e, \quad i = 1, 2. \tag{11}$$

B. In the case of standards in both countries:

$$\frac{\partial R_i}{\partial x_i}\frac{\partial x_i}{\partial e_i} \geq p^e \tag{12}$$

$$e_i(t) \leq \bar{e}_i(t) \tag{13}$$

$$\left(\frac{\partial R_i}{\partial x_i}\frac{\partial x_i}{\partial e_i} - p^e\right)(\bar{e}_i - e_i) = 0, \quad i = 1, 2. \tag{14}$$

C. In the case of a standard in country i and a tax in country j, for country i Equations (12) to (14) must be satisfied while for country j Equation (11) applies.

These are the usual conditions that marginal benefits equal marginal costs. Condition (11) states that the marginal benefit of a unit of energy (the increase in revenues due to the extra output produced with one more unit of energy) must equal the marginal costs of such an extra unit (the price of energy plus the emission tax). In case of standards it may be impossible for the firm to set marginal revenues equal to marginal costs. If the standard is binding, the only requirement is that marginal revenues are at least as high as marginal costs. In other words, it is not optimal for the firm to decrease its energy use below the standard. Since $\partial R_i/\partial x_i > 0$ it is easy to see that the second-order conditions, $\partial^2 R_i/\partial x_i^2\,(\partial x_i/\partial e_i)^2 + \partial R_i/\partial x_i\,\partial^2 x_i/\partial e_i^2 < 0$, are satisfied both in case of taxes and in case of standards. For each e_2 (or e_1) there is a unique e_1^R (or e_2^R) which satisfies the first-order conditions, because the left-hand side of (11) and (12) is decreasing in e_i. Points (e_1, e_2) where the reaction curves $e_1^R(e_2)$ and $e_2^R(e_1)$ cross are Nash equilibria. It is assumed that the amount of energy firm i would use in a situation of monopoly, $e_i^R(0)$, is lower than the amount necessary to drive firm j out of the market (e_i with $e_j^R(e_i) = 0$) and vice versa. This assures an intersection of the reaction curves in the interior. A sufficient condition for the uniqueness of a Nash equilibrium is:

$$\frac{\partial^2 R_1}{\partial x_1{}^2}\frac{\partial^2 R_2}{\partial x_2{}^2} > \frac{\partial^2 R_1}{\partial x_1 \partial x_2}\frac{\partial^2 R_2}{\partial x_1 \partial x_2} \tag{15}$$

That is, the own effects on marginal revenues must dominate the cross effects. This familiar condition in duopoly models is sufficient to ensure that the Gale–Nikaido theorem can be applied to derive uniqueness of the equilibrium (Brander and Spencer, 1983). The reaction curves are shown in Figure 9.1.

From (11) and (12) – (14) the Nash equilibrium levels of energy use result in:

$$e_i^N(K_1(t), K_2(t); \tau_1(t), \tau_2(t)), \quad i = 1,2$$
$$e_i^N(K_1(t), K_2(t); \bar{e}_1(t), \bar{e}_2(t)), \quad i = 1,2 \text{ or}$$
$$e_i^N(K_1(t), K_2(t); \bar{e}_i(t), \tau_j(t)), \quad i = 1,2.$$

Note that these functions are not smooth; they have kinks when $e_i^N = \bar{e}_i(t)$ (see Figure 9.1).

The partial derivatives $\partial e_i/\partial K_i$ and $\partial e_i/\partial K_j$ follow from implicit differentiation of the first-order conditions. The formulas are given in Appendix 1. The signs of these partial derivatives are of use in what follows.

A. In the case of taxes in both countries:

$\partial e_i/\partial K_j < 0$, while the sign of $\partial e_i/\partial K_i$ is undetermined.

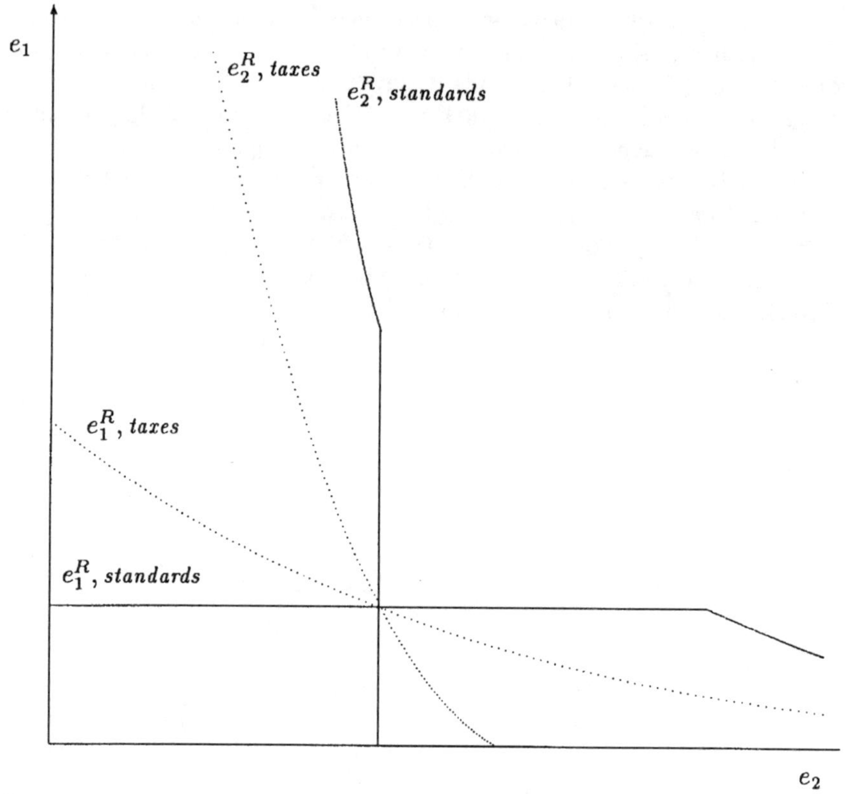

Notes:
Dotted lines: taxes in both countries
Solid lines: standard in both countries.

Figure 9.1 Reaction curves for choice of energy

This derivative splits into two parts, where the first part is positive and the second part is negative. An increase in K_i increases the marginal revenue of e_i and therefore e_i is expected to rise. This is captured in the first part of $\partial e_i/\partial K_i$. But due to the substitutability of e_i and K_i, an increase in K_i also allows the same output to be produced with less e_i. This leads to a decrease in e_i. The second part of $\partial e_i/\partial K_i$ consists of this latter effect. It is not clear beforehand which effect dominates. To get some idea about the sign of $\partial e_i/\partial K_i$ consider the following two situations. First, let firm i be a small, growing firm with K_i small initially. Then $\partial R_i/\partial x_i$ will be high and presumably the first effect of increased marginal revenues will dominate. The partial derivative will be positive in this case. In the second situation, firm i is assumed to be near its 'top' level of output and

$\partial R_i/\partial x_i$ is so low that the second effect of substitution dominates and the partial derivative is smaller than zero.

B. In the case of standards in both countries:

- if country i's standard binds, $\partial e_i/\partial K_i = 0$ and $\partial e_i/\partial K_j = 0$;
- if country i's standard does not bind, but country j's standard binds, $\partial e_i/\partial K_j < 0$ and the sign of $\partial e_i/\partial K_i$ is undetermined;
- if in both countries the standard does not bind, $\partial e_i/\partial K_j < 0$ and the sign of $\partial e_i/\partial K_i$ is undetermined just as in the case of taxes.

C. In the case of a standard in country i and a tax in country j:

- if i's standard binds, $\partial e_i/\partial K_j = 0$ and $\partial e_i/\partial K_i = 0$; if i's standard does not bind, $\partial e_i/\partial K_j < 0$ and the sign of $\partial e_i/\partial K_i$ is undetermined. For country j, $\partial e_j/\partial K_i < 0$ and $\partial e_j/\partial K_j$ can have both signs. This case is analogous to case B with a non-binding standard in country j.

In the case of a binding standard in a country, the relevant partial derivatives are zero because it is simply forbidden for the firm in that country to increase its use of energy, while decreasing energy use is suboptimal from (12).

3.2 Investment Strategies in Equilibrium

Investment strategies are considered to be long-term decisions in this chapter. Firms plan their investments at the start ($t = 0$) and stick to these plans during the whole game. In their investment plans, they will take into account the effect of capital on energy use. Below, the first-order conditions for a Nash equilibrium of such investment strategies are derived.

The differential game can be rewritten, substituting for e_i and e_j their previously derived Nash equilibrium values:

A. In the case of taxes in both countries:

$$\max_{I_i} \int_0^{\infty} e^{-rt}\left\{R_i\big(x_i(t), x_j(t)\big) - \big(p^e(t) + \tau_i(t)\big)e_i^N(t) - C\big(I_i(t)\big)\right\}dt \tag{16}$$

$$\text{s.t. } \dot{K}_i(t) = I_i(t) - b_i K_i(t), \tag{17}$$

$$I_i \geq 0, \quad i = 1,2. \tag{18}$$

B. In the case of standards in both countries:

$$\max_{I_i} \int_0^\infty e^{-rt}\left\{R_i\left(x_i(t), x_j(t)\right) - p^e(t)e_i^N(t) - C\left(I_i(t)\right)\right\}dt \tag{19}$$

$$\text{s.t. } \dot{K}_i(t) = I_i(t) - b_iK_i(t), \tag{20}$$

$$I_i \geq 0, \quad i = 1,2. \tag{21}$$

C. In the case of a standard in country *i* and a tax in country *j*, the game is an obvious combination of A and B.

We shall assume that the objective function ((16) or (19)) as a function of K_i and K_j satisfies the following regularity conditions:

$$D_i < 0 \tag{22}$$

$$E_i < 0 \tag{23}$$

$$D_1D_2 > E_1E_2 \tag{24}$$

Here D_i denotes the second-order derivative of the objective function to own capital and E_i denotes the cross-derivative of the objective function to own and foreign capital. The complete expressions for D_i and E_i are given in Appendix 2. Conditions (22) and (23) mean that the marginal profitability of own capital decreases when either own or foreign capital increases. Condition (24) means that own effects dominate cross effects. This is an analogue to assumption (15) made in section 3.1. These conditions imply a certain degree of concavity of the objective function.[3]

First-order conditions for an open-loop strategy can be derived, given the competitor's investment path, $I_j(t)$, and capital stock, $K_j(t)$.

$$\lambda_i = C'(I_i) \tag{25}$$

$$\dot{\lambda}_i = (r + b_i)\lambda_i - \frac{\partial R_i}{\partial x_i}\frac{\partial x_i}{\partial K_i} - \frac{\partial R_i}{\partial x_j}\frac{\partial x_j}{\partial e_j}\frac{\partial e_j}{\partial K_i} \tag{26}$$

$$\dot{K}_i = I_i - b_iK_i, \quad i = 1,2. \tag{27}$$

If country *j* uses standards and the standards are binding, the last term in (26) disappears, because then $\partial e_j/\partial K_i$ is zero. This is the reason for the difference between taxes and standards that occurs in this model. Standards constrain the choice set open to firms more than taxes do. If the standard is binding for firm

j, it will choose to use $\bar{e}_j$ units of energy and small changes in the capital stock of firm i do not influence this choice, simply because firm j cannot go beyond the standard. With taxes, firm j is more flexible in its energy use and it will react to the level of firm i's capital stock. Therefore, firm i's investment strategy will depend on the environmental policy applied in the competitor's country.

Conditions (25) to (27) can be rewritten, substituting for λ and $\dot{\lambda}$ in (26):

$$\dot{I}_i = \frac{1}{C''(I_i)}\left\{(r+b_i)C'(I_i) - \frac{\partial R_i}{\partial x_i}\frac{\partial x_i}{\partial K_i} - \frac{\partial R_i}{\partial x_j}\frac{\partial x_j}{\partial e_j}\frac{\partial e_j}{\partial K_i}\right\} \tag{28}$$

$$\dot{K}_i = I_i - b_i K_i. \tag{29}$$

Note that only the first equation is influenced by K_j, τ_1 and τ_2 (or $\bar{e}_1$, $\bar{e}_2$). Consider first the characteristics of the steady state ($\hat{K}_i$, $\hat{I}_i$, $\hat{e}_i$). Then $\hat{K}_i$ and $\hat{I}_i$ must satisfy:

$$\hat{I}_i = b_i \hat{K}_i \tag{30}$$

$$(r+b_i)C'(\hat{I}_i) = \frac{\partial R_i}{\partial x_i}\frac{\partial x_i}{\partial K_i} - \frac{\partial R_i}{\partial x_j}\frac{\partial x_j}{\partial e_j}\frac{\partial e_j}{\partial K_i}. \tag{31}$$

For given $\hat{K}_j$, τ_i and τ_j (or $\bar{e}_i$ and $\bar{e}_j$), the steady state is defined by (30) and (31). A necessary condition for such a steady state to exist is that taxes or standards converge towards a constant value in the limit. Otherwise firms have to adapt their capital stocks to changing policies and a steady state cannot exist. The regularity conditions (22) and (24) are sufficient for a unique steady state to exist. From Equations (30) and (31) one can derive that with binding standards in country j, the steady-state capital stock in country i is lower than if taxes are applied in country j. This follows from $(\partial R_i/\partial x_j)(\partial x_j/\partial e_j)(\partial e_j/\partial K_i) > 0$[4] in case of taxes, while the expression equals zero in case of binding standards.

The first-order conditions for an optimal path of investment, (25) and (26), can be rewritten to give a condition on I(t) (see also Kort, 1994). Integrating (26) one obtains an expression for $\lambda_i(t)$. Using (25) results in:

$$C'(I_i(t)) = \int_t^{\infty} e^{-(r+b_i)(s-t)}\left\{\frac{\partial R_i}{\partial x_i}\frac{\partial x_i}{\partial K_i} + \frac{\partial R_i}{\partial x_j}\frac{\partial x_j}{\partial e_j}\frac{\partial e_j}{\partial K_i}\right\}ds. \tag{32}$$

This condition holds along the equilibrium path, for $i = 1{,}2$ and for all t. It says that the net present value of marginal investments equals zero, or in other words that marginal expenses of investment equal their discounted marginal benefits. These marginal benefits consist of two parts: direct extra revenues from increased output; and indirect revenues, because firm *j* decreases its energy use and hence its output if firm *i*'s capital stock increases. The indirect effect is what Ulph (1992) calls the strategic effect. Firms think they may gain market share by investment, because this implies a high output in the coming periods and in this manner decreases the output of the competitor. However the competitor reasons in the same way and although total output increases, their relative market shares do not change. Both total investment and output will be higher than would be optimal from the point of view of the two firms when they cooperate. Total energy use is not affected by the firms' strategic behaviour, because environmental policy is always set such that the environmental target is just reached.

A path, K_i^S, I_i^S, where

$$C'\left(I_i^S(t)\right) = \int_t^{\infty} e^{-(r+b_i)(s-t)} \left\{ \frac{\partial R_i}{\partial x_i}\frac{\partial x_i}{\partial K_i} + \frac{\partial R_i}{\partial x_j}\frac{\partial x_j}{\partial e_j}\frac{\partial e_j}{\partial K_i} \right\} ds \tag{33}$$

$$\dot{K}_i^S = I_i^S - b_i K_i^S \tag{34}$$

holds for $i = 1, 2$ is a Nash equilibrium of long-term investment strategies. Both firms maximize their profits, given the strategy of their competitor and environmental policy. All investment decisions are taken at $t = 0$. After this time firms just follow their equilibrium investment paths. We will assume that such a Nash equilibrium exists. Given the regularity conditions (22) to (24) it can be shown that the system (25) to (27) satisfies global asymptotic stability of bounded solutions (see Appendix 2). Hence, Nash equilibrium paths will converge to the steady state. The strategic effects cause both firms to invest at a higher than optimal rate along the Nash equilibrium time path. That can again be concluded from the positive sign of the term $(\partial R_i/\partial x_j)(\partial x_j/\partial e_j)(\partial e_j/\partial K_i)$. Firms could obtain the same market shares with lower investments during the whole period if they did not try to influence each other's output (through energy use). When taxes are applied for environmental policy in both countries this is not changed. In case of binding standards in both countries, the indirect effect equals zero as firms do not change their e_i for marginal changes in K_j. In that case, Condition (32) reads

$$C'\left(I_i(t)\right) = \int_t^{\infty} e^{-(r+b_i)(s-t)} \left\{ \frac{\partial R_i}{\partial x_i}\frac{\partial x_i}{\partial K_i} \right\} ds. \tag{35}$$

Hence, when strategic effects are absent, the firm's capital stock is lower along the whole investment path than it would be with strategic effects.

For comparison Condition (32) is derived if the firms cooperate. An optimal investment plan results from the solution of an optimal control problem with the objective function $\int_0^\infty e^{-rt}\{\pi_i(t) + \pi_j(t)\}dt$. Following similar derivations as before one finds that along an optimal investment path:

$$C'\left(I_i(t)\right) = \int_t^\infty e^{-(r+b_i)(s-t)}\left\{\frac{\partial R_i}{\partial x_i}\frac{\partial x_i}{\partial K_i} + \frac{\partial R_j}{\partial x_i}\frac{\partial x_i}{\partial K_i}\right\}ds. \tag{36}$$

Now the marginal benefits of investment also include the effect of extra output on the revenues of the competitor, whereas the strategic effects are absent. It is no longer the aim of either firm to gain market share at the cost of the other. In the case of cooperation, investments are lower than in the Nash equilibrium, since $(\partial R_j/\partial x_i)(\partial x_i/\partial K_i) < 0$ and $(\partial R_i/\partial x_j)(\partial x_j/\partial e_j)(\partial e_j/\partial K_i) > 0$. Comparison of (32), (35) and (36) shows that standards allow firms to approximate the cooperative solution more closely than taxes. There is less revenue to be obtained from strategic overinvestments, because both firms are committed to obeying the standards.

Summarizing, Ulph's conclusions are confirmed for an equilibrium with open-loop investment strategies in a dynamic duopoly model. Both along the investment path and in the steady state, firms have a lower capital stock in the case of binding standards in both countries, than in the case of taxes. This works out favourably for the firms, because they can decrease mutually harmful strategic investments.

So far investments have only been compared for the cases A and B, with the same environmental policy instrument in both countries. But a convergent Nash equilibrium also exists in the case of a combination of taxes in country i and standards in country j or vice versa. The environmental policy in country j determines which net present value expression is relevant to the firm in country i. Now we shall consider which instruments the regulators will choose.

Regulators were assumed to be interested in high firm profits. Tax revenues flow to the regulator and can be redistributed; hence to the regulator only profits net of taxes are of interest. If the number of home consumers is small enough compared to all consumers in the world, consumer surplus can be safely neglected. Given that taxes and standards result in the same environmental policy goal to be reached, which instruments will be preferred by the regulators of the two countries? To answer this question one needs to compare the value of

$$\Pi_i = \int_0^\infty e^{-rt}\left[R_i\left(x_i, x_j\right) - C\left(I_i\right)\right]dt \tag{36}$$

in the equilibria which result for various combinations of instruments in the two countries. We distinguish Π_i^A, Π_i^B, $\Pi_i^C\,(t,s)$ and $\Pi_i^C\,(s,t)$. In case C (taxes in one country and standards in the other) the first symbol in parentheses denotes the instrument applied by country *i*, while the second denotes the instrument in country *j*. In case A both countries apply taxes and in case B both apply standards. Note that in case C the firm in the country applying a standard is in the position of a Stackelberg leader. It may influence the behaviour of its competitor, while its own energy use is bounded from above by the standard. Thus the following order of profits net of taxes can be expected:

$$\Pi_i^C\,(t,s) < \Pi_i^A < \Pi_i^B < \Pi_i^C\,(s,t)$$

It is not surprising that this again confirms the results in Ulph (1992). When taxes are used in country *j*, the government in country *i* prefers to apply standards. When standards are used in country *j*, the government in country *i* also prefers standards. One can conclude that case B, where both regulators apply standards, is the Nash equilibrium in the choice of instruments.

4. CONCLUSIONS

In a duopoly model of trade, with fixed environmental targets, emission taxes and standards do not lead to the same outcomes. Allocative efficiency plays no role in the duopoly structure, with one polluter in each country, so this is not the reason for the differences. It turns out that in this model an emission standard cures part of the inefficiencies which are due to a duopoly market structure. Strategic motives lead to investments which are inefficient from the point of view of the firms. From a social point of view the investments are also inefficient if firm profits dominate the social objectives. Hence, other things being equal, it is a Nash equilibrium if both countries choose standards as an instrument of environmental policy. However it must be kept in mind that these results depend on the specific structure of the model. Furthermore, the actual differences in profits will normally be quite small, because the strategic effects are second-order effects. This can be seen from the formulas in Appendix 1. Differences in profits can be high when the market is very competitive, that is when a small decrease in the other firm's output leads to a strong increase in the market price, and when energy cannot be easily substituted, that is when firms must decrease their production if they choose to buy less energy.

Strategic investments occur in this model, because firms make short-term decisions on energy input based on the existing capital stocks. Firms increase investment in order to decrease the profitability of energy inputs for the competitor. However, the competitor behaves similarly. A non-cooperative equilibrium results, with too high investments for both firms. If they could cooperate they would lower their investments.

The environmental policy instruments, taxes and standards, have different implications for strategic investments. Standards for emissions which are related to energy use and hence imply energy standards reduce the range of options open to firms. If the competitor has to comply with a standard, it cannot adjust to changes in the capital stock. This decreases the motives for strategic investment in the home country. Emission taxes do not change firms' flexibility and the motives for strategic investment remain. As a result, both in the steady state and in the transition to the steady state, investment is lower when standards are applied. This is consistent with the results established by Ulph (1992) for a static multistage version of the model.

Investment out of strategic motives only occurs when decisions on energy use depend on the capital stocks. If firms apply open-loop strategies both for investment and for energy use, everything is decided at the initial time $t = 0$ and strategic interaction disappears. In this chapter firms apply feedback strategies for their energy use and open-loop strategies for investment. One could also consider strategies where both investment and energy use depend on the capital stocks. This implies that firms are assumed to be more flexible in their investment decisions than before. Under that assumption firms can adjust their investment to past decisions of their rivals. However, one must consider which type of investment strategy is most plausible from an economic point of view. This can be either the open-loop strategies discussed in the chapter or feedback strategies. With feedback investment, the competitor's investments are directly influenced by the home firm's capital stock, K_i. This introduces extra strategic effects compared to open-loop investment. It is hard to conjecture as to how own capital stocks affect foreign investments. It seems that two counteracting effects are present. On the one hand, a higher capital stock at home reduces the revenues of the competitor and hence the profitability of its output and investments. On the other hand, a higher own capital stock might lead the competitor to react with an increase in its own capital stock to defend its market share, which leads to an 'investment race'. Due to this ambiguity we need to actually compute feedback equilibria to find the sign of $\partial I_i/\partial K_j$. In the case of a linear price function and Cobb–Douglas production functions one can approximate the feedback equilibrium for the symmetric case. It turns out that $\partial I_i/\partial K_j < 0$, that is investments will be lower when firms follow feedback strategies. There are two effects at work now: feedback investment strategies will lower investments compared to open-loop investment strategies, whereas feedback strategies for energy use will lead to higher investments. The net effect is not immediately clear. This will be the subject of a future project.

An important difference between taxes and standards as instruments of environmental policy is their allocative efficiency. Taxes result in a more efficient distribution of abatement efforts over polluters. In the model discussed above, allocative efficiency does not play a role because there is only one polluter in each country. It would be interesting to consider whether and under what circumstances the advantages of standards in coping with inefficient market structures outweigh their allocative inefficiencies.

It would also be interesting to add transboundary pollution to the model. Differential game models with transboundary pollution in which governments choose their target level of environmental policy have been analysed (e.g. Kaitala *et al.*, 1992; van der Ploeg and de Zeeuw, 1992). Non-cooperative strategies result in a higher than optimal level of pollution, because each government neglects the effects of its emissions on foreign countries. What happens when transboundary pollution is added to the model above? To analyse this we would have to change the assumptions of fixed environmental targets and introduce an explicit objective function for the government. It must make a trade-off between pollution, rents from trade and inefficiencies due to strategic firm behaviour. This is another topic for further research.

NOTES

1. Department of Economics and Center, Tilburg University, P.O. Box 90153, 5000 LE Tilburg, The Netherlands. The research of the first author was sponsored by the Netherlands Organization for Scientific Research (NWO). The research of the second author has been made possible by a fellowship from the Royal Netherlands Academy of Arts and Sciences. The paper was prepared for the Second Workshop of the Human Capital and Mobility Programme, 'Designing Economic Policy for Management of Natural Resources and the Environment' in Venice, 12–13 May 1995. Thanks are due to the participants at this workshop, especially to H. Landis Gabel, for helpful comments, and to Laura Valentini and others who commented on an earlier version presented at workshops in London and Ede and at a seminar in Tilburg. An anonymous referee is also thanked for comments on the chapter.
2. With equal environmental policy instruments in each country, the results also apply to a duopoly in one country. The targets for the firms must then be set differently to attain allocative efficiency.
3. For the case of binding standards they follow from earlier assumptions made on R_i and x_i.
4. From the assumptions it follows that $\partial R_i/\partial x_j < 0$, $\partial x_j/\partial e_j > 0$ and in the case of taxes in country j, $\partial e_j/\partial K_i < 0$.

REFERENCES

Barrett, S. (1994), 'Strategic Environmental Policy and International Trade', *Journal of Public Economics*, **54**(3), 325–38.

Brander, J.A. and B.J. Spencer (1983), 'Strategic Commitment With R&D: the Symmetric Case', *Bell Journal of Economics*, **14**(1), 225–35.

Brander, J.A. and B.J. Spencer (1985), 'Export Subsidies and International Market Share Rivalry', *Journal of International Economics*, **18**(1–2), 83–100.

Conrad, K. (1993), 'Optimal Environmental Policy for Oligopolistic Industries in an Open Economy', Department of Economics discussion paper 476-93, University of Mannheim.

Haurie, A. and G. Leitmann (1984), 'On the Global Asymptotic Stability of Equilibrium Solutions for Open-Loop Differential Games', *Large Scale Systems*, **6**, 107–22.

Kaitala, V., M. Pohjola and O. Tahvonen (1992), 'Transboundary Air Pollution and Soil Acidification: a Dynamic Analysis of an Acid Rain Game between Finland and the USSR', *Environmental and Resource Economics*, **2**, 161–81.

Kennedy, P.W. (1994), 'Equilibrium Pollution Taxes in Open Economies with Imperfect Competition', *Journal of Environmental Economics and Management*, **27**(1), 49–63.

Kort, P.M. (1994), 'Effects of Pollution Restrictions on Dynamic Investment Policy of a Firm', *Journal of Optimization Theory and Applications*, **83**(3), 489–509.

Ploeg, F. van der and A.J. de Zeeuw (1992), 'International Aspects of Pollution Control', *Environmental and Resource Economics*, **2**, 117–39.

Spencer, B.J. and J.A. Brander (1983), 'International R&D Rivalry and Industrial Strategy', *Review of Economic Studies*, **50**(4), 707–22.

Tirole, J. (1988), *The Theory of Industrial Organization*, Cambridge, Mass.: MIT Press.

Ulph, A. (1992), 'The Choice of Environmental Policy Instruments and Strategic International Trade' in R. Pethig (ed.), *Conflicts and Cooperation in Managing Environmental Resources*, Berlin: Springer-Verlag.

Ulph, A. (1993), 'Environmental Policy and International Trade when Governments and Producers Act Strategically', discussion paper in economics and econometrics 9318, University of Southampton.

Ulph, A. (1994), 'Environmental Policy and International Trade: a Survey of Recent Economic Analysis', paper presented at the First Workshop of the Human Capital and Mobility Programme 'Designing Economic Policy for the Management of Natural Resources and the Environment', Crete.

Ulph, A. and D. Ulph (1994), 'Trade, Strategic Innovation and Strategic Environmental Policy – a General Analysis', discussion paper in economics and econometrics 9416, University of Southampton.

APPENDIX 1

The complete expressions for the partial derivatives mentioned in section 3.1 are:

A. With taxes in both countries

$$\frac{\partial e_i}{\partial K_i} =$$

$$\frac{\dfrac{\partial x_i}{\partial e_i}\dfrac{\partial x_i}{\partial K_i}\left[\left(\dfrac{\partial x_j}{\partial e_j}\right)^2\left(\dfrac{\partial^2 R_i}{\partial x_i \partial x_j}\dfrac{\partial^2 R_j}{\partial x_i \partial x_j}-\dfrac{\partial^2 R_i}{\partial x_i^2}\dfrac{\partial^2 R_j}{\partial x_j^2}\right)-\dfrac{\partial^2 R_i}{\partial x_i^2}\dfrac{\partial R_j}{\partial x_j}\dfrac{\partial^2 x_j}{\partial e_j^2}\right]}{\left(\dfrac{\partial^2 R_i}{\partial x_i^2}\left(\dfrac{\partial x_i}{\partial e_i}\right)^2+\dfrac{\partial R_i}{\partial x_i}\dfrac{\partial^2 x_i}{\partial e_i^2}\right)\left(\dfrac{\partial^2 R_j}{\partial x_j^2}\left(\dfrac{\partial x_j}{\partial e_j}\right)^2+\dfrac{\partial R_j}{\partial x_j}\dfrac{\partial^2 x_j}{\partial e_j^2}\right)-\dfrac{\partial^2 R_j}{\partial x_i \partial x_j}\dfrac{\partial^2 R_i}{\partial x_i \partial x_j}\left(\dfrac{\partial x_j}{\partial e_j}\right)^2\left(\dfrac{\partial x_i}{\partial e_i}\right)^2}$$

$$-\frac{\frac{\partial^2 x_i}{\partial e_i K_i}\frac{\partial R_i}{\partial x_i}\left(\frac{\partial^2 R_j}{\partial x_j^2}\left(\frac{\partial x_j}{\partial e_j}\right)^2+\frac{\partial R_j}{\partial x_j}\frac{\partial^2 x_j}{\partial e_j^2}\right)}{\left(\frac{\partial^2 R_i}{\partial x_i^2}\left(\frac{\partial x_i}{\partial e_i}\right)^2+\frac{\partial R_i}{\partial x_i}\frac{\partial^2 x_i}{\partial e_i^2}\right)\left(\frac{\partial^2 R_j}{\partial x_j^2}\left(\frac{\partial x_j}{\partial e_j}\right)^2+\frac{\partial R_j}{\partial x_j}\frac{\partial^2 x_j}{\partial e_j^2}\right)-\frac{\partial^2 R_j}{\partial x_i\partial x_j}\frac{\partial^2 R_i}{\partial x_i\partial x_j}\left(\frac{\partial x_j}{\partial e_j}\right)^2\left(\frac{\partial x_i}{\partial e_i}\right)^2} \tag{38}$$

$$\frac{\partial e_i}{\partial K_j}=$$

$$\frac{\frac{\partial^2 R_i}{\partial x_i\partial x_j}\frac{\partial R_j}{\partial x_j}\frac{\partial x_i}{\partial e_i}\left(\frac{\partial^2 x_j}{\partial e_j\partial K_j}\frac{\partial x_j}{\partial e_j}-\frac{\partial x_j}{\partial K_j}\frac{\partial^2 x_j}{\partial e_j^2}\right)}{\left(\frac{\partial^2 R_i}{\partial x_i^2}\left(\frac{\partial x_i}{\partial e_i}\right)^2+\frac{\partial R_i}{\partial x_i}\frac{\partial^2 x_i}{\partial e_i^2}\right)\left(\frac{\partial^2 R_j}{\partial x_j^2}\left(\frac{\partial x_j}{\partial e_j}\right)^2+\frac{\partial R_j}{\partial x_j}\frac{\partial^2 x_j}{\partial e_j^2}\right)-\frac{\partial^2 R_j}{\partial x_i\partial x_j}\frac{\partial^2 R_i}{\partial x_i\partial x_j}\left(\frac{\partial x_j}{\partial e_j}\right)^2\left(\frac{\partial x_i}{\partial e_i}\right)^2}<0 \tag{39}$$

B. With standards in both countries

If both standards bind,

$$\frac{\partial e_i}{\partial K_i}=0;\quad \frac{\partial e_i}{\partial K_j}=0\quad \text{for } i=1,2$$

If in i the standard does not bind and in j the standard binds,

$$\frac{\partial e_i}{\partial K_i}=-\frac{\frac{\partial^2 R_i}{\partial x_i^2}\frac{\partial x_i}{\partial e_i}\frac{\partial x_i}{\partial K_i}+\frac{\partial R_i}{\partial x_i}\frac{\partial^2 x_i}{\partial e_i\partial K_i}}{\frac{\partial^2 R_i}{\partial x_i^2}\left(\frac{\partial x_i}{\partial e_i}\right)^2+\frac{\partial R_i}{\partial x_i}\frac{\partial^2 x_i}{\partial e_i^2}} \tag{40}$$

$$\frac{\partial e_i}{\partial K_j}=-\frac{\frac{\partial^2 R_i}{\partial x_i\partial x_j}\frac{\partial x_i}{\partial e_i}\frac{\partial x_j}{\partial K_j}}{\frac{\partial^2 R_i}{\partial x_i^2}\left(\frac{\partial x_i}{\partial e_i}\right)^2+\frac{\partial R_i}{\partial x_i}\frac{\partial^2 x_i}{\partial e_i^2}}, \tag{41}$$

while

$$\frac{\partial e_j}{\partial K_i} = 0; \quad \frac{\partial e_j}{\partial K_j} = 0$$

If in both countries the standards do not bind, the partial derivatives are equal to those in A.

C. With a standard in i and a tax in j

If the standard in country i binds,

$$\frac{\partial e_i}{\partial K_i} = 0; \quad \frac{\partial e_i}{\partial K_j} = 0,$$

while the partial derivatives for j are given by (40) and (41) with the symbols i and j interchanged.

If the standard in i does not bind, the partial derivatives are equal to those in A.

APPENDIX 2

The D_i in the regularity conditions are second-order derivatives of profits with respect to own capital:

$$D_i = \frac{d^2\pi_i}{dK_i^2} =$$

$$\frac{\partial R_i}{\partial x_i}\frac{\partial^2 x_i}{\partial K_i^2} + \frac{\partial^2 R_i}{\partial x_i^2}\left(\frac{\partial x_i}{\partial K_i}\right)^2 + \frac{\partial R_i}{\partial x_i}\frac{\partial^2 x_i}{\partial e_i K_i}\frac{\partial e_i}{\partial K_i}\ldots$$

$$+\frac{\partial^2 R_i}{\partial x_i^2}\frac{\partial x_i}{\partial K_i}\frac{\partial x_i}{\partial e_i}\frac{\partial e_i}{\partial K_i} + 2\frac{\partial^2 R_i}{\partial x_i \partial x_j}\frac{\partial x_i}{\partial K_i}\frac{\partial x_j}{\partial e_j}\frac{\partial e_j}{\partial K_i} + \frac{\partial R_i}{\partial x_j}\frac{\partial x_j}{\partial e_j}\frac{\partial^2 e_j}{\partial K_i^2}\ldots$$

$$+\frac{\partial R_i}{\partial x_j}\frac{\partial^2 x_j}{\partial e_j^2}\left(\frac{\partial e_j}{\partial K_i}\right)^2 + \frac{\partial^2 R_i}{\partial x_j^2}\left(\frac{\partial x_j}{\partial e_j}\right)^2\left(\frac{\partial e_j}{\partial K_i}\right)^2\ldots$$

$$+\frac{\partial^2 R_i}{\partial x_i \partial x_j}\frac{\partial x_j}{\partial e_j}\frac{\partial e_j}{\partial K_i}\frac{\partial x_i}{\partial e_i}\frac{\partial e_i}{\partial K_i}. \tag{42}$$

The E_i are second-order cross derivatives of profits with respect to capital:

$$E_i = \frac{d^2\pi_i}{dK_j dK_i} =$$

$$\frac{\partial^2 R_i}{\partial x_i \partial x_j}\frac{\partial x_i}{\partial K_i}\frac{\partial x_j}{\partial K_j} + \frac{\partial^2 R_i}{\partial x_i \partial x_j}\frac{\partial x_i}{\partial K_i}\frac{\partial x_j}{\partial e_j}\frac{\partial e_j}{\partial K_j} + \frac{\partial^2 R_i}{\partial x_i^2}\frac{\partial x_i}{\partial K_i}\frac{\partial x_i}{\partial e_i}\frac{\partial e_i}{\partial K_j} \cdots$$

$$+\frac{\partial R_i}{\partial x_j}\frac{\partial x_j}{\partial e_j}\frac{\partial^2 e_j}{\partial K_j \partial K_i} + \frac{\partial R_i}{\partial x_j}\frac{\partial^2 x_j}{\partial e_j^2}\frac{\partial e_j}{\partial K_i}\frac{\partial e_j}{\partial K_j} + \frac{\partial R_i}{\partial x_j}\frac{\partial^2 x_j}{\partial e_j \partial K_j}\frac{\partial e_j}{\partial K_i} \cdots$$

$$+\frac{\partial^2 R_i}{\partial x_j^2}\frac{\partial x_j}{\partial K_j}\frac{\partial x_j}{\partial e_j}\frac{\partial e_j}{\partial K_i} + \frac{\partial^2 R_i}{\partial x_j^2}\left(\frac{\partial x_j}{\partial e_j}\right)^2\frac{\partial e_j}{\partial K_i}\frac{\partial e_j}{\partial K_j} + \frac{\partial^2 R_i}{\partial x_i \partial x_j}\frac{\partial x_j}{\partial e_j}\frac{\partial x_i}{\partial e_i}\frac{\partial e_j}{\partial K_i}\frac{\partial e_i}{\partial K_j}. \quad (43)$$

In the following, conditions for global asymptotic stability (GAS) of the system (25) to (27) will be derived. Consider the system of four differential equations, which must hold when both firms satisfy the first-order conditions (25) to (27). When Equation (25) is used to substitute for I_i in Equation (27) this is a system in the variables $(K_1, \lambda_1, K_2, \lambda_2)$:

$$\dot{K}_1 = C'^{-1}(\lambda_1) - b_1 K_1 \quad (44)$$

$$\dot{\lambda}_1 = (r + b_1)\lambda_1 - \frac{\partial R_1}{\partial x_1}\frac{\partial x_1}{\partial K_1} - \frac{\partial R_1}{\partial x_2}\frac{\partial x_2}{\partial e_2}\frac{\partial e_2}{\partial K_1} \quad (45)$$

$$\dot{K}_2 = C'^{-1}(\lambda_2) - b_2 K_2. \quad (46)$$

$$\dot{\lambda}_2 = (r + b_2)\lambda_2 - \frac{\partial R_2}{\partial x_2}\frac{\partial x_2}{\partial K_2} - \frac{\partial R_2}{\partial x_1}\frac{\partial x_1}{\partial e_1}\frac{\partial e_1}{\partial K_2}. \quad (47)$$

Sufficient conditions for this system to have a unique stationary point $(\hat{K}_1, \hat{\lambda}_1, \hat{K}_2, \hat{\lambda}_2)$ are the regularity conditions (22) and (24). Given that the system has a unique stationary point, Conditions (22) and (23) are sufficient to have GAS. This follows from application of lemma 6.1 in Haurie and Leitmann (1984).

10. International negotiations on acid rains in Northern Europe: a discrete time iterative process[1]

Marc Germain,[2] Philippe Toint[3] and Henry Tulkens[4]

1. INTRODUCTION

The modelling of international negotiations on transboundary pollution has received much attention in the recent past. Among the many contributions in this area, Chander and Tulkens (1991, 1992) present a general dynamic framework for such models, and an application is provided by Kaitala *et al.* (1995) in the context of the 'acid rain game' in Northern Europe, that is, the problem of negotiating coordinated reductions of SO_2 emission levels in Finland, Russia and Estonia.

The methodology proposed by these authors does not require that the information available to the negotiating parties be *global*, as is the case for instance in Mäler (1989) or Kaitala and Pohjola (1994). Instead, it is supposed that this information is *local* in that it is limited to the marginal values of emission abatement costs and pollution damage costs to the environment, in a context where time is assumed to be continuous.

Although it is an improvement on global information models, this proposal has the drawback that it requires, in theory, that the parties continuously negotiate, which is a quite unrealistic situation. The purpose of this chapter is to reconsider this methodology and to improve the realism in its representation of time while suitably adapting the assumptions made on the local nature of information.

More specifically, we shall assume that negotiations are separated into well-determined and distinct stages, and that the negotiating parties know, at each stage, their emission abatement and damage cost function only up to certain thresholds determined by exogenous technological constraints. At each stage, the parties then assign as a common objective the best cooperative state they can determine, given the available information. As these thresholds evolve with the progress made in reducing pollution, we show that a finite number of such negotiation stages leads the involved parties to a Pareto optimum. Besides indicating that *only a finite number of negotiation stages is necessary to reach the optimum*, this new approach has the advantage of clarifying the associated time scale, where negotiations and periods between them are clearly distinguished.

However, each of the negotiating parties will continue to cooperate in such a process only if it finds cooperation individually profitable. Moreover, the stability of the programme requires that none of the parties find an advantage in abandoning it. Chander and Tulkens (1991, 1992) therefore propose, in the context of their continuous model, a financial transfers scheme ensuring that emission abatement costs are shared among all parties in such a way that the gains obtained are increasing with time, and are larger than those resulting from the constitution of coalitions. We shall make use of this transfers scheme in the present discrete time model, and show that it guarantees that it is in the interest of all parties to cooperate until the end of the pollution reduction programme, that is until the international optimum is reached.

2. THE GLOBAL PROBLEM AND ITS APPROACH IN CONTINUOUS TIME

The problem is as follows. We consider n regions in which some atmospheric pollutant (such as SO_2) is emitted with certain non-negative emission levels $\{E_i\}_{i=1}^n$. Once emitted this pollutant is then transported by winds across the regions. This interregional transport is described by an $n \times n$ matrix A, whose i, j-th element $a_{ij} > 0$ is the fraction of the pollutant emitted in region j and deposited in region i. If we define by B the n-vector of pollutant depositions with natural origin, the vector Q of total pollutant depositions in the n regions satisfies the relation

$$Q = Q(E) = AE + B, \tag{1}$$

where A and B are supposed to be constant and exogenous, and where we have denoted by E the vector $(E_1, \ldots, E_n)^T$. We assume that (1) holds at each moment in time: the fact that B is constant then implies that the pollutant does not accumulate in the regions.

We associate two cost functions with each region. The first, denoted by $C_i(E_i)$, expresses the emission abatement costs required by an emission level E_i in region i. We assume that $C_i(\cdot)$ is decreasing for all positive emission levels E_i, which simply means that every emission reduction generates costs for the emitting region. The second, denoted by $D_i(Q_i)$, measures the monetary value of the damage to the environment caused by a deposition Q_i in region i. We also assume that $C_i(\cdot)$ and $D_i(\cdot)$ are continuous and convex. As a result, we may thus associate, with each region, an aggregate cost function

$$J_i(E) = C_i(E_i) + D_i(Q_i(E)), \tag{2}$$

where the depositions $Qi(E)$ are given by (1).

We are then interested in minimizing the total cost for all regions, that is, in achieving the emission levels $\{E_i^*\}_{i=1}^n$ obtained as solution of the programme

$$\min_E J(E) = \sum_{i=1}^n J_i(E) \tag{3}$$

such that (1) holds and

$$E_i \geq 0, \quad (i = 1, \ldots, n) \tag{4}$$

It is crucial to observe that solving the programme (3)–(1)–(4) requires that the cost functions $C_i(\cdot)$ and $D_i(\cdot)$ be known for all possible values of their argument. However, this can be unrealistic when the current emission levels and depositions are very different from the optimal ones: such an extensive knowledge of the cost functions may be very hard to obtain, or may be too unreliable to be used in effective interregional negotiations.

Kaitala *et al.* (1995) propose[5] to alleviate this difficulty by only assuming that the regions know their cost functions *locally*, that is, at the margin. It is then possible to define an emission reduction programme governed by the differential system

$$\frac{dE_i}{dt}(t) = -K\left[C_i'(E_i(t)) + \sum_{j=1}^n a_{ji} D_j'(Q_j(E(t)))\right], \quad (i = 1, \ldots, n), \tag{5}$$

where we use the notation $E_i(t)$ to indicate that the emissions now depend on time (they are still related to the depositions by (1)), and where K is a positive constant. Because the term between square brackets vanishes when the first-order optimality conditions of (3)–(1)–(4) hold for strictly positive emission levels, it is possible to prove that these levels converge to their optimal values E_i^*, thus realizing a Pareto optimum. (See Kaitala *et al.* (1995) for further details.)

Although it is a clear improvement on assuming a global knowledge of the cost functions, this procedure remains unrealistic because it implies that an interregional negotiation occurs at each moment in time, in order to ensure that (5) effectively governs the emission levels. This is of course impractical.

Moreover, this approach has the further drawback that its time scale is not well defined. Kaitala *et al.* thus propose to modify the dynamics of the process by adjusting the constant K to suit any specific time scale definition. This technique is interesting but it does not resolve the difficulty that the time scale itself could be better defined. Our aim is to present, in the next section, an alternative dynamic model which does not suffer from these problems.

3. A DISCRETE TIME APPROACH WITH LOCAL INFORMATION

At variance with the model described in the previous section, we now assume that negotiation occurs at well-defined times, which we index by $t = 0,1,2,...$. The emission levels and depositions for the i-th region are thus given, at these times, by the quantities $\{E_{i,t}\}_{t=0}^{\infty}$ and $\{Q_{i,t}\}_{t=0}^{\infty}$, where we assume that (1) holds for each time period. That is

$$Q_t = Q(E_t) = AE_t + B, \tag{6}$$

(where $E_t = (E_{1,t}, \ldots, E_{n,t})^T$ and $Q_t = (Q_{1,t}, \ldots, Q_{n,t})^T$). In this notation, E_0 and Q_0 are the initial emission levels and depositions before the first round of negotiations. We also assume that the parties know their cost functions, not only in an infinitesimal neighbourhood of the current emission levels and depositions, but rather above a certain threshold strictly below these levels. Specifically, each region is assumed to know, for each period t, the values of the emission abatement cost $C_i(E_i)$ for all values of the emission levels

$$F_{i,t} \leq E_i, \tag{7}$$

where the lower bounds $F_{i,t}$ satisfy the conditions $0 \leq F_{i,t} < E_{i,t}$ for each i and each t. Similarly, each region is assumed to know its damage function $D_i(Q_i(E))$ for each value of the emissions $\{E_i\}_{i=1}^{n}$ above the same thresholds.

At the t-th negotiation stage, the parties agree on a programme to bring their emission levels from E_t to the values E_{t+1} corresponding to a solution of the local optimization problem (3) in the domain defined by the constraints (1) and (7). Note that $J(\cdot)$ is the sum of convex functions and is therefore convex. Hence the local problem (3)–(1)–(7) is also convex. Once these emissions levels are attained, the bounds are updated to reflect the new information obtained during the period, according to

$$F_{i,t+1} = \min\,[F_{i,t}, \tau_{i,t+1} E_{i,t+1}] \tag{8}$$

for $i = 1, \ldots, n$, where

$$0 \leq \tau_{i,t+1} \leq \tau \tag{9}$$

for some constant $0 \leq \tau < 1$. The parties are then ready for the $(t + 1)$-th negotiation stage, and the procedure is repeated. Of course, it may well happen that $E_{t+1} = E_t$ for some t, in which case no further action is requested from the parties and the procedure is then terminated. Note that (8) ensures that the domains defined by the constraints (7) for successive t are nested, and hence that termination occurs at stage t if $E_{i,t} > F_{i,t}$ for all i.

We then have the following important result, which indicates that the emission levels (and hence depositions) converge to a state corresponding to a Pareto optimum, provided the level set

$$\mathcal{L}_0 = \{E \mid J(E) \leq J(E_0) \text{ and } E_i \text{ feasible } (i = 1, \ldots, n)\} \tag{10}$$

is bounded. This assumption is fairly weak. It is for instance satisfied if the emission levels are not only non-negative but also bounded above (a very plausible situation), or if

$$\lim_{\|E\| \to \infty} \sum_{i=1}^{n} D_i(Q_i(E)) = \infty. \tag{11}$$

Note that this latter condition is also natural in our context, since it only reflects the fact that increasing pollutant emission levels cause increased damage, maybe not locally, but somewhere within the regions under consideration.

Theorem 1 Under the conditions stated above, the sequence $\{E_t\}$ generated by the procedure converges to a solution of the problem (3)–(1)–(4). Furthermore, this convergence occurs in a finite number of stages if all limiting values of the emissions are strictly positive.

Proof: We first show that the sequence $\{E_t\}$ converges to a solution of (3)–(1)–(4) and start by considering the case where the sequence $\{E_t\}$ is infinite.

The boundedness of the level set $\mathcal{L}_0$ and its definition in (10) ensure that it is compact. Hence, using (9), we may extract a subsequence $\{t_j\}_{j=1}^{\infty} \subseteq \{t\}_{t=1}^{\infty}$ such that $\{E_{t_j}\}_{j=1}^{\infty}$ and $\{\tau_{i,t_j}\}_{j=1}^{\infty}$ $(i = 1, \ldots, n)$ are convergent, with

$$\lim_{j \to \infty} E_{t_j} = \overline{E} \text{ and } \lim_{j \to \infty} \tau_{i,t_j} = \overline{\tau}_i \quad (i = 1, \ldots, n). \tag{12}$$

If we now define $I \subseteq \{1, \ldots, n\}$ as the set of indices such that $E_{i,t} = F_{i,t-1}$ for infinitely many t_j, we see that this set must contain at least one element, otherwise the procedure will stop and the convergence will be finite. We then deduce that, for each $i \in I$,

$$\overline{E}_i = \lim_{j \to \infty} E_{i,t_j} = \lim_{j \to \infty} F_{i,t_j-1} \leq \lim_{j \to \infty} F_{i,t_{j-1}} \leq \lim_{j \to \infty} \tau_{i,t_{j-1}} E_{i,t_{j-1}} = \overline{\tau}_i \overline{E}_i, \tag{13}$$

where we have used (8). But $\overline{\tau}_i \leq \tau < 1$ by (9), and thus (4) and (13) imply that

$$\overline{E}_i = 0 \text{ for each } i \in I. \tag{14}$$

If we now examine the first-order optimality conditions for the local problems (3)–(1)–(4) at each stage, we obtain that

$$\frac{\partial J}{\partial E_i}\left(E_{t_j}\right)\begin{Bmatrix} \geq 0 & \text{if } E_{i,t_j} = F_{i,t_j-1}, \\ = 0 & \text{if } E_{i,t_j} > F_{i,t_j-1} \end{Bmatrix} \tag{15}$$

In the limit, we thus deduce from (15) and the definition of I that

$$\frac{\partial J}{\partial E_i}\left(\overline{E}\right) = \nabla J\left(\overline{E}\right)_i \begin{Bmatrix} \geq 0 & i \in I \\ = 0 & i \notin I \end{Bmatrix} \tag{16}$$

Let us now denote by E^* a solution of the global problem (3)–(1)–(4), which obviously ensures that $J(\overline{E}) \geq J(E^*)$. Now, if $J(\overline{E}) > J(E^*)$, then we would have that

$$\begin{aligned} 0 > J(E^*) - J(\overline{E}) \quad & \geq \nabla J(\overline{E})^T (E^* - \overline{E}) \\ & = \Sigma_{i \in I} \nabla J(\overline{E})_i (E^*_i - \overline{E}_i) \\ & = \Sigma_{i \in I} \nabla J(\overline{E})_i E^*_i \geq 0, \end{aligned} \tag{17}$$

where we successively used the convexity of $J(\cdot)$, (16) and (14). But (17) is impossible, and we obtain therefore that $J(\overline{E}) = J(E^*)$ as desired.

If, on the other hand, the sequence $\{E_t\}$ is finite, then we have that, for some t and for all i, $E_{i,t+1} = E_{i,t} = \overline{E}_i$, and thus

$$0 \leq F_{i,t} \leq \tau \overline{E}_i < \overline{E}_i, \tag{18}$$

and the solution of the local programme (3)–(1)–(7) is not constrained by any of the bounds (7): it is therefore also a solution of the global programme (3)–(1)–(4), which completes the proof of the first statement of the theorem.

We now prove the second statement and assume, for the purpose of contradiction, that the sequence $\{E_t\}$ is infinite. As in the first part of the proof, we obtain that (14) is satisfied for some non-empty set I, which is impossible if all limiting values of the emissions are strictly positive. Hence, this latter condition implies that the sequence $\{E_t\}$ is finite and the theorem is proved.

QED

4. AN APPLICATION TO NORTHERN EUROPEAN NEGOTIATIONS ABOUT ACID RAIN

We now examine the impact of the model and results developed in the previous section, on the Kaitala *et al.* (1995) dynamic version of the 'acid rain game' in Northern Europe. Specifically, the problem is for Finland (divided into three regions), three regions of Russia, and Estonia to agree on a programme for reducing SO_2 emissions, which should limit acid rain and its associated damages. This problem has already been studied by Kaitala and Pohjola (1994). The emission abatement costs are assumed to be, in the interval $[0, \tilde{E}_i]$, of the form

$$C_i(E_i) = \gamma_i + \alpha_i(\tilde{E}_i - E_i) + \beta_i(\tilde{E}_i - E_i)^2 \qquad (19)$$

for each $i = 1, \ldots, n$ while the damage functions may be written as

$$D_i(Q_i) = \pi_i Q_i \qquad (20)$$

for each i. Both these costs are expressed in millions of 1987 Finnish Marks (MFIM) and the depositions are expressed in thousands of tonnes per year (KT/Y). The parameters α_i, ,β_i, γ_i, π_i and $\tilde{E}_i$ are positive. Their values are given in Table 10.1, together with those of the initial levels E_0, Q_0 and B in 1987. The initial state is the same as that considered by Kaitala *et al.* (1995).[6] The transport coefficients (the matrix A) are given in Table 10.2. The information thresholds for the costs and damage functions are determined using the formula (8) where $\tau_{i,t} = 0.95$ for all i and t, which means that these functions are known for all emission levels above 95 per cent of the current ones.

Table 10.3 and Figure 10.1 show the evolution of the SO_2 emission levels that result from the procedure described in the previous section. As shown by Table 10.3, 29 negotiation stages are necessary, given our assumptions, to reach the Pareto optimum, which corresponds to the result reported by Kaitala *et al.* (1995).[7]

This number of stages could of course be reduced if the values chosen for $\tau_{i,t}$ were smaller. The bold entries in Table 10.3 (which correspond to the vertical lines of Figure 10.1) show that regions reach the optimum in very different times. Northern Finland is already at the optimum at the beginning. Central Finland reaches it after 1 period, Southern Finland and St Petersburg after 2, Karelia after 3, Estonia after 12 and Kola after 29. If we now compare the initial and final states, we note that the reductions vary considerably between regions. While the emissions of Central and Southern Finland, Karelia and St Petersburg are slightly reduced, the reduction is much more substantial for Kola and Estonia.

Table 10.1 Parameters and initial levels

E_{i0}, Q_{i0} and B_{i0}: 1000 tons per year;
α: FIM/kgs; β: FIM/ton^2; γ: 10^6 FIM; π: FIM/kgs

i	Region	$E_{i,0}$	$Q_{i,0}$	B_i	α_i	β_i	γ_i	$\tilde{E}_i$	π_i
1	Northern Finland	5	46	26	10.0	2.093	5.9	5	50
2	Central Finland	60	98	59	3.8	0.172	33.0	60	8.9
3	Southern Finland	97	66	35	4.6	0.068	53.6	97	15.6
4	Kola:	350	131	27					2.6
	□ $98 \leq E_4 \leq 350$				1.0	0.000	0.0	350	
	□ $0 \leq E_4 \leq 98$				1.0	0.077	252.0	98	
5	Karelia	85	95	50	4.0	0.045	0.0	85	11.6
6	St Petersburg	112	88	46	6.0	0.051	0.0	112	20.2
7	Estonia:	104	60	32					2.8
	□ $60 \leq E_7 \leq 104$				2.0	0.000	0.0	104	
	□ $0 \leq E_7 \leq 60$				2.0	0.191	88.0	60	

Table 10.2 Transport coefficients in 1987

E_{i0}, Q_{i0} and B_{i0}: 1000 tons per year;
α: FIM/kgs; β: FIM/ton^2; γ: 10^6 FIM; π: FIM/kgs

	Emitting region (i)						
Receiving region (j)	NF	CF	SF	Ko	Ka	SP	Es
Northern Finland (NF)	0.200	0.017	0.010	0.046	0.012	0.000	0.000
Central Finland (CF)	0.000	0.300	0.062	0.011	0.047	0.036	0.029
Southern Finland (SF)	0.000	0.017	0.227	0.003	0.000	0.027	0.038
Kola (Ko)	0.000	0.017	0.000	0.286	0.023	0.009	0.000
Karelia (Ka)	0.000	0.033	0.031	0.017	0.318	0.045	0.019
St Petersburg (SP)	0.000	0.017	0.031	0.003	0.012	0.268	0.058
Estonia (Es)	0.000	0.000	0.031	0.000	0.000	0.018	0.221

Table 10.3 Evolution of the SO_2 emissions (1000 tons/year)

Period	NF	CF	SF	Ko.	Ka.	SP	Es.
0	**5.0000**	60.0000	97.0000	350.0000	85.0000	112.0000	104.0000
1	5.0000	**57.7597**	92.1500	332.5000	80.7500	106.4000	98.8000
2	5.0000	57.7597	**89.1243**	315.8750	76.7125	**104.7077**	98.8600
3	5.0000	57.7597	89.1243	300.0813	**73.6603**	104.7077	89.1670
4	5.0000	57.7597	89.1243	285.0772	73.6603	104.7077	84.7086
5	5.0000	57.7597	89.1243	270.8233	73.6603	104.7077	80.4732
6	5.0000	57.7597	89.1243	257.2822	73.6603	104.7077	76.4496
7	5.0000	57.7597	89.1243	244.4181	73.6603	104.7077	72.6271
8	5.0000	57.7597	89.1243	232.1972	73.6603	104.7077	68.9957
9	5.0000	57.7597	89.1243	220.5873	73.6603	104.7077	65.5459
10	5.0000	57.7597	89.1243	209.5579	73.6603	104.7077	62.2686
11	5.0000	57.7597	89.1243	199.0800	73.6603	104.7077	59.1552
12	5.0000	57.7597	89.1243	189.1260	73.6603	104.7077	**57.7671**
13	5.0000	57.7597	89.1243	179.6697	73.6603	104.7077	57.7671
14	5.0000	57.7597	89.1243	170.6862	73.6603	104.7077	57.7671
15	5.0000	57.7597	89.1243	162.1519	73.6603	104.7077	57.7671
16	5.0000	57.7597	89.1243	154.0443	73.6603	104.7077	57.7671
17	5.0000	57.7597	89.1243	146.3421	73.6603	104.7077	57.7671
18	5.0000	57.7597	89.1243	139.0250	73.6603	104.7077	57.7671
19	5.0000	57.7597	89.1243	132.0738	73.6603	104.7077	57.7671
20	5.0000	57.7597	89.1243	125.4701	73.6603	104.7077	57.7671
21	5.0000	57.7597	89.1243	119.1966	73.6603	104.7077	57.7671
22	5.0000	57.7597	89.1243	113.2367	73.6603	104.7077	57.7671
23	5.0000	57.7597	89.1243	107.5749	73.6603	104.7077	57.7671
24	5.0000	57.7597	89.1243	102.1962	73.6603	104.7077	57.7671
25	5.0000	57.7597	89.1243	97.0864	73.6603	104.7077	57.7671
26	5.0000	57.7597	89.1243	92.2320	73.6603	104.7077	57.7671
27	5.0000	57.7597	89.1243	87.6204	73.6603	104.7077	57.7671
28	5.0000	57.7597	89.1243	83.2394	73.6603	104.7077	57.7671
29	5.0000	57.7597	89.1243	**82.1215**	73.6603	104.7077	57.7671
Optimum	**5.0000**	**57.7597**	**89.1243**	**82.1215**	**73.6603**	**104.7077**	**57.7671**

It can be observed that Northern Finland does not reduce its emissions, because as it appears from Table 10.2's first column, its pollution does not affect the other regions. It then has to take care only about its emissions' impact on its own environment, which it already does at the initial stage, since it is supposed to be a Nash equilibrium. One observes also that once at their optimal level, a region's emissions stay constant afterwards. This follows from the linearity of the damage functions (see (20)). Indeed, first-order conditions at time

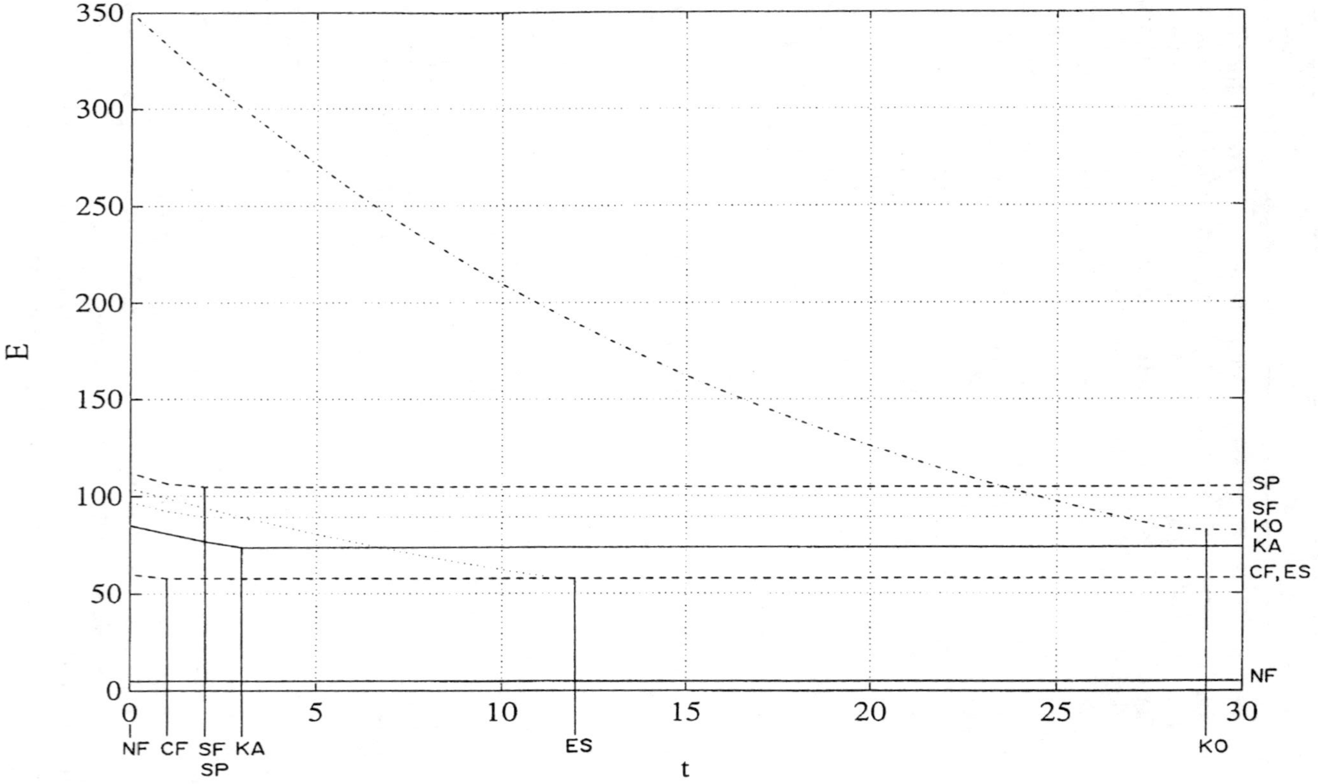

Figure 10.1 *Evolution of the SO_2 emissions*

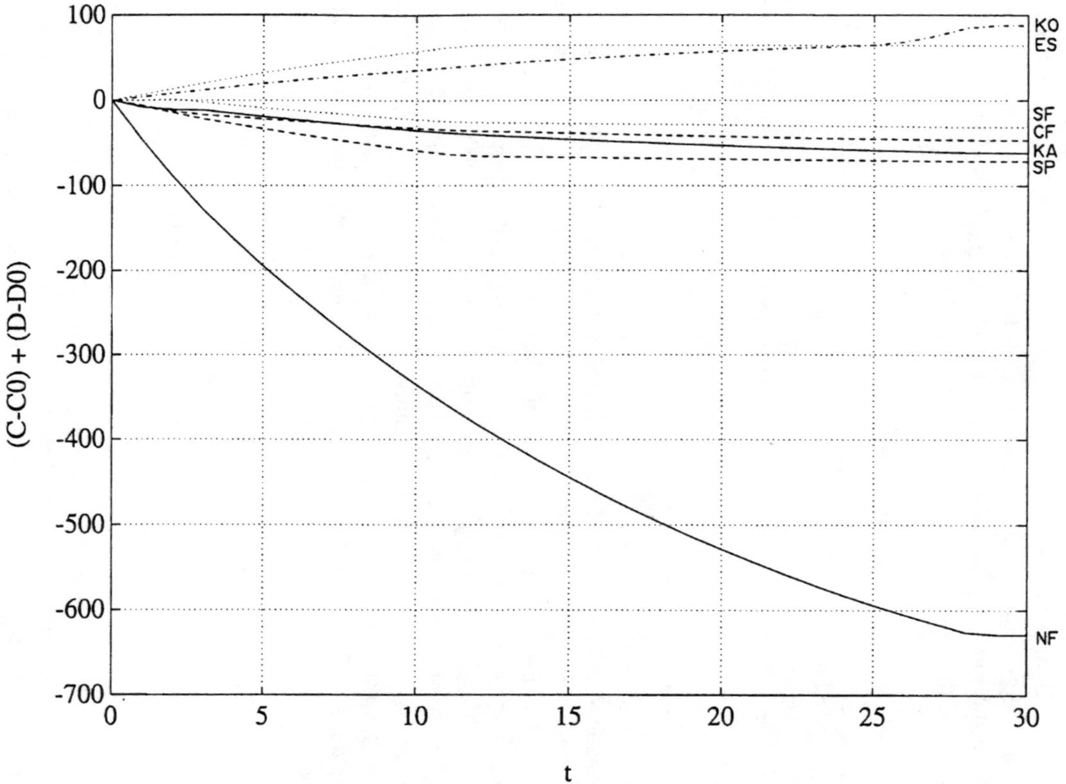

Figure 10.2 Evolution of total costs per region (MFIM)

t show, after substitution of (19) and (20), that the latter is separable, in the sense that emissions of a region are independent of the others. This property would not hold if the D_is were not linear.

We now consider the total costs incurred by each region in the transition from the initial Nash equilibrium to the final Pareto optimum. More precisely, we report in Table 10.4 the values

$$J_i(E^*) - J_i(E_0) = C_i(E^*) - C_i(E_0) + D_i(E^*) - D_i(E_0)$$

for $i = 1, \ldots, n$, where E^* is the optimal emission level reached at stage 29. The table also reports the same costs aggregated for the whole of Finland, the whole of the three regions of Russia, and Estonia. Figure 10.2 presents the evolution of these costs over the 29 negotiation stages.

Table 10.4 Total costs ($J_i(E^*) - J_i(E_0)$) *per region and country (MFIM)*

	Finland			Russia		Estonia
NF	CF	SF	Ko.	Ka.	SP	Es.
–628.8	–46.5	–31.1	87.6	–61.5	–71.6	64.2
	–706.4			–45.5		64.2

These results show that the emissions reduction programme profits Finland considerably, and also profits Russia but costs Estonia. If one considers regions instead of countries, cooperation appears to be profitable to all regions except Kola and Estonia. The reasons are twofold: first, these regions are the ones that reduce their emissions most; second, since their marginal damage coefficients (see π_i in Table 10.1) are by far the smallest, they profit much less from the emissions reduction via their damage functions. The cooperation of Kola and Estonia in such a programme is thus unlikely, unless some financial transfers can be devised between the regions, that would compensate them for the incurred costs. The definition of such a strategy is the object of the next section.

5. COOPERATION AND FINANCIAL TRANSFERS

The main idea is that the aggregate reduction of total costs $J(E_0) - J(E^*)$ (also called the 'ecological surplus') can be used as a resource to share between the regions in order to induce their cooperation within the emissions reduction programme. This surplus is, in the example of the previous section, equal to 688 MFIM per year, that is 9 per cent of the initial total cost, a very respectable amount. It is more than sufficient to offer Estonia a financial transfer that would reduce its costs below the level supported initially, while maintaining considerable advantages for the other regions.

However, the surplus $J(E_0) - J(E^*)$ is only known at the end of the reduction programme, once the emission levels E^* are achieved. Thus it cannot be used in any practical negotiation process between the parties during the programme. Instead, one needs a rule to share whatever benefit is achieved at a given negotiation stage between the regions, in order to ensure that each of them continues to cooperate within the programme. The aim of this section is to show that such financial transfers can indeed be found.

Let us start from the fact that the total surplus obtained between two negotiation stages is the sum of the different regions' gains or losses, that is

$$\Delta J_t = J_{t+1} - J_t = \sum_{i=1}^{n} \Delta J_{i,t} = \sum_{i=1}^{n} \left[\Delta C_{i,t} + \Delta D_{i,t} \right]. \tag{21}$$

Because of the linear form of the damage function (20), we obtain that

$$\Delta D_{i,t} = \pi_i \sum_{j=1}^{n} a_{ij} \Delta E_{j,t}. \tag{22}$$

Combining (21) and (22), we see that

$$\begin{aligned} \Delta J_t &\leq \sum_{i=1}^{n} \Delta C_{i,t} + \sum_{i=1}^{n} \pi_i \sum_{j=1}^{n} a_{ij} \Delta E_{j,t} \\ &= \sum_{j=1}^{n} \left[\Delta C_{j,t} + \Delta E_{j,t} \sum_{i=1}^{n} a_{ij} \pi_i \right] \equiv \sum_{j=1}^{n} \Delta G_{j,t}, \end{aligned} \tag{23}$$

defines $\Delta G_{j,t}$. These quantities can be seen as the total surplus obtained when region j decreases its emissions.

We have now the following result.

Theorem 2 At each stage t of the negotiation process and for all regions ($j = 1, \ldots, n$), it must be that

$$\Delta G_{j,t} \leq 0 \tag{24}$$

Proof: For stage t, consider the functions

$$G_j(E_j) = C_j(E_j) + E_j \sum_{i=1}^{n} a_{ij}\pi_i, \quad j = 1,\ldots,n. \tag{25}$$

This definition implies that

$$\Delta G_{j,t} = G_j\,(E_{j,t+1}) - G_j\,(E_{j,t}) \tag{26}$$

because of (23), and the convexity of G_j in E_j also yields that

$$G_j\,(E_{j,t+1}) - G_j\,(E_{j,t}) \leq G'_j\,(E_{j,t+1})\,[E_{j,t+1} - E_{j,t}]. \tag{27}$$

Now, the derivative of G_j is given by

$$G'_j(E_j) = C'_j(E_j) + \sum_{i=1}^{n} a_{ij}\pi_i \tag{28}$$

and the first-order optimality conditions of problem (3)–(1)–(7) at stage $t + 1$ imply that

$$G'_j(E_{j,t+1}) = C'_j(E_{j,t+1}) + \sum_{i=1}^{n} a_{ij}\pi_i \geq 0 \tag{29}$$

when $E_{j,t+1} \leq E_{j,t}$ and

$$G'_j(E_{j,t+1}) = C'_j(E_{j,t+1}) + \sum_{i=1}^{n} a_{ij}\pi_i = 0 \tag{30}$$

otherwise, because the emissions are only bounded from below. Combining (26), (27), (29)and (30) then yields (24). QED

Using this result, we may then specify for each region i and each negotiation stage t, a financial transfer $T_{i,t}$ (negative if received by i or positive if paid) given, for $i = 1, \ldots, n$, by

$$\Delta T_{i,t} = -\Delta C_{i,t} - \Delta D_{i,t} + \sum_j \delta_{ij}\Delta G_{j,t}, \tag{31}$$

where

$$0 \leq \delta_{ij} \leq 1, \ \forall i, j \text{ and } \sum_{i=1}^{n} \delta_{ij} = 1, \ \forall j. \tag{32}$$

The first two terms of (31) are equivalent to levying on region i its savings on total cost, while the third term corresponds to returning to the region a fraction δ_{ij} of each of the surpluses $\Delta G_{j,t}$. It is readily verified that the budget of these transfers is balanced at each period, namely that

$$\sum_{i=1}^{n} \Delta T_{i,t} = 0, \ \forall t. \tag{33}$$

Moreover, as the total cost for region i with transfers is

$$J_i^T = C_i(E_i) + D_i(Q_i(E)) + T_i, \tag{34}$$

we then have that

$$\Delta J_i^T = \Delta C_i + \Delta D_i + \Delta T_i = \sum_{j=1} \delta_{ij} \Delta G_{j,t} \leq 0, \tag{35}$$

for $i = 1, \ldots, n$, because of (24). In other words, the total cost of each region decreases at each negotiation stage. This property, called *individual rationality*, provides a minimum cooperative character to the sequence of negotiations.

Of course, conditions (32) do not define the transfers in a univocal manner. All matrices of positive parameters δ_{ij} whose columns sum up to one are adequate. Following Chander and Tulkens (1996) and Kaitala *et al.* (1995), we propose to choose

$$\delta_{ij} = \frac{\partial D_i / \partial E_j}{\sum_{k=1}^{n} \partial D_k / \partial E_j} = \frac{a_{ij} \pi_i}{\sum_{k=1}^{n} a_{kj} \pi_k}. \tag{36}$$

These values verify (32) and thus ensure the properties of balanced budget (33) and individual rationality (35).

With linear damage functions, it is also possible to derive certain results of *coalitional rationality*, ensuring that there is no advantage for a coalition of regions to form and cooperate in a framework more restricted than the full interregional cooperation considered here. (See Germain *et al.*, 1995 for a full statement and a proof of this property.)

6. THE TRANSFERS IN THE EXAMPLE

The application of formulas (33) and (36) to the cooperation problem between Finland, Russia and Estonia leads to the evolution of transfers illustrated by Figure 10.3. Recall that $T_{i,t} \geq 0$ (≤ 0) means that region i pays (receives) transfers. Estonia and Kola are the principal recipients of transfers, that is the regions that reduce their emissions most and whose global costs *without* transfers increase with international cooperation (see Figure 10.2). The principal payer is Northern Finland, the region that profits most from cooperation. Figure 10.3 also shows that Southern Finland and Karelia benefit marginally from transfers during the first stages, but soon become payers, as do St Petersburg and Northern and Central Finland.

Table 10.5 Reduction cost figures without (column 1) and with transfers (column 3) (MFIM)

	$J_i(E^*) - J_i(E_0)$	$T_i(E^*)$	$J^T_i(E^*) - J^T_i(E_0)$	$\frac{J^T_i(E^*) - J^T_i(E_0)}{J^T_i(E_0)}$ (%)
NF	–628.8	203.2	–425.6	–18.4
CF	–46.5	23.3	–23.2	–2.6
SF	–31.1	11.6	–19.5	–1.8
Finland	–706.4	238.1	–468.3	–10.9
Ko.	87.6	–224.6	–136.9	–40.3
Ka.	–61.5	17.2	–44.3	–4.0
SP	–71.6	41.7	–29.9	–1.7
Russia	–45.5	–165.7	–211.1	–6.6
Es.	64.2	–72.5	–8.3	–5.0
Total	–687.7	0	–687.7	–8.9

Note: Subscript 0 refers to the initial state and superscript * to the final state.

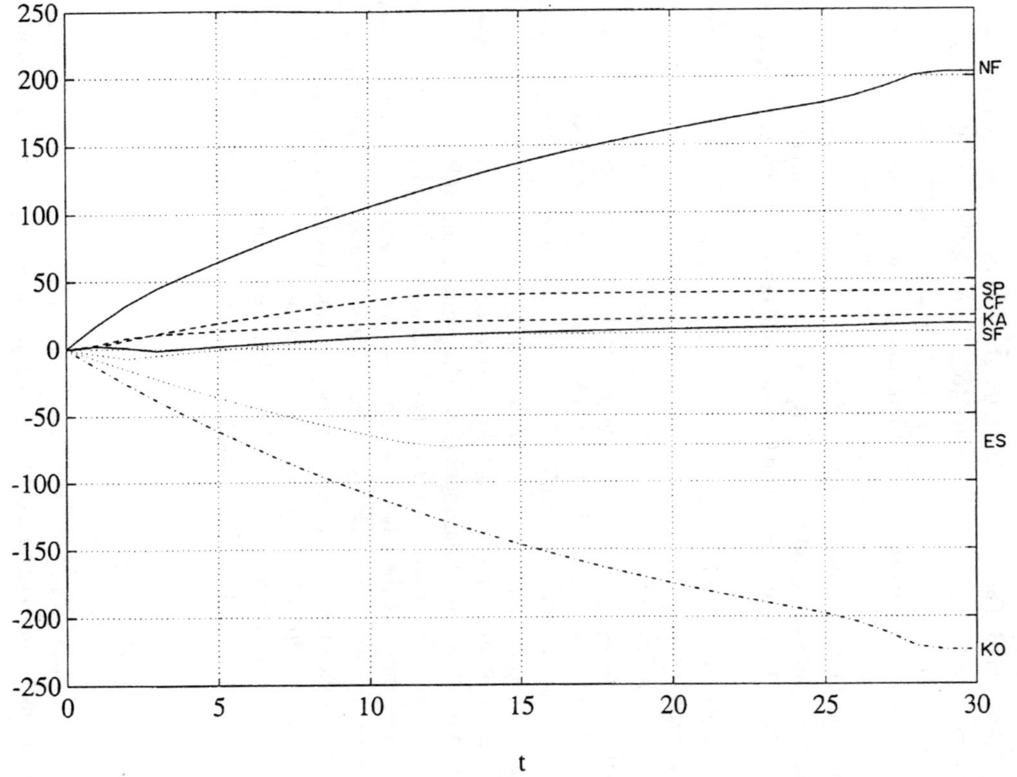

Figure 10.3 *Evolution of transfers per region*

The presence of transfers doesn't imply that the benefits of cooperation are evenly distributed among regions, as shown (in absolute terms) by the third column of Table 10.5. The fact that the total cost of each region decreases illustrates the property of individual rationality of the negotiation process with transfers. The last column of Table 10.5 shows that the distribution of the surplus is also uneven in relative terms. Because of its low initial costs (due to its very low marginal damage), Kola obtains, taking the transfers into account, the most important relative reduction of total costs, followed by Northern Finland. At the national level, however, one observes that the distribution of the surplus is not so uneven, and that even without transfers, Russia is interested in collaborating.

As formulas (31) and (36) indicate, the share of the benefits of cooperation is entirely determined by the fractions $(\delta_{1j}, \ldots, \delta_{nj})$ of each of the ecological surpluses $G_j(E^*_{jf}) - G_j(E_{j0})$ $(j = 1, \ldots, n)$, where $G_j(E_j)$ is defined by (25). A region i will benefit more from the reduction of region j's emissions the more important are (i) j's reduction; (ii) i's marginal damage cost π_i; and (iii) the fraction a_{ij} of j's emissions deposited in i. In particular, a region reducing strongly its emissions, but for which $\pi_i = 0$, would have from (31) and (36) a benefit equal to zero. Its cost of depollution would however be covered – no more – by received transfers.

In the case of our simulation, Northern Finland doesn't reduce its emissions but benefits strongly from saving of damage costs. As it is polluted by Central and Southern Finland and mainly by Kola, and as Kola reduces sharply its emissions, Northern Finland pays a great deal for these reductions because its marginal damage cost is very high ($\pi_1 = 50$). At the other extreme, Estonia doesn't profit very much from cooperation. This is because its marginal damage cost is low ($\pi_7 = 2.8$ only), and the coefficients a_{7j} $(j = 1, \ldots, n)$ are low and only positive for emitting regions that do not reduce their emissions very much between the initial and final states (Southern Finland and St Petersburg).

From a strategic point of view (that is to prevent coalitions), Kola and Northern Finland are thus the most important partners that must be convinced to cooperate rather than to stay as free riders: first because its emissions reduction is the most important for everybody, and second because it agrees to pay a great deal for all emissions reduction. In the present context, this means allowing Kola and Northern Finland to obtain an important share of the total ecological surplus induced by cooperation. This explains the results of columns 3 and 4 in Table 10.5.

7. CONCLUSION

We have proposed and analysed a dynamic process, intended to model negotiations between several countries or regions, bearing on the reduction of transboundary pollution. The process ensures that the Pareto optimum is attained in a finite number of negotiation stages, each of which consists of a period of negotiation on the emission reductions, based on limited information, followed by a period during which emissions are effectively reduced. We have also shown that international financial transfers can be found, ensuring that costs of reduction are distributed in such a way that cooperation is profitable for each region.

The authors are however well aware that the proposed process has its limits. Realism suggests further developments. First, the interval of time between two stages of negotiation is currently exogenous: it should be integrated into the objective. Second, the thresholds up to which the abatement and damage cost functions are known could be considered as part of the negotiation process itself. A strategic analysis of this point would bring our work in direct connection with the classical literature on revelation of preferences and costs. Finally, the analysis could be extended to stock pollutants, where permanent effects of depositions are present. This would require reformulating the objective in intertemporal terms. One can find in Mäler (1992) an interesting attempt in that direction.

NOTES

1. The first and third authors' work was achieved in the framework of the project 'Environmental Policy, International Agreements and International Trade' of the European Union (DG XII), coordinated by Professor Alistair Ulph and CEPR, London. It is also part of convention no. 2.4589.92 between the Center of Operations Research and Econometrics (CORE) and the Fonds de la Recherche Fondamentale Collective (FRFC), Brussels, and was on that basis included in the tasks assigned to the Human Capital and Mobility Programme, 'Designing Economic Policy for Management of Natural Resources and the Environment' coordinated by Professor Anastasios Xepapadeas. A first version was presented at the Rethymno meeting of the network in September 1994 and carefully discussed by Jacques Thisse. For the completion of this version, Germain acknowledges the financial support of the Université Catholique de Louvain under its FDS project no. 7-29039.
2. CORE, Université Catholique de Louvain.
3. Département de Mathématique, Facultés Universitaires Notre-Dame de la Paix, Namur.
4. CORE and IRES (Institut de Recherches Economiques et Sociales), Université Catholique de Louvain, and Facultés Universitaires Saint-Louis, Bruxelles.
5. Following Tulkens (1979), whose model is inspired by the literature on 'resource allocation processes' (Arrow and Hurwicz, 1977; Malinvaud, 1970–71; and Drèze and de la Vallée Poussin, 1971). All these processes are formulated in continuous time. Champsaur *et al.* (1977) have proposed a discrete time version which was found to be ill adapted to the international problem considered here. This is why the present alternative process was developed.
6. That is a Nash equilibrium of some non-cooperative game assumed to occur between Finland (with its three regions merged) and the USSR of 1987 (whose four regions are also merged).
7. Because of the linear segment of Kola and Estonia's costs functions, one cannot *a priori* be sure that this optimum is unique. Nevertheless, as it is obtained on the quadratic segment of these functions, it is indeed unique.

REFERENCES

Arrow, K. and L. Hurwicz (eds) (1977), *Studies in Resource Allocation Processes*, Cambridge, UK: Cambridge University Press.

Champsaur, P., J. Drèze and C. Henry (1977), 'Stability Theorems with Economic Applications', *Econometrica*, **45**(2), 273–94.

Chander, P. and H. Tulkens (1991), 'Strategically Stable Cost Sharing in an Economic–Ecological Negotiation Process', CORE discussion paper no. 9135, June 1991. Forthcoming in K.G. Mäler (ed.), *International Environmental Problems*, Dordrecht: Kluwer.

Chander, P. and H. Tulkens (1992), 'Theoretical Foundations of Negotiations and Cost Sharing in Transfrontier Pollution Problems', *European Economic Review*, **36**(2–3), 288–99.

Drèze, J. and D. de la Vallée Poussin (1971), 'A Tâtonnement Process for Public Goods', *Review of Economic Studies*, **38**, 133–50.

Germain, M., P. Toint and H. Tulkens (1995), 'Calcul économique itératif pour les négociations internationales sur les pluies acides entre la Finlande, la Russie et l'Estonie', discussion paper no. 9417 (revised August 1995), Institut de Recherches Economiques et Sociales, Université de Louvain (to appear in *Annales d'Economie et de Statistique*).

Kaitala, V., K. Mäler and H. Tulkens (1995), 'The Acid Rain Game as a Resource Allocation Process, with Application to Negotiations between Finland, Russia and Estonia', *The Scandinavian Journal of Economics*, **97**(2), 325–44.

Kaitala, V. and M. Pohjola (1994), 'Acid Rain and International Environmental Aid: a Case Study of Transboundary Pollution between Finland, Russia and Estonia', in K. Mäler (ed.), *International Environmental Problems*, Dordrecht: Kluwer.

Mäler, K. (1989), 'The Acid Rain Game', in H. Folmer and E. van Ierland (eds), *Valuation Methods and Policy Making in Environmental Economics*, Amsterdam: Elsevier.

Mäler, K. (1992), 'Critical Loads and International Environmental Cooperation', in R. Pethig (ed.), *Conflicts and Cooperation in Managing Environmental Resources*, Berlin: Springer-Verlag, pp. 71–81.

Malinvaud, E. (1970–71), 'Procedures for the Determination of a Program of Collective Consumption', *European Economic Review*, **2**, 187—217.

Tulkens, H. (1979), 'An Economic Model of International Negotiations Relating to Transfrontier Pollution', in K. Krippendorff (ed.), *Communication and Control in Society*, New York: Gordon and Breach, ch. 16, pp. 199–212.

Index

Edith Krispien
Der erste Kreis

Edith Krispien

Der erste Kreis

Eine Meditationsreise in das unbekannte Ich

Ariston Verlag · Genf - München

CIP-Titelaufnahme der Deutschen Bibliothek

KRISPIEN, EDITH:
Der erste Kreis : eine Meditationsreise in das unbekannte Ich / Edith Krispien. – Erstaufl. – Genf ; München : Ariston Verlag, 1989
ISBN 3-7205-1525-7

Gestaltung des Schutzumschlages:
Atelier Höpfner-Thoma, Graphic Design, BDG, München
Umschlagphoto: The Image Bank, München/Michel Tcherevkoff
Satz: SatzStudio Pfeifer, Gräfelfing bei München
Druck und Bindung: Wiener Verlag, Himberg bei Wien
Erstauflage März 1989
Printed in Austria 1989

ISBN 3-7205-1525-7

Inhalt

Und die Herrlichkeit des Herrn
zog durch das Tor,
das nach Osten gerichtet war,
in das Heiligtum ein.

HESEKIEL 43, 4

Vor dem Aufbruch

Wer mit einem Floß den Ozean überqueren will, muß sorgfältige Reisevorbereitungen treffen.

Wenn du bereit bist, diese innere Reise in den Kosmos und in dich selbst mit mir anzutreten, wird es für uns vor dem Start noch einiges zu tun geben. Dabei haben wir Gelegenheit, uns schon ein wenig kennenzulernen, und wir werden keine Zeit mit Vorreden verlieren. Schon in wenigen Tagen wird dir klarwerden, ob du wirklich das bekannte Ufer und den sicheren Hafen der physischen Außenwelt verlassen willst, um dich auf das offene Meer des Geistes hinauszuwagen.

Niemand sticht in See, der nicht über den Mut und die Voraussetzungen verfügt, ein solches Abenteuer zu bestehen. Allein die Tatsache, daß du dich dafür interessierst, beweist, daß etwas dich angerührt hat. Möglicherweise bist du schon seit langem auf dem geistigen Pfad und in mancherlei Übungen und Meditationspraktiken erfahren. Ich meine aber diese ganz bestimmten Anrührungen, von denen jeder Mensch nur zwei oder drei in seinem Leben erfahren soll. Dabei handelt es sich um einen inneren Ruf, der so unsagbar zart und leise ist, daß man schon mit höchster Aufnahmebereitschaft lauschen muß, um ihn überhaupt wahrzunehmen. Die laute Außenwelt und die Wirrnis der oberflächlichen Gedanken lassen die Chance sehr gering erscheinen, daß man diese Stimme je vernimmt. Aber der göttliche Rufer weiß das. In seinem ewig gegenwärtigen Bewußtsein wartet er geduldig auf den Tag und die Stunde, da der Mensch einmal still wird, ohne jedoch einzuschlafen.

Es gibt einen ausgewogenen Zustand von konzentrierter Aufmerksamkeit und zugleich völliger Entspannung, der zu einer überbewußten Wahrnehmungsfähigkeit führt. Es ist, als ob man träume, ohne einzuschlafen, was aber nicht etwa mit aktiver Phantasieleistung zu verwechseln ist. Wir erleben in diesem Zustand reale Wahrnehmungen uns noch unbekannter Welten und Dimensionen, und hier beginnt das große Abenteuer, zu dem wir gemeinsam aufbrechen wollen.

Wenn ich von der Ablenkung durch die Außenwelt sprach, so meine ich damit die Umwelt, wie sie sich im alltäglichen Wachbewußtsein eines Menschen widerspiegelt, nicht etwa die Physis an sich oder die Natur, in der alles Meditation ist, wenn man nur genauer hinschaut. Wir selbst sind ja inkarniert, sind reale Wesen; die materiell manifestierte Welt ist also unser Ausgangspunkt. Es lohnt sich, auf der untersten Stufe zu beginnen, wenn wir die eigentliche, ursprüngliche Wirklichkeit der Originalwelt erreichen wollen, aus der alle Schöpfung hervorgegangen ist.

Auch bei uns geht der Gedanke der Tat voran, der Bauplan dem Bauwerk. In der Schöpfung kommt genau wie bei einem Architekten zuerst die Idee, dann das Modell – die Astralwelt oder der zweite Schöpfungstag – und schließlich die Manifestation in der Physis. Da stehen wir jetzt.

Der Weg zurück führt über die gleichen Stufen, die im Sprachgebrauch so oft und mühelos zitiert werden: Körper, Seele, Geist. Oder: Physis, Traumkörper, körperloses Bewußtsein. Jede dieser Ebenen hat nun wieder eine Stufenleiter, jedoch in diesem *ersten Kreis* wollen wir die drei großen unterschiedlichen Welten erst einmal voll erfühlen lernen. Wir vereinigen als integrierte Körper-Seele-Geist-Wesen diese drei Ebenen in uns, aber wir können uns ohne Übung nicht darin bewegen. Dazu müssen wir jede für sich erfahren und genau kennenlernen, bis wir schließlich wie in einem eigenen Haus von einem Raum in den anderen gehen können, ohne Mühe und ohne Furcht, in völliger Selbstverständlichkeit.

Als erstes sollten wir gemeinsam einen schönen Abend verbringen und miteinander essen, fröhlich sein und ein wenig Pläne schmieden vor der großen Einweihungsreise.

Wir müssen uns über die Erwartungen, Ziele und Hindernisse klare Vorstellungen schaffen. Es wird nicht leicht sein und erfordert von Anfang an eine starke Konzentration, in mancher Hinsicht ein völliges Umdenken. Was ich mit dir erleben will, dir zeigen möchte und von dir erfahren werde, setzt eine umfassende Kommunikation voraus. Es ist nicht erlernbar durch einen Lesestoff. Überhaupt sind Worte hier nur ein Teil des Austausches zwischen dir und mir. Es gibt da noch viel mehr Gedanken, Bilder, Sensationen und Emotionen, Schwingungen, Gebete, Träume, Heilkräfte, intuitive Verbindungen und andere Wahrnehmungen ... Na, was soll ich noch viel sagen: Dieses Buch ist kein Buch. Ich weiß, das ist schon die erste Zumutung, denn in diesem Augenblick hältst du ja gerade ein Buch in der Hand, in dem du lesen willst. Dazu hast du es erworben.

Aber man könnte dieses Buch auch zutreffender als das Floß verstehen, mit dem wir gemeinsam unsere große Reise unternehmen werden. Es hängt von dir ab, was für dich bei dieser Entdeckungsreise herauskommt: eine Erfahrung, ein Abenteuer, eine Freundschaft, eine Verwandlung, eine Einweihung. Und wenn es schon ein Buch sein soll, dieses Vehikel unserer Fahrt, mit dem ich mich dir mitteile, dann wirst du die andere Hälfte davon selbst schreiben müssen.

Nun bereiten wir uns auf unsere erste Begegnung vor. Auf unserer großen Reise werden wir aufeinander angewiesen sein; das erfordert die vertrauensvolle Gewißheit, daß sich jeder auf den anderen verlassen kann. Wir wissen noch so gut wie nichts voneinander, nur daß wir beide diese unausrottbare Sehnsucht der Menschen in uns tragen, Gott und unsere transzendente Heimat wiederzufinden, unsere körperliche Hülle zu verlassen und die Sterne zu erobern – die sichtbaren wie die unsichtbaren. Ich kann aus Erfahrung sagen, daß jeder, aber wirklich jeder Mensch einen ganzen Kosmos in sich trägt; unermeßliche Schätze sind in seinem Inneren verborgen: Landschaften, Wesen, Kräfte, Engel und Teufel, atemberaubende Schönheit und unendliche, unerforschte Tiefen, von denen er selbst nur wenig weiß. Kein Wunder also, wenn uns etwas bange ist vor diesem ersten Treffen – aber das ist ja schon der Anfang des Abenteuers!

Ich schlage vor, wir essen indonesisch, weil es dabei eine Vielzahl verschiedenster Gewürze zu entdecken gibt und weil solche Gerichte stets mit besonderer Aufmerksamkeit und Liebe zubereitet werden. Aber auch wenn du etwas anderes lieber magst und ob du in ein Restaurant gehst oder das Essen zu Hause selbst kochst – es ist unsere erste gemeinsame Mahlzeit. Dabei gewöhnst du dich ganz nebenher daran, mit einer unsichtbaren Person – mit mir – zu speisen, was später noch sehr wichtig sein wird. Dies ist eine reale Erfahrung, und wenn du es richtig machst, wird es dich auflockern und erfreuen. Reserviere bitte meinen Platz an deinem Tisch, dir gegenüber, stelle ein Glas für mich hin, wenn du möchtest, und zünde eine Tischkerze an. Feuer ist ein so feinstoffliches Element und sehr gut geeignet, geistiger Präsenz Raum zu schaffen und dich selbst auf eine telepathische Unterhaltung einzustimmen. Schließlich hat das Feuer auch die Nahrung für uns zubereitet und aufgeschlossen.

Nun kommen wir zu unserem äußeren Gewand. Auf ein Essen, dessen Vorbereitung Stunden dauert und das mit einem Gast zu einem besonderen Anlaß verzehrt werden soll, stimmt man sich selbst im allgemeinen auch etwas ein. Man wählt einen Tag, an dem man mehr Zeit und Ruhe hat. Wer vorher fasten kann, ohne zu leiden, würde sich damit einen großen Gefallen tun. Es ist auch gut, möglichst still zu bleiben und nicht viel zu sprechen. Wenn du in einer Familie lebst, wäre es ein guter Anfang, die anderen Personen behutsam daran zu gewöhnen, daß du dich auf eine geistige Reise begeben hast und in Zukunft noch öfter solche Klausuren für dich beanspruchen wirst. Wenn du es liebevoll sagst und um Verständnis bittest, werden sie es dir gern zugestehen. Du kannst diesen Weg auch mit jemandem gemeinsam gehen, falls du einen Freund oder einen Partner hast, der mit dir auf gleicher Wellenlänge ist. Ich gehe aber mal davon aus, daß du in diesem *ersten Kreis* noch mit mir allein bist, und das erleichtert mir auch das Schreiben.

Ich habe diese Meditationsreise schon mit sehr vielen Menschen gemacht: in kleinen Gruppen, in großen Gruppen und mit Einzelpersonen. Immer wieder wurde ich gebeten, doch endlich meine Anleitungen und Reiseerfahrungen aufzuschreiben. Da aber jede Reise anders verlief, entsprechend dem inneren Zustand und der faszinierenden Vielfalt der Teilnehmer, habe ich dieses Experiment bisher nicht gewagt. Jetzt versuche ich es – mit dir! Und das muß ja gefeiert werden.

Wenn nun unser Abend gekommen ist, werden wir uns rituell reinigen und mit Bedacht kleiden. Gönnen wir dem physischen Körper ein schönes Bad und unserer Seele Gedanken der Harmonie und des Friedens. Mir gelingt es immer besonders gut unter einer warmen Dusche, alle Belastungen und Sorgen des Alltags wegzuspülen, mich mit Hilfe der unzähligen kleinen Tropfen äußerlich und innerlich von jedem Staub und Ballast zu befreien.

Da wir mit unserer Begegnung auf der physischen Ebene beginnen, will ich dir gleich erzählen, daß wir die Physis in drei Farben meditieren werden: *Rot,* die Farbe des Urfeuers und der Lava, die alle Elemente unserer Erde enthält, nehmen wir für die Basis, die anorganische Materie. Rot ist ja auch die erste Farbe im Regenbogen. *Orange* nehmen wir für die organische Ebene, was sowohl für das Innere unseres Körpers gilt wie auch für den organischen Aufbau in unserem äußeren Leben, für die natürliche Umwelt, die Gestaltung unseres Wohnraums, für unsere Zeiteinteilung, unsere Balance zwischen Arbeit, Ordnung und Schönheit. Orange ist eine Mischfarbe, der Übergang zwischen den Farben Rot und Gelb, wie die auf- und untergehende Sonne. Orange ist auch deshalb sicher nicht zufällig die Farbe der Priester und Mönche des Fernen Ostens. Und schließlich das *Gelb,* die Farbe des Sonnenlichtes, welches zugleich Nahrung und Baustoff aller physischen Körper ist. Gelb ist unsere sensuelle Ebene.

Auf der Evolutionsleiter sieht das so aus, daß zuerst im Feuer des Erdinnern die Elemente vorbereitet werden, die später unsere Baumaterialien liefern. Dann kommt der Sprung in das organische Leben, der Bau der Zelle und der Zusammenschluß vieler Zellen, die sich in den vielfältigsten Organen im Körper differenzieren und schließlich die Funktionen und Energien für eine noch höhere Ebene schaffen: für die sensuelle Ebene. Hier vollendet sich nun die Ausstattung der Lebewesen mit Sinnesorganen, mit denen sie ihre Umwelt wahrnehmen können. Immer feiner, sensibler und präziser wird diese Ausstattung, bis wir Menschen über unsere wundervollen Sinnesorgane verfügen können: Augen und Ohren, Geschmack, Geruch und Tastsinn. Und wenn wir wirklich aufmerksam und meditierend essen wollen, dann brauchen wir alle fünf Sinne.

Ich bitte dich also für heute um eine Farbwahl innerhalb dieser drei Farben Rot, Orange und Gelb. Es genügt ja schon, wenn du nur eine Kleinigkeit von der gewählten Farbe an dir trägst, gleichsam als Symbol; es ist aber gerade jetzt sehr wichtig, etwas sichtbar zu manifestieren. Ich habe es zwar leichter, da ich im Geist an deinem Tisch sitzen werde; dennoch werde ich mit meinem Bewußtsein präzise und sorgfältig arbeiten. Ich wähle ein rotes Gewand aus Liebe zu dem feinstofflichsten aller Elemente – dem Feuer. Unsere kleine Tischkerze wird dir helfen, meine Anwesenheit besser zu fühlen.

Nun sollten wir uns um unser Essen kümmern. Falls du selbst gekocht hast, bin ich ganz sicher, daß du mit Liebe und zögernder Überlegung raffiniert gewürzt hast. Gewürze und Aromastoffe sind der feinstofflichste Teil der Nahrung, der Astralwelt schon näher; deshalb bleiben sie uns viel stärker im Gedächtnis haften als das Kauen und Verdauen der gröberen Bestandteile. Und ich hoffe, du wirst dir für dich selbst eine Speise zubereitet haben, die du besonders gern magst. Über die Art der Ernährung, die nach allgemeinen Erkenntnissen für Menschen auf dem spirituellen Pfad am förderlichsten ist, werden wir später einmal sprechen. Wir haben ja auf unserer Reise noch viel Zeit füreinander, um uns austauschen zu können. Heute abend gibt es jedoch keine Bedingungen, sondern nur den Wunsch, daß es dir wirklich schmecken möge.

Für den Fall, daß du in ein Restaurant gehst oder zu Hause jemand anderes für dich kocht, ist es wichtig, während deiner eigenen Vorbereitung auch an den Koch oder die Köchin zu denken. Kochen ist eine geistige Tätigkeit; falls du selbst kochst, wirst du das vermutlich wissen. Es erfordert Aufmerksamkeit und Liebe, die richtige Behandlung der Stoffe, den Umgang mit verschiedenen Geräten und Temperaturen, Phantasie und Einfühlungsvermögen bei der Zusammenstellung und nicht zuletzt auch hier eine ganz bewußte Beachtung der Farben. Dazu braucht man Zeit und Ruhe und Geduld. Während du dich also entspannst, reinigst und festlich kleidest, ist jemand über Stunden damit beschäftigt, das Essen für dich zuzubereiten. Vergiß nicht, zwischendurch immer wieder daran zu denken, einen behutsamen Kontakt zu dieser Person zu suchen.

Der große MAHATMA GANDHI ist stets mit seinem Koch gereist; dies war praktisch sein einziger Luxus. Und obwohl er asketisch wenig und einfach speiste, so war es ihm doch wichtig, daß die Nahrung von einem geisterfüllten Menschen praktisch meditierend zubereitet wurde, daß er den Koch sorgfältiger auswählte als das Essen selbst. Dieser Koch kannte sich gewiß in der herrlichen Vielfalt asiatischer Gewürze aus, darüber hinaus und vor allem »würzte« er das Essen mit Dankgebeten an den Schöpfer aller Wesen, mit Dank für die Nahrung, die so phantasievoll geschaffen wurde, und mit segnenden und liebevollen Gedanken.

Du magst einwenden, daß der Koch deines Restaurants vielleicht nicht so denkt wie sein großer Kollege, aber mit Liebe und Freude kocht er bestimmt, sonst hätte er nicht diesen Beruf gewählt und es darin zu etwas gebracht. Und wer zu Hause gut kocht, der steht dem sicher nicht nach. Den Rest bewirkst du selbst mit deiner eigenen Gedankenarbeit vor der Mahlzeit und während des Essens.

Wir wollen ja an der Basis anfangen, auf der physischen Ebene, und dazu gehören auch die alltäglichen Tätigkeiten des Menschen, nämlich zu essen, zu atmen, zu laufen, sich zu waschen und zu kleiden. Der Geist durchdringt alles, nichts ist ihm zu gering, um es zum Leuchten zu bringen. Wenn du das verstehst und geduldig annimmst, wirst du später auch Schwierigkeiten auf der Reise leichter bewältigen können. Vor allem aber wirst du mehr erleben und tiefer empfinden lernen. Das kann ich dir versprechen.

Der nächste wichtige Mensch ist jener, der dir das Essen aufträgt, sei es die Person, die zu Hause für dich gekocht hat (vielleicht also du selbst!) oder der Kellner in einem Restaurant. Schon allein deine innere und äußere Vorbereitung wird sich auf ihn oder sie übertragen. Kellner sind oft besonders sensibel. Sie dienen von Berufs wegen, doch nicht jeder Gast versteht es, sich mit Anmut bedienen zu lassen, so daß er den Dienenden dabei erhöht, ihm seine Arbeit zur Freude, ja sogar zu einem besonderen Erlebnis macht. Glaube mir, ein solcher Gast verhilft einem Kellner zu einer Sternstunde. Er fühlt es sofort und blüht dabei richtig auf. Er entwickelt Begeisterung (bedenke den Wortbestandteil »Geist«!), nette Überraschungseinfälle, er erkundigt sich mit einer Mischung aus Stolz und Scheu, ob es dir auch wirklich schmecke, so als hätte er selbst gekocht. Vergiß nie, dem Koch einen Dank und Gruß zu bestellen, denn der kommt ja nur selten aus seiner Küche heraus. In Frankreich ist das anders. Da sprechen die Köche mit den Gästen, bevor sie mit der Zubereitung beginnen. Das ist wundervoll. Das Geschenk der Franzosen an die Menschheit besteht tatsächlich in der Meditation beim Kochen und Essen. Und das ist kein geringer Beitrag!

Nun also sitzt du an deinem Tisch, die Kerze ist angezündet und hat eine schöne, ruhige Flamme. Schaue ein wenig hinein ... Wie zuvor das Wasser ein Bad für den Körper war, so ist das Feuer ein Bad für die Seele. Du kannst alle unerwünschten Gedanken hineinwerfen, alles, was dich noch stört oder beunruhigt, alle Last des Tages – gib es getrost der Flamme, sie wird es verbrennen, dir dienen und dich reinigen, so sanft und zärtlich, daß es dir nicht im geringsten weh tun kann. Und während du diese letzte Vorbereitung in dir abschließt, habe ich still dir gegenüber Platz genommen, erwartungsvoll und mit großer Freude. Ich nehme auch an der Versenkung in die Flamme teil ... Das ist nie unnütz. Auch bei mir gibt es Gedanken der Unruhe zu verbrennen, Überlagerungen des Tages, alles, was jetzt trennend und unwichtig ist für uns beide.

Da bist du also! Mein Freund, meine Freundin, mein Gefährte für eine große Reise. Ich begrüße dich. Jetzt haben wir Zeit. Ich genieße es, dir zuzuschauen, wie du bedächtig ißt; ich freue mich daran, wie du aufmerksam deine fünf Sinne gebrauchst, um das Wunder deiner Ernährung zu begreifen. Die Umsetzungs- und Verwandlungsvorgänge der Nahrung in deinem Körper sind schon so phantastisch, daß dies allein genügen müßte, um einen Menschen zur Anbetung zu bringen, lange bevor er in den innersten Tempel des Geistes vordringt oder diesen auch nur erahnt. Die oft geschmähte einfache, materielle Außenwelt ist für sich schon so göttlich, daß es einem erst recht vor Staunen die Sprache verschlagen muß, wenn man weiter in geistige Welten eintauchen will. Aber ich möchte deinen eigenen Gedanken nicht vorgreifen, laß dir nur Zeit.

Nachher werde ich dir den Aufbau der Meditationskette erklären, über die Zeiteinteilung sprechen und über das schwierige Kapitel unserer Kommunikation. Aber vorerst will ich mal versuchen, dich ein wenig zu unterhalten.

Es liegt schon einige Jahre zurück, daß ich mit einem Unsichtbaren ein ganz besonderes, für mich unvergeßliches gemeinsames Abendessen erlebte. Er war ein Meister, einer meiner großen Lehrer, und ich hatte in der Meditation am Nachmittag innerlich den Wunsch geäußert, einmal mit ihm zusammenzusein. Noch am gleichen Abend hat er mir spontan meinen Wunsch erfüllt. Ich konnte ihn nicht sehen, aber seine Anwesenheit mir gegenüber spürte ich deutlicher, als ich je einen körperlich anwesenden Menschen wahrnehmen könnte, selbst wenn ich ihn berühren würde. Du wirst es auf unserem Weg auch noch erfahren: Je geistiger etwas ist, desto intensiver fühlst du es. Nach und nach erfolgt dabei ein Umdenken in dem, was wir für die Wirklichkeit halten.

Mein unsichtbarer Gast unterhielt mich auf das beste. In mir war eine so große Leichtigkeit und Freude, daß ich sie kaum beschreiben kann. Die Erinnerung daran ist in mir lebendiger und intensiver als an die meisten anderen Lebenserfahrungen. Jener überwache Bewußtseinszustand verließ mich während des ganzen Abends nicht.

Neben meinem Teller standen ein Glas Wasser und ein Glas Rotwein. Plötzlich hörte ich, wie er mir einen Vers übermittelte; es war ein innerliches Hören, aber sehr deutlich und einer akustischen Erfahrung durchaus ähnlich. Hier ist der Vers:

Wein des Kosmos: Wasser.
Blut der Erde: Wein.
Erde spricht: Es werde!
Wasser schwebt im Sein.

Du kannst dir sicher vorstellen, daß ich verblüfft und leicht verwirrt war, bis ich den Zusammenhang überhaupt verstand. Dann aber wurde mir klar, daß er mich mit diesen wenigen Worten den ganzen Abend und noch lange Zeit danach überaus anregend beschäftigte. Je länger ich darüber nachdachte, desto mehr entdeckte ich: bis mir schließlich der Unterschied von Werden und Sein so klarwurde wie nie zuvor. Ich begriff, daß Wein in einem ständigen Prozeß der Reifung und Klärung befindlich ist, während

Wasser eben fertig ist, ein Grundelement des Lebendigen. Daß auch die Erde ständigem Wandel unterworfen ist, wie auch alle Lebewesen mit ihr, das war schon leichter zu begreifen. Aber das Nebeneinander – die Gleichzeitigkeit von Fertigem und Werdendem, auch in uns –, das sah ich seitdem auf eine neue Weise.

Diese kleine Schilderung mag dir vielleicht helfen, die Hemmungen vor dem Essen mit unsichtbaren Personen abzubauen, falls du welche hattest. Was du aber aus diesem gesamten Erleben machst, wie du das Gehörte in dir selbst ausbaust und zum Blühen bringst – das bist *du*, das ist deine eigene, unverwechselbare Seele. Und dein Körper dient dir dabei als Lehrmeister, denn wie er mit der gebotenen Nahrung umgeht, sie zerlegt, verdaut und klug verwendet, bestimmte Stoffe als Reserven anlegt, Zellen ihrer Eigenheit entsprechend richtig füttert, wie er hier etwas ausbessert, dort etwas heilt und immer sich dabei dienend deiner Seele unterordnet, dem oft unvernünftigen Bewohner dieses schönen Hauses, das ist schon bewundernswert.

Andere Völker haben da schon einiges für uns erarbeitet. Ich denke an die Japaner, die mit ihrer Teezeremonie eine meditative Verbindung zwischen Gastgeber und Gast herstellen. Sie haben auch bei entsprechenden Anlässen an ihren Tafeln Plätze für die Ahnen reserviert, deren unsichtbare Gegenwart sie mit unbefangener Selbstverständlichkeit voraussetzen. Diese Sitten sind ein schönes Geschenk für die Menschheit; und es gibt wohl kein Volk, das nicht irgendeine besondere Gabe für alle anderen

Menschen auf Erden hätte. Es lohnt sich, mit aufmerksamer Dankbarkeit danach zu suchen, und sich klarzumachen, in welchen oft Jahrhunderte dauernden Zeiträumen dieses Geschenk für uns erarbeitet und vollendet wurde.

Motive für die Meditation

Nun wird es wohl Zeit, daß wir über unsere große Reise sprechen. Wie wir das bewerkstelligen, das ist das Experiment und ein Teil des Abenteuers dieses Buches, an dem du ja von nun an in gleicher Weise beteiligt bist.

Zunächst müssen wir uns über die Motive klarwerden. Ich werde dir meine eigenen erklären. Auch über die Gründe anderer Menschen, die diese Meditationskette mit mir bereits durchwandert haben, kann ich etwas berichten. Und dann ist es an dir, tief nachzudenken, dich gewissenhaft selbst zu fragen, was dein Ziel sei: was du dir erhoffst von dieser Reise und ob du wirklich bereit bist, dich den Herausforderungen und Anstrengungen, die damit verbunden sind, zu stellen. Denn ohne Ziel gibt es keine Pilger. Und nur ein Narr würde sich mit einem Floß dem Ozean anvertrauen, ohne sehr gute Gründe dafür zu haben. Höchste Erwartungen könnten einen Menschen dazu bringen – und noch etwas mehr: ein unausrottbarer Glaube, eine herrliche, unvernünftige Gewißheit, das *neue Land* tatsächlich zu erreichen. Wo immer es sein mag, was immer es sein mag und wie lange es auch bis dorthin dauern sollte ...

So, jetzt hast du schon erfahren, wie unsere Kommunikation funktioniert. Eigentlich doch ganz einfach.

In all den Jahren, in denen Menschen zu mir kamen, um diese Meditationskette zu erleben, haben wir zuerst dieses Interview auf Gegenseitigkeit veranstaltet. Personen, die oberflächliche Motive als Grund angaben – wie zum Beispiel, daß sie besser schlafen möchten, ruhiger werden, konzentrierter, mehr Erfolg im Beruf oder in der Liebe haben wollten –, wurden mit der Zeit immer seltener. Die geistigen Begründungen und Zielsetzungen nahmen zu. Darin sehe ich ein Symptom für die Aufbruchstimmung in das neue Zeitalter, die geradezu explosionsartig zunehmenden Lichterkreise auf der ganzen Erde, die deutliche Spiritualisierung in der Psychologie und anderen Berufe ... das vielzitierte Wassermannzeitalter: Hier scheint es sich wirklich schon anzumelden. Das läßt sich kaum noch übersehen, selbst von solchen Menschen nicht, die von Ideologien, Kirchen, Sekten und Gruppen aller Art frustriert sind, entweder weil sie nicht fanden, was man ihnen versprach, oder weil sie nicht darüber nachgedacht hatten, was sie eigentlich suchten. Diesen schlimmen Fehler wollen wir von vornherein ausschließen.

Jetzt spreche ich von denen unter meinen Besuchern, die sozusagen schon mit allen Wassern gewaschen waren. Sie kannten bereits eine Menge Meditationstechniken: *Hatha-Yoga, Kriya-Yoga, Radja-Yoga, Mantra-Yoga, Karma-Yoga* und gelegentlich auch Leseexerzitien und Gedankenübungen westlicher Religionen. Sie hatten durch andere Besucher von meinen Meditationen gehört und wollten nun auch diese Erfahrungslücke schließen. Diese an sich lobenswerte Wißbegierde artet jedoch manchmal in ein Hamsterverhalten aus. Man will sich nichts entgehen lassen. Ein Machtbedürfnis kann dabei auch im Spiele sein – genauso aber auch der sehr ernsthafte Versuch, alles fair und vorurteilslos zu prüfen, bevor man sich endgültig irgendwo ansiedelt. Oder damit man wenigstens am Ende seines Lebens sagen kann: Ich habe Gott gesucht, habe keinen Weg ausgelassen und habe trotz mancher Enttäuschungen auf diese Weise wenigstens ein Leben geführt, das nicht allein an materiellen Werten orientiert war. Vielleicht trifft das auf die meisten meiner Freunde zu: vernünftig und ein wenig skeptisch, nicht gerade entflammt für das geistige Leben, aber auch nicht mehr gleichgültig.

Ich kann von den Mitgliedern unserer Gruppen sagen, daß sie treu und mit viel Disziplin ihren Weg gegangen sind und eigentlich alle irgendwann auf dem Wege eine große Überraschung und Belohnung erhielten, weit über ihre Erwartungen hinaus.

Und dann gibt es noch eine kleine Gruppe. Sie kommen mit leuchtenden Augen, einer unverkennbaren Vorfreude und einer Gewißheit, daß sie behutsam und fürsorglich auf ihrem spirituellen Pfad geleitet werden. Sie haben eine geistige Anrührung erfahren, und sie sind sich dessen absolut sicher. Es heißt, wie gesagt, jeder Mensch erhalte zwei oder drei Anrührungen Gottes in seinem Leben, was aber noch nicht heißt, daß er sie auch beachtet. Wenn er es aber tut, dann gibt es einen solchen Durchbruch, daß sich fortan sein ganzes Leben verändert. Er wird wie ein Kind; und von da an ist sein Leben voller Wunder, und er nimmt jeden Tag mindestens zwanzig Anrührungen wahr – es werden immer mehr. Alles beginnt zu leuchten. Wer das Glück hat, einem solchen von Gott erfüllten Menschen zu begegnen, der darf sich selbst angerührt fühlen. Denn genau so geschehen ja die Anrührungen. Diese Personen stekken mit ihrer Glückseligkeit andere an; allein im Austausch mit ihnen bekommt man eine Ahnung – eine Art Anzahlung auf höhere Freuden. Der Umgang mit ihnen ist erfrischend und reinigend und nebenbei lehrreicher als alle Techniken und Systeme der Vergeistigung zusammen.

Solltest du zu dieser Gruppe gehören, dann reise ich mit dir ohne Bedenken durch den ganzen Kosmos bis an das »Ende der Welt«. Ich würde mich mit dir in jede Rakete einsperren lassen, die Hölle durchqueren, durch die Wüste laufen – oder nur zu gern auf unserem Floß auf den Ozean hinaussegeln.

Gehörst du zu der vierten Gruppe, den ahnungsvollen *New-Age-People,* die es einfach riskieren wollen, geistig zu arbeiten, was immer dabei herauskommen mag, bist du mir ebenfalls herzlich willkommen. Mach dir keine Sorgen, deine Voraussetzungen sind gut. Solche Leute überholen manchmal die allzuleicht Entflammten durch ihre unbeugsame Treue und Disziplin.

Gruppe zwei – das waren die umfassend Vorgebildeten, denen Meditationen aller Art schon geläufig sind und die oft auch glauben, nichts mehr dazulernen zu können (nur der Ordnung wegen wollen sie alles kennenlernen, der Sicherheit halber nichts auslassen): auch diese sind mir herzlich willkommen, denn schließlich soll der Mensch ja alles prüfen und das Beste behalten.

Bitte überlege einen Augenblick, wie du dieses große Zitat auslegst. Würdest du es für dich so anwenden, daß du von allem, was du prüfst, am Ende *eines* als das Beste für dich herausnimmst? Oder daß du von *jedem* das Beste nimmst, also am Ende eine Ernte von allen Erfahrungen für dich ganz individuell zusammenstellst? Es ist eine knifflige Frage. Die Menschheit schlägt sich schon lange damit herum, und es wurden auch Kriege um diese Antwort geführt.

Bei mir ist beides wahr, und das nicht nur aus Diplomatie. Wenn es um Weisheiten geht, um geistige Kultur und geistliche Bräuche, um eine besondere Art, einen Gottesdienst zu feiern, für eine Ernte zu danken, ein Neugeborenes zu begrüßen oder einen Toten zu verabschieden – da möchte ich wirklich keine Erfahrung missen, weder aus allen Weltreligionen noch aus manchen unbekannten kleinen Gruppen. Wenn es um die Wahl geistiger Lehrer geht, um das, was ich als Wahrheit für mich annehmen und ausbauen möchte, kann jeweils nur *einmal* das Beste gerade gut genug sein. Zwar kann in der persönlichen Entwicklung eines Menschen eine solche Wahl in seinem Leben mehrfach und mit anderen Ergebnissen erfolgen, aber niemals kann gleichzeitig Verschiedenes nebeneinander bestehen.

Solltest du also in jene zweite Gruppe gehören und schon reichlich Erfahrungen mit verschiedenen Meditationstechniken, Gurus, Kirchen oder gar geistlichen Orden haben, dann wirst du es sicher gut verstehen, wenn ich dich bitte, für die Zeit unserer Reise nicht zu mischen, sondern dir erst hinterher wieder deine eigene Zusammenstellung geistiger Übungen zu gestalten. Denn um wirklich unterscheiden zu können, muß man die neue Meditationsweise rein und unvermischt erfahren. Sonst kannst du gar nicht beurteilen, was dir guttut und womit du wirklich vorankommst.

Ein paar Ausnahmen kann man hier allerdings gelten lassen. Wenn du regelmäßig in eine Kirche oder einen Tempel gehst, kannst du das auch weiterhin während unserer Reise tun. Deine gewohnten Gemeinschaften in der Anbetung Gottes, der Fürbitte für andere und der Bitte um Reinigung für dich selbst sind auch ein Teil unserer Gemeinschaft und kann uns nur förderlich sein.

Wenn du die lobenswerte Gewohnheit hast, deinen Tag mit einer stillen Meditation zu beginnen oder abzuschließen, ist auch dies sehr gut. Solche Gewohnheiten soll man beibehalten, denn die sind ja lange genug aufgebaut worden.

Das gleiche gilt für Yogadisziplinen, für Körperstellungen als gewohntes Morgentraining, für tiefes Atmen und Atemtechniken einschließlich *Kriya* – wer sich das einmal angeeignet hat, soll es ruhig beibehalten. Es kann uns nur von Nutzen sein. Wir wollen ja etwas ganz anderes machen: ein Bewußtseinstrainung durch viele Stufen hindurch, eine intensive Erlebnisreise, auf der alle früheren Übungen in einem neuen und sinnvollen Licht erscheinen können. Hierzu benötigst du allerdings ein freies, unbeeinflußtes Denken, eine Portion Abenteuerlust und Neugier, den starken Wunsch nach geistiger Entwicklung und – die Hauptsache! – die Sehnsucht nach Gott. Und hier, an diesem Punkt, muß ich sagen: Die Angehörigen der ersten Gruppe, die sich aus rein selbstsüchtigen, vordergründigen Motiven auf eine solche Reise begeben wollen, die sollten sich noch einmal gründlich prüfen. Selbst wenn sie die Energie eines Olympiatrainers mitbrächten – ohne ein höheres Ziel wird niemand diese Reise bis zum Ende durchstehen können.

Wenn ich sagte, es sei besser, nicht zu mischen, so bezieht sich das auf Gleichartiges. Man kann nicht zweierlei Reisen gleichzeitig machen – weder körperlich noch geistig. Jedoch sind in dieser Zeit Musik, gute Bücher und tiefe Gespräche eine Unterstützung. Das sollst du alles haben, nach eigener Wahl. Das ist Reisegepäck, wie du es wohl auf jede größere Reise mitnimmst. Und natürlich werden wir uns untereinander austauschen, uns zeigen, was wir lieben und was uns beschäftigt.

Laß uns nun gemeinsam ganz ruhig in die Flamme unserer Tischkerze schauen. Mein Freund, meine Freundin, mein Reisekamerad – ich erhebe mein Glas und trinke mit dir auf das Gelingen unserer Reise, auf unsere geistige Freundschaft und auf gegenseitiges Vertrauen! Darauf, daß wir allen Stürmen trotzen und uns stets aufeinander verlassen können. Darauf, daß unsere Liebe zu Gott, zu den Menschen und zu der wundervollen Schöpfung wachsen möge, ebenso wie unser Verständnis für unseren eigenen, nicht austauschbaren Platz in dem gewaltigen kosmischen Drama.

Nun ist es an der Zeit, daß ich dir etwas über die Gliederung der Meditationskette sage. Das Buch, das du in der Hand hältst, ist der Beginn einer Vierundzwanzig-Stunden-Meditation. Jetzt kennen wir uns wohl schon gut genug, daß du es mir nicht übelnehmen wirst: Da ist ein kleiner Trick dabei. Wenn man alle Stunden der Meditationskette nahtlos aneinanderreiht, ergeben sie genau einen Tag. Eine solche Marathonleistung will ich jedoch nicht von dir verlangen. Nein, die Meditationen erfolgen einzeln, und die Abstände kannst du selbst wählen. Ich kann höchstens mit Erfahrungen dienen, was da am günstigsten sei, obwohl das letztlich individuell ganz verschieden ist. Einmal in der Woche – das ist schon ein ziemliches Tempo, aber für den Anfang recht gut, weil man dann besser hineinkommt. Die Zwischenräume zählen aber auch, denn der Geist wird ja beschäftigt, die Träume werden intensiver, das gesamte Erleben in der Außenwelt vertieft sich, und es gibt zwischendurch auch immer noch einigen Stoff zu bewältigen, manches zum Nachdenken, zum Klären, zum Aufarbeiten – in uns selbst und in unserem praktischen Leben.

Unsere Meditationsreise ist mit üblichen Lernvorgängen nicht zu vergleichen, und deshalb ist es mit Tempo allein nicht zu schaffen. Sehr oft habe ich erlebt, daß die Menschen, die zu mir kamen, zunächst die Ärmel hochkrempelten: »Das haben wir gleich, die Sache gehen wir an, der Kurs wird absolviert. Gründlich, sauber, schnell. Um so schneller kommen wir voran, bringen wir es hinter uns!«

Wir haben es hier aber mit einem Eintauchen nach innen zu tun, mit anderen Dimensionen, die die Zeitabläufe sehr unterschiedlich erscheinen lassen. Bei einer Meditation pro Woche – und das wäre sehr schnell – würdest du in einem halben Jahr mit allen vierundzwanzig Teilen durch sein. Aber ob du dann auch am Ende deiner Reise angekommen wärest, das ist zu bezweifeln. Langsamer kann schneller sein – in mancher Hinsicht: Weniger ist mehr!

Bei einer Meditation im Monat bräuchtest du insgesamt mindestens zwei Jahre. Das ist sehr realistisch für das Wahrnehmen der vollen Erfahrungsskala, die auf dieser Reise möglich ist, wenn du wirklich intensiv miterlebst und mitarbeitest. Größere Abstände möchte ich nicht empfehlen, sonst vergißt man zuviel in der Zwischenzeit.

Im allgemeinen habe ich die ersten Termine dichter gewählt, vor allem im ersten Kreis mit den vier Meditationen dieses Buches. Im zweiten und dritten Kreis – gleichfalls mit je vier Teilen – vierzehntägig, und in den letzten drei Kreisen dann mit monatlichen Abständen, zumal in den letzten drei Kreisen auch die Zusatzarbeit größer ist: Es wird komplizierter, man beobachtet aufmerksamer, wie man sich zwischenzeitlich fühlt, wie man träumt, spricht, denkt, arbeitet – und wie sich die Beziehungen zu anderen Menschen entwickeln. Das sind durchaus erstaunliche und tiefgreifende Prozesse, bei denen mit Eile nur wenig zu erreichen ist.

Es ist nun schon gesagt: Die vierundzwanzig Teile sind in sechs Kreise zu je vier Meditationen eingeteilt. Die ersten drei Kreise dienen dem Aufbau, die letzten drei dem vollen Einsatz aller bis dahin erworbenen Fähigkeiten. Dann wird es wirklich sehr abenteuerlich, weil wir uns dann auf sieben Ebenen so frei bewegen können, wie man in einem großen Haus mühelos von einem Raum in den anderen, von einer Etage in eine darüber- oder darunterliegende gehen kann. Je genauer du in den ersten zwölf Teilen gearbeitet hast, um so mehr wirst du danach erleben können, mit zunehmender Intensität.

Im Grunde mußt du dabei nur eine einzige Bedingung treu erfüllen: Schritt für Schritt gehen, der Reihe nach, niemals eine Stufe überspringen. Dieses System ist mit vielen Menschen jahrelang erprobt worden und hat sich bewährt. Auch jetzt, während ich schreibe, überlege ich mir genau, was ich dir im voraus sage und was ich dann lieber dem unmittelbaren Erleben überlasse, denn das ist natürlich viel besser für dich. Ich werde so schnell wie möglich dazu übergehen, das verspreche ich dir.

Mir sind viele Menschen begegnet, die seit Jahren und Jahrzehnten in stille Meditationen eintauchen, von durchaus großen Gurus dazu angeleitet. Dennoch klagen sie, daß ihre Gedanken immer noch durcheinanderwirbeln und daß sie innerlich so gut wie nichts erleben oder sehen. Oft sind sie regelrecht entmutigt und halten sich für unfähig oder gar für unwürdig. Das tat mir immer sehr leid, denn es ist wirklich nicht nötig, daß jemand so leer ausgeht. Ein Mensch, der im Herzen Gott liebt und dessen ehrliches Streben es ist, sich geistig zu entwickeln, der sollte auch innerlich etwas erleben. Das ist nicht nur eine vage Möglichkeit, sondern eigentlich selbstverständlich.

Wir gehen also durch sechs Kreise mit je vier Meditationen. Jeder Kreis ist in sich geschlossen und in den jeweils ersten drei Teilen besonderen Themen und Aufgaben gewidmet. Die vierte Meditation ist immer eine Tempelmeditation. Das ist eine Feier, die Ernte eines Kreises, ein Gottesdienst, den wir in unserem eigenen inneren Tempel zelebrieren, und schließlich ein schönes Fest zwischen uns beiden, so wie jetzt bei unserem ersten gemeinsamen Essen. Wenn mehrere Personen daran teilnehmen, es sich also um eine Meditationsgruppe handelt, sind es gerade die Tempelmeditationen mit dem anschließenden fröhlichen Beisammensein, die die geistige Freundschaft der Mitglieder untereinander besonders festigt.

Ich konnte bei Gruppen stets die Erfahrung machen, daß immer alle geschlossen weitermachen wollten: Wenn einer mal an einem Tag nicht dabeisein konnte, so wartete die ganze Gruppe auf ihn oder sie. Dies wird um so schwieriger, je größer eine Gruppe ist. Deshalb empfehlen sich kleine Gruppen zu zwei, drei, fünf – höchstens sieben Personen. Bei Berufstätigen wird es dann schon manchmal ein Problem, für alle gemeinsame Termine zu finden. Aber ich darf wohl davon ausgehen, daß wir beide diese unsere Einweihungsreise in den ersten Kreis gemeinsam antreten, wir beide allein. Das erleichtert mir die Erklärungen. Auf den Umgang mit Gruppen komme ich dann später noch einmal zurück.

Wir fangen ganz einfach an, im ersten Kreis mit drei Ebenen, im zweiten mit fünf. Vom dritten Kreis ab ist dann unsere Leiter mit sieben Ebenen vollständig. Laß dich aber nicht verführen, zunächst unaufmerksam, flüchtig, oberflächlich zu meditieren, weil dir am Anfang alles so leicht und einfach erscheint; dann würdest du später große Schwierigkeiten haben. Wir werden ein kräftiges Tempo vorlegen; nur läßt sich dieses nicht an Leistungen messen wie das intellektuelle Lernen, zum Beispiel von Vokabeln einer Sprache. Wir haben es mit einem Lauschen nach innen zu tun, mit der Fähigkeit, etwas abzuwarten und auftauchen zu lassen, ganz ohne Anstrengung und Zwang. Das erfordert ein Umdenken. Es ist alles ganz anders als gewohnt, aber dennoch durchaus erfolgreich, wenn man systematisch vorgeht.

Und nun schließen wir unser Begrüßungsessen ab und einigen uns auf unsere nächste Verabredung – den Beginn unserer ersten Meditation, den ersten Teil des *ersten Kreises.* Ich freue mich auf dich, das kannst du mir glauben. Bestimme den Tag!

Die erste Meditation

Nun also ist es soweit. Ich vermute, daß du dir einen Abend freigenommen hast, vielleicht nach einer harten Tagesarbeit. Du hast einen Raum gewählt, in den du dich zurückziehen kannst und wo ich mich als Gast einfinden kann. Weiterhin stelle ich mir vor, daß du schon ein wenig zur Ruhe gekommen bist, vielleicht durch einen Spaziergang nach dem Abendessen. Falls du in einer Familie oder Hausgemeinschaft lebst, wirst du deinen Mitmenschen freundlich klargemacht haben, daß du dich jetzt zurückziehst und nicht gestört werden möchtest. Ich glaube auch, daß du deinen Raum ein wenig schöngemacht hast, mit den Mitteln, die dir eben zur Verfügung stehen. Reinigung, Ordnung und frische Luft setze ich voraus, aber das Besondere liegt ja in den kleinsten Dingen. Ein Blumenstrauß, eine brennende Kerze, eine Schale mit Früchten – damit schmückt man die Altäre in allen Weltreligionen. Und wenn du nichts von alledem haben kannst, wenn du dich in einer extremen Lebenssituation befindest, die das alles nicht erlaubt, dann mach dir keine Sorgen. Gerade dann wirst du um so mehr den Sieg des Geistes über die Materie erfahren.

Einige kleine Vorbereitungen gibt es noch. Zunächst dein Sitzplatz. Wenn du auf dem Boden frei mit untergeschlagenen Beinen sitzt (»Schneidersitz«), als geübter Meditierer, wird dein Rücken gerade sein, und das ist die Hauptsache. Wenn du auf einem Stuhl sitzt, mußt du darauf achten: Nicht schräg zurücklehnen und nicht nach vorn zusammensinken! Ein Kissen im Rücken kann helfen, den Rücken kerzengerade zu halten. Eine gute Sitzhaltung ist wirklich wichtig, damit du während der Meditation nicht durch körperliches Unbehagen gestört bist. Menschen, die behindert oder krank und an das Bett gefesselt sind, bilden eine Ausnahme. Sie können ebensogut an allem in Gedanken teilnehmen; davon möchte ich aber jetzt nicht ausgehen. Ein Kranker kennt seine Situation und paßt sich ihr an. Ich werde später noch einzelne Meditationen für extreme Ausnahmefälle zeigen.

Zu beglückwünschen sind die Menschen, die schon früh und mit vollen Kräften eine bewußte geistige Entwicklung anstreben. Nur möchte ich durch diese Aussage ältere Menschen nicht entmutigen, denn es ist nie zu spät – selbst auf dem Totenbett kann ein solches Bemühen noch von Nutzen sein und den Weg bereiten für einen angstfreien Abschied von dieser Welt.

Nun komme ich aber wieder zu dir, in deinen Raum. Ich spreche zu dir als zu einem gesunden Menschen, der auch über akzeptable Möglichkeiten verfügt, sich zurückzuziehen. Stelle alle Störquellen ab, soweit es eben geht: Telefon aushängen, Türglocke abstellen, Mitbewohner und Freunde bitten, deine Klausurzeit zu respektieren und zu schützen. Zünde deine Kerze an und richte deinen Sitzplatz.

Ich werde dir im Geiste gegenübersitzen. Es könnte deine Vorstellungskraft unterstützen, wenn du für mich einen Stuhl hinstellst oder ein Kissen bereitlegst, falls du auf dem Boden sitzt. Zumindest sollte der Raum dir gegenüber frei sein. Man kann sich doch nur schwer eine Person vorstellen, wenn sie einen Tisch durchdringen müßte, um Platz zu finden. Scheinbar sind das Kleinigkeiten, aber ich weiß aus Erfahrung, daß es besser ist, sie zu berücksichtigen.

Wenn du deinen Platz eingenommen hast, komme ich zu dir und setze mich dir gegenüber nieder. Ich begrüße dich lächelnd, mit herzlicher Freude. Da du es ja schon fertiggebracht hast, mit mir zu essen und mich als unsichtbare Tischgesellschaft akzeptieren konntest, wird dir die jetzige Situation schon fast vertraut sein. Mit der Zeit wird sie dir noch viel selbstverständlicher werden, und wir werden uns auf unsere Begegnungen freuen ... Ja, der ganze Tag vor einer Meditation wird eine besondere Qualität haben. Du wirst sehen.

Du sitzt also schön aufrecht mit geradem Rücken, die Hände mit nach oben gekehrten Handflächen locker auf die Oberschenkel gelegt, die Schultern leicht zurückgenommen. Wir beginnen jetzt mit der Einstiegsmeditation. Das ist eine Vormeditation, die dir hilft, deine Aufmerksamkeit voll von der Außenwelt abzuziehen. Wir werden jede Meditation damit beginnen, und wenn du das richtig machst, wirst du deinen Körper nicht mehr spüren, keine Außengeräusche mehr hören und innerlich zugleich entspannt und hellwach sein. Dieser Einstieg ist wichtig, damit du – wenn er dir gelingt – sehr schnell zu tief innerlichen Erfahrungen kommen kannst, schneller als mit jahrelang trainierten technischen Übungen. Zwar ist dies auch eine Übung, aber sie liegt bereits auf unserer Linie der Arbeit mit Bewußtsein und Vorstellung. Und da wir uns einmal mittels eines Buches verständigen müssen, bleibt dir nichts anderes übrig, als die Übung vorher zu lesen und zu lernen. Sie ist ganz leicht, muß aber präzise und mit tiefer Aufmerksamkeit durchgeführt werden. Das gilt natürlich auch für alle weiteren Teile der eigentlichen Meditation.

Wenn zwei oder mehr Personen an dieser Reise teilnehmen, wird immer einer den Einstieg sprechen, ruhig und deutlich, nicht zu langsam und nicht zu schnell. Es muß immer Spielraum zum Denken bleiben. In einer Gruppe sollte der Einstieg von Meditation zu Meditation immer von einer anderen Person gesprochen werden, abwechselnd, der Reihe nach.

Diesmal bin nun ich dein Sprecher für den Einstieg. Deshalb nimm ihn in dich auf und genieße es, für dich arbeiten zu lassen:

Wir schließen die Augen und gehen zunächst einmal in unsere nähere Außenwelt. Wir konzentrieren uns auf die Geräusche. In der Nähe einer Straße würden wir wohl hören, wie Autos vorbeifahren. Je intensiver wir hinhören, desto lauter erscheinen uns die Geräusche, bis sie uns schon fast stören. Schließlich glaubt man, bei diesem Krach überhaupt nicht meditieren zu können. Wie soll man es schaffen, dabei Ruhe zu finden?

Keine Sorge – das geht ganz leicht! Du wirst staunen. Zunächst aber senden wir den Fahrern in den vorbeifahrenden Autos ein paar segnende Gedanken zu. Wenn es Abend ist, sind sie auf dem Weg nach Hause. Sie kommen von der Arbeit, und vielleicht erwartet sie eine turbulente Familie. Wir fliegen jetzt etwas höher über dem Ort, wo wir wohnen, und schauen ein wenig in die Häuser hinein. Manche Leute sitzen schon beim Abendbrot, Kinder klappen erleichtert ihre Schulbücher zu, Haustiere werden gefüttert. Andere Menschen sind noch draußen unterwegs oder an ihrem Arbeitsplatz tätig. Dann siehst du dort die Bäume, die Vögel auf den Ästen, die Enten auf dem Teich. Der Tagesausklang ist überall zu fühlen. Wir geben allen ein paar freundliche Gedanken und verabschieden uns nun von dieser Außenwelt für die Zeit unserer Meditation, indem wir uns in diesen Raum, in dem du jetzt sitzt, zurückziehen.

Nun konzentrieren wir uns auf den Raum, seine Ausdehnung, die Begrenzung durch seine Wände, bis wir ihn mit geschlossenen Augen ganz fühlen und genau sehen. Und jetzt flackern wir diesen Raum mit einem reinigenden Feuer aus, einem astralen Feuer, das nichts verbrennt, sondern nur ein sehr einheitliches Bewußtseinsfeld herstellt. Auch zwischen uns beiden! Denn Feuer ist ein so einzigartiges Element, daß zwei oder mehrere Personen, die »Feuer« denken, eine weitgehend gleiche Vorstellung entwickeln müssen. Es soll angenehm für dich sein! Was ein warmes Bad für den Körper ist, das ist ein imaginäres Feuer für die Seele, weil man getrost alle unerwünschten Gedanken hineinwerfen kann. Das Feuer wird sie wegflackern, behutsam, fast zärtlich, und es wird nichts nehmen, was man ihm nicht freiwillig gibt. Wer allerdings an diesem Punkt bereits Ängste entwickelt, wer sich Feuer nicht ohne inneren Widerstand vorstellen kann, der ist so blokkiert, daß er auf den weiteren Stationen kaum mühelos vorankommen wird. Ich muß gleich am Anfang darauf hinweisen, daß dies eine kleine Prüfung ist. Eine so elementare Angst wie die spontane innere Abwehr gegen Feuer bedarf der psychologischen Erforschung und Behandlung. Ich hoffe, daß dies für dich kein Hindernis ist und daß du das Reinigungsfeuer bei unserem Einstieg mit mir genießen kannst. Nun haben wir nämlich auf wunderbare Weise ein einheitliches Feld zwischen uns hergestellt, unabhängig von Ort, Zeit und Raum. Welche Gedanken uns zuvor auch noch beschäftigt oder beunruhigt haben mögen – wir haben sie mit Hilfe des Feuers loslassen können, wenigstens für die Zeit unserer Meditation.

Nun kommt der nächste Schritt. Wir ziehen uns jetzt mit unserem Bewußtsein in unseren Körper zurück, erfühlen ihn von innen bis an die Grenzen unserer Haut, nehmen uns die Zeit, uns in diesem gewaltigen, komplizierten Organismus, der uns so treu und unauffällig dient, einmal umzusehen. Dieser Körper ist ganz offensichtlich von göttlicher Intelligenz erbaut und geleitet – und dennoch ist er für das Ich-Bewußtsein unserer Seele nur das Vehikel, in dem wir herumfahren wie dreijährige Kinder in einem *Rolls-Royce* – ohne Führerschein. Wir betrachten die großen Organe – Gehirn und Herz, Leber und Nieren – und die Blutkörperchen, die mit ihren Lasten durch die Adern laufen wie auf endlos verschlungenen Autobahnen. Von der großen Zentrale intelligent gesteuert, versorgen sie die Fütterung und Reinigung der Zellen, schleppen Baustoffe hin und her, holen Sauerstoff von den Lungen, und wenn es sein muß, helfen sie Verletzungen zu heilen und Feinde zu bekämpfen. Es ist wichtig, daß wir uns für dieses Eintauchen in den Körper etwas mehr Zeit nehmen, vor jeder Meditation, bis wir immer besser und mit dankbarem Staunen begreifen, was für ein wundervolles Instrument uns hier als Bewußtseinsträger während unserer physischen Inkarnation gegeben wurde. Und außerdem kann man nichts wirklich loslassen, es sei denn, man hätte es zuvor mit vollem Bewußtsein besessen.

Bitte konzentriere dich jetzt noch einmal stark auf deine Lungenatmung. Fühle, wie sich deine Lungenflügel quer aufdehnen. Wenn du in Gedanken deine Arme waagrecht ausbreitest, kannst du dein Herz und die Lungenatmung regelrecht gleichzeitig sehen. Ein bestimmter Punkt in deiner Wirbelsäule auf der Höhe des physischen Herzens ist ein wichtiger Platz auf unseren Reisen, den du dir jetzt schon merken kannst. Bei der Konzentration auf die Atmung mach dir klar, daß dieser Vorgang von der ersten bis letzten Sekunde deines Lebens automatisch funktioniert, unbewußt gesteuert, genauso wie dein Herzschlag, und daß dein Bewußtsein von der Verantwortung befreit ist, hierfür Sorge zu tragen. Gott sei Dank! Wer würde sonst länger als zehn Minuten überleben? Wenn wir jetzt also den nächsten Schritt tun, dann überlasse dich dieser Dynamik mit dankbarer Gewißheit.

Nun also ziehen wir unser Bewußtsein auch von dem Körper zurück – seine Funktionen werden unbewußt über das vegetative Nervensystem gesteuert – und atmen in unseren Gedanken jetzt in der Senkrechten, gleichsam im Hohlraum unserer Wirbelsäule. Und zwar beginnen wir immer einatmend vom untersten Punkt am Ende des Steißbeins und ziehen ganz langsam den Atem hinauf bis zur Kehle, dann gibt es einen kleinen Knick nach hinten, schräg aufwärts, bis zur Schädelbasis, einem Punkt, den man mit dem Finger gut fühlen kann, und dann noch einmal nach einem Knick schräg nach vorn, bis zu dem Punkt zwischen den Augenbrauen. Erfahrene Meditierer kennen sich mit den sogenannten *Chakras* (den Energiezentren und Toren unseres Bewußtseins) in der Wirbelsäule bestens aus; wenn du aber ohne jede Vorbelastung angefangen hast, so hat das durchaus seine Vorteile. Für diesen Fall erkläre ich die weiteren Zentren in der Wirbelsäule später und auch in den Begriffserläuterungen am Schluß des Buches (Seite 209).

Diese Wirbelsäulenatmung ist jedoch sehr wichtig: Sie ist die mentale Vorstufe zu einer sehr berühmten Yogatechnik, nämlich *Kriya*. Da dieser Meditationskreis jedoch eine reine Bewußtseinsreise ist, brauchen wir uns mit Techniken nicht weiter zu befassen. Falls du die Technik jedoch bereits beherrschst, wirst du sie ganz von selbst dabei anwenden. Wenn man aber auf dem rein mentalen Wege hiermit fortschreitet, erfindet man die Technik dabei fast von allein. Im Moment jedenfalls ist nur Denken wichtig, allerdings ein sehr präzises, aufmerksames und gründliches Denken.

Mache also ganz bewußt mehrere Atemzüge in der Vertikalen, immer einatmend von unten nach oben, ausatmend von oben nach unten. Vom *Stirnchakra,* dem Punkt zwischen den Augenbrauen, zur *Medulla oblongata*,* der Schädelbasis, dann zur Kehle und – nun ist es leicht – durch den Wirbelsäulenkanal bis hinunter zum Steißbein, zur *Kundalini** oder zum *Basischakra.* Jetzt wirst du auch verstehen, warum es mir so wichtig war, daß beim Sitzen dein Rücken ganz gerade ist. Sonst kann nämlich dieser gedachte Senkrechtatem nicht frei fließen, und so unreal ist er nun auch wieder nicht – mit der Zeit wirst du das bemerken. Diese Verbindung zwischen Himmel und Erde ist auf eine Weise genauso real wie die sich quer aufdehnende Lungenatmung. Und genau wie die normale Lungenatmung können wir auch die Senkrechtatmung getrost dynamisieren, automatisch weitergehen lassen. Und das werden wir jetzt tun. Der Atem bleibt in der Senkrechten während der ganzen folgenden Meditation, nur daß wir nicht ständig daran denken müssen. Wir klettern aber in dieser Senkrechten durch die *Chakras* empor und hinab, das ist unsere Leiter. Die Chakras sind innere Tore, durch die wir in fremde Welten eintreten können. Auf geheimnisvolle Weise fallen wir nach innen in riesengroße Räume. Du wirst sehen.

Mit unserem Bewußtsein gehen wir jetzt an den

* Siehe Begriffserläuterungen auf Seite 209.

Ausgangspunkt unserer Wirbelsäulenatmung zurück, an das Ende des Steißbeins, an das *Basischakra.* Wir tauchen hier in rotes Licht, eine ganz reine Farbe, die Basis des Regenbogens. Wir haben ja vorhin schon dieses Rot gesehen bei unserem Reinigungsfeuer, ganz unvermeidlich. Aber ein flackerndes Feuer ist doch noch etwas ganz anderes als eine stille, leuchtende Farbe, die sich von diesem Zentrum her ausbreitet, ausstrahlt, unseren Körper durchdringt und schließlich den ganzen Raum, bis zu den Wänden. Wenn wir in den Chakras eine Farbe meditieren, sehen wir außerdem nichts. Im Gegenteil – die Farbe badet uns frei von allen vorigen Bildern. Das ist notwendig vor jedem Wechsel, sonst würden wir uns selbst ständig überlagern, wie wir es in unserem meist unordentlichen Tagesbewußtsein zu tun pflegen.

Von diesem Punkt aus beginnt nun die eigentliche Meditation. Wir haben die Aufmerksamkeit von der Außenwelt abgezogen, den Raum mit unserem Reinigungsfeuer ausgeflackert, alle unerwünschten Gedanken hineingegeben, unseren Körper von innen betrachtet, die Lungenatmung bewußt dynamisiert und sind schließlich in die Senkrechtatmung gesprungen, was ein echter Sprung in die Transzendenz ist, du weißt es bloß noch nicht. Nachdem wir nun auch diese Atmung dynamisiert haben, können wir anfangen.

Trotzdem muß ich hier leider eine kleine Einschaltung machen. Falls du nicht die ganze Meditation vorher bis zu Ende gelesen hast, müßtest du jetzt unterbrechen und erst einmal weiterlesen. Das ist unser eigentliches Problem, das große Experiment, das wir beide, du und ich, gemeinsam bewältigen wollen. Ich habe so lange gezögert, dieses Buch zu schreiben, trotz ständiger Ermunterungen und Ermahnungen meiner früheren Reisekameraden, eben wegen dieser Schwierigkeit. Bis mir endlich klarwurde, daß ja nun nicht alles von mir abhängt, sondern auch von dir: von jedem, der sich diesem Experiment stellt und sich und mir eine Chance gibt, diese Schwierigkeiten zu bewältigen. Wenn wir es einmal geschafft haben, wird es ganz leicht gehen. Du wirst deine eigene Technik entwickeln, im richtigen Wechsel zu lesen und zu praktizieren. Der sehr wichtige Einstieg zum Beispiel bleibt immer gleich. Wenn du ihn einmal beherrschst, brauchst du nur noch da anzusetzen, wo wir in das unterste *Chakra* eintauchen und die Farbe Rot fühlen. Das weitere findet sich dann Schritt für Schritt. Auf dem gleichen Wege, wie wir den Einstieg machen, gehen wir nach Abschluß der Meditation wieder zurück: Wir machen sehr aufmerksam noch ein paar senkrechte Atemzüge, springen dann auf der Höhe des *Herzchakras* in die Lungenatmung, fühlen, wie sich die Lungen quer aufdehnen; dann fühlen wir wieder unseren Körper in seiner augenblicklichen Sitzstellung, die wir während der Meditation weitgehend vergessen haben; dann nehmen wir den ganzen Raum an und begrüßen schließlich die Außenwelt, die in diesem Augenblick oft mit allen ihren Geräuschen wieder in unser Bewußtsein einbricht, besonders stark, wenn wir dabei Straßenlärm und Autoverkehr hören. Die Meditierenden haben sich dabei stets gewundert, daß sie die ganze Zeit über nichts mehr gehört hatten. Dir wird es genauso gehen, wenn du es richtig machst und schön Schritt für Schritt mitkommst.

Ich setze nun voraus, daß du die nachfolgende Meditation vorher gelesen hast und unmittelbar nach dem Einstieg damit beginnst, ohne noch einmal auftauchen und lesen zu müssen. Da gibt es noch eine technische Kleinigkeit, die aber nicht Bedingung ist. Das wäre eine leise Musikuntermalung *für die ersten drei Meditationen* des Vierundzwanzig-Stunden-Zyklus. Später geht es sowieso nicht mehr, weil unser Bewußtsein dann so intensiv arbeitet und erlebt, daß Musik dabei stören würde. Am Anfang kann es jedoch eine gute Unterstützung sein, bis du gelernt hast, so mühelos tief einzutauchen, daß du in dir jederzeit Musik hören kannst, wenn du es willst. Für die ersten drei Meditationen, die auf drei Ebenen stattfinden, und denen zunächst grobe Erfahrungen von drei Bewußtseinszuständen gewidmet sind, gehen wir durch Naturbilder, die ich hier noch vorzeichne. Später wirst du dir deine eigenen Bilder erschaffen. Aber für diese Anfangsübungen hatte ich als Begleitmusik mit Vorliebe »*Die Möwe Jonathan*« von und mit NEIL DIAMOND gewählt. Die Möwe Jonathan ist ja die Geschichte einer spirituellen Entwicklung, einer Pilgerschaft, die dieses Wesen über sich selbst hinausführt. Das ist unser Thema im weitesten Sinne. Die Musik ist naturbezogen und unterstützt sehr stark unsere Bilder.

Wenn du allein bist, wird dich auch der zeitweilige Gesang kaum stören, sondern mit seinem sehr schönen Inhalt eher unterstützen. Bei der Arbeit in einer Gruppe mit einem Sprecher ist dies eine kleine Schwierigkeit, weil man den gesprochenen Text dem Gesang nahtlos anpassen muß. Bei einer Person allein geht es jedoch wunderbar, es sei denn, man mag diese Musik nicht. Dann ist es besser, überhaupt darauf zu verzichten. Du kannst es ja ausprobieren und dann wählen. Es empfiehlt sich sowieso, die Anfangsteile mehrfach zu machen, bis man das System so richtig beherrscht. Denn bald wird es komplizierter, wir gehen sehr schnell voran. Also schaffe dir eine gute Basis. Du wirst dir später selbst dafür dankbar sein.

Wenn du dich zu der Musikbegleitung entschlossen hast, dann stelle dein Tonbandgerät so, daß du es aus- und einschalten kannst, ohne aufzustehen. Probiere erst mit geschlossenen Augen, ob dir die Lautstärke angenehm ist. Ich würde sagen, stelle das Gerät so leise wie möglich. Es soll dich ja unterstützen, nicht beherrschen und ausfüllen. Wenn du nun – leider mußt du noch einmal anfangen – deinen Einstieg gemacht hast und im Ausgangspunkt im roten Licht ruhst, schalte *ruhig* die Musik ein, ohne hastige Bewegungen, und lege deine Hände in die Grundstellung zurück. Fühle das Licht in dem *Basischakra,* fühle ein sanftes Leuchten wie von einem Rubin, in dem das Licht eingeschaltet ist.

Jetzt atme durch die Wirbelsäule aufwärts – du weißt, einatmen immer aufwärts, ausatmen abwärts – und mache Halt bei deinem Nabel, genauer gesagt, in deiner Wirbelsäule *auf der Höhe* des Nabels. Es läßt sich so aber leichter lokalisieren, und deshalb werde ich es einfach *Nabelchakra* nennen. Hier tauchen wir in *gelbes* Licht: eine reine Farbe aus dem Spektrum, genau wie das Rot, keine Mischfarbe wie Grün, Orange oder Violett. Dazu kommen wir später. Jetzt fühlen wir Gelb, nichts als Gelb. Eine Farbe zu imaginieren, bis man sie wirklich innerlich sieht, das ist bereits eine beachtliche geistige Leistung. Zuerst brauchst du dir die Farbe wirklich nur vorzustellen, du kennst sie ja. Aber bei diesem Gelb fühlen wir auch noch die Qualität des Sonnenlichts. Jedes Kind zeichnet die Sonne instinktiv gelb, obwohl das gar nicht so selbstverständlich ist.

Und nun, während die Musik ihre tragende Wirkung ausübt, gehe in deinen Gedanken bitte mit deinem physischen Körper auf eine Wiese, die nach deinen Wünschen beschaffen ist. Ein Wiesenbach sollte dort fließen, den brauchen wir noch, aber sonst – ob du eine Waldlichtung wählst, eine mit Blumen übersäte Sommerwiese, eine von Schneegipfeln umgebene Bergwiese oder eine Savanne mit Kakteen und Distelblüten, das ist dir überlassen. Es ist deine Wiese. Sie muß dir gefallen. Denn dein physischer Körper soll sich dort erholen, frei herumspringen, Sonne und Wind genießen, er hat es ja auch wirklich verdient. Hättest du ein wertvolles Reitpferd, würdest du bestimmt dafür sorgen, daß es auf eine gute Weide mit saftigem Gras kommt. Dein Körper ist mit Sicherheit genausoviel wert. Denke an ihn mit Dankbarkeit, mit Liebe und Verantwortung. Und freue dich daran, wie er diese Wiese genießt und sich erholt.

Vielleicht ist es dir aufgefallen: Wir sagen hier »dein Körper«. Du kannst ohne Schwierigkeit denken, daß dein physischer Körper dort auf der Wiese wie ein Fohlen herumspringt. Dein Ichbewußtsein ist also woanders und beobachtet deinen Körper. Schon mit der Formulierung »mein Körper« zeigst du klar, daß du dich mit ihm nicht voll identifizierst. Wer also bist *du?*

Du bist nicht dein Körper. Du bewohnst ihn. Er ist wirklich so etwas wie ein edles Reitpferd, ein sehr intelligentes und selbständiges Pferd. Du kannst den Körper also getrost dort auf dieser Wiese lassen. Er funktioniert ja auch sonst ohne dein Zutun. Mit deinem Bewußtsein, das weiterhin »ich« sagt, ziehst du dich jetzt wieder in das *Nabelchakra* zurück. Dort tauchst du sofort in das gelbe Licht und badest dein Bewußtsein frei von dem Bild deiner Wiese.

Dieses Zurücktauchen in das Ausgangschakra und die entsprechende Farbe ist außerordentlich wichtig, du darfst es also nie versäumen. Hier mußt du wirklich sehr genau sein, denn sonst erreichen wir nicht, was wir wollen, nämlich die getrennte und reine Erfahrung verschiedener Bewußtseinsebenen. Erst wenn du dies beherrschst, kann es richtig losgehen. Aber keine Angst, wenn du genau arbeitest mit deinen Gedanken, hast du die Übung sehr schnell heraus.

Der Wechsel sieht immer so aus: In das Chakra gehen, die entsprechende Farbe fühlen. Aber richtig! Laß die Farbe von dem Zentrum aus leuchten und ausstrahlen, als gäbe es zu dem Zeitpunkt nichts auf der Welt als nur diese Farbe, diese eine Schwingungsebene aus dem Regenbogen. Dann gehst du in das Bild oder in das Geschehen, auf das du dich konzentrierst, und anschließend wieder in die Farbe zurück. Durch diesen Vorgang kannst du auf mehreren Ebenen auf- und niedersteigen, ohne jemals verworren und chaotisch zu werden. Diese Präzision von Anfang an macht später komplizierte Erfahrungen möglich, die man durch normales intellektuelles Denken nicht erreichen kann.

Wir sind jetzt also im *Nabelchakra* im gelben Licht. Deinen physischen Körper haben wir auf der Wiese zu seiner Freude zurückgelassen. Hebe jetzt deinen Atem wieder an und atme hinauf in das *Herzchakra,* das du ja schon kennst. Es liegt in der Wirbelsäule *auf der Höhe* des physischen Herzens. Hier tauchen wir in *grünes* Licht, von innen leuchtend wie ein Smaragd. Die erste Mischfarbe, gemischt aus Gelb und Blau. Und die Bedeutung dieser Ebene ist jedem klar: das Gefühl, die Emotionen; im Volksmund aller Sprachen versteht man unter Herz zugleich eine symbolische Bedeutung für Liebe und Schmerz; es geistert durch alle Liebeslieder und ist für Dichter unentbehrlich. Du fühlst also grün, so intensiv und leuchtend wie möglich.

Und nun gehst du mit dem Traumkörper deiner Seele in einen Wald nach deinen Wünschen, bei hellem Mondschein, und läßt diesen Körper dort glücklich und gelöst herumschweben und spielen. Da du jede Nacht träumst, ist dieser Vorschlag wohl keine allzu große Zumutung. Wenn du träumst, kannst du sehr gut etwas sehen oder hören, du kannst handeln oder in eine oft sogar dramatische Handlung verwikkelt sein. Du siehst dich selten selbst; es ist wirklich sehr selten, daß man ein Gefühl für seinen Astralkörper hat; aber er fühlt sich *anwesend*, und die Emotionen werden oft reiner erfahren als im Wachzustand des physischen Körpers. Jeder weiß das – wenn man im Traum Angst hat, ist es wirklich eine Horrorerfahrung; wenn man im Traum glücklich ist, ist es paradiesisch. Und ganz entfernt, fast unterbewußt, weiß der Träumende dennoch, daß er träumt und daß sein physischer Körper im Bett liegt und friedlich schläft. Beim Erwachen weißt du sofort, daß du geträumt hast. Es ist also ein bekannter Vorgang, den wir hier bewußt üben. Was wir jetzt tun, ist träumen, ohne einzuschlafen. Und der Unterschied ist sehr gering, jedenfalls am Anfang.

Nun mach dir bitte klar, daß dein Traumkörper andere Eigenschaften hat als der physische Körper. Er kann schweben, ist nicht so sehr an die Schwerkraft gebunden und macht von dieser Fähigkeit in jedem Traum Gebrauch. Jetzt aber kannst du das einmal ganz bewußt erfahren. Du kannst durch die Bäume schweben, sie sogar durchdringen! Du kannst mit Tieren reden und andere astrale Wesen, wie zum Beispiel Naturgeister, Feen und Elfen, sehen. Und sie können dich erkennen; du bist ihnen in dieser Form als Traumkörper vertraut und sympathisch. Sie kommen gern zu dir, spielen mit dir oder erzählen dir etwas von sich selbst, von ihren kleinen Sorgen und Freuden, an denen wir Menschen ja oft einen großen Anteil haben.

Diese Meditationsstufe genieße ich immer sehr, und mein Wald ist dabei mit der Zeit immer dichter und reicher geworden. Es ist ein Mischwald, den ich inzwischen schon in allen Jahreszeiten erlebt habe. Da ist eine weiße Eule, die mich kennt und stets mit seitlich geneigtem Kopf begrüßt. Da sind Rehe, kleine Tiere und Naturgeister. Die kleineren, aus alten Märchen bekannt als Kobolde und Elfen, sind das Überbewußtsein einzelner Pflanzen- und Tierarten, die sie verantwortlich betreuen und beschützen. Die Feen dagegen sind das Bewußtsein des ganzen Waldes. Wenn ich sie treffe, kommen sie immer mit Sorgen zu mir. Und sie haben sehr ernste Sorgen, weil die ihnen anvertraute Natur mit den Schadstoffbelastungen nicht mehr fertig wird. Und da sie Astralwesen sind, können sie am leichtesten den Menschen erreichen, wenn er träumt. Denn dann begibt er sich ja in ihre Welt und geht selbst in seinem Astralkörper umher. Deshalb sollte er sich auch von diesen Wesen in seinem Traum erreichen lassen, und falls er sich später an seinen Traum erinnert, sollte er auch ihre Sorgen nicht vergessen. Denn ein Mensch kann viel tun, zum Schaden oder Nutzen. Jetzt aber laß bitte deinen Traumkörper in deinem Wald herumschweben und auf Entdeckungsreise gehen. Er wird nichts vergessen, das ist der Vorteil der Meditation. Male genau – jeden Baum, jedes Tier, jeden Naturgeist –, so daß du ihn hinterher beschreiben oder zeichnen könntest.

Und nun laß deinen Traumkörper in deinem Wald zurück. Er ist wie auch sonst selbständig in seiner Traumarbeit, und wir werden ihn hinterher wieder abholen, schön entspannt und erholt. An diesem Punkt kannst du sagen: »Ich *habe* einen physischen Körper – der tummelt sich gerade auf seiner Wiese –, und ich *habe* eine Seele, einen Traumkörper, der normalerweise tagsüber den physischen Körper bewohnt und nachts träumend herumstreunt.« Wer aber bist *du*? Da ist noch etwas anderes, unabhängig von Körper und Seele. Der Traumkörper hat keine Schwierigkeiten, spazierenzugehen und gleichzeitig zu wissen, daß der physische Körper ruht und schläft. Das ist für ihn eine gewohnte Erfahrung. Der physische Körper verrichtet seine Arbeit getreulich im Rhythmus von Tag und Nacht, mit unterschiedlichen Energien, und er paßt sich den Eskapaden der Seele – meistens ohne zu murren – an. Vielleicht ist er ganz froh, wenn sie ihn einmal träumend verläßt.

Ziehe nun dein Bewußtsein wieder in dein *Herzchakra* zurück, und bade dich frei in grünem Licht. Fühle nur die Farbe, frei von jedem Bild. Und nun ziehe deinen senkrechten Atem bewußt hinauf – weiter in die Kehle, dann schräg nach hinten zur *Medulla oblongata* und schließlich zum *Stirnchakra*. Hier machen wir halt. Das ist unsere letzte Station, ob wir nun durch drei oder durch sieben Ebenen meditieren – und wir tauchen in *weißes* Licht. Hier bist du nun du selbst, in deinem *Über-Ich-Bewußtsein**. Hier darfst du nun sprechen: »Ich habe einen physischen Körper, denn ich bin ein inkarnierter Mensch. Ich habe eine Seele, denn ich bin Pilger, ein werdender Mensch auf der großen Erfahrungsreise meines Lebens, fähig zu denken, zu träumen,

* Siehe Begriffserklärungen auf Seite 209.

zu erleben. *Ich selbst aber bin körperloses Bewußtsein. Ich bin Geist!*«

Hier sind wir endlich zu Hause, und wir genießen die Ankunft an diesem Punkt stets auf neue. Wir fühlen die Qualität des reinen Weiß, das doch auf geheimnisvolle Weise alle anderen Farben enthält. Wir fühlen die Ruhe und die Erhabenheit, die uns hier durchdringt, die vollkommen gleiche Qualität in uns beiden und in allen Menschen. Sie sind nur unterschiedlich erwacht zu diesem Licht, aber es ist da, es erleuchtet sie und leitet sie, so unpersönlich und demütig dienend wie der physische Körper. Das Wesen, dem dieser ganze Aufwand zugute kommt, ist die wandernde Seele. Was sie daraus macht und welche Unterscheidungen sie trifft, darauf kommt es an. Das ist Involution und Evolution, Gottes Risiko mit seinen schwierigsten Geschöpfen. Sie können die Sterne erobern und mit Engeln Gemeinschaft haben; sie können sich aber auch in ihrem kleinen Ego einkapseln und in den Niederungen der materiellen Welt leben. Wer aber einmal das geistige »*Ich bin*« bewußt gefühlt hat, der wird diesen Qualitätsunterschied kaum vergessen und fortan ein Pilger sein, der keine Mühen scheut. So lange, bis ihn dieses Über-Ich-Bewußtsein nie mehr verläßt, egal auf welcher Ebene er sich gerade aufhalten mag.

Deshalb grüßen wir uns beide jetzt aus diesem *Stirnchakra* heraus, aus diesem weißen Licht, fühlen es in uns selbst und in dem anderen. Bei der Arbeit in einer Gruppe fühlen wir hier den Kreis von weißen Lichtpunkten, die sich zu einem einheitlichen Strahlenfeld verbinden, genauso wie zuvor das Feuer.

Hier können wir uns auch absolut vertrauen. Hier ist der Hohepriester, das CHRISTUS-Bewußtsein, der Heilige Geist. Aber Vorsicht! Das schlaue Ego in unserer Seele soll sich nicht selbst vergöttern! Es muß noch erzogen werden. Ihm fehlt die göttliche Demut des physischen Körpers. Es kann teilhaben an dem Gottesbewußtsein, zu ihm erwachen, aber es ist nicht Gott. So wie eine Glühbirne in der Lampe zwar aufleuchtet, wenn man sie einschraubt, ohne aber die Elektrizität selbst zu sein.

In der *»Bhagavadgita«* spricht der AVATAR (die Namen KRISHNA und CHRISTUS sind sicher nicht zufällig so ähnlich): »Alle Dinge sind in mir und aus mir, aber ich bin nicht in ihnen allen.« Und im JOHANNES-*Evangelium* heißt es: »So viele ihn (Christus) aber aufnahmen, denen gab er Macht, Gottes Kinder zu werden!« Hier haben wir klar den Werdeprozeß und die Pilgerschaft der Seele und das darüber schwebende, alles durchdringende Sein, das Über-Ich-Bewußtsein, das Wasser des Lebens, welches fertig ist, absolut rein ist, sich aller Wesen bewußt ist, auch wenn diese nicht alle erwacht sind, sondern in ihrem kleinen Ego-Bewußtsein sich selbst eine von Gott getrennte Welt gebaut haben: unsichtbare Mauern, die man aber schwerer wieder einreißen als aufbauen kann.

Und nun, mein Reisekamerad, gehen wir aus dem weißen Licht im *Stirnchakra* in körperlosem Bewußtsein hinaus an einen Meeresstrand, schweben weit darüber, sehen die brandenden Wogen mit den weißen Schaumkronen, hören das Rauschen des Meeres, und Vögel fliegen durch uns hindurch.

Wenn du die Musik der *»Möwe Jonathan«* eingeschaltet hast, wirst du sie gerade hier besonders unterstützend finden. Denn dort rauscht ja das Meer, und der Sänger singt: »Dear Father, we dream ...« Oder er spricht gerade leise und eindringlich, in tiefer Ruhe: »Transcend, purify, glorious ...«

Mir hat das immer sehr geholfen, das körperlose Bewußtsein besonders tief zu genießen. Wir schweben frei über dem weißen Strand, sehen Himmel, Sonne und Meer und beginnen zu verstehen, daß wir auch ohne Körper sehen, hören, riechen und fühlen können. In einem *Psalm* heißt es: »Der das Ohr gepflanzt hat, sollte der nicht hören?« Wie wahr!

Wenn du in diesem Bewußtseinszustand bist, erlebst du, was wirkliche Freiheit ist. Du bist unverwundbar und unsterblich. Das ist die Qualität der wahren Kinder Gottes. Und für uns inkarnierte Menschen in diesen besonderen Augenblicken eine Anzahlung auf himmlische Freuden, wie sie uns der Apostel PAULUS verkündet. Genieße es also, über dem Strand zu fliegen, über den brandenden Wogen, frei im blauen Himmel. Wenn du von Musik begleitet wirst, finde den Punkt, der dir das Signal zur Rückkehr gibt. Denn wir müssen zurück, leider.

Mir haben meine Freunde nach dieser Meditation immer wieder berichtet, daß sie gar keine Lust gehabt hatten, diese Ebene zu verlassen. Aber du kannst ja immer wieder hierher zurückkehren, wenn es dir ebenso geht. Das ist gut zu wissen. Also schaue noch einmal über die Weite, rundherum bis zum Horizont ..., denn noch bist du ein »Ich bin«, ein Punkt im Raum, also hast du einen Horizont! Und dann ziehst du dein Bewußtsein behutsam aus dem Bild zurück und machst eine sanfte Landung in deinem Stirnchakra in weißem Licht. Und hier ruhst du aus. Das Licht ist stark, aber es blendet dich nicht. Es ist angenehm und badet dich bildfrei.

Hast du es bemerkt? Obwohl du draußen warst, in körperlosem Bewußtsein eine starke Landschaft erlebt hast, konntest du dennoch sofort dein Stirnchakra finden, im Bewußtsein lokalisiert und verankert in deinem physischen Körper. Das ist derselbe Vorgang wie beim Träumen, wo man ganz vage weiß, daß der physische Körper gerade ruht. Sollte etwas Außerordentliches in der Physis geschehen, würde er aufwachen und die Seele schnell zurückrufen. Das braucht nur ein kleiner Schock zu sein, aber es ist immer möglich, daß so etwas passiert. Das mußt du dir klarmachen, denn mit der Meditation ist es genauso. Sieh nur zu, daß du sekundenschnell eine sanfte Landung machst, wenn jemand an deine Tür klopft oder »Feuer!« schreit. Dann steh ruhig auf und geh hinaus. Kehre später wieder in deine Sitzstellung zurück, atme einige Male in der Senkrechten, einatmend hinauf, ausatmend hinunter, und mache weiter in dem Chakra, wo du gestört wurdest.

Diese Einfügung gehört nicht zu der Meditation, aber ich mache sie bewußt jetzt, wo du auf der Rückkehr im Stirnchakra ausruhst, damit du dir deiner absoluten Souveränität im Geiste bewußt wirst. Meditation bedeutet träumen, ohne einzuschlafen, und geht darüber hinaus noch viel tiefer in einen Bewußtseinszustand, in dem die Außenwelt nicht mehr wahrgenommen wird, sofern man sie nicht hören *will.* Dein Über-Ich-Bewußtsein wacht jedoch wie ein Schutzengel über dir, und er würde dich wecken, wenn es brennt. Das ist so wunderbar verläßlich, und es ist der entscheidende Unterschied zu den Erfahrungen mit Drogen, mit denen so mancher seine Bewußtseinserweiterung erzwingen will. Von einer solchen Droge wird der Konsument gefangengehalten, auch wenn es draußen brennt! Und die Erweiterungen geschehen ruckartig, chaotisch und arten oft in Horrorvisionen aus, denen der Mensch dann hilflos ausgeliefert ist. In der Meditation dagegen ist er beschützt und frei, stets sein eigener Herr. Er kann immer abbrechen. Und er wird dennoch tiefer eintauchen und mehr erleben, als ihm eine Droge jemals bieten kann.

Entschuldige diese Einfügung. Sie mag für dich persönlich nicht wichtig sein. Aber irgendwann kann dir dieses Wissen von Nutzen sein. Und es gehört hierher, in das *Stirnchakra,* in das höchste Bewußtsein dieser Dreiheit: »Ich habe eine Seele, und ich habe einen Körper. Ich bin Geist, unsterbliches Bewußtsein.«

Und nun verlassen wir diese Ebene, atmen ein Stück hinunter zum *Herzchakra* und tauchen in grünes Licht. Unser innerer Smaragd, der ein schönes Licht ausstrahlt! Und nun gehen wir in unseren Wald, bei hellem Mondschein, wo uns unser Traumkörper entgegenschwebt wie ein spielendes Kind. Gelöst, mit Erlebnissen angefüllt, mitteilungsbedürftig, wie Kinder sind. Sicher bist du auch schon aus einem Traum aufgewacht und hast versucht, dich zu erinnern und jemandem mitzuteilen? Das gelingt aber nicht immer mit Erinnerungen. Hier jedoch, in der Meditation, wirst du genau wissen, wie dein Wald ausgesehen hat und was es dort sonst noch zu sehen gab. Schau dir deinen Traumkörper doch jetzt einmal an! Er ist praktisch dein physisches Ebenbild, jedoch nimmt er sich selbst in seinem Traumzustand als Bild kaum wahr. Er nimmt seine Erlebnisse wahr, alles, was er sieht und hört und riecht, aber auch den Schwebezustand, den er besonders genießt. Er fühlt sich durchsichtig, wie milchiges Licht. Deshalb der Mondschein auf dieser Ebene, der diese Substanz gut verdeutlicht und somit sehr hilfreich ist. Die gleiche Qualität haben Naturgeister wie Elfen und Feen. Sie alle scheinen wie aus Mondlicht gewebt zu sein. Das ist keineswegs Phantasie, sondern eine Erfahrung, die durch die Märchen und Sagen aller Völker geistert. Und wenn du in der Meditation einmal eine bestimmte Stufe erreicht hast, dann kannst du Naturgeister sehen, manchmal auch am hellen Tage.

Falls du einmal nach *Findhorn* kommst, in die spirituelle *Community* der *Findhorn Foundation* im Norden Schottlands – dort lassen sich die Naturgeister regelrecht sehen, weil man sie immer wieder ruft. Dort sieht sie fast jeder. Es entspricht auch dem besonderen Auftrag dieser Gruppe, mit Naturgeistern zu arbeiten und der so vernachlässigten Astralwelt wieder ihren Platz zu schaffen. Vor ihnen haben das nur die Antroposophen getan. Die meisten Religionen und Geisteswissenschaften wollen unmittelbar von der Physis in die höchste Welt springen, was aber nicht so einfach geht. Dabei kommt die Seele zu kurz, dieser Wanderer zwischen den Welten, dieses unvollkommene Gebilde – mit Fehlern und Zweifeln behaftet – auf seiner Erfahrungsreise durch die Manifestation, dem doch die ganze Aufmerksamkeit des Himmels gilt. Wir haben begierige Zuschauer. PAULUS hat das so schön ausgedrückt: »Denn wir sind ein Schauspiel geworden vor Gott, den Engeln und den Menschen.«

Nun also machen wir weiter. Jetzt kommt ein delikater Augenblick: Wir verbinden uns mit unserem Astralkörper. Einen Moment schweben wir noch mit ihm durch die Bäume – dann ziehen wir uns in das *Herzchakra* zurück und tauchen in grünes Licht. Ruh dich aus! Es gibt nur grünes Licht hier, sonst nichts. Übrigens – die Musik reicht so weit, bis wir ganz fertig sind. Sie ist perfekt in der Länge und kann dir helfen, die Zeiteinteilung besser einzuschätzen.

Jetzt kommt die dritte Stufe. Wir atmen die Wirbelsäule vorsichtig ein Stück hinunter bis in das *Nabelchakra.* Hier tauchen wir in gelbes Licht. Dieses sonnenartige Gelb scheint uns leuchtend entgegen, wie ein Trost und Nahrung für die physischen Körper. Ich würde mich nicht wundern, wenn es vom Schöpfer auch tatsächlich so gedacht war. Wir gehen nun hinaus auf unsere Wiese, bei hellem Sonnenschein, wo wir unseren schlafenden, physischen Körper finden. Er liegt schön entspannt und ausgestreckt im Gras, der Wiesenbach plätschert in seiner Nähe vorbei, er lächelt im Schlaf. Fast tut es uns leid, ihn zu wecken. Wir nähern uns seinem Kopf, betrachten ihn noch einen Moment mit Dankbarkeit und Fürsorge, und dann treten wir vorsichtig in ihn ein und verbinden uns mit ihm. Nun nehmen wir

Anteil an seinem Erwachen. Bitte, arbeite hier sehr präzise mit deinem Bewußtsein! Du mußt den Unterschied fühlen zwischen dem schwebenden Astralkörper und dem an die Schwerkraft gebundenen physischen Körper! Das ist eine ganz andere Welt. Dieser Körper hat ja auch eine wunderbare Ausstattung mit seinen fünf Sinnen: ein Abbild der geistigen Welt. Ohne diese Sinne würde er in einem gänzlich abgeschlossenen Gefängnis sitzen, aus dem nur große Seelen sich durch den Geist befreien können. HELEN KELLER hat das bewiesen, zusammen mit ihrer großen Lehrerin, die dem blinden und gehörlosen Kind allein über den Tastsinn die Welterfahrung erschloß. Solche Opferinkarnationen wollen uns zeigen, was alles möglich ist und wie sehr wir uns irren, wenn wir uns allein mit dem physischen Körper identifizieren.

Aber auch mit gesunden und vollständigen Sinnen ist die physische Wahrnehmung sehr begrenzt, verdunkelt, schwerfälliger und immer an drei Dimensionen gebunden. Daß wir auf unserer Reise andere Dimensionen erschließen werden, wirst du mehr und mehr erfahren. Nur Geduld. Jetzt fühle deinen physischen Körper, wecke ihn auf – noch ist er ja auf seiner Wiese. Er ist nun wieder im wahrsten Sinne des Wortes beseelt und nimmt mit Staunen wahr, daß diese zuweilen so rücksichtslose Seele ihn einmal auf die Weide geführt hat. Wahrhaftig, eine ganz neue Erfahrung! Laß ihn noch einmal das Gras streicheln, den Bach plätschern hören, die Sonnenwärme spüren. Und dann geh mit deinem Bewußtsein in das *Nabelchakra* zurück und tauche in gelbes Licht.

Nichts bleibt außer einem strahlenden, ruhigen Gelb, von innen leuchtend.

Nun atme bis hinunter in das *Basischakra* – das ist der Endpunkt der Wirbelsäule –, dann wieder hinauf bis zum *Stirnchakra* und wieder bis ganz hinunter. Dabei atmest du dich wieder richtig zusammen zu einer Körper-Seele-Geist-Einheit, die du ja normalerweise bist. Nur mußt du dir das erst bewußt machen und dazu die drei Teile einmal getrennt erleben lernen – ohne dabei einzuschlafen. Du bist jetzt wieder ganz unten – ja? Jetzt geht es noch einmal hinauf – aber nur bis zum *Herzchakra.* Wir machen halt in grünem Licht. Immer fühlen, bitte: die Farbe und das Licht – das muß zur festen Gewohnheit werden! Das ist die Ordnung, in der wir uns sicher bewegen und die das chaotische Wischiwaschi verhindert!

Hier verlassen wir nun die Senkrechtatmung und damit die anderen Dimensionen, die transzendenten Bewußtseinszustände. Diese Senkrechte ist nicht nur zufällig die Verbindung zwischen Himmel und Erde, der Senkrechtbalken des Kreuzes. Und das *Herzchakra* ist nun der Kreuzungspunkt zum Querbalken; hier springen wir in die Lungenatmung (die zum Glück so schön automatisiert ist – unser ganzes Leben lang), wir fühlen, wie sich die Lungen quer aufdehnen mit jedem Atemzug, und nun nehmen wir unseren physischen Körper wieder voll an, in seiner Sitzstellung, mit seiner Schwerkraft, an seinem Platz in dem Raum, in dem wir uns befinden. Einen Augenblick noch fühlen wir den Raum bis zu seinen Wänden, und dann begrüßen wir auch die Außenwelt mit all ihren Geräuschen, die in unser

Bewußtsein voll einbrechen. In diesem Augenblick hörte ich oft erstaunte Ausrufe: »Aber das haben wir ja die ganze Zeit nicht gehört!« Ja, so ist es. Wir waren auch nicht hier. Jetzt sind wir es wieder.

An dieser Stelle lege ich leicht meine Arme um deine Schultern und lasse unsere Stirnen sich berühren. Eine zärtliche Geste, ein kurzes gemeinsames Ausruhen nach der letzten Landung. Wir ergreifen auch unsere Hände und lösen uns dann mit einem leichten Händedruck. Bei mehreren Personen werden die Hände im Kreis geschlossen, nachdem sie zuvor um die Schultern gelegt wurden und die Köpfe in der Mitte zusammenkamen. Dieses sehr ruhige Auseinandergehen in tiefer Freundschaft und Vertrautheit ist wichtig, denn eine solche Gemeinschaft ist schon eine außergewöhnliche Beziehung. Sie ist intimer als so manche Ehe, die spirituellen Ehen natürlich ausgenommen. Nun richte dich auf, strecke dich ein wenig. Die Meditation ist beendet.

Deine Musik müßte zu diesem Zeitpunkt längst ausgelaufen sein. Wenn sie noch läuft, dann warst du zu schnell. Da du das Ganze aber sicher noch mehrmals durchprobieren wirst, bevor du zur nächsten Meditation weiterschreitest, wirst du auch hierfür einen festen Rhythmus entwickeln. Es gibt einige Punkte, bei denen es günstig ist, die Musik abzuschalten, wozu man natürlich abwarten sollte, bis die Musik eine Pause macht. Der erste Zeitpunkt wäre die Rückkehr in das Stirnchakra von dem Ausflug ans Meer in körperlosem Bewußtsein. Die gesamte Rückführung würde dann ohne Musik laufen. Der zweite günstige Punkt wäre die Rückkehr in das Nabelchakra von dem Ausflug auf die Wiese mit dem physischen Körper. Dann bleibt eine Stille für die bewußte Atmung in der Senkrechten – und schließlich wieder in der Waagrechten durch die Lungen, ebenso für das Auftauchen in die Gegenwart und für Wahrnehmung der Partner, seien sie nun sichtbar oder unsichtbar. Aber du findest das schon heraus, wie es für dich am besten ist. Wir brauchen die Musik sowieso nur bei den ersten drei Meditationen als Unterstützung, später würde sie uns nicht mehr helfen.

Meine gelegentlichen Wiederholungen sind beabsichtigt. Das gibt dem Lesestoff eine mantrische Wirkung, die Worte fallen mehr in dich hinein, als daß du sie lernst und dabei in Streß gerätst, was ich soweit wie möglich verhindern möchte. Du sollst dich nicht wie gewohnt mit dem Kopf anstrengen, sondern in eine andere Art der Wahrnehmung hineinwachsen, was natürlich auch eine Arbeit ist. Wenn du verstanden hast, wie ich das meine, wird es dir helfen.

Wie fühlst du dich jetzt? Könntest du deine Wiese beschreiben? Und wie hast du dort deinen Körper gefühlt? Das ist nämlich gar nicht so einfach. Wann fühlen wir schon wirklich unseren Körper? Doch nur, wenn wir uns aufmerksam mit ihm beschäftigen, ihn anstrengen, ihn füttern – und auch dann sind wir meistens nicht besonders aufmerksam. Über die Kunst erzieht sich mancher Mensch dazu, wenigstens aufmerksam zu sehen oder zu hören. Das sind auch Meditationen, sehr wichtige sogar, und ein Teil jeder Kultur. Aber wer fühlt den Körper? Die Liebenden? Auch nur dann, wenn sie sehr aufmerksam sind, für sich und den Partner ... Und da fehlt noch viel bei den meisten. Die Sportler? Ja, die bekommen ein wenig davon mit. Mehr noch die Tänzer, weil eben Ausdruck und Seele dabei ist, ein Miteinander im Gegensatz zu den Wettkämpfen, wo jeder besser sein will als der andere und seinen Körper bis zum Letzten auspumpt.

Aber gehen wir doch mal von ganz normalem Leben aus. Stell dir vor, du gehst eine Straße entlang, in gewohntem Gang. Bist du dir dann deiner Füße bewußt? Deiner Arme, deiner Augen? Fühlst du dein Herz, deine Verdauung? Und wenn du Geräusche hörst, denkst du dabei an deine Ohren? Wohl kaum. Es ist ganz anders. Die Sprache drückt es sehr wissend aus, wenn wir sagen: »Ich bin in Gedanken ...« Das heißt: im körperlosen Bewußtsein. Und das bist du die meiste Zeit, du mußt es nur noch entdecken.

Es kommt ja auch vor, daß Menschen auf der Straße mit offenen Augen träumen. Dann laufen sie leicht in ein Auto hinein. Sie sind also auf einer anderen Bewußtseinsebene: in Gedanken! Der Traum beschäftigt sie stärker und setzt ihre Kontrolle in der physischen Außenwelt herab. Versuche mal in den nächsten Tagen, diese Unterschiede zu fühlen. Beobachte dich von Zeit zu Zeit und frage dich: »Wo bin ich jetzt?« Du wirst verblüffende Entdeckungen machen. Dann vergleiche deine Eindrücke mit denen in der ersten Meditation. Wiederhole die Meditation, sooft du Lust hast. Gehe nicht weiter, bevor du diese drei Ebenen ganz mühelos in dir unterscheiden und fühlen kannst. Normalerweise gelingt das ziemlich schnell, weil dir alle diese Bewußtseinszustände im Grunde schon dein Leben lang vertraut sind; nur fließen sie eben unkontrolliert und ohne erkennbaren Übergang ineinander. Für unsere Reise ist es jedoch wichtig, daß du weißt, wo du gerade bist, wer du gerade bist und was in dir »ich« sagt, denn das ist nicht immer dasselbe.

Bekanntlich fällt kein Meister vom Himmel. Mach dir also keine Sorgen, wenn dir nicht alles auf Anhieb gelingt. Solltest du aber doch schon sehr gründlich gearbeitet haben während der Meditation, dann wirst du auf der Wiese den physischen Körper wirklich gefühlt haben, seine Gebundenheit an die Schwerkraft bei seinen Sprüngen und viele Einzelheiten der rein physischen Wahrnehmung. Du wirst weiterhin im Wald die Feinstofflichkeit deines Astralkörpers gespürt haben, der schweben und Festes durchdringen kann; aber auch seine Bewegungen sind noch nicht ganz ohne Mühe, nicht ganz ohne Hemmung, besonders beim Durchdringen. Er ist eben immer noch ganz leicht stofflich, wie ein Nebel mit Ich-Bewußtsein. Auch diesen Zustand übst du ja träumend jede Nacht, aber jetzt sollst du ihn richtig kennenlernen. Und schließlich wirst du im körperlosen Zustand deine Freiheit voll genossen haben, frei schwebend über dem Meeresstrand, voll bewußt und ohne jede Furcht, mit einem leisen Bedauern, wenn die Reise wieder zurückgeht. Versuch es noch einige Male. Es wird immer leichter und immer intensiver.

Noch ein Wort zum Tempo bei der Meditation.

Dies ist zwar individuell, aber ein paar Hinweise möchte ich doch geben. Wenn du zu schnell bist (das kann am Anfang geschehen, weil du fürchtest, sonst etwas zu vergessen), dann geht das auf Kosten deiner inneren Bildkraft. Dann hast du zuwenig Zeit, um deine Wiese, deinen Wald und das Meer richtig zu sehen, geschweige denn die verschiedenen Bewußtseinszustände voll wahrzunehmen. Wenn du zu langsam bist, können leicht andere Gedanken dazwischenkommen, die mit dem jeweiligen Bild und Zustand nichts zu tun haben, eben die gewohnte »Gedankenmühle«, die so vielen Meditierenden Probleme bereitet. Das richtige Tempo ist also wichtig. Ganz grob gesagt, dauert diese Meditation in der Regel zwanzig Minuten.

Mit den unerwünschten Gedanken ist es genauso wie bei der Muskelentspannung. Stell dir vor, du übst autogenes Training, wobei du dir ständig wiederholst: »Der Muskel ist entspannt, ist entspannt, ist entspannt.« Das ist aber nicht so einfach, denn wenn man an einen Muskel auch nur denkt, so schickt man Energie hinein. Dies muß erst unterwandert werden durch den Entspannungsbefehl aus deinem Willen. Es bedarf einiger Meisterschaft, mit dem Willen einen Muskel zu entspannen, und manche schaffen das nie. Und es dauert etwa drei Jahre, bis die Begabten das können. Wenn man nun aber denselben Muskel mit dem Willen stark anspannt und ihn dann losläßt, ist er sofort locker. Dies geht natürlich nur, wenn kein Krampf in dem Muskel ist, sondern nur eine normale Anspannung.

Mit den Gedanken ist es nun ganz genauso. Das ist eine wesentliche Eigenheit dieser Meditationen, daß sie nach diesem Prinzip vorgehen: erst spannen, dann entspannen; die Gedanken erst mit dem Bild beschäftigen, dann freibaden in der Farbe, und zwar so schnell, daß sich keine anderen Gedanken einschleichen können, so langsam aber auch, daß das Bild gründlich gemalt und erlebt wird.

Falls du Erfahrung mit stillen Meditationen hast, wirst du auch die leidvolle Erfahrung gemacht haben, daß die Gedanken in der Stille erst richtig loswirbeln. Und auf den Befehl, doch zu verschwinden, reagieren sie auch nicht. Es ist genau wie mit dem Muskel – wenn man an ihn denkt, schickt man ihm Energie.

Ich denke, wenn ich dir erkläre, warum ich diese Meditation so aufgebaut habe, wirst du aus deinem eigenen Verständnis heraus die notwendigen Einzelheiten gründlicher beachten. Ich gebe dir jetzt die ganze erste Meditation noch einmal in Stichworten, als Erinnerungsstütze:

Die erste Meditation

Zuerst der Einstieg:
Störquellen abstellen, bequem sitzen, aber mit geradem Rücken. Augen schließen, auf die Außenwelt konzentrieren, besonders auf die Außengeräusche. Vorbeifahrenden Autofahrern ein paar freundliche Gedanken schicken, ebenso der ganzen Außenwelt mit ihren Menschen, Tieren und Pflanzen.

Die Aufmerksamkeit in den Raum zurückziehen.

Den Raum mit einem Reinigungsfeuer ausflackern. Alle unerwünschten Gedanken hineingeben, das Feuer durch dich hindurchgehen lassen – ein Bad für die Seele. Dieses Feuer verbrennt dich nicht, es reinigt dich nur und stellt zwischen den Meditierenden ein einheitliches Feld her.

Die Aufmerksamkeit von dem Raum in den Körper zurückziehen und sich innen umschauen. Die Blutbahn, die großen Organe, die Lungenatmung, die sich quer aufdehnt. Den Körper fühlen bis an die Grenzen der Haut – von innen heraus. Die Lungenatmung bewußt dynamisieren, sich auf ihre Automatik verlassen.

Die Aufmerksamkeit in die Wirbelsäule zurückziehen, zunächst in das *Basischakra* am Ende des Steißbeins, und in rotes Licht tauchen. Dann senkrecht atmen, durch die Wirbelsäule hinauf bis zur Kehle, dann schräg nach hinten hinauf bis zum Punkt der Schädelbasis, weiter schräg nach vorn hinauf bis zum Punkt zwischen den Augenbrauen. Zwischen diesem Punkt, dem *Stirnchakra*, und dem untersten, dem Basischakra oder der *Kundalini*, dreimal aufmerksam hinauf- und hinunteratmen. Immer einatmend hinauf, ausatmend hinunter. Dann auch die Senkrechtatmung vertrauensvoll dynamisieren, sich darauf verlassen. Beim dritten Mal unten haltmachen und in rotes Licht tauchen. Der Einstieg ist hiermit beendet, nun beginnt die eigentliche Meditation.

Die Meditation:

Vom Basischakra ziehen wir den Atem durch die Wirbelsäule bis zu dem Chakra auf der Höhe des

Nabels hinauf, welches wir der Einfachheit halber *Nabelchakra* nennen. Die Chakras befinden sich aber immer *in* der Wirbelsäule! Dort tauchen wir in gelbes Sonnenlicht. Hier meditieren wir unseren physischen Körper. Wenn wir die Musik *»Die Möwe Jonathan«* wählen, sollten wir spätestens jetzt die Musik einschalten.

Wir denken an unseren physischen Körper mit Liebe und Verantwortung. Dann führen wir ihn auf eine Wiese nach unseren Wünschen und lassen ihn sich dort erholen und frei herumspringen. Schließlich betten wir ihn in das Gras und lassen ihn einschlafen. Unser Bewußtsein zieht sich zurück in das Nabelchakra und taucht in gelbes Licht, wo es sich völlig bildfrei badet.

Nun wird der Atem weiter hinaufgezogen in das *Herzchakra*, auf der Höhe des physischen Herzens. Wir tauchen in grünes Licht. Dann gehen wir mit dem Traumkörper unserer Seele in einen Wald nach unseren Wünschen, bei hellem Mondschein. Die Nachtstimmung ist dem Traumkörper von der Gewohnheit her vertraut. Da fühlt er sich wohl. Dieser Körper kann schweben, Bäume durchdringen, mit Tieren reden, Naturgeister sehen. Nach einer Weile überlassen wir ihn sich selbst. Er kann schon immer ganz gut allein träumen. Unser Bewußtsein zieht sich zurück in das Herzchakra und badet sich bildfrei in grünem Licht.

Nun wird der Atem hinaufgezogen bis zum *Stirnchakra*. Ganz gründlich: Durch die Kehle, dann durch die *Medulla oblongata*, den Punkt an der Schädelbasis, bis zum Punkt zwischen den Augenbrauen. Hier tauchen wir in weißes Licht, hier sind wir endlich ganz zu Hause. Hier sprichst du: »Ich habe eine Seele, und ich habe einen Körper, ich aber bin Licht, unsterbliches, körperloses Bewußtsein.«

Und nun schwingen wir uns körperlos hinaus über einen Meeresstrand. Frei schwebend können wir den Himmel und das Meer sehen, die brandenden Wellen, den weißen Strand, Vögel fliegen durch uns hindurch, und wir hören das Meer rauschen. In diesem Bewußtseinszustand sind wir vollkommen frei, und jede Art der Wahrnehmung ist möglich.

Nun kommt die Rückführung. Wir müssen zurück. Sanft landen wir in dem Stirnchakra, in weißem Licht. Ein wenig dürfen wir ausruhen. Dann gehen wir ausatmend hinunter in das Herzchakra, in grünes Licht. Von dort gehen wir in unseren Mondscheinwald, wo uns unser Traumkörper freudig entgegenschwebt. Wir verbinden uns mit ihm, kehren dann zurück in das Herzchakra, in grünes Licht.

Weiter atmen wir hinunter in das Nabelchakra, wo uns das gelbe Sonnenlicht entgegenscheint wie ein Trost für die physischen Körper. Wir gehen auf unsere Wiese hinaus, wo wir unseren schlafenden physischen Körper finden. Wir verbinden uns mit ihm und kehren in das Chakra zurück in gelbes Licht. Es empfiehlt sich, hier die Musik abzuschalten.

Nun beginnt die letzte Phase der Rückführung. Ganz hinunter atmen in das Basischakra (rotes Licht), dann ganz hinauf bis zum Stirnchakra, noch einmal ganz hinunter – und nun nur hinauf bis zum Herzchakra. Dort verlassen wir die Senkrechtatmung und springen in die Lungenatmung (den Querbalken des Kreuzes). Wir fühlen, wie sich die Lungen quer aufdehnen, zugleich den Körper in seiner Sitzstellung, mit seiner Schwerkraft – und den Raum rundherum. Und dann begrüßen wir die Außenwelt, die wir nun auch wieder hören können.

Jetzt kommt die Lösung von den Partnern bei der Meditation, seien sie nun sichtbar oder unsichtbar. Dann ist die Meditation beendet.

Ich glaube, eine solche Zusammenfassung wird für dich nützlich sein; ich werde sie nach jeder Meditation machen, zunehmend verkürzt, bis dir alles geläufig ist.

Bis zur nächsten Meditation werden nun ein paar Tage vergehen. In der Zwischenzeit möchte ich dich jedoch manchmal treffen, dir etwas Hübsches zeigen, vertrauter werden. Diese Zwischenstücke wähle ich für dich sorgfältig und mit Liebe aus, sie dienen natürlich auch der Vorbereitung auf die nächsten Schritte.

Ich werde dir ein wenig von mir erzählen, meinem eigenen spirituellen Werdegang, meinen Lehrern, meinen Quellen und Kanälen, mit denen ich arbeite. Immer mal so zwischendurch.

Als ich sechzehn Jahre alt war, entdeckte ich Bücher von Bô Yin Râ (spiritueller Name für Joseph Anton Schneiderfranken, 1876–1943): das »*Buch vom lebendigen Gott*« und das »*Buch vom Jenseits*«. Er wurde mein erster Meister. Von da ab hat mich die Suche nach dem geistigen Weg nie mehr losgelassen. Sieben Jahre später traf ich meinen ersten

Meister in Fleisch und Blut: CHARLES WENDT in Berlin. Das ist sein bürgerlicher Name. Er trat nach außen nie in Erscheinung. Er erzog immer zwölf Schüler, Männer und Frauen, ein Jahr lang. Danach warf er sie raus. Aber in diesem einen Jahr machte er uns mit vielem bekannt. Mit der Esoterik: HELENA BLAVATSKY, ANNI BESANT und anderen; mit der Anthroposophie, mit RUDOLF STEINER, mit GOETHE als einem echten esoterischen Meister! Und – für mich ganz neu – mit der *Bibel*, die einmal mein Hauptkanal werden sollte, was ich damals noch nicht ahnte. Charles verstand es, uns die Bibel auf eine Weise zugänglich zu machen, die uns wirklich faszinierte – was landläufigen kirchlichen Predigten nur selten gelingt. Er hat uns richtig neugierig und lesehungrig gemacht. Er lehrte uns, das Unmögliche zu glauben und auszuprobieren: daß die Bibel weniger ein Buch zum Lesen als ein Brot zum Essen ist und daß sie auch antwortet, wenn man Fragen an sie richtet, genauer: Gott selbst kann durch sie mit uns kommunizieren. Sie ist so eine Art himmlisches Funkgerät. Abgesehen davon ist die Bibel ein prophetisches Buch von unerschöpflichem Reichtum, sowohl für Völker wie auch für jeden einzelnen Menschen, ebenso für jeden Problemfall, der innerhalb der Schöpfung überhaupt möglich ist.

Die Gläubigen wissen sofort, wovon ich rede. Sie haben alle ihren geistigen Kanal, mit dem sie sich eine Verbindung zu den höheren Welten herstellen können. Eine solche ist ja auch unentbehrlich, und dafür sind uns diese Medien gegeben worden. Wer solche Erfahrungen noch nicht hat, neigt oft dazu, über uns ein wenig zu lächeln. Damit müssen wir leben.

Wenn man zum erstenmal im Gebet um eine Hilfe, eine Aufklärung und eine Belehrung bittet, danach die Bibel spontan aufschlägt und die Stelle liest, auf die der Finger zeigt, dann hält man die meist verblüffende Antwort noch für Zufall. Beim zwanzigsten Mal fängt man an zu rationalisieren. Man sagt sich, jede Stelle ist gleich gut, dabei kann man nie verlieren, es kommt nur darauf an, wie man sie selbst intuitiv erfaßt und auslegt. Nun ja, das ist schon wahr. Wenn das Gebet tief war, ist der Mensch ja bereits im Kontakt mit seinem höheren Ich, er dreht sich also in den *Alphazustand** hinein, indem er seine Intuition vervielfacht. Aber diese Erklärung allein genügt nicht. Beim tausendsten Mal spätestens weiß der Gläubige, daß es sich um ein himmlisches System handelt, eine Kraft, die er zwar nicht erklären kann in ihrer Funktion, auf die er sich aber mit ständig zunehmendem Vertrauen verläßt. Er weiß, daß Gott, wenn er ihn anruft, antwortet, und zwar durch den Kanal, den der Mensch für sich erschlossen hat.

Jede Weltreligion verfügt über einen oder mehrere Kanäle. Ich nenne nur mal die *Bhagavadgita,* den *Koran,* das *I Ging,* auch den *Tarot.* Es gibt immer einzelne Menschen, die für einen solchen Kanal die richtige Aufnahmebereitschaft entwickeln. Sie finden Schlüssel, um Symbole richtig zu deuten.

* Siehe Begriffserläuterungen auf Seite 209.

Zum Beispiel ist Marcel Hinze der hervorragendste »Kanalarbeiter« der *Gita,* der zur Zeit in der westlichen Hemisphäre lebt. Die *Gita*-Auslegungen von Paramahansa Yogananda sind auch wundervoll. Yogananda gehörte übrigens zu meinen späteren Lehrern. Ihm verdanke ich sehr viel, er ist aus meinem Werdegang nicht wegzudenken. Falls du ihn nicht kennst, solltest du unbedingt seine *»Autobiographie eines Yogi«* lesen. Dieses Buch ist ein großer Anrührer und hat schon vielen zu einem Durchbruch in diesen Glaubenszustand verholfen, der reinen Diesseitsrealisten so suspekt erscheint.

Meine »Kanäle« sind allen voran die *Bibel,* aber auch das *I Ging* und der *Tarot.* Die letzteren sind nicht nur Orakel für Neugierige, sondern echte geistige Berater. Während das *I Ging* dazu verhilft, den Intellekt zu verfeinern und die Ethik auszubauen, bis hinein in Hilfen für Staatsführung oder Sozialarbeit im weltweiten Sinne, nennt sich der *Tarot* mit Recht einen Spiegel der Seele. Man zieht verschiedene Karten zu im voraus festgelegten Fragestellungen. Ich bevorzuge das System Goethes, das er in den *»Wahlverwandtschaften«* zeigt, mit anfänglich fünf Karten. Dann aber kommt es darauf an, wie der Adressat darauf reagiert, was er selbst daraus macht; deshalb: Spiegel der Seele. Positive Kräfte ebenso wie Ängste werden hier schnell sichtbar. Auch der geistige Zustand wird deutlich, wie der Mensch mit der Situation fertig wird, welche Hilfen in ihm freigesetzt werden. Das ist wirklich sehr interessant. Ich werde dir später noch einmal genau zeigen, wie das zu handhaben ist.

Wenn du aber damit vertraut bist, dann beachte bitte mit peinlichster Genauigkeit die Eigenständigkeit der Person, mit der du den Tarot legst. Die erste Auslegung muß immer von dem Menschen kommen, der die Karten für sich selber zieht, und darf nachher von dem Helfer niemals widerrufen werden. Es ist sein Seelenspiegel, nicht deiner, es sei denn, du legst den Tarot für dich allein. Das kann man tun in besonderen Lebenslagen, zu Neujahr oder zum Geburtstag, aber nicht zu oft! Orakel soll man niemals überstrapazieren. Das wächst sich leicht zum Aberglauben aus, genau wie bei den Horoskopen, die so manchem wichtiger erscheinen als seine Verbindung zu Gott. Dabei verfügen auch die Horoskopgläubigen immerhin schon über ein gewisses Glaubenspotential; und schließlich üben sie sich im Gewahrwerden kosmischer Zusammenhänge, das will ich nicht leugnen.

Aber wie genau auch ein Horoskop unsere Charaktereigenheiten, Veranlagungen und Möglichkeiten treffen mag – wichtig ist doch nur, was wir daraus machen! Man kann mit einem Segelschiff ein bestimmtes Ziel anlaufen, ob der Wind nun von vorn, von hinten oder von der Seite kommt. Segeln muß man können! Den Wind beachten, sich richtig anpassen. Unsere guten Eigenschaften sind unser Lebensmotor, den schlechten gilt unsere Überwindungsarbeit. Ich sage das insbesondere für diejenigen, die sich leicht von Prophezeiungen abhängig machen und daher ihre von Gott gegebene Entscheidungsfreiheit und Verantwortungsfähigkeit, mit der sie ihr Leben selbst gestalten können, aus der Hand geben. Ich hoffe, du gehörst nicht zu ihnen. Du hast weit größere Möglichkeiten.

Wenn wir beide miteinander eine große Reise unternehmen, ist es ganz natürlich, daß wir auch darüber sprechen, woran wir glauben. Das mag durchaus unterschiedlich sein, wichtig ist aber, daß wir unseren Glauben nicht nur gegenseitig respektieren und tolerieren, sondern uns auch klarmachen, daß jeder Mensch einen ganz persönlichen Werdegang hat. Der beginnt schon im Elternhaus und in dem Kulturraum, in den man hineingeboren ist, wozu natürlich auch die Landesreligion gehört. Erst ganz allmählich begreift man, daß man wählen kann und wählen soll. Man kann in den vorbereiteten Geleisen fahren oder auch ganz neue Wege gehen. Und man kann Altes neu für sich entdecken, es sich also wirklich aneignen.

Wenn wir uns gegenseitig freimütig und vertrauensvoll das zeigen, was wir als Glauben für uns gefunden haben, was wir lieben lernten – ganz ohne Furcht, dabei belächelt zu werden – dann können wir einander beschenken.

Ich verheimliche dir nichts, was in mir vorgeht. Und das ist sehr wichtig, sonst könnte ich mich nicht frei fühlen.

Dein Teil ist es, mit eigener Gedankenarbeit für deine Person mitzuhelfen, so daß du in jedem Augenblick vollkommen ehrlich bist. Ob du deine Meinung änderst oder nicht, ob du etwas dazufügst oder etwas aussortierst – es muß immer stimmen. »Jeder sei seiner Meinung gewiß«, sagt PAULUS. Ein salomonisches Wort. Bei Glaubensbekenntnissen wiegt die

Ehrlichkeit schwerer als die »Wahrheit«, die doch in tausend Facetten schillert und sich mit fortschreitenden Erfahrungen auch verändert und erweitert.

Eigentlich wollte ich noch einen Spaziergang in der Natur mit dir machen, in einem Sommergewitter. Es ist so erstaunlich, wie die Natur uns das Meditieren vormacht, mit einer solchen Fülle von Ideen. Die Natur ist wirklich das Bilderbuch Gottes. Dieser Ausspruch stammt von ADOLF HELLER, einem meiner Lehrer, die ich dir mit der Zeit noch vorstellen möchte. Aber jetzt machen wir uns doch erst an die zweite Meditation, danach unternehmen wir den Spaziergang.

Die zweite Meditation

Den Zeitpunkt hast du selbst gewählt. Ich komme zu dir – an meine unsichtbare Gegenwart hast du dich nun schon gewöhnt. Ich sehe, du hast den Raum schön hergerichtet, gereinigt, geschmückt, wenn möglich ein paar Blumen und eine brennende Kerze aufgestellt. Du hast die Störquellen abgestellt, Freunde oder Familie um Verständnis gebeten, und du hast deine Sitzstellung für die Meditation eingenommen. Dir gegenüber ist ein freier Platz für mich – Kissen oder Stuhl, je nachdem, ob du auf dem Boden oder auf einem Stuhl sitzt. Dein Rücken ist schön gerade, und du bist entspannt.

Ich nehme Platz und begrüße dich herzlich. Schön, daß du weitermachen willst. Ich freue mich sehr.

Mit dir – genau wie mit allen Menschen – beginne ich jede weitere Meditation mit einer kurzen Rückschau auf die vorangegangene. Wie ist es dir ergangen? Hast du sie mehrfach wiederholt? Hast du dich selbst beobachtet, in welchem Bewußtseinszustand du dich gerade befindest, so immer mal zwischendurch am Tage? Bitte beantworte diese Fragen in deinen Gedanken genau, sie gehören wirklich dazu. Es würde auch nichts schaden, deinen Bericht hörbar auszusprechen. Ich empfehle es dir sogar, wenn du dir auch ein wenig komisch dabei vorkommst. Es ist aber nützlich, das wirst du später noch sehen.

Nun, wenn du aufmerksam deine Beobachtungen betrieben hast, dann höre ich von dir jetzt sicher, was ich von allen Personen gehört habe: »Tatsächlich! Die meiste Zeit bin ich in Gedanken! Ich fühle meinen Körper kaum.« Das höre ich immer. Am schwierigsten ist es mit der Traumebene. Träume werden intensiver, und du wirst sie auch besser behalten, aber das dauert eine Weile. Wenn es einen Traum gibt, an den du dich erinnern kannst, dann erzähle ihn mir jetzt. Am besten schreib ihn auf! Es kann wichtig sein. Der Träumer in dir wird munter, wenn er merkt, daß du ihn beachtest. Niemand arbeitet gern umsonst oder hält gern einen Vortrag vor leeren Bänken.

Aber wie ist es mit dem körperlosen Bewußtsein – dem In-Gedanken-Sein? Das geht doch gut, nicht wahr? Aber bitte verwechsle diesen körperlosen Bewußtseinszustand, den du am hellen Tage haben kannst, nicht mit dem *Alphazustand* des reinen Überbewußtseins. Bis dahin ist es noch eine weite Reise. Wenn du diesen Zustand schon erlebt hast – meistens in Sekundenbruchteilen, vor allem in Gefahr –, dann weißt du, was ich meine. Du wirst ihn aber noch erleben, und du wirst vor allem die Bewußtseinszustände gut unterscheiden lernen.

Nun also kommen wir zum Thema der heutigen Meditation. Dabei geht es um die Erfahrung von Vielheit und Einheit. Wir Menschen haben eine Tendenz – und zwar gilt diese Neigung zu induktivem Denken für alle Völker und Sprachen –, große Vielheiten zu einer Einheit zusammenzufassen, vom Einzelnen zum Allgemeinen zu gelangen. Sicher ist das kein Zufall, sondern ein uns innewohnendes Wissen von großen Geheimnissen. Wir sagen zum Beispiel: eine Wüste – und nicht: Myriaden von Sandkörnern; der Sternenhimmel – und nicht: Billionen von Lichtpunkten. Wir sagen: unser Körper – und nicht: Millionen von Zellen oder gar: unzählbare Atome. Wir streben immer zur Einheit, zur größeren, höheren Einheit. Warum? Wir sind eben selbst eine kosmische Vielheit; am Beispiel des Körpers ist das schon sehr einleuchtend. Aber auch die Seele besteht aus einer Zusammenfassung von Seelenkräften, deren Vielfalt uns noch gar nicht klar ist. Und der Geist – Gott selbst – ist ein einheitliches, alldurchdringendes Wesen, sowohl als Einheit wie als Vielheit denkbar. Das ist also unser heutiges Thema. Die Bilder habe ich dir schon angedeutet: Wüste, Berg, Sternenhimmel. Ich nenne alles noch einmal genau. Wir fangen an. Zuerst der Einstieg – unerläßlich vor jeder Meditation! Je besser du ihn vollziehst, um so tiefer gelangst du hinterher!

Wir fliegen zuerst ein wenig draußen über unserer näheren Umgebung, beobachten Menschen, Autos, Pflanzen, Tiere, fühlen die Stimmungsqualität des Abends, der durch den ganzen Ort zieht. Berufstätige kommen nach Hause, das Abendessen wird gerichtet, Kinder klappen erleichtert die Schulhefte zu. Nun entlassen wir die Außenwelt mit einem kleinen Segen und ziehen uns in deinen Raum zurück.

Wir fühlen den Raum bis zu den Wänden und flackern ihn mit einem Reinigungsfeuer aus, welches durch alles hindurchgeht, aber nichts verbrennt. Ein angenehmes Bad für die Seele. Wir geben alle unerwünschten Gedanken mit hinein.

Jetzt ziehen wir unsere Aufmerksamkeit in den Körper zurück, schauen uns innen ein wenig um. Es ist wirklich bewundernswert, was für ein Vehikel uns da zur Verfügung steht. Und wir fahren darin herum wie dreijährige Kinder in einem *Rolls-Royce.* Wir beobachten, wie sich die Lungenatmung quer aufdehnt, auf der Höhe des Herzchakras. Vertrauensvoll überlassen wir diese Atmung nun ihrer Dynamik – und springen in die Senkrechtatmung.

Jetzt sind wir dort, wo wir hinwollen. Wir atmen einatmend in der Wirbelsäule hinauf – vom Steißbein bis zum Stirnchakra – schön aufmerksam: Basischakra, Nabelchakra, Herzchakra, Kehle, nach hinten schräg aufwärts zur Schädelbasis, dann zum Punkt zwischen den Augenbrauen. Ausatmend hinunter. Dreimal hinauf und hinunter, ganz sorgfältig. Dann dynamisieren wir die Senkrechtatmung und tauchen in rotes Licht, unten am Steißbein.

Jetzt schalte bitte dein Tonband ein, die *Möwe Jonathan,* – du hast es sicher griffbereit hingestellt. Der Ton darf nicht zu laut sein. Die Musik soll dich nur unterstützen, nicht überlagern. Deine Hände liegen nun ruhig auf den Oberschenkeln.

Nun ziehe deinen Atem ein wenig hinauf, bis zum Nabelchakra, das ist in der Wirbelsäule auf der Höhe des Nabels, und tauche in gelbes Licht. Fühle die Farbe! Laß sie von innen heraus leuchten, bildfrei, und sich in deinem ganzen Körper ausbreiten, dann darüber hinaus auch im ganzen Raum.

Wir sind jetzt auf der Ebene des physischen Körpers. Nun gehen wir mit dem physischen Körper hinaus in eine Wüste, bei Tageslicht. Wir müssen nicht leiden oder dürsten. Wir bieten unserem Körper die Reinheit und Weite dieser Landschaft an, die endlosen Sanddünen, auf denen wir wandern, als wären wir auf Tausende von Meilen die einzigen Lebewesen. Aber sei ohne Furcht: Wir können dort nicht verlorengehen. Unser physischer Körper weiß das; er verläßt sich auf die Silberschnur, die ihn mit Geist und Seele verbunden hält. Er genießt die Wüste, ihre Ruhe und ihre Schönheit.

Jetzt dürfen wir zu denken anfangen: Myriaden von Sandkörnern, ohne die es diese unendliche Landschaft nicht gäbe. Diese eine Wüste ... Und nun betten wir unseren Körper dort in den warmen Sand und lassen ihn sich wohlig ausstrecken. Jetzt denken wir an die ebenfalls kaum zählbaren Zellen, Moleküle und Atome, eine gewaltige Vielheit, die wir doch so selbstverständlich den Körper nennen, unseren Körper. Eine lebendige Vielheit, von einem Bewußtsein durchdrungen und doch aus anorganischen Atomen zusammengesetzt. Beseelter Baustoff, Myriaden von Atomen, zu einem Körper zusammengefaßt – auf Myriaden von leblosen Sandkörnern, in der Wüste. Der Baustoff von gestern oder morgen. Darüber kann unser Körper noch nachdenken. Er liebt es, sich seiner selbst bewußt zu werden. Er weiß um seine eigene wundervolle Kompliziertheit.

Unser Bewußtsein zieht sich zurück ins Nabelchakra, in gelbes Licht. Wir baden uns bildfrei und bemühen uns, die Farbe zu denken, zu fühlen, zu sehen.

Dann können wir weitergehen. Wir ziehen den Atem hinauf in das Herzchakra und tauchen in grünes Licht. Und nun machen wir mit unserem Traumkörper eine Bergtour. Er freut sich schon auf diesen Ausflug. In diesem Körper können wir ja schweben, aber der Aufstieg ist trotzdem noch nicht ganz ohne Mühe. Diese Unterschiede müssen gefühlt werden!

Also es geht hinauf, der Berg ist hoch, oben liegt Schnee. Zuerst kommt eine Waldregion, dann durchqueren wir Wiesen, überwinden Geröll, Fels ... Schnee. Oben angekommen, lassen wir unseren Traumkörper den Blick vom Gipfel genießen. Er kann sich auf der Bergspitze niederlassen. Nun schaut er hinunter in das Tal, wo weit unten kleine Häuser, Fahrzeuge und Menschen zu sehen sind. Aber da wir ja jetzt im Feinstoff sind, nehmen wir auch mehr Feinstoffliches wahr, je länger wir hinschauen: Wir sehen die Gedanken der Menschen durcheinanderlaufen wie bunte Fäden. Manchmal verknäulen sie sich, dann wieder laufen sie parallel oder bilden Muster. Es werden immer mehr: ein unübersehbares Gewirr von Strömungen und Schwingungen, denen die Menschen dort unten pausenlos ausgesetzt sind. Und auf einmal sind wir sehr froh, hier oben mit unserem Traumkörper auf der Bergspitze zu sitzen, herausgenommen aus diesem Trommelfeuer und mit uns allein. Unser Traumkörper kann hier oben ungestört seine Gedanken und Empfindungen sortieren, ohne Überlagerung durch Tausende von anderen Gedanken, die dort unten ständig durch ihn hindurchgehen. Diese feinstoffliche Vielfalt ist uns normalerweise nicht bewußt, und da müssen wir ganz froh sein. Die Reinheit dieser Klausur muß man erst einmal fühlen, dann lernt man sie schätzen.

Unser Traumkörper kann sehr gut ohne uns träumen und Betrachtungen anstellen, wir lassen ihn hier allein. Unser Bewußtsein zieht sich zurück in das Herzchakra und taucht in grünes Licht. Freibaden – nicht überhasten –, dann erst gehen wir weiter.

Nun ziehen wir den Atem in der Wirbelsäule weiter hoch bis zur Kehle, dann nach hinten hinauf bis zur Schädelbasis – und weiter bis zum Stirnchakra. Hier tauchen wir in weißes Licht. Wir grüßen uns aus diesem Punkt heraus, fühlen die gleiche Qualität dieses Lichts in uns beiden. Ein wunderbarer Friede breitet sich hier aus, ein Wissen aus der Tiefe, jenseits des Denkens.

Und jetzt schwingen wir uns aus dem Stirnchakra in körperlosem Bewußtsein hinaus in den Nachthimmel – mitten unter die Sterne! Als ein kleines Lichtpünktchen können wir dort frei und ungebunden herumtanzen. Die Sterne, die in ihren festen Bildern ihre äonenlangen Bahnen ziehen, beobachten uns gutmütig. Sie wissen, daß wir Menschenkinder sind, winzig klein und dennoch keineswegs unwichtig vor Gott. Das wissen sie, und deshalb dulden sie uns wie übermütige Kinder während dieses kurzen Besuches. Später einmal, in Zeiträumen, die Sterne leichter denken können als wir, werden sie mit uns reden können.

Hier wird die Musik nun wirklich eine wunderbare Hilfe. Wir können danach tanzen, unser körperloses und daher unverletzbares Dasein in diesem samt-blauen Raum genießen, während es rundherum sprüht und funkelt in unermeßlicher Schönheit. Davon sind wir nun selbst ein Teil, denn wir sind ja mittendrin! Und in Wahrheit sind wir das unser ganzes Leben lang, nur machen wir uns das viel zu selten klar. Man muß es fühlen, in diesem tief eingetauchten Zustand, der weder Schlafen, noch Träumen, noch normales Wachen ist. Es ist eben eine Meditationserfahrung, die man auf anderem Wege kaum machen kann.

Ganz fern von dir, aber noch gut sichtbar, pulsiert und funkelt ein Stern, bunt schillernd in allen Regenbogenfarben, als wollte er dir etwas mitteilen. Wir werden ihn heute noch nicht besuchen, aber merke ihn dir gut. Er wird noch einmal bedeutend für dich werden.

Nun wird es Zeit, an den Rückweg zu denken. Ich weiß, du möchtest noch weiter tanzen. Ich hatte immer Schwierigkeiten, die mit mir Meditierenden hier wieder wegzulocken. Denn wer einmal den körperlosen Zustand wirklich empfinden kann, hat es gar nicht so eilig, sich wieder zu inkarnieren. Auch das ist dir im Grunde nicht neu. Ist es dir nicht schon manchmal schwergefallen, morgens aufzuwachen? Da ist so eine Art Abschiedsschmerz im Traumkörper, der ja dann dem körpergebundenen Tagesleben Raum geben muß, was er gar nicht so gern hat. Besonders dann nicht, wenn der Traum sehr schön war. In meinem Leben war das eine sehr häufige Erfahrung. Und der Abschied von der *Kausalebene* (siehe Seite 209) ist noch viel schmerzlicher.

Trotzdem – wir müssen zurück! Im Sturzflug geht es aus dem Weltraum hinein in die Erdatmosphäre – bis hinunter in unser Stirnchakra. Jetzt tauchen wir in das weiße Licht, welches uns tröstend empfängt. Es ist ja auch ein kleiner Stern, mitten im Weltraum, ein bewußter Teil des großen Ganzen. Wir ruhen uns in diesem Punkt ein wenig aus, die Musik hilft dabei. Wenn wir zu lange draußen waren, könnte die Musik hier zu Ende sein, sollte es aber nicht. Dieses Tonband ist ein sehr guter Zeitmesser für die gesamte Meditation; dabei wirst du nicht zu schnell und nicht zu langsam sein.

Nun geht es weiter abwärts. Wir atmen hinunter bis zum Herzchakra und tauchen in grünes Licht. Von hier gehen wir hinaus auf unseren Berg, wo auf dem schneebedeckten Gipfel unser Traumkörper sitzt, der hier inzwischen in aller Ruhe seine Gedanken und Gefühle betrachten durfte, bewußt herausgenommen aus der verwirrenden Vielfalt der Gedanken aller Menschen dort unten im Tal. Mit Beklemmung hat er sich klargemacht, welchem Bombardement von Strömungen er die ganze Zeit über normalerweise ausgesetzt ist. Kein Wunder, daß er manchmal ein wenig aus der Kontrolle gerät oder daß ihm gerade die schöneren und feineren Schwingungen entgehen, weil sie allzu laut überlagert werden und weil selbst die eigene Stimme dort unten aus verständlichen Gründen zu laut ist.

Immer noch im körperlosen Bewußtsein treten wir von hinten leise an unseren Traumkörper heran. Träumende soll man ja nicht mit einem Paukenschlag wecken. Nun treten wir in ihn ein und verbinden uns mit ihm. Sofort ist das Bewußtsein der Seele mit allen ihren Gedanken, Wünschen, Ängsten und Erlebnissen gegenwärtig. Behutsam ziehen wir uns nun in das Herzchakra zurück und tauchen in grünes Licht. Musik zu Ende? Oder reicht sie noch für die unterste Ebene? Also weiter.

Wir atmen hinunter zum Nabelchakra. Leuchtend empfängt uns das Sonnengelb, Trost und Nahrung für die physischen Körper. Unverzüglich gehen wir in unsere Wüste. Dort – hinter ungezählten Sanddünen – liegt unser physischer Körper, vertrauensvoll schlafend in dem warmen Sand. Er weiß, daß wir ihn wiederfinden, wie weit wir uns auch immer entfernen mögen. Wir verbinden uns mit ihm, wecken ihn sanft auf und kehren gleich in das Nabelchakra zurück. In gelbem Licht baden wir uns jetzt bildfrei. Ich glaube, das kannst du jetzt schon ganz gut. Wenn du einmal verstanden hast, wie wichtig das ist, wirst du nie versäumen, den Wechsel von Bild und Farbe besonders gründlich zu meditieren. Denn nur so kannst du Bewußtseinszustände getrennt und rein erfahren, die normalerweise wie im Nebel ineinander verfließen. Die späteren Stufen sind erst möglich, wenn du diese Basis voll beherrschst. Betrüge dich nicht selbst durch vorschnelles Voranschreiten. Das wäre wirklich töricht. Anfängliche Pfuscharbeit ist nämlich später nicht so leicht zu reparieren.

Wir kommen zum Schluß. Ganz hinunter atmen bis zum Basischakra – du darfst dort flüchtig schon mal rotes Licht fühlen, dann ganz hinauf zur Stirn, wieder ganz hinunter und wieder hinauf bis zum Herzchakra, dem Drehpunkt zwischen Senkrecht und Waagrecht, dem Schnittpunkt des Kreuzes. Senkrecht – das ist deutlich die Verbindung zwischen Himmel und Erde. Waagrecht – das ist die Gebundenheit an die physische Schwerkraft: die Atmung für die Inkarnation, die sich quer in unseren Lungen ausdehnt. In diese Lungenatmung springen wir jetzt hinein, indem wir die transzendentale Ebene der *Kriya*-Atmung verlassen. In diesem Augenblick fühlen wir wieder die Schwere des physischen Körpers, seine Sitzstellung im Raum, den Raum dazu. Und nun begrüßen wir auch die Außenwelt, die mit allen ihren Geräuschen wieder auf uns einstürmt. Du wunderst dich, was du jetzt alles hörst? Ich kenne das. Wir waren ja auch weit weg.

Wir legen einander unsere Arme um die Schultern und berühren unsere Stirnen. Einen Augenblick verharren wir so, in tiefer geistiger Freundschaft, die mit keiner Intimität auf dieser Welt vergleichbar ist. Dann entlassen wir uns gegenseitig und tauchen fröhlich in unser Tagesbewußtsein auf.

Wir müssen ja nicht gleich auf die Füße springen. Die Musik haben wir natürlich inzwischen ausgeschaltet. Es ist gut, noch ein wenig die Ruhe zu genießen, dem Erlebten nachzusinnen. Wie ist es dir ergangen? Erzähl doch mal! Und wenn du es sogar aufschreibst, tust du dir einen großen Gefallen. Diese ersten Eindrücke muß man frisch festhalten. Das ist später eine erstaunliche Lektüre, bei der einem noch manches klar wird, was man am Anfang nicht gesehen hat. Aber das ist keine Pflicht. Mach es ganz so, wie du fühlst. Aber erzähle mir, was du gesehen hast.

Draußen zwischen den Sternen sind alle weitgehend gleich. Aber in der zweiten Ebene – wie siehst du da deinen Traumkörper? Gewöhnlich ist er ja das Abbild des physischen Körpers, nur eben ohne Alter und Gebrechen. Das Ich-Bewußtsein von Seele und Körper ist doch so stark gekoppelt, daß es sich auch im Feinstoff ähnlich manifestiert. Dies ist ja auch typisch für Erscheinungen von Toten, kurz nach ihrem Übergang in die andere Welt. Sie zeigen sich so, wie sie sich selbst von ihrem physischen Spiegel gewohnt sind, jedenfalls zunächst. Ist dir schon einmal aufgefallen, daß du dich im Traum nie selbst wahrnimmst, jedenfalls nicht als Körper, obwohl du doch anwesend bist, eine Szenerie siehst, hörst, sprichst, handelst? Du erinnerst dich am genauesten an das, was du fühltest, sagtest oder hörtest. Stimmt's? An Freuden oder Ängste. Das eben ist die Domäne der Seele.

Aber eines ist jedem Menschen klar: Er kann im Traum nicht real einen anderen treffen, so daß zwei Menschen gemeinsam träumen und sich aufwachend an einen gemeinsamen Traum erinnern würden. Im Traum ist jeder allein. Aber in der Meditation können wir gemeinsam in diese Welten eintreten. Noch beschränken wir uns darauf, uns hinterher zu berichten, was wir gesehen haben. Das ist vergleichsweise schon viel. Im normalen Alltag wäre dies schon deshalb nicht möglich, weil man die Träume nach dem Aufwachen so schnell vergißt. Und nicht viele Partner oder Familienmitglieder nehmen sich die Zeit, einander ihre Träume zu erzählen. Täten sie es jedoch, sie wüßten mehr voneinander, und sie könnten sich leichter lieben.

Später, im zweiten Kreis, werde ich dir zeigen, wie man gemeinsam träumen kann, unmittelbar – ohne einzuschlafen und ohne etwas zu vergessen. Aber soweit sind wir noch nicht.

Und wie ist es dir in deiner Wüste ergangen? Wie hat sich dein Körper gefühlt? Vertrauensvoll oder ängstlich? Ruhig oder unter Hitze und Durst leidend? Manchmal sind diese Assoziationen einfach nicht zu verdrängen. Doch so, wie wir es erfahren, so ist es richtig für uns. Es gibt Aufschluß darüber, ob wir weitergehen sollen oder noch nicht. Erst wenn alles angstfrei und mühelos erlebt werden kann, ist es Zeit für den nächsten Schritt.

Naturmeditation: das Gewitter

Nun endlich möchte ich mit dir den versprochenen Spaziergang im Gewitter machen. Du hast dir eine Belohnung verdient, wenn du die ersten beiden Meditationen durchgearbeitet und dir voll angeeignet hast. Nehmen wir jetzt also eine Lektion aus dem Bilderbuch Gottes – der Natur.

Da ich diesen Spaziergang mit dir real in der Gegenwart machen möchte – und damit wird es auch wieder eine persönliche Erfahrung und bleibt nicht nur ein Lesestoff –, müssen wir uns auf der Erde eben ein Sommergewitter suchen, am Tage, wo immer es gerade stattfindet.

Die Suche ist schon allein ein Erlebnis für sich. Damit kommst du in Kontakt mit der geistigen Komponente unseres Planeten, der sich ja zu jeder Zeit aller Vorgänge auf seiner Oberfläche und in seinem Innern bewußt ist, so wie unser Körper stets um jedes Organ und um jede einzelne Zelle weiß. Wir haben in der letzten Meditation gerade das Mysterium von Vielheit und Einheit im Bewußtsein geübt, also wird dir auch dies gelingen. Und das ist keine geringe Erfahrung!

Erlaube mir noch einen kleinen Exkurs in die Studiernacht von GOETHES *Faust.* Der große Gelehrte versucht sich – im Stolz auf seine magischen Kräfte –

darin, den Weltgeist herbeizubeschwören: keinen Geringeren als den höchsten Gott des Universums. Eigentlich hätte er wissen müssen, daß dieser nicht so einfach auf den Befehl von Magiern erscheint. Er erkennt es auch schnell, denn die Beschwörung funktioniert nicht. Das deprimiert ihn, und er glaubt, bescheiden zu werden, indem er sich jetzt »nur« mit dem Erdgeist begnügt. Dieser kommt nun tatsächlich, und aus dem Faust wird ein »furchtsam weggekrümmter Wurm«. Jetzt wird er von der Erkenntnis seiner Kleinheit so niedergeschmettert, daß er sich das Leben nehmen will. Er fällt wahrhaftig von einem Extrem in das andere. Doch die Osterglocken verhindern es – jene Botschaft aus der höheren Welt, die ihn freiwillig erreicht und anrührt, ihn in seiner menschlichen Niedrigkeit annimmt und bereit ist, ihn zu neuer Göttlichkeit aufzubauen.

Hier haben wir auf kleinstem Raum alle Bewußtseinsebenen zusammengefaßt und durchlaufen. Was für ein Meisterstück spiritueller Dichtung! Es wurden sicher schon Tausende von Doktorarbeiten über GOETHE geschrieben, aber ich fürchte, er ist immer noch nicht in seiner ganzen Fülle, seinem unerschöpflichen Reichtum erschlossen.

Diese Abschweifung drängte sich mir so richtig auf, denn wir wollen jetzt ja auch in den Erdgeist eintauchen, an seinem Gesamtbewußtsein für den Planeten teilhaben. Wir benötigen das, weil wir im Gewitter spazierengehen wollen, irgendwo im Sommer und bei Tageslicht.

Es ist gut, sich einmal klarzumachen, daß eigentlich immer irgendwo gerade Sommer ist oder Winter, daß es ewiges Eis und Schnee auf Berggipfeln, tropische Regen über Palmen gibt, Erntezeit mit reifen Früchten und Kornfeldern, zugleich Zeit des Pflügens und der Saat. Temperaturen zum Schwitzen und zum Zähneklappern ... Und über allem ist stets gleichzeitig auf unserem Planeten Tag und Nacht, Sonnenaufgang und Sonnenuntergang, einschließlich der Dämmerungsphasen. Was für ein Bewußtsein muß das sein! Kein Wunder, daß der DOKTOR FAUST einen Schock erlitt bei seinen munteren Beschwörungen. Und von diesem Bewußtsein sind auch wir mitgetragen, du und ich. Der Erdgeist weiß um uns beide so gut wie um jede Ameise im Wald. Das ist unser Erzengel GABRIEL, unser Erdgeist, der mit dieser Erde so viel Kummer hat, nicht zuletzt unseretwegen. Einmal hat er sich beim Propheten DANIEL darüber ausgesprochen – eine einzigartige Bibelstelle! Und er erwähnte, daß ihm glücklicherweise der Erzengel MICHAEL manchmal zu Hilfe kommt, wenn die Menschen es mit ihren Kriegen zu toll treiben. Michael ist der Erzengel der Sonne. Ich erwähne das, damit du dir klarmachst, wohin wir tauchen wollen. Aber nun suchen wir unser Gewitter, und wir werden es finden – irgendwo auf der Erdoberfläche, ganz gleich, wo wir wohnen, welche Jahreszeit und welche Uhrzeit bei uns gerade herrscht. Wir wenden uns nach innen, hinein in das allgegenwärtige Bewußtsein des Planeten. Und da ist es! Unser Gewitter ...

Das Gewitter ist ein göttliches Schauspiel und zugleich für die Menschen ein Lehrbild von höchster Symbolkraft. Es ist eine Komposition, eine Symphonie von einer Vollendung, wie sie kein menschliches Kunstwerk je erreicht. Es läuft in einzelnen Phasen ab, die im Naturgeschehen von überwältigender Einfachheit sind. Aus geistiger Sicht ist jedoch jede einzelne Phase von so tiefer und nicht auslotbarer Bedeutung, daß man sich ein Leben lang damit befassen könnte und dabei doch immer wieder etwas Neues erfahren würde.

Versuche nun, dich voll einzubringen, das Schauspiel nicht nur zu betrachten, sondern innerlich daran teilzuhaben. Dazu mußt du die einzelnen Phasen so fühlen, als ob sie zugleich in dir selbst stattfänden und nachvollzogen würden. Es wird dir gelingen, wenn du dich in das Naturgeschehen einfühlst und dich selbst dabei vollkommen losläßt, Phase für Phase:

- Die Region, über der ein Gewitter niedergehen soll, wird dafür vorbereitet. Das Tageslicht wird von dichten grauen Wolken verdunkelt, die den Himmel überziehen. Windstille und eine schwüle Atmosphäre unterstützen die Verinnerlichung und zwingen zur Loslösung von der äußeren Welt. Die Wirkung kommt einer Droge gleich und ist so stark, daß man gar nicht weiterarbeiten kann. Das betrifft alle Wesen in der Region. Die Wiesenblumen schließen sich wie zum Schlaf, die Bienen hören auf zu sammeln, Menschen und Tiere suchen Entspannung und Ruhe. Auch ein Fluchtverhalten ist möglich – Kleintiere verkriechen sich in ihren Höhlen und Löchern, und auch manche Menschen werden bei einem Gewitter von einer gewissen Bangigkeit beschlichen. Für dich wird das kaum gelten – und wenn doch, dann schadet es auch nichts.

- Von Ferne beginnt jetzt ein leises Donnergrollen, das allmählich stärker wird. Diese Stimme – in allen Religionen von jeher begriffen, von Naturvölkern stets erahnt *(Buch Hiob)* – ist eine Stimme Gottes, die zu hören die Wesen in der Region nun schon vorbereitet sind. Durch die Steigerung werden sie weiter daran gewöhnt, eine gewisse Furcht verstärkt das Lauschen positiv (GOETHE: »Das Schaudern ist der Menschheit bestes Teil«).
- Nun endlich kommen die Blitze, die auf dem verdunkelten Himmel (der Einkehr und der Meditation) voll zu sehen sind, wie blitzartige göttliche Erkenntnisse. Die Donnerstimme wird jetzt schockartig zum Donnerschlag, die Wirkung begleitend und unterstützend. In einigen Wesen steigert sich die Furcht, und sie versuchen sich zu verbergen (wie ADAM und EVA); die reiferen Wesen verharren in Ergriffenheit und in der Anbetung vor dem gewaltigen Schauspiel. Sie begreifen, daß Gott ihnen eine Sternstunde bereitet hat, genauer: eine Gewitterstunde, in der von der ersten bis zur letzten Sekunde alles auf überzeugende Weise stimmt.
- Nun rauscht der Regen nieder. Die Belohnung nach der Spannung und dem Schrecken, der ahnungsvollen Erwartung: die totale Reinigung und Frische, die Lösung der Schwüle, ein unbeschreibliches Labsal für die ganze Region – für uns erlösende Tränen nach der tiefen Erschütterung.

- o Das Dunkel wird zurückgezogen, der Himmel hellt sich langsam auf. Die scheinbar hellere Außenwelt nimmt die Wesen wieder gefangen; befreit und gestärkt dürfen sie in ihr gewohntes Leben zurückkehren.
- o Der Regenbogen erscheint: das Symbol für den Bund Gottes mit den Menschen dieses Äons und der nicht zu unterschätzenden Zusage: »Solange die Erde steht, soll nicht aufhören Saat und Ernte, Frost und Hitze, Sommer und Winter, Tag und Nacht« (1. *Buch Mose* 8, 22). Dies wurde NOAH verkündet, als er die Arche verließ. Und dazu kam noch das besiegelnde Versprechen: »Und wenn der Bogen in den Wolken steht, will ich ihn ansehen, um des ewigen Bundes zu gedenken zwischen Gott und allen lebenden Wesen, die auf Erden sind« (1. *Buch Mose* 9, 14–15). Hast du es bemerkt? Dieser Vertrag wird einseitig gehalten; er ist nicht von uns abhängig. Gott sei Dank!

Nun soll noch einer sagen, daß die Natur nicht meditiere – geschweige denn der Planetengeist, der alle Wetter gleichzeitig erfährt. Der Regenbogen ist wie ein Abschiedsgruß Gottes nach der tiefen Erfahrung; er wird ja auch von Menschenkindern stets mit Entzücken begrüßt. Diese schönste aller Himmelserscheinungen ist eine Offenbarung in sich selbst: Wir sehen hier mit bloßem Auge das ganze Spektrum – die siebenfache Farben- und Bewußtseinsskala in nicht austauschbarer Reihenfolge: Rot-Orange-Gelb (Physis), Grün-Blau-Violett (Seele), Weiß (Geist); Weiß enthält in sich zugleich alle Farben – das gibt doch zu denken! Interessant ist auch, daß es sich im Regenbogen immer abwechselnd um eine reine Farbe und um eine Mischfarbe handelt, die aus den beiden angrenzenden Farben gebildet wird, ausgenommen das Violett, das eine Sonderstellung einnimmt.

Das ist das Drama des Gewitters. Vielleicht haben dich die Vorbereitungen in der Natur an den Einstieg in unsere Meditation erinnert? Da gibt es schon Parallelen. Und sowenig, wie Musikliebhaber mitten aus der Aufführung einer Symphonie nach Hause gehen würden, sowenig wird ein Mensch, der auf dem geistigen Pfad ist, aus einem Gewitter davonlaufen, bevor es durch den Regenbogen abgeschlossen ist. Man sollte sogar nach dem Verschwinden des Regenbogens noch eine Weile in Schweigen und Meditation verharren und das Erlebnis mit einem Dankgebet abschließen.

Es gibt – in übertragener Bedeutung – in jedem Menschenleben auch Gewitter: Reinigungsprozesse, die genau nach dem Konzept dieses göttlichen Naturdramas ablaufen. Der Mensch kann lernen, diese Phasen zu erkennen und sich dann richtig so zu verhalten, wie es jeder Grashalm und jedes Insekt tut. Der Gewinn für die geistige Entwicklung ist unschätzbar!

Es gibt Schicksalsstunden, dramatische Wendungen im Leben, die man mit solchen Gewittern vergleichen kann. Schmerz bleibt Schmerz, und Angst bleibt Angst, da muß jeder hindurch, der hier unten geboren wird. Aber eine geistige Auffassung von dem Geschehen, ein tiefes Nach-innen-Lauschen und Annehmen des Geschicks kann vieles verstehen helfen. Dadurch eröffnet sich schon eine andere Art zu leben, wenn auch die Tunnel dunkel und lang sind, durch die wir fahren müssen. Und wenn nicht wir selbst in so bedrängter Lage sind, sondern ein uns nahestehender Mensch es ist, dann können wir ihn auf diese Weise trösten.

Ich hoffe, unser Ausflug hat dir Freude gemacht. Du kannst in der Natur selbst auf die Suche gehen nach solchen Meditationen, da kann man immer wieder fündig werden. Man entwickelt regelrecht Antennen für solche Bilderbuchlektionen. Und das Bewußtsein der Einheit mit der Natur und dem ganzen Planeten wächst dabei auch. Entscheidend ist jedoch, daß dies deine Liebe zu Gott in dir verstärkt. Da findet sich soviel Zärtlichkeit und behutsame Belehrung in der Schöpfung! Wenn man einmal anfängt, aufmerksam hinzuschauen, müßte man eigentlich davon überwältigt werden und den Schöpfer immerzu bewundern. Diese Meditationsreise, die wir gemeinsam unternehmen, soll dir helfen, Wunder zu erleben, die man in der Alltagshektik leicht übersieht. Du bist jedoch ständig von Wundern umgeben. Es wird zwar immer wieder versucht, Lehrbücher darüber zu verfassen, aber dieses Wunder findet im Herzen jedes einzelnen Wesens statt und muß von jedem selbst erlebt werden.

Im *Hohelied Salomos* (8, 4) heißt es: »Ich beschwöre euch, ihr Töchter Jerusalems, wecket meine kleine Schwester nicht, ehe es ihr selber gefällt.« Das ist eine kleine Warnung für übereifrige Missionare und Kirchen, die durch äußere Zeremonien auf ein

Ereignis hinwirken wollen, das die intimste Stunde zwischen Gott und dem Menschen ist, der gerade zu ihm erwacht: eine unersetzliche Stunde, die kostbarste von allen. Laß dir Zeit, Gott hat auch Zeit. YOGANANDA gab einmal den Rat, die Jahre des Wartens in geduldiger Übung und tiefer Vorfreude zu verbringen. Gott könne sich der Liebe eines Menschen auf die Dauer nicht verschließen. Der Rat von JESUS klingt ganz ähnlich: »Siehe, das Himmelreich leidet Gewalt, und die Gewalt brauchen, reißen es an sich.« Das ist die Gewalt einer alles bezwingenden, unauslöschlichen Liebe, die hier so siegreich und zuverlässiger ist als alle Versuche der Magie. Liebe ist höchste Magie, die sanfte Gewalt, die am Ende immer siegt.

In den östlichen Religionen ist immer viel von der Erleuchtung die Rede, ein Durchbrucherlebnis, das mit einem Datum festzunageln und später zu feiern ist. Man feiert ja auch tatsächlich den Tag der Erleuchtung BUDDHAS, und man heiligt den Ort, an dem dieses Ereignis stattfand. Dieses Donnerschlagereignis findet eine gewisse Parallele in der Geistestaufe des CHRISTUS, wie sie in der *Apostelgeschichte* beschrieben ist: eine gewaltige Erfahrung, um die man sich heute noch viel zuwenig kümmert. Wer aber allzu hypnotisiert auf einen solchen Superknall wartet, der versäumt möglicherweise die Erleuchtung durch Tausende von kleinen Lichtpunkten, wie beim nächtlich aufgehenden Sternenhimmel: erst ein Stern, dann zwei, dann drei ... und plötzlich sind es Tausende, die den Nachthimmel erleuchten. Und genauso ist es mit den kleinen Alltagserlebnissen, diesen Tausenden von kleinen Anrührungen, zärtlichen Versteckspielen mit unserem großen Liebenden, dem geduldig auf unsere Erwekkung wartenden Schöpfer.

Erinnerst du dich noch an diesen seltsamen Vers aus der *Bhagavadgita,* den ich dir schon einmal zitiert habe? »Alle Dinge sind in mir und aus mir, aber ich bin nicht in ihnen allen.« Es könnte wohl genauer heißen: »... aber nicht alle sind sich meiner Gegenwart bewußt, nicht alle sind in mir erwacht ...« Mit Übersetzungen ist das ja oft nicht so einfach, da muß man ein bißchen tiefer schürfen, bis man den Sinn erschlossen hat.

Vielleicht fragst du dich, wann wir nun endlich mit den Vorbereitungen für die dritte Meditation beginnen. Aber wir sind ja schon mittendrin! Ich verliere keine Zeit, ich gehe eher zu schnell voran. Aber da du die Zeit selbst bestimmst, wann du weitermachst, werden wir uns schon auf einen Rhythmus einstellen, der uns beiden gerecht wird.

Bei der dritten Meditation geht es nämlich um eine vierte Bewußtseinsebene, die nicht unsere eigene ist. Da kommt ein »Es ist« hinzu, etwas, das uns denkt, wann und wo immer wir »ich« sagen, wenn auch auf ganz verschiedene Weise. Ich – der physische Körper, ich – die Seele, der Traumkörper, ich – das körperlose Bewußtsein: aber immer noch »ich bin«. Jetzt geht es um das »Ich bin nicht mehr«, wie es jedem Buddhisten geläufig ist. Für westliche Menschen ist das eher eine Schreckensvision, weil sie es einfach nicht verstehen. Der höchste Gott des Universums, der Schöpfer aller Dinge, ist ein allbewußtes Wesen, und das enthält ja alles, auch den höchsten Zustand des »Ich bin nicht mehr – ich bin alles und nichts, Anfang und Ende, Alpha und Omega, Ruhe und Tätigkeit«. Eine solche Dimension kann sich ein Mensch nicht so ohne weiteres vorstellen, aber es wäre schon gut, wenn er wenigstens einräumen würde, daß er es mit Größenordnungen zu tun hat, die über sein Vorstellungsvermögen hinausgehen. Diese ewigen Fragen: Warum? Warum tut er dies nicht? Warum läßt er jenes geschehen? Er sieht doch alles, er weiß doch alles – warum ändert er es nicht?

Ja, so reden die Menschen, du kennst das sicherlich auch. Was für ein Geschrei würden sie anstimmen, wenn Gott tatsächlich ihre hochgeschätzte Freiheit aufheben würde, um sie mit Gewalt zu Marionetten des Guten zu machen! Am Ende würden sie sich noch beschweren, daß sie so nicht freiwillig in Liebe zu ihm erwachen könnten. Man will sich verlieben und nicht vergewaltigt werden. Nun also – sie haben sie ja, diese heilige Freiheit, an die sich selbst Engel und Dämonen halten müssen; die meisten nützen sie jedoch nicht. Aber einige tun es doch. Langsam, ängstlich tastend und doch weiterschreitend, Menschen wie du. Und für diese kostbaren Seelen ist kein Aufwand zu groß: diese gewaltigen Dramen im Himmel und auf Erden, alle diese Leiden und Schmerzen, aber auch das Entzücken der Menschenkinder über die Wunder des Lebens.

»So viele ihn aber aufnahmen, denen gab er Anrecht darauf, Gottes Kinder zu werden« – dies steht gleich im ersten Kapitel des JOHANNES-*Evange-*

liums (1, 12). Der Werdeprozeß ist hier zu beachten. Eine Voraussetzung wird geschaffen, deren Grundlage wieder der freie Wille des Menschen ist. Diese Gewißheiten erscheinen mir so wichtig, daß ich sie dir als Hilfen auf keinen Fall vorenthalten möchte. Die *Bibel* ist nun mal mein Lieblingskanal, und für mich ist sie die ergreifende und einzigartige Liebesgeschichte zwischen Gott und dieser widerspenstigen Menschheit: von der ersten bis zur letzten Seite ein Drama ohnegleichen. Ich werde sparsam damit sein, aber sofern es unsere Meditationen erhellt und uns die Arbeit erleichtert, möchte ich nicht darauf verzichten. Es ist viel zuwenig bekannt, wie genau alle geläufigen Meditationstechniken, die Chakren, die Farben, die siebenfache Stufenleiter und noch vieles mehr in der *Bibel* enthalten sind. Die meisten Menschen vermuten das gar nicht. Sie sehen in der Bibel eine Verbindung von Geschichtsbuch und Moralpredigt, und gewisse Vorbelastungen aus dem Elternhaus oder aus Kirche und Schule lassen leider die Neugierde gar nicht erst aufkommen, die diese Schrift verdient. Das ist wirklich schade. Manchmal sieht es direkt nach einem Sieg der dunklen Kräfte aus, wenn Menschen so starke Aggressionen entwickeln gegen eine Religion, deren Tiefe und Offenbarungscharakter doch schwer zu übersehen ist.

Falls es dir ähnlich ergeht, was ich nicht hoffe, so hättest du die schwere Arbeit zu leisten, diese Blokkierungen in deinem Inneren abzutragen. Die Meditation ist der schnellste und sicherste Weg dazu. Nein – es gibt noch einen schnelleren: Gott zu lieben! Wenn du das kannst, brauchst du keinen Lehrer mehr. Auf die, die lieben, passen die Engel auf. Vor irdischen Leiden sind sie zwar nicht geschützt, das darf man nicht mißverstehen. Dann würden sich ja die Menschen um der Annehmlichkeiten willen in den Himmel hineinprostituieren. Aber sie erleben die Leiden anders! Nichts kann sie trennen von der Liebe Gottes, weder Tod noch Leben, weder Engel noch Gewalten, weder Gegenwärtiges noch Zukünftiges, weder Hohes noch Tiefes ... Du kennst ja sicher diesen berühmten Vers aus dem *Brief an die Römer* (8, 38–39).

Nun noch einmal zu dem »*Es* ist in uns«, »*Es* denkt uns«. Sicher kennst du den Höcker auf dem Kopf aller BUDDHA-Statuen, der den *tausendblättrigen Lotos* des Erleuchteten darstellt: das achte *Chakra,* das wir vorläufig nicht in die Meditationen einbeziehen. Um seine Anonymität besser zu begreifen, bleiben wir erst auf den sieben Ebenen des »Ich bin«, und das ist schon eine gewaltige Arbeit. Wir wollen verhindern, daß das Ich sich auch dort noch einschleicht, wo es nichts mehr zu suchen hat. Sonst können wir Gott ja gar nicht lieben, sondern geraten in die Gefahr der Selbstvergottung. Dieser müssen wir strikt vorbeugen, um so mehr, als du mit jeder weiteren Meditation größere Tiefen deines Wesens entdeckst und gewaltige innere Schätze freilegen wirst.

Betrachten wir den *tausendblättrigen Lotos* als eine große Sicherung für unsere Seele, eine Art Kraftwerk, das für uns die Energiestrahlen aus dem All auffängt und sortiert, so wie die Leber in unserem Körper die Elemente physiologisch sortiert.

Diese beiden Organe kann man tatsächlich miteinander vergleichen. Unsere Leber ist ein wahres Wunderwerk. Was da alles wahllos mit der Nahrung unseren Körper passiert, wird sorgfältig geprüft und zerlegt. Seltene Stoffe werden – soweit möglich – als Vorrat behalten; die Zellen bekommen die ihnen gemäße Ernährung, in klugem Ausgleich zwischen Mangel und Überfluß. Und so ist es mit dem großen Lotos auch; er ist die kosmische Leber, die den verschiedenen feinstofflichen Ebenen Nahrung zuführt, die Farben und Schwingungen aller Art, die wir jetzt langsam beginnen wahrzunehmen. Der Lotos ist aber auch die Sicherung gegen dämonische Einflüsse, die nur dort nicht mehr wirksam ist, wo der Mensch das Tor von innen bewußt entriegelt hat.

Die Tore der Dämonen

Da möchte ich wieder einmal an den *Faust* erinnern. MEPHISTO – nun schon in Menschengestalt und nicht mehr als Pudel – klopft draußen an die Tür. FAUST ruft unwirsch »Herein!« Aber so leicht kann ein Dämon nicht eintreten. Das weiß er, und deshalb sagt er zu Faust: »Du mußt es *dreimal* sagen!« Man kann sich gut vorstellen, daß spätestens beim dritten Mal ein Mensch weiß, was er tut, daß er es sich zumindest gut überlegt hat. Herausreden kann er sich dann nicht mehr. Dies gilt auch für jede Form von Besessenheit: Ganz unschuldig ist da keiner; irgendwann ist die Tür von innen geöffnet worden. Und später kann man sie leider nicht mehr schließen. HELENA BLAVATZKY warnte in diesem Zusammenhang vor Tiefenhypnosen, nach denen man solchen Gefahren ausgesetzt ist. BÔ YIN RÂ warnt aus gleichem Grund vor spiritistischen Sitzungen. Auch hier wird dreimal »Herein!« gerufen, und das »Geh weg« funktioniert leider nicht mehr bei diesen Zauberlehrlingen.

Laß uns mal überlegen, wodurch dieses Entriegeln von innen geschieht, so daß dämonische Einflüsse von uns Besitz ergreifen können. Das sind ganz bestimmte negative Eigenschaften in unserem Charakter, gewissermaßen die Tore, durch die sie eintreten können. Vielleicht das größte Tor: die Eitelkeit. Man soll es nicht für möglich halten, wie leicht selbst kluge Menschen hier zu betrügen sind! Sie wollen ja regelrecht betrogen sein. Und wenn du mal überlegst, wie böse ein Mensch in gekränkter Eitelkeit reagieren kann, dann siehst du schon, was ihn gepackt hat. Das heißt natürlich nicht, daß wir andere beliebig kränken dürfen, um ihnen dann zu sagen, sie sollten doch ihre Eitelkeit überwinden. Im Sprachgebrauch sagt man: »Dann bin ich auf ihn böse geworden ...« Ein raffiniertes Wort – und sehr richtig! Wer andere leichtfertig kränkt, wird mitschuldig an dem Bösen, das er in ihnen auslöst. Vorsichtiger und liebevoller Umgang untereinander hält diese Kräfte besser in Schach. Nur mit uns selbst dürfen wir ruhig ein wenig härter umgehen. Aber nicht zu hart! Sonst führt das zu den Verdrängungen, mit denen später die Psychologen soviel Arbeit haben.

Es gibt aber noch mehr Tore, die wir von innen entriegeln können, um uns zu dämonisieren, so etwa: die Macht! Es gibt so viele Arten von Machtausübung: zum Beispiel, wenn Menschen mit einem übertriebenen Anspruch auf Schonung und Rücksicht ihre Familien tyrannisieren. Dann gibt es die Macht von Eltern über Kinder, die Macht von staatlichen Institutionen und von Kirchen. Immer wenn jemand versucht, den Menschen um seine Selbstfindung und seine Entscheidungsfreiheit zu betrügen, ihm eine Weltanschauung aufzuzwingen, die er gar nicht erst prüfen darf – dann kann er »böse werden«, im wahrsten Sinne des Wortes.

Weitere Tore sind: Geiz, Habsucht, Unaufrichtigkeit und Lüge in jeder Form, Lieblosigkeit und

Haß, jede Gewalt und Unterdrückung anderer, Behördenwillkür – siehe »Macht«. Jeder sollte sich selbst beobachten und fragen: Durch welches Tor könnten negative Kräfte bei mir eintreten? Welche Tür steht schon offen? Eine immerwährende Wachsamkeit ist erforderlich: die klugen Jungfrauen mit ihren Öllampen in der Nacht!

Diese Arbeit an der Negativseite ist wichtig, muß aber in gut ausgewogenem Verhältnis stehen zu dem positiven Handeln, sonst würden wir zu übereifrigen und selbstgerechten Dämonenjägern werden und nur noch in Angst vor uns selbst und den Dämonen rundherum leben – und Angst ist auch ein Tor, durch welches sie eintreten können. So einfach ist es eben nicht: Je mehr man sich bewußt macht, desto komplizierter scheint alles zu werden. SALOMO hat in seinen Sprüchen wieder mal den Nagel auf den Kopf getroffen: »Wo viel Weisheit ist, da ist viel Grämens.«

Zum Trost möchte ich da hinzufügen: Es war ja auch schon vorher kompliziert! Unwissenheit ist ein Zustand der Dunkelheit, der für einen Menschen auf dem geistigen Pfad kein befriedigender Dauerzustand sein kann. Es hat eben alles seinen Preis. Ich glaube, wir zahlen ihn gern.

Wie der Knabe Samuel die Stimme Gottes hört

Bevor wir nun zu der dritten Meditation schreiten, möchte ich dich noch mit der Geschichte bekanntmachen, wie der Knabe SAMUEL zum erstenmal die Stimme Gottes hört. Das ist nämlich eine wunderbare Anleitung dazu, wie man sich in solchen Fällen verhalten soll. Denn es gibt ja für jeden ein erstes Mal.

Diese Geschichte gehört zu meinen liebsten Kapiteln in der *Bibel*. Ich habe sie stets als Belohnung gegeben für besonders gelungene Meditationen. Sie steht im 1. *Buch Samuel* (3, 1–9). Dieser Samuel – das ist der spätere Hohepriester, der SAUL und DAVID zum König salbt, auf Verlangen des Volkes. Das Volk wollte nicht mehr von Priestern und Richtern regiert sein, sondern einen König haben wie die Heiden. Und schließlich wird Samuel noch zur Hauptfigur in der einzigen spiritistischen Sitzung in der Bibel. Saul, der als König solche Geisterbeschwörungen bei Todesstrafe verboten hatte, schleicht sich in seiner Verzweiflung selbst heimlich zu einer Beschwörerin und bittet sie, den bereits verstorbenen Samuel aus der Totenwelt herbeizurufen. Er braucht den Rat seines Hohepriesters. Samuel erscheint tatsächlich, und er schont Saul nicht. Saul stirbt noch am selben Tag.

Aber noch ist der große Samuel ein Knabe, der für seine spätere Aufgabe vom Hohepriester ELI im Tempel erzogen wird. Er schläft auch im Tempel, bei der Bundeslade. Ich zitiere nun wörtlich ab Vers 4: »Da rief der Herr den Samuel, und Samuel antwortete: ›Hier bin ich‹. Dann lief er zu Eli und sagte: ›Hier bin ich, du hast mich gerufen‹. Eli erwiderte: ›Ich habe dich nicht gerufen. Geh wieder schlafen!‹ Da ging er und legte sich wieder schlafen.« Sieh dir das mal genau an. Der Knabe hat noch keine Erfahrung mit der Stimme Gottes. Er reagiert deshalb wie ein Mensch, der voll an die akustische Erfahrung in den vertrauten drei Dimensionen gewöhnt ist, wo die Schallwellen den Raum durcheilen, bis sie das Ohr erreichen. Folgerichtig macht er einen Weg mit den Füßen, um sich zu dem Rufer zu begeben. Ich bin hier – du bist dort – du hast mich gerufen. »Samuel kannte den Herrn noch nicht, und das Wort des Herrn war ihm noch nicht offenbart worden. Da rief der Herr den Samuel wieder ...«

Es geschieht das gleiche. Gehorsam geht der Knabe zu Eli und meldet sich. Eli schickt ihn wieder schlafen.

»Da rief der Herr den Samuel wieder, zum drittenmal. Er stand auf und ging zu Eli und sagte: ›Hier bin ich, du hast mich gerufen.‹«

Was für ein braves Kind! Er wußte ja nicht, daß die Stimme in seinem *Inneren* rief und jenseits von Raum und Zeit war.

»Da merkte Eli, daß der Herr den Knaben gerufen hatte. Eli sagte zu Samuel: ›Geh, leg dich schlafen! Wenn er dich (wieder) ruft, dann antworte: Rede,

Herr; denn dein Diener hört.‹ Samuel ging und legte sich an seinem Platz nieder.«

Na, endlich hat er es gemerkt. Eli war eben schon alt und blind und müde. Aber dann gibt er doch den richtigen Rat des erfahrenen Geistesmenschen: Unmittelbar antworten und bereit sein, keinen Weg mehr mit den Füßen machen, es ist ja eine andere Dimension. Er ist schon hier, unmittelbar in dir ... »Rede, Herr; denn dein Diener hört.«

Du erkennst sicherlich die Bedeutung dieser Geschichte für dich selbst und unsere Meditationen. Man muß es lernen, die innere Stimme zu hören, denn wir sind alle hier in der Inkarnation auf die dritte Dimension regelrecht programmiert. Diese Vorstellung ist so stark verankert, daß nüchternen Menschen jede andere Erfahrung suspekt erscheint. Und dennoch handelt es sich um eine sehr reale, höhere Wirklichkeit. Diese Geschichte steht sicher nicht umsonst in der Bibel, nur ist sie leider ziemlich unbekannt.

Nun gönne dir ein wenig Luft und Ruhe zum Nachsinnen und Aufarbeiten des Vorangegangenen, und dann treffen wir uns zu der dritten Meditation, die zum letztenmal mit unserer Musikbegleitung läuft. Wenn du die Musik dazugenommen hast, wirst du die richtige Zeiteinteilung fühlen. Danach kommt schon unsere Tempelmeditation, und dabei müssen wir mit unseren Gedanken so stark arbeiten, daß wir keine Musik mehr gebrauchen können. Dies gilt auch für alle weiteren Meditationen, aber dann wirst du sie auch nicht mehr vermissen.

In diesen Tagen bis zu unserem nächsten Treffen beobachte noch ein wenig die Vielheit und Einheit in deinem Bewußtsein, dieses unwillkürliche Zusammenfassen, das mir als Reflexion des Kosmos erscheint, unbewußt zwar, aber tief in uns verankert. Achte auch auf die Farben, die dich besonders ansprechen. Farben sind Schwingungen, auf die du antwortest, je nachdem, was in deiner Seele gerade vor sich geht.

Und wenn du einen besonderen Traum hast, dann schreibe ihn dir lieber auf, sonst ist er weg. Später werde ich dir noch zeigen, nach welchem Schlüssel du deine Träume selbst auslegen kannst.

Die dritte Meditation

Nun bist du also bereit für die dritte Meditation. Du sitzt schon in deiner Meditationsstellung, der Raum ist gerichtet, da sind vielleicht auch Blumen, und eine Kerze brennt. Dies ist ja nicht Bedingung, aber es ist immer schön. Dein Tonbandgerät steht in Reichweite – heute zum letztenmal mit Musik der *Möwe Jonathan.* Falls du es mit anderer Musik versuchen willst – vergiß es, es gelingt nur sehr selten. Klassische Musik ist zu stark, auch wenn sie sehr spirituell ist, wie zum Beispiel BACH. Aber die schnellen Tonfolgen Bachscher Fugen und Präludien muß man als Konzert hören; für unsere Meditationen jedoch vermitteln sie nicht genug Ruhe. Dazu bedarf es einer tragenden Musik, die man ganz leise im Hintergrund lassen kann. Ich habe wirklich viel durchprobiert und bin immer wieder zu der *»Möwe«* zurückgekehrt, weil sie die Naturbilder dieser ersten drei Meditationen ideal unterstützt.

Musikalisch gebildete und anspruchsvolle Menschen mögen damit zwar ihre Probleme haben, weil ihr Intellekt dagegen rebelliert. Wenn sie die Meditationen aber richtig mitmachen, werden sie schnell verstehen, daß es hier um etwas ganz anderes geht, vergleichbar den Malereien von Kindern, die als spontaner Ausdruck unterbewußter Inhalte durchaus künstlerischen Wert haben, wie man heute weiß.

Ich komme zu dir und gleite auf meinen vorbereiteten Platz dir gegenüber. Nehmen wir uns einen Augenblick Zeit für eine stille, freudige Begrüßung, eine tiefe Wahrnehmung der anderen Existenz, die uns freundschaftlich zugewandt ist. Behutsam nehmen wir den Handkontakt zwischen uns auf, mit beiden Händen, so wie wir es auch mit Menschen tun, die physisch gegenwärtig sind. Das geht ebensogut mit einem unsichtbaren Partner, du wirst es spüren. Die Handinnenflächen enthalten ja auch Chakras. Sie sind das ideale Handwerkszeug aller Geistheiler, und heutzutage glaubt man schon, die von den Händen ausgehenden Strahlungen physikalisch erfassen zu können (*Kirlian*-Bilder). Es ist also nur natürlich, daß du es fühlst, wenn wir jetzt unsere Hände ergreifen und dabei die Augen schließen.

Wie wäre es, wenn heute du einmal den Einstieg sprechen würdest? Und ich meine: laut aussprechen; das ist schon eine wichtige Vorübung für später, wenn wir frei sprechend und visionierend auf der Chakraleiter auf- und niedersteigen werden. Ich kann dir ja noch ein wenig helfen mit ein paar Stichworten, aber es sollte schon weitgehend deine eigene Vorstellung sein:

Gehe nach draußen in die Außenwelt und male sie so, wie sie für dich real existiert. Ob du zwischen Wolkenkratzern lebst oder in einem einsamen Bauernhaus, es sollte für dich stimmen. Desgleichen die Tageszeit, in der du meditierst. Bisher habe ich ja immer den Abend vorausgesetzt, aber jede Tageszeit erzeugt ihre ganz eigene Stimmung in den Geschöpfen. Fühle das mit Sympathie und Anteilnahme! Ob es die geschäftige Tagesarbeit ist, die Mittagspause oder der Feierabend – wie anders ist die Qualität in Menschen, Tieren und Pflanzen! Dazu kommen noch die Jahreszeit, das Wetter und die Schicksalslage des Volkes, in dem du gerade lebst. Es könnte Frieden oder Krieg sein, Freiheit oder Unterdrükkung, Mangel oder Fülle. Wichtig ist, daß du deinen Einstieg von nun an deiner eigenen Wirklichkeit anpaßt, denn nur so kannst du deine Außenwelt mit einem guten Segen entlassen, der dir wirklich aus dem Herzen kommt.

Nun darfst du dich zurückziehen in deinen Raum, dorthin, wo wir beide sitzen, und den kennst du ja genau. Wie immer er auch aussieht, wenn wir ihn beide in Gedanken mit einem Reinigungsfeuer ausflackern, dann denken wir dasselbe. Denn Feuer ist Feuer. Wir stellen damit zuverlässig ein einheitliches Feld in unserem Bewußtsein her. Alle unerwünschten Gedanken dürfen wir hineinwerfen, letztes Verhaftetsein mit Tagessorgen und Mühsal. Was eine Dusche für den physischen Körper ist, ist das Feuer für die Seele – ein angenehmes Reinigungsbad. Dieses Feuer tut ja nicht weh und versengt uns nicht. Vertrauensvoll können wir die Flammen durch uns hindurchgehen lassen, während sie zärtlich flakkernd ihre Reinigungsarbeit tun. Dir wird bekannt sein, daß Einweihungen in alten Mythologien stets mit einer rituellen Bekanntschaft mit dem Feuer einhergingen. Wer hier noch Ängste hat, muß erst einmal daran arbeiten. Dann erst kann er weitergehen. Überprüfe dich also aufmerksam, ob dein Bewußtsein hierbei ruhig und geradezu genießerisch reagiert.

Jetzt ziehen wir uns in den Körper zurück, erfühlen ihn von innen bis an die Grenzen der Haut und schauen uns in diesem wunderbaren Organismus um. Hier sollte sich deine eigene Bildkraft wieder voll entfalten. Wenn du laut aussprichst, was du innerlich siehst, wohin du dich wendest – ganz gleich, ob du ein Blutkörperchen auf seiner Reise begleitest, dein Knochengerüst anschaust oder die höchst intelligente Arbeit der großen Organe betrachtest –, es sollen diesmal deine eigenen Bilder sein. Ich vertraue mich dir gern an und komme einfach mit. Wir beide sind Menschen, inkarniert zu gleicher Zeit, und unsere Körper weisen große Ähnlichkeiten auf, ganz gleich, ob wir alt oder jung sind, Mann oder Frau, schwarz oder weiß – wir haben beide ein Gehirn und ein Herz, Magen, Lunge, Nieren, Blut und so weiter. Und obwohl wir im Geiste frei sind, beliebige Formen annehmen oder körperlos reisen können, ist die Betrachtung der Gemeinsamkeiten auch eine wertvolle kleine Meditation. Wenn wir an die Geschichte der Menschheit denken, an die Kriege der Völker, dann hat es gerade an solcher Gemeinsamkeit gefehlt. Wer könnte einem Menschen eine Kugel in den Leib jagen, in dessen Körper er selbst meditierend spazierengegangen ist? Dieses große »Du bist ich und ich bin du« ist eine Erfahrung, die Kriege zumindest wesentlich erschwert. Deshalb ist intensives Meditieren ein Teil der Friedensarbeit, die für die

Zukunft der Menschheit und des Planeten unerläßlich geleistet werden muß. Das gilt natürlich auch für alle Gebete, von denen wir mehr getragen werden, als es sich die sogenannten Realisten je träumen lassen. Beobachte nun noch einmal, wie sich deine Lungenatmung quer aufdehnt, und dynamisiere sie vertrauensvoll.

Mach den Sprung in die Senkrechtatmung in der Wirbelsäule und gehe sorgfältig dreimal einatmend hinauf und ausatmend hinunter, vom Basischakra bis zum Stirnchakra und zurück. Wenn du beim dritten Mal unten angekommen bist, tauche kurz in rotes Licht und sage mir Bescheid, wenn du bereit bist. Bei meditierenden Partnern oder Gruppen ist es immer notwendig, daß man sich Signale gibt, ob man fertig ist oder noch arbeitet. Das geht immer lockerer mit der Zeit, immer unbefangener und freier, aber es muß eben alles geübt werden.

Die Senkrechtatmung – was wir hier machen, ist bereits mentales *Kriya* – wird nun auch dynamisiert und bleibt so während der ganzen Meditation. Es kann losgehen. Wir ziehen den Atem hinauf in das Nabelchakra und tauchen in gelbes Licht. Laß es schön deinen Körper durchdringen, dieses Sonnengelb, denke es sorgfältig, um so schneller wirst du es real sehen können.

Nun denken wir an unseren physischen Körper mit Dankbarkeit, Liebe und Verantwortung. Das fällt uns nicht schwer, nachdem wir ihn soeben von innen betrachtet haben. Wir führen ihn auf unsere schon bekannte Wiese und lassen ihn dort frei und glücklich herumspringen, bei hellem Sonnenschein.

Bitte sorgfältig die Qualität der Physis fühlen! Schwerkraft erleben, Sonne auf der Haut, feuchtes Gras an den nackten Füßen, Blumenduft durch die Nase, Bienensummen durch die physischen Ohren wahrnehmen. Das ist Hören von Schallwellen im dreidimensionalen Raum! Und nun betten wir den Körper in das grüne Gras, lassen ihn auf dem Rücken liegen und die weißen Wölkchen am blauen Himmel betrachten. Hier ist er wirklich frei, eingebettet in gesunde Natur, wie er es leider nur selten erleben kann. Und er spürt es und fühlt sich wohl. Dicht neben ihm fließt plätschernd der Wiesenbach, mit kristallklarem Wasser. Ein paar muntere Forellen lassen wir auch darin schwimmen. Und nun ... passiert etwas Besonderes! Musik einschalten! Stark konzentrieren. Jetzt beginnt das Wasser in dem Wiesenbach von innen zu leuchten! Unser physischer Körper atmet tief durch. Er weiß, daß er geschaffen wurde von dem, was da leuchtet, er weiß ganz spontan und tief innerlich, daß er eins ist mit dem, was da leuchtet. Wir lassen ihn einschlafen.

Unser Bewußtsein zieht sich zurück in das Nabelchakra – in gelbes Licht. Wir verharren ein wenig, bis wir uns in der Farbe ganz bildfrei gebadet haben, dann ziehen wir den Atem hinauf bis in das Herzchakra und tauchen in grünes Licht.

Unverzüglich gehen wir nun mit dem Traumkörper unserer Seele in unseren bekannten Wald, bei hellem Mondschein. Wir fühlen den Unterschied dieses feinstofflichen Körpers, leicht milchig nebelhaft, aber unserem physischen Körper weitgehend ähnlich – so schwebt er nun dort frei durch die Bäume, kann auch durch sie hindurchgehen und sich jenseits vollkommen wiederfinden, was ihm durchaus Spaß macht. Die Tiere begrüßen uns – ich habe immer eine weiße Eule, die mich schon kennt und erwartet –, und einige Naturgeister, von der Substanz her uns ähnlich, stellen sich auch ein. Ein feiner Regen beginnt zu fallen. Und nun geschieht wieder etwas Besonderes: Die Regentropfen beginnen von innen zu leuchten! Wir lassen diese leuchtenden Tropfen durch uns hindurchfallen und sie waschen uns von innen, aber nicht mit dem Wasser, sondern mit dem Licht! Und unsere Seele weiß, daß sie am Ende ihrer Pilgerreise nicht nur vollkommen gewaschen ist, sondern eins sein wird mit dem, was da leuchtet! Unser Traumkörper fühlt Frieden und Sehnsucht in sich, den Wunsch nach Vereinigung mit diesem Leuchten, möge es auch noch so lange dauern. Er genießt diese Lichtdusche außerordentlich, und wir dürfen ihn jetzt allein weiterträumen lassen. Unser Bewußtsein zieht sich in das Herzchakra zurück und taucht in grünes Licht.

Nun geht es weiter hinauf in das Stirnchakra, und wir tauchen in weißes Licht. Wir beide grüßen uns kurz aus diesem Chakra heraus, fühlen die Einheit des Geistes in uns und allen Wesen. Der Geist ist schon fertig, von Anbeginn der Schöpfung; er ist ein Teil Gottes. Er hat nicht erst lernen müssen; er ist keinem Werdeprozeß unterworfen wie Körper und Seele. Er ist von gleicher Qualität in uns allen, ein Gedanke, den wir nicht oft genug üben können. Wir sind nur unterschiedlich zu ihm erwacht. Wir gehen jetzt in körperlosem Bewußtsein hinaus über unseren Meeresstrand, wo wir die Wellen branden sehen, mit ihren weißen Schaumkronen, und wir hören das Meer rauschen. Jetzt sind wir in der transzendenten Wahrnehmung! Wir können sehen ohne Augen, hören ohne Ohren, wir sind freier Geist, körperlos, aber immer noch ein »Ich bin«! Ein unsichtbares Band verbindet uns auch jetzt mit dem Traumkörper unserer Seele und mit unserem physischen Körper, das können wir nicht ganz vergessen. Wir dürfen nur mal naschen am kosmischen Bewußtsein, dann geht es zurück in die Inkarnation. Aber noch sind wir draußen. Und jetzt geschieht abermals etwas Besonderes ... Du weißt es schon, nicht wahr? Das Meer beginnt von innen zu leuchten! Unser körperloses Bewußtsein jubelt auf, denn es weiß, daß es eins ist mit dem, was da leuchtet.

Das Meer gibt durch dieses Leuchten den Blick in sein Inneres frei, bis zum Grund. Eine wundervolle bunte Welt tut sich auf: mit Fischen und Pflanzen, großem Seegetier und reizenden kleinen Seepferdchen. Wir können hineinschauen in diesen Riesenorganismus des Ozeans, die Wiege des Lebens, so wie wir zuvor in unseren physischen Körper hineingesehen haben. Große Geheimnisse werden hier offenbar. Wenn du das fühlen kannst, die organische Einheit des Geschaffenen und die Einheit mit dem schöpferischen Licht, das von innen alle Wesen durchdringt, dann darfst du dich wirklich freuen. Einer solchen Erfahrung geht oft ein jahrzehntelanges banges Suchen voraus, bei dem schon mancher aufgegeben hat.

Bei dieser Gelegenheit muß ich den Anfang des

JOHANNES-*Evangeliums* (1, 4) zitieren, auch wenn du ihn sicherlich kennst: »In ihm war das Leben, und das Leben war das Licht der Menschen.«

Im Grunde ist alles eine Offenbarung, denn nichts ist ohne Gott entstanden. Das steht im ersten Vers: »Im Anfang war das Wort, und das Wort war bei Gott, und das Wort war Gott.«

Ob es kleinste oder größte Dinge sind – sie leuchten und können dich geistig erwecken, wenn du es willst.

Schau noch einmal über die leuchtende Weite, nimm Abschied für heute und kehre zurück in das Stirnchakra. Tauche in weißes Licht und ruhe dich ein wenig aus.

Nun atme aus bis hinunter zum Herzchakra und tauche in grünes Licht. Geh hinaus in deinen Wald, bei hellem Mondschein. Dort spielt dein Traumkörper noch mit den leuchtenden Regentropfen. Glücklich schwebt er dir entgegen wie ein spielendes Kind, angefüllt mit Erlebnissen. Verbinde dich mit ihm und kehre zurück in das Herzchakra, in grünes Licht.

Und nun noch einmal hinunteratmen bis zum Nabelchakra, in gelbes Licht. Wir gehen hinaus auf die Wiese und wecken den physischen Körper auf. Wir verbinden uns mit ihm und kehren in das Chakra zurück.

Nun die gewohnte Rückführung: Dreimal hinauf- und hinunteratmen, bis in das Basischakra am Ende des Steißbeins, dann wieder hinauf bis zum Herzchakra, dort in die Lungenatmung springen, die sich fühlbar quer aufdehnt. Dann nehmen wir den Körper wieder an, in seiner Sitzstellung, mit seiner Schwerkraft, in diesem Raum. Wir nehmen den Handkontakt zwischen uns wieder auf und begrüßen uns mit einer Umarmung an den Schultern, während wir unsere Stirnen leicht aneinander lehnen. Dann lösen wir uns und begrüßen nun auch die Außenwelt, die wir vorher auf die Dauer der Meditation verabschiedet hatten.

Jetzt hast du also die ersten drei Meditationen vollbracht – Meditationen, die vor allem der getrennten Erfahrung unterschiedlicher Bewußtseinszustände gewidmet waren. Dir wird dabei selbst klargeworden sein, daß man durch sorgfältiges Trennen dieser Ebenen Aufschlüsse gewinnt, die einem normalerweise verborgen bleiben. Übe noch eine Weile weiter, bis alles mühelos fließt, die Zeiteinteilung klappt und vor allem: der genaue Wechsel zwischen den Chakras und den Bildern, das Wiedereintauchen in die Farbe, das Freibaden von dem Bild. Hier kannst du gar nicht pedantisch und gewissenhaft genug sein. Dadurch werden dir mit der Zeit immer tiefere Erlebnisse möglich, und alles wird dir immer leichter fallen. Ich weiß, das habe ich schon oft gesagt. Aber meine Wiederholungen sind notwendig, damit das Ganze bei dir nicht zu sehr über den Intellekt läuft. Ich möchte dich entlasten von jeder Art von Schularbeiten. Jede Meditation, wie oft du sie auch wiederholst, ist ein Original. Du wirst immer etwas Neues sehen, immer mehr Einzelheiten in deinen Bildern erkennen.

Wenn ich mal auf unser anfängliches Bild mit dem

Floß zurückkommen darf, auf dem wir die große Fahrt über den Ozean angetreten haben, so sind wir jetzt gerade bei den ersten Segelübungen auf hoher See, wissen aber immer den Hafen in erreichbarer Nähe.

Unsere später folgende vierte Meditation, Tempelmeditation, ist etwas ganz anderes: ein Fest, die Belohnung nach der vorangegangenen Arbeit, die Ernte des ersten Kreises. Bis dahin haben wir aber noch einiges zu tun, sehr wichtige Zwischenstufen, durch die dir Zusammenhänge deutlich werden, die ich anders nur schwer erklären könnte. Zum Teil gehört das auch noch zur Aufarbeitung der ersten drei Meditationserfahrungen.

Bisher hast du von unserer siebenfachen Leiter drei *Chakras* kennengelernt: in der Wirbelsäule auf der Höhe des *Nabels,* des *Herzens* und schließlich den Punkt zwischen den *Augenbrauen.* In diesen drei Chakras haben wir zunächst die klassischen drei Bewußtseinsebenen meditiert: *Körper, Seele* und *Geist.* Andeutungsweise haben wir als viertes auch bereits das Chakra am Ende der Wirbelsäule, die Basis oder *Kundalini,* einbezogen. Ich mixe hier scheinbar unbedacht fernöstliche Begriffe und eigene Bezeichnungen. Zum Teil ist das Gewohnheit aus meiner praktischen Arbeit, zum Teil nehme ich damit auch Rücksicht darauf, daß manche Menschen durch zu viele Fremdausdrücke verschreckt werden. Vor allem möchte ich den Eindruck dogmatischer Intoleranz vermeiden, wie er leicht beim kompromißlosen Durchhalten neuer Terminologien entsteht. Uns sind keine Gurus und keine Sektierer vorgeschrieben – leisten wir uns also ruhig etwas bunte Leichtigkeit!

Mit den Übersetzungen der Heiligen Schrift ist das auch so eine Sache. Ich gebrauche für meine Arbeit zum Beispiel gern die *»Zürcher Bibel«*, eine Übersetzung, die manches sehr gut trifft, in manchem jedoch schwächer ist als die LUTHER-*Bibel* mit ihrer kraftvollen Sprache, die auch noch in den modernen revidierten Fassungen lebendig bleibt. Dann gibt es die gelungene *»Einheitsübersetzung«* und die *»Bibel in heutigem Deutsch«*, die zum Teil hervorragende Formulierungen anbietet. Die Theologen, die jedes Wort dreimal herumdrehen, um schließlich unter Gewissensqualen die beste Möglichkeit zu wählen, oft nach hitzigen Debatten, die haben meinen Respekt. Aber ich gehöre zu einer anderen Spezies – ich gehe mit solchen Texten rein intuitiv um, verzichte auf Debatten und entscheide mich von Fall zu Fall für das treffende Wort. Hiermit befolge ich auch einen dringenden Rat des Apostels PAULUS.

Hast du schon mal die Gläser auf Autoscheinwerfern genauer betrachtet? Die einen sind quergestreift, die anderen kariert, die dritten in Kreisen gerillt. Wenn sie dir aber nachts auf der Straße entgegenkommen, siehst du nur das Scheinwerferlicht. Dann könntest du bestimmt nicht sagen, in welcher Art das Glas geriffelt ist. Genauso ist es mit den Übersetzungen der *Bibel*. Ihre Kraft, ihr Licht ist so stark, daß es durch jede Übersetzung hindurchstrahlt, und so bleibt selbst bei Wortsetzungsfehlern noch genügend von der Botschaft übrig, um den Lesenden aufzubauen und zu belehren. Ich sagte es schon, die *Bibel* ist weniger ein Buch zum Lesen, als ein Funkgerät, durch das man mit Gott in Verbindung treten kann. Und was die Auslegung betrifft – ja, das ist eine Geistesgabe! Ich rechne mich hier zu den naiven Kindern Gottes, die auch eine gewisse Narrenfreiheit für sich in Anspruch nehmen können. Heute wird man ja nicht mehr so leicht gekreuzigt und verbrannt. Du darfst dich deshalb ruhig in der für dich ganz persönlichen Auslegung üben, möglichst in tiefer Meditation, in aufmerksamem Lauschen nach innen.

Jeder steht auf seinem nicht austauschbaren Platz im Kosmos, auf seiner ihm eigenen Entwicklungs-, Glaubens- und Erkenntnisstufe. Gebraucht er einen der göttlichen Kanäle für seine persönliche Erbauung oder geistige Weiterbildung, so wird er aus dem siebenfachen Spektrum genau das für sich herausfiltern, was ihm gemäß ist und was er gerade verstehen kann.

Die einen nehmen den Text der *Bibel* wörtlich (und er hat ja immer auch eine solche reale Bedeutung – besonders bei den Gleichnissen; die müssen auch in sich stimmen, sonst wäre der Vergleich zu nichts nütze). Andere wiederum verstehen vieles symbolisch, sei es in Zahlen, Zeiten, Namen, Geschehnissen. Und selbst dort, wo die Auslegung gleich danebensteht, kommt es immer noch darauf an, wie du dich angesprochen fühlst, du ganz persönlich, und wie das Gleichnis in deine eigene Lebenssituation hineinpaßt.

Erinnerst du dich, wie nach dem Tode von JESUS am Kreuz der Vorhang im Tempel zerriß, der Vorhang vor dem Allerheiligsten, hinter den selbst der Hohepriester nur an hohen Feiertagen treten durfte, und zwar von oben nach unten? Das wirst du leicht auslegen können, nicht wahr? Es ist so einfach wie ein Traumbild: Ein freier Zugang wird geschaffen, wo zuvor eine Schranke war, ein Zugang für jedermann, der vorher auf einen Vermittler angewiesen war. Eine direkte Verbindung zu Gott! Nun ist nicht jedermann gleich bereit, von diesem Angebot Gebrauch zu machen. Er kann es vielleicht noch nicht und braucht einen Betreuer, einen Hirten, eine ganze Hirtenkirche. Viele Jahrhunderte lang hat es Tausende von braven Hirten gegeben, Priester, Rabbis, Popen, Patres, Pfarrer ... – und Millionen von braven Schäfchen, die sich unter dieser Obhut wohl fühlten und auch gut entwickelten. Es wird erst problematisch, wenn das Schaf geistig erwacht und sich an den zerrissenen Vorgang erinnert. Dann kann es leider passieren, daß sein zuständiger Hirte »böse wird« und das ungehorsame Gefolgstier wieder in den Stall zurückjagt, womöglich unter Androhung von Höllenstrafen.

Damit überschreitet der Hirte aber seine Kompetenzen. Ein wahrer Priester erkennt auch eine geistige Wiedergeburt. Der *Hebräerbrief,* der eine Einweihung von hohen Graden ist, erwähnt es noch einmal, daß wir nun – durch JESUS – eine zuversichtliche Hoffnung auf den Eingang in das Heiligtum haben: »Er hat uns den neuen und lebendigen Weg erschlossen durch den Vorhang hindurch ...« (10, 20). Das lassen wir uns nicht wieder wegnehmen. Und wenn du, meine Freundin, mein Freund, mein Reisekamerad, anfängst, geistig zu erwachen, dann wird nichts dich aufhalten können, und niemand kann sich zwischen dich und deinen Gott stellen. Der Umgang mit der Heiligen Schrift und deine eigene intuitive Auslegung gehören zu deinem neuen Geburtsrecht.

Da wir in unserer Vierundzwanzig-Stunden-Meditation auf der siebenstufigen Leiter durch sieben Chakras auf- und niedersteigen werden, sollte ich wohl einmal die wesentlichen Siebenheiten zeigen, die in der *Bibel* stehen und mit denen wir uns befassen müssen. Sonst kann man das Ganze nicht so leicht verstehen. Da sind natürlich zuerst die sieben Schöpfungstage in der *Genesis.* Wir benötigen sie. Wenn du sie auch schon hundertmal gelesen hast, ich hoffe, dir immer noch Neues darin zeigen zu können. Und später dann – in unserem fünften Kreis: die sieben Sendschreiben in der *Offenbarung*. Das sind nun die kostbarsten Texte für mich. Ich arbeite schon Jahrzehnte damit, und ich entdeckte dennoch bei jeder Meditation wieder etwas Neues darin. Das ist wie ein unerschöpflicher Brunnen. Ich hörte einmal den großen Dirigenten HERBERT VON KARAJAN sagen: »Das ist das Großartige bei den Symphonien der großen Meister, man kommt nie auf ihren Grund.« Genauso ist es mit diesen biblischen Texten: scheinbar nur wenige Zeilen – und man kann ein Leben lang nicht damit fertig werden. Nicht zuletzt dadurch ist mir klargeworden, daß es sich hier nicht um gewöhnlichen Lesestoff auf höherem Anspruchsniveau handeln kann, sondern um etwas ganz anderes: etwas Ungreifbares und Unerlernbares. Am Ende werden wir wohl noch Zeit finden, auch die sieben Siegel in der *Offenbarung* näher zu betrachten, jedoch für unsere Arbeit und unsere Reise sind die Schöpfungsgeschichte und die Sendschreiben an die Engel das A und O: der Regenbogen von einem Ende zum anderen.

Die sieben Schöpfungstage

Um nun bei unserer Dreistufung des ersten Kreises zu bleiben und diese noch einmal richtig zu beleuchten, nehmen wir uns am besten jetzt die ersten drei Schöpfungstage vor. Es sind auch nur wenige Zeilen, aber laß dich nicht täuschen! Der Brunnen ist sehr tief. Du wirst es gleich sehen.

Der erste Schöpfungstag

»Im Anfang schuf Gott Himmel und Erde. Und die Erde war wüst und leer, und es war finster auf der Tiefe; und der Geist Gottes schwebte über den Wassern.«

Im Anfang ... – das ist ganz logisch. Wenn jemand die Welt erschafft, dann ist er selbst schon vorher da. Die Schöpfung beginnt nach den heutigen Erkenntnissen unserer Physiker mit einem Urknall; neueste Forschungsergebnisse und Spekulationen der Kosmologen nehmen einen »Urschaum« an. Wer kann sagen, ob unsere Welt der erste Urknall war? Über den Anfang Gottes wird nichts berichtet, und das gehört zu seiner Größe, zu den höheren Dimensionen.

Nun weiter: ... *schuf* Gott ... In diesem »schuf« sehe ich den Architektenbauplan des Universums, die Vorstellung im Geiste Gottes. Mit dieser Auslegung hätte man vielleicht im Mittelalter manchen vorzeitig Erwachten die Folter ersparen können; aber vermutlich hätte man sie dann erst recht verbrannt. Kennst du den Kölner Dom? Er ist der einzige gotische Dom, der über seine siebenhundertjährige Bauzeit hinweg getreu bis zu Ende nach den Plänen des ursprünglichen Architekten gebaut wurde, zuletzt noch in unserem Jahrhundert. Man kann sich doch gut vorstellen, daß dieser Mann, dessen Name uns nicht überliefert ist, den Dom in einer einzigen Vision gesehen hat, dann anfing, Skizzen und Berechnungen anzufertigen und schließlich ein Modell. Die Manifestation in der Physis ging dann weit über seine Lebenszeit hinaus, das war aber für ihn nicht mehr so wichtig. Die erste Vorstellung, die Vision – das ist die schöpferische Leistung. Sie war so gewaltig, daß glücklicherweise niemand mehr daran etwas verbessern wollte.

Weiter: ... *schuf Gott Himmel und Erde.* In den Himmel können wir hier schlicht das für uns unsichtbare Universum einbeziehen, obwohl das keineswegs der ganze Himmel ist, wie wir noch sehen werden; ... *und Erde* ... Die Hervorhebung dieses einen Planeten unter Myriaden hat viele zu dem voreiligen Schluß verleitet, wir seien der Mittelpunkt der Welt, und außer uns gäbe es kein Leben auf anderen Planeten. Dies hält man heute schon für äußerst unwahrscheinlich. Der Mittelpunktswahn ist langsam rückläufig. Ich meine, dies steht einfach deshalb da, weil *wir* die *Adresse* sind, an die sich dieses Buch wendet, in allen Sprachen der Menschheit, der erfolgreichste Bestseller aller Zeiten: adressiert an die Bewohner dieser Erde; auf sie abgestimmt, soweit es ihre Umlaufbahn, ihren Platz unter den Gestirnen, ihren Mond, ihre Temperatur und noch manches andere betrifft. Die Wesen auf anderen Planeten werden sicher auch nicht ohne eine Botschaft von ihrem himmlischen Schöpfer bleiben, eine Botschaft, die ihrer Entwicklung entspricht, die aber in der Schöpfungsgeschichte und den Grundelementen der kosmischen Struktur in Geist, astralem Modellstoff und materieller Materialisation entsprechen müßte und mit den uns gegebenen Offenbarungen im Kern vermutlich eine große Verwandtschaft aufweisen dürfte. Auf physikalischem Gebiet haben wir ja heute schon dank unserer ersten kleinen Schritte in den Weltraum entdeckt, daß wir es draußen mit den gleichen Elementen zu tun haben, wenn auch mit der Möglichkeit, daß sie sich in ihrem atomaren Gefüge andersherum drehen – also für uns Antimaterie sein könnten. Wir forschen weiter, befassen uns mit schwarzen Löchern, im Grunde dem Prinzip der Auflösung nach einer Schöpfung: so wie bei uns der Bauer im Frühling sein Feld umpflügt, damit die neue Saat einen guten Boden bekommt. Ganz unsentimental. Da gibt es in der *Bibel* eine feine Unterscheidung von Weltenzeiten, wenn man genau hinhört: »Von Ewigkeit zu Ewigkeit« – das ist also ein Äon oder ein ganzes Schöpfungszeitalter, im Hinduismus der *Brahma.* Und dann gibt es »in alle Ewigkeit« – das wäre Gott, der Ewige, der vorher da ist und nachher dasein wird, auch in den Phasen des Nichtseins zwischen zwei Schöpfungen. Da kann man sich leicht vorstellen, daß Gottesbotschaften an andere Planeten einem ganz anderen Weltzeitalter angepaßt sein könnten, ein Unterschied wie eine Meditation bei der Geburt eines Kindes oder eine Sterbemeditation.

Schon die Religionen auf unserer Erde entsprechen den Erkenntnisstufen grundverschiedener Menschenketten, die im seelischen Alter Jahrtausende auseinanderliegen. PAULUS sagte bekümmert: »Milch mußte ich euch geben, denn ihr vertragt noch keine feste Speise.« Da inzwischen aber zweitausend Jahre vergangen sind, wird es Zeit, daß wir etwas zu beißen bekommen.

Machen wir also weiter: *Und die Erde war wüst und leer, und es war finster auf der Tiefe; und der Geist Gottes schwebte über den Wassern.* Hier überprüfte der große Baumeister im Geiste die Baumaterialien. Was wird er in höchstem Feinstoff belassen, was aus mittlerem Feinstoff modellieren und was in festem Stoff materialisieren? Noch ist der Planet in der Vorstellung Gottes eine jungfräuliche Wüste, und er hat ja nicht nur einen Planeten in seinen Gedanken, sondern die Möglichkeiten eines ganzen Universums, Milchstraßen mit Tausenden von Sonnen, Planeten und Monden. Aber wie wir schon wissen, diese Offenbarung ist an die Bewohner der Erde gerichtet, deshalb steht sie hier im Vordergrund. Andere Bibelübersetzungen wählen den Plural: ... *der Geist Gottes schwebte über den Wassern.* Wir kennen schon rund neunzig Elemente, und draußen im

Weltraum vermuten wir noch mehr. Und das sind nur die grobstofflichen Elemente!

Es war finster auf der Tiefe. Das Wort *finster* ist wieder ein sprachliches Problem; ich würde lieber *dunkel* sagen, denn Finsternis hat einen leicht negativen Beigeschmack. Hier handelt es sich schließlich um den Urbewußtseinszustand Gottes vor, während und nach einer Schöpfung, und wenn dieser Zustand negativ wäre, würde es wohl kaum eine Schöpfung geben. Der Dichter RAINER MARIA RILKE sagt im *»Stundenbuch«:* »Der Einzige, der ohne Lampe wacht ...« Der Licht aus sich selbst hervorrufen kann, es also in sich sieht, noch bevor es da ist. Du hast in den vorangegangenen Meditationen schon nicht mehr und nicht weniger geübt, als etwas in dir zu sehen, in Gedanken zu sein. Und da du es geschafft hast, erkennst du jetzt, daß dies gar nicht so unrealistisch ist. Und noch ein kleines Detail: *die Tiefe*, die Urflut – wieder im Singular. Nun ja, es geht hier um mehrere Welten, nicht nur die materielle mit ihren Atomen. Die Urflut ist das gesamte Material – von höchstem Feinstoff bis zu härtestem Grobstoff. Stell dir den Unterschied zwischen Luft und einem Diamanten vor ... und das ist beides Grobstoff!

Zu diesem Urbewußtsein Gottes hinter der gesamten Schöpfung streben nur Menschen, die bereits eine lange Wanderschaft hinter sich haben. Ihre Religionen sind dementsprechend kompliziert, abstrakt und von einem hohen Reinheitsgrad. Denn das geht ja über normales menschliches Vorstellungsvermögen weit hinaus. Die Buddhisten streben diesen Zustand an. Sie wollen alle Körper zurücklassen und eins werden mit dem glückseligen Bewußtsein des Ewigen, hinter aller Schöpfung, mit dem Licht jenseits aller Lichter, mit dem Original, welches alles hervorruft und wieder auflöst, mit dem Einzigen, der ohne Lampe wacht. Das geheimnisvolle Lächeln auf allen BUDDHA-Statuen zeigt das Wissen um diesen Zustand. Das *Nirwana*, von westlichen Menschen oft als ein abgrundtiefes Nichts mißverstanden, ist eben alles *und* nichts! Hierzu noch einmal RILKE: »Furchtlos aufgelöst in Säfte steigen deine Tiefen still an mir vorbei ...« Diese Furchtlosigkeit haben eben nur die Menschen, die sich dem Ende ihrer Pilgerschaft nähern. Eine gewisse Todessehnsucht nach dem Durchlaufen der Inkarnationen und der Menschheitsgeschichte über Jahrtausende spielt da schon eine Rolle; aber diese Menschen wissen, daß das »Nichts«, in welches sie eingehen werden, zugleich alles in sich hält, was je war, was ist und was sein wird. Und hierzu noch einmal die *Bibel, Offenbarung* 10, 7: »Es wird keine Zeit mehr sein, sondern in den Tagen des siebten Engels, wenn er seine Posaune blasen wird, da ist das Geheimnis Gottes vollendet ...«

In der Sieben ist die Ruhe *und* die Vollendung. In unserer Tempelmeditation wirst du mehr davon erleben. Und nicht von ungefähr ist der siebte Schöpfungstag unser Sonntag, der Tag Gottes nach der Arbeitswoche ... Wir treffen immer wieder auf die Sieben. Das ist eine Einweihung für jedermann, die viele leider nicht mehr wahrnehmen.

Nun aber weiter, der erste Schöpfungstag ist ja noch lange nicht zu Ende! Jetzt wird es dramatisch!

»Und Gott sprach: Es werde Licht! Und es ward Licht. Und Gott sah, daß das Licht gut war. Da schied Gott das Licht von der Finsternis und nannte das Licht Tag und die Finsternis Nacht. Da ward aus Abend und Morgen der erste Tag.«

Nach dem Bauplan kommt die Aktion! Das Licht, in Gottes Bewußtsein schon vorher vorhanden, erscheint. Nun wird es bewertet: ... *Gott sah, daß das Licht gut war.* Ein interessantes Detail! Und nachdem es für gut befunden wurde, wird Licht und Dunkelheit in zwei einander ausschließende Bewußtseinsfelder geteilt. Um das richtig zu verstehen, müssen wir eine kleine Zwischenmeditation einschalten, die dir diesen Vorgang einleuchtend klarmachen wird. Wir haben hier den ersten Sprung in die Dualität. Man kann nicht gleichzeitig Licht und Dunkelheit denken, das kann nur Gott, der alles in sich trägt. Sein Geist schwebt über den Wassern ...

Licht und Dunkelheit

Nimm bitte deine Meditationsstellung ein, mach den Rücken gerade und atme ein paarmal in die Wirbelsäule, ganz formlos, ohne unseren Einstieg. Schließe deine Augen, und sage laut sprechend: »Ich bin

Dunkelheit ...« Und dann füge alles dazu, was dir über diese Eigenschaft einfällt. Tauche ganz tief in dich ein und fühle die Qualität himmlischer Dunkelheit. Du siehst, wie wichtig es ist, hier nicht das Wort »Finsternis« zu verwenden, da dies zu leicht negative Assoziationen weckt. Mache diese kleine Übung bitte, bevor du weiterliest, damit du ganz unbeeinflußt bleibst.

Nun will ich dir meine Vorstellung geben. Ich sage also: »Ich bin Dunkelheit. Ich bin weiter Raum, grenzenlos. Ich bin die Nacht, hülle alles ein. Ich bin das Erbarmen, Gnade vor Recht. Aus mir werden alle Wesen geboren; ich trage sie mit Liebe, egal wie sie aussehen werden. Ich bin Frieden und Ruhe. Ich bin das Ende aller Wesen, wenn sie müde sind. Ich bin das Prinzip der Mutter, der göttlichen Weiblichkeit. Wo ich bin, kommt selbst das Licht zur Ruhe. Ich weiß, daß es da ist. Ich bringe alle meine Kinder hinaus an das Licht, damit sie dort leben werden. Ich bin Dunkelheit, Zuflucht, Stille und ein großer Mantel.«

Jetzt bist du wieder dran. Tauche ein wenig auf, atme durch und schließe erneut die Augen. Jetzt sage: »Ich bin Licht ...« Alles was dir dazu einfällt, aber immer: »Ich bin ...« Durch diese Identifizierung fühlst du es viel genauer, als wenn du Betrachter und philosophischer Bewerter wärest.

Nun schließe ich mich wieder an: »Ich bin Licht. Ich leuchte in jeden Winkel hinein, wo ich bin, gibt es keine Dunkelheit. Ich decke alles auf, bringe die Wahrheit hervor, ich bin das Gericht. Ich bin unbestechlich. Ich bin schnell und durcheile mit großer Geschwindigkeit den Weltraum. Keine Entfernung ist mir zu groß, ich werde sie doch erreichen. Ich bin die Sonne auf allen Wesen. Durch mich wird alles sichtbar. Ich weiß, daß es auch immer Dunkelheit gibt außerhalb von mir. Aber wir sind getrennt. Wo der eine ist, kann der andere nicht sein.«

Das genügt, glaube ich. Sicher hast du jetzt verstanden, warum am Anfang des JOHANNES-*Evangeliums* steht: »Und das Licht scheint in der Finsternis, und die Finsternis hat es nicht begriffen« (1, 5). Sehr deutlich wird es auch in dem Zeichen des *I Ging*, wo YIN, die Dunkelheit, verschlungen ist mit YANG, der lichten Hälfte. Beide haben einen Punkt im Innern mit dem Gegenteil. Sie wissen umeinander, sie sind verbunden, aber nicht eins. Auch im *I Ging* ist das Licht – YANG – das männliche Prinzip.

Hier im ersten Schöpfungstag haben wir also bereits Dualität. Es geht bis hinunter in die Physis, daß sich die Geschlechter anziehen, sich suchen, sich verbinden möchten, aber jeder ist anders, keine Seite kann das Wesen der anderen voll begreifen. Der Versuch, den Partner oder die Partnerin zu sich herüberzuziehen, zu sich selbst umzufunktionieren, scheitert kläglich. Es ist auch nicht die wahre Liebe. Denn Liebe meint den anderen, so wie er ist, in seiner nicht austauschbaren Eigenheit. Die einzige wirkliche Einheit, die beide Seiten erreichen könnten, wäre das Aufgehen in Gott, in jenem Überbewußtsein, aus dem beide hervorgegangen sind, in den Zustand vor der Trennung dieser beiden Bewußtseinsfelder.

Es gibt zwar noch eine andere Scheidung von Licht und Dunkelheit durch zeitliche Aufeinanderfolge. Sie ist physikalischer Natur und uns gut bekannt, denn wir wissen, daß die Erde durch ihre Drehung um die eigene Achse immer eine Hälfte der Sonne zuwendet, während die andere Hälfte im Schatten liegt. Aber diese Scheidung erfolgt erst im vierten Schöpfungstag. Noch sind wir im ersten.

Dies ist nun die *Kausalwelt*, um es esoterisch auszudrücken, die Welt der Sternengötter, der Engel und Erzengel, der Söhne und Töchter Gottes, die mit ihm teilnehmen an der weiteren Schöpfung, denn die erste göttliche Eigenschaft ist Kreativität. Auf diese Ebene kann theoretisch jeder Mensch aufsteigen am Ende seiner Pilgerreise, vorausgesetzt, daß er sie überhaupt beginnt. Diese Welt muß gemeint sein, wenn JESUS sagt: »... denen gab er Macht, Gottes Kinder zu *werden*«. Und in dieser Welt leben die Hohenpriester des höchsten Gottes nach der Ordnung MELCHISEDEKS.

Vielleicht hast du davon noch nichts gehört. Der ganze *Brief an die Hebräer* berichtet davon, und es ist sehr wichtig! Zum ersten Mal taucht der Name MELCHISEDEK im Alten Testament auf, dort ist er als ein »König von Salem« bezeichnet; das heißt einfach »König des Friedens«. ABRAHAM geht ihm entgegen und opfert ihm den Zehnten. Er wußte, mit wem er es zu tun hatte.

Dann kommt der *Hebräerbrief*, in dem es heißt, daß JESUS nach seiner Auferstehung in die »Ordnung Melchisedeks« aufgenommen wurde. Das bedeutet, er ist Priester in Ewigkeit, Erzieher einer ganzen Menschheitskette, nach östlichem Sprachgebrauch ein *Bodhisattva*. Und Jesus hat auch tatsächlich das Bodhisattva-Gelübde geleistet: »Siehe, ich bleibe bei euch alle Tage bis an der Welt Ende.« Das Ende dieser Schöpfung, dieser Menschenkette, ist nicht unbedingt an das Alter des Planeten Erde gebunden. Im *Buch Daniel* wird angedeutet, daß sie von allen Sternen des Himmels gesammelt werden ... Da mag es also noch Ausweichquartiere geben. Beruhigend zu wissen.

Und es gibt noch eine bedeutende Erläuterung zu der Ordnung Melchisedeks, die eben nicht nur auf *ein* Wesen zutrifft. Es steht im *Hebräerbrief* (7, 3): »Er ist ohne Vater, ohne Mutter, ohne Stammbaum, und sein Leben hat weder Anfang noch Ende. So gleicht er dem Sohn Gottes und bleibt Priester in Ewigkeit.« Das sind also die Wesen der höchsten Ebene, die Bewohner des ersten Schöpfungstages. Aber sie sind ein »Ich bin«, göttliche Urmütter und Urväter.

MOSES fragte den brennenden Busch: »Wer bist du?« Und die Stimme antwortete: »Ich bin der ich bin.« Wer dort sprach, war der Gott Israels, dem dieses Volk zur Erziehung anvertraut war. Es zeigt sich im Laufe der Geschichte, daß ihm andere Völker ziemlich gleichgültig waren. Er war sozusagen das Über-Ich dieses Volkes, ein Stammesgott. Die *Bibel* macht auch Unterschiede zwischen dem höchsten Gott des Universums und diesem Gottesführer Israels. Manchmal steht: »So spricht der Herr.« Und manchmal steht: »So spricht der Herr Herr.« Zweimal also, der Herr der Herren. Achte darauf, das öffnet ganz neue Perspektiven. Dieser Gott JEHOVA ist ein »Ich bin«. Der höchste Gott des Universums ist jenseits davon, *er* ist eben alles, und alle Individualitäten sind eben die Söhne und Töchter Gottes, entweder gleich oben geboren oder von unten heraufgestiegen. Beides ist möglich.

JESUS stellt es ganz trocken klar (*Johannes* 8, 23): »Ihr seid von unten, und ich bin von oben; ihr seid von dieser Welt, ich bin nicht von dieser Welt.« Kein Wunder, daß sie ihn kreuzigten. Aber er sagte die Wahrheit.

Nun kommen wir zum Ende des ersten Schöpfungstages, jetzt heißt es: *Gott nannte das Licht Tag und die Finsternis Nacht.* Das klingt sonderbar, aber wenn etwas in der Schöpfung nach der Bewertung seinen Namen bekommt, dann ist es wirklich lebendig und bestätigt. Für ein äonisches Leben nicht ganz unwichtig. Es wurde für gut befunden – das Licht! Die Dunkelheit nicht, dann müßte Gott sich ja selbst bewerten, *er* war ja schon vorher da! Finsternis lag auf der Tiefe, der Urflut, und der Geist Gottes schwebte über den Wassern! Ich zeige das hier so ausführlich, weil es um diesen ersten Schöpfungstag soviel Religionsstreit und so viele Mißverständnisse gibt.

Es ist ja auch allgemein verbreitet, die Finsternis mit dem Bösen zu vergleichen. Demnach müßte Gott das Böse selbst geschaffen haben, ja noch schlimmer: Er kommt ja aus der Urdunkelheit und erschafft erst das Licht.

Die Finsternis des Bösen hat also hiermit nichts zu tun. Sie ist anderer Art: Sie ist Getrenntheit von Gott, und das kann allerdings schon auf der Ebene der Kausalwelt geschehen. Wir wissen, daß LUZIFER der »Lichtträger« heißt. Er ist also ein Lichtengel aus dem ersten Schöpfungstag. Und nun will er ein Eigenlicht werden, er will unabhängig sein, nicht dienen, seine eigene Schöpfung machen. Nun erst wird er zum SATAN, in sich steigernder Abkehr vom höchsten Gott des Universums bis zur Gottesfeindschaft entwickelt sich dieses Bewußtsein, und er sammelt sich seine Menschheit selbst zusammen aus all denen, die mit ihm und seiner Auflehnung eines Geistes sind. Auch an PROMETHEUS werden wir hier erinnert, der seine Anklage und seinen Triumph Gott entgegenschleudert. Diese Finsternis also ist die Getrenntheit von Gott.

Verbundenheit mit Gott kann sowohl im Dunkelbereich einer schützenden Gebärmutter oder im hellen Licht der Sonne gefühlt werden. Verbundenheit mit Gott ist immer zugleich auch liebende Verbundenheit mit anderen Wesen. Je reiner eine Seele ist, um so größer die Liebe dieses Wesens, um so umfassender seine Verbundenheit mit allen Bereichen der Schöpfung – mit Pflanzen, Tieren, Menschen, Sternen, mit Astralwesen, mit Engeln, mit dem Schöpfer aller Wesen selbst. Und natürlich ist da eine tiefe Verbundenheit mit allen Pilgern und Gläubigen, ganz gleich, aus welcher Religion sie kommen. Sobald ein Mensch aus religiösen Gründen eine feindliche Haltung einem Andersgläubigen gegenüber einnimmt, in der Meinung, seine Religion sei die einzig wahre und müsse notfalls mit Gewalt dem anderen beigebracht werden, muß er ja in seinem Bewußtsein von dem Schöpfer aller Dinge getrennt sein, nicht aber gleichermaßen von seinem Religionsstifter, seinem Guru, seinem Stammesgott. Die schlimmsten Fanatiker sind heutzutage im Islam zu suchen, aber auch dort gibt es Tiefgläubige, die ein vorbildliches Pilgerleben führen. Und wo waren die Christen im zwölften Jahrhundert? Auf den Kreuzzügen. Und was trieben die spanischen Konquistadoren und Inquisitoren? Das war doch wohl böse genug. Die Gegenkräfte schlafen nie!

Ich habe schon gehört, daß Menschen, die mit CHRISTUS nichts zu tun haben wollen, sich auf die Auswüchse des Mittelalters beriefen, auf die Inquisition, die Hexenverbrennungen, die BORGIAS. JESUS selbst zitieren sie nie. Er hat nämlich gesagt: »Es gibt noch andere Schafe, die sind nicht aus meinem Stall.« Und Schafe sind keine Bösen.

Die echten Weltlehrer und die großen Eingeweihten sind niemals intolerant. Immer nur ihre Nachfolger; das muß man unterscheiden lernen. Der Prophet SACHARJA hat eine Vision, ein Gesicht durch einen Engel. Da sieht er unter anderem neben einem siebenfachen goldenen Leuchter zwei Ölbäume, die bis in den Himmel ragen. In der Deutung: »Das sind die beiden Gesalbten, die vor dem Herrn der ganzen Erde stehen« (4, 14) sehe ich KRISHNA und CHRISTUS, die ältere und die jüngere Menschenkette, die von verschiedenen Avataren erzogen werden. Manchmal wechseln auch Menschen hinüber oder herüber, von wo sie sich eben am meisten angezogen fühlen. Am Ende der Reise – in der Kausalwelt – spielt es keine Rolle mehr, auf welchem Wege sie zu Gott gekommen sind, welchem Gotteslehrer es besser gelungen ist, in ihnen die Liebe für Gott zu entzünden. Es

Es gibt noch andere Schafe ... Diese Erkenntnis könnte viele Probleme aus der Welt schaffen, wie auch die Erkenntnis, daß die Liebe und das Einheitsbewußtsein mit anderen Wesen immer näher bei Gott sind als elitäres Getrenntsein, ein Sichausschließen, Besser-als-der-andere-sein-Wollen, Reichersein, Klügersein, Privilegiertersein oder das Allerschlimmste: Erleuchteter-sein-als-der-andere-sein-Wollen. Hierzu noch einmal JESUS: »Wenn sie euch sagen werden, das Himmelreich ist da oder es ist dort – folget ihnen nicht! Denn siehe, es ist inwendig in euch!«

Daran erkennt man die wirklich großen Meister, daß sie auf Gott hinweisen, über sich selbst hinaus, und daß sie ihre Schüler durchbringen – bis nach oben hinauf, bis an ihre Seite. »Ihr werdet dieselben Dinge tun, die ich tue, und größere als diese ...« So etwas sagen die kleinen Lehrer nie. Denn sie haben Angst, die Schüler könnten ihnen über den Kopf wachsen. Sie wollen ihre Macht behalten. Und davor wird gewarnt: Folget ihnen nicht ...

Das war der erste Schöpfungstag. Ich habe mich lange damit aufgehalten, aber schließlich müssen wir uns darüber klarwerden, wo wir überhaupt hinwollen, denn wo kein Ziel ist, da gibt es keine Pilger. Und nun kommt ja auch noch der zweite Schöpfungstag, die Modellwelt im Feinstoff, die so sehr vernachlässigte Astralwelt. Wir verdanken es den alten Märchen und Sagen, daß wir von diesen Wesen überhaupt noch etwas wissen. Und wir lesen sie den Kindern vor, und die Kinder verstehen es sofort.

Der zweite Schöpfungstag

»Und Gott sprach: Es werde eine Feste zwischen den Wassern, die da scheiden zwischen den Wassern. Da machte Gott die Feste und schied die Wasser unter der Feste von den Wassern über der Feste. Und Gott nannte die Feste Himmel. Da ward aus Abend und Morgen der zweite Tag.«

Spätestens wenn Gott die Feste »Himmel« nennt, merken wir, daß es sich hier nicht um den Boden handelt, auf dem wir mit unseren physischen Körpern stehen. Hier wird eine Trennung der Materialien vorgenommen. Die Wasser über der Feste – die haben wir schon im ersten Schöpfungstag kennengelernt: Der Geist Gottes schwebte *über* den Wassern! Die Gedanken Gottes – das ist höchster Feinstoff. Auch wir haben wohl kaum etwas Feineres als die Gedanken. Wir haben trainiert, in körperlosem Bewußtsein hinauszufliegen, das Meer zu sehen und zu hören oder zwischen den Sternen zu tanzen als ein Lichtpünktchen im Universum. Es ist möglich. Nun also werden diese Feinstoffelemente von den Wassern *unter* der Feste getrennt, zunächst einmal im Bewußtsein des Schöpfers selbst.

Und da die Feste der Himmel ist, und zwar der eigentliche Himmel, nicht das sichtbare Firmament mit bereits materialisierten Sternen, Planeten und

Monden, können die Wasser unter der Feste nur die physikalischen Wasser sein, die wir kennen. Immerhin ist dieses Element die Wiege des Lebens schlechthin. Den Plural mancher Übersetzungen können wir auch akzeptieren. Wir kennen immerhin Salzwasser und Süßwasser, Quellwasser und Meerwasser, Regenwasser und Tiefseewasser aus der Erde. Man könnte die Reihe noch fortsetzen. Und in dieser Feste, dem Himmel, der Zwischenwelt zwischen der göttlichen *Kausalwelt* und der manifestierten *Physis*, werden nun alle Geschöpfe sozusagen vormodelliert.

Die Ideenwelt, von der PLATON sprach, ist die Kausalwelt selbst. Aber die Zwischenwelt kannte er auch. In seinem *»Gastmahl«* läßt er SOKRATES der Menschheit eine Einweihung geben, die nicht zu unterschätzen ist. Sehr viel ist darin – die Totenwelt und die Aufarbeitung guter und böser Taten nach dem Tod, Buße und Rache nach griechischer Auffassung. Und als er dann schließlich an die höchste Welt kommt, bedauert Sokrates, für diesmal keine Zeit mehr zu haben, und trinkt den Schierlingsbecher. Das ist nicht ohne Humor, trotz des tragischen Geschehens. Zweitausend Jahre später beginnt GOETHES *Faust* dort, wo Sokrates aufgehört hat: Er setzt den Giftbecher an die Lippen und läßt ihn sich durch das Läuten der Osterglocken wieder wegziehen. Und das war eine Botschaft aus der Kausalwelt! Was für ein Kreis schließt sich hier? Unsere Zeit spielt dort oben keine Rolle.

Im zweiten Schöpfungstag finden wir die Paradiese. ADAM wird als doppelgeschlechtliches Wesen auf dieser Ebene geschaffen, das wird sehr deutlich durch die Einleitung der Paradieslegende: »Und alle die Sträucher auf dem Felde waren noch nicht auf Erden, und all das Kraut auf dem Felde war noch nicht gewachsen; denn Gott der Herr hatte noch nicht regnen lassen auf Erden.« Die Wasser *unter* der Feste waren noch nicht da. Die Entwicklung des Lebens in der Physis dauert Jahrmillionen. Die Erschaffung ADAMS schildert die Entstehung *einer Seele* in der Astralwelt. Viel später, wenn er in die Materialisation strebt, muß er sich dualisieren, um sich den Menschen aus dem sechsten Schöpfungstag anzupassen, die ja von unten heraufkommen und auf die Tierwelt aufgesetzt sind.

DARWIN hatte recht, und die Theologen hatten auch recht. Sie waren nur nicht gründlich genug, sonst wären sie dahintergekommen, daß es hier keine Widersprüche gibt, die Religionskriege rechtfertigen. Dann kommt die berühmte Rippenoperation. Aber dazu kommen wir noch später. Nur soviel noch zum zweiten Schöpfungstag: Der Garten Eden, den Gott pflanzte, ist ebenfalls eine Modellwelt in Astralstoff, denn irdische Pflanzen können ohne irdisches Wasser nicht existieren. Hier haben wir die Urformen, die Bilder, welche die Wesen später in der Physis zu erreichen versuchen. Diese Bilder sind in sie hineingelegt. Durch unendliche Entwicklungs- und Ausleseprozesse erreichen sie endlich ihr innewohnendes Ideal. Ich hörte einmal den großen Zoologen BERNHARD GRZIMEK sagen: »Ich könnte Ihnen genau zeigen, welche Tiere schon ihr Endbild erreicht haben. Wir fühlen es selbst durch die hohe Ästhetik vollendeter Formen. Alle Großkatzen, zum Beispiel, viele Vögel, ein edles Pferd, ein Schwan, ein Leopard ... sie sind fertig. Naturwissenschaftlich kann man es aber auch noch dadurch begründen, daß sie nicht mehr mutieren, sondern höchstens noch degenerieren. Sie können ihren Höhepunkt auch überschreiten. Und schließlich würden Fehlformen in der Natur schneller aussterben.«

Ich fand diese Bemerkung sehr inspirierend; überhaupt hielt ich Grzimek für einen außerordentlichen spirituellen Menschen. Man nannte ihn scherzhaft den »Albert Schweitzer der Tiere«. Er hat sehr bewußtseinsbildend gewirkt – weltweit. Unermüdlich prangerte er sinnloses Töten von Tieren an, die Befriedigung lächerlicher Eitelkeiten von Frauen, die sich unbedingt in Felle von herrlichen Tieren kleiden müssen, die vom Aussterben bedroht sind; aber auch das sogenannte Jagdvergnügen jener Reichen, deren Seelenqualität unter der der Tiere steht, die sie jagen. Einfach nur so aus Spaß, nicht aus Hunger, nicht aus Not. Aus Langeweile. Und er kämpfte gegen Tierversuche, die im wahrsten Sinne des Wortes unmenschlich sind. Nichts kann sie rechtfertigen, kein Medikament, kein Impfstoff. Man kann das meiste anders gewinnen, wenn man nur will. Die Natur hilft dabei, alle Naturgeister helfen nur zu gern. Wo ein Mensch in dieser Richtung etwas unternimmt, unterstützen sie ihn sofort. Du kannst es ausprobieren! Oder geh mal nach *Findhorn* in die spirituelle Gemeinschaft. Die machen phantastische Experimente dort oben mit Pflanzen – und sie kommunizieren mit den Naturgeistern; das ist ihre eigentliche Aufgabe. Es ist möglich. Du kannst dich davon überzeugen.

Ja, das war die *Astralwelt*, der zweite Schöpfungstag. Gehen wir weiter zum dritten.

Der dritte Schöpfungstag

»Und Gott sprach: Es sammle sich das Wasser unter dem Himmel an besondere Orte, daß man das Trokkene sehe. Und es geschah so. Und Gott nannte das Trockene Erde, und die Sammlung der Wasser nannte er Meer. Und Gott sah, daß es gut war. Und Gott sprach: Es lasse die Erde aufgehen Gras und Kraut, das Samen bringe, und fruchtbare Bäume, die ein jeder nach seiner Art Früchte tragen, in denen ihr Same ist. Und es geschah so. Und die Erde ließ aufgehen Gras und Kraut, das Samen bringt, ein jedes nach seiner Art, und Bäume, die Früchte tragen, in denen ihr Same ist, ein jeder nach seiner Art. Und Gott sah, daß es gut war. Da ward aus Abend und Morgen der dritte Tag.«

Nun endlich sind wir in der *Physis* angelangt, und bei physischem Wasser. Das Meer, die große Wiege des Lebens, wird besonders erwähnt. Aber nun kommt etwas Interessantes: *Es lasse die Erde* aufgehen Gras und Kraut ... Die Entwicklung der Pflanzenwelt ist dem Planetenspirit anvertraut, dem Erdgeist. Man kann das fast sehen: Die Pflanzen haben wohl Bewußtsein, aber mit sehr geringer Egoqualität. Der ganze Schöpfungsbefehl für die Pflanzenwelt ist ziemlich detailliert, und er umfaßt eine Entwicklung über Millionen von Jahren. Während sich die ersten Einzeller im Wasser noch mittendurch teilen, um sich zu vermehren, sind sehr entwickelte Fruchtbäume in winzigen Samen mit allen ihren Eigenschaften angelegt. Je fortgeschrittener sie sind, desto kleiner das Samenkorn. Die Natur lernt, immer kompliziertere Erbinformationen in immer kleinere Gefäße zu legen. Das Ei eines Menschen können wir mit bloßem Auge kaum noch erkennen. Die Pflanzen haben für uns die Vorarbeit geleistet in sehr langer Zeit.

Und fühlen wir es nicht, wenn wir in der Natur spazierengehen? Der Frieden, den ein Wald vermittelt, ein Kornfeld, eine Wiese – das hat eine Qualität, an der alle »höheren« Wesen auf der Erdoberfläche sich aufrichten und erholen; es hat etwas, das uns allen fehlt. Und jedesmal, wenn eine Schöpfungsphase abgeschlossen ist, wenn es heißt: *der erste Tag, der zweite Tag, der dritte Tag,* nachdem alles geprüft und für gut befunden wurde, dann wird dieser Bereich dynamisiert, er hat selbständiges Leben, aus sich heraus, denn die göttliche Kraft erhält alle Geschöpfe am Leben, von innen heraus. Es ist so, wie wenn das Herz eines Kindes im Mutterleib zu schlagen beginnt – von dieser einen, verborgenen Sekunde an bis zum Ende seines Lebens wird es schlagen, zuverlässig und sicher. Es ist dynamisiertes Leben, es hat seinen Schöpferbefehl bekommen. Aber noch sind wir ja nicht bei den Herzen aus Fleisch und Blut.

Der vierte Schöpfungstag

»Es werden Lichter an der Feste des Himmels, die da scheiden Tag und Nacht und geben Zeichen, Zeiten, Tage und Jahre und seien Lichter an der Feste des Himmels, daß sie scheinen auf die Erde. Und es geschah so. Und Gott machte zwei große Lichter: ein größeres Licht, das den Tag regiere, und ein kleines Licht, das die Nacht regiere, dazu auch die Sterne. Und Gott setzte sie an die Feste des Himmels, daß sie schienen auf die Erde und den Tag und die Nacht regierten und schieden Licht und Finsternis. Und Gott sah, daß es gut war. Da ward Abend und ward Morgen der vierte Tag.«

Hier haben wir also die andere Scheidung von Licht und Finsternis, in der zeitlichen Aufeinanderfolge. Das ist etwas anderes als die Bewußtseinsscheidung im ersten Schöpfungstag; dort ging es um die Gleichzeitigkeit. Du hast bei unserer Zwischenmeditation gesehen, daß es unmöglich ist, gleichzeitig zu denken: »*Ich bin* Dunkelheit – und *ich bin* Licht.« Wenn man diese Qualitäten wirklich fühlt, schließen sie einander aus; nicht aber in der Physis bei der Erdumdrehung!

Nun kommen endlich die Astrologen zu ihrem Recht. Hier wird ihnen ihr Beruf regelrecht vorgezeichnet! Es wird von ihnen erwartet, daß sie die Himmelskörper wie eine Sprache entschlüsseln, bis sie zu Erkenntnissen kosmischer Zeiten kommen.

Man kann sich gut vorstellen, daß dieser Schöpfungstag seine Zeit brauchte, genau wie die Entwicklung der Pflanzenwelt. Der große Urknall, von dem schon die Rede war, wird kaum in einer einzigen Sekunde alle diese komplizierten Sternbilder in ihre heutigen Positionen geschossen haben. Und diese Sternenmischungen, die in ihren Gruppen ganz besondere Schwingungen haben, eigene Farben, sind notwendig für die höheren Lebewesen, die im fünften und sechsten Schöpfungstag dazukommen sollen.

Und besonders die charakterliche Differenziertheit von Menschen, mit denen sich unsere Astrologen so intensiv befassen – hier werden sie vorgeformt! Ich glaube schon daran, daß ein Mensch in der Minute seiner Geburt einen Strahlencocktail mitbekommt, als Wiegengeschenk der Sternengötter, der bestimmend für sein Leben sein kann. Allerdings ist er immer noch frei genug, um das Beste daraus zu machen. Ein wirklich schlechtes Horoskop gibt es nicht. Man kann unter jeder Konstellation ein Heiliger oder ein Verbrecher werden.

Der fünfte Schöpfungstag

»Und Gott sprach: Es wimmle das Wasser von lebendigem Getier, und Vögel sollen fliegen auf Erden unter der Feste des Himmels. Und Gott schuf große Walfische und alles Getier, das da lebt und webt, davon das Wasser wimmelt, ein jedes nach seiner Art, und alle gefiederten Vögel, einen jeden nach seiner Art. Und Gott sah, daß es gut war. Und Gott segnete sie und sprach: Seid fruchtbar und mehret euch und erfüllet das Wasser im Meer, und die Vögel sollen sich mehren auf Erden. Da ward aus Abend und Morgen der fünfte Tag.«

Seid fruchtbar und mehret euch! Hier ergeht der Befehl zur Fortpflanzung nicht mehr an den Engel, sondern zum erstenmal an die Geschöpfe selbst, die bereits in Geschlechter dualisiert sind und die sich nun ihren Partner wählen dürfen, sich lieben dürfen, um dann mit Liebe ihre Jungen aufzuziehen. Allerdings probiert nun die Tierwelt uns voraus alle nur möglichen Gesellschaftsformen und sozialen Ordnungen durch: das Leben in Gruppen, zu Paaren, oder allein. Mal ziehen die Mütter die Kinder auf, mal die Väter, mal die Eltern zusammen und mal das ganze Rudel. Nichts bleibt unversucht. Auch nicht die Mischformen aus den genannten Möglichkeiten. Und es gibt auch immer Wandlungen, Veränderungen innerhalb der Arten, nicht nur Mutationen der körperlichen Form. Alles wartet auf uns – und arbeitet auf uns hin. Wir kommen!

Der sechste Schöpfungstag

»Und Gott sprach: Die Erde bringe hervor lebendiges Getier, ein jedes nach seiner Art: Vieh, Gewürm und Tiere des Feldes, ein jedes nach seiner Art. Und es geschah so. Und Gott machte die Tiere des Feldes, ein jedes nach seiner Art, und das Vieh nach seiner Art und alles Gewürm des Erdbodens nach seiner Art. Und Gott sah, daß es gut war. Und Gott sprach: Lasset *uns* Menschen machen, ein Bild, das *uns* gleich sei, die da herrschen über die Fische im Meer und über die Vögel unter dem Himmel und über das Vieh und über alle Tiere des Feldes und über alles Gewürm, das auf Erden kriecht.«

Ich unterbreche hier, sonst gibt es zuviel auf einmal. Da wird zunächst wieder der Erzengel angesprochen, ein Gottessohn aus dem ersten Schöpfungstag, dem dieser Planet als Körper anvertraut wurde. Er wird jetzt in die Mitschöpfung hineingenommen, und es werden die Warmblüter geschaffen, die in ihrer inneren Körperstruktur dem Menschen schon sehr ähnlich sind. Wenn man an die vielen Versuchsmäuse in unseren Labors denkt: Sie haben wie wir ein Herz, Lungen, Nieren, Magen, Gehirn, Blut, eine Leber, ein Knochengerüst und vieles mehr. Sie sind eine wichtige Ergänzung zu den Meerestieren und den Vögeln.

Und dann kommt die direkte Schöpfung durch Gott allein: *Gott machte* ... Das Leben selbst kommt aus *ihm* allein. Aber eine Beteiligung an der Schöpfung ist das Geschenk seiner göttlichen Liebe, ebenso der Auftrag, mit der fertigen Schöpfung richtig umzugehen. *Lasset uns Menschen machen* ... Hieraus darf man schließen, daß die Söhne und Töchter Gottes aus der ersten Ebene sich in der Physis mitgestaltend ihre Wunschkinder materialisieren, und ihre vielfältige Schönheit läßt auf vielerlei Geschmack schließen: *Nach unserem Bilde – ein Bild, das uns gleich sei* ... Dieser Satz hat schon manchen zu der Annahme verführt, Gott sähe wie ein ganz bestimmter Mensch aus. Aber wenn *er* das Leben *aller* Wesen aus sich heraus möglich macht, so kann *er* nicht an ein Bild gebunden sein. Deshalb: Lasset *uns* Menschen machen. Wenn unser Architekt den Kölner Dom nach seiner eigenen Vision und Vorstellung modelliert und die Pläne gefertigt hat, so kann man doch wohl sagen: Er hat den Dom selbst entworfen, hat ihn nach *seiner* Vorstellung gestaltet. Der Schöpfer *aller* Wesen hat *alle* diese Bilder in sich. Ich zitiere noch einmal den Satz aus der *Gita:* »Alle Dinge sind in mir und aus mir, aber ich bin nicht in ihnen allen.« Gott ist zu groß, um an ein Bild allein gebunden zu sein, aber er kann erscheinen in den Söhnen und Töchtern, die in seinem Bewußtsein voll leben.

JESUS: »Ich und der Vater sind eins.« Sie konnten

es nicht verstehen. Sie haben immer noch Schwierigkeiten damit.

Nun machen wir mal weiter:
»Und Gott schuf den Menschen zu seinem Bilde, zum Bilde Gottes schuf er ihn; und schuf sie als Mann und Weib.«

Mann und Frau sind also beide ein Gottesbild. Gott sei Dank! Dieser Text muß jahrhundertelang übersehen worden sein. Er beweist auch zugleich, daß Gott selbst nicht an ein Bild gebunden ist. Er ist ja auch nicht dualisiert, kein geschlechtlicher Aspekt, Mann oder Frau. Er ist alles. Aber nicht seine Söhne und Töchter aus dem ersten Schöpfungstag. Deshalb zieht er diese hier zur Mitschöpfung heran. Lasset *uns* Menschen machen. Nur wenn es um *das Leben selbst* geht, haben wir wieder den Singular. Denn auch der höchste Engel kann keinem Menschen das Leben einhauchen, so wenig wie er sich selbst erschaffen könnte. Dies begründet ja auch die Wut der satanischen Wesen, der gefallenen Engel, die ein Eigenlicht sein wollen. Sie können nur vorhandene Geschöpfe verderben, zu sich herüberziehen, aber eine eigene Schöpfung ist das nicht. Sie wissen das, und es ärgert sie.

Aber nun, nachdem Mann und Frau in Menschengestalt geschaffen und auf die Tierwelt der Warmblüter und Sauerstoffatmer aufgesetzt sind – es ist nicht durch Zufall ein und derselbe Schöpfungstag für die höheren Tiere und den bereits dualisierten Menschen –, jetzt kommt der Vermehrungsbefehl an sie, auch sie werden durch die Liebe des höchsten Gottes in die Mitschöpfung des Lebens einbezogen:

»Und Gott segnete sie und sprach zu ihnen: Seid fruchtbar und mehret euch und füllet die Erde und machet sie euch untertan und herrschet über die Fische im Meer und über die Vögel unter dem Himmel und über das Vieh und über alles Getier, das auf Erden kriecht. Und Gott sprach: Sehet da, ich habe euch gegeben alle Pflanzen, die Samen bringen, auf der ganzen Erde, und alle Bäume mit Früchten, die Samen bringen, zu eurer Speise.«

Wenn wir uns auch erst später mit dem Nahrungsproblem befassen werden, an dieser Textstelle kommt man wohl schwer vorbei. Die Menschheit, die hier geschaffen wurde, hat einen paradiesischen Charakter: Vegetarier, Freunde und Beschützer der jüngeren Geschöpfe. Mir fallen dazu die Südseeinsulaner ein, die sich seit Urzeiten vegetarisch ernähren und dabei sehr gut gedeihen. Aber das ist offensichtlich nicht die Menschheit, mit der wir es heute auf der Erde zu tun haben.

Ganz anders hört sich der Nahrungsbefehl Gottes im Bund mit NOAH an, der in einem deutlichen Zusammenhang damit steht, daß das Lebensalter der Menschen auf hundertzwanzig Jahre verkürzt werden mußte:

»Und Gott segnete Noah und seine Söhne und sprach zu ihnen: Seid fruchtbar und mehret euch und füllet die Erde. Furcht und Schrecken vor euch sei über allen Tieren auf Erden und über allen Vögeln unter dem Himmel, über allem, was auf Erden wimmelt, und über allen Fischen im Meer; in eure Hände sind sie gegeben. Alles, was sich regt und lebt, das sei eure Speise; wie das grüne Kraut habe ich euch alles gegeben« (1. *Moses* 9, 1–3).

Die heutige Menschheit, die sich dank ihrer technischen Entwicklung so erhaben fühlt über die alten Naturvölker – einen weiten Rückweg müssen sie antreten, bis sie bei deren Qualität erst wieder angelangt sind. Furcht und Schrecken verbreiten ist wahrhaftig etwas anderes als das liebevolle Herrschen in der Natur, schützend und pflegend, mit allen Wesen eins, in paradiesischer Freundschaft.

Und nun kommt noch der letzte Vers des sechsten Schöpfungstages, in dem gesagt wird, daß auch die Tiere ursprünglich eine andere Naturordnung hatten. Höre und staune:

»Aber allen Tieren auf Erden und allen Vögeln unter dem Himmel und allem Gewürm, das auf Erden lebt, habe ich alles grüne Kraut zur Nahrung gegeben. Und es geschah so. Und Gott sah an allem, was er gemacht hatte, und siehe, es war sehr gut. Da ward aus Abend und Morgen der sechste Tag.«

Die Lebewesen im Meer sind hier ausgenommen in dieser Aufzählung, da gelten andere Gesetze, von Anfang an. Aber denken wir mal an Affen, Elefanten, Pferde, Kühe, Rehe ... Sie sind immer noch Vegetarier, wenn sie auch längst von den Menschen zu Wurst und Braten verarbeitet werden. Und die stärksten und intelligentesten Tiere befinden sich unter ihnen. Jetzt verstehen wir vielleicht, daß es im *Römerbrief* heißt, daß die ganze Schöpfung sehnsüchtig und mit Seufzen auf das Offenbarwerden der Söhne Gottes wartet. Sie sehnen sich nach der alten Ordnung zurück, wer wollte das nicht verstehen? Kein Wesen möchte gern geschlachtet und gefressen werden. Und die Tiere lieben die Menschen! Sie sind sehr leicht dazu zu bringen, mit ihnen Freundschaft zu schließen. Wenn sie ihnen nur vertrauen können ...

Aber daß die Naturgesetze umgestellt wurden, ist wiederum ein Akt der Liebe Gottes zu uns. Nicht nur, weil der Mensch ohne diese Umstellung die einzige Bestie auf Erden wäre, was er schwer ertragen könnte ... viel wichtiger ist wohl die Lebensverkürzung vom »Alter der Bäume« auf maximal hundertzwanzig Jahre. Alle Tiere haben in ihrem Fleisch ein kürzeres Lebensprogramm als der Mensch, wenn man mal von den Schildkröten absieht. Die Einführung der Fleischnahrung steht mit der Lebenskürzung in deutlichem Zusammenhang. Das bedeutet auch: schnellere Inkarnation, mehr Leben, mehr Chancen an Lebenserfahrung, mehr Unschuld durch Wiedergeburt und den Schleier des Vergessens. Es muß eine furchtbare Entscheidung im Himmel gewesen sein, die Tiere der Schlachtung preiszugeben, um den Lieblingen Gottes, den Menschen, eine größere Chance zu geben. In der *Offenbarung* steht, daß ohne die Verkürzung der Endzeit kein Mensch selig werden würde. Dies muß sich ja *nicht nur* auf den historischen Zeitablauf beziehen, sondern kann auch für jedes einzelne Leben zutreffen. Eines schließt das andere nicht aus. Man stelle sich den Durchschnittsmenschen von heute vor, mit seinem Charakter, seiner Gier nach Macht und Besitz – und lasse ihn nur fünfhundert Jahre alt werden! Es wäre eine Katastrophe für ihn und alle, die mit ihm zu tun bekommen. Und wenn es für alle gelten würde ... was für eine Katastrophe wären Krankheit und vorzeitiger Tod? So läßt sich das ja noch übersehen, und der Tod, der große Lehrmeister, ist immer in Reichweite. Unser Leben mußte verkürzt werden, so wie wir jetzt sind; und wir verdanken den Opfern der Tierwelt sehr viel. Mehr als wir fassen können. Aber es muß nicht so bleiben! Wir sind unterwegs nach Hause, zu einem höheren Leben und zu einer höheren Naturordnung. Wir können jetzt schon mal anfangen, die Umstellung zu üben.

Zwar können wir uns nicht in den Himmel hinaufessen, aber ein anderes Bewußtsein in der Nahrung würde nicht nur die Tiere retten, sondern auch den Hunger für die Menschen überwinden. Mitverantwortung für das Ganze gehört zu den ersten Pilgerschritten der Geistesmenschen; und wenn man sich umschaut – es hat schon begonnen! Erstaunliche Bewegungen sind da im Gange. Vegetarier werden langsam salonfähig, genauso wie Nichtraucher, die darauf verzichten, ihre eigenen Lungen und die ihrer Nachbarn zu vergiften.

Ich bin nicht fanatisch in diesen Dingen, nicht zuletzt wegen dieser Zusammenhänge, die mir schmerzlich klargeworden sind. Die charakterliche Veredelung des Menschen wird es wieder möglich machen, seine Lebenszeit auszudehnen.

Dann wird er wieder ein Freund und Hüter der Tiere sein, und Gemüse und Früchte werden ihn gesund und gut ernähren. Der bewußte Verzicht auf Schlachtung ist bereits eine Arbeit an der Veredelung des Charakters. Hier gehen wir im Kreis – das eine bedingt das andere. Denke tief darüber nach und komme zu deiner ganz eigenen, persönlichen Einsicht.

Dogmatischer Zwang hält nicht auf die Dauer. Die Wandlung muß in uns stattfinden, unsere ganz persönliche Leistung sein. Und sie hat immer etwas mit Liebe zu tun. Wer könnte ein Tier essen, das er liebt und das zärtlich an ihm hängt? Ich hatte eine Katze, ein ungewöhnliches Tier. Ich kann dir kaum beschreiben, wie sehr ich sie geliebt habe und wie oft sie mich belehrt und getröstet hat. Sie hat mir so manche »Predigt« gehalten, die tiefer in mir nachwirkte als eine Ansprache von der Kanzel. Sie war niemals lästig, sondern wartete stets mit äußerster Einfühlsamkeit, bis ich Zeit fand, mich mit ihr zu beschäftigen. Sie fühlte, wenn ich traurig war. Sie war fröhlich und verspielt, wenn ich spielen wollte. Einmal wurde mein Hund angefahren, ein Terrier. Er hatte schwere innere Verletzungen. Drei Tage lang legte sich die Katze zu ihm und wärmte ihn. Sie verweigerte so lange jedes Essen, bis der Hund wieder etwas Milch leckte. Das war am dritten Tag. Dann nahm sie auch etwas. Sie hatte ihn tatsächlich geheilt mit ihrem elektrisch wirksamen Katzenfell und mit ihrer hingebungsvollen Liebe zu dem artfremden Wesen. Er wurde wieder ganz gesund. So etwas kann man nie vergessen. Es verändert die Einstellung zu allen Tieren. So ist es mir damit ergangen. Das war für mich eine Erläuterung des sechsten Schöpfungstages.

Nun haben wir es gleich geschafft mit der *Genesis.* Du hast dir deine Tempelmeditation redlich verdient. Nur den siebten Tag müssen wir noch nachvollziehen, aber er ist nicht schwer.

Der siebte Schöpfungstag

»So wurden vollendet Himmel und Erde mit ihrem ganzen Heer. Und so vollendete Gott am siebenten Tage seine Werke, die er machte, und ruhte am siebenten Tage von allen seinen Werken, die er gemacht hatte. Und Gott segnete den siebenten Tag und heiligte ihn, weil er an ihm ruhte von allen seinen Werken, die Gott geschaffen und gemacht hatte.

So sind Himmel und Erde geworden, als sie geschaffen wurden.«

Da ist sie nun, die große Sieben. Der siebte Tag wird geheiligt mit der Begründung, daß Gott an ihm geruht hat. Dennoch erreichen die Wesen erst hier ihre eigene Vollendung, als dynamisiertes Leben in der letzten, freiwilligen Eigenständigkeit. Ich hörte einmal den großen Prediger ADOLF HELLER sagen: »Im Himmel gibt es nur Freiwillige.« *Vollendung* aller Werke Gottes *und seine Ruhe* gehören zusammen.

Wir treffen die Sieben noch öfter. Im siebten Sendschreiben in der *Offenbarung* wird die Vereinigung des Bewußtseins einer aufgestiegenen Seele mit dem CHRISTUS-Bewußtsein und mit Gott geschildert. Bei der Lösung des siebten Siegels entsteht eine Stille im Himmel. Bei Erschallen der siebten Posaune öffnet sich der Tempel Gottes – das erfolgreiche Ende eines Äons, der Pilgerschaft einer ganzen Menschheitskette, der Beginn eines göttlichen Zeitalters. Die Ernte Gottes. Und so ist es auch am siebten Schöpfungstag.

Nun müssen wir aber wieder zu unseren Meditationen zurück und verstehen lernen, daß die Zeitabläufe in unserer dreidimensionalen Welt nicht die höchste Wirklichkeit sind. Vollendung *und* Ruhe – da steht es ganz harmlos, fast nebenbei, und das ist doch eine Offenbarung! Der Zustand Gottes hinter aller Schöpfung – in Frieden und Glückseligkeit – ist permanent vorhanden, und das ist auch das Glück für alle in der Entwicklung begriffenen Wesen. Sonst würde sich ja der Aufstieg gar nicht lohnen! Wie oft hört man nicht diese Anklagen: Wie kann Gott all unser Elend sehen und es sich dabei in himmlischen Höhen wohl sein lassen? Die Urquelle allen Lebens, das höchste Wesen, das vor der Schöpfung da war und nachher dasein wird, bis die Zeit für eine neue Schöpfung anbrechen mag ... Er ist der Meister von Anbeginn und braucht sich nicht zu entwickeln. In seinem Bewußtseinszustand höchster Glückseligkeit ist er zugleich der Magnet für alle Wesen, das letzte Ziel, der Motor, der jedem Leben innewohnt. Jenseits allen Lebens ist er die Burg des Lebens, der ewige Hort, in dem wir Zuflucht finden und auf den wir uns verlassen können. Wenn auch etwas anders, als wir es uns meistens vorstellen oder wünschen.

Wir müssen lernen, uns selbst in diesen Zustand hineinzudrehen, in den göttlichen Frieden, seine Freiheit von allen irdischen Plagen. Was würde es uns nützen, wenn wir körperlich krank wären und sich unser Arzt vor lauter Mitleid zu uns mit ins Bett legen würde? Wir brauchen einen gesunden Arzt – und einen glückseligen Gott.

Wir bereiten uns jetzt auf die Tempelmeditation vor, die unsere erste Ernte nach getaner Arbeit ist, unser erstes kleines Fest. Du wirst bald verstehen, daß die Vorarbeitung notwendig war. Der ganze *erste Kreis* befaßt sich ja mit *verschiedenen Bewußtseinszuständen:* Körper – Seele – Geist; geläufig im Sprachgebrauch, aber noch lange nicht genau gefühlt. Laß uns einmal kurz Bilanz ziehen:

Den physischen Körper kennen wir. Das Ich verbindet sich sehr stark mit seinem Bild, seinem Alter und Geschlecht, seinen Mängeln und Vorzügen. Obwohl er ein selbständiges Wesen ist, das automatisch atmet, Blut pumpt und tausend innere Vorgänge intelligent steuert, identifizieren wir uns weitgehend mit diesem Körper. An die Existenz seiner Seele glaubt ja noch lange nicht jeder. SIGMUND FREUD, der Begründer der Psychoanalyse, hat da erst in unserem Jahrhundert bahnbrechend gearbeitet. Wir haben in der ersten Meditation den Körper auf eine Wiese geführt und haben ihn bei hellem Sonnenschein dort herumspringen lassen. Ein gutes Pferd verdient eine gute Weide. Der Körper hat es dankbar genossen. Er ist soviel Beachtung gar nicht gewöhnt. Und das war ein reales Erlebnis! Was in Gedanken geschieht, ist realistischer als mancher Tag in der Physis, der nur mit einem sehr schwachen Körperbewußtsein gelebt wird.

In der zweiten Meditation haben wir den Körper in die Wüste geführt. Dort hat es ihm auch gefallen. Und er hat gelernt, die millionenfache Vielheit seines Zellstaates als Einheit im Bewußtsein zu erleben: eine Erfahrung, die uns zu atemberaubender Bewunderung zwingt. Das alles bin ich – mein Körper – ein ganzes Universum für sich allein!

In der dritten Meditation haben wir den Körper auf seine Wiese geführt, die er nun schon kennt und freudig begrüßt. Und er hat neben seinem neuen, aufmerksamen Selbstbewußtsein ein viertes erlebt: Das Wasser in dem Wiesenbach fing an, von innen zu leuchten. Und der physische Körper wußte sofort: Dieses Licht ist göttlich! Das ist meine Ursprungsquelle! Ich bin eins mit dem, was da leuchtet! Wenn du wirklich tief meditiert hast, wird dir klargeworden sein, daß der physische Körper, der ohnehin ständig von göttlichen Kräften gesteuert ist und der selbst völlig rein und unschuldig ist, keine Schwierigkeiten hat, sich mit dem göttlichen Licht zu identifizieren. Er ist ein Stück Natur. Es steht ihm zu. Er ist tief innen in Verbindung mit dem Planetengeist, den Naturgeistern, mit Gott. Materialisiert, und aus Gott heraus lebendig für eine zugemessene Zeit. Und er weiß es. Das solltest du erfahren.

Nun die Seele, der schwierigste Teil unserer Persönlichkeit: keineswegs rein, vollendet, fehlerfrei, auch nicht stets von Gott gesteuert und belebt. Leider nicht. Die Seele ist der eigentliche Pilger, jenes Wesen, für den der ganze Aufwand der Schöpfung da ist und dessen Verhalten, Siegen oder Versagen ein Schauspiel vor Gott, den Engeln und den Menschen ist. Die Seele ist das Gefäß aller unserer Wünsche und Ängste, das eigentliche Ich – mit all seinem Größenwahn und seinen Minderwertigkeitskomplexen, einem Gemisch aus Seelenkräften, ständig fließend, etwas hinzugewinnend, etwas ausscheidend. Wir meditieren diese Seele, die wir selbst sind, in astralem Feinstoff, als Traumkörper, den wir aus unseren Träumen vage kennen. Praktisch haben wir uns noch nie im Traum selbst gesehen (schon gar nicht in einem Spiegel), und dennoch hatten wir ein sehr genaues Gefühl von »Ich bin da! Ich sehe, höre, erlebe, ich freue mich, fürchte mich« und so weiter. In der ersten Meditation haben wir uns bemüht, diesen Traumkörper einmal zu begleiten, ohne dabei gleich einzuschlafen. Wir konnten die nebelhafte Mondscheinqualität dieses Gebildes fühlen, seine Freude am Schweben, seine Gemeinschaft mit Wesen, die aus ähnlichem Stoff sind. In bewußter Beschäftigung mit sich selbst gelangt es zu Reinigungsprozessen, für die unsere überlasteten Psychologen und Therapeuten oft Jahre benötigen.

In der zweiten Meditation haben wir mit diesem Traumkörper, der weitgehend ein Abbild unseres physischen Körpers ist – wenn auch vielleicht jünger, gesünder, schöner –, eine Bergtour gemacht. Dort oben auf dem Schneegipfel haben wir ihn ins

Tal schauen lassen, wo er mit leisem Schrecken Tausende von menschlichen Gedanken und Gefühlen wie bunte Fäden durcheinanderlaufen sah. Ihm wurde klar, welcher Fülle von Strömungen er ständig ausgesetzt ist, dort unten. Und dankbar hat er seine Chance wahrgenommen, einmal ganz herausgekommen zu sein, hier oben auf dem Gipfel, um die eigenen Fäden zu entwirren.

In der dritten Meditation hat der Traumkörper eine Begegnung mit dem Licht gehabt, das alles Leben durchdringt und göttlichen Ursprungs ist. In den leuchtenden Regentropfen hat er gebadet, mit einem Gefühl der Reinigung durch das Licht. Erkennst du den Unterschied zum physischen Körper? Die Seele eines Menschen weiß sehr wohl, daß sie der Reinigung bedarf. Sie kann sich mit dem Licht nicht so ohne weiteres identifizieren wie ein unschuldiges Naturwesen. Die Seele strebt zu diesem Licht, sie will die Reinigung, aber sie weiß, daß dies ein Prozeß ist, Teil des Pilgerweges, auf dem sie sich befindet.

Nun kommen wir zu dem *körperlosen* Bewußtsein. Damit müssen wir uns noch einmal ganz genau befassen, sonst können wir die Tempelmeditation gar nicht vollbringen. Körperloses Bewußtsein läßt sich leicht meditieren, das hast du gesehen. Das aber ist Überbewußtsein – der Zustand der Kausalwesen, die zwar jede Erscheinung annehmen können, aber nicht an sie gebunden sind. Dieses Bewußtsein ist seiner Natur nach göttlich, aber es ist nicht die Seele! Das schlaue Ego der Seele möchte sich nur zu gern mit dem Über-Ich-Bewußtsein identifizieren und sich den ganzen Pilgerweg ersparen. Das geht leider nicht. Aber wir können in der Meditation die Qualität dieses Über-Ich-Bewußtseins fühlen, können mit ihm in unserem inneren Tempel einen Gottesdienst zelebrieren. JESUS sagt, daß wir Tempel Gottes sind, und das kann man nicht so leicht erfahren, es sei denn, man geht öfter in diesen Tempel hinein und macht von ihm den richtigen Gebrauch.

Diese drei: Körper, Seele und Geist – sind mit der berühmten silbernen Schnur verbunden, von der ich schon gesprochen habe. SALOMO erinnert daran, daß man bei Lebzeiten soviel wie möglich erreichen solle, »ehe die silberne Schnur zerreißt ...« Dieser Begriff geistert durch alle esoterischen Lehrbücher und kommt auch in anderen Religionen vor. Er muß also sehr wichtig sein. Laß uns einmal kurz betrachten, was passiert, wenn diese Schnur zerreißt. Da gibt es drei Möglichkeiten: Nehmen wir Menschen, die als Märtyrer auf einem Scheiterhaufen verbrannt wurden. Der Körper geht verloren; er wird der sofortigen Vernichtung preisgegeben. Aber das Über-Ich-Bewußtsein und die Seele trennen sich nicht! Die Märtyrer werden unter dem Thron Gottes aufbewahrt – heißt es im *fünften Siegel* der *Offenbarung* des JOHANNES (6, 9). Sie sind also losgebunden vom Rad der Inkarnationen, ob sie nun bereits ihre Stufenleiter vollendet haben oder nicht. Meistens sind es gerade die jungen Feuerköpfe, die Opfer der Fanatiker werden. Aber sie ersparen sich die Aufarbeitung ihres Lebens in den astralen Räumen, sie bleiben ein »Ich bin« im Sinne der Kausalwelt, sie sind angehoben auf die Ebene der Söhne und Töchter Gottes.

Die Schnur ist also nur von dem physischen Körper abgerissen. Ein Kausalwesen kann sich einen neuen Körper bauen, wenn es will, oder »in Erscheinung treten«.

Hier sind wir bereits bei der besten aller Möglichkeiten, bei der die silberne Schnur überhaupt nicht reißt. In dem Fall kann auch der physische Körper mit hinübergenommen werden, also das zuletzt gültige Erscheinungsbild, wie bei JESUS nach der Auferstehung.

Wenn du die Autobiographie von YOGANANDA kennst, wirst du dem Phänomen dort wiederbegegnen – nämlich SHRI YUKTESWAR erscheint ihm, dem Yogananda, in Fleisch und Blut in seinem Hotelzimmer in Bombay, durchaus anfaßbar und greifbar, und dennoch löst er diesen Körper bei seinem Abschied wieder auf. Die Offenbarung des Yukteswar über die höheren Welten ist der absolute Höhepunkt dieses Buches. Du solltest es unbedingt lesen.

Die dritte Möglichkeit ist leider schwarz. Da reißt die silberne Schnur nur oben, das Über-Ich geht weg, oder – wie es die *Bibel* nennt –: Der Odem kehrt zurück zu Gott, die Lebenskraft Gottes selbst, ohne die kein Leben möglich ist. Aber die Schnur bleibt zwischen der Seele und dem verstorbenen physischen Körper. Dann haben wir die Horrorvisionen von Gespenstern. Das scheint wohl hauptsächlich dann zu passieren, wenn Menschen eine zu starke Identifizierung mit ihrer letzten Inkarnation hatten. Daß sich der Mensch dabei um seine Ruhezeit in der Astralwelt selbst betrügt, auch um seine Aufarbeitung, das wird ihm nicht klar. Aber vermutlich würde das Gericht Gottes gnädiger sein als eine solche Schreckenskammer.

Mit großer Bewunderung und Anteilnahme sehe ich die Arbeit von ELISABETH KÜBLER-ROSS, die durch eine kluge und meditative Sterbehilfe zu Loslösungen verhilft, die solchen Möglichkeiten sicher vorbeugen. Sie spricht immer von den unerledigten Geschäften der Sterbenden, die diese nicht sterben lassen: Vergebungsarbeit, Gnade vor Recht an anderen ..., denn mit dem Maß, mit dem wir selbst messen, sollen auch wir gemessen werden. Das ist schon erschreckend genug. Hier wird etwas Großartiges geleistet, und es wurde höchste Zeit, daß in unserer Welt das Sterben wieder als Höhepunkt im Leben begriffen wird.

Mein erstes Buch – und das ist sehr lange her – hatte sich auch mit diesem Thema befaßt. Es hieß *»Ein Schauspiel den Engeln«* nach einem PAULUS-Wort. Mir ist erst jetzt klar, was ich damals beginnen wollte. Inzwischen glaube ich, daß man mit Meditationen über *alles* den wahren Sinn unserer Existenz erforschen kann und sollte. Es ist ein tausendfaches Leben im Vergleich zu dem dumpfen, halbbewußten Zustand der noch nicht aufgewachten Menschen. PAULUS sagt: »Lasset uns verstehen, daß die Stunde für uns schon da ist, aus dem Schlaf aufzuwachen ...« Und das ist zweitausend Jahre her! Längst sollten wir bewußte Priester in unserem eigenen inneren Tempel sein.

Menschenseelen, die jederzeit in Kontakt zu ihrem Über-Ich treten und in diesem Bewußtsein vor Gott hintreten können, dürfen im Namen CHRISTI bitten, worum sie wollen. Wir sollten längst Menschen sein, die sich ihrer Erlösung bewußt sind, zumindest was ihre Seele betrifft. Denn erst wenn die silberne Schnur an keiner Stelle mehr reißt, werden sie als ein »Ich bin« in die Kausalwelt aufsteigen, als Priester des höchsten Gottes, die erscheinen können als was sie wollen, aber nicht mehr inkarniert werden müssen. Und da wir ja möglichst auch nicht als Märtyrer sterben wollen, die in jedem Fall drüben bleiben, werden wir bescheiden und einfach auf unserem Pilgerpfad voranschreiten und uns mit den höheren Bewußtseinszuständen wenigstens einmal befassen. Denn wo kein Ziel ist, da gibt es keine Pilger ... Man muß eine Vision haben, wohin man will.

Eine Seele hat so oder so ein längeres Leben als ein physischer Körper. Aber wir sind nicht getrennt. Wir sind inkarnierte Menschen, unsere silberne Schnur ist noch intakt, und wir können alle drei Bewußtseinszustände erleben, erproben, damit handeln. Und genau das werden wir in unserer kommenden Tempelmeditation tun.

Nach den Tempelmeditationen habe ich mit den Teilnehmern immer ein gemeinsames Essen veranstaltet, zu dem jeder etwas Selbstgemachtes mitbrachte. Bei dem stets fröhlichen Beisammensein konnten wir uns dann untereinander über unsere inneren Erlebnisse austauschen. Die Freundschaften, die auf diese Weise entstanden sind, halten lebenslang. Mit wem kann man schon so reden? In einem solchen Kreis ist eine Offenheit und ein Vertrauen möglich, wie sie sonst nur schwer zu finden sind. Für unser erstes gemeinsames Fest im Anschluß an die

Tempelmeditation werde ich dir einige meiner Freunde mitbringen. Unsichtbare Gäste sind problemlos und leicht zu beherbergen und zu bewirten. Sie ernähren sich von dem Duft der Speisen und sind damit voll zufrieden.

Bereite für dich selbst etwas zu, das du gern magst, aber vegetarisch sollte es sein. Trinken kannst du Tee, Wasser oder auch ein Glas Wein – das ist bei mir erlaubt. Wer im rechten Bewußtsein ein Glas edlen Weines trinkt, wird dabei kaum zum Alkoholiker werden. Wer das aber ablehnt, der soll es bleiben lassen. Es besteht kein Zwang und kein Verbot. »Jeder sei seiner eigenen Meinung gewiß ...« (PAULUS).

Richte deinen Raum hübsch, wähle eine ruhige Zeit und kleide dich festlich – wenn es auch ganz bescheiden ist. Mir hat es immer so gefallen, daß die Kinder Israels auf den Weg durch die Wüste zwei Feierkleider mitnehmen sollten. Man stelle sich das vor: zum Wechseln! Ein praktischer Gesichtspunkt war das sicher nicht, aber dennoch ein wichtiger! Die ganze Wüstenwanderung war ja eine Reinigung der Seelen für eine höhere Berufung. Und das ist bei uns genauso.

Ich werde dir sagen, was mein Beitrag zu unserem Festessen ist: Salat, etwas Vollkornbrot und frische Alfalfasprossen. Seit kurzem habe ich ein solches Gerät zum Sprossenzüchten – DORIS hat es mir geschenkt, und ich bin sehr begeistert von dem Alfalfa. YOGANANDA hat in seinen Lehrbriefen für seine *Kriya*-Schüler bereits vor fünfzig Jahren Alfalfa dringend empfohlen. Diese Pflanze hat ein enormes Energiepotential, das im frisch gekeimten Zustand von fünf bis sieben Tagen am höchsten ist. Leider war es schwer, diese Empfehlung zu befolgen. Erst jetzt ist Alfalfa allgemein bekannt geworden und man kann es in Naturkostläden kaufen. Die großen Lehrer sind ihrer Zeit immer voraus. Sie sehen vieles, was noch gar nicht da ist – oder nicht dazusein scheint!

Hetze dich nicht ab am Tag der Tempelmeditation! Du brauchst Freude und Ruhe dazu, eine aufnahmebereite Stimmung. Wenn du Zimmerpflanzen hast oder einen Garten in der Nähe, dann beobachte, wie die Pflanzen auf deine Meditationen reagieren. Wenn du sie in dein Bewußtsein miteinbeziehst, sie einlädst, kann es sein, daß sie kräftig zu blühen anfangen. Sie fühlen die Schwingungen – oft besser als wir.

Der Rückblick auf die bisherigen Stationen unserer gemeinsamen Reise und die Vorbereitung auf die Tempelmeditation haben beide etwas mit dem siebten Schöpfungstag zu tun – wenn man sich richtig hineinfühlt. Die Vollendung der Schöpfung und die Ruhe Gottes finden gleichzeitig statt. Wir sind unterwegs, wir arbeiten an unserer Entwicklung. Zugleich dürfen wir aber auch teilhaben an der Ruhe; auch für uns gibt es jede Woche einen siebten Tag. In den vorangegangenen Meditationen haben wir uns allmählich herangetastet an jenes Licht, das alles von innen erleuchtet, an ein Bewußtsein, welches *uns* denkt. Mit der Tempelmeditation wollen wir nun von unserem Recht Gebrauch machen, selbst diesen siebten Tag zu erleben, auf eine ganz neue Weise. Dabei wird uns klarwerden, wie sehr wir noch im Werden sind, und zugleich werden wir teilhaben an der fürsorglichen Leitung höherer Weisheit.

Die vierte Meditation: eine Tempelmeditation

Wir nehmen einander gegenüber Platz. Auch wenn wir uns äußerlich leider jetzt nicht sehen können, nehmen wir unseren Handkontakt auf und fühlen unser festliches Gewand von innen heraus. Ein wesentlicher Teil davon ist unsere Stimmung, die Freude, daß wir heute unsere erste Tempelmeditation haben. In all den Jahren, in denen ich meine Meditationskette mit anderen Menschen praktiziere, freuen wir uns stets gemeinsam auf die Tempelmeditationen.

Fangen wir also an. Zuerst den gewohnten Einstieg. Willst du ihn sprechen? Dann tu es, sprich mit ruhiger Stimme, aber deutlich hörbar, auch wenn du mit mir allein bist.

Ich helfe nur mit ein paar Stichworten ... Zunächst in die Außenwelt gehen, beobachten, was draußen los ist, an Menschen, Tiere und Pflanzen denken, an die Arbeitenden, an die Autofahrer. Dann zurückziehen in den Raum – unverzüglich in das Reinigungsfeuer kommen. Aufmerksam beobachten, welche unerwünschten Gedanken du in die Flammen hineinwirfst. Weiter zurückziehen in das Innere deines Körpers, ein wenig umschauen von innen, die Lungen beachten. Dann in die Senkrechtatmung zurückziehen, dreimal ruhig hinauf und wieder hinunter – in das *Basischakra* eintauchen und rotes Licht fühlen. Ein bißchen Ausruhen und ein Zeichen geben, daß man bereit ist. In der Gruppe sagen wir immer laut: »Ich bin fertig.« Und wir warten immer mit viel Geduld, bis jeder seinen Ausgangspunkt erreicht hat.

Nun wird es im folgenden so sein wie schon bei den vorigen Meditationen: Du wirst die einzelnen Stufen erst sorgfältig lesen müssen, dann wieder eintauchen und die Meditation nachvollziehen. Dabei brauchst du nicht jedesmal den ganzen Einstieg zu wiederholen. Du hast ja die Senkrechtatmung dynamisiert, genau wie die Lungenatmung, und sie bleibt während der ganzen Meditation in der Senkrechten. Die Ausgangspunkte sind immer die *Chakras* und die Farben, die du gerade verlassen hast. Wenn du also aus dem roten Licht des untersten Chakras kommst, wirst du dort wieder eintauchen, bevor es weitergeht.

Du ziehst jetzt den Atem leicht hinauf, in das Nabelchakra, und tauchst in gelbes Licht. Hab ein wenig Geduld, bis du die Farbe sauber *denken* kannst. Gelb ist eine reine, unvermischte Farbe, es wird dir gut gelingen. Richtig *sehen* wirst du die Farbe irgendwann auch, aber das kann noch eine Weile dauern. Du bist jetzt auf der Ebene deines physischen Körpers.

Nun kommen wir erst einmal zu deinem inneren Tempel. Siehst du ihn schon? Er ist *dein* Tempel, und er wird jede gewünschte Bauart annehmen. Ich habe schon alle möglichen Tempel gesehen bei meinen Freunden – da waren ein kleines Holzkirchlein auf dem Berg, eine goldene Moschee, ein gotischer Dom, eine Felsengrotte auf einer Insel schwimmend, aber auch astrale Gebilde, die mit irdischen Bauwerken kaum noch Ähnlichkeit hatten. Mein eigener Tempel ist ein freischwebender Lichtdom, die Wände sind milchig und undurchsichtig, aber Licht scheint von außen hinein. Nun also baue dir *deinen* Tempel, sorgfältig und liebevoll.

Es gibt kaum Bedingungen, nur diese für heute: Da muß ein Hochaltar sein – der bleibt immer dort. Und heute haben wir zwei Nebenaltäre – zunächst auf der rechten Seite den Nebenaltar für den physischen Körper. Er sollte in den Farben Rot, Orange, Gelb geschmückt sein, mit Altardecken oder Blumen – wie du willst. Und dann der linke Nebenaltar für die Seele, den Traumkörper: in den Farben Grün, Blau, Violett.

Kannst du das ungefähr sehen? Es wird noch viel deutlicher werden während der Meditation und vor allem mit jeder weiteren Tempelmeditation; bis dein innerer Tempel wirklich ein Ort ist, den du liebst und in dem du dich gern aufhältst.

Dein Ausgangspunkt ist jetzt das Nabelchakra, das gelbe Licht. Nun gehst du von hier aus mit deinem *physischen Körper*, den du in deinen Gedanken für diesen Kirchgang festlich gekleidet hast, hinein in deinen inneren Tempel. Er geht sofort hinüber auf die rechte Seite, wo sein Altar steht. Er schmückt ihn selbst mit viel Aufmerksamkeit, zündet die Kerzen an und kniet dort nieder. Er weiß, daß er ein Recht hat auf diesen Platz im Tempel und daß dies sein eigener Altar ist, an dem er als physischer Körper zu seinem Schöpfer beten kann. Er darf hier seine Sorgen und seine Wünsche vorbringen, denn ein Leben als physischer Körper ist nicht leicht, wenn man von einer unvernünftigen Seele bewohnt wird. Der Körper weiß, daß er ein Geschöpf Gottes ist, daß er sein Leben aus Gott hat und mit allen seinen inneren Vorgängen intelligent gesteuert und überwacht wird. Darüber ist er froh. Aber er hat schon Wünsche und Bitten, du wirst es gleich sehen ...

Laß deinen physischen Körper hier nun in tiefer Konzentration drei Wünsche vorbringen und für jeden Wunsch als Opfergabe eine Frucht auf den Altar legen. Diese Frucht soll dem Wunsch symbolisch angemessen sein. Sie wird dir außerdem später von Nutzen sein als Gedächtnisstütze. Du mußt dir die Wünsche deines Körpers nämlich sorgfältig merken.

Zuerst und vor allem mußt du jedoch einmal zuhören! Übe keine Macht auf ihn aus, denn die Seele überlegt schon wieder, wie sie die Wünsche beeinflussen und lenken oder möglichst attraktiv gestalten kann. Aber die Seele hat jetzt gar nichts zu sagen, hier kniet der *physische Körper*, an seinem Platz im Tempel, den ihm niemand streitig machen kann. Er dient der Seele Tag und Nacht als ein geduldiges Reittier, aber jetzt hat er seine Zeit, die gehört ihm allein. Und ein physischer Körper hat naturgemäß physische Wünsche, wenn der Meditierende ehrlich ist und wirklich auf den Körper lauscht. Wünschen darf man alles – ob man es bekommt, steht ja auf einem anderen Blatt. Das sehen wir später. Ganz allgemein braucht jeder physische Körper reine Luft, frisches Wasser, Bewegung und Ruhe, Sonne und Schatten. Aber jetzt wollen wir doch individueller arbeiten. Das bedarf einer geduldigen, nach innen gerichteten Aufmerksamkeit. Was wünscht sich dein Körper? Was plagt ihn, was fehlt ihm ganz speziell? Mache diese Arbeit erst, bevor du weiterliest, denn ich will dir meine drei Wünsche für den Körper zeigen. Daran kannst du dich ein wenig orientieren, aber du solltest es nicht nachahmen, sondern ganz dein eigenes Original bleiben.

Dies sind also die Wünsche meines Körpers und seine Opfer auf dem Altar: Zunächst habe ich eine blaue Weintraube hingelegt mit der Bitte um reines Blut, besonders um völlig normale Zuckerwerte. Die waren nicht immer so gut, wie sie es jetzt sind, und ich möchte sehr, daß es so bleibt. Gerade die Süße der Traube soll symbolisieren, daß ich hier stets das rechte Maß haben möchte. Als zweites lege ich einen Apfel hin mit der Bitte um Energie und Frische. Dabei denke ich auch an Arbeitsenergie, die ich wirklich haben möchte. Als drittes lege ich eine Handvoll Nüsse in ein Silberschälchen und stelle es auf den Altar. Ich verbinde damit den Wunsch nach mehr Schlaf, den mir leider die Seele, die in mir wohnt, nur so selten gönnt. Aber wenn ich schon so arbeitswillig bin, dann brauche ich auch meinen Schlaf. In den Nüssen schläft die Kraft eines künftigen Baumes; sobald man sie in die Erde versenkt, erwacht sie. Deshalb sind sie mein Sinnbild für ruhende Kraft, Erholung durch Schlaf. Das waren meine Wünsche des Körpers.

Nun lassen wir unseren physischen Körper hier an

seinem Altar zurück – so wie zuvor in den ersten Meditationen auf der Wiese. Der Körper soll seine Anwesenheit hier im Tempel genießen und die Antwort auf seine Bitten abwarten. Denn die wird er später erhalten. Jetzt ziehen wir das Bewußtsein in das Nabelchakra zurück und tauchen in gelbes Licht.

Dieser Wechsel über Chakra und Farbe muß stets sorgfältig vorgenommen werden, da sonst der Unterschied der verschiedenen Körper- und Bewußtseinslagen völlig verwischt und nicht mehr klar wahrgenommen werden kann. Hier gibt es keine Eile – dafür ist immer genügend Zeit!

Wir atmen jetzt ein Stückchen höher hinauf, kommen in das Herzchakra und tauchen in grünes Licht. Sorgfältig die Farben denken – sehen wirst du sie später ganz mühelos. Wir sind auf der Ebene der Seele, des *Traumkörpers*. Und mit diesem Körper – schön feingemacht für seinen Besuch in unserem Tempel – gehen wir in den Tempel hinein, an den Altar auf der linken Seite. Der Traumkörper ist sich genauso seiner Rechte bewußt, sich hier aufzuhalten, zu beten, seine Sorgen auszudrücken und seine Wünsche vorzubringen. Er schmückt seinen Altar, zündet die Kerzen an, kniet nieder und versenkt sich. Er darf hier zu Gott sprechen, wie jeder Mensch in jeder Kirche dieser Welt. Und da die Seele ohnehin das eigentliche Gefäß für alle Wünsche und Ängste ist, für alle Gefühle – vom höchsten Jubel bis zur tiefsten Depression –, brauchen wir kaum lange zu warten, bis es nur so heraussprudelt von Wünschen und Bitten. Aber der Traumkörper hat auch nur drei Wünsche frei für heute, und er wird als

Symbol für jeden Wunsch eine Blume opfern. Auch hier gilt der Grundsatz: Nicht steuern, nicht beeinflussen, keine Macht ausüben!

Die Wünsche müssen nicht »schön« sein, sie müssen *wahr* sein! Ehrlich und aus tiefstem Herzen sollen sie kommen. Denn es gibt keine Seele in dieser Welt, die nicht Grund genug hätte, Gott um etwas zu bitten. Man kann um etwas Positives bitten, das was man haben möchte, oder auch von negativer Seite her um etwas, das man loswerden möchte. Dabei geht es im Seelischen um Charaktereigenschaften, die wir ausbauen und veredeln sollten, oder um Überwindungsarbeit bei Haß und Abscheu gegenüber anderen Menschen. Dies ist besonders schwer, das weiß ich. Aber hier liegen die Hindernisse für jede Entwicklung, im geistigen ebenso wie im irdischen Lebenslauf. Auch der Erfolg im Beruf hängt davon ab, welche Ausstrahlung auf andere Menschen man hat. Ein verbitterter und gehässiger Mensch kann nie weit kommen. Aber auch das Glück der Familienmitglieder, der Freunde oder Liebespartner ist davon abhängig, wie geläutert ein Mensch in seiner Seele ist, wie fröhlich, wie großzügig, wie bereit zur Vergebung.

Manches hängt aber nicht nur von der eigenen Läuterung ab. Man kennt ja das Sprichwort: »Es kann der Frömmste nicht in Frieden leben, wenn es dem bösen Nachbarn nicht gefällt.« Hier ist es angebracht, um Schutz zu bitten, um Trost und Hilfe, wie sie nur aus der geistigen Welt kommen kann! Eine solche Bitte sollte aber erst nach gründlicher Selbstprüfung vorgebracht werden. Wer sich verfolgt fühlt, ist manchmal selbst ein Verfolger. Hier kann Hilfe und Schutz gewährt werden, die Bitten sollten jedoch so ehrlich sein, nach allerbestem Wissen und Gewissen, als stünde der Bittende schon nach Ablauf seines irdischen Lebens vor Gott. Eine gute Vorübung ist es, und manchmal liegt in der Art der Bitte schon die mögliche Antwort. Das werden wir noch sehen. Tauche nun ein und lausche, was deine Seele will. Blumen sind das Symbol für die jeweilige Bitte. Laß dir Zeit ...

Nun gebe ich dir meine eigenen Bitten zum Anschauen: Da ist zunächst eine weiße Lilie, eine große Kelchblüte. Ich verbinde mit ihr die Bitte um Befreiung von Gedanken der Bitterkeit gegen einen bestimmten Menschen, die immer wieder in mir aufsteigen. Es quält mich tief, daß dies immer noch in mir möglich ist. Wie gern möchte ich alle Menschen lieben, mit jedermann im Frieden sein. Ich verabscheue bestimmte Eigenschaften und versuche sie von dem Menschen zu trennen. Ich schaffe das aber doch nicht ganz – ein Problem, das in mir immer wiederkehrt. Ich suche auch in mir, ob ich da etwas finde, was dem, das ich ablehne, gleicht. Das könnte ja sein. Aber es sieht nicht so aus. Stets aufs neue werde ich damit konfrontiert, daß ich manches einfach nicht vertragen kann. Diese Bitte ist schon fast ein Schrei ...

Als zweites habe ich eine rote Rose hingelegt – gleichsam das Gegenstück zu der ersten Bitte. Hiermit erbitte ich die Kraft zu einer Überfülle an Liebe, besonders zu den Menschen, die auf einem bewußten geistigen Pfad sind, aber darüber hinaus auch zu denen, die mir fernerstehen, die vielleicht die Freunde von morgen sein könnten. Ich bin keine Missionarin; mir haben stets die Menschen nahegestanden, die bereits angerührt waren und eine klare Entscheidung für ihren Rückweg zu Gott getroffen hatten. Aber ich möchte mehr von dieser universellen Liebe fühlen, die viel mehr einschließt und weniger ausschließt, die Gnade vor Recht walten läßt, eine Liebe, die einfach austeilt an jeden, der zugreift. Dafür die Rose ...

Als drittes habe ich eine Handvoll Wiesenblümchen mitsamt der Erde und ihren Wurzeln auf den Altar gelegt, praktisch ein kleines Wiesenstück. Es sind weiße, blaue und rosa Blümchen verschiedener Art. Sie sind eine Bitte um Schaffenskraft und Arbeitswillen, um eine dynamische Arbeitslust, die so leicht und mühelos da ist, wie diese Blümchen blühen. Das ist bei mir leider nicht selbstverständlich, denn ich bin oft faul oder von Gedanken überlagert, die meine Arbeit bremsen. Manchmal neige ich auch dazu, einfach davonzulaufen, Ablenkungen freudig zu begrüßen wie Freunde auf der Durchreise ... Ja, die Arbeit teilt sich bei mir auf in Theorie und Praxis. Leider ist nur mit der Praxis wirklich etwas zu schaffen. Wem nützt es, wenn ich einen ganzen Tag nur mit Nachdenken zugebracht habe? Die Gedanken sind dann am nächsten Tag meist ohnedies verloren, auch für mich. Und wirklich tiefes Denken – das findet doch nur in der Meditation statt, denn das ist so konzentriert wie Lichtstrahlen in einem Brennglas. Immer wieder konnte ich das erfahren. Alles andere ist dagegen wie eine faule Ausrede. Ja, meine Wiesenblümchen sind das Symbol für fröhliches, fleißiges und unermüdliches Schaffen, das doch zugleich eine Existenz ist – in Sonne, Regen und Wind –, ein Dauerurlaub unter Gottes freiem Himmel. Meine Blümchen werden es kaum als Arbeit empfinden, wenn sie wachsen und gedeihen, und doch sind es lebendige, wirkende Organismen, die ständig tätig sind, genau wie unser physischer Körper.

So, da hast du meine eigenen Bitten. Nun lassen wir auch den Traumkörper an seinem Altar kniend hinter uns, kehren zurück in das Herzchakra und tauchen in grünes Licht. Weiter geht es hinauf mit dem Atem in das Stirnchakra, in weißes Licht. Jetzt sind wir auf der Ebene, wo das CHRISTUS-Bewußtsein herrscht, der Priester im eigenen Haus, in unserem inneren Tempel. Wir haben diese Ebene bis jetzt im körperlosen Bewußtsein meditiert, um uns auch von der Identifizierung mit unseren Körpern und vor allem unserem Ego etwas zu lösen. Heute aber wollen wir eine Erscheinung annehmen für die Tempelmeditation. Und in dieser Erscheinung unseres Über-Ich-Bewußtseins gehen wir als Priester hinein in unseren Tempel und gehen dort direkt durch das Mittelschiff hindurch bis zum Hochaltar. Wir zünden auch hier die Kerzen an, arrangieren den Hochaltar – als Betreuer des Gotteshauses. Und dann treten wir in den Lichtkegel, der von oben her über diesen Altar fällt, strecken unsere Arme nach oben aus – wortlos und wunschlos – und laden uns in diesem Licht einmal richtig auf. Die Wünsche von Körper und Seele heben wir mit unseren Händen in das

Licht hinauf, ohne jede Bewertung. Körper und Seele sind diesem Über-Ich-Bewußtsein anvertraut; ihre Wünsche entsprechen der seufzenden Schöpfung in der Inkarnation. Die Leiden des dienenden Körpers, oft gebeugt unter der Unvernunft der Seele; die noch größeren Qualen der Seele, die mit ihrer Charakterbildung immer wieder scheitert, Gutes nicht schaffen und Böses nicht vermeiden kann. Das Über-Ich ist frei von solchen Wünschen, es hat ja das Licht von oben, die Unsterblichkeit, den Frieden und die Liebe Gottes.

Es ist nur Kanal und Vermittler für die anvertrauten Kinder. Hier bei dieser Aufladung im Licht fallen die Antworten auf die Bitten von Seele und Körper in uns hinein, ohne daß wir auch nur daran zu denken brauchen. Hier gibt es kein Grübeln, keine Gedächtnisklimmzüge, hier ist alles einfach und klar – reine Kraft und reines Licht. Das Über-Ich-Bewußtsein ist wie eine Batterie, die Kraft nach unten weitergeben kann. Es lädt sich ständig wieder auf, aber diesmal wollen wir es miterleben, mit allen Fasern unseres Seins – wach erleben, was uns sonst nur vage durch seltene Träume herüberweht in unser Tagesbewußtsein als inkarnierte Menschen.

Hier in diesem Lichtkegel an deinem Hochaltar wirst du mit der Zeit immer deutlicher fühlen, wie real die Senkrechtatmung in dir ist, diese Verbindung zwischen Himmel und Erde, die fortwährend stattfindet. Genieße es. Laß dich durchfluten, denn auch dieser Hohepriester in deinem eigenen inneren Tempel – das bist du! Aber nicht im Sinne eines Ego. Du wirst es verstehen lernen, wenn du mit diesen

Kräften handeln kannst. Verneige dich nun mit deiner Über-Ich-Erscheinung vor dem Hochaltar, bedanke dich für die Antworten, von denen du bewußt noch gar nichts weißt, und drehe dich jetzt in Richtung des Tempelraumes um.

Nun gehe hinüber zum Altar deines Traumkörpers, auf die andere Seite. Tritt deiner Seele gegenüber und segne sie. Dann beginne, die Antworten auf die Bitten zu geben. Gehe Blume für Blume durch und verkünde die Antwort auf die jeweilige Bitte mit der Weisheit des Über-Ichs, das völlig frei von egoistischen Wünschen ist. Du wirst sehen, wie wertvoll jetzt die Blumen als Gedächtnisstütze sind. Wir haben vorher gesagt: Wünschen darf man alles. Was man bekommt, ist eine andere Sache. Da kann es sein, daß man eine klare Zusage für die Erfüllung bekommt oder eine bedingte Zusage, wenn man dies oder jenes tut. Es gibt aber auch Ablehnungen. Jedoch sollen die Antworten stets liebevoll gegeben werden, verständnisvoll beratend – du wirst sehen, diese Antworten haben eine völlig andere Qualität als jede noch so scharfe Überlegung des Menschen im täglichen Leben. Denn diese sind stets vom Ego gefärbt, auch wenn der Mensch noch so selbstlos ist. Das Über-Ich-Bewußtsein ist anders. Es ist ein Priester Gottes, es kommt vom Hochaltar, und seine Antworten sind unbestechlich, sauber und klar.

Nimm dir jetzt also Zeit, deiner Seele durch das Über-Ich die Antworten auf die Bitten verkünden zu lassen, Blume für Blume die Bitten durchzugehen. Sei geduldig und gründlich dabei.

Nun zeige ich dir die Antworten meines Über-Ich

auf meine Bitten der Seele. Da ist zunächst das Wiesenstück mit den vielen Blümchen. Die Antwort lautete: »Auf der Wiese blühen jeden Tag neue Blumen auf. Genauso sollst du arbeiten, unbekümmert, heute und nicht morgen. Morgen gibt es wieder andere Blümchen. Sei im kleinen treu – der Rest ergibt sich. Deine Freude wird wachsen.«

Als nächstes die Rose für universelle Liebe – für alle Menschen. Hier ist die Antwort eine Frage: »Ja, wenn du so überschäumend lieben willst, warum legst du dann nur *eine* Rose hin? Warum nicht einen ganzen Armvoll? Dein Blumenopfer drückt das Gefühl der Fülle nicht aus. Überprüfe das bei dir. Da ist noch etwas im Wege!«

Und nun die Lilie: »Ja, hier liegt der Hase im Pfeffer. Solange du noch einen Menschen ausschließt, wie willst du da die überschäumende universelle Liebe erfahren? Hinzu kommt noch, daß du dich so selbst nicht leiden kannst, und dann sind andere auch nicht gut bedient, wenn du sie so liebst wie dich selbst. Du weißt, daß du hier arbeiten mußt. Bete täglich deswegen. Gib niemals auf. Wir haben es gehört. Du wirst Hilfe bekommen, wenn dein Bemühen niemals nachläßt.«

Nun segne ich meinen Traumkörper im Über-Ich-Bewußtsein – und gehe hinüber zum Altar des physischen Körpers, um die Antworten auf die Früchteopfer zu verkünden.

Nun bist du erst einmal wieder dran. Tu das gleiche – gehe hinüber zum Altar der Physis. Gehe liebevoll und sorgfältig auf jede einzelne der Bitten ein. Sie sind schließlich mit Ernst vorgetragen worden, im Vertrauen auf die Hilfe Gottes, wenn man in seinem Tempel betet. Und du – in deinem Über-Ich-Bewußtsein – kommst frisch vom Hochaltar, aufgeladen mit göttlichem Licht und göttlicher Liebe. Du kannst entsprechend antworten.

Hier sind die Antworten auf die Bitten meines physischen Körpers. Der Apfel in der Mitte für Energie: »Gut, du bekommst Energie, aber nicht zum Arbeiten! Einen Teil davon sollst du in Bewegung umsetzen, damit du gesund bleibst. Um so mehr Energie wirst du freisetzen für Arbeit. Gehe schwimmen und viel spazieren. Es ist wichtig!« Der Apfel lag in der Mitte. Da sind noch die Haselnüsse mit der Bitte um mehr Schlaf. »Dieser Wunsch muß nicht unbedingt erfüllt werden. Die Bewegung ist für dich wichtiger als der Schlaf. Du kannst dich auch müde schlafen. Es hilft im Gegenteil, wenn du deine Schlafstunden langsam reduzierst; jedoch sollten die Schlafzeiten regelmäßig sein. Lieber früher schlafen und noch früher aufstehen. Probiere es aus!« Nun kommt die erste Bitte um einen gesunden Blutzuckerspiegel. Das Symbol dafür ist die blaue Weintraube. »Du hast ihn ja bereits erreicht, ohne Medikamente, ohne jede Qual. Deine Diät macht dir Spaß. Jedoch hat der Schlaf mit dem Zuckerspiegel viel zu tun. Weniger zu essen war schon gut, aber zuviel Schlaf wirkt dagegen. Bewegung, intensive Zeiteinteilung, rhythmisches Leben – der Rest ergibt sich. Du wirst zufrieden und glücklich sein.« Das Über-Ich segnet nun meinen physischen Körper und geht noch einmal zum Hochaltar zurück.

Ein stilles Dankgebet für die Antworten, für die Hilfe bei der Betreuung dieser Seele und dieses Körpers, eine nochmalige stille Aufladung mit Licht und Kraft. Wir verneigen uns dann vor dem Hochaltar, löschen die Kerzen – und kehren zurück in das Stirnchakra in weißes Licht. Hier ruhen wir uns ein wenig aus, gewöhnen uns an die veränderte Situation. Der Abschied aus dem Tempel fällt den meisten schwerer als die Rückkehr vom Meeresstrand oder von den Sternen. Wir brauchen Zeit für eine sanfte Landung im weißen Licht des Stirnchakras.

Nun atmen wir uns wieder zusammen – dreimal ganz hinunter und wieder ganz hinauf. Diese Meditation wird im Stirnchakra beendet. Wir legen uns gegenseitig die Arme um die Schultern – und berühren unsere Stirnen. In Gruppen beugen wir uns mit den Köpfen nach innen in den Kreis, die Arme um die Schultern der Nachbarn. Dreimal singen wir ganz konzentriert: »OM«. Dann lösen wir uns voneinander und atmen tief durch.

Langsam kommen wir in unser Körperbewußtsein zurück, nehmen den Raum wieder wahr – und auch die Geräusche der Außenwelt. Ein wenig Strecken ist jetzt auch ganz angenehm.

Wir sollten jetzt noch eine Weile ruhig beisammenbleiben und uns austauschen: über unsere Erlebnisse bei der Tempelmeditation und die Antworten vom Über-Ich her auf unsere Wünsche und Opfergaben. Laß uns noch einmal ganz sorgfältig darüber nachdenken, daß dieses Über-Ich-Bewußtsein unpersönlich und göttlich ist. Es ist so schwer zu begreifen und Anlaß zu so vielen Mißverständnissen.

Die Gegenüberstellung zu Körper und Seele sollte eigentlich ausschließen, daß ein Mensch den Geist als sein Ego ansieht, als sein Privateigentum. Die deutliche Andersartigkeit bei den Antworten auf unsere Bitten zeigt diese uns innewohnende Weisheit als etwas, das wir abrufen können, sofern wir uns den Rangunterschied zwischen den menschlichen Wünschen und den liebevollen und beratenden Antworten klarmachen. Wir sind Seelen auf der Wanderschaft und bemühen uns, die Qualität göttlichen Denkens in uns zu erleben. Hätten wir jedoch schon die Qualität dieses Über-Ichs, wären wir am Ziel. Hierzu PAULUS: »Es wird gesät verweslich, und auferstehen unverweslich.« Wir können uns nur herantasten an diese höhere Welt, mit viel Geduld und mit guter Selbstkontrolle.

Denke tief nach und erzähle mir, was du fühlst. Finde deine eigene Wahrheit über deine Verbindung mit Gott in dir selbst, über die Unvollkommenheit deiner Seele und den wiederum göttlichen Körper, den du bewohnst. Und schildere mir deinen inneren Tempel, der so real ist wie alles, was du mit Händen berühren kannst. »Der Allerhöchste wohnt nicht in Tempeln, die mit Händen gemacht sind« (*Apostelgeschichte* 7, 48). Du siehst, immer wieder wird versucht, dies auszudrücken – dieselbe lebendige Wahrheit über Jahrtausende!

Durch diese Tempelmeditationen lernt man sich auf eine sehr tiefe Weise kennen. Probiere es mit deinen Freunden aus! Man erlebt dabei, was den anderen erstaunt und bewegt, man lernt seine Probleme und Ängste kennen und seine innere Schönheit, wie er selbst sie noch nie gesehen hat. Es ist eine überwältigende Mischung. Es wird dich überraschen oder auch trösten, was andere in ihrem Herzen zu verarbeiten haben. So schwer das Leben auch manchmal sein kann – durch Krankheit, Not oder Bedrückung mancher Art –, am meisten quälen sich die Menschen doch mit ihren Charaktereigenschaften herum. Je mehr sie sich vergeistigen, desto tiefer deprimiert sie bereits ein häßlicher Gedanke, ein Anflug von Hochmut oder Geiz, ein Mangel an Erbarmen einem anderen gegenüber, der sich noch nicht geistiger Freuden rühmen kann, der noch im Dornengestrüpp seiner Zweifel festhängt, wie der Prinz, der das schlafende DORNRÖSCHEN wecken möchte.

Es ist beachtenswert, welche Bitten am häufigsten vorkommen. Die Bitte um Liebe kehrt immer wieder, in der Physis spielt auch der Wunsch nach Gesundheit eine große Rolle, was verständlich ist. Es beweist sogar, daß die betreffende Person den Körper wirklich Körper sein ließ, ohne ihn zu gängeln. Auf der seelischen Seite ist alles viel komplizierter. Persönliche Liebeswünsche sind hier durchaus legitim und kommen öfter vor. Auch Hilfen bei der Arbeit – besonders bei Examen aller Art. Da stehen die Prüfungsängste im Vordergrund, und das ist auch sehr verständlich. Aber bei der Charakterarbeit wird es sparsam. Überwindung von Haß und Abneigung wird schon öfter erbeten, manchmal auch Überwindung von zuviel Ego und von Eitelkeit. So gut wie nie wünscht sich einer die Befreiung vom Geiz – einer Wurzel allen Übels. Warum nicht? Priester, die Beichten abnehmen, berichten das gleiche. Geiz wird vielleicht sehr schwer erkannt. Eher bittet schon mal einer um Befreiung von Verschwendungssucht oder einer anderen Leidenschaft. Es gibt ja nicht nur Kettenraucher und Heroinkonsumenten. Auf Suchtverhalten komme ich später noch einmal zurück.

Du hast nun deinen ersten Meditationskreis fast bewältigt. Ich empfehle dir, deine erste Tempelmeditation aufzuschreiben – deine Wünsche für Körper und Seele, die Symbole der Früchte und Blumen und die Antworten des Über-Ich. Später einmal wirst du dir für diese kleine Mühe dankbar sein. Wir wiederholen keine Meditation, jede ist anders und baut auf die vorangehenden auf. Und deine eigenen Wandlungen kannst du besser sehen, wenn du dir Notizen machst. Ganz besonders, wenn du allein arbeitest, mit mir als Partner. Meine eigenen Bilder teile ich dir immer mit. Aber deine Seite ist für dich noch wichtiger! Ich sagte dir ja am Anfang – die Hälfte dieses Buches wirst du selbst schreiben müssen. Du solltest es also wirklich tun – mitschreiben, mitgestalten, dokumentieren, was du erlebst. Schon im zweiten Kreis wird es ganz anders, da gehen wir durch fünf Ebenen und beginnen mit den reinen Visions- und Sprechmeditationen.

Im ersten Kreis haben wir uns erst einmal kennengelernt und drei Ebenen erlebt – die ganz bekannte und grobe Unterscheidung von Körper, Seele und Geist. Es ist aber in Wahrheit viel komplizierter, das hast du auch jetzt schon gesehen. Teilweise überschneiden sich die Ebenen, was durchaus der Realität entspricht.

Bevor du wieder in den Kreis der Meditationen eintrittst, überprüfe und beobachte dich doch etwas mehr im Alltag. Frage dich öfter mal: Auf welcher Ebene ist mein Bewußtsein jetzt? Bin ich ganz Körper? Träume ich? Bin ich hellwach, aber in Gedanken, so daß mir mein Körper kaum bewußt ist? Gibt es Fremdgedanken, die mich überlagern? Ein Ereignis des Tages, eine Sorge? Eine Erwartung? Und *was* sagt jetzt in mir »ich«? Denkt das Ego in mir oder das Über-Ich in seiner Weisheit, seiner Ausgeglichenheit und friedvollen Vermittlung zwischen Spannungen und Gegensätzen?

Es ist gar nicht so einfach, das alles herauszufinden und zu unterscheiden. Aber du kannst es! Wenn du diese vier Meditationen bis hierher wirklich geschafft hast, dann wird dir das möglich sein. Begehe aber niemals den Fehler, einem anderen Menschen zu sagen, wo er sich gerade befindet, denn das muß jeder selbst herausfinden, sonst nützt es ihm gar nichts. Jeder muß einen langen Weg gehen, bis er geistig erwacht und seine Welt wieder bunt wird, die Farben leuchtender, die Gedanken bewußter, die Verbindung zu anderen tiefer – bis er wieder Leben ganz *aus sich heraus* hat, und damit auch wieder eine neue Liebe zu Gott.

Mache Spaziergänge zur Verinnerlichung. Gern will ich dich begleiten, wenn du mich dazu einlädst. Ich möchte dir noch so viel sagen, aber wir müssen mit diesem Kreis zum Ende kommen. Wenn ich wieder auf unser Floß zurückkommen darf, mit dem wir gemeinsam in See stechen – es ist fertig, und segeln kannst du auch schon. Bald fahren wir los – hinaus auf die hohe See. Dort werden wir beginnen, das Unmögliche möglich zu machen, nämlich in eigene Visionen einzutauchen und dennoch zu kommunizieren – schriftlich, telepathisch und mit gesprochenem Wort ... Es geht! Wenn sich auch normalerweise Träumende nicht begegnen können, sondern jeder in seiner Welt gefangen ist – wir werden diese Nebelwand durchbrechen. Wir werden es wirklich tun!

Zuerst aber solltest du diesen ersten Kreis wirklich beherrschen lernen. Wiederhole ihn oft, aber in der gegebenen Reihenfolge. Falls du allein bist, beginne nach einer gewissen Zeit, die Übergänge und Bilder laut zu beschreiben, auch während der Musik bei den ersten drei Meditationen.

Es empfiehlt sich auch, im Anschluß an die Meditation nicht gleich aufzuspringen und geschäftig zu werden, sondern still zu verharren. Dieser hellwache und zugleich tief friedvolle Zustand ist eine Kostbarkeit, die man nicht so schnell aufgibt. Es ist ja schwer genug, hineinzukommen, jedenfalls am Anfang. Genieße diesen Zustand. Lerne ihn erkennen!

Mit der Zeit wird es immer öfter vorkommen, daß auch in deinem Tagesbewußtsein dieser überbewußte Zustand von dir Besitz ergreift. Dann wirst du nicht im Sinne des Wortes »geistesabwesend« sein und vor dich hinträumen, sondern du wirst im Gegenteil sehr gut arbeiten und »geistesgegenwärtig« sein. Wie genau doch unsere Sprache alle diese Zustände kennt und bezeichnet! Im Über-Ich-Bewußtsein hat man praktisch rundherum Augen. Nichts entgeht einem. Man denkt schneller, kann blitzschnell kombinieren, das Gedächtnis wird genauer und zuverlässiger. Ich verspreche hier nichts Unrealistisches. Alle diese Phänomene stellen sich ein, wenn man regelmäßig und tief meditiert.

Du hast jetzt ein Werkzeug erhalten, mit dem du deine Erfolge besser kontrollieren kannst, als wenn du nur stille Versenkungen übst. Du erreichst damit, was ich schon andeutete: Du meditierst vierundzwanzig Stunden am Tag, aber ohne Anstrengung. Die Meditation wird dann praktisch dynamisiert – so wie im physischen Körper der Herzschlag und die Lungenatmung, so wie im Traumkörper das Bewußtsein zu schweben, so wie im Transzendenten die Senkrechtatmung. Letztere war Jahrtausende eine sorgfältig gehütete Einweihung für Priester nach jahrzehntelanger asketischer Vorbereitung. Sie ist dennoch ständig in uns – nur das Wissen darum ist es noch nicht.

Dir wird nicht entgangen sein, daß auf unserem ganzen Planeten geistige Erweckungen stattfinden, in allen Weltreligionen und in vielen selbstständigen Lichterkreisen. Es ist eine reine Freude. Aber es gibt auch zu denken. Der Himmel scheint es eilig zu haben. Die dämonischen Kräfte werden immer gefährlicher, die ganze Welt ist in Gefahr. Auch das wird allgemein immer bewußter wahrgenommen. Das neue Zeitalter meldet sich an.

Unsere Satelliten: Suchtverhalten

Ich hatte dir versprochen, auf das Thema Suchtverhalten noch einmal zurückzukommen, da dies heutzutage nun mal ein weltweites Problem ist und deshalb alle angeht. Letztlich ist es jedoch ein Bewußtseinsproblem, eine negative Auswirkung der Gedankenkräfte. Da muß man zuerst einmal unterscheiden zwischen Wünschen und Zielen, die jeder Mensch hat und haben muß, um überhaupt leben zu können. Er erlernt einen Beruf und wünscht sich Erfolg. Er sucht einen Partner für die Liebe, die Ehe und die Familie. Er erträumt sich auch ein Haus oder eine Wohnung. Sooft jemand nun an seinen Herzenswunsch denkt, investiert er Energie in diesen. Da bildet sich mit der Zeit so ein kleiner Satellit, der ihn umkreist und das Potential aller dieser Wunschimpulse aufnimmt und speichert. Menschen, die sehr starke Impulse haben, bringen es zu etwas – im Beruf vor allem. Sie werden Regierende, große Künstler, große Denker und Systemveränderer. Solange jemand seine Wünsche sinnvoll kanalisiert und umsetzt, zum Wohle für andere Menschen, ist das auch gut so. Anders wird es, wenn jemand gegen andere lebt, etwas für sich ganz allein will, es gierig, mit Gewalt will. Dann wird der Satellit mit eigennützigen Gedanken gefüttert.

Mit den Süchten ist es etwas anders. Es fängt ganz harmlos an. Nehmen wir die Raucher. Sehr viele von ihnen klagen und beteuern, sie würden gern aufhören. Ein Nichtraucher sagt dann ahnungslos: »Dann hör doch einfach auf!« Das kann der Raucher aber nicht. Warum? Die physiologischen Vorgänge in seinem Körper sind auf die Nikotinzufuhr eingestellt, und er hat seinem Satelliten bei jeder Zigarette, die er rauchte, neue Impulse geschickt: den Wunsch zu rauchen und den Genuß bei der Befriedigung dieses Wunsches. Der Satellit ist das »Gedächtnis« dafür, und das wird mit jeder Zigarette stärker. Noch glaubt der Raucher, er könne jederzeit aufhören, bis zu dem Tag, da er es einmal versucht. Und nun wird der Satellit aktiv! Er funkt herunter: »Rauchen bitte, rauchen bitte!« Da hilft kein Widerstand, jedenfalls nicht lange. Halb ärgerlich greift der Raucher zur Zigarette. Erst ganz allmählich wird ihm bewußt, daß er nun süchtig ist: Er hat sich – aus seinen *eigenen Seelenkräften* – einen *Fremdwillen* geschaffen und aufgebaut, der ihn umkreist und beherrscht. Lange genug hat er mit seinen Wunschimpulsen daran gearbeitet. Nun funktioniert es prächtig. Dieser Mensch ist nicht mehr frei.

Wenn wir nun genauer hinschauen, dann werden die meisten Leute von mehreren Satelliten umkreist: Von einem für Zigaretten, einem für das Auto, von einem für einen Liebespartner, einem für den Lottogewinn, für beruflichen und wirtschaftlichen Erfolg ...

Ein richtiger Ausverkauf von Seelenkräften findet hier statt, und der betroffene Mensch erfährt seine

Gebundenheit an die Süchte, wenn er sie abschütteln will. Es ist nicht schlecht, sich einmal selbst daraufhin zu überprüfen. Ganz einfach ist die Frage: Habe ich diesen Wunsch oder hat *er mich?* Könnte ich darauf verzichten?

Das ist so ein kleines Erkennen der Grenzen der inneren Freiheit, das oft Verblüffendes zutage bringt: die Nebengötter, auf deren Altären wir opfern, ohne es zu wissen und zu wollen. Aber wir tun es doch. Unmerklich wird die Linie zwischen Wunsch und Sucht überschritten. Beim Alkohol ist es besonders auffallend: Niemand kennt den Tag, an dem er zum Alkoholiker wurde. Bei einem geht es schneller, beim anderen dauert es Jahre. Erst wenn man nein sagen will, zeigt sich die Kraft in dem Satelliten, der seine eigenen Befehle herunterfunkt. Deshalb verstehe ich auch die Menschen, die sogar ein Glas Wein ablehnen, um dieser Gefahr keinen Vorschub zu leisten.

Das war noch ein kleiner Ausflug in die Welt der Dämonen, von denen wir uns tatsächlich einige selbst erschaffen; aus eigener Kraft. Natürlich gibt es auch noch stärkere, gegen die ein massiverer Schutz erforderlich ist. Auch diese sind aus Seelenkräften von Menschen zusammengeballt: besonders von fanatischen Gruppen und demagogischen Verführern. Und über diesen stehen noch die eigentlichen Machthaber der vernichtenden Kräfte, die jeden kleinen Eigenbau von Satelliten erfreut und aufmerksam beobachten. Im *Faust* erklärt MEPHISTO: »Kann ich im Großen nichts beginnen, so fang ich es im Kleinen an ...« Man kann schließlich mit einem Streichholz einen Wald anzünden.

Niemand sollte aber gleich vor lauter Angst das Vertrauen in seine eigenen guten Kräfte verlieren – im Gegenteil, sie werden gerade hier gebraucht. Etwas mehr Wissen und Aufmerksamkeit kann nichts schaden. Die Raucher werden mir da Recht geben: Die erste Zigarette nicht zu rauchen wäre ihnen tausendmal leichter gefallen, als der letzten zu entsagen. Bei allen anderen Suchtgefahren ist es genauso. Die innere Freiheit und die Kraft, solchen Gefahren zu widerstehen, erlangst du aber vor allem auf dem geistigen Pfad, und als meditierender Mensch bist du auf dem besten Weg dazu.

Der Evolutionsdrehpunkt

Du kennst doch die geniale Gleichnisgeschichte vom verlorenen Sohn, in der JESUS schlicht die gesamte Involution und Evolution der Menschheit zusammenfaßte, das ganze Schöpfungsdrama und den Evolutionsdrehpunkt jeder einzelnen Seele (*Lukas* 15, 11–35). Da läßt sich der Sohn sein Erbteil auszahlen und zieht in die Fremde. Er bringt sein Vermögen (seine geistigen Kräfte und Vollmachten) durch und landet schließlich als Knecht am Schweinetrog. Die Bilder sind drastisch und ohne feine Höflichkeiten, genau wie in Träumen. Ein Knecht – wo er vorher Sohn eines großen Herrn war, des größten Herrn der Welt. Knecht seiner Wünsche und Begierden – erinnerst du dich an unsere Satelliten? – in gemeinsamer Mahlzeit mit den Schweinen.

Und nun kommt der Tag der Wende – irgendwo auf dieser Reise durch Jahrmillionen der Entwicklung: Der Sohn erinnert sich! Er merkt, wo er gelandet ist. Er weiß plötzlich, daß er hier nicht hergehört. Und er kommt zu dem vernünftigen Schluß, daß er lieber Knecht im Hause seines Vaters wäre als in dieser »Freiheit« unter den Schweinen. Er weiß auch, daß er seine Erbansprüche aufgegeben hatte. Aber er will es trotzdem versuchen. Er steht ganz einfach auf von seinem Schweinetrog – schon im Aufrichten liegt eine Veränderung seiner Haltung und seiner Würde – und macht sich auf den langen Rückweg nach Hause, möge er auch Äonen dauern. Die Richtung ist ihm klar: nur weg von diesem Ort, aus diesem unwürdigen Zustand, dorthin, wo selbst ein Knecht im Vergleich dazu eine hohe Würde hat. Und im gleichen Augenblick geschieht das Wunder in dieser herrlichen Geschichte: Der Vater läuft ihm entgegen! Den Schluß kennen wir: den großen Empfang, das Fest im Himmel und den eifersüchtigen Bruder – ein Kapitel für sich.

Dies war der Evolutionsdrehpunkt: Tiefer herunterkommen konnte er nicht. Daraus sollte man allerdings nicht schließen, daß man immer erst bei den Schweinen landen muß. Entscheidend ist der Augenblick, in dem sich der Sohn an den Vater wieder *erinnert.* Etwas ist da in jedem von uns, sei es auch noch so verschüttet, das wir wieder heraufholen können und das nicht an physikalische Gedächtnisträger gebunden ist.

Wir wissen, daß unsere physischen Körper alle sieben Jahre nahezu sämtliche Körperzellen erneuern, mit Ausnahme der Gehirnzellen. Diese werden als Gedächtnisträger in den nächsten Lebensabschnitt hinübergerettet. Selbst kleinste Lebewesen wie Viren tauschen stoffliche Informationsträger über ihre Erfahrungen mit Abwehrmechanismen aus. Und es mag im Makrokosmos genauso sein, daß ganze Sonnensysteme in den schwarzen Löchern sich wieder zu Kernmaterie zusammenballen und daß sie dennoch etwas zurücklassen, Gedächtnisträger stofflicher Art für das nächste Weltzeitalter. So vieles spiegelt sich im Großen wie im Kleinen, daß man diese Vermutung gelten lassen kann. Aber das ist immer noch Physis!

Wenn wir uns erinnern: Der Geist Gottes schwebte *über* den Wassern! Wenn sich der verlorene Sohn also an ihn erinnert, an den Vater und Schöpfer des Universums, muß es eine Erinnerung an den reinen Geist sein, der so unabhängig von Stoff ist, daß er aus sich heraus Welten hervorbringen und wieder auflösen kann. Eine solche Erinnerung ist deshalb der Durchbruch zu einem Glauben jenseits aller Angst. Damit beginnt der Rückweg, bis hin zur letzten Vereinigung mit dem höchsten Geist, also der »Vergeistigung«.

Es gibt viele Menschen, die sich vor dem Tode fürchten, weil sie sich ein Gedächtnis und eine Existenz jenseits ihrer eigenen Gehirnzellen nicht vorstellen können. Sobald sie aber ihren Evolutionsdrehpunkt erreicht haben und sich an den Geist erinnern, der immer noch in ihnen lebt, schwindet die Furcht. Deshalb haben wir in unseren ersten Meditationen auch das körperlose Bewußtsein geübt, um diesen Gedanken mehr Raum zu geben.

Etwas wird die Urerinnerung auslösen: eine Anrührung, ein Schicksal, eine Freude, vor allem Liebe in irgendeiner Weise. Bis dahin befindet sich der Suchende noch in den Vorhöfen Gottes, und das ist schon gehobener Zustand!

Im *Buch Jesajas* (1, 12) spricht Gott selbst die Warnung aus: »Wenn ihr kommt, mein Angesicht zu schauen, wer hat das von euch verlangt, daß ihr meine Vorhöfe zertretet?« Ja, das hat in der Tat niemand verlangt. Wer sich rühmen darf, seinen Evolutionsdrehpunkt schon gefunden zu haben, der halte sich an seine geistigen Reisekameraden, die mit ihm auf verwandter Stufe stehen, und lasse die Menschen in den Vorhöfen in Ruhe. Mag ihm auch die eine oder andere Weltreligion nicht passen, mag er diese oder jene Kirche nicht für bedeutend genug halten – was gehen sie ihn an? Es sind Gottes Vorhöfe. Gott kann warten, wenn es sein muß Jahrtausende.

Wir Menschen mit all unserer Ungeduld können da viel Unheil anrichten, wenn wir nicht lernen, die Freiheit jedes einzelnen zutiefst zu respektieren, bis er seine eigene Erinnerung wiederfindet. Diese große Stunde gehört jedem Menschen allein. Man kann Hilfen geben, aber diese bestehen eher darin, daß man etwas aus dem Menschen herausruft, anstatt ihn immer wieder in die Passivität zu drängen. Wie soll einer wissen, wie lebendig er ist, wenn er es niemals zeigen durfte? Kinder fallen durch spontane Kreativität auf. Sie malen, was sie sehen und fühlen, sie erzählen Geschichten und spielen Theater. Dreißig Jahre später sind alle diese wunderbaren Fähigkeiten verschüttet. Dafür wurden die jungen Menschen mit Lehrsystemen konfrontiert, die den Anspruch auf alleinige Gültigkeit erheben. Nun brauchen sie Zeit, um nach innen zu lauschen und nach dem zu suchen, das sie verloren haben. Ganz dunkel ist es da noch.

Du kannst die Meditationen dieses ersten Kreises sehr gut mit Kindern machen. Es ist überraschend, wie schnell sie so etwas begreifen. Auch mit alten Menschen geht es sehr gut. Sie sind sich dessen bewußt, daß sie bald die Welt wechseln werden.

Wenn es dir möglich ist, schaffe dir einen spirituellen Freundeskreis für deine Meditationen. Auch ein Partner ist schon gut, doch besonders schön ist eine Gruppe von drei bis sieben Personen. Solltest du aber allein sein, laß dich trotzdem nicht aufhalten. Du hast eine große Familie in diesem Universum. Such du nur deine eigene Verbindung zu Gott, alles andere ergibt sich.

JESUS sagt es noch schöner: »Trachtet als erstes nach dem Reiche Gottes, so wird euch alles andere zufallen.« Das ist wirklich wahr! Jeder kann es selbst ausprobieren.

Die große Gedächtnismahlzeit

Bevor wir zu unserer eigenen Abschiedsfeier kommen, sollten wir uns doch einmal mit der immer noch lebendigen Stiftung von JESUS befassen, mit der er der Menschheit am Vorabend seiner Verurteilung schlicht den Brauch einer Mahlzeit hinterließ, Brot und Wein, wozu jeder eingeladen ist, über Jahrtausende hinweg. Was für eine Größe und geniale Einfachheit liegt in dieser Idee! Wann wurde je ein Testament so lange erfüllt? Man kommt zusammen und teilt, was man hat. Eine Freude für alle, besonders für die Ärmeren, denn in der Gemeinschaft ist ein Tisch immer reichlich gedeckt. In den späteren Briefen der Apostel wird noch öfter von den Liebesmahlen geredet, zu denen die Gemeinden mit vollen Körben zusammenkamen.

Wenn wir uns einmal vorstellen, wie viele Menschen in zwei Jahrtausenden dieser wunderbaren Empfehlung gefolgt sind, wie sich dadurch in jeder neuen Generation Menschenseelen gesammelt haben, eine geistige Großfamilie, ja eine ganze Menschheit mit völlig neuer Orientierung – dann wird einem erst klar, wie gewaltig die Wirkung dieser Gedächtnismahlzeit war und ist. Allerdings ist diese bedeutende Tat mit der Zeit sehr stark abstrahiert worden. Ich kann mir einfach nicht vorstellen, daß JESUS an Oblaten, Krümel und Wein aus Teelöffeln gedacht hatte – nein, ein voller Tisch mit Tellern und Bechern sollte es sein, so wie ihn auch LEONARDO DA VINCI gemalt hat. Ich glaube auch nicht, daß es Jesus um die chemische Verwandlung von Substanzen ging, sondern um die Läuterung von Menschenseelen, um die Gemeinschaft und Freundschaft seiner Nachfolger, auf der Basis einer freiwilligen Pilgerschaft, wie in der Geschichte von der Rückkehr des verlorenen Sohnes.

Fröhlich zusammenkommen, teilen, was man hat, und gemeinsam essen, miteinander reden, sich beraten, meditieren, sich an den tiefen Inhalten erfreuen und nicht zuletzt dabei dankbar an den großen Weltlehrer denken, ihn als unsichtbaren Gast mit dazu einladen – das ist in meinen Augen höchste Religion. Ein Freundeskreis solcher Art wächst zusammen, wird zu einem Körper, und die Einsetzungsworte »*das* ist mein Leib« ergeben damit einen viel größeren Sinn. Es ist ja tatsächlich geschehen! Rund ein Viertel der heutigen Menschheit praktiziert dieses Testament, das nur zwölf Personen übermittelt worden war.

Laß uns ein wenig darüber meditieren, was eigentlich Brot und Wein bedeuten und an was wir alles denken können, wenn wir es durch den ganzen Werdegang verfolgen: Brot ist aus Saatkorn, das sich entweder auf einem Acker zur lebendigen Pflanze entwickelt und sich in Ähren vervielfacht, oder es dient zur Erhaltung der Wesen, die es essen. Mineralien aus der Erde, Wasser, Sonne und Wind – die Entwicklung des ganzen Planeten ist darin enthalten. Nichts geht verloren, weder so noch so. Und man kann Brot brechen und austeilen: an die Hungernden der ganzen Welt. Daran erkannten die Jünger den Auferstandenen:

»Und es begab sich, als er mit ihnen zu Tische saß, nahm er das Brot, sprach das Dankgebet darüber, brach es und gab es ihnen. Da wurden ihnen die Augen aufgetan, und *sie erkannten ihn*« (*Lukas* 24, 30–31).

Und nun der Wein: Er wird mit dem Blut CHRISTI verglichen, und Blut kann man nicht so einfach austeilen, denn es ernährt immer nur einen Körper von innen. Könnte man hierin nicht wiederum die Gemeinschaft erkennen, die sich gegenseitig ernährt und stützt, bevor sie hinausgeht und sich selbst an andere austeilt?

Ich möchte mich hier wirklich nicht in theologische Debatten einmischen, die seit Jahrhunderten nicht mit der Frage fertig werden, ob sich die Verwandlung als Chemiewunder oder als Symbol verstehen läßt; wer hindert uns, einmal neu nachzusinnen, nach innen zu lauschen und die Größe des Vorgangs auf andere Weise zu begreifen? Wir wollen ja nichts auflösen, sondern nur vertiefen. Und der Schlüssel zu diesem Mysterium scheint mir gerade in der Einfachheit des Geschehens zu liegen. Außerdem liebte es JESUS, in Gleichnissen und Bildern zu sprechen.

Obwohl er selbst der Versuchung, aus Steinen Brot zu machen, mit den Worten widerstand: »Der Mensch lebt nicht von Brot *allein*«, bewies er doch immer wieder sein tiefes Mitgefühl, indem er auf die Bedürfnisse der Menschen einging. Die Speisung der Fünftausend ist ein weiteres Beispiel dafür. Auch hier dasselbe Prinzip: Zusammenkommen und teilen, dann gemeinsam essen. Wenn jeder etwas mitbringt und alle teilen, werden auch die Ärmsten satt, und es bleiben noch einige Körbe voll übrig. Es muß nur einer anfangen mit dem Verteilen, ganz ohne Furcht, daß er dann selber nichts mehr haben könnte. Im LUKAS-*Evangelium* fordert JESUS seine Jünger auf, ihre fünf Brote und zwei Fische zu verteilen. Und im letzten Vers des Kapitels 9 heißt es: »Und sie aßen und wurden alle satt. Und es wurde aufgehoben, was übrig blieb, zwölf Körbe voll.«

Ich bin durchaus ein Mensch, der an Wunder glaubt, denn ich habe einige in meinem Leben erfahren. Aber in diesem Fall halte ich gerade die Realität für das eigentliche Wunder, zumal es sich so leicht nachvollziehen läßt.

Probiere es doch selbst einmal aus! Du kannst einladen, wen du willst und so viele du willst! Wenn der Raum zu knapp wird, geh ins Freie, in einen Park, auf ein Feld oder eine Waldlichtung. Laß jeden etwas mitbringen, möglichst Selbstgemachtes, dazu eben Brot und Getränke. Es wird ein fröhliches Fest werden, und du selbst wirst so gut essen können wie selten, weil die Vielfalt der mit Liebe zubereiteten Speisen so nirgendwo geboten wird, auch nicht im teuersten Restaurant. Ganz von selbst bringen alle etwas mehr mit, als sie essen, ausgenommen jene, die sehr wenig aufbringen können. Aber durch die Gemeinschaft wird es für alle reichlich und besonders gut sein. Und am Ende werdet ihr alle mit Staunen sehen, wieviel noch übrigbleibt. Das wird natürlich verteilt.

Ich habe solche Essen schon öfter veranstaltet. Am Ende hatten wir alle noch für drei Tage Vorräte. Versuche es!

Abschiedsfeier

Nun kommt unser eigenes Fest! Nach dem gemeinsamen Weg, den wir miteinander gegangen sind, ist mir diese kleine Feier zwischen uns beiden besonders wichtig. Ich freue mich sehr darauf. Wie wäre es mit etwas Musik? Spiel mir doch einmal vor, was du besonders liebst, Klassik oder Songs in allen Sprachen ... Ich werde mit dir genießen, als Ausdruck deiner Persönlichkeit und deines persönlichen Geschmacks.

Laß uns Platz nehmen an deinem Tisch, die Kerze anzünden und den Handkontakt zwischen uns herstellen. Wir sind ja schon so geübt in dieser Praxis, daß es für uns kaum noch einen Unterschied macht, ob unser Gegenüber gerade sichtbar oder unsichtbar ist.

Nun betrachten wir unseren gedeckten Tisch und danken für diese wundervolle Nahrung, die uns von unserem Schöpfer mit so viel Liebe und Phantasie zubereitet wurde – in der Entwicklung der Pflanzenwelt über Jahrmillionen. Wieviel Farbe und Form wurde da hineingelegt, um unseren Appetit zu wekken! Keine Frucht gleicht der anderen in Duft und Geschmack, und der ganze Regenbogen entfaltet sich auf unserem Tisch! Da ist das Brot in der Farbe des Ackerbodens, da sind blaue Trauben, grüner Salat, Käse, Butter, Quark, die Sprossen, roter Früchtetee und roter Wein ... Ich setze voraus, daß du eine sensible Auswahl von Speisen für dich selbst getroffen hast, etwas, das dir wirklich schmeckt, zugleich aber dem meditativen Charakter unserer Abschiedsmahlzeit angepaßt ist.

Wir wissen, daß es bei der Ernährung um mehr geht als um unseren eigenen Geschmack, wenn wir uns als verantwortliche Bewohner dieses Planeten empfinden und verhalten wollen. Es geht zum Beispiel um das Fleisch, das immer mehr zur Hungerkatastrophe der armen Völker beiträgt, weil diese die letzten Regenwälder abholzen, um Weideflächen für Rinder zu schaffen, die die Reichen dieser Welt in solchen Mengen gar nicht essen müßten. Wir wissen auch um das Alkoholproblem, denn jemand, der statt eines Glases eine ganze Flasche trinkt, versteht gar nichts vom Genießen des Weines, sondern er braucht die Droge. Ich kann dir versichern, so geht es nicht zu bei meinen Freunden und mir. Wir sind auch alle Vegetarier, aber fanatisch sind wir nicht.

Vielleicht interessiert es dich zu sehen, wie sich bereits der Apostel PAULUS vor zweitausend Jahren mit diesem Problem herumgeschlagen hat? Ich bewundere seine Liebe und seine Diplomatie, mit der er sich bemühte, so vielen Meinungen, Kulturen, Bildungen und religiösen Vorstellungen gerecht zu werden. Hier ein paar Auszüge aus dem 14. Kapitel des *Römerbriefes* zu diesem Thema:

»Wer ißt, soll den nicht verachten, der nicht ißt, wer aber nicht ißt, soll den, der ißt, nicht richten ... Jeder soll in seinem eigenen Sinn völlig überzeugt sein ... Es ist gut, kein Fleisch zu essen und keinen Wein zu trinken, noch etwas zu genießen, wobei dein Bruder Anstoß nimmt oder verführt oder schwach wird ... Denn das Reich Gottes besteht nicht in Essen und Trinken, sondern in Gerechtigkeit und Frieden und Freude im heiligen Geist.«

An dieser Auswahl siehst du, daß sich dieselben Fragen damals schon gestellt haben. Und sie sind wichtig bis heute. Bô Yin Râ sagt hierzu, niemand solle glauben, er könne sich in den Himmel hinaufessen. Die jetzige Weltordnung können wir nicht einfach ignorieren, der Bund mit Noah besteht ja noch. Aber wir sind in einer Übergangszeit zu einem neuen Zeitalter, und wir können Pionierarbeit für eine bessere Ordnung leisten.

Ich hebe mein Glas und trinke auf unsere Freundschaft. Ich danke dir für die Zeit, die wir miteinander verbringen durften. Die Verbindung zwischen uns wird bleiben, sie kann uns nie verlorengehen. Der große Pilgerzug, der durch die Jahrhundertwende immer länger wird, hat auch uns aufgenommen. Wir begegnen uns immer wieder, vielleicht in verschiedenen Erscheinungsformen – als Mann oder Frau, jung oder alt, arm oder reich –, aber wir werden uns immer erkennen. Wie, das ist unser Geheimnis! Selbst verschiedene Sprachen oder Weltanschauungen werden uns nicht dauerhaft trennen können.

Laß dich in Gedanken umarmen, mein Reisekamerad, meine Freundin, mein Freund ... Die Reise ist noch weit. Ich hoffe, wir treffen uns wieder auf unserem Floß, weit draußen auf dem Ozean – zu der großen Fahrt in eine neue Welt.

Gott segne dich!

Erläuterungen einiger Begriffe

Dies ist ein sehr persönliches Buch, denn das Hineinführen in die Meditation vermag ich nur als ebenso unmittelbares wie intimes persönliches Erleben mitzuteilen. Dieser Nähe entspricht auch die Wahl meiner Worte; sie will so subjektiv sein, wie ich es an verschiedenen Stellen meines Buches angedeutet habe. Ich gehe dabei auch mit Begriffen um, die – obwohl sie sich zumeist aus dem Sinnzusammenhang im Text des Buches selbst erklären – nicht immer auf Anhieb verständlich sein können, zuweilen sogar mißverständlich, weil sie auch auf anderen Gebieten (der Naturwissenschaften, Psychologie, Philosophie, Religion, Mythologie, östlichen Weisheit) im Gebrauch sind und dort mit etwas anderen Bedeutungsvarianten oder -abgrenzungen verwendet werden. Deshalb will ich hier einige der von mir benützten Begriffe in dem Sinne erläutern, wie ich sie in der Praxis meiner Arbeit verstehe und anwende.

Alphazustand

Unser Gehirn produziert – neurologisch im EEG nachweisbar – sogenannte Alphawellen, und zwar vermehrt, wenn wir tief meditieren, uns auf das Geistige konzentrieren, auf etwas, das uns »erhebt«. In diesem Zustand ist der Mensch intuitiver, manchmal hellsichtig, von ganzheitlich denkender Intelligenz.

Astralwelt

Das ist die Welt des zweiten Schöpfungstages, der sichtbaren Feinstofflichkeit, der Naturgeister und Traumkörper. Die Chakras gehören dazu. (Siehe: Chakra, Kausalwelt)

Chakra

Die Einheit von Geist und Materie manifestiert sich als Bewußtsein. Konzentrationspunkte oder Kraftzentren in diesem Sinne werden in der indischen Tradition nach dem Sanskritwort für »Rad« als »Chakras« bezeichnet: Energiewirbel. C.G. Jung bezeichnete die Chakras als Tore des menschlichen Bewußtseins, als Empfangsstationen für den Einfluß von Energien aus dem Kosmos und dem Geist und der Seele des Menschen.

Es gibt entlang der Wirbelsäule sieben Hauptchakras. Die einzelnen Bezeichnungen sollen uns hier nicht zu sehr verwirren und belasten. Das Basischakra, an der Spitze des Kreuzbeins gelegen, wird auch *Muladhara* genannt. Ich verwende auch die Benennung *Kundalini* (siehe dort). Das Nabelchakra heißt auch *Manipura,* und das Herzchakra *Anahata. Ajna* ist das Stirnchakra, und für das Chakra an der Schädelbasis verwende ich den lateinischen anatomischen Begriff *Medulla oblongata* – siehe dort – (während ja die anderen Bezeichnungen aus dem Sanskrit stammen).

Die Chakras, als feinstoffliche Organe der Astralwelt (siehe dort) zuzurechnen, sind Energiezentren, die wir vor allem im Bereich der Wirbelsäule lokalisieren. Beim Meditieren steigen wir wie auf einer Leiter an ihnen hinauf und hinab, und durch die Tore der einzelnen Chakras können wir in Gedanken aus- und eingehen, um in subtilere Bewußtseinszustände zu gelangen. Die Farben helfen uns dabei, die einzelnen Ebenen oder Zustände besser einzuprägen.

Inkarnation

Wörtlich – aus dem Lateinischen: Fleischwerdung, also Verkörperung oder Wiederverkörperung *(Reinkarnation)* der geistigen Persönlichkeit in einer physischen Gestalt. In unserer biologischen Existenz sind wir – unbeschadet unserer Geistigkeit – in unserem physischen Körper als »Vehikel« inkarniert.

Kausalwelt

Die Ursprungs- oder Originalwelt ist die Welt des ersten Schöpfungstages: das höchste Gottesbewußtsein. Dies ist eine reine Gedankenwelt, in der die Schöpfung zuerst gedacht wird, bevor sie sich im Feinstoff modelliert (Astralwelt) und in der Physis manifestiert. (Siehe: Astralwelt)

Kundalini

Das Bild der zusammengerollten Schlange am unteren Ende der Wirbelsäule, also am Steißbein, symbolisiert die sich erneuernden spirituellen Energien, eine Primärkraft, die aufsteigend sich läutert: sich langsam entrollend, durch das Rückenmark zum Scheitel emporsteigend, eine Lebenskraft, die sich auf allen Ebenen auswirken kann, jedoch bei fortschreitender Vergeistigung eines Menschen die Kräfte der unteren Regionen sublimiert und nach oben transportiert. Ich verwende den den Lehren Indiens entstammenden Begriff in meiner Meditationspraxis auch gern für das Basischakra, das am Sitz der Kundalini-Kraft am Ende des Kreuzbeins lokalisiert ist. (Siehe: Chakra)

Meditation

Die ganze Bedeutungsfülle dieses Begriffes in der abendländischen und fernöstlichen Tradition verrät jedes größere Lexikon. Ich meine damit nicht nur ein tiefes Nachdenken oder Nachsinnen, sondern ein noch tieferes Eintauchen in die verschiedenen Ebenen unseres Bewußtseins. Es bedarf einiger Mühe und gewisser Techniken, um das zu ermöglichen. Wenn es gelingt, eröffnen sich dem Übenden neue Erlebnisse, die er auf dem reinen Gedankenweg bisher nicht erreichen konnte. Echte Meditation hat stets die Vergeistigung zum Ziel, die Begegnung mit dem höchsten Allbewußtsein, mit Gott.

Medulla oblongata

Der anatomische (lateinische) Begriff bezeichnet jenen Teil des Rückenmarks, der sich im Bereich der Schädelbasis kopfwärts in Richtung auf das Gehirn verlängert. Ich übernehme diesen Begriff zuweilen in der Praxis gern für das Schädelbasischakra (nicht zu verwechseln mit dem Basischakra am Ende des Steißbeins, das ich gelegentlich »Kundalini« nenne). (Siehe: Chakra)

Über-Ich, Über-Ich-Bewußtsein

Vorsicht: Ich meine damit *nicht* den gleichlautenden Begriff in der Theorie der Psychoanalyse, der eine Art Kontrollinstanz (Normen und Gebote der Gesellschaft, moralisches Gewissen) bezeichnet, die die Triebimpulse des »Es« abwehren hilft.

In unseren Meditationen steht das Über-Ich-Bewußtsein stets für das höhere Selbst, für unseren inneren Priester, dessen eigene Natur göttlich und egofrei ist. Deshalb sind die Antworten aus diesem Bewußtseinszustand stets voll Weisheit und Liebe – und eben anders als die unseres normalen, bewußten Denkens. Bei mir hat demnach der Begriff »Überbewußtsein« eine höhere geistige Qualität als das Normalbewußtsein.